ULLSTEIN

Das Buch

Angel DeMarco ist 34 Jahre alt und auf dem Höhepunkt seiner Karriere, als er mit einer Herzattacke zusammenbricht. Zum ersten Mal kann er nicht vor einem Problem davonlaufen. Zum ersten Mal in seinem Leben spürt Angel DeMarco, der auf der Leinwand die Herzen Tausender erobert hat, wie allein er ist. Allein mit seiner Todesangst und dem Wissen um versäumtes Glück. Jetzt liegt sein Leben in der Hand der einzigen Frau, die ihm jemals etwas bedeutet hat.
Niemals hätte die Kardiologin Dr. Madelaine Hillyard damit gerechnet, ihrer großen Jugendliebe Angel DeMarco jemals wieder zu begegnen. Um ihn, der sie zutiefst enttäuscht hat, zu vergessen, hat sie sich wie eine Besessene in ihre Arbeit am Transplantationszentrum gestürzt. Fast zu spät erkennt sie, welchen Preis sie für ihren Ehrgeiz zahlen muss: Unzähligen Patienten hat sie das Leben geschenkt, doch das Herz ihrer Tochter Lina droht sie zu verlieren ...

Die Autorin

Kristin Hannah gehört in den USA zu den Top-Bestsellerautorinnen und hat mit ihrem Roman *Wenn Engel schweigen* auch in Deutschland die Herzen der Leser erobert. Kristin Hannah wurde 1960 in Südkalifornien geboren und arbeitete als Anwältin, bevor sie sich ganz dem Schreiben widmete. Mit ihrem Mann und ihrem Sohn lebt sie auf einer kleinen Insel im Pazifik.

Von Kristin Hannah ist in unserem Hause bereits erschienen:
Wenn Engel schweigen

Kristin Hannah

Wenn das Herz ruft

Roman

Aus dem Englischen
von Hartmut Huff

Ullstein

Umwelthinweis:
Dieses Buch wurde auf chlor- und säurefreiem Papier gedruckt.

Ullstein Taschenbuchverlag
Der Ullstein Taschenbuchverlag ist ein Unternehmen der Econ Ullstein List Verlag GmbH & Co. KG, München
1. Auflage September 2002

Titel der amerikanischen Originalausgabe: Home Again (Ballantine Books / Random House, Inc. New York)
Übersetzung: Hartmut Huff
Umschlaggestaltung: Thomas Jarzina, Köln
Titelabbildung: Mauritius, Mittenwald
Gesetzt aus der Sabon
Satz: Hanseaten Satz, Bremen
Druck und Bindearbeiten: Ebner & Spiegel, Ulm
Printed in Germany
ISBN 3-548-25416-0

Dies ist ein Buch über alte Freunde und ich widme es folgenden Personen:

Benjamin und Tucker, die ich innig liebe,

allen Freunden aus alten Zeiten und den ehemaligen Nachbarn – Charlotte Stan, Mary Kay Atchison, Gretchen Lauber, Kim Heltne-Newland, Karie Dovre-Bennett, Sara Harvey, Anne Redford, Kristin Rhyndance und Karen Abner. Vielleicht nicht mehr in der Nähe, aber in Gedanken immer da ...

Und den neuesten Mitgliedern meiner Familie – Debbie Edwards, Julie Gorset und John Turner.

Euch allen Dank

Danksagung

Ohne die Hilfe und den Rat vieler Menschen hätte ich dieses Buch nicht schreiben können. Dank an Reverend Roger Decker, Rena O'Brien, Cathy Sanders und Gardner Congdon von der Northwest Organ Procurement Agency und an Lydia Carroll und Sandy Kruse vom University of Washington Medical Center dafür, dass sie mir so viel Zeit geschenkt haben.

Vielen Dank an Dr. Barbara Snyder, die ihren eigenen riesigen Berg von Arbeit liegen ließ, um dieses Buch auf sachliche Richtigkeit zu prüfen. Ich bin Ihnen viel schuldig.

Und schließlich Dank an Andrea Cirillo, die außergewöhnliche Literaturagentin, die von Anfang an an dieses Buch glaubte ... und den Glauben nicht verlor.

Kapitel 1

Reporter hatten das Ereignis jetzt seit Tagen verfolgt. Die Schlagzeilen überschlugen sich. Es gab Andeutungen über Drogenmissbrauch und unsittliches Verhalten der Berühmtheiten, die in die kleine Stadt in Oregon gekommen waren. Es war eine Premierenfeier für einen großen Kinofilm. So etwas hatte es in LaGrangeville noch nie gegeben. In all den Jahren war die Elks Hall nur für ruhige Konferenzen benutzt worden, heute aber dröhnte sie, war von lauter, misstönender Musik erfüllt. Stadtbewohner und Fotografen schwärmten über die schmale Hauptstraße, sahen sich in den verspiegelten Fenstern der vorbeikriechenden Limousinen und warteten darauf, dass etwas Explosives geschah, etwas, das absolut *Hollywood* war.

Aber dennoch, trotz all dieser Artikel und Interviews und Paparazzi, wusste niemand, wie nahe die Schlagzeile des *Enquirer* an der Wahrheit sein würde: *Es war eine zum Sterben schöne Party*.

Angel DeMarco stieg aus dem vollklimatisierten Kokon der Limousine. Durch einen Nebel von Zigarettenrauch und Nieselregen sah er die Menge, die sich auf der Straße versammelt hatte. Gesichtslose Körper drängten sich hinter einer langen, gelben Polizeiabsperrung.

»Er ist es, DeMarco!«

Kameras eruptierten in gleißenden Blitzlichtgewittern. Der Regen wirkte surrealistisch, Streifen von regenbogenfarbenem Silber, Pfützen von unglaublichem Licht auf den schwarzen Straßen.

»Angel ... schau mal her! AngelAngelAngel ...«

Ihre Bewunderung löste in ihm ein Gefühl von Erhabenheit aus. Gott, wie sehr er es liebte, berühmt zu sein. Er nahm einen tiefen Zug aus seiner Zigarette, stieß den Rauch langsam aus und ließ dann mit einem Strahlen *das Lächeln* aufblitzen, dieses Grinsen, das die Illustrierte *People* erst letzte Woche als »Zwanzigtausend-Megawatt-Lächeln« bezeichnet hatte. Er winkte. Der graue Faden seines Zigarettenrauchs ringelte sich in die Luft.

Er trat beiseite, damit seine Freundin – ihr Name fiel ihm beim besten Willen nicht ein – aus dem Auto steigen konnte.

Sie kam langsam heraus. Ein hochhackiger schwarzer Lederschuh und ein langes, aufreizendes Bein schossen aus der Dunkelheit. Ihr Absatz klackte hart auf dem Asphalt. Sie beugte sich vor, schob ihre aufreizende Mähne von wasserstoffsuperoxydiertem Haar heraus, gefolgt von einem prachtvollen, üppigen Dekolleté, und glättete ihr pinkfarbenes Gummikleid, während sie lächelte und winkte.

Angel rechnete der Frau hoch an, dass sie wusste, wie sie sich in Szene zu setzen hatte.

Er nahm ihre Hand und zog sie auf seine bewundernden Fans zu. Ihre lächerlichen Absätze klackten und rutschten auf dem glatten Asphalt, doch das Geräusch wurde bald von dem Gebrüll der Menge übertönt, als diese merkte, dass *er* auf sie zukam.

Junge Mädchen kreischten und streckten ihre Hände nach ihm aus. Ein paar von ihnen erkannte er wieder – es waren dieselben sommersprossigen Kleinstadtteenager, die die Schule geschwänzt hatten, um ihm bei den Dreharbeiten zu seinem Film zuzuschauen. Sie hatten jeden Tag am Set gestanden, sich hinter den Absperrungen gedrängt, gekreischt und gekichert und geweint, wenn er zum Dreh einer Szene aus seinem Wohnwagen gekommen war.

Sie hatten nichts von ihm verlangt, diese unzähligen Bewunderinnen, nichts außer seiner Präsenz. Er konnte wüst sein und unreif und egoistisch, aber es war ihnen egal – wichtig war ihnen nur, dass er auf der Leinwand alles gab. Er schenkte ihnen sein breitestes, verführerischstes Lächeln, ließ seinen Blick über die Menge schweifen. Er schenkte jedem Mädchen einen Augenblick, einen einzigen Herzschlag seiner Zeit, indem er eine nach der anderen, nur sie allein, ansah.

»Angel, gibst du uns ein Autogramm? Wie findest du LaGrangeville? Wann wird der Film starten? Wird die richtige Premiere hier sein?«

Die Fragen kamen wie immer, schossen wie Pfeile aus dem Regen. Einige hörte er, andere nicht, aber er wusste, dass das egal war. Sie erwarteten keine Antwort, sie wollten einfach in seiner unmittelbaren Nähe sein, sich für eine Sekunde ihres so langweiligen Lebens auch in seinem Hollywoodruhm sonnen.

»Angel, darf ich mich mit dir fotografieren lassen?«

Er blickte von der Autogrammkarte auf, die er signierte, und sah das junge Mädchen an, das die Frage gestellt hatte. Sie war klein und dicklich, mit Wangen, die wie Porzellan aussahen, und Wellen von gelocktem braunem Haar.

Er wusste sofort, was für eine Art Mädchen das war – sie war das Mädchen, das nie zu den tollsten Partys eingeladen wurde und verzweifelt versuchte, so zu tun, als sei ihr das egal.

Er kannte das alles nur zu gut. Selbst jetzt noch, Jahre später, konnte er sich daran erinnern, was das für ein Gefühl war, ein unreifer Junge zu sein, der nur von weitem zuschauen durfte. Daran, wie sehr das schmerzte.

Er lächelte sie an und ihre Augen weiteten sich überrascht. Sie starrte ihn an als ob er den Mond aufgehängt hätte, und mehr war nicht nötig, das genügte – dieser eine Blick einer Fremden schoss wie eine Droge durch sein Blut.

»Aber sicher, mein Schatz. Ich fühle mich geehrt.« Er löste sich von seiner Begleiterin und ging geduckt unter der Polizeiabsperrung hindurch. Er spürte überall Hände an sich, Hände, die über sein Jackett glitten, an seinem Haar zogen. Früher hatte ihn diese unerwünschte Intimität gestört, aber er hatte gelernt, damit zu leben, sogar sie zu lieben, solange sie nicht zu weit gingen. Er schlang einen Arm um das Mädchen und zog es eng an sich, duckte sich unter dem Vorsprung des alten Ziegelgebäudes. Ein anderes Mädchen – hoch aufgeschossen und schlaksig – machte ein Foto von ihnen.

»Du siehst umwerfend hübsch aus«, sagte er. Das Mädchen trug ein bodenlanges weißes Satinkleid.

»Heute ist *Homecoming Party*«, lispelte sie und blendete ihn fast mit dem Silber ihrer Zahnspangen.

Homecoming – nach Hause kommen. Das hatte er seit langer Zeit nicht mehr gehört, fast ein Leben lang, und plötzlich fühlte er sich alt. Wenn er der Vater dieses Mädchens wäre, hätte er dafür gesorgt, dass sie mit Perlen und glitzernd gekleidet auf diesen Schulball ging. Er überlegte, was das für ein Gefühl sein mochte ...

Er verdrängte diesen vagen Anflug eines Bedauerns. »Wo ist dein Partner?«

Röte stieg in ihre fleischigen Wangen. »Ich habe keinen. Ich und ein paar ... Mädchen wollten einfach nur zuschauen. Wir waren im Dekorationskomitee ...«

Für einen Sekundenbruchteil war er nicht Angel DeMarco, der Filmstar. Er war Angel DeMarco, der Junge, der aus ärmlichen Verhältnissen stammte. »Wo findet der Ball statt?«, fragte er sanft.

Sie deutete die Straße hinunter. »In der Highschool ... in der Turnhalle.«

Ohne weiter darüber nachzudenken, fasste er das Mädchen bei der Hand und führte sie die Straße hinunter. Die Menge wurde still, teilte sich dann vor ihnen.

»Angel!«

Er hörte seinen Namen, blieb stehen und drehte sich um. Val Lightner, sein Agent und Freund, stand neben der Frau im Gummikleid. Die beiden winkten ihm zu. »Wo willst du hin?«, rief Val, während er seine Zigarette auf die Straße schnippte. »Die warten drinnen auf dich.«

Angel grinste. Das war das Größte, wenn man berühmt war – sie warteten *immer*. »Bin gleich zurück.« Noch immer lächelnd, führte er das von Ehrfurcht ergriffene Mädchen über die Straße. Gemeinsam betraten sie die Turnhalle. Der Raum war mit etwas dekoriert, das ursprünglich wohl eine Unmenge von Toilettenpapier gewesen war. Oben auf der Bühne produzierte die Band eine grauenhafte Version von Madonnas »Crazy for You«.

Er hörte Leute keuchen, als er das Mädchen auf die Tanzfläche führte. Finger wurden auf sie gerichtet, Gläser fielen zu Boden. Das Kichern hörte auf. Aber er sah sich nicht um. Er schaute das Mädchen an. Nur das Mädchen. »Darf ich um diesen Tanz bitten?«

Sie öffnete ihren Mund, um zu antworten, aber außer einem hohen Quietschen kam nichts heraus.

Er nahm sie in seine Arme und tanzte mit ihr die letzten dreißig Sekunden des Liedes, und als es vorbei war, zog er sich zurück.

Er fühlte sich überraschend gut, als er die Turnhalle verließ. Die Kinder umschwärmten ihre neue Königin.

»Wie rührend«, kam eine Stimme von draußen.

Angel zwang sich zu einem Grinsen. »Elf bis siebzehn«, sagte er barsch. »Das ist mein Publikum.«

Val schlug Angel auf die Schulter und zog ihn hinaus in die regnerische Nacht. »Du wirst Frauen haben, die bei ›Hard Copy‹ schluchzen, Himmel auch, und Teenager, die dir Einladungen zu ihrem Highschoolball schicken.«

»Ja, ja. Ich weiß. Jetzt lass uns auf diese verdammte Party gehen. Ich brauche einen Drink.«

Sie rannten über die Straße zurück. Angels Begleiterin stand genau dort, wo er sie zurückgelassen hatte, im Regen. Für einen Sekundenbruchteil wünschte er sich, jemand anderen mitgebracht zu haben – jemand, der wichtig war –, aber er konnte sich niemanden vorstellen, der das hätte sein können.

Verärgert über den Gedanken ergriff er die Hand der Frau und zog sie zur Elks Hall. Gemeinsam, die Köpfe vor dem Regen eingezogen, betraten sie das Gebäude und stiegen die wackelige Treppe zu dem riesigen Foyer hinauf. Das schwache Licht der Deckenbeleuchtung fiel auf die düstere Innenausstattung, schuf Nester von trübem Gold zwischen den Schatten. Oben ließ eine Heavy Metal Band die Bodenbretter erzittern. Staub fiel durch die Fugen. An einer Wand war eine improvisierte Bar aufgebaut worden und Dutzende von Berühmtheiten mischten sich mit Möchtegernprominenz und tranken Schnaps.

Angel fühlte sich, als sei er heimgekommen. Er atmete tief und befriedigt ein und genoss alles an diesem Augenblick – die hämmernde Härte der Musik, den aufdringlich süßen Geruch von Marihuana, die Ausdünstung zu vieler Körper in einem viel zu kleinen Raum. Val murmelte ein schnelles »Auf Wiedersehen«, etwas über sich entspannen wollen, und verschwand in der Menge.

»Hast du Durst?«, fragte seine Begleiterin süß.

Angel setzte zu einer Antwort an, doch bevor er ein Wort herausbekommen konnte, spürte er, dass sich etwas in seiner Brust zusammenzog. Ein Zucken durchfuhr seinen Körper, dann drehte er seine Schulter, um den Krampf wegzubekommen.

Sie runzelte die Stirn. »Bist du okay?«

Der Schmerz ließ nach und er lächelte die Wie-hieß-sie-gleich-noch an. »Mein Körper reagiert auf Alkoholmangel«, sagte er leichthin, während er eine Hand über die latexüberzogene Kurve ihrer Hüfte gleiten und sie dort mit einer Vertrautheit verweilen ließ, die es nicht gab, die er bei einer Frau wie ihr nicht brauchte.

Sie schenkte ihm ein strahlendes Jacketkronenlächeln. »Tequila?«

Er grinste. »Du hast den *Enquirer* gelesen. Unartiges Mädchen.« Er zog sie dicht an sich. Der Gardenienduft ihres Parfüms drang in seine Nase. »Weißt du auch, was ich mit unartigen Mädchen mache?«

Sie befeuchtete ihre Lippen und schnurrte fast. »Ich hab's gehört.«

Er starrte in ihre Augen, von reichlich Mascara und blauem Lidschatten umrahmt, und sah sein eigenes Spiegelbild darin. Für eine Sekunde war er enttäuscht darüber, dass sie so leicht zu haben war, dass alles so leicht war, und dann war der Augenblick verflogen. Er war zu nüchtern. Das war das Problem. Er dachte zu viel nach, wenn er nüchtern war, wollte zu viel. Wenn er betrunken oder high war, war er *Angel DeMarco*, der für den Academy Award nominierte Schauspieler. Er war *jemand* und er brauchte dieses Gefühl wie die Luft zum Atmen.

»Hol mir den Drink, ja, Schätzchen?«

Sie hauchte ihm einen flüchtigen Kuss auf die Wange und wackelte von ihm weg, entschwand zur anderen Seite des

Raumes, zur Bar. Ihr chirurgisch aufgepeppter Körper war perfekt – alle Vertiefungen und Wölbungen wurden von rosa Gummi umhüllt. Sein Herzschlag beschleunigte sich. Seine Kehle wurde trocken. Er lehnte sich an die raue Holzwand und überlegte, auf welche Weise er ihren appetitlichen Körper auskosten würde, stellte sich vor, wie sie ineinander verschlungen waren, völlig nackt und high, und loslegen würden wie ...

Plötzlich wurde es ihm flau im Magen. Zuerst glaubte er, es sei nichts – einfach Alkoholmangel –, dann verschwamm sein Gesichtsfeld, seine Innereien krampften sich zusammen, und er wusste, was geschah.

»O Gott ...« Er löste sich von der Holzwand und spürte sie – diese unsichtbare Faust, die seine Brust zusammenpresste.

Alarmglocken dröhnten in seinem Kopf, laut genug, um das Hämmern der Musik zu verdrängen. Er saugte gierig die rauchgeschwängerte Luft ein, schluckte, keuchte, versuchte, seine Lunge zu füllen. Ein stechender Schmerz fuhr ihm durch die Brust, fraß sich an seinem linken Arm hinunter, bis seine Finger kribbelten und heiß waren. Er umklammerte das glatte Holzgeländer, aber es war so lose wie ein alter Zahn und wackelte unter seinem Griff.

»O Gott ...« *Nicht jetzt, nicht hier ...*

Schweiß sickerte in einer kalten Spur aus seinem Haaransatz. Die brüchigen Holzstufen, die zum Tanzboden hochführten, schienen sich vor seinen Augen zu vergrößern. Die dunklen Dielen gingen ineinander über, verschwimmend, verlängert wie der Korridor in diesem Film *Poltergeist*. Für einen Sekundenbruchteil sah er JoBeth Williams schreiend den türlosen weiten Raum hinunterrennen.

Weshalb hatte sie geschrien? Er versuchte, sich auf diese einzige bedeutungslose Frage zu konzentrieren. Auf irgendetwas, um den tobenden Schmerz in seiner Brust zu stillen. Egal, was es war.

»Angel?«

Es dauerte einen Moment, bis er begriff, dass jemand seinen Namen genannt hatte. Als er verstand, versuchte er aufzublicken, konnte sich aber kaum bewegen. Sein Herz hämmerte und schlug, ein ungeöltes Getriebe, das immer wieder aus dem Rhythmus kam. Er befeuchtete seine trockenen Lippen und versuchte angestrengt zu lächeln, während er langsam seinen Kopf hob.

Die Frau – Judy hieß sie, wie er sich plötzlich erinnerte – stand vor ihm, hielt eine Flasche Tequila und zwei Schnapsgläser. Ein Salzstreuer steckte in dem Spalt zwischen ihren Brüsten.

Ihr hübsches, stark geschminktes Gesicht war ein einziges Fragezeichen. »Angel?«

»Ich ...« Das Wort kam mit einem pfeifenden Atemzug heraus und blieb hängen. Er versuchte weiterzusprechen, konnte aber nicht klar denken, konnte nichts sehen. *Gott, er konnte nicht atmen. Es schmerzte so.* »Ich fühl mich nicht gut. Hol Val.«

Panik breitete sich schlagartig auf ihrem Gesicht aus. Sie warf einen schnellen Blick die Treppe hinauf, zu dem Gedränge der Partygäste. Irritiert hob sie ihre sorgfältig gezogenen Brauen.

Er ließ das Geländer los und packte ihr schlankes Handgelenk. Sie gab ein leises, keuchendes Geräusch von sich und versuchte, sich zu befreien. Aber er ließ sie nicht los. Er hielt sie mit aller Kraft fest, die noch in ihm war. »Hol ...«

Es traf ihn voll. Sengender, roter Schmerz, explodierend, seine Brust zermalmend. Er konnte nichts anderes tun, als dort zu stehen, schwankend, keuchend, seine Hand auf sein Herz gepresst. Schmerzen, o Gott, Schmerzen, wie er sie seit Jahren nicht gehabt hatte.

»Bitte ...«, brachte er mühsam keuchend heraus, »lass mich ... nicht ...«

Sterben. Er wollte sagen, lass mich nicht sterben, aber er konnte das Wort nicht herausbringen, bevor die Welt schwarz wurde.

Er erwachte durch das elektronische *Blip-blip-blip* des EKG-Monitors. Computererzeugte Geräusche, elektronisch und unmenschlich.

Und wunderschön, Gott, so wunderschön.

Er lebte. Er hatte es geschafft, diesen Hurensohn von Sensenmann wieder bezwungen.

Er konnte die Medikamente in seinem Blut spüren, die verschwommene Weichheit von Demerol, das ihm das Gefühl vermittelte, als treibe er auf einem warmen, tröstenden Meer. Er wusste, dass die Wirkung der Medikamente bald nachlassen würde, wusste, dass der Schmerz wiederkommen würde, seine Brust zuschnürend, seine Lunge und sein Herz durchstechend, aber das war ihm in diesem Augenblick egal. Er lebte.

Die Tür wurde mit einem unangenehmen Knarren aufgestoßen. Gummibesohlte Schuhe quietschten über den Boden – der zweifellos mit weißem Linoleum belegt war – und blieben neben dem Bett stehen.

»Schön, Mr DeMarco, Sie sind wach.«

Es war eine tiefe, maskuline Stimme. Sehr sachlich.

Arzt. Kardiologe.

Angel öffnete langsam seine Augen. Ein großer dürrer Mann mit einem tief zerfurchten Gesicht und harten schwarzen Augen starrte auf ihn herab. Ungebändigtes graues Haar sträubte sich in einem Dutzend verschiedener Richtungen um sein Gesicht. Einstein auf Slimfastkur.

»Ich bin Dr. Gerlaine. Chef der Kardiologie im Valley Hospital hier in LaGrangeville.« Er bückte sich, zog einen Stuhl heran und setzte sich, während er Angels Patientenakte aufschlug.

Jetzt kommt es, dachte Angel. Der übliche Sermon.

Gerlaine klappte die Mappe zu – so verdammt symbolisch, dieses leise Schließen. »Sie sind ein sehr kranker junger Mann, Mr DeMarco.«

Angel grinste. Er lebte noch, atmete noch, und er hatte dieses Arztgesülze seit Jahren gehört. *Sie spielen mit geborgter Zeit, Mr DeMarco. Sie müssen Ihren Lebenswandel ändern – Ihren Lebenswandel ändern – Ihren Lebenswandel ändern.* Diese Gespräche waren in seinem Gehirn wie auf Tonband festgehalten, liefen ab, wurden zurückgespult, begannen Millionen Mal im Dunkel der Nacht aufs Neue, aber er wollte seinen Lebenswandel nicht ändern, wollte sich nicht gesund ernähren, Sport treiben oder sich an die Vorschriften halten.

Er war vierunddreißig Jahre alt und vor Jahren hatte er den Weg über eine dunkle Straße der Rebellion um der Rebellion willen angetreten. Er wusste, dass es eine nutzlose, bedeutungslose Existenz war – und das war es, was ihm daran *gefiel.* Niemand verließ sich auf ihn oder brauchte ihn. Er flitzte wie ein Akrobat von einer Party zur nächsten, feierte durch, schluckte Schnaps, hatte Sex und zog weiter.

»Ja, ja, ja«, antwortete er. »Ganz im Ernst.«

Dr. Gerlaine runzelte die Stirn. »Ich habe mit Ihrem Arzt in Nevada gesprochen.«

»Kann ich mir denken.«

»Er sagte mir, Sie seien der Alptraum eines Kardiologen.«

»Deshalb mag ich Kennedy ja so. Er ist ehrlicher als jeder normale Arzt.«

Dr. Gerlaine schob die Patientenkarte zurück in ihre Hülle. »Kennedy sagt, er habe Sie vor sechs Monaten darauf hingewiesen, dass Sie – seine Worte – tief in der Scheiße sitzen würden, wenn Sie wieder einen Herzanfall bekommen. Na schön, mein Sohn, viel tiefer geht's nicht.«

Angel lachte. »Aber hallo! Nun mal langsam. Ich kapiere diesen Fachjargon nicht so schnell.«

»Kennedy sagte mir, dass Sie Witze machen würden. Aber ich finde all das überhaupt nicht komisch. Sie sind ein junger Mann. Reich und berühmt, wenn das stimmt, was die Mädchen von der Schwesternstation sagen.«

Angel dachte an die Aufregung, die seine Anwesenheit hervorgerufen haben musste, und spürte einen Adrenalinstoß. »Sie haben Recht. Ich bin beides.«

Es entstand eine Pause, bevor der Arzt weitersprach. »Sie nehmen dies alles nicht ernst genug, Mr DeMarco. Sie sind schon seit langer Zeit krank. Die Virusinfektion, die Sie als junger Mann hatten, hat Ihr Herz geschwächt. Aber *dennoch* haben Sie getrunken und geraucht und Drogen genommen. Die nüchterne, harte Wahrheit ist, dass Sie Ihr Herz im Eiltempo verschlissen haben, und wenn wir nicht bald etwas tun, werden wir vielleicht überhaupt nichts mehr tun können.«

»Das habe ich schon mal gehört. Aber ich bin noch da, Doktor. Und wissen Sie, warum?«

Gerlaine musterte ihn. »Sicherlich nicht deshalb, weil Sie die Anweisungen eines Arztes befolgen.«

»Nee.« Seine Stimme senkte sich zu einem verschwörerischen Flüstern. »Ich verrate Ihnen mein Geheimnis, Doktor: Nur die Guten sterben jung.«

Gerlaine lehnte sich auf seinem Stuhl zurück und betrachtete Angel. Minuten verrannen, während der Monitor rhythmisch pulsierte. Schließlich sprach der Arzt. »Haben Sie eine Frau, Mr DeMarco?«

Angel warf ihm einen angewiderten Blick zu. »Ich denke, sie wäre hier, wenn ich eine hätte.«

»Kinder?«

Er grinste. »Nicht, dass ich wüsste.«

»Doktor Kennedy sagte, dass er in all den Jahren, die er Sie behandelt hat, außer Ihrem Agenten und einer Horde Reporter nie jemand gesehen hat, der Sie im Krankenhaus besuchte.«

»Was soll das, Doktor? Ist das eine makabre Version von ›Dies war Ihr Leben‹? Wollen Sie meinen Trainer dazu bringen, zu bestätigen, dass ich nie ein guter Teamspieler war?«

»Nein. Ich frage einfach: Wer wird um Sie trauern, wenn Sie sterben?«

Es war eine gemeine Frage, gestellt, um zu verletzen, und genau dies bewirkte sie. Er dachte plötzlich an seinen Bruder Francis. Auf einmal hatte er wieder seine Kindheit vor Augen und die Erinnerung daran war so eindringlich und süß, dass er das Gras riechen konnte und den Regen und das Meer.

Über die Vergangenheit nachzudenken bewirkte, dass er sich ... zerrissen fühlte. Er wusste, dass seine Bekannten in Hollywood oberflächlich waren. Nicht die Art von Freunden, wie sein Bruder einmal einer gewesen war. Sie *sahen* ihn nicht, diese Clique, diese Bande von Begleitern, die mit ihm von einer Party zur anderen zogen, wie das im Filmgeschäft üblich war.

Für den Bruchteil einer Sekunde fühlte er ein tiefes Bedauern, empfand den Verlust all dessen, vor dem er davongelaufen war, den Verlust des Bruders, den er verlassen hatte. Er verdrängte dieses Gefühl unbarmherzig und starrte den Arzt durchdringend an. Er wollte ihm sagen, er solle sich zum Teufel scheren. Aber, verdammt, er brauchte den Mann. Es war Zeit, den Charme spielen zu lassen, der ihn so schnell so weit gebracht hatte. »He, Sie haben natürlich Recht. So muss dieser berühmte Satz entstanden sein von wegen ›so ernst wie ein Herzanfall‹. Also, Sie können Ihren Arsch darauf verwetten, dass ich meine Gesundheit von jetzt an ernst nehmen werde. Keine Drogen – oder jedenfalls kaum noch welche. Und ich werde den Schnaps sein lassen. Nur noch Bier. Bier ist doch in Ordnung, oder?«

Gerlaine starrte ihn sichtlich bekümmert an. »Wenn Sie nicht schnell etwas tun, Mr DeMarco, werden Sie sterben. *Bald.* Und was immer Sie an Träumen und Hoffnungen haben, wird mit Ihnen sterben. Es gibt keine zweite Chance.«

Angel lächelte. *Immer dieselbe alte Leier.* »Definieren Sie ›bald‹ für unser Publikum.«

Gerlaine reagierte mit dem erwarteten Schulterzucken.

Angel lächelte triumphierend. So war es immer – dieses Schulterzucken war die Körpersprache eines Arztes für einen beliebigen Zeitpunkt zwischen dieser Sekunde und dem Jahr 2010. Sie hatten keine wirklichen Antworten, nur Ratschläge und noch mehr Ratschläge. »Sie meinen, ich werde eines Tages sterben. Okay, Mann, das werden Sie auch.«

»Nein, das meine ich nicht«, erwiderte Gerlaine gelassen. »Wenn Sie nicht etwas tun, Mr DeMarco, dann, glaube ich, werden Sie dieses Jahr sterben.«

Angels anmaßendes Lächeln verflog. »Dieses *Jahr*? Aber es ist schon fast Oktober.«

»Ja, richtig.«

Angel konnte nicht begreifen, was ihm gesagt worden war. Etwas stimmte nicht. Er wurde vielleicht schwerhörig. »Wollen Sie mich verarschen?«

Gerlaine sah ihn überlegen an. »Ich ›verarsche‹ Patienten nicht, Mr DeMarco. Ich informiere sie.«

Dieses Jahr. So etwas hatte ihm noch niemand zuvor gesagt. Es war immer ein Herumreden und Herumdrucksen gewesen, von wegen »irgendwann« und »eines fernen Tages«. Vorträge über Alkoholmissbrauch und der zusätzlichen Wirkung von Zigarettenrauchen und zu fetthaltiger Ernährung.

Angel wollte auf etwas einschlagen, seine Faust in die massive Ziegelwand rammen und spüren, wie der vertraute Schmerz durch seinen Arm schoss. »Dann bringen Sie mich auf Vordermann«, schnappte er. »Schneiden Sie mich auf und reparieren Sie den Schaden.«

»So einfach ist das nicht, Mr DeMarco. Der Schaden, den dieser letzte Anfall bewirkt hat, ist zu groß. Ich habe mit Chris Allenford vom St.-Joe's-Krankenhaus gesprochen und er ist wie ich der Meinung, dass eine bloße Operation nicht hilft.«

Schaden. Zu groß.

Schlimme Worte, sehr schlimme Worte.

»Wollen Sie mir damit sagen, dass ich sterben werde und Sie nichts tun können, um mich zu retten?«

»Nein. Ich sage Ihnen damit, dass eine übliche Herzoperation keine Lösung ist. Dazu ist es zu spät. Sie brauchen ein neues Herz.«

»Nein. Sie meinen doch nicht etwa eine ...«

»Transplantation.«

Für einen Sekundenbruchteil konnte Angel nicht atmen. Eiskalte Furcht stach tief, so tief in sein Herz. »Jesus«, sagte er und keuchte. »Jesus ...«

Transplantation. Ein neues Herz. Das Herz eines anderen in seiner Brust. Das Herz eines Toten. Schlagend, schlagend.

Er starrte Gerlaine an, versuchte, mit normaler Stimme zu sprechen, sich furchtlos zu geben. Er zwang sich zu einem schwachen Lächeln. »Kommt nicht in Frage. Ich kaufe nicht mal gebrauchte *Autos*.«

»Das ist kein Witz, Mr DeMarco. Ihr Herzleiden hat das Endstadium erreicht und das bedeutet, es ist so schlimm, wie es klingt. Sie werden sterben, wenn Sie kein gesundes Herz bekommen. Wir werden Sie auf die Transplantationsliste setzen und hoffen, dass wir rechtzeitig einen Spender finden.«

Einen *Spender*. Angel glaubte für einen Augenblick, er müsse kotzen. »Und mir damit ein Leben geben als was – als Frankensteins Lieblingsmonster?«

»Es ist eine Operation, Mr DeMarco, kaum anders als andere Operationen. Sicher wird es gewisse Vorschriften geben, Einschränkungen, was Ihren Lebenswandel und die Ernährung anbelangt, aber mit ein paar kleinen Veränderungen ...«

Angel war fast sprachlos. »Himmel auch ...«

»Es gibt ausgezeichnete Psychotherapeuten, die dazu ausgebildet sind, in Zeiten wie diesen zu helfen ...!«

»Ach, wirklich?« Angel unterdrückte die Antwort noch rechtzeitig. Er wusste, dass er gerade jetzt charmant zu sein hatte, versuchen musste, das, was er haben wollte, mit Süßholzraspeln und nicht mit Ausrasten zu bekommen, aber er schaffte es nicht. Er fühlte sich, als stürze er von einer Klippe in ein tiefes, dunkles Loch, und die Hilflosigkeit dabei löste in ihm den Wunsch aus, vor Wut zu schreien. »Wie viele Herztransplantationen haben Sie schon durchgeführt, Mr Chef der Herzabteilung im LaGrangeville Hospital?«

»Keine, aber ...«

»Nichts aber. Ich glaube Ihnen kein Wort. *Kein Wort*. Haben Sie kapiert? Bereiten Sie alles vor, um mich in das beste Herzzentrum des Landes fliegen zu lassen.« Er funkelte den Arzt an. »Und das sofort.«

Gerlaine stand langsam auf. »Kennedy sagte mir, dass Sie schlecht darauf reagieren würden.«

»Schlecht reagieren?«, äffte Angel ihn nach. »Schlecht darauf reagieren? Soll das vielleicht ein *Witz* sein?«

Gerlaine schob den Stuhl beiseite und seufzte tief. Er schüttelte den Kopf. »Ich werde die Vorbereitungen für eine Verlegung treffen. Im St. Joseph's Hospital in Seattle wären Sie am besten aufgehoben. Allenford ist wahrscheinlich der renommierteste Herzchirurg im Lande.«

»Seattle?« Sein Herz hämmerte völlig außer Kontrolle,

sorgte dafür, dass dieser idiotische Monitor zu klicken und piepen begann. Er war so wütend, dass er kaum atmen konnte. »Jesus Christus, das ist ja wohl ein Witz. Sie schicken mich nach Hause.«

Gerlaines Gesicht erhellte sich. »Tatsächlich? Ich wusste nicht, dass Sie aus Seattle kommen. Also ...«

»Wenn jemand das herausbekommt – *egal wer* –, werde ich dieses gottverdammte Krankenhaus so schnell verklagen, dass Sie in einem Pflegeheim Bettpfannen leeren. Haben Sie das kapiert, Doktor?«

»Mr DeMarco, seien Sie vernünftig. Sie sind von einer Hollywoodparty hergekommen. Man hat Sie gesehen.«

»*Niemand* darf wissen, dass ich ein neues Herz brauche. Lassen Sie sich was einfallen, um das zu verheimlichen, Doktor.«

Gerlaine starrte ihn stirnrunzelnd an. »Sie haben merkwürdige Prioritäten ...«

»Ja, ja, machen Sie nur Witze! Verschwinden Sie endlich aus meinem Zimmer!«

Gerlaine schüttelte den Kopf und schlurfte wortlos zur Tür. Er drehte sich um, schenkte Angel einen langen, besorgten Blick und verließ dann das Zimmer. Die Tür fiel klickend hinter ihm ins Schloss.

Ruhe senkte sich, breitete sich unangenehm über die kahlen Wände und auf das gefleckte Linoleum aus. Der Monitor klickte weiter und weiter und weiter.

Angel starrte auf die geschlossene Tür, spürte, wie das Blut durch seinen Körper schoss, in seinen Schläfen hämmerte, durch die müden alten Klappen seines Herzens gesaugt und wieder hinausgepumpt wurde. Seine Finger waren so kalt, so kalt, und er konnte nicht einmal anständig atmen.

Eine *Transplantation*.

Er wollte laut darüber lachen, sich einreden, er sei in einem miesen Provinzkrankenhaus, wo man falsch diagnostiziert hatte, und ein Teil von ihm glaubte das auch. Aber eben nicht alles von ihm, nicht der Teil tief, tief in ihm, wo die Furcht immer gelebt hatte, jene verborgene Stelle in seiner Seele, die nicht einmal Schnaps und Drogen erreichen konnten.

Transplantation.

Das Wort drehte sich wieder und wieder und kam zurück.

Transplantationtransplantationtransplantation.

Sie wollten ihm sein Herz herausschneiden.

Medikamente wirbelten tröstend durch Angels Körper. Er konnte seine Augen nicht offen halten und sein Körper fühlte sich schwer an und brannte. Sein Bewusstsein kam und ging mit dem Ticken der Wanduhr.

Nach Hause. Sie schickten ihn nach Hause.

Er versuchte, nicht darüber nachzudenken, aber die Erinnerungen waren hartnäckig. Diesmal hatte er nicht die Pillen und den Schnaps und die Frauen, um sie zu verdrängen, und ohne diesen Panzer von Betäubungsmitteln war er so verdammt verwundbar. Er schloss seine Augen und langsam, ganz langsam wurde der antiseptische Geruch des Krankenhauses von einer regensüßen Brise fortgeweht. Er hörte den Monitor nicht mehr, sondern das Brummen eines Motors ...

Er war wieder siebzehn ... fuhr mit seinem Motorrad, auf der Harley-Davidson, die ihn seine Seele gekostet hatte. Der Motor dröhnte und schnurrte unter ihm. Er fuhr und fuhr, ohne zu wissen, wohin er wollte, bis er die Ampel erreichte. Das Schild hing in einem absurden Winkel über ihm: *Wagonwheel Estates Trailer Park*.

Er ließ das Motorrad voranrollen, fuhr ganz langsam an einem Wohnanhänger vorbei, dann am nächsten und am übernächsten. Jedes dieser Mobilheime hockte auf einem winzigen Streifen Asphalt, Wohnzimmer, aufgebockt auf Betonblöcken, Hinterhöfe aus Kies, zwei Meter im Quadrat messend.

Schließlich gelangte er zu dem Heim seiner Kindheit.

Der Wohnwagen, einst buttergelb, jetzt verschrammt und durch die Zeit grau geworden, steckte in einem von Unkraut überwucherten Grasflecken. Mülleimer, die von Abfall überquollen, säumten den Maschendrahtzaun, der das DeMarco-»Anwesen« vom Grundstück der Wachtels nebenan abgrenzte. Ein verwahrloster Ford Impala stand in gefährlichem Winkel auf der Zufahrt geparkt.

Er hielt neben dem Zaun und stellte den Motor ab. Für eine Sekunde blieb er unsicher sitzen, klappte dann den Motorradständer aus und stieg ab. Er ging den Zaun entlang, über die rissige Asphaltauffahrt und quer über das Band von Presskieselplatten, die zur Vordertür führten.

Während Angel an ihr vorbeiging, warf er einen Blick auf die Mülltonne, sah die zerknüllten Einkaufstaschen aus Papier und die verbogenen Maisdosen, die über den Rand ragten. Immer war es seine Aufgabe gewesen, nie die von Francis, die Müllfassade sorgfältig zu arrangieren. Der wirkliche Müll – die wöchentliche Ration von Gin- und Wodkaflaschen – musste um jeden Preis versteckt werden.

Als ob die Nachbarn das nicht wüssten. Jahrelang hatten sie die vulgären, betrunkenen Schlägereien gehört, die aus dem uringelben Wohnwagen drangen, hatten jeden Samstagabend das Schlagen von Türen und das Zerbrechen von Glas gehört.

Die Musik von Angels Jugend.

Er stieg die quietschenden Metallstufen hoch und blieb oben stehen, starrte auf die schmutzige Tür. Eine Sekunde lang wollte er nicht hineingehen. Er wusste, es war verrückt, siebzehn Jahre alt zu sein und Angst davor zu haben, sein Zuhause zu betreten, aber so war es gewesen, so lange er zurückdenken konnte.

Von drinnen war eine Bewegung zu hören. Der Wohnanhänger verschob sich etwas und knarrte auf den Betonstützen, während sich Schritte der Tür näherten. Plötzlich wurde der Knopf gedreht und die Tür aufgerissen.

Seine Mutter stand im Türrahmen, mit einer Zigarette und einem Glas Gin. Ihre Haut hatte eine kränkliche, gelbgraue Farbe, ein Indiz für ihr Kettenrauchen, und Falten durchzogen ziehharmonikaförmig ihre Wangen. Schwarze Haare – von einer viel zu intensiven Farbe, um natürlich zu sein – hingen in ungepflegten Strähnen in ihr aufgedunsenes Gesicht. Dicke Tränensäcke betonten ihre blutunterlaufenen braunen Augen.

Sie sah ihn an, nahm einen tiefen Schluck von ihrem Gin, leerte das Glas ganz und warf es nach hinten auf den braunen zerlumpten Teppich. »Wo bist du gewesen?«

»Was interessiert's dich?«

Sie rülpste, wischte sich die Feuchtigkeit von ihrem Mund. »Werd mir bloß nicht frech, Junge.«

Angel seufzte. Warum war er hier? Worauf hatte er gehofft? Auf ein Lächeln, einen Willkommensgruß, eine Aufforderung, hineinzukommen? Wann würde er endlich aufhören, etwas von seiner Mutter zu wollen? »Ich hab ein Problem, Ma.«

Eine buschige graue Augenbraue wanderte nach oben. »Du hast Schwierigkeiten.« Sie sagte das ohne die Andeutung einer Emotion. Es war eine sachliche Feststellung.

»Ja.«

Sie zog fest an ihrer Zigarette und blies ihm dann den Rauch ins Gesicht. »Was willst du von mir?«

Das saß. Er war wütend und enttäuscht. »Nichts.«

Sie schnippte die noch brennende Zigarette auf die Zufahrt. »Francis hat mir gestern sein Zeugnis gezeigt. War das schönste Geschenk, das eine Mutter bekommen kann.«

Angel kämpfte gegen den augenblicklich einsetzenden Groll an, wehrte sich dagegen, sich zu etwas Unüberlegtem hinreißen zu lassen. So war es immer mit seiner Mutter gewesen und so würde es immer sein. Francis war ihr Liebling, ihr blonder Junge. Francis, der Gute und Reine, Francis, der Messdiener. Ihre Eintrittskarte in den Himmel. Und Angel war ihr aufmüpfiger und störrischer Fehler. Wie viele Male hatte sie ihm erzählt, sie hätte besser 'ne Abtreibung mach'n soll'n?

»Willst'n Drink?«, fragte sie, wobei sie ihn noch immer anstarrte.

»Sicher, Ma«, sagte er müde. »Ich nehme einen Drink.«

»Martini?«

Er wusste, wie ihr Martini war – ein Viertelliter Gin und zwei Eiswürfel. »Schön.«

Ohne ein weiteres Wort wandte sie sich von ihm ab und ging in die Küche.

Er folgte ihr widerwillig in das düstere Innere. Mattes Licht fiel durch einen schmutzigen beigen Lampenschirm, von dem schäbigen Teppich widergespiegelt. Ein verschossenes, bronzefarbenes Veloursofa stand da, an die Wand mit dem Holzpaneelimitat gepresst. Spanplattentische waren mit Klatschmagazinen übersät. Aschenbecher stapelten sich darauf. Auf dem Boden, neben einem wuchtigen schwarzen Fernsehsessel, breitete sich eine feine Ascheschicht aus.

Angel nahm auf dem durchgesessenen Sofa Platz. Binnen Sekunden war seine Mutter wieder bei ihm. Die Gläser mit den Drinks klirrten in ihren Händen. Er versuchte, sich nicht darüber zu ärgern, dass sie nicht sprach. Sie wollte sich nicht mit Angel unterhalten, wollte nicht mit ihm zusammen sein, aber sie hatte immer Zeit gehabt, mit ihm zu trinken.

Damals, als er noch ein Kind war, elf Jahre alt, brachte sie ihn mit einem mütterlichen Schubs auf den Weg zum Alkoholismus. Sie brauchte jemanden, mit dem sie trinken konnte, aber den frommen Francis forderte sie nie dazu auf. Angel war die perfekte Wahl – solange er nicht redete.

Es war rührend, wie sehr er diese Zeit mit ihr genossen hatte.

Für eine Weile hatte er das Gefühl, sie habe ihn ausgewählt, sie *wolle* mit ihm zusammen sein. Aber als er in die siebte Klasse kam, kapierte er, wie es wirklich war. Sie hätte sogar mit Adolf Hitler getrunken, falls der in der »Cocktailstunde« vorbeigekommen wäre. Sie hätte alles getan, um ihrem durchweichten Hirn zu beweisen, dass sie eine Gesellschaftstrinkerin war.

So saßen sie scheinbar eine Ewigkeit da, er auf dem Sofa, sie in dem Fernsehsessel, und tranken schweigend. Das klirrende Eis und die Schluckgeräusche wirkten in dem stillen Raum außergewöhnlich laut. Angel wollte ihr sagen, weshalb er eigentlich gekommen war – um ihr Lebewohl zu sagen –, aber er würde den Ausdruck in ihren Augen nicht ertragen können, wenn er es sagte. Sie hätte sofort gewusst, dass er vor Schwierigkeiten davonlief, und ihr triumphierendes Lächeln würde alles bestätigen, was sie je über ihn gesagt hatte.

Nach einer Weile hörte er ein Auto vorfahren. Der Motor blubberte, spuckte, erstarb. Schritte hallten auf den Metallstufen.

Ma setzte ihren Drink ab und eilte zur Tür, riss sie weit auf. Sie breitete ihre Arme aus und juchzte vor Freude. »Frankie!«

Angel setzte seinen Drink ab und stand auf. Angst schnürte ihm die Kehle zu. Er stand da und wartete. Sein Herz begann heftig in seiner Brust zu schlagen. Er war noch nicht dazu bereit, seinem Bruder Lebewohl zu sagen, noch nicht ...

Ma trat beiseite und schob ihren Liebling hinein.

Francis trat in den Wohnanhänger und ließ seine Tasche mit den Büchern auf das Sofa fallen. »Hey, Angel«, sagte er.

Ma versetzte Francis einen so heftigen Stoß in den Rücken, dass er vorwärtstaumelte. »Du kommst gerade rechtzeitig zum Abendessen. Ich geh in die Küche und mach dir dein Lieblingsgericht. Frankfurter Würstchen und Bohnen für meinen Frankie.« Mit einem letzten Quietscher eilte sie über den Korridor und verschwand in der Küche.

Francis sah ihn an. »Auf dem Hof steht eine brandneue Harley-Davidson.«

Angel rutschte nervös auf dem Sofa hin und her. »Ich hab Ärger, Franco. Ich muss die Stadt verlassen. Ich bin nur ...« Zu seiner Schande spürte er, dass Tränen in seinen Augen brannten. »Ich bin nur gekommen, um Lebewohl zu sagen.«

»Mach das nicht, Mann«, sagte Francis leise und schüttelte seinen Kopf. »Lauf nicht einfach weg. Was immer es ist, wir können doch darüber reden. Überlegen, was zu tun ist. Geh nicht. Bitte ...«

»Ich muss.« Er wandte sich ab, um die Enttäuschung in Francis' Augen nicht sehen zu müssen, und rannte aus dem Wohnmobil. Er sprang auf das Motorrad, ließ die Maschine an und raste dröhnend aus der Stadt. Er zwang sich dazu, nicht zurückzuschauen. Er hatte Angst, dass er anfangen würde zu weinen, wenn er das täte ... und nicht mehr aufhören könnte.

Der antiseptische Geruch kam wieder, war scharf und bitter. Das Licht des Krankenzimmers stach schmerzend in seine feuchten Augen. Er war Seattle siebzehn lange, einsame Jahre ferngeblieben. Und jetzt, nach all dieser Zeit, würde er zurückkehren.

Nach Hause kommen.

Kapitel 2

Angel starrte an die pockennarbige Decke.

Es war einfach zu verdammt still hier drin. Diese Stille zerrte an seinen überstrapazierten Nerven. Er wollte die Stille plötzlich durchbrechen, er wollte es herausschreien: *Ich bin hier, ich lebe noch*. Er wollte Kraft aus diesem einen Satz schöpfen, Freude aus dem Wissen, dass seine Lunge noch Luft pumpte. Aber das war nicht mehr genug. Nicht einmal annähernd genug. Jetzt steckte da in seiner Brust eine Phiole mit Flüssigsprengstoff, ein dunkler, hässlicher Klecks, der jede Sekunde explodieren konnte, jede Sekunde.

Nur ein *Piepen* auf dem Bildschirm und es war vorbei. Flache Linie.

Er schloss seine Augen und versuchte, den Kopfschmerz zu ignorieren, der hinter seinen Augen hämmerte. Er wollte über diesen Scheiß nicht länger nachdenken. Er wollte nur, dass das alles einfach verschwand.

»Du siehst zum Kotzen aus.«

Angel hörte die lang gezogene, vom Südstaatenslang gefärbte Stimme und lächelte fast. Er hätte gelächelt, wenn er sich nicht so verdammt mies gefühlt hätte. Er riss die Augen auf und blinzelte heftig, als das grelle Neonlicht in sein Hirn stach.

»Danke.« Angel richtete sich langsam auf. Die Nadeln in

seinen Adern stachen bei jeder Bewegung. Als er schließlich aufrecht saß, war er außer Atem und seine Brust schmerzte höllisch.

Val stand in Designerklamotten verpackt in der Tür, sein schlanker Körper lehnte am Türrahmen. Er strich sein wirres, blondes Haar verlegen hinter ein Ohr zurück. Er löste sich von der Tür und glitt mit diesem langsamen, hüftschwungbetonten Schritt, der die Aufmerksamkeit der Medien immer weckte, in das Zimmer. Er streckte eine Hand aus, ergriff den Stuhl, der neben dem Bett stand, mit langen, schlanken Fingern, drehte ihn um und ließ sich lässig auf die harte Sitzfläche fallen. Er beugte sich vor und legte sein Kinn auf die Stuhllehne. Seine Arme baumelten über dem senffarbenen Kunstleder. Er runzelte die Stirn und hob langsam die Augenbrauen, während er Angel musterte. »Ich meine, du siehst *wirklich* zum Kotzen aus. Noch schlimmer als beim letzten Mal.«

Angel hatte nicht die Kraft, um lächeln zu können. »Gibst du mir 'ne Zigarette?«

Val griff in seine Tasche und zog eine Schachtel Marlboro heraus. Er öffnete die Klappe, warf einen Blick auf den Inhalt und zuckte die Schultern. »Leer. Tut mir Leid. Hatte nicht dran gedacht.« Er zog einen Flachmann mit Tequila aus der Innentasche seiner Jacke und grinste. »Aber ich bin nicht völlig nutzlos.« Er stellte die Flasche auf den Nachttisch. »Habe mir gerade die Tageszeitungen von gestern angesehen. Deine Sterbeszene war unglaublich – nicht mal *ich* hab gewusst, dass du so gut bist. Der Autor war völlig ausgerastet. Wenn du hier rauskommst, werden wir uns sofort um die Oscar-Nominierung kümmern. Der Publicitymanager meint ...«

Bla, bla, bla. Vals Stimme summte weiter und weiter, aber Angel hörte nicht mehr zu. Er registrierte ohnehin nichts mehr.

Er starrte den Mann an, der erst sein Freund gewesen war,

dann sein Agent, jetzt schon seit sechzehn Jahren, versuchte, ein Lächeln zustande zu bringen – zu spielen, als sei das eine Filmszene, die genau in diesem Augenblick gedreht wurde. Aber er schaffte es nicht. Ein so guter Schauspieler war er nicht.

Er erinnerte sich plötzlich an die Nacht, in der er Val kennen gelernt hatte. Das war in New York gewesen, mitten in einer Winternacht, in einer schäbigen Kneipe. Da hatten sie beide gefroren, waren hungrig und einsam gewesen. Angel war damals fast noch ein Kind – noch keine achtzehn Jahre alt und schon seit über einem Jahr auf sich allein gestellt.

Sie wurden fast auf Anhieb Freunde und verbrachten das nächste Jahr damit, von Stadt zu Stadt zu ziehen, weiter und immer weiter zu laufen, bis es keinen Spaß mehr machte – von einem verflohten Motel zum nächsten, in Städten ohne Namen, Schnaps saufend und aus Abfalltonnen essend.

Erstaunlich, dass sich das alles an einem einzigen Tag schlagartig geändert hatte ... an einem Tag, der mit altem Thunfisch begann. Val war schwer erkrankt durch ein Thunfischsandwich, das er in einem Imbiss in Arizona geklaut hatte. Aus dem Krankenhaus rief er seine Eltern an. Binnen weniger Stunden befanden die beiden Jungen sich in dem prachtvollen New Yorker Penthouse der Lightners.

Vals Mutter war die schönste Frau, die Angel je gesehen hatte. Kalt wie Eis und so hart wie Diamanten. Val genoss es, ihr zu erzählen, wo sie gewesen waren und was sie getan hatten. Natürlich war sie entsetzt, aber Val brachte sie dazu, ihm zu versprechen, ihnen ein Apartment zu geben und sie aufs College zu schicken.

»Aber du hast ja nicht einmal die Highschool abgeschlossen«, sagte sie mit nasaler, gelangweilter Stimme.

Val lachte nur. »Bitte, Mutter. Du bist reich.«

Sie hatte einen beringten Finger auf ihn gerichtet. »Das Leben wird nicht immer nach deinen Wünschen verlaufen, Val.«

Er hatte ihr darauf ein entwaffnendes Lächeln geschenkt. »Du darfst die Hoffnung nie aufgeben, Mutter.«

Angel schüttelte seinen Kopf, um die Erinnerungen zu verdrängen. Dann schaute er Val an. »Sie wollen mir das Herz rausschneiden.«

Val klopfte auf eine andere Tasche. Er suchte noch immer nach Zigaretten. »Das müssen sie erst einmal finden.«

»Ich mein's ernst, Val. Sie wollen bei mir eine Herztransplantation vornehmen.«

Vals Lächeln schwand. »Du meinst, dein Herz rausreißen und das von einem Toten reinstecken?«

Angel fühlte sich hundeelend. »So was in der Art.«

»Mein Gott.« Val krümmte sich.

Angel seufzte. Irgendwie hatte er von Val mehr erwartet, wusste aber nicht, was dieses Mehr war. »Ich brauche einen Spender«, sagte er und zwang sich zu einem Lächeln. »Ein wirklich guter Agent würde mir ein Angebot machen.«

»Ich würde dir mein Hirn geben, Junge. Gott weiß, dass *ich* es nicht benutze. Aber mein Herz ...« Er schüttelte seinen Kopf. »Gott, Jesus ...«

»Bete nicht«, schnappte Angel, »sondern versuch, etwas Hilfreicheres zu sagen. Ich brauche Rat. Teufel auch, wenn ich gewusst hätte, dass mir eines Tages eine *Transplantation* bevorstünde, hätte ich das Rauchen und Trinken vor Jahren aufgegeben.«

Das war eine weitere Lüge, noch eine in dieser langen Reihe von Lügen, sagte er sich. Er hatte seit Jahren gewusst, dass sein Herz angegriffen war – aber das hatte ihn nicht daran gehindert, zu trinken und zu rauchen. Die einzige Änderung in seinem Lebenswandel war die gewesen, dass er eine Herztablette genommen hatte, bevor er sich eine Line Koks reinzog.

Er hatte nie Zeit damit vergeudet, über seine Zukunft nachzudenken. Sein Leben war immer eine Achterbahnfahrt gewesen, wobei er bereitwillig auf dem Vordersitz Platz genommen hatte. Die Tage und Nächte rauschten mit atemberaubender Geschwindigkeit in einem ständigen Auf und Ab vorbei, kamen und gingen. Das Tempo verlangsamte sich nie. Es gab kein plötzliches Halten.

Bis jetzt, bis gestern, als die Achterbahn wegen eines Zusammenpralls mit seiner eigenen Sterblichkeit entgleist war.

Und als ob die Aussicht auf einen baldigen Tod nicht schon schlimm genug wäre, wollten sie auch noch, dass er zur Operation nach Seattle ging. Gott, was für ein Mist ...

Je mehr er darüber nachdachte, desto wütender wurde er. Das hatte er nicht verdient. Sicher, er war in seinem Leben ein Arschloch gewesen, hatte Menschen verletzt und sie belogen. Aber dafür hatte er auch in die Hölle zu gehen. Er war katholisch erzogen worden. Er kannte die Spielregeln.

Doch die Hölle kam *nach* dem Tod.

Nicht die Hölle auf Erden, keine Herztransplantation, kein halbes Leben.

»Das ist saublöd«, sagte Angel. »Ich weigere mich, mir darüber weiter Sorgen zu machen. Was weiß denn schon ein schlecht bezahlter Arzt in einem mitten im Nichts gelegenen Provinzkrankenhaus über solche Operationen? Wahrscheinlich würde er einen Herztransplantationspatienten nicht einmal erkennen, wenn er einen mit seinem Wagen überfährt.«

»Ach ja, aber du würdest das.« Val zerknüllte das leere Zigarettenpäckchen. »Und wann wird die Operation stattfinden?«

»Ich werd das nicht machen lassen.«

Val runzelte die Stirn. »Sei nicht dämlich, Angel. Wenn du ein neues Herz brauchst, besorg dir eins. Ist doch wahrscheinlich ein Klacks. Teufel auch, man kann heutzutage siamesische Zwillinge trennen und Männer zu Frauen machen. Wo liegt das Problem?«

»Ich mag ja nicht Albert Schweitzer sein, Val, aber ich denke, dass ein neues Herz das Leben doch ein bisschen verändert.«

»Der Tod könnte gewöhnungsbedürftiger sein.« Val versuchte, locker zu wirken, aber Angel konnte die Furcht in den Augen seines Freundes sehen. Dieser Anblick war erschreckend, denn Val war furchtlos, der einzige Mensch, den Angel kannte, der ebenso aufs Ganze ging und tollkühn lebte wie Angel. Ein dilettantischer hervorragender Junge, der die Karrieren einiger der berühmtesten Hollywoodgrößen lenkte.

Angel wollte wegschauen, konnte aber nicht. »Hast du diesen Film *The Hand* mit Michael Caine gesehen? Der, in dem er einen Pianisten spielte, glaube ich, der seine Hand verlor. Man nähte ihm eine ›Spender‹-Hand an seinen Stumpf an. Der Clou war, dass das die Hand eines Massenmörders war. Caine fing an, jeden zu ermorden, den er sah.«

»Oh, um Himmels willen, Angel.«

»Ja? Könnte doch wahr sein. Es könnte passieren. Was, wenn ich das Herz einer Schwuchtel bekomme und mein größter Wunsch nach der Operation ist, mich wie Doris Day anzuziehen?«

Val stieß ein bellendes Gelächter aus. »Ich weiß nicht. Du hast wirklich Superbeine. Wahrscheinlich könnte ich dich an einen *Transvestiten*-Nachtclub vermitteln. Du könntest Liza Minnelli sein.« Kaum hatte Val die Worte ausgesprochen, hörte er auf zu lächeln. Dann beugte er sich vor und sah Angel eindringlich an. »Der Punkt ist, dass dein Herz es nicht mehr lange macht. Das ist eine Tatsache.«

»Du hast leicht reden.«

»Leicht?« Val wiederholte das Wort, wobei er seine vollen Lippen etwas verzog. »Du bist mein bester Freund. Das ist überhaupt nicht leicht.«

»Und was wird aus meiner Karriere? Die *New York Times* schrieb, ich würde mit dem Herzen spielen.«

Val blickte nicht weg, obwohl Angel wusste, dass er das am liebsten tun würde. »Die Schauspielerei ist deine kleinste Sorge. Ich hab für dich bei diesem beschissenen Actionfilm eine Unsumme an Gage rausgeholt.«

Angel starrte auf das leere Zigarettenpäckchen in Vals Hand. Er wollte eine Zigarette, einen Schluck Tequila. Alles, was auf magische Weise diesen Augenblick nehmen und in etwas anderes verwandeln würde. Er wollte, dass es gestern war, letzter Monat, letztes Jahr.

Er wollte noch nicht sterben.

Aber mit jedem Atemzug, jedem stechenden, von Schmerz begleitetem Atemzug, spürte er die Wahrheit. Sein Herz warf das Handtuch. Diese Erkenntnis löste ein nagendes Gefühl von Verlust und Frustration in ihm aus. »Ich will damit nicht an die Öffentlichkeit gehen, Mann. Ich würde mich wie ein Monster fühlen.«

»Ich werde eine Geschichte verbreiten, dass du erschöpft bist – man wird glauben, du hast eine Überdosis Drogen genommen. Ist aber keine große Affäre.« Val wartete eine Minute, offensichtlich nachdenkend, beugte sich dann zu ihm und sah Angel so ernst an wie noch nie. »Aber, Angel, du musst jetzt mal vernünftig sein. Image ist nicht dein größtes Problem.«

Ein unbehagliches Schweigen senkte sich zwischen sie. Angel wollte nichts sagen, wusste nicht, was er sagen sollte, aber die Stille fraß an seinen Nerven, bis er es nicht mehr ertragen konnte. »Ich wäre gern sauer auf Gott, weißt du? Aber wenn's einen Gott gibt, dann gibt's auch eine Hölle. Und wenn's eine Hölle gibt, dann war mein ganzes Leben ein Wettlauf zum Feuer.«

Val zuckte zusammen. »Lass uns nicht philosophisch werden. Ich hab in der Limo unten zwei Frauen und einen Beutel Koks.« Er lächelte, aber der Ausdruck seiner Augen war traurig.

Und plötzlich wusste Angel, was Val dachte. Sie beide hatten die gleichen Drogen genommen, dieselben Frauen gebumst, die gleiche Gratwanderung gemacht. Wenn Angel starb, würde Val ihm bald folgen.

Wie würde sich dies auf ihre Freundschaft auswirken?

Angel spürte heftige Panik in sich aufsteigen. Plötzlich wusste er, welchen Preis er für seine Unbesonnenheit bezahlt hatte, und für eine Sekunde wünschte er sich, alles rückgängig machen zu können, die Art, wie er gelebt hatte, ändern zu können. Alles, so dass er jetzt, in diesem Augenblick, echte, aufrichtige Freunde hätte, die sich um ihn sorgten ...

»Tut mir Leid, Kumpel«, sagte Val mit ruhiger Stimme. »Aber es ist vorbei. *Vorbei.* Der Schnaps, die Drogen, die Partys – Ende der Fahnenstange. Mir ist egal, ob du dich operieren lässt oder nicht, aber die Tage sind vorbei. Glasklar ist, dass ich mit dir nicht wieder feiern werde. Himmel, du könntest dir eine Nase reinziehen und tot auf den Kaffeetisch sacken.« Er erschauerte bei dem Gedanken, beugte sich dann näher zum Bett. »Ich weiß, dass du Angst hast, und wenn man Angst hat, wird man streitlustig und ungenießbar, aber bei der Sache brauchst du einen klaren Kopf, Angel. Wir sprechen über dein Leben.«

»Schönes Leben. Das Beste hast du übrigens noch gar nicht gehört – sie schicken mich für die ›Prozedur‹ nach Seattle. *Seattle.*«

»Gut.«

Angel runzelte die Stirn. »Was, zum Teufel, ist daran gut?«

»Du wirst deinen Bruder bei dir haben. Ich fürchtete, du würdest allein sein. Ich muss zu diesem Filmfestival fahren und ich habe das Haus in Aspen für zwei Wochen gebucht.«

»Lass dir durch meinen Tod um keinen Preis deine Urlaubspläne verderben.«

Val warf ihm einen schuldbewussten Blick zu. »Ich könnte das kippen ...«

Angel hatte sich noch nie so allein gefühlt. Er war weltberühmt, aber das war im Grunde genommen einen Scheiß wert. Sein Leben war wie sein Stern auf dem Hollywood Boulevard. Ein wunderschönes, glitzerndes Ding zum Anschauen, aber im Pflaster erstarrt und kalt, wenn man es anfasste. »Nein, mach dir keine Gedanken. Mir wird's schon gut gehen.«

Schließlich sagte Val: »Du bist stärker, als du glaubst, Angel. Das bist du immer gewesen. Du wirst es schaffen.«

»Ich weiß.«

Danach gab es nichts mehr zu sagen.

Dr. Madelaine Hillyard betrat die Intensivstation in atemloser Eile. Ihr Name verhallte knisternd aus den Lautsprechern der Rufanlage.

Der Raum war hell und unpersönlich. Ein Einzelbett stand in der Mitte des kleinen Privatzimmers. Daneben stand ein Tisch, voll gestellt mit Wasserkannen und Tassen.

Ihr Patient, Tom Grant, lag in dem schmalen Bett. Ein blasser, regloser Körper, die Augen geschlossen, in der Kehle ein Schlauch, der ihn mit dem lebenserhaltenden Beatmungsgerät verband. Schläuche zur intravenösen Versorgung führten aus seinen Adern. Zwei riesige Brustrohre ragten aus der Haut unter seinen Rippen, saugten aus seinen Operationswunden Blut in einen blubbernden, zischenden Zylinder.

Susan Grant saß an das Bett gelehnt da, ließ auf unbequeme Weise ihre Arme über die silberfarbenen Metallstäbe des Bettes hängen und hielt mit einer Hand fest die schlaffen, reaktionslosen Finger ihres Mannes umschlossen. Bei Madelaines Eintreten blickte sie auf. »Hallo, Dr. Hillyard.«

Madelaine schenkte der Frau ein freundliches Lächeln und trat an das Bett. Sie kontrollierte wortlos die Schläuche, machte eine Notiz auf seiner Karte, dass der Kanister häufiger zu leeren sei, und prüfte seine Medikamente. Pressorstoffe, Immunosuppressoren und Antibiotika – sie alle liefen auf Hochtouren, um Toms geschundenen, aufgeschnittenen Körper daran zu hindern, das neue Herz abzustoßen.

»Es sieht gut aus, Susan. Er sollte bald zu Bewusstsein kommen.«

Tränen quollen unter den Lidern der Frau hervor und rollten über ihre Wangen. »Die Kinder haben nach ihm gefragt. Ich ... ich weiß nicht, was ich sagen soll.«

Madelaine wollte ihr sagen, dass alles gut werden würde – weitaus besser als nur gut –, dass Tom bald aufwachen und seine Frau anlächeln und seine Kinder halten und das Leben gut sein würde.

Aber Tom war ein ganz besonderer Patient. Dies war seine zweite Herztransplantation. In den zwölf Jahren seit seiner ersten Operation hatte er bewiesen, dass Transplantationen das Leben eines Patienten wahrhaftig verlängern konnten – er hatte zwei weitere Kinder gezeugt, war Marathonläufer geworden und hatte sich landesweit engagiert, um für Organspenden zu werben, weil Transplantationen immer erfolgreicher waren. Doch schließlich hatte sein Herz aufgegeben und jetzt war er wieder ein Pionier. Einer der wenigen Patienten, die überhaupt jemals eine dritte Chance bekamen.

»Ich weiß nicht, wie ich Ihnen danken soll«, sagte Susan leise.

Madelaine antwortete nicht. Es war nicht nötig. Stattdessen zog sie einen Stuhl heran und setzte sich. Sie wusste, dass ihre Anwesenheit Susan trösten würde, für die Frau ein Anker in der stillen, erschreckenden Welt der Genesung nach der Operation war. Ihr Blick fiel kurz auf die Wanduhr und sie merkte sich, wie spät es war. Sie hatte ihren nächsten Termin in fünfundvierzig Minuten. Sie würde eine Weile bei Tom bleiben können.

Auf dem Bett hustete Tom schwach. Seine Lider zitterten.

Susan beugte sich zu ihm. »Tommy? Tom?«

Madelaine drückte auf den Klingelknopf, um eine Krankenschwester zu rufen, stand auf und neigte sich über das Bett. »Tom? Können Sie mich hören?«

Er öffnete seine Augen und versuchte um das Intubationsrohr herum ein Lächeln. Er streckte seine Hand hoch und drückte sie auf das Gesicht seiner Frau.

Dann schaute er Madelaine an und hob einen Daumen.

Für einen Augenblick wie diesen lebte Madelaine. Gleich, wie viele Male sie so an einem Bett stand, sie würde sich nie an dieses erregende Erfolgsgefühl gewöhnen, bei dem Adrenalin sie durchschoss. »Willkommen im Leben.«

»Oh, Tommy.« Jetzt weinte Susan heftig. Tränen tropften von ihrem Gesicht und fielen auf die blassblaue Decke.

Madelaine führte ein paar Tests mit ihm durch, bevor sie das Zimmer verließ, um das Paar ungestört allein zu lassen. Auf dem Korridor hielt sie die Oberschwester an und informierte sie über den neuesten Stand, holte dann ihren Mantel aus ihrem Büro und eilte aus dem Gebäude.

Sie fuhr von dem Parkplatz und weiter mit hoher Geschwindigkeit die Madison Street hinunter in Richtung Autobahn. In den ersten Augenblicken war sie überglücklich, aufgeheitert von Toms Fortschritt. Bald würde er sein Bett verlassen können, seine Kinder küssen, sie auf seinem Schoß halten, sie an einem strahlenden Frühlingstag in die Luft werfen können.

Sie, die anderen Mitglieder des Transplantationsteams und die Familie des Spenders hatten alle ihren Teil geleistet, um dieses Wunder zu vollbringen. Egal, wie oft es geschah, sie empfand immer ein unglaubliches, demütiges Gefühl von Ehrfurcht. Wenn ein Patient nach der Operation aufwachte, war sie selig. Oh, sie wusste, dass es morgen enden konnte, wusste, dass sein Körper das Herz abstoßen und sich wie ein tollwütiger Hund dagegen stellen konnte. Aber sie glaubte immer an das Beste, betete und arbeitete dafür.

Sie blickte kurz auf, sah das Schild, das ihre Ausfahrt anzeigte, und ihre gute Stimmung verflog so schnell, wie sie gekommen war.

Sie war auf dem Weg zu einer Besprechung mit der Highschool-Studienberaterin ihrer Tochter. Sie erwartete nichts Gutes.

Madelaine seufzte und spürte das erste verräterische Pochen migräneartiger Kopfschmerzen. Ja, die Tom Grants dieser Welt waren der Grund, warum sie tat, was sie tat, warum sie Jahre auf dem College verbracht hatte, jahrelang kaum geschlafen, kein Privatleben gehabt, sondern wie von einem Dämon besessen gearbeitet hatte, um Kardiologin zu werden. Aber dafür hatte sie einen Preis zahlen müssen. Als sie älter wurde, hatte sie die Wahrheit endlich begriffen: Es gab immer einen Preis.

Sie verlor ihre Tochter, schaute zu, wie Lina sich ihr immer weiter entfremdete. Madelaine versuchte, die perfekte Mutter zu sein, so wie sie versuchte, die perfekte Ärztin zu sein. Aber Ärztin zu sein war ein Klacks, verglichen damit, allein erziehende Mutter zu sein. Gleich, wie sehr sie sich bemühte, sie scheiterte bei Lina, und es war nicht nur schlecht, sondern noch schlimmer geworden. In letzter Zeit hing ihre Beziehung an einem seidenen Faden.

Madelaine wollte nichts sehnlicher, als das Richtige tun, das Richtige *sein*, aber was wusste sie schon von Mutterschaft? Sie war als Teenager schwanger geworden – viel zu jung. Sie hatte gewusst, dass sie sich um ihre Tochter kümmern, Lina ein gutes, geordnetes Leben geben müsste. Das Medizinstudium war zuerst nichts weiter als ein Luftschloss gewesen. Madelaine hatte nie geglaubt, dass sie es tatsächlich schaffen würde, aber sie hatte weiter geschuftet, von dem Treuhandvermögen gelebt, das ihre Mutter ihr hinterlassen hatte. Sie hatte wie eine Wahnsinnige gearbeitet, um die Beste und Erfolgreichste des letzten Semesters zu werden, und sie hatte den Abschluss früh geschafft.

Aber irgendwo auf diesem Wege hatte sie etwas falsch gemacht. Zuerst waren es kleine Dinge – eine vergessene Geburtstagsfeier, eine Notoperation an einem Familienabend, ein Ausflug, den sie nicht machen konnte. Madelaine war so von ihrem Ehrgeiz zerfressen gewesen, dass sie es überhaupt nicht bemerkte, als ihre Tochter aufhörte, sich mit ihr zu verabreden, aufhörte, sich darauf zu verlassen, dass sie irgendwo wäre oder etwas täte.

Jetzt bezahlte sie den Preis dafür.

Sie fuhr auf den Parkplatz der Schule, stieg aus dem Wagen und ging durch die Schule zum Büro der Studienberaterin. Sie klopfte heftig an die geschlossene Tür.

Ein gedämpftes »Herein« kam als Antwort.

Madelaine sammelte sich, indem sie ruhig ausatmete, und ging dann hinein.

Die Studienberaterin, eine hübsche Brünette namens Vicki Owen, lächelte breit und streckte ihre Hand aus. »Hallo, Dr. Hillyard. Kommen Sie. Setzen Sie sich.«

Madelaine schüttelte der Frau die Hand. »Sagen Sie bitte Madelaine zu mir.«

Vicki nahm hinter ihrem Schreibtisch Platz und zog einen Stoß Papiere heraus. »Ich habe um dieses Gespräch gebeten, weil es bei Lina einige ernste Verhaltensprobleme gibt. Sie schwänzt den Unterricht, vergisst, Hausarbeiten zu machen, und ist aufmüpfig. Offen gesagt, ihre Lehrer sind hilflos. Und dabei war sie eine so wunderbare Schülerin.«

Madelaine empfand jedes der Worte wie einen Schlag. Sie wusste, dass es wahr war, wusste, dass ihre Tochter in Schwierigkeiten steckte, aber sie wusste nicht, was sie dagegen tun konnte.

Vickis Gesicht wurde weich und zeigte Verstehen. »Machen Sie sich keine Sorgen, Madelaine, das geht Ihnen nicht allein so. Jede Mutter einer sechzehnjährigen Tochter empfindet ebenso.«

Madelaine wollte den Worten der Studienberaterin nur zu gern glauben, aber sie wollte es sich nicht so leicht machen. »Danke«, murmelte sie.

»Möchten Sie darüber reden?«

Madelaine schaute der Beraterin ruhig in die dunklen Augen. Sie wollte ihre Last mit dieser jungen Frau teilen, ihre Karten auf den Tisch legen und sagen *Helfen Sie mir, ich bin verloren*, aber sie hatte nicht gelernt, so offen zu sein. Soweit sie sich erinnern konnte, war sie dazu erzogen worden, immer ein fröhliches Gesicht zu machen und stark zu sein. Schwäche zu zeigen war für sie unvorstellbar. »Ich glaube nicht, dass Reden mein Problem lösen wird«, sagte sie ruhig.

Vicki schwieg einen weiteren Augenblick, wartete und fuhr dann fort: »Linas Lehrer sagen mir, dass sie auf Strafen gut reagiert. Auf Vorschriften.«

Madelaine zuckte bei diesem subtilen Vorwurf zusammen. »Ja, das tut sie. Ich ...« Sie starrte Vicki an. *Ich weiß einfach nicht wie.* »Ich glaube, ich müsste mir mehr Zeit für sie nehmen.«

»Vielleicht«, erwiderte Vicki zweifelnd.

»Ich werde mit ihr reden.«

Vicki faltete die Hände auf dem Tisch. »Sie wissen, Madelaine, dass man manche Dinge durch Reden nicht lösen kann. Manchmal muss ein Teenager den Zorn Gottes spüren. Wenn vielleicht ihr Vater ...«

»Nein«, sagte Madelaine schnell – zu schnell. Sie versuchte, sich zu einem Lächeln zu zwingen. »Ich bin allein erziehend.«

»Verstehe.«

Madelaine konnte keine Minute länger dort sitzen bleiben, konnte nicht ertragen, was sie in den Augen der Studienberaterin sah. Ihre Scham und ihr Schuldgefühl waren überwältigend. Sie sprang auf. »Ich werde das regeln, Vicki. Sie haben mein Wort darauf.«

Vicki nickte. »Supermutter zu sein, ist eine schwere Aufgabe, Madelaine. Es gibt mehrere hervorragende Gruppen, die Ihnen helfen könnten.«

»Danke. Ich weiß Ihre Besorgnis zu schätzen.« Madelaine drehte sich mit einem letzten Nicken um und verließ das Büro. Als die Tür hinter ihr zufiel, schloss sie für eine Sekunde ihre Augen.

Wenn ihr Vater vielleicht ...

Sie stöhnte. Gott, sie wollte nicht an Linas Vater denken. Seit Jahren hatte sie ihn aus ihren Gedanken verdrängt. Und wenn die Erinnerungen manchmal spätnachts kamen, verdrängte sie sie mit einer kalten Dusche oder indem sie um den Block rannte.

Und das hatte auch funktioniert. Nach einer Weile hatte sie nicht mehr an ihn gedacht, hatte ihn nicht mehr gebraucht oder sich nach ihm gesehnt. Es hatte eine Zeit gegeben, da hatte sie fast vergessen, wie er ausgesehen hatte.

Dann hatte Lina angefangen, sich zu verändern. Diese Verwandlungen waren zunächst kaum erkennbar gewesen. Ein paar Löcher mehr in den Ohren, Löcher in ihren Levi's, dunkles Mascara um ihre wunderschönen blauen Augen.

Wie gewöhnlich hatte Madelaine das kaum bemerkt. Dann, eines Tages, hatte sie ihre Tochter angeblickt und ihn gesehen. Da hatte sie erkannt, was sie seit der Kindheit hätte sehen müssen. Lina war das Spiegelbild ihres Vaters, ein wilder Teenager, der sein Leben im Eiltempo auslebte, der rücksichtslos war und um nichts bat. Und Lina durchschaute ebenso wie ihr Vater Madelaines brüchiges Äußeres, sah die schwache Frau, die darin steckte. Eine Frau, die keine Vorschriften machen, die nicht einmal die einfachsten Bedingungen durchsetzen konnte. Eine Frau, die sich so verzweifelt nach Liebe sehnte, dass sie sich von Menschen fertig machen ließ.

Lina Hillyard nahm einen langen, in der Lunge brennenden Zug aus ihrer Zigarette und stieß den Rauch wieder aus. Er sammelte sich an der Windschutzscheibe und blieb dort hängen, wurde Teil der gewaltigen Wolke, die bereits im Auto hing. Durch reine Willenskraft unterdrückte sie ein trockenes Husten.

Sie rutschte unbehaglich auf dem schmalen Sitz umher, warf dem Jungen neben ihr einen verstohlenen Blick zu. Jett fuhr wie üblich zu schnell, hatte seinen Fuß auf das Gaspedal gepresst. In seiner freien Hand hielt er eine Flasche Jack Daniel's, die er seinen Eltern gestohlen hatte. Auf der anderen Seite neben ihr saugte Brittany Levin an einer Limone – mit der sie ihren Tequila abschloss. Alle lachten und redeten und sangen zu der Musik der Butthole Surfers, die aus dem Radio kam.

Der Song endete und ein langsamerer wurde gespielt. Jett fluchte laut und schaltete das Radio ab, fuhr dann an den Straßenrand und trat so heftig auf die Bremse, dass sie alle nach vorne geschleudert wurden. Linas Hand schoss instinktiv vor und schlug gegen die Windschutzscheibe. Ihre Zigarette fiel auf die Ablage und rollte auf den Lüftungsschlitz zu.

Die Türen des kleinen Datsun flogen auf und alle stürzten nach draußen. Lina griff nach ihrer Zigarette. Als sie sie endlich erwischt hatte, war die Clique bereits draußen, hatte sich unter einer riesigen Zeder in der Mitte der Lichtung versammelt.

Es war die Stelle, an der sie ihre Samstagnachtpartys feierten. Vergilbte Zigarettenstummel und Jointreste übersäten bereits den Boden neben leeren Schnapsflaschen und zerknautschten Zigarettenpäckchen. Jemand hatte einen Ghettoblaster mitgebracht und laute Musik dröhnte durch die Nacht.

Lina ließ ihre Zigarette fallen und trat sie mit einem Absatz aus, ging dann zu der Gruppe. Jett stand neben dem Baum und schluckte Jack Daniel's, als ob es Wasser sei. Der goldene Alkohol rann über sein Stoppelkinn und tröpfelte auf sein T-Shirt.

Sie hätte zu gern gewusst, was sie ihm jetzt sagen sollte – eben das Richtige, das ihn dazu brachte, auf sie zu schauen, sie zu *sehen*. So lange sie sich erinnern konnte, war sie verknallt in ihn. Er war so cool. Und sie hatten etwas gemeinsam. Jett war ohne Vater aufgewachsen. Lina war sicher, dass das etwas bedeutete – etwas Schicksalhaftes war –, dass ihre Leben so ähnlich waren. Aber er schien sie nie zu beachten. Keiner von ihnen tat das. Sie war wie ein Geist, schwebte am Rande ihrer Clique und versuchte die Worte zu finden, die ihr Zugang verschaffen würden.

»He, Hillyard«, rief Jett und wischte sich mit dem Handrücken über den Mund. »Hast du Geld? Wir brauchen was zu rauchen.«

Lina grinste und klemmte eine widerspenstige Locke ihres schwarzen Haares hinter das Ohr. Es war nicht viel, das wusste sie, aber es bedeutete, dass er etwas von ihr wollte, etwas brauchte. Sie hatte immer mehr Geld als die anderen. (Es war das einzig Coole, was von ihrer unfähigen Mutter kam.) »Ja, ich hab genug für ein paar Päckchen«, antwortete sie und kramte in ihrer Jeanstasche.

Brittany warf ihr einen durchdringenden Blick zu. Dann

öffnete sie ihre Handtasche und holte eine Flasche Tequila heraus. »Hier, Lina, nimm einen Drink.«

Lina griff nach dem Hals der Flasche und nahm einen brennenden Schluck. Der Tequila versengte ihre Kehle und explodierte dann in ihrem Magen.

Brittany fuhr sich mit einer Hand durch ihr kurz geschorenes Haar und schob sich neben Jett. Sie starrte Lina triumphierend an, umfasste seinen Hals und drückte einen langen, feuchten Kuss auf seinen Mund. Jett legte einen Arm um Brittanys Taille und zog sie dicht an sich. »Du schmeckst wie Tequila«, murmelte er. Dann sah er sich um. »Wer hat den Pot?«

Binnen weniger Sekunden war die Nachtluft vom süßen Duft des Marihuana erfüllt. Die Jugendlichen stellten sich in einem Kreis zusammen, reichten den Joint von einem zum anderen weiter, lachten und tanzten.

Lina spürte die Wirkung des Stoffes in ihrem Kreislauf. Die Welt schien langsam zu werden. Ihr Körper wurde zu einem schweren Sirup und sie sank langsam, ganz langsam nach unten.

Sie schloss ihre Augen und schwankte. Gott, es war ein gutes Gefühl, berauscht zu sein. Wenn sie high war, waren ihr viele Dinge egal. Plötzlich war es unwichtig, dass ihre perfekte Mutter heute ein Gespräch mit der Studienberaterin hatte. Wenn sie high war, konnte sie nichts verletzen.

Selbst die Fragen, die sie heute den ganzen Tag gequält hatten, waren jetzt ebenso substanzlos wie der Rauch, der aus ihrer Zigarette aufstieg.

Brittany ließ sich neben sie plumpsen. »Ich hab deine blöde Mutter heute in Miss Owens Büro gehen sehen.«

Jett lachte. »Oh, dann hast du jetzt aber Probleme, Hillyard.«

»Ja, ich hab sie auch gesehen«, fiel ein anderer ein. »Sie mag zwar ein Miststück sein, aber deine Mutter ist *scharf*.«

»Sie könnte ein Model sein«, sagte Brittany und beugte sich dann näher. »Du siehst ihr überhaupt nicht ähnlich. Wem in deiner Familie ähnelst du?«

Lina zuckte zusammen und griff nach ihren Zigaretten. Manchmal hasste sie Brittany mehr, als sie ertragen konnte. »Meinem Dad, vermute ich.«

Brittany schenkte ihr einen kalten, abschätzenden Blick. »Aber das ist natürlich nur eine Vermutung.« Sie nahm einen weiteren tiefen Schluck Tequila und lachte, während sie schluckte. Dann sprang sie auf. »He, ich hab 'ne Idee.« Sie rannte zu Jett hinüber und flüsterte ihm etwas ins Ohr. Sie begannen beide zu lachen.

Jett ließ seine leere Jack-Daniel's-Flasche fallen und ging wankend und sehr langsam zum Auto. Er öffnete den Kofferraum und kramte in dem Zeug, das darin lag, nahm ein paar Dinge heraus und kehrte dann zur Lichtung zurück. Ein breites, trunkenes Grinsen explodierte auf seinem Gesicht. »Hillyard, wir werden ausknobeln, wer dein Vater ist.«

Lina antwortete nicht. Sie wussten nicht – keiner von ihnen wusste –, wie sehr sie sie mit ihren gedankenlosen Worten verletzen konnten. »Was meinst du damit?«, fragte sie leise.

Er hockte sich neben sie, bis er in Augenhöhe mit ihr war. »Wir werden rausfinden, wem du ähnlich siehst. Das wird cool. Du wirst schon sehen.« Bevor sie darauf etwas erwidern konnte, hatte er ihr eine alte Baseballmütze auf den Kopf gesetzt und eine Schere hervorgezaubert. »Ich werde genau um die Kappe rumschneiden – das sieht stark aus.« Er rülpste angetrunken und lachte.

Angst stieg in ihr auf. »Augenblick mal ...«

»Meine alte Dame ist Friseuse. Ich weiß, was ich tue«, sagte Jett.

Brittany starrte auf sie herab. »Du hast doch wohl keinen Schiss, oder?«

Die anderen Jugendlichen drängten sich um sie.

Lina biss sich auf die Unterlippe, damit die nicht zitterte, schaute aber Brittany unverwandt ins Gesicht. »Ich hab keinen Schiss«, sagte sie. »Und außerdem ist kurzes Haar viel cooler.« Sie wandte sich an Jett und schenkte ihm ihr breitestes, mutigstes Lächeln. »Fang schon an.«

Jett begann zu schneiden. Lange Locken von pechschwarzem Haar rutschten über ihre Levi's-Jacke. Bei jedem Schnipp-schnipp-schnipp zuckte sie zusammen und hatte das Gefühl, als ob Teile von ihr abfielen.

Brittany fischte einen Spiegel aus ihrer Handtasche und reichte ihn Lina. In ihren braunen Augen war ein triumphierendes Lächeln.

Lina hob langsam den Spiegel hoch und starrte ihr Gesicht darin an. Für eine Sekunde konnte sie nicht atmen, aber nach einer Minute schaute sie nicht mehr auf das struppige, zerschnittene Haar. Sie starrte nur ihr Spiegelbild an.

Die Fragen drangen wieder auf sie ein und dieses Mal halfen der Schnaps und der Pot absolut nicht. Plötzlich dachte sie an ihren Vater – den mysteriösen Vater –, der ihr Gesicht geprägt und ihrer Seele seinen Stempel aufgedrückt hatte. Wie immer überlegte sie, was er im Augenblick wohl tun mochte. Kam er von der Arbeit nach Hause? Küsste er ein anderes Kind, das er im Lauf der Zeit gezeugt hatte, eines, bei dem er geblieben war, um es großzuziehen?

Alles wäre anders, wenn ich dich kennen würde, dachte sie zum millionsten Mal.

»Sie sieht wie Mr Sears aus«, sagte Brittany und lachte schrill. »He, Hillyard, vielleicht ist der Hausmeister der Schule dein Dad.«

Jett griff nach einem Joint und nahm einen Zug. Rauch quoll aus seinem Mund, als er sagte: »Ich weiß nicht, warum du nicht einfach deine alte Dame fragst. Meine Mutter hat mir die Adresse meines Dad vor ein paar Jahren gegeben. Sie sagte mir, ich solle zu ihm ziehen, und wünschte mir viel Glück.«

Einfach fragen.

Lina erschauerte bei dem Gedanken. Vielleicht würde sie es dieses Mal tun. Ihr sechzehnter Geburtstag stand bevor ...

Der Gedanke intensivierte sich, nahm Gestalt in ihrem Kopf an, bis sie am ganzen Leibe zitterte. Erwartung erblühte in ihr zu einer lebenden, atmenden Existenz. Sie wusste plötzlich, was sie sich zu ihrem Geburtstag wünschte. »Es ist Zeit«, sagte sie zu sich und spürte, dass sie zu lächeln begann.

»Was meinst du, Lina?« Brittanys nasale Stimme drang in ihre Gedanken.

Lina blickte ruckartig auf. Für einen Sekundenbruchteil verstand sie nicht, worauf sie alle warteten. Dann erinnerte sie sich. Der Haarschnitt. Sie schaute zuerst Jett an, dann Brittany – die so unbedarft war, dass sie glaubte, ein dämlicher Haarschnitt sei wichtig. »Ist irgendwie cool. Danke, Jett. Und jetzt gib mir den Tequila.«

Kapitel 3

Madelaine setzte die teuren Einkaufstüten auf dem knarrenden alten Kai ab und setzte sich.

Salzige Luft streichelte ihre Wangen und zerrte an den kurzen Locken, die ihr Gesicht umrahmten. Das dunkelgrüne Wasser starrte sie an, wiegte sich sanft, klatschte gegen die von Rankenfüßlern übersäten Pfähle und hustete Gischt. Der Kai stöhnte unter ihr, bewegte sich mit jedem Stoß der Gezeiten, als kämpfe er, um seinen Platz gegen die monumentale Kraft des Meeres zu behaupten.

»Hallo, Mama«, sagte sie und ihre Stimme war so sanft und leise wie der Wind, der durch die altersschwachen Bretter flüsterte.

Die See starrte sie an, wartend und wogend.

Sie sehnte sich danach, sich ihrer Mutter nahe zu fühlen, hier, an dem einzigen Ort auf Erden, an dem ein solches Gefühl überhaupt möglich war, aber es war schwer, ein Band zu knüpfen, das vor so vielen Jahren zerrissen war. Sie versuchte es dennoch. Am ersten Sonntag eines jeden Monats kehrte sie zurück und sprach zu der Frau, die ihr Leben hätte gestalten sollen.

Zum ersten Mal war sie hergekommen, als sie sechs Jahre alt war. Ein spindeldürres Kind damals, mit unscheinbarem Gesicht, gekleidet wie eine winzige Puppe, ihre schwarzen

Mary-Jane-Lackschuhe an den Knöcheln leicht zusammengepresst, ihr schwarzes Satinkleid plusterte sich im Wind auf.

Sie schloss ihre Augen und ließ den Erinnerungen freien Lauf, alles, was ihr geblieben war. Ihr Vater stand am Rand dieses Kais neben ihr, sein Burberry-Mantel flatterte und seine Wangen waren von der Kälte gerötet. Er hatte damals so groß gewirkt, riesig und unzerstörbar, mit einer Stimme wie ein Nebelhorn und Augen, die sie niemals ansahen.

Die Asche ihrer Mutter trieb auf der Oberfläche des Wassers ...

Weine nicht, Mädchen. Das bringt sie nicht zurück.

Madelaine gehorchte ihm, wie sie es immer getan hatte, und hielt bei jedem Atemzug die Tränen zurück. Das Meer war vor ihren Augen verschwommen, schimmernd zu einer riesigen, endlosen blauen Fläche geworden, die ihr einst nichts bedeutet hatte und jetzt alles barg, was von ihrer Mutter übrig geblieben war.

Es hatte Jahre gedauert, bis sie an diesen Ort zurückgekommen war, und nachdem sie es einmal getan hatte, konnte sie nicht mehr wegbleiben.

Die Tüten hinter ihr raschelten wieder, erinnerten sie daran, warum sie hier war, an die Bestätigung, die sie von ihrer Mutter brauchte.

»Morgen ist Linas Geburtstag«, sagte sie leise.

Die Worte wurden von der Brise erfasst, durcheinandergewirbelt und schließlich verschluckt. Nach einem aufreibenden Arbeitstag war sie einkaufen gegangen, hatte sich mit jedem Artikel abgequält, wollte, dass jedes einzelne Stück genau richtig war. Die Brücke, die sie und Lina wieder zueinanderbringen würde. Der Wunderkleber, der das brüchige Band ihrer Beziehung wieder reißfest machen würde.

Sie wollte, dass die morgige Party ein neuer Anfang für sie

und Lina werden würde, für Mutter und Tochter, die sich so entfremdet hatten. Aber wie?

Das war die Frage, mit der sie zu ihrer vor vielen Jahren verstorbenen Mutter gekommen war. Wie finden zwei Menschen, die einander lieben, den Weg zurück? Wie kommt man auf falsch gegangenen Wegen auf wunderbare Weise doch zum Ziel?

Hilf mir, meinen Weg zu finden, Mama.

Sie hob ihren Kopf und schaute auf das glitzernde Wasser hinaus. Wie gewöhnlich bekam sie keine Antwort, hörte nichts als den unaufhörlichen Rhythmus der Wellen, die gegen den Kai klatschten. Der Wind wurde stärker und schlug die Wellen heftiger und heftiger gegen die Pfähle. Über ihr kreiste eine Möwe und krächzte und tauchte in das Meer.

»Ich dachte, dass ich dich hier finden würde.«

Francis DeMarcos warme Stimme war wie ein willkommener Balsam für ihre Seele. Sie hätte wissen müssen, dass er kommen würde. Lächelnd drehte sie sich zu ihm um.

Er stand groß und aufrecht ein paar Schritte hinter ihr. Seine langen Arme hingen herab. Er sah in seiner strengen Priesterkleidung wie immer etwas verlegen und unsicher aus. Der pechschwarze Stoff bildete einen starken Kontrast zu seiner blassen, klaren Haut. Eine Locke seines zerzausten, weizenblonden Haares ringelte sich über einem Auge. Er schob sie ungeduldig beiseite, aber sie fiel sofort wieder zurück.

Madelaines Herz zog sich bei seinem Anblick fast schmerzhaft zusammen. Er starrte sie an, wie er es immer tat, die Augen leuchtend und eindringlich, den Mund umspielte ein zurückhaltendes Lächeln.

»He, Francis«, sagte sie.

Er schaute sie auf seine jungenhafte Art an und strahlte über das ganze Gesicht. Für einen erwachsenen Mann sah er herzergreifend naiv aus. »Ich habe dich heute Morgen in der Kirche vermisst.«

Sie schmunzelte über den vertrauten Witz. »Ich habe im OP gebetet. Und in der Kosmetikabteilung von Nordstrom's.«

Er trat zu ihr und seine Absätze klackten auf dem müden alten Holz. Seine Knie knackten, als er sich neben sie setzte. Sein Blick war auf das Meer gerichtet. »Hat sie diesmal geantwortet?«

Sie wäre verletzt gewesen, hätte ein anderer die Frage gestellt. Bei Francis war das jedoch etwas anderes, ihrem Francis, der sie besser kannte als sonst jemand auf dieser Welt. Seufzend lehnte sie sich an ihn und schob ihre Hand in seine.

Er war für so viele Jahre ihr Anker gewesen. Ihr bester Freund. Die Kraft, die sie nie aus sich schöpfen konnte, hatte sie immer in ihm gefunden.

»Nein, keine Antwort.«

»Du bist bereit für die Party morgen? Wie ich sehe, hast du Nordy's und Tower Records leer gekauft.«

Sie lachte und fühlte sich gut dabei. Sie lachte viel zu wenig. »Das klassische Alleinerziehender-mit-einem-Problemkind-Syndrom. Kaufen, kaufen, kaufen.«

Eine wohltuende Stille trat zwischen ihnen ein. Madelaine starrte auf das Meer hinaus, lauschte seinem rhythmischen Atem und spürte seine Bewegung in dem Holz unter ihr.

Als Francis zu sprechen begann, war seine Stimme so leise, dass Madelaine es für eine Sekunde nicht einmal bemerkte.

»... alte Mrs Fiorelli. Es geht ihr nicht gut.«

Madelaine drückte seine Hand. »Es tut mir Leid, das zu hören, Francis. Ich weiß, wie sehr du dich um sie sorgst.«

»Ja. Ich muss sie dringend besuchen.«

Madelaine drehte sich zu ihm und zu ihrer Überraschung sah er traurig aus. Sie strich ihm behutsam mit dem Handrücken über die Wange. »Was ist, Francis?«

Er fuhr sich mit einer Hand durch sein blondes Haar. Sie wartete darauf, dass er lachte, sagen würde, es sei nichts, aber er blieb ungewohnt still und schaute sie an.

»Francis?«

Er beugte sich vor. Ihre Blicke fanden sich. Der Moment dauerte an, verlängerte sich auf eine eigenartige Weise, die ihr Herz schneller schlagen ließ.

Bevor sie etwas sagen konnte, war es vorbei. »Es ist nichts, Maddy-Mädchen. Überhaupt nichts.«

Sie fühlte sich – verrückterweise – so, als ob sie ihn gerade im Stich gelassen hätte. »Ich bin immer für dich da, Francis. Das weißt du.«

»Ja«, sagte er und schenkte ihr ein trauriges, zärtliches Lächeln. »Das weiß ich.«

Lina rutschte von dem harten Plastiksattel ihres Rennrads runter und klappte den Ständer aus. Das Fahrrad neigte sich etwas nach links und blieb stehen. Sie zog den Helm vom Kopf und schüttelte ihr jungenhaft geschnittenes Haar, fuhr mit den Fingern durch die feuchten, verschwitzten Strähnen, damit die so stachelig und ungekämmt wie möglich hochstanden.

Ihre Mutter war über die Frisur natürlich entsetzt gewesen. *Wie Billy Idol, Lina. Willst du wirklich wie Billy Idol aussehen?*

Die Wahrheit war, dass ihre Mutter ihr kein größeres Kompliment hätte machen können, und außerdem war heute der ideale Tag, um wie Billy Idol auszusehen.

Es war Linas sechzehnter Geburtstag und sie war im Begriff, Stunk zu machen. Teufel auch, sie brannte förmlich darauf.

Es gab nämlich nur ein Geschenk, das sie haben wollte – aber wenn sie sich das wünschte, würde sie den Ärger ihres Lebens riskieren.

Sie griff in ihre lederne Motorradjacke und zog ein zerknautschtes Päckchen Marlboro Lights heraus. Sie steckte eine an, nahm dann einen tiefen Zug. Ihre Lunge brannte und sie hustete, aber das war's ihr wert.

Mom hasste es, wenn sie rauchte.

Lächelnd schlenderte sie über den Ziegelweg durch den perfekten Vorgarten im Martha-Stewart-Stil auf das weiße Farmhaus mit der riesigen Panoramaveranda zu. Es stand allein am Ende der Straße. Es war einmal von hundert Morgen Weideland umgeben gewesen. Jetzt war es das einzige altmodische Haus auf einer Straße von Reihenhäusern, die aussahen, als seien sie mit Plätzchenformen ausgestochen worden. Wie immer war jeder Strauch und Baum exakt gestutzt und das Gras ein Teppich von rasiertem Grün. Topfpflanzen in Herbstfarben säumten die Stufen, die zur Veranda hochführten.

Das Einzige, was an dieser kitschigen Postkartenansicht von Stadtrandidylle fehl am Platze wirkte, war Vater Francis' schäbiger gelber VW Käfer, der in der Auffahrt stand. Sie bemerkte eine neue Beule in der verrosteten vorderen Stoßstange und überlegte kurz, wen er diesmal gerammt haben mochte.

Auf der Veranda blieb sie stehen und fuhr erneut mit einer Hand durch ihr Haar. Sie wusste, dass sie heute besonders schlimm aussah – billig und heruntergekommen und als ob sie mächtig in Schwierigkeiten steckte –, genau so, wie sie aussehen wollte. Drei Ohrringe im rechten Ohr, vier im linken. Lippenstift in der Farbe geronnenen Blutes und blaue Mascara. Hautenge schwarze Levi's mit einem Dutzend ausgefranster Löcher und ein fleckiges weißes Männer-T-Shirt.

Sie wusste, dass es ein Zeichen von Unreife war, sich so anzuziehen, nur um ihre perfekte Mutter zu ärgern, aber das war ihr egal. Im Gegenteil – sie tat alles, um die Aufmerksamkeit ihrer Mutter zu wecken. *Doktor* Hillyard, die Jungfrau Maria der Medizin, die nach einer Zehn-Stunden-Schicht im Krankenhaus noch immer umwerfend aussah und nie etwas Falsches zu tun schien. Jedes Mal, wenn Lina ihre Mutter ansah, fühlte sie sich klein und dumm und albern. Früher hatte sie das gestört, dazu geführt, dass sie sich in den Schlaf weinte, sich gefragt hatte, warum sie ihrer makellosen Mutter nicht ähnlicher war.

Aber das war dann so langweilig geworden, all dieses Weinen und Wollen und Brauchen. In diesem Jahr war ihr bewusst geworden, dass sie *niemals* wie ihre Mutter sein würde, und diese Erkenntnis hatte sie befreit. Lina versuchte nicht länger, gute Zensuren zu bekommen und gute Freunde zu finden und überhaupt alles gut zu machen. Sie war in ihrer Rebellion aufgeblüht, schwelgte geradezu darin.

Nach einer Weile jedoch war nicht einmal dies genug. Und schließlich hatte sie langsam zu verstehen begonnen, was falsch war.

Daddy.

Es war kindisch, ihn so zu nennen, aber sie konnte nicht dagegen an. Sie erinnerte sich haargenau an den Tag, als sie ihren Vater erstmals vermisste. Nicht auf eine vage Ich-wünschte-er-wäre-hier-Weise, sondern mit einem ganz ernsten Gefühl von Verlust, das in ihrer Magengrube nagte.

Es war in der sechsten Klasse gewesen, ein Jahr, bevor sie ihre Periode bekam. Sie hatte schließlich den Mut gefunden, ihre Mutter nach ihm zu fragen, und Madelaine hatte zuerst bestürzt dreingeschaut und dann plötzlich einen traurigen, abwesenden Blick bekommen und gesagt, er habe sie vor langer Zeit verlassen. Dass er nicht *bereit* gewesen sei, Vater zu sein. Aber das habe nichts mit Lina zu tun, hatte Madelaine nachdrücklich erklärt. Überhaupt nichts.

Lina konnte sich noch genau an das Gefühl erinnern, an die Verlassenheit, die sie empfunden hatte.

Jedes Mal, wenn sie jetzt in den Spiegel schaute, sah sie die

Augen eines Fremden, das Lächeln eines Fremden. Und mit jedem Tag fühlte sie sich einsamer und einsamer und noch verlorener.

Damals war es gewesen, in diesem kalten Dezember des sechsten Schuljahres, als Lina bewusst wurde, dass sie mit der Sehnsucht nach ihrem Daddy alleine dastand, die Einzige war, die fand, dass mit ihrer Familie etwas nicht in Ordnung sei. Das war der Zeitpunkt, als das Verhältnis zu ihrer Mutter sich zu verändern begann. Lina war mit ihren Fragen auf ihr Zimmer gegangen, hatte sich mit ihnen beschäftigt, sich ihnen so gewidmet, wie sie einst mit ihrem Teddybär gekuschelt hatte. Eine kühle Vorsicht entstand im Umgang mit ihrer Mutter, eine wachsame Distanz, eigens dazu geschaffen, wie es schien, weitere Fragen zu verhindern.

Lina hatte sich in vielen Nächten in den Schlaf geweint. Sie hatte das Gefühl, als ob sie schon immer um ihn geweint hatte, um diesen mysteriösen Vater, der nie zu ihr gekommen war, nie nach ihr gefragt hatte, nie an ihrem Geburtstag angerufen hatte.

Sie hatte getrauert, bis keine Trauer mehr in ihr war, und dann waren langsam, irgendwie auf heimtückische Weise, diese Gedanken gekommen. *Vielleicht wusste er nichts von ihr.*

Nachdem der Gedanke erst einmal gesät war, begann er Wurzeln zu schlagen. Lina nährte ihn täglich mit dem Wasser der Möglichkeit, bis sie es eines Tages glaubte. Absolut und total. Ihr Vater wusste nichts von ihr. Denn sonst wäre er hier, bei ihr, liebte sie, würde mit ihr etwas unternehmen und ihr all die Dinge kaufen, die Mom ihr nicht erlaubte.

Er würde nicht so viel von ihr verlangen, würde nicht seinen Kopf schütteln und missbilligend mit der Zunge schnalzen, wenn sie darum bat, sich tätowieren lassen zu dürfen. Er würde ihre Fragen beantworten und sie trösten. Er würde ihr erlauben, dass sie die ganze Nacht im Hause ihres Freundes blieb.

Vielleicht würde er sie nach einem bösen Traum sogar in die Arme nehmen und sie einfach weinen lassen ...

Die Zigarette zwischen ihre Zähne geklemmt, riss sie die Eingangstür auf und trat ins Haus. Sie warf ihre Jacke auf den Garderobenhaken und ging über den weiten Korridor, bog in die Küche.

Die war leer.

Sie nahm noch einen brennenden Zug aus der Zigarette und sah sich um, war sich plötzlich unsicher, was sie tun sollte. Der Küchentisch war farbig geschmückt und auf ihm lagen Päckchen gestapelt, eingewickelt in glänzende Folien. In ihrer Mitte stand ein weißer Kuchen in Form einer Harley-Davidson Low Rider. Ballons füllten die kleine Küche, blinzelten ihr von überall zu – von Stuhllehnen, dem Chromgriff an der Vorderseite des Herdes, von der Kühlschranktür. Große Ballons von Mylar, und auf allen stand *Happy Birthday*.

Auf dem Kuchen waren sechzehn Kerzen – diese albernen gedrehten rosa Kerzen, die es in Schachteln zu dreißig Stück bei Safeway gab.

Tränen brannten in ihren Augen und verwischten den Kuchen und das Tischtuch zu einer weißrot karierten Schmiere. Wütend auf sich selbst, fuhr sie sich mit dem Handrücken über die feuchten Augen und wandte sich mit einem Ruck vom Tisch ab.

Was war nur mit ihr los? Wer fing schon beim Anblick eines blöden alten Kuchen an zu heulen?

Aber sie wusste, was es war. Ihre Mutter hatte versucht, die richtigen Ballons aufzuhängen, den richtigen Kuchen zu kaufen. Lina hatte keinen Zweifel daran, dass ihre Mom beim Kauf jedes Geschenks Qualen gelitten hatte.

Sie wusste auch, dass jedes Geschenk falsch sein würde: zu

kindisch, zu erwachsen, zu spät, zu früh. Es war genau so, wie es zwischen ihr und ihrer Mom war. Es gab nie etwas, das stimmte.

Nicht wie früher, damals, als »You and Me Against the World« von Helen Reddy ihr und Moms Lied gewesen war. Damals, als sie es die ganze Zeit gesungen hatten, gelacht, getanzt, sich umarmt hatten.

Jetzt schaute sie auf den blöden, im Laden gekauften Kuchen und ihr fehlte alles. Sie vermisste die Nächte, in denen sie sich ins Bett ihrer Mom geschlichen hatte, die Morgen, an denen sie gemeinsam Pfannkuchen gebacken und dämliche Lieder gesungen hatten. Gott, es war wirklich peinlich, aber wie sehr sie das alles vermisste ...

»Alles Gute zum Geburtstag, mein Schatz!« Die heisere Stimme ihrer Mutter hallte durch die Küche.

Lina riss ihren Kopf hoch. Sie sah ihre Mutter in dem offenen Durchgang stehen, der die Küche vom Wohnzimmer trennte. Vater Francis war neben ihr. Sie grinsten beide.

Lina mochte nicht glauben, dass sie weinte. *Weinte.*

Sie reckte ihre Schultern und schniefte, lehnte sich dann träge an die Wand. Sie spürte, wie sie sich dem Image hingab, das sie geschaffen hatte, der Rebellin mit der schwarzen Lederjacke. Zurück an einen Ort, wo niemand etwas anderes von ihr erwartete als ein freches Mundwerk und ein rotznäsiges Aussehen. Einen Ort, wo Dinge wie Einsamkeit und das Vermissen der Mutter nicht existierten. Sie zog an der Zigarette, inhalierte tief, lächelte dann – nur ein Verziehen der Lippen wie Elvis – und murmelte: »Danke, Leute.«

Madelaine starrte auf die Zigarette. Ihr strahlendes Lächeln verflog und Enttäuschung verdunkelte ihre haselnussbraunen Augen. »Ich habe dich gebeten, im Haus nicht zu rauchen.«

Dann hindere mich doch dran. Lina starrte sie an, ohne zu

blinzeln. Fast lächelnd, schlenderte sie vorwärts. Ihre Motorradstiefel klackten auf dem Holzboden. Als sie unmittelbar vor ihrer Mutter war, nahm sie wieder einen Zug. »Wirklich?«

Für eine berauschende Sekunde glaubte sie, ihre Mutter würde tatsächlich etwas *tun*, etwas sagen. Lina beugte sich vor und wartete.

Madelaine zuckte kurz hilflos die Schultern. »Es ist dein Geburtstag ... lass uns nicht streiten.«

»Lina, mach die Zigarette aus oder ich mäste dich mit Kommunionswaffeln«, sagte Vater Francis.

»Gott, wenn's dir Spaß macht, warum tust du's nicht?« Sie drehte sich um, ging zur Küchenspüle und löschte die Zigarette unter fließendem Wasser.

Als sie sich wieder umdrehte, hatte sich niemand bewegt. Vater Francis und Mom sahen aus wie ein Paar aus Madame Tussauds Wachsfigurenmuseum. Sie standen Seite an Seite da, wie immer. Beste Freunde.

Heute sah Francis noch stattlicher aus als sonst. Er war groß und schlank, gebaut wie ein Tänzer, und obwohl seine klerikale Kleidung immer etwas fehl am Platze wirkte, sah er in ziviler Kleidung definitiv gut aus. Wie jetzt, wo er eine ausgeblichene blaue Levi's trug und ein übergroßes Sweatshirt von Gap. Und es gab überall im Land sechzehnjährige Mädchen, die bei seinem umwerfenden Lächeln ohnmächtig werden würden.

Francis fuhr mit einer Hand durch sein volles, widerspenstiges blondes Haar und grinste. »Nun, Lina-Ballerina, wie fühlt man sich mit sechzehn?«

Lina zuckte die Schultern. »Gut.«

Mom schenkte ihr ein ziemlich trauriges Lächeln. »Ich erinnere mich noch daran, wie es war, als ich sechzehn war.«

Francis schaute ihre Mutter an und Lina sah, dass sich die

gleiche Traurigkeit in seinen blauen Augen widerspiegelte. »Ja«, sagte er ruhig. »Es war ungefähr um diese Jahreszeit.«

Sie machten es wieder, schlossen sie aus. »Hal-*lo*«, warf Lina mit einem Schnauben ein. »Heute ist mein Geburtstag, nicht ein Erinnerungstag für alte Leute.«

Mom lachte. »Du hast Recht. Wie wär's, wenn du die Geschenke auspackst?«

Linas Blick schoss zu dem Stapel von Päckchen auf dem Tisch. Große, schöne, wundervoll eingepackte Schachteln, die nicht enthielten, was sie sich wünschte. Nicht enthalten konnten, was sie sich wünschte.

Sie sah wieder ihre Mom an und fürchtete sich plötzlich vor dem, was sie heute geplant hatte. Ihre Mutter hatte so schwer gearbeitet ... arbeitete immer so schwer, und dies würde ihr das Herz brechen ...

Mom machte einen Schritt auf sie zu, hatte die Hand ausgestreckt. »Baby, was ist denn?«

Lina erstarrte und wich zurück, fort von der tröstenden Berührung ihrer Mutter, die sie traurig machte. »Sag nicht Baby zu mir.« Zu ihrem Entsetzen brach ihre Stimme.

»Süße ...«

»Wie heißt er?« Die Frage schoss wie von selbst über ihre Lippen und sie klang barsch und hässlich. Sie zuckte zusammen. Aber sie war da, hing zwischen ihnen, und es gab jetzt kein Zurück.

Ihre Mutter blieb stehen. Ihr Stirnrunzeln zog ihre vollen, geschwungenen Brauen zusammen. »Wie heißt wer?«

Lina spürte, dass sie die Kontrolle verlor. Es begann mit einem Zittern ihrer Finger, das sie nicht verhindern konnte. Sie wünschte sich, sie hätte eine Zigarette oder ein Glas Wasser. Irgendetwas, egal was, um sich daran festzuhalten, darauf zu starren. Irgendetwas anderes, wohin sie schauen konnte, als in die verwirrten graugrünen Augen ihrer Mutter.

Und dieser verdammte Song ging ihr fortwährend durch den Kopf. *You and Me Against the World.* Du und ich gegen die ganze Welt.

Ihre nächste Frage würde alles verändern. Das Wenige, was ihr und ihrer Mutter geblieben war, zerreißen.

Er weiß nichts von dir. Er würde dich lieben, wenn er es wüsste.

Lina klammerte sich an diesen tröstenden Gedanken, bis ihre Finger zu zittern aufhörten und der Kloß in ihrer Kehle schmolz. Langsam, dabei tief einatmend, schloss sie ihre Augen, unfähig, ihre Mutter anzusehen, als sie die Frage stellte. »Wie ist sein Name, Mom? Das ist alles, was ich zu meinem Geburtstag möchte. Nur einen Namen.«

Für eine Sekunde wurde alles ruhig und still.

»Wie heißt wer?«, sagte Mom schließlich. Ihre Stimme war sanft. So sanft, als ob sie wisse, wisse und Angst habe.

Lina öffnete ihre Augen und erwiderte den Blick ihrer Mutter. Sie spürte ein wenig Gewissensbisse, wusste, wie sehr ihre nächsten Worte ihre Mutter verletzen würden, aber sie verdrängte die Gefühle. »Mein Vater.«

»Oh, mein Gott«, flüsterte Francis.

Lina schenkte ihm keinen Blick, sondern starrte einfach ihre Mutter an, die so reglos war, dass es aussah, als würde sie nicht einmal atmen. Sie stand erstarrt in der Mitte des Raumes, ihr honigbraunes Haar sanft aus ihrem Gesicht geschwungen, ihre klare, blasse Haut gerötet. Die hellrote Seide ihrer Bluse war ein beißender Farbfleck an ihrem Hals.

»Nun?«, drängte Lina sie.

Farbe kroch an dem langen, schlanken Hals ihrer Mutter hinauf. Sie fasste sich mit einer zitternden Hand an die Stirn und strich eine nicht vorhandene Haarsträhne weg. »Dein Vater…« Sie hielt inne, warf Vater Francis einen unsicheren Blick zu.

Lina hatte einen plötzlichen, entsetzlichen Gedanken. »Ist er es? Vater Francis und die Jungfrau Maria der Medizin?« Sie lachte grell, fast hysterisch, aber es war nicht komisch. Wie kam es, dass sie diese Möglichkeit nie in Betracht gezogen hatte? Ihr zweiter Name war *Francesca.* O, Gott. Es war hysterisch, war wirklich hysterisch. Wer wäre besser für ihre perfekte Mutter geeignet als ein Geistlicher? »Wie viele Ave-Maria würdest du *dafür* bekommen?«

»Nein«, sagte Francis. »Ich wünschte, ich wäre dein Vater, Lina, aber ich bin es nicht.«

Linas Atem explodierte in einem Seufzer der Erleichterung. Er war nicht ihr Vater, hatte nicht all diese Jahre als Heuchler neben ihr gelebt, als jemand, der nicht zugeben wollte, dass er ihr Vater war. Er war noch immer ihr Freund, der Onkel, den sie nie gehabt hatte, das einzige andere Familienmitglied, das sie je gekannt hatte. Ganz plötzlich erinnerte sie sich Hunderter Momente in ihrer Vergangenheit, in denen er für sie da gewesen war, ein aufgeschlagenes Knie verarztet hatte, mit ihr gespielt hatte, mit ihr in den Imbissstuben gewesen war, in die Väter mit ihren Töchtern gingen. Sie bewegte sich hölzern auf ihn zu, ihren Blick auf sein Gesicht fixiert. Vor Verlegenheit füllten Tränen ihre Augen. Sie konnte sie nicht verdrängen. »Aber du weißt, wer es ist? Du weißt es.«

Francis erbleichte. Er warf ihrer Mutter einen bestürzten Blick zu. »Mad...«

»Frag sie nicht.« Tränen liefen über Linas Gesicht. Sie erfasste Francis' Hand und drückte sie. »Bitte ...«

»Francis wird es dir nicht sagen«, sagte Madelaine mit müder Stimme.

Lina sah in den blassblauen Augen von Francis die Wahrheit. Er mochte Lina lieben, aber nicht so sehr, dass er gegen die Wünsche ihrer Mutter handelte. Niemals so sehr, dass er sich gegen die große und perfekte Madelaine stellte.

Lina spürte eine plötzliche heiße Welle von Wut. Wie konnte ihre Mutter es wagen, ihr diese Information vorzuenthalten? Wie konnte sie es *wagen*?

Sie wirbelte herum, stürzte zu ihrer Mutter. »Sag es mir.«

Ihre Mutter streckte einen Arm aus und legte ihre eiskalte Hand auf Linas Wange. »Lass uns darüber reden, Kleines. Auf diese Weise geht das nicht, nicht so ...«

Lina schlug die Hand weg. »Ich will nicht darüber reden. Ich will eine Antwort.« Ihre Stimme brach, Tränen rollten. »Du redest immer und ich bin es leid. Ich bin's müde, laut und anders zu sein.« Sie sah zu ihrer Mutter auf, Tränen verschleierten ihren Blick, sie fühlte sich elend und völlig durcheinander.

»Es tut mir Leid, Kleine. Das wusste ich nicht.« Moms Stimme sank zu einem Flüstern. »Ich hätte es dir vor Jahren sagen sollen.«

Lina fasste sie bei den Schultern. Furcht und Panik erfüllten sie, löschten alles andere aus bis auf das Verlangen, endlich eine Antwort zu erhalten. »*Sag es mir*.«

»Dein Vater wollte nicht ...« Mom sah Francis an und lachte unsicher. »O, Gott, Francis, warum tut das denn noch immer so weh?«

Kälte erfüllte Lina. Sie konnte die Antwort spüren, die förmlich um sie wirbelte. Sie wollte schreien, wollte das so sehr, aber ihr Mund war trocken und ihre Kehle wie zugeschnürt. Doch plötzlich waren die Tränen verflogen. »Er wollte mich nicht.«

»Nein, das ist es nicht.« Madelaine trat vor, ihren Blick auf Linas Gesicht fixiert. »Er ... wollte mich nicht, Kleines. Mich.« Sie stieß ein sprödes Lachen aus. »Mich hat er verlassen.«

Lina wich zurück. »Was hast du ihm angetan? *Was?*« Sie schaute zu Francis hinüber, dann wieder ihre Mutter an, spürte, dass neuerlich Panik ihr Blut in Wallung brachte, und das machte sie krank und benommen und wütend. »Du hast ihn vertrieben, nicht wahr? Hast ihn krank gemacht mit deiner Perfektion.« Ihre Stimme brach und sie begann heftiger zu weinen. »Du hast ihn dazu gebracht, uns zu verlassen.«

»Lina, hör mir zu. Bitte, ich liebe dich so sehr, Schatz. Bitte, lass uns ...«

»*Nein!*« Lina merkte nicht einmal, dass sie geschrien hatte. Sie wich zurück, hielt sich die Ohren zu. »Ich will nicht mehr zuhören.« Sie machte kehrt und rannte zur Tür, riss sie auf. Als sie nach draußen trat, in das strahlende Sonnenlicht des Tages – ihres sechzehnten Geburtstages –, spürte sie eine eigenartige Ruhe. Ihre Tränen trockneten und ballten sich zu einem harten, kalten Klumpen in ihrem Magen zusammen. Langsam drehte sie sich zu ihrer Mutter um. »Bin ich wie er?«

Lina hätte schwören können, dass sie das erste Mal Tränen in den Augen ihrer Mutter glitzern sah. Aber das war natürlich unmöglich. Sie hatte ihre Mutter nie weinen sehen. »Lina ...«

»Bin ich wie mein Vater?«

Madelaine starrte sie einen langen Moment an, dann wandte sie sich leicht ab. Ihr Blick wurde weich. »Du bist genau wie er.«

Zuerst verwirrte der Ausdruck in den Augen ihrer Mutter Lina. Dann überkam das Verstehen sie in einer eisigen Welle.

Ihre Mutter erinnerte sich an *ihn*.

Erinnerungen, die der Familie gehören sollten, die in Linas Herz bewahrt sein sollten, an dieser Stelle, wo jetzt nichts als ein dunkles Loch war, mit *Daddy* markiert. Lina hatte sich so sehr bemüht, diese Leere in ihrem Leben zu füllen, Bilder eines Mannes zu beschwören, der vor langer, langer Zeit weggegangen war und nie zurückgeschaut hatte. Und sie brauchte nur eine ganz einfache Frage zu stellen, und ihre Mutter erinnerte sich an Millionen Dinge über ihn. Wie er aussah, wie er lächelte, wie seine Hand sich anfühlte, wenn sie ihre eigene hielt. An alles das, was Lina sich zu wissen sehnte und niemals herausfinden konnte.

Lina sah Madelaine an und hasste sie in diesem Augenblick mehr, als sie jemals jemand gehasst hatte. »Dann weiß ich, warum er dich verlassen hat.«

Kapitel 4

Francis stand wie erstarrt da, war unfähig, einen zusammenhängenden Gedanken zu fassen. Er atmete schnell, zu schnell. Er hörte sich an wie ein Marathonläufer, aber er hatte keinen einzigen Schritt getan. Er warf Madelaine, die wie angewurzelt dastand, die Hände zu Fäusten geballt und in die Seiten gestemmt, den Rücken stocksteif, einen kurzen Blick zu.

Er konnte ihr Gesicht nicht sehen, aber das war auch nicht nötig. Er kannte und liebte sie seit fast siebzehn Jahren. Er wusste, was sie fühlte.

Er trat unbeholfen auf sie zu. »Maddy?«

Sie schien ihn nicht zu hören.

»Madelaine?«

Als sie schließlich sprach, klang ihre Stimme dünn und abwesend. »Tja, das war wirklich ein Reinfall.«

Es brach ihm das Herz, dass sie noch immer tat, als sei sie unerschütterlich. »Sei nicht ...«

Sie seufzte schwer. »Ich hätte ihr schon vor langer Zeit von ihm erzählen sollen, Francis.«

Im Lauf der Jahre hatten sie diese Diskussion schon hundertmal geführt und er wusste, dass sie sich jetzt wieder Selbstvorwürfe wegen der Entscheidungen machen würde, die sie getroffen hatte. So war sie nun mal. Sie nahm immer die

Schuld auf sich. Übernahm die Verantwortung für das Unglück der ganzen Welt.

Er trat neben sie und nahm ihre Hand. Er wollte etwas sagen, fühlte sich aber unsicher, wie immer, wenn er sich in ihrer Nähe aufhielt. Sie war so stark, so unverwüstlich und doch so blind. Sie konnte nicht sehen, dass Lina sie liebte, konnte sich nicht vorstellen, dass Francis es tat.

All das war die Schuld ihres Vaters. Droben, in diesem großen Herrenhaus auf dem Hügel, musste Alexander Hillyard seiner kleinen Tochter, die ihre Mutter verloren hatte, schreckliche Dinge angetan haben, weil Madelaine selbst jetzt noch glaubte, sie sei nicht liebenswert. Das glaubte sie wahrhaftig.

»Lina liebt dich, Maddy. Ich habe dir das schon Millionen Mal gesagt. Sie ist nur durcheinander.«

Madelaine schüttelte ihren Kopf – ganz wie er es von ihr erwartet hatte. »Nein. Ich hätte es ihr sagen sollen.«

»Ja, vielleicht hättest du das, aber das ist jetzt Schnee von gestern.«

»Ich kann das wieder gutmachen. Ich kann es ihr jetzt erzählen.«

Er starrte sie schockiert an. »Das kannst du nicht.«

»Natürlich kann ich.«

Francis erschauerte unwillkürlich. Wenn Madelaine Lina von ihrem wirklichen Vater erzählte, würde alles zusammenbrechen, dieses Scheinzuhause, das Francis für die Familie geschaffen hatte, von der er sich so sehnlich wünschte, sie wäre seine eigene. Er hatte Lina immer als *seine* Tochter betrachtet. Er war derjenige gewesen, der ihre aufgeschlagenen Knie verbunden hatte, sie im Arm gehalten hatte, wenn sie weinte. Und er hatte Angst – Gott sei ihm gnädig –, er hatte Angst, dass sie ihn nicht mehr wollte, wenn sie erfuhr, wer ihr wirklicher Vater war. Es war falsch, was er sagen wollte – eine furchtbare, schreckliche Sünde –, aber er konnte nicht anders.

»Wecke keine schlafenden Hunde«, sagte er entschlossen. »Er würde ihr ohnehin nur das Herz brechen.«

»Ich habe solche Angst, sie zu verlieren, Francis. Ich kann scheinbar nichts richtig machen.« Sie wandte den Blick von ihm ab und starrte auf die offene Tür. »Ich dachte ... nachdem mein eigener Vater ... Ich hatte mir fest vorgenommen, eine gute Mutter zu sein.«

Ihr Schmerz ging ihm zu Herzen. Sie stand neben ihm, nah und doch spürbar fern. Allein wie immer, unberührbar, die Welt herausfordernd, sie nicht anzufassen, und wartete darauf, dass man ihre Schwächen entdeckte und sie ausnutzte. Er trat näher, fasste ihr Gesicht mit beiden Händen und hob ihr Kinn. Sie wirkte so zerbrechlich, so zerbrechlich. »Vergleiche dich nicht mit Alex, Madelaine. Alex war grausam und unerbittlich und gefühllos.«

»Lina glaubt, *ich* fühle nichts. Sie glaubt, ich bin kalt und perfekt und unbeteiligt.«

»So dumm ist sie nicht, Maddy. Sie ist ein Teenager mitten in der Entwicklung, völlig durcheinander und von Hormonen gesteuert.«

»Nein, so ist es nicht. Sie ist wie ... *er*. Du weißt, dass sie so ist.«

Francis wünschte, er könnte lügen, aber Madelaine hatte Recht. Lina war genauso wie ihr Vater. Rebellisch, ungezügelt, temperamentvoll. Die Art von Menschen, die unbekümmert und leichtsinnig sind – und manchmal gegen Mauern prallen. Die Art von Menschen, die sich mit siebzehn auf und davon machen können, ohne je zurückzuschauen.

»Nein. Sie ist klüger als er«, sagte er schließlich und wollte nur zu gerne seinen eigenen Worten glauben. »Sie mag jetzt verrückt sein, aber sie liebt dich. Andernfalls würde sie sich nicht so darum bemühen, deine Aufmerksamkeit zu erringen.« Er starrte in ihre riesigen, von Schmerz verdunkelten

Augen und hatte das Gefühl, als würde er in dem Bedürfnis, sie zu halten, ertrinken. Gott, er wünschte, dies wäre sein Augenblick, seine Tochter, seine Frau, sein Leben. Ohne nachzudenken, beugte er sich zu ihr und zog sie an sich, küsste sie sanft und zögerlich auf die Stirn. Gefühle durchstürmten ihn, ließen das Blut in seinem Kopf hämmern, und er wusste, dass er zu weit gegangen war, sie zu lange geküsst hatte ...

Sie wich zurück. »Francis? Was war ...«

»Sie liebt dich, Madelaine«, flüsterte er auf ihre Haut, »so wie ich.« Die Worte schlüpften heraus, Worte, die zu sagen er vorher nie den Mut gehabt hatte. Aber jetzt schien das die natürlichste Sache der Welt zu sein.

Sie wich noch weiter zurück und blickte zu ihm auf.

Er beugte sich vor, wollte sie wieder küssen, wartete atemlos darauf, dass sie sprach.

Plötzlich lächelte sie. »Oh, Francis, ich liebe dich auch. Ich weiß nicht, was ich ohne deine Freundschaft tun sollte.«

Die Worte trafen ihn bis ins Mark. Er streichelte ihr seidiges Haar und hielt sie fest. Tränen brannten in seinen Augen. Er war ein Feigling – ein Mann, dessen beide Lieben unmöglich nebeneinander bestehen konnten und zwischen denen er niemals eine Wahl treffen konnte. Ein Priester, der eine Frau liebte. Ein Mann, der Gott liebte.

Doch niemals zuvor hatte seine Liebe zu Madelaine seinen Gelübden geschadet – er hatte sie mit einer Reinheit geliebt, die seine Priesterschaft nicht befleckte. Das waren zumindest die kleinen Lügen, an die er selbst glauben wollte, wenn er allein in seinem Bett lag und an sie dachte.

Bis jetzt. Jetzt hatte er sie geküsst – und nicht als ihr Priester oder als ihr Freund, sondern als der Mann, der sie liebte. Er hatte die Worte am helllichten Tage gesagt und, Gott möge ihm beistehen, er hatte atemlos auf ihre Antwort gewartet.

Und das war nicht einmal seine größte Sünde. Er hatte ihr gesagt – sie angefleht –, Lina die Wahrheit zu verschweigen.

Lina, die Tochter, die seine war und doch nicht, die er mehr liebte als sein eigenes Leben. Er hatte die Lüge unterstützt, die ihr das Herz brechen würde.

Angel war wieder in Seattle. Er starrte aus dem schäbigen, winzigen Fenster seines Krankenhauszimmers und schaute zu, wie der Regen an dem Glas herunterrann. Ein Krankenhauszimmer in Seattle – *Seattle* – war der schlimmste Ort, an dem man sein konnte. In der Nacht zuvor hatte man ihn mit einem Hubschrauber hergeflogen, im Schutz der Dunkelheit, wie ein Stück Fleisch auf einer Trage festgezurrt, sein Gesicht maskiert, sein Name verschwiegen.

In diesem Hubschrauber war er ein Niemand, einfach einer von vielen sterbenden Männern, die zu einem Hightech-Krankenhaus geflogen wurden. Er war unter strengsten Sicherheitsvorkehrungen hertransportiert worden, damit seine wahre Identität nicht bekannt wurde. *Mark Jones* – so nannten sie ihn. Ein Risikopatient, der in einen abgelegenen Flügel auf die Intensivstation gebracht worden war. Er hatte es so gewollt, aber es ärgerte ihn noch immer, so anonym zu sein. Jahrelang war er in großem Stil hofiert und fotografiert worden, wohin er auch kam. Jahrelang war er *jemand* gewesen. Und jetzt war er ganz einfach der alte Mark Jones, ein Niemand mit einem versagenden Herz.

Es klopfte an die Tür. Dann ein gewispertes »Mr Jones?«

Er versuchte sich aufzurichten, aber die Nadeln in seinen Adern hinderten ihn daran, lösten schmerzende Stiche aus, die durch seinen Arm schossen. Er murmelte einen Fluch, ignorierte das Stechen und mühte sich weiter. Als er schließlich aufrecht saß, war er erschöpft und glaubte eine erniedrigende Sekunde lang, brechen zu müssen. Der Raum verschwamm vor seinen Augen. Sein Herz schlug und stockte wie das Wort eines Stotterers.

Seine Brust schmerzte nicht, aber er wusste, dass dies ein trügerisches Gefühl von Sicherheit war. Er war mit Medikamenten voll gepumpt, und wenn deren Wirkung nachließ, würde er elende, unerträgliche Schmerzen haben. »Herein«, sagte er mit pfeifender, atemloser Stimme.

Die Tür öffnete sich und ein großer, grauhaariger Mann in weißem Kittel trat ein. Die Tür fiel quietschend hinter ihm zu.

Der Besucher setzte sich und rutschte nahe an das Bett, wobei er Angels Akte durchblätterte. »Ich bin Chris Allenford, Chef des Transplantationsteams hier im Saint Joseph's.«

Angel konzentrierte sich darauf, seinen Herzschlag im Takt zu halten – das war nicht leicht, da Furcht durch sein Blut pulsierte. Er wollte locker und völlig gelassen aussehen, wollte *gesund* wirken.

Dies war der Mann, auf den er gewartet hatte, der Mann, an den er zu glauben versucht hatte, seit dieser Alptraum begonnen hatte. Der Mann, der den Schrecken der letzten paar Tage wegnehmen konnte, ihn vollends zum Verschwinden brachte.

Angel bot all seine schauspielerischen Fähigkeiten auf und setzte ein anmaßendes Lächeln auf. »He, Doc.«

»Ich habe mit Ihren Ärzten Kennedy und Gerlaine gesprochen und sie sagten mir, dass Sie über Ihren Zustand unterrichtet worden sind. Ich habe mich auch mit Dr. Jones im Loma Linda beraten und wir sind uns alle einig, was Ihre Prognose betrifft.«

»Gerlaine sagte mir, dass eine Operation unmöglich sei. Im LaGrangeville ist das wahrscheinlich tatsächlich so, aber hier ...« Er ließ den Satz unbeendet, fürchtete sich, die Frage tatsächlich zu stellen.

Allenford runzelte die Stirn.

Ich bin nicht bereit, dachte Angel plötzlich. *Nicht bereit, darüber zu sprechen.* Nicht bereit für ein Stirnrunzeln.

Allenford legte die Akte auf den Nachttisch. »Ich könnte mich darüber auslassen, wie geschwächt und kraftlos Ihr Herz ist, aber das alles haben Sie bereits gehört. Als junger Mann haben Sie eine Virusmyokarditis gehabt und die hat Ihr Herz beschädigt. Man hat Ihnen geraten, Ihren Lebenswandel zu ändern. Diesen Rat haben Sie offensichtlich ignoriert.« Er schüttelte seinen Kopf. »Der technische Terminus für Ihren gegenwärtigen Zustand ist Kardiomyopathie im Endstadium. Was bedeutet, Ihr Herz kann nicht mehr. Ist verbraucht. Wenn diese Operation nicht erfolgt, werden Sie sterben. Bald.«

Wut durchzuckte Angel so intensiv und schnell, dass er sich benommen fühlte. »Eine Operation, Gott, ihr Ärzte seid doch alle gleich. Sie sagen ›Sie brauchen eine Operation‹ so, als würden Sie mir sagen, mir müsste ein Weisheitszahn gezogen werden.« Er versuchte angestrengt, sich weiter aufzurichten, konnte es aber nicht. Das Scheitern verstärkte seinen Ärger. »Schön, Doc, dann lassen Sie sich mal Ihr verdammtes Herz rausschneiden und erzählen mir anschließend, wie es war. Wenn Sie dann noch immer die *Operation* gutheißen, werde ich darüber nachdenken.«

Allenford hatte die ganze Zeit Blickkontakt gehalten, doch die Fältchen in seinen Wangen schienen sich zu vertiefen. »Ich weiß nicht ... ich bin nie ein sehr mutiger Mann gewesen.«

Er sagte diese Worte sehr ruhig und ehrlich. Angels Ärger legte sich. An seine Stelle trat Furcht, die sein Inneres erfüllte. »Mein Herz«, flüsterte er. Er wollte keck und selbstsicher klingen, wusste aber, dass er wieder versagt hatte.

Allenford starrte auf ihn herab. »Ich kann nicht behaupten, dass ich weiß, wie Sie sich fühlen, Mr DeMarco, aber ich kann Ihnen ein wenig über operative Eingriffe erzählen. Sie etwas entmystifizieren. Vor Jahren waren Herztransplantationen sehr riskante Wagnisse, ihr Ausgang war sehr unsicher und die meisten Patienten starben. Aber in den letzten zehn Jahren haben wir gewaltige Fortschritte gemacht. Medikamente, die die Abstoßung verhindern, Gewebecharakterisierung, Immunosuppressoren – sie alle haben eine enorm wichtige Rolle gespielt, damit diese Art von Operation erfolgreich wurde. Und Sie sind noch einer von den Glücklichen – nur Ihr Herz ist beschädigt. Ihre anderen Organe funktionieren erstaunlich gut, wenn man bedenkt, welches Leben Sie geführt haben. Das bedeutet hinsichtlich der Langzeitprognose nach der Operation einen Vorteil. Schätzungsweise neunzig Prozent aller Patienten leben anschließend ein relativ normales Leben.«

»Relativ normal«, sagte Angel, dem bei diesem Gedanken übel wurde.

»Ja, relativ. Sie werden für den Rest Ihres Lebens Medikamente nehmen, müssen Ihre Diät genau einhalten und Sport treiben. Keine Drogen, keine Zigaretten, kein Alkohol.« Er beugte sich vor und lächelte freundlich. »Das sind die Nachteile. Der Vorteil ist, dass Sie leben werden.«

»Klingt, als sei das ein tolles Leben. Ich kann's kaum erwarten.«

Allenfords raubvogelartige graue Brauen zogen sich langsam zusammen. »Ich habe am Ende des Korridors einen siebzigjährigen armen Apfelpflücker, dem ein neues Herz auch nicht mehr helfen wird ... Und dann ist da ein sechsjähriges Mädchen, das die ganze letzte Woche immer wieder Herzstillstand hatte. Sie will nur eines: lange genug leben, um sieben Kerzen auf ihrer Geburtstagstorte zu sehen. Die beiden würden sofort mit Ihnen tauschen.«

Angel fühlte sich schäbig. »Hören Sie, es tut mir Leid, ich habe nur ...«

Allenford wollte das nicht so einfach durchgehen lassen. »Ich weiß, dass Sie eine Berühmtheit sind, aber glauben Sie mir, das bedeutet hier überhaupt nichts. Ihre Wutanfälle und Ihr Egoismus interessieren mich absolut nicht. Hier drin sind Sie nichts weiter als ein Patient, der auf ein neues Herz wartet. Die knallharte Wahrheit ist, Mr DeMarco, dass Sie sterben werden. Ohne Transplantation werden Sie schwächer und schwächer werden. Sie werden nicht mehr in der Lage sein, sich viel zu bewegen, und einigermaßen vernünftig atmen zu können, wird Ihnen wie ein Geschenk Gottes erscheinen. Ich weiß, dass es schwer ist, aber Sie müssen langsam begreifen, was ich Ihnen sage. Ihr bisheriges Leben ist vorbei.«

Angel wusste, dass er jetzt den Mund halten und Kooperationsbereitschaft heucheln sollte. Aber er war wütend und voller Angst. Seine Berühmtheit war stets eine Lizenz für schlechtes Benehmen gewesen, so dass er sich gar nicht anders verhalten konnte. »Ich könnte aufstehen, hier rausgehen und es darauf ankommen lassen.«

»Natürlich könnten Sie. Und Sie könnten von einem Bus überfahren werden, bevor Sie an Herzversagen sterben.«

»Ich könnte sterben, während ich einer Frau das Hirn rausvögle.«

»Ja, könnten Sie.«

»Vielleicht will ich das ja tun.«

»Vielleicht.«

Angel starrte den Mann an. Er hatte niemals ein solches Durcheinander von Gefühlen empfunden. In seinem Kopf wirbelten Gedanken, Möglichkeiten, Ängste. Vor allem Ängste. »Wenn ich mich entscheide, diesen Eingriff vornehmen zu lassen ...«

»Eines möchte ich gleich klarstellen, Mr DeMarco, es ist nicht ganz Ihre Entscheidung.«

»Was meinen Sie damit?«

»Wir sprechen hier über eine Herztransplantation und nicht über eine Zahnkrone. Es steht nur eine begrenzte Anzahl von Herzen zur Verfügung. Unglücklicherweise entscheiden sich die meisten Familien dafür, Organe eines geliebten Angehörigen nicht zu spenden. Tausende von Patienten, die auf ein neues Herz warten, sterben jedes Jahr.«

»Wollen Sie mir damit sagen, ich könnte sterben, während ich auf ein Herz *warte*?«

»Ja.«

»Gott, ist das ein Mist.«

»Ihr Zustand ist kritisch. Wenn die UNOS – das ist das United Network for Organ Sharing, das Organspendezentrum – findet, dass Sie ein akzeptabler Kandidat sind, werden Sie an die Spitze ihrer Transplantationsliste gesetzt. Das erste Herz, das passt, wäre dann Ihres. Aber ich könnte nichts garantieren.«

Die Worte trafen ihn wie ein Faustschlag. »Wow! Und jetzt sagen Sie mir also, dass ich vielleicht nicht einmal auf die Liste gesetzt werde?«

»Dazu ist ein psychologisches Profil erforderlich. Wir alle müssen davon überzeugt sein, dass Sie Ihr Leben ändern und Ihr neues Herz hüten werden.«

Langsam dämmerte Angel die Wahrheit. Ihm wurde die Bedeutung der Worte des Arztes klar. Zum ersten Mal konnte Angel nicht toben oder überreden oder sich irgendwie freikaufen. Alles, was er tun konnte, war spielen – vorzugeben, er sei dieser Chance würdig. Aber er glaubte nicht, dass er ein so guter Schauspieler war. »Oh, das ist einfach Spitzenklasse. Ich werde sterben, weil ich so einen beschissenen Charakter habe.« Er lachte bitter. »Meine Mutter hatte Recht.«

»Angenommen, Sie kommen auf die Liste – und das wird von Ihrem Psychiater und Ihrem Kardiologen abhängen –, stehen Ihre Chancen, ein neues Herz zu bekommen ... und zwar rechtzeitig ... etwa fünfzig zu fünfzig.«

Er wollte sagen: *Danke für die makabren Feststellungen,*

Doc. Ich werde ganz sicher mein Herz der Chirurgie anvertrauen, aber er unterdrückte seinen Sarkasmus. Stattdessen fragte er: »Wie wollen Sie meine Anonymität garantieren, solange ich hier bin?«

»Wir haben eine Nachrichtensperre verhängt – Sie sind einfach Mark Jones, der wegen einer Herztransplantation hier ist. Nur meine ältesten vertrauenswürdigsten Teammitglieder werden wissen, wer Sie wirklich sind.« Er seufzte. »Um ganz ehrlich zu sein – ich weiß nicht, wie lange es dauern wird, aber wir werden unser Bestes tun, um Ihre Privatsphäre zu schützen. Sollte doch etwas durchsickern, werde ich einfach erklären, Sie seien wegen einer Herzoperation hier.«

Angel wusste aus Erfahrung, dass die Nachricht früher oder später bekannt werden würde. Er hoffte, dass es später sein würde. »Okay. Ich werde ein braver Junge sein, werde mein Leben ändern und auf den Schnaps und die Drogen verzichten. Wo soll ich warten?«

»Hier, Mr DeMarco. Sie sind viel zu krank, um das Hospital verlassen zu können. Ich werde für morgen früh einen Termin mit Ihrem Teamkardiologen machen – nachdem wir die entsprechenden Tests durchgeführt haben. Sie wird Sie über die restlichen Einzelheiten informieren.«

»O, nein«, sagte er. »Keine Ärztinnen.«

Allenford lachte ihn an. »Hier drin sind Sie ein Niemand, Mr DeMarco. *Ich* wähle die Spieler für Ihr Team aus.«

»Team«, sagte Angel voller Ekel. »Einem *Team* wird das Herz ja nicht rausgeschnitten, nicht wahr, Doc? Nur mir, von wegen Lebenserhaltung.«

Dr. Allenford schloss die Akte und legte sie beiseite. »Nein, Mr DeMarco, wir werden nicht mit dem Messer konfrontiert ... und der langwierigen Genesung.« Er beugte sich vor. »Aber wir werden diejenigen sein, die das Herz finden, herausnehmen, es herbringen und es Ihnen einsetzen. Und ich bin derjenige, der das Messer *führt.*« Ein Lächeln breitete sich langsam über sein Gesicht. »Deshalb würde ich an Ihrer Stelle meine Einstellung ändern.«

Sie starrten einander lange und intensiv an und Angel wusste, dass keiner von ihnen daran gewöhnt war, zu verlieren. Schließlich sagte er: »Betrachten Sie sie als geändert.«

Allenford grinste. »Gut. Ich werde dafür sorgen, dass der Psychologe Sie mit allen Einzelheiten vertraut macht. Morgen werde ich mit Dr. Hillyard sprechen und mir die Resultate Ihrer Tests ansehen. Danach werden wir alle notwendigen Entscheidungen treffen.«

Angel bekam ein mulmiges Gefühl in der Magengrube. Er versuchte es zu ignorieren, konnte es aber nicht. Er war in Seattle, dem Tatort des alten Verbrechens, und Madelaines alter Herr hatte immer gewollt, dass sie Ärztin werden sollte. »Dr. Hillyard?«

»Madelaine Hillyard ist die beste Kardiologin im Team – sie kann mit schwierigen Patienten gut umgehen.«

Sein kaputtes Herz setzte für einen Schlag aus, blieb vielleicht sogar stehen. Es war das erste Mal seit Jahren, dass er ihren Namen laut ausgesprochen gehört hatte, und das löste eine Flut von Erinnerungen aus. Flüchtige Bilder, erinnerte Augenblicke. Madelaine, ihr langes braunes Haar wirr und tropfnass, ihre Knie an die Brust gezogen, ihre Finger, die den Sand nach verborgenen Schätzen durchpflügten, lachend, immer lachend. Die sternklare Nacht, in der sie unter einer riesigen alten Eiche kauernd billigen Schmuck vergruben, begleitet von einem Schwall der Worte Erwachsener. *Ich werde dich immer lieben, Angel ... immer.*

Madelaine, seine erste Liebe, war Kardiologin geworden.

Ein bitteres Lächeln umspielte seinen Mund. Genau das, was ihr Daddy gewollt hatte.

Er starrte Dr. Allenford an, der aufstand und sich zum Gehen bereit machte. Angel wollte etwas sagen, aber seine Kehle war wie zugeschnürt und kein Ton wollte herauskommen. Allenford nickte ihm zu, verließ dann das Zimmer und schloss die Tür hinter sich.

Angel lag regungslos da, atmete schwer und spürte, wie sein Herz sich stotternd zusammenzog und wieder löste, lauschte dem *Bip-bip-bip* des Monitors. Er hatte keine zweite Chance mehr, keine Alternativen. Er hatte diesen Moment seines Lebens erreicht, diesen Augenblick, in dem er gebrochen und allein war.

Was sollte er jetzt tun? In diesem Einzelbett mit Metallgitter liegen und darauf warten, dass irgendein armer Schlucker starb? Hier liegen, sich von ihnen die Brust aufschneiden und sein Herz rausreißen lassen, damit es wie jeder andere Abfall auf den Müll geworfen werden würde?

Herztransplantation. Das Wort war schneidend wie ein Messer, zerrte an seinen Eingeweiden.

Was sie mit ihm anstellen wollten, war eine Abscheulichkeit, eine Obszönität. Und Madelaine würde diejenige sein, die es tat.

Ausgeschlossen.

Er schlug die Decke von seinem Körper und zog die Nadeln aus seinen Armen. Er schwang seine Beine über den Bettrand und stand auf. Er würde sehen, dass er schnell von hier wegkam. Sie würden ihm nicht sein Herz rausschneiden und das eines anderen einpflanzen. Er konnte nicht – wollte nicht – so leben. Er würde so sterben, wie er immer gelebt hatte. Voll und ganz. Ohne Rücksicht auf Verluste.

Er machte einen einzigen Schritt, mehr nicht, und Schmerz explodierte in seiner Brust. Mit einem Aufschrei stürzte er zu Boden. Er streckte einen Arm aus, bekam einen Tisch zu fassen und riss ihn um. Wasser spritzte auf den Boden. Plastikbecher und Krüge knallten auf das Linoleum.

Er lag da, unfähig zu atmen, schnappte nach Luft wie ein Fisch auf dem Trockenen. Und die Schmerzen. Gott, selbst trotz all dieser Medikamente hatte er Schmerzen, wie er noch nie zuvor Schmerzen gehabt hatte.

Plötzlich begriff er. Er *starb*. Vielleicht nicht heute, vielleicht nicht morgen, aber bald. Bald. Es war egal, ob er die Operation wollte, war völlig unwichtig, ob er ein Monster war, wenn sie vorbei war. Er hatte keine Wahl.

Er drehte sich um und kroch zum Bett zurück. Er klammerte sich an das metallene Bettgestell, zog sich langsam hoch und brach auf der Matratze zusammen.

Er glitt wieder unter die Decke und schloss seine Augen. Es schmerzte so furchtbar, dass er weinen wollte.

Wenn er nur jemanden hätte, mit dem er reden könnte, jemand, der ehrlich war, dem an ihm lag. Jemand, der ein Freund war, so wie es Francis und Madelaine einst gewesen waren.

Madelaine.

Wie viele Nächte hatte er im Dunkeln wach gelegen, überlegt, wie es seinem Bruder gehen mochte, was aus Madelaine geworden war? Wie viele Male hatte er zum Telefon gegriffen, um sie beide anzurufen, nur um wieder aufzulegen, bevor sich jemand gemeldet hatte?

Er seufzte schwer. *Madelaine*. Sogar jetzt konnte er ihr Gesicht vor sich sehen, das dichte braune Haar, das in Wellen bis in die Mitte ihres Rückens fiel, die vollen Augenbrauen und die Zigeuneraugen, die runden Formen ihres Körpers. Vor allem aber konnte er sich an ihr Lachen erinnern, das so kehlig und weich war.

Damals hatte sie immer gelacht.

Damals. Bevor er sie sitzen gelassen hatte.

Das letzte Mal, als er Madelaine gesehen hatte, hatte sie zusammengekauert an einem Ende des zerschlissenen Sofas gesessen, hatte im Wohnwagen seiner Familie so fehl am Platze ausgesehen. Ihr Kaschmirpullover hing traurig über einer Schulter. Ihre Wangen waren von Tränen feucht.

Er erinnerte sich wieder an all dies und mit der Erinnerung kam die brennende Scham. Die Lügen, die er ihr erzählt hatte, die Worte, die wie Gift von seinen Lippen getroffen waren, das Gefühl des Blutgeldes in seiner Hand, die anhaltende Erinnerung an ihren Duft – Babypuder und Ivory-Seife.

Und jetzt konnte sie sich endlich rächen.

Sein *Leben* hing von der Frau ab, die er betrogen hatte.

Kapitel 5

Madelaine saß auf der Kante von Linas Bett. Hier und da konnte sie noch Stücke der blassblauen gestreiften Laura-Ashley-Tapete sehen, die sie vor so vielen Jahren hatte anbringen lassen, aber der größte Teil der Wände war mit Postern von Rockgruppen bedeckt, von denen Madelaine nie etwas gehört hatte. Tausende winziger Reißzweckenlöcher in der teuren Tapete, jedes ein Stempel von Linas sich entwickelnder Persönlichkeit.

Madelaine legte sich auf das Bett zurück, schloss die Augen und dachte an ihre Tochter. Für eine Sekunde sah sie in Gedanken nur längst vergangene Bilder vor sich – Pustebäckchen und lachende blaue Augen, ein Paar speckige Beinchen, die über den Boden des Esszimmers watschelten. Ein zahnloses wundervolles Lächeln.

Ob alle Mütter so fühlten? Bewahrten alle Mütter ein Bild ihrer Babys in ihren Herzen auf, erwarteten, dass erwachsene Mädchen noch immer nach Talkumpuder und Babyshampoo dufteten?

Ach, sie hatte so viele Fehler gemacht. Sie hätte Lina die Wahrheit über ihren Vater schon vor vielen Jahren erzählen sollen. Bereits letztes Jahr, als sie gesehen hatte, wie es mit Lina abwärts ging, hätte sie die Ursache dafür vermuten müssen und reinen Tisch machen sollen. Aber sie hatte solche verdammte

Angst davor gehabt, dass Lina sie nicht mehr lieben würde. Angst davor, dass ihr Baby sein Zuhause verlassen würde ...

Es war wundervoll gewesen, als nur sie beide, Mutter und Kind, in dem stillen Haus gewesen waren, Plätzchen gebacken und Gutenachtgeschichten gelesen hatten.

Längst vergessene Erinnerungen an die Tage, an denen sie selbst ein Teenager gewesen war, noch zum College ging und alleine ein Kind großzog, kamen ihr in den Sinn. Bilder von diesem entsetzlichen Apartment an der University Avenue, mit den Fenstern, die sich nicht öffnen ließen, und der Heizung, die nie funktionierte ... an die wackelige Treppe, die zu der purpurnen Vordertür führte ... an den Wagen, der jeden Morgen an der Ecke Fifteenth und University stehen blieb ... an die Nächte, als sie beide zum Abendessen Cornflakes mit Rosinen aßen und sie hoffte, dass die Milch noch frisch war. Doch selbst in den schlimmsten Zeiten – während der achtzehnstündigen Arbeitstage und ihres nächtlichen Studiums – hatte Madelaine Lina immer bei sich gehabt. Ein neugieriges Kleinkind, das sich an die Hüfte einer erschöpften Assistenzärztin klammerte. Damals hatten sie zusammengehalten. Sie beide gegen den Rest der Welt ...

Aber dann hatte sich die Außenwelt eingemischt, hatte ihre klebrigen Finger ausgestreckt und nach Lina verlangt. Das war der Anfang vom Ende – als Lina langsam größer geworden war und Fragen zu stellen begann und Madelaines Fehler sah. Vielleicht hätte Madelaine gewusst, wie sie mit diesen täglichen Traumata umgehen sollte, wenn sie normale Schulen besucht hätte, mit Freundinnen aufgewachsen wäre. Doch so etwas hätte ihr Vater niemals erlaubt. Er hätte nie gestattet, dass Madelaine mit dem zusammen war, was er als Gesindel bezeichnete. Sie hatte jeden Tag ihrer Kindheit allein verbracht, von Freunden geträumt, die sie nie besuchen würden, und von Ausflügen, die niemals stattfanden. Sie wusste nichts von Schulbällen oder Rangeleien und noch weniger über Rebellion.

Sie wusste überhaupt nichts über Teenager, die verängstigt und aggressiv und verwirrt waren.

Madelaine wusste nur, wie man sich versteckte, heuchelte, lächelte, wenn der Schmerz so groß und tief wurde, dass sie manchmal nicht atmen konnte. Und sie wollte nicht, dass ihr Baby diese Kunst erlernte.

Seufzend erhob sie sich und stand unsicher da. Was sollte sie tun, wenn Lina endlich heimkam?

Falls sie heimkam.

Madelaine erschauerte. Sie wollte nicht daran denken, wollte nicht ständig lauschen, ob das Telefon oder die Hausglocke klingelte, darauf warten, dass das Schlimmste eintrat. Sie wollte sich nicht den Kopf darüber zerbrechen, ob Lina das tun würde, was Madelaine vor so vielen Jahren getan hatte.

Sie trat an den Kassettenrecorder, der auf Linas Schreibtisch stand, und sah gedankenlos die Musikkassetten und die CDs durch, die daneben gestapelt waren. Ganz unten in dem Stoß steckte das alte Band von Helen Reddy, das sie so oft gehört hatten.

Sie nahm es heraus, entstaubte die Plastikhülle und öffnete sie. Dann steckte sie die Kassette in das Gerät und drückte auf Play.

Die Musik glitt auf einer Flutwelle bittersüßer Erinnerungen durch das Zimmer.

»Das ist nicht fair, Mom«, sagte eine zitternde Stimme.

Madelaine drehte sich zur Tür um. Lina sah unglaublich jung und verwundbar aus, ein Kind in Erwachsenenkleidung, das Make-up auf ihren blassen Wangen verschmiert. Sie war so klein, ihre Knochen waren so zart wie die eines Vögelchens, ihr Gesicht war schmal und herzförmig. Das Pechschwarz ihres widerspenstigen Haares kontrastierte scharf mit dem blassen, ach so blassen Cremeton ihrer Haut. Haut, die ihre sprühenden, kornblumenblauen Augen noch betonten.

Madelaine schenkte ihr ein zaghaftes Lächeln. »Hi, Ba... Lina. Ich habe auf dich gewartet.«

Lina fuhr sich mit einer Hand durch ihr stacheliges schwarzes Haar. »Ja, richtig. Wolltest mir noch mal alles Gute zum Geburtstag wünschen, ja?«

Madelaine ging langsam auf ihre Tochter zu, blieb aber auf halbem Wege stehen und setzte sich stattdessen auf das Bett. Sie blickte zu ihrer sechzehnjährigen Tochter auf.

»Ich möchte dir etwas erklären«, sagte sie schließlich.

»Ja.« Lina zog einen Stuhl hinter dem Schreibtisch hervor und setzte sich. Sie beugte sich vor, legte ihre Ellenbogen auf die Knie und sah ihre Mutter mit einem wütenden Blick durchdringend an. Vier silberne Ohrringe, leiterartig übereinander angebracht, funkelten in ihrem linken Ohr. »Dann erklär mal. Erzähl mir von meinem Dad.«

Dad. Das Wort wie ein Schnitt mit einem Rasiermesser. Madelaine zuckte zusammen. Er war kein Dad. Ein Dad war immer da, beschützte seine Familie und half, wenn das Baby Fieber oder einen Alptraum hatte. Ein Dad ließ nicht alle sitzen.

Lina seufzte dramatisch. »Hör mal, Jett wartet da draußen auf mich ...«

»Du triffst dich mit einem Jungen namens Jett?«

»Willst du nun reden oder nicht? Andernfalls ...«

»Ich lernte deinen ... Vater kennen, als ich ungefähr so alt war wie du.« Madelaine versuchte zu lächeln. »Es ist eine Geschichte, die du schon Millionen Mal vorher gehört hast. Ich wurde schwanger und er ... er konnte die Stadt nicht schnell genug verlassen.«

Linas blaue Augen wurden schmal. »Hast du je wieder von ihm gehört?«

Madelaine versuchte, sich nicht daran zu erinnern, wie lange sie auf einen Anruf, einen Brief, auf irgendetwas gewartet hatte. Versuchte zu vergessen, wie sie noch Jahre später zu Weihnachten geweint hatte. »Nein.«

»Wie heißt er?«

Madelaine wusste, dass dies die Frage war, die alles kaputtmachen würde. Gleich, wie sie antwortete, es würde falsch sein. Wenn sie log, würde Lina sie hassen, und wenn sie wahrheitsgemäß antwortete, würde Lina Kontakt zu ihrem Vater aufnehmen. Nur, dass er kein Mann war, der sich über einen mitternächtlichen Anruf – »Hi, ich bin deine Tochter« – freuen würde. Wenn er sein Kind hätte kennen lernen wollen, wäre er nicht einfach gegangen.

Wenn Lina ihn fand, würde er ihr das Herz brechen. Ein Wort, eine Geste, ein kleines Lachen – alles, was deutlich machte, dass es ihm egal war – würde Lina umbringen.

»Nun?«, fragte Lina.

Madelaine wusste, dass sie keine Wahl hatte. Sie hätte das schon vor langer, langer Zeit tun sollen. Aber sie konnte seinen Namen nicht einfach so preisgeben. Madelaine musste mit ihm sprechen, bevor Lina es tat. Der Gedanke daran – der bloße Gedanke, ans Telefon zu gehen und ihn nach all diesen Jahren anzurufen – entsetzte sie. Es würde alles verändern. *Gott steh uns bei.* »Ich kann dir seinen Namen nicht jetzt gleich sagen, aber ...«

»Lass es.« Lina sprang auf und trat den Stuhl weg.

»Lass mich ausreden. Ich kann dir seinen Namen nicht *jetzt gleich* sagen. Aber ich werde ...« Es kostete sie ihre ganze Kraft, ihre nächsten Worte zu formulieren. »Ich werde mich mit ihm in Verbindung setzen und ihm von dir erzählen.«

Linas Augen weiteten sich. Ein winziges Lächeln spielte um ihren Mund. »Heißt das, er weiß nichts von mir?«

Madelaine überlegte, wie sie auf diese Frage antworten sollte – verärgert, bitter, traurig. Am Ende entschied sie sich, einfach ehrlich zu sein. »Soweit ich weiß, ist er nicht einmal im Bilde darüber, dass du geboren bist.«

Lina biss sich auf die Unterlippe, um ein Lächeln zu unterdrücken. Madelaine konnte die Erregung im Gesicht ihrer Tochter sehen, sah das Leuchten in den hellblauen Augen. Lina wollte so verzweifelt glauben, dass ihr Vater ein guter Mann war, ein liebender Vater, der seiner Chance beraubt worden war, wirklich ein Vater zu sein. »Ich wusste es.«

Madelaine starrte sie an. Lina hatte nicht bedacht, was die Worte tatsächlich bedeuteten, und Madelaine war froh darüber.

»Du versprichst mir, ihm das zu sagen?«

»Ich habe dich nie belogen, Lina.«

»Aber du hast geschwiegen.«

Madelaine zuckte zusammen. »Ich werde es ihm sagen.«

»Er wird mich sehen wollen«, sagte Lina und Madelaine konnte das Verlangen in der Stimme ihrer Tochter hören, das Bedürfnis.

Madelaine stand auf und ging vorsichtig auf sie zu. Als sie nahe genug war, um sie berühren zu können, blieb sie stehen. Obwohl sie das gestutzte Haar ihres Babys streicheln wollte, bewegte sie sich nicht, hob keinen Finger. »Er könnte dich enttäuschen, Liebling.«

»Das wird er nicht«, flüsterte Lina.

Madelaine konnte nicht anders. Sie streckte ihre Hand aus. »Baby, du musst verstehen ...«

»Ich bin nicht dein Baby! Du bist es, die er nicht will. *Du*. Er wird mich nicht enttäuschen. Du wirst schon sehen.«

Lina machte kehrt und rannte aus dem Zimmer, knallte die Tür hinter sich zu. Madelaine hörte ihre Schritte durch das Haus poltern, dann das ferne Klicken, als die Haustür zuschlug.

Und sie blieb völlig allein in dem Zimmer zurück und lauschte Helen Reddy. *You and me against the world.*

Die Hillhaven-Privatklinik erstreckte sich wie ein halb umgestürzter Haufen von Bauklötzen an der schmalen Vorstadtstraße. Auf einem niedrigen Hügel über der von Bäumen gesäumten Straße gelegen, blickte sie düster auf die ruhige Sackgasse hinunter. Gestutztes Gras, durch den Kälteeinbruch der vergangenen Nacht herbstbraun poliert, streckte sich längs der Betonzufahrt. Hinter dem ein Meter achtzig hohen Eisenzaun wanderten ein paar ältere Männer und Frauen durch die welkenden Gärten und sprachen leise miteinander.

Francis lenkte seinen alten Volkswagen auf den Bordstein und parkte in einem ungeschickten Winkel. Er beugte sich zum Beifahrersitz, ergriff seine Bibel und seine schwarze Ledertasche und stieg aus dem Auto. Köstliche, kühle Regenluft kräuselte sein Haar und wehte ihm eine widerspenstige Locke in die Augen. Er stand für einen Moment da und beobachtete, was auf dem Hof vorging. Er konnte das vertraute Kratzen von Metallkrücken hören, die über die Bürgersteige gezogen wurden, und das ferne Winseln eines elektrischen Rollstuhls. Pfleger in gestärkten weißen Uniformen bewegten sich zwanglos zwischen den Patienten und blieben hier und da stehen, um ihre Hilfe anzubieten.

Er spazierte zum Eingang hinauf und trat auf den Hof. Das Tor schloss sich hinter ihm mit einem Klirren, das die Gespräche übertönte. Ein Dutzend Köpfe drehte sich zu ihm und er sah Erwartung in jedem Augenpaar aufleuchten – sie alle hofften, hofften so sehr, dass ein Angehöriger zu Besuch kam.

»Vater Francis!«, kreischte die alte Mrs Bertolucci und klatschte in ihre knorrigen arthritischen Hände.

Er lächelte sie an. Sie sah gerade jetzt so hübsch aus. Sonnenlicht fiel auf ihr weißes Haar und Freude stand in ihren wässerigen Augen. Die linke Hälfte ihres Gesichts war gelähmt, doch das änderte nichts an ihrer Schönheit. Er kannte sie seit fünfzehn Jahren – wie so viele der Menschen, die hier wohnten, hatte sie in Francis' alter Nachbarschaft gelebt und gearbeitet. Jahrelang hatte er mit ihr gemeinsam das Abendmahl genommen und jetzt war er hier, um es zu geben.

Nacheinander kamen sie auf ihn zugeschlurft. Er lächelte. Dafür lebte er.

Und in diesem Augenblick fühlte er Frieden, war wieder einmal von der tröstenden Wärme seines Glaubens umhüllt. Es war ihm bestimmt, hier zu sein. Ihm war immer bestimmt gewesen, hier zu sein. Jetzt, wo er das Werk des Herrn verrichtete, fühlte er sich wirklich wohl und zufrieden.

Er wusste, dass er heute Nacht wieder verwundbar sein würde, wenn er allein in seinem Bett lag, lauschte, wie der Wind durch das Dachgesims fuhr, und das Klirren der Fensterscheiben hörte. Der Zweifel würde durch die verschlissenen Vorhänge kriechen und an seiner Seele nagen, und er würde nachdenken und sich Sorgen machen ... Er würde an Madelaine und Lina denken und an all die Entscheidungen, die er in seinem Leben getroffen hatte. Er würde daran denken, wie er Madelaine dazu ermutigt hatte, Lina die Wahrheit zu verschweigen, und das Schamgefühl würde ihn erdrücken. Vor allem aber würde ihn die Einsamkeit wie die Mauern einer Festung umschließen. Doch momentan war er glücklich. Deshalb war er eine Stunde früher zu dem Heim hinübergeeilt. Hier und jetzt, mit dem engen weißen Kragen um den Hals und eine Bibel unter den Arm geklemmt, fühlte er sich sicher.

Er kniete sich auf den harten Grasteppich und sie scharten sich um ihn und sprachen alle auf einmal.

Fred Tubbs hustete schwer und zog dann ein abgegriffenes Päckchen Spielkarten aus seiner Brusttasche – dasselbe Päckchen, das er seit Jahren schwenkte. »Zeit für ein schnelles Kartenspiel, Vater?«

Francis grinste. »Sie haben mich schon letzte Woche ausgenommen, Freddy.«

Der alte Mann zwinkerte. »Ich spiele gerne Karten mit einem Mann, der ein Armutsgelübde abgelegt hat.«

»Schön, vielleicht eine Partie ...«, sagte Francis. Er wusste, dass Freddy Stunden im Aufenthaltsraum verbracht hatte, Karten spielend, dieselben Familienfotos betrachtend, die er schon Millionen Mal gesehen hatte, immer wieder die Weihnachtskarten und Briefe von geliebten Angehörigen las, die nie die Zeit für einen Besuch hatten.

Und sie wussten es auch – das konnte er an der Freude in ihren Gesichtern sehen, der Freude darüber, dass man sich an diesem sonnigen Herbstnachmittag einfach an sie erinnerte.

Er stand auf und griff nach Mrs Bertoluccis Rollstuhl. Sie sprachen noch immer mit ihm, jetzt nacheinander, mit ihren krächzenden, papierdünnen Stimmen, während sie sich zur Eingangstür bewegten. Er wollte die Rampe hochgehen, blieb stehen und sah sich um. »Wo ist Selma?«

Schweigen. Und er wusste es. Die übliche Traurigkeit stieg in seiner Brust auf.

»Gestern«, sagte Sally MacMahon, wobei sie den Kopf mit der pechschwarz gefärbten Mähne schüttelte. »Ihre Tochter war bei ihr.«

Ein erleichtertes Murmeln, weil Selma nicht allein gewesen war.

»Wir dachten, dass Sie vielleicht eine Messe für sie lesen könnten, Vater«, sagte Fred. »Miss Brine sagte, es sei ihr recht – im Aufenthaltsraum um vier Uhr.«

Francis streckte seine Hände nach dem Mann aus und drückte dessen schmale Schultern. Er schaute nacheinander in die Gesichter ringsum, auf faltige, altersfleckige Haut und dünnes Haar, auf dicke Brillengläser und Hörgeräte und Perlenketten aus dem billigen Supermarkt und wusste, was sie jetzt von ihm brauchten.

Glaube. Hoffnung. Kraft.

Und er musste sie ihnen geben. Das Lächeln, das er ihnen schenkte, war breit und kam aus tiefstem Herzen. »Sie hat jetzt keine Schmerzen mehr«, sagte er sanft und glaubte an die Worte, die er schon so viele Male zuvor gesprochen hatte. »Sie ist bei Gott und den Engeln und bei ihrem Mann. Wir sind es, die Schmerz über ihren Heimgang empfinden.«

Mrs Costanza legte ihre rötliche, großknöchlige Hand auf Francis' Arm und blickte mit wässerigen Augen zu ihm auf. »Danke, dass Sie gekommen sind, Vater«, sagte sie mit ihrer zittrigen Stimme. »Wir haben Sie gebraucht.«

Er lächelte in ihr hübsches, von der Zeit gezeichnetes Gesicht und erinnerte sich plötzlich daran, dass sie ihm früher in ihrem Eckgeschäft an der Cleveland Street Blumen geschenkt hatte. Das war hundert Jahre her ... und doch kam es ihm vor, als sei es erst gestern gewesen. »Und ich brauche euch alle«, sagte er nur.

Madelaine hielt ihre Tasse mit dem Morgenkaffee vorsichtig fest und winkte den Krankenschwestern zu, während sie über den breiten, mit Linoleum ausgelegten Korridor ging. Sie bog in ihr Büro ab, einen kleinen, kastenförmigen Raum, der im englischen Landhausstil eingerichtet war. Auffällig geblümte Vorhänge in Burgunder- und Grüntönen umrahmten das kleine Fenster. Schwere Mahagonibücherschränke, überquellend von Büchern und Taschenbüchern und Andenken dankbarer Patienten säumten eine Wand. Pflanzen standen auf der Fensterbank und Fotos von Francis und Lina hingen in Gruppen an der grün gestreiften Tapete. Ein Esszimmertisch aus dem neunzehnten Jahrhundert diente Madelaine als Schreibtisch.

Auf seiner glänzenden Platte standen Fotos von Francis und Lina.

Sie setzte sich an ihren Schreibtisch und begann, die dort liegenden Stapel von Papieren durchzublättern. Bevor sie die Hälfte geschafft hatte, klopfte jemand an die Tür.

Sie blickte nicht auf. »Herein.«

Dr. Allenford, der Herzspezialist des Transplantationsteams trat durch die Tür in ihr kleines Büro. »Sie haben wohl für mich nicht zufällig eine Tasse Kaffee?«, fragte er, während er in dem geblümten Besuchersessel Platz nahm.

Sie schüttelte den Kopf. »Leider nein.«

Er fuhr sich mit einer Hand durch sein stahlgraues Haar und seufzte. »Na gut. Rita drängt mich ohnehin, mit dem vielen Trinken aufzuhören.«

Madelaine kicherte und wartete darauf, dass Allenford zur Sache kam.

»Wir haben einen neuen Transplantationspatienten bekommen.«

Madelaine konnte diese Worte nicht oft genug hören. Plötzlich war sie überhaupt nicht mehr erschöpft oder deprimiert, sondern brannte darauf, mehr zu erfahren. »Wirklich?«

»Schauen Sie nicht so aufgeregt drein. Er ist ein großes Risiko. Drogenmissbrauch von Jugend an, Partygänger der Spitzenklasse und Frauenheld – wenn man den Medien Glauben schenken darf –, und er hat definitiv die verkehrte Einstellung.«

»Oh.« Madelaine lehnte sich in ihrem Sessel zurück und musterte den Mann, der sie das meiste von dem gelehrt hatte, was sie zurzeit über Herztransplantationen wusste. Allenford war einer der besten Ärzte auf diesem Gebiet, hoch motiviert, ehrgeizig und talentiert. Wenn Chris sagte, dass der Patient ein großes Risiko darstellte, wusste er, wovon er sprach.

»Die Situation ist kritisch.«

»Status?«

»Vierunddreißigjähriger Mann. HIV-negativ und kein Krebs. Kardiomyopathie im Endstadium. Ich habe gestern die Routineuntersuchungen gemacht und alles sieht gut aus.« Chris beugte sich vor und schob den dünnen Ordner über den Schreibtisch. »Doch wie ich sagte, hat er eine schlechte ... Einstellung. Einer von diesen reichen, berühmten Hollywoodtypen, die glauben, die Welt sei ihnen etwas schuldig.«

Madelaine hatte diese Diskussion mit Chris schon früher geführt. Wie immer dachte Chris zuerst an die Erfolgsquote des Krankenhauses und bewertete die Chancen eines Kandidaten im Hinblick darauf, wie lange er überleben würde, bevor er ein überaus kostbares Herz bewilligte. Madelaine beneidete Chris nicht um die enorme Verantwortung seiner Aufgabe. Jedes Mal, wenn er jemanden als Empfänger für ein neues Herz auswählte, gab es andere Patienten, die wegen dieser Entscheidung wahrscheinlich sterben würden. Einer lebte, einer starb. So einfach war das. Sie konnten es sich nicht leisten, jemandem ein neues Herz einzusetzen, der sich nicht darum kümmerte.

»Ich werde mit ihm sprechen, Chris«, sagte sie.

Er schaute zu ihr auf. Sie verstanden sich mit einem einzigen Blickwechsel sofort. Sie wussten beide, dass sie soeben eingestiegen war und einen Teil seiner Last trug. *Ich werde Ihnen sagen, ob er diese Chance bekommen soll.*

Es war eine Entscheidung, die kein Mensch jemals über einen anderen treffen sollte, aber doch taten sie das jeden Tag.

»Wir wahren seine Anonymität um jeden Preis. Er ist unter einem Alias eingeliefert worden. Sagen Sie also Ihren Leuten, dass es sie ihren Job kostet, wenn seine Identität oder die Prognose irgendwie an die Presse gelangt.«

»Verstanden.«

»Ich werde mich mit dem Team in Verbindung setzen und

es auf Trab bringen. Hilda wird sich mit den restlichen Tests beeilen müssen und ihm schnell Manieren beibringen.« Er schenkte ihr einen raschen, bedeutungsvollen Blick. »Wenn der nicht in Rekordzeit ein Herz bekommt, hat er ein enormes Problem.«

Sie nickte verstehend. »Möchten Sie, dass wir uns heute Nachmittag zum Kaffee treffen, um die Einzelheiten zu besprechen?«

»Sicher. Um vier, falls nichts Unvorhergesehenes passiert.«

»Gut.« Madelaine lächelte ihn an, schlug den Ordner auf ihrem Schreibtisch auf und schaute auf den Namen des Patienten. *Angelo Dominick DeMarco.*

Sie klappte den Ordner wieder zu, aber nicht schnell genug. Erinnerungen drangen mit einer solchen Heftigkeit auf sie ein, dass sie das Gefühl hatte, er würde vor ihr stehen. Sie erinnerte sich an Angels lautes, meckerndes Lachen und das leichte Schwanken seines Gangs, daran, wie er mit der Hand durch sein langes schwarzbraunes Haar fuhr. Vor allem aber erinnerte sie sich an seine malachitgrünen Augen, tief unter pechschwarzen Brauen sitzend, die ihn gefährlich aussehen ließen. Bis er lächelte.

Selbst nach so vielen Jahren erinnerte sie sich an die Macht dieses Lächelns. Es war wie das Klischee vom Sonnenschein, der die Wolken durchdringt.

Francis. Sie dachte plötzlich an ihn und wusste, dass die Nachricht ihm das Herz brechen würde. Sein kleiner Bruder war krank ... starb vielleicht ... Gott, wie sollte sie ihm das nur beibringen?

»Madelaine?« Chris' Stimme drang in ihre Gedanken.

Sie schaute ihn über den Schreibtisch hinweg an, versuchte, die richtigen Worte zu finden, aber stattdessen waren da nur Erinnerungen, Bilder und eine große, plötzliche Furcht. »Ich kann diesen Patienten nicht nehmen, Chris.«

»Was?«

»Angel ist der Bruder von Vater Francis.«

»Ah. Ihr Priester. Kennen Sie Angelo?«

Madelaine brauchte eine Sekunde, um sich zu fassen. »Ja. Nein. Nicht wirklich.« Sie zuckte die Schultern. »Ich kannte ihn vor langer Zeit. Als wir Kinder waren.«

Chris' Augen verengten sich. »Als ihr Kinder wart, hm? Sind Sie mit ihm in Verbindung geblieben?«

»Nein.«

»Hassen Sie ihn?«

Madelaine schluckte schwer und dachte nach. »Nein«, sagte sie schließlich. »Ich hasse ihn nicht.«

Er lächelte. »Lieben Sie ihn?«

Die Frage traf sie unvorbereitet. In Gedanken sah sie ein Dutzend Bilder von Angel, wie er einmal gewesen war. Den lachenden, dunkelhaarigen Jungen mit den kühnen Träumen, den Jungen, der ihr Herz gestohlen und sie zum ersten Mal geküsst hatte. Dann kamen die dunkleren Bilder, die Erinnerungen, die schmerzten. »Nein. Ich liebe ihn nicht.«

»Gut.« Er erhob sich und legte seine Hände auf ihren Schreibtisch, wobei er sie bedeutungsvoll ansah. »Er braucht Sie, Madelaine.«

»Tun Sie mir das nicht an, Chris. Geben Sie ihn jemand anders.«

»Es gibt niemand, der so gut ist wie Sie, verdammt, und das wissen Sie. Dieser junge Mann wird sterben, Madelaine. Sie sind seine einzige Hoffnung. Gehen Sie wenigstens zu ihm.«

Sie starrte Allenford an, wusste, dass sie keine andere Wahl hatte. Sie konnte Angel nicht einfach sterben lassen. »Okay, Chris.«

Er lächelte. »Prima.« Er drehte sich um und ging zur Tür. Als er sie gerade geöffnet hatte, drehte er sich wieder um. »Ich brauche Ihren Bericht noch heute. Wenn er ein neues Herz bekommen soll, muss er sofort auf die UNOS-Liste gesetzt werden. Und vergessen Sie nicht, dass wir absolutes Stillschweigen über seine Berühmtheit wahren müssen. Ich will nicht, dass die Reputation dieses Krankenhauses Schaden erleidet.«

»In Ordnung.«

Allenford verließ ihr Büro und schloss die Tür hinter sich.

Madelaine setzte sich, noch immer benommen, ihre Augen starr auf die Tür gerichtet.

Angel DeMarco war zurückgekommen.

Kapitel 6

Sie stand so lange vor der Tür von Angels Zimmer, dass es auffiel. Schließlich näherten sich Schritte hinter ihr und dann fasste eine warme, knochige Hand sie bei der Schulter.

»Alles okay, Madelaine?«

Sie versteifte sich, hob ihr Kinn und wandte ihren Blick von dem Namen ab, der an der Tür stand. »Mir geht's gut, Hilda«, sagte sie und drehte sich langsam um, um die kleine, ernste Krankenschwester anzusehen, die das Transplantationsteam wie ein Feldwebel beim Militär führte.

Hilda strahlte sie an, neigte ihren vogelähnlichen Kopf plötzlich nach rechts. »Ich wollte gerade unseren Mr Jones besuchen. Soll ich warten, bis Sie fertig sind?«

»Ja. Ich würde gern mit ihm eine Weile allein sein.« Hilda zwinkerte ihr zu. »Wenn die Mitarbeiterinnen wüssten, wer er ist, würden Sie umgerannt werden. Nur Sarah, Karen und ich dürfen zu ihm hineingehen. Wir kümmern uns um die Sicherheit.«

Madelaine versuchte, sich zu einem Lächeln zu zwingen. Sie gab sich wirklich Mühe. »Gut.«

»Hollywoodtypen«, sagte Hilda missbilligend. »Dem *Enquirer* zufolge – und Gott weiß, dass die in solchen Dingen angesehen sind – ist er ein Schluckspecht und bumst alles, was größere Titten hat als er.« Hilda klopfte ihr nochmals auf die

Schulter und eilte den Korridor hinunter, um schließlich in ihrem Büro zu verschwinden.

Madelaine atmete tief ein, um ruhig zu werden, und marschierte in die Höhle des Löwen.

Er schlief. *Gott sei Dank*.

Sie schloss die Tür leise hinter sich. Das Licht der schwachen Herbstsonne fiel durch das kleine Fenster und nahm dem Raum etwas von der kalten Sterilität der Neonbeleuchtung. Das schmale Bett mit dem Metallgestell teilte den Raum.

Er lag reglos wie ein Toter da, das verwaschene graue Laken schief über die Brust gezogen. Dunkelbraunes Haar lag zerzaust und wirr auf der weißen Baumwolle des Kopfkissens. Das markante Gesicht wirkte eingefallen und zu schmal. Die Lippen waren blass. Schwarze Bartstoppeln warfen einen Schatten auf den dreieckigen Unterkiefer und verdunkelten die Oberlippe.

Dennoch sah er so gut aus, dass es ihr den Atem verschlug.

Sie setzte sich unsicher auf den Stuhl. Für eine Sekunde konnte sie nicht an seine Krankheit denken oder daran, was hier auf dem Spiel stand. Sie konnte nur an die Vergangenheit denken, daran, wie sehr sie diesen Mann geliebt hatte.

Er hatte sie lachend in eine völlig neue Welt katapultiert. In eine Welt von Lichtern und Möglichkeiten und Hoffnung, an einen Ort, wo Regeln und Verantwortung nicht existierten. Sie hatte sich an ihn geklammert, kichernd, ihm glaubend, ihm folgend, wohin auch immer er sie führte, so stolz darauf, dass es ihre Hand war, die er halten wollte. Sie hatte sich in ihn auf diese wilde, rückhaltlose Weise verliebt, wie nur Teenager es können. Hatte Ausreden gefunden, um am Tage mit ihm zusammen zu sein, sich mitten in der Nacht aus dem Haus ihres strengen Vaters geschlichen. Es war das allererste Mal, dass sie ihrem Vater nicht gehorcht hatte, und dadurch fühlte sie sich verwegen und selbstsicher.

Nach so vielen Jahren wusste sie, dass sie niemals wirklich in ihn verliebt gewesen war, nicht auf jene Art, die von Dauer ist. Sie war von seiner, einem Buschfeuer gleichenden Leidenschaft verzehrt, von ihm verwandelt worden.

Da war diese Nacht gewesen unter der alten Eiche im Carrington Park ...

Sie hatten im Gras gelegen, zum Nachthimmel hochgeschaut, sich beim Fall der Sternschnuppen etwas gewünscht, ihre Träume geteilt, einander gehalten. Aber sie hatte gewusst, dass es Zeit zum Heimgehen war. Ihr Vater würde von seiner Geschäftsreise zurückkommen.

Sie löste sich von ihm, schaute die lange, dunkle Straße hinunter. Der Gedanke, ihn zu verlassen, zu diesem kalten Haus und ihrem noch kälteren Vater zurückzukehren, gab ihr das Gefühl, vor Verzweiflung fast krank zu sein. »Ich will nicht zurückgehen ...« Ihr war augenblicklich bewusst, dass sie zu viel gesagt hatte. Sie hielt den Atem an, wartete darauf, dass Angel sie als albern oder dumm oder kindisch bezeichnen würde – all die Worte, mit der ihr Vater sie mit solcher Regelmäßigkeit bedachte.

Aber das tat er nicht. Er berührte ihre Wange, drehte ihr Gesicht sanft seinem zu. »Tu's nicht. Bleib bei mir. Wir könnten davonlaufen ... eine Familie gründen ... eine Familie *sein* ...«

Bis zu diesem Augenblick hatte Madelaine nicht gewusst, was für ein Gefühl es war, jemanden zu lieben. Die Emotion überkam sie, erfüllte sie mit Hitze, bis sie plötzlich lachte. Und dann weinte sie. »Ich liebe dich, Angel.«

Ach ... es war so bittersüß gewesen ...

Er zog sie in seine Arme, hielt sie so fest, dass sie nicht atmen konnte. Gemeinsam sanken sie in dem weichen Gras auf die Knie. Sie spürte seine Hände an sich, wie er ihr Haar streichelte, ihren Rücken, ihre Hüften. Und dann küsste er sie, kostete ihre Tränen, nahm sie so vollständig mit seinem Mund, dass sie sich benommen fühlte.

Schließlich ließ er von ihr und starrte auf sie herab. In seinen Augen war eine Intensität, die ihr den Atem raubte, dazu führte, dass ihr Herz wild schlug. »Ich liebe dich, Madelaine. Ich habe nicht ... ich meine, ich habe nie ...« Tränen quollen unter seinen Lidern hervor und er begann, sie wegzuwischen.

Sie hielt seine Hand fest. »Hab keine Angst«, flüsterte sie.

Er lächelte sie unsicher an. In diesem Augenblick verstand sie so vieles an ihm, die Art, wie er war. Er gab sich großspurig und war laut und führte sich wie ein Rebell auf, aber tief in seinem Inneren war er genau wie sie. Verängstigt und verwirrt und einsam. Er glaubte nicht an sich selbst, glaubte nicht, dass er gut war, aber das war er – sie glaubte so sehr an ihn, dass es für sie beide reichte. Und er liebte sie, wie sie nie zuvor von jemand geliebt worden war ...

So starke, starke Worte: *Ich liebe dich ...*

Danach hatte sie ihm alles erzählt, ihm ihr Herz und ihre Seele geöffnet und ihn Teil von sich werden lassen. Sie hatte nicht geglaubt, ohne ihn leben zu können.

Was, wenn er ihr das wieder antun könnte?

Sie zwang sich dazu, an die anderen Dinge zu denken, an die anderen Augenblicke, und ließ sich von dem Schmerz kalt und reinigend durchspülen.

Sie hatte geglaubt, sie hätte ihm verziehen, was er ihr angetan hatte – dass er sie verlassen hatte, ohne ihr auch nur Lebewohl zu sagen. Das hatte sie ehrlich und wahrhaftig geglaubt. Immer wieder hatte sie sich die Abfolge der Ereignisse durch den Kopf gehen lassen. Sie sagte sich, dass sie Angel keine Vorwürfe dafür mache, dass er weggelaufen sei. Sie sagte sich, dass siebzehn Jahre jung war, so jung, und mit jedem neuen Jahr ihres Lebens war siebzehn noch jünger. Sie sagte sich, dass es so am besten gewesen sei, dass sie es nie geschafft, dass sie sich ihr Leben gegenseitig ruiniert hätten.

Ja, sie hatte sich viele Dinge eingeredet, aber jetzt, in dieser Sekunde, als sie auf ihn hinabstarrte, erkannte sie endlich die Wahrheit. Es waren Lügen. Alles Lügen. Hübsches Geschenkpapier um ein böses, hässliches Geschenk.

Sie hatte ihm nicht vergeben. Wie könnte sie auch?

In diesem Sommer hatte er einen Teil von ihr getötet, einen Teil, den er erschaffen und genährt und den zu lieben er behauptet hatte. Einen Teil, den sie nie wieder zurückbekommen hatte.

Angel erwachte langsam. Für eine kurze, segensreiche Sekunde wusste er nicht, wo er sich befand oder was ihm widerfahren war. Dann drang das gedämpfte saugende Geräusch von Maschinen an seine Ohren, das Murmeln des Elektrokardiographen.

Nach seinem vergeblichen Ausbruchversuch hatten Hilda, die Vogelfrau, und eine Krankenschwester von der Größe eines Marineinfanteristen sein nutzloses Herz wieder zur Kontrolle an den Haken gehängt. Die Maschine zeichnete alles klickend auf und spuckte Berge von Papier aus.

Er fühlte sich hundeelend. Seine Brust schmerzte, der Kopf dröhnte und die Nadeln in seinem Arm brannten wie unzählige Feuer. Er konnte sich nicht bewegen, ohne dass er irgendwo Schmerzen spürte. Er konnte das verräterische Schwirren von Medikamenten in seinem Blutkreislauf förmlich spüren. Er hatte in seinem Leben zu oft Betäubungsmittel genommen, um sich täuschen zu lassen.

Er stöhnte und ließ den Kopf zur Seite sinken. Der Geruch von alter Baumwolle, grüner Götterspeise und gebratenem Truthahn drang in seine Nase.

Essenszeit in der Herzhölle.

Er zuckte zusammen, als Sonnenlicht in seine Augen stach. Blinzelnd versuchte er, seine trockenen Lippen zu befeuchten, und griff zitternd nach dem blauen Plastikkrug, auf dem 264-W stand.

»Ich werde das für dich tun.«

Die Stimme plätscherte auf ihn nieder. Zuerst bemerkte er ihre beruhigende Heiserkeit, diese Kehligkeit wie bei Debra Winger. Sie erinnerte ihn an etwas, an eine ferne Nacht in seiner Vergangenheit, als er eine Kellnerin in Tulsa aufgegabelt hatte, sie mit nach Hause genommen hatte, gefi...

Oh, Gott. Das war überhaupt nicht die richtige Erinnerung.

Sein idiotisches Herz machte einen Satz, stieß gegen seinen Brustkorb und begann zu hämmern wie ein alter Motor, der den falschen Sprit bekommt. Der Monitor neben ihm spuckte ein plötzliches Revolverfeuer in den Raum. Er konnte nicht atmen.

Atme tief ein, du Arschloch. Beruhige dich. Langsam hob er sein Kinn. Und sah sie neben sich.

Gott, nach all diesen Jahren ...

Sie saß völlig aufrecht da, ihr Oberkörper war verdeckt durch einen Arztkittel, der unter den breiten, weißen Aufschlägen kaum etwas von einem waldgrünen Pullover erkennen ließ. Ihr Gesicht war herrlich ausdruckslos, ihre großen, silbergrünen Augen waren völlig leer. Kein Lächeln spielte um die Winkel ihrer vollen, ungeschminkten Lippen.

Für eine Sekunde blitzte das Bild eines sechzehnjährigen Mädchens mit gebrochenem Herzen durch sein Hirn. Es stand an einem vergitterten Fenster, eine blasse, schlanke Hand auf die Scheibe gepresst, Tränen liefen ihm über die Wangen, es rief seinen Namen.

Er hatte sich in ein süßes Etwas mit langem braunem Haar und lachenden, nebelgrünen Augen verliebt, aber die Frau, die neben ihm saß, hatte nichts mehr von diesem Mädchen an sich. Sie war majestätisch in ihrer Haltung, das kurze, honigbraune Haar akkurat gestylt, das Gesicht von klassischer Vollkommenheit. Die perfekte Ärztin, völlig dominant.

Seltsamerweise ärgerte es ihn, dass sie so gut allein zurechtgekommen war. Er hätte glücklich sein müssen, er sollte stolz auf sie sein, aber er fühlte sich nur betrogen und wütend. Als ob all diese Erinnerungen an sie Einbildung seien. Diese Frau konnte durch seinen Verrat nicht gebrochen gewesen sein, konnte nicht lange getrauert haben. Und offensichtlich hatte das Geld ihres Daddy die bestmögliche Ausbildung finanziert.

»Angel«, sagte sie mit dieser Barfrauenstimme, die er nie ganz hatte vergessen können. »Wie ... interessant, dich wiederzusehen.«

»Du bist sehr gut allein zurechtgekommen, Mad«, sagte er bitter. Bitterer, als er beabsichtigt hatte.

»Nenn mich nicht Mad.« Sie schenkte ihm ein durch und durch förmliches Lächeln und schlug seine Patientenakte auf. »Man hat mir gesagt, dass du ein neues Herz brauchst.«

»Es sollte dich nicht überraschen.«

»Das tut es nicht.«

Er konnte die Verurteilung spüren, die sie ausstrahlte. Das war alles, was er jetzt noch brauchte – ein weiteres Paar vorwurfsvoller Augen, noch ein Mensch, der ihn nach irgendeinem unsichtbaren Standard beurteilte und fand, dass er den Ansprüchen nicht genügte. »Hör zu, Mad, ich denke, wir sind uns einig, dass ich einen anderen Arzt haben sollte.«

»Ja. Finde ich auch. Unglücklicherweise will Allenford, dass du den besten bekommst.«

»Ich auch, aber ...«

»Ich bin der beste, den es hier gibt, Angel. Du kannst glücklich sein, dass du mich hast.« Sie schaute etwas freundlicher drein. »Aber wenn du mich nicht willst, werde ich dich an einen anderen überweisen lassen.«

Er spürte etwas wie Verärgerung. »Du willst mich nicht als Patienten haben?«

»Ich bin nicht scharf darauf.«

»Dann will ich dich«, sagte er schroff und bedauerte das im selben Augenblick, als er es sagte. Aber er hatte an ihrem Käfig rütteln wollen, diese Frau erschüttern wollen, die er so persönlich kennen sollte und doch überhaupt nicht kannte.

Sie studierte seine Akte. »Ich Glückspilz.«

Der harsche Ton ihrer Stimme wirkte auf absurde Weise untypisch für diese gepflegte, geradezu perfekte Frau neben ihm. Er konnte nicht anders und musste einfach lachen. »Ich denke, die kleine Mad ist erwachsen geworden.«

Sie schaute ihn hart an. »Das bewirkt das Medizinstudium bei einem Mädchen.« Sie wandte ihren Blick von seinem Gesicht ab und studierte die Papiere in ihrem Schoß. »Du scheinst dich überhaupt nicht geändert zu haben, Angel.«

»Das ist nicht wahr. Ich muss mich jetzt jeden Tag rasieren.«

Sie lächelte daraufhin nicht. »Deine Blutwerte sehen ganz gut aus. Trotz offensichtlichen Alkoholmissbrauchs funktionieren all deine Organe gut. Jetzt können wir nur abwarten. Hoffentlich finden wir rechtzeitig einen geeigneten Spender. Wie dir wahrscheinlich gesagt worden ist, sind weniger als ein Prozent aller Unfalltoten geeignete Spender. Gehirntod ist außerordentlich selten.«

»So, also abwarten«, sagte er und spürte den Ärger in sich aufsteigen. Er sagte sich, dass sie seine Kardiologin sei – die Person, die sein Leben in ihren Händen hielt. Aber er schien den Ärger nicht unterdrücken zu können. Sie war der letzte Mensch auf Erden, der ihm einen anständigen Drink geben würde.

»Wenn dein Zustand sich beträchtlich verbessert, kannst du vielleicht außerhalb des Krankenhauses leben. Aber jetzt bist du natürlich zu krank, als dass das möglich wäre.«

Er konnte es nicht glauben. Sie saß da, redete zu ihm, als sei er ein Kind, und sah ihn an, als sei er ein Insekt. So verdammt doktormäßig. Als ob sie ihn vorher nie gekannt hätte, er ihr egal gewesen wäre. Er wusste, dass es unvernünftig war, plötzlich wütend zu sein, aber er war niemals ein wirklich rationaler Typ gewesen und sah keinen Anlass, jetzt damit anzufangen. »Nein.«

Das überraschte sie. Sie schaute tatsächlich von ihren Papieren auf und wandte sich an ihn. »Nein? Nein, was?«

»Nein, *Doktor* Hillyard, ich werde hier nicht wie ein Nadelkissen liegen und auf das warten, was Sie euphemistisch einen ›Spender‹ nennen.«

Sie legte den Ordner langsam wieder ab. »Angel ...«

»Und nennen Sie mich Mr DeMarco. Sie wissen einen Dreck von mir, Lady. Ich habe nicht die Absicht, herumzusitzen und zu *hoffen*, dass irgendein total netter Bursche von einem Schwertransporter platt gewalzt wird. Das ist es doch, worüber wir hier reden, oder? Jemand stirbt und ich bekomme eine Chance zu leben?«

Es dauerte, bis sie antwortete. »Ja. Darüber reden wir, Angel. Organspenden kommen aus einem Körper, bei dem der Hirntod festgestellt worden ist.«

Er erschauerte bei dem Gedanken. Irgendwer lag auf einer Metallplatte und Ärzte ernteten gierig seine Organe. »Also dann, nein, danke.«

Sie starrte ihn eine weitere halbe Minute an und sagte nichts. Schließlich zuckte sie mit den Schultern. »Dann stirb.«

Diese Erwiderung schockierte ihn. Zuerst machte sie ihn wütend, dann kam schleichende Furcht und hinterließ einen sauren Geschmack in seinem Mund. »Sehr mitfühlend, Doktor Hillyard.«

»Hör zu, Angel, ich kann meine Zeit nicht damit vergeuden, Mitgefühl für eine Person zu haben, die sterben will. Du rauchst, du trinkst und in deinem Urin sind Spuren von Marihuana gefunden worden. Und all dies nach zwei Herzanfällen.« Sie beugte sich zu ihm und schaute ihn mit einem harten Blick durchdringend an. »Du wirst sterben – und das sehr bald, wenn du nicht ein paar grundlegende Entscheidungen triffst.«

»Du meinst, ich hätte es verdient.«

Sie wich zurück. Für einen Herzschlag sah sie ihn mit den Augen an, an die er sich erinnerte. »Ich würde sagen, *du* glaubst, du verdienst es, und ich glaube ...«

»Was?«

»Ich habe kein Recht, etwas zu sagen. Ich kenne dich schließlich überhaupt nicht, oder?«

»Du hast mich einmal gekannt.«

»Nein.« Sie sprach das Wort leise aus, aber es schien in der Stille des Zimmers zu hallen. »Ich dachte nur, dass es einmal so war ... aber der Junge, in den ich mich verliebte, versprach mir, für immer bei mir zu sein.« Sie lachte – es war ein hartes, sprödes Geräusch, das keine Ähnlichkeit mit dem Lachen hatte, an das er sich erinnerte. »Es stellte sich heraus, dass ›für immer‹ zehn Sekunden waren.«

»Ich denke, das ist mein Stichwort, mich zu entschuldigen.«

Sie runzelte die Stirn. »Ich will deine Entschuldigung nicht, Angel. Ich habe vor sehr langer Zeit damit aufgehört, irgendetwas von dir zu wollen. Ich bin jetzt deine Ärztin und als solche möchte ich, dass du lebst. Aber damit wir uns nicht missverstehen, ich werde so etwas Wertvolles wie ein Herz nicht an einen Versager vergeuden, der nicht bereit ist, sein Leben zu ändern.«

»Du hast gelernt, hart zu sein, Mad.«

»Dies ist ernst, Angel. Hier kannst du keinen Schwierigkeiten ausweichen oder dich irgendwie durchwursteln. Du musst entscheiden, wie viel dir am Leben liegt. Das kannst nur du beantworten.«

Er war wütend, dass sie darüber so sachlich sprechen konnte, wütend, dass ihr egal zu sein schien, was er tat, und am wütendsten vor allem darüber, dass er sich so verdammt allein fühlte. Für eine verrückte, verzweifelte Minute wünschte er sich, sie niemals verlassen oder verraten zu haben. Sie war der einzige Mensch, mit dem er jemals wirklich hatte reden können, der einzige Mensch, vor dem er weinen konnte. Und diese Intimität brauchte er genau jetzt, er brauchte einen Freund.

Angel schluckte den Kloß in seinem Hals hinunter. Es war zu spät, um ein Freund von Madelaine zu sein, zu spät für eine Menge Dinge.

Er brauchte Kraft und Glauben und Hoffnung. Nichts von dem hatte er jemals gehabt. Er blickte sie an, sah das vorübergehende Aufblitzen von Mitleid in ihren Augen, ohne es bewusst wahrzunehmen. »Du wirst mich zu einem Monster machen.«

»Es mag sein, dass dieses Gefühl da ist, Angel, aber es stimmt nicht. Wenn du dich ein bisschen änderst, kannst du ein erfülltes, reiches Leben führen. Ich habe am anderen Ende des Korridors einen Patienten, der nach einer Herztransplantation zwei Kinder gezeugt hat und beim Marathon in Seattle mitgelaufen ist.«

»Ich will aber nicht bei einem verdammten Marathon mitlaufen.« Zu seinem Entsetzen brach seine Stimme. »Ich will mein Leben zurück.«

»Ich weiß nicht, was ich dir sagen soll. Leben nach einer Transplantation ist nicht leicht. Es erfordert, dass man sich zu etwas verpflichtet und sich daran hält, es erfordert Standhaftigkeit.«

Sie starrte ihn an und er wusste, was sie dachte – dass er ein unzuverlässiges Arschloch war, jemand, der sich niemals in seinem Leben irgendetwas oder irgendjemand verpflichtet hatte. »Du hast kein Recht, über mich zu urteilen.«

»Du hast Recht. Unglücklicherweise muss ich das aber.« Sie beugte sich zu ihm und für eine Sekunde, nur für eine Sekunde, glaubte er, sie würde ihn berühren. »Ein neues Herz ist ein Geschenk, Angel. Bitte, bitte, verlange nicht danach, wenn du dein Leben nicht wirklich ändern willst. Da draußen, irgendwo, ist ein Vater, der an Herzversagen sterben wird – ein Mann, für den ein neues Herz die Chance bedeuten würde, seine Tochter in die Arme zu nehmen oder noch eine Nacht mit der Frau zu verbringen, die er seit Jahren liebt.«

Die Wahrheit ihrer Worte machte ihn krank. Er *war* ein egoistischer Pisser, der eine solche Chance nicht verdiente. »Noch mal eine Party in einer Disco zu feiern wäre kein Grund?«

»Nach meiner Meinung nicht.«

Er lächelte sie matt an. »Wir hatten nie etwas gemeinsam, nicht wahr, Mad?«

»Nein.«

Er dachte für eine Sekunde darüber nach, wie verschieden sie ihrer Herkunft nach waren. Sie war aufgewachsen in diesem Herrenhaus hinter den eisernen Toren, er lebte in einem beschissenen kleinen Wohnmobilpark in der falschen Gegend. Nein, sie hatten niemals etwas gemeinsam gehabt. »Und wie geht's dem großen Alexander Hillyard so?«

Sie erstarrte. »Er ist schon vor langer Zeit gestorben.«

Er fühlte sich sofort wie ein Idiot. »Oh. Tut mir Leid.«

»Ich werde mir deine Akte ansehen und einige weitere Tests veranlassen.« Sie stand plötzlich auf. »Bitte, bring mich nicht um meinen Ruf, indem du dich selbst umbringst, bevor wir dein Leben retten können.«

Und weg war sie.

Kapitel 7

Angel versuchte, nicht an Madelaine zu denken. Gott wusste, dass es viele andere Dinge gab, über die nachzudenken war, aber sie wollte ihm einfach nicht aus dem Kopf gehen.

Er kniff seine Augen fest zu, kämpfte mit allem, was in ihm war, gegen Erinnerungen an. Das Problem war, dass so wenig in ihm war. Das war immer sein Problem gewesen. Tief, tief drinnen, an der Stelle, von der Poeten und Metaphysiker und Priester glaubten, dass dort eine Seele sein solle, hatte Angel nichts. Schon als Kind hatte er gewusst, dass etwas Lebenswichtiges in ihm fehlte, ein wahres Ehrgefühl, ein Gefühl für Recht und Unrecht und Güte. Er war auf eine kalte, rücksichtslose Art egoistisch. Jahrelang hatte er versucht, diese Einsicht umzudeuten, sich gesagt, er sei einfach ein Produkt beschissener Eltern oder des schäbigen kleinen Hauses, in dem er aufgewachsen war, oder des Essens, das nicht auf dem Tisch stand.

Aber Francis war auch in diesem Wohnwagen aufgewachsen, oder etwa nicht? War auf dieselben Schulen gegangen, hatte den gleichen betrunkenen Predigten von Eltern zugehört, denen er eigentlich egal war, und jeder wusste, dass Francis keine Löcher in seiner Seele hatte. Teufel auch, Francis besaß mehr Seele als der Heilige, dessen Namen er trug.

Es hatte nur einmal eine Zeit in Angels Leben gegeben, in

der er glaubte, dass er sich vielleicht in sich irrte. Geglaubt hatte, dass er vielleicht eine Chance hätte.

Jener Sommer. Die Erinnerungen an diese kurze Zeit ruhten in einem anderen Teil seines Gedächtnisses, waren wie die strahlende Burg Camelot inmitten der heruntergekommenen Kneipen und dunklen Löcher, in denen er danach gelebt hatte. Und wie Camelot war dieser Sommer wahrscheinlich eher ein Gebilde der Fantasie denn aus Tatsachen.

Dennoch erinnerte er sich, was es für ein Gefühl gewesen war, Hoffnung zu haben, wenn auch nur flüchtig. Als er in Madelaines Augen geschaut, den warmen Trost ihrer kleinen Hand gespürt hatte, die er mit seiner hielt, sich unter den Piers im feuchten Sand an ihren Körper schmiegte, hatte er sich gesagt, er habe endlich ein bisschen Glück gefunden, etwas, wofür es wert war, zu kämpfen, wert war, zu leben.

Aber dann war er in dieses stille, glitzernde Haus auf dem Hügel gegangen und mit der Finsternis seiner eigenen Seele konfrontiert worden. Er hatte in Alexander Hillyards unergründliche Augen geschaut und die ernüchternde Wahrheit gesehen. Sie waren gleich, er und Alex. Rücksichtslos, egoistisch, gemein bis ins Mark.

Francis hatte es natürlich gewusst. *Tu's nicht, Mann. Lauf nicht einfach davon. Was es auch sei, wir können darüber reden. Überlegen, was zu tun ist.*

Ah, dachte Angel, rieb sich seine Schläfen und atmete ermattet aus. Francis hatte Recht. Francis hatte *immer* Recht. Das eben war eines der Dinge, die ihm, Angel, gegen den Strich gingen, eines der Dinge, die ihn dazu brachten, immer zu rennen, immer angestrengter, schneller, was ihn nirgendwohin führte, einer Wüstenmaus im Laufrad gleich. Er versuchte ständig, mit dem Geist des guten alten Francis um die Wette zu laufen und ihn zu besiegen.

Er hatte geglaubt, dass er es mit Erfolg schaffen würde, dass er am Ende als Sieger hervorgehen würde, aber nein. Nicht einmal das konnte er richtig machen. Er war ein weltberühmter Schauspieler und reicher als Gott. Er war aber auch ein saufendes, drogensüchtiges, lügendes menschliches Stück Dreck. Und es *gefiel* ihm, so zu sein. Er war als Mensch nicht einmal gut genug, um Bedauern darüber zu empfinden, wie er sein Leben vergeudete, und er wusste, dass er es wieder versauen würde, wenn ihm die Gelegenheit dazu gegeben werden würde.

Aber Francis liebte ihn – *hatte* ihn jedenfalls geliebt. Wahrscheinlich tat er das nicht mehr – nach all dem. Nach all diesen trunkenen Tiraden, dem aggressiven Spott, den grausamen Scherzen, die Angel auf Kosten seines Bruders gemacht hatte. Francis hatte immer gewusst, dass er das Lieblingskind in der Familie war, die einzige Eintrittskarte ihrer Mutter in den Himmel, und er hatte sich immer wegen ihrer einseitigen Zuneigung geschämt, sich so oft entschuldigt. Aber Angel hatte ihm nie zuhören wollen. Es schmerzte zu sehr, der Ausgeflippte zu sein, derjenige, der von der Polizei nach Hause gebracht wurde, der Verlierer. Er hatte sich bewusst trotzig und abscheulich verhalten, gehofft, dass niemand seine innere Qual und seinen Schmerz bemerkte, sein Gefühl, wertlos zu sein. Aber Francis hatte das natürlich bemerkt und es verstanden und ihm verziehen. Angel hatte dieses Verzeihen immer wieder erlebt, seine tröstende Wärme gespürt. Dennoch konnte er die Brücke zurück zur Bruderschaft nicht überqueren, konnte niemals seine Hand ausstrecken und lächeln und sagen *mein Bruder*, so, wie er es wollte. Konnte sein Temperament nie lange genug zügeln, um sich zu entschuldigen.

Und so war er allein.

Jemand klopfte an seine Tür und sie wurde geöffnet, bevor er antworten konnte.

Madelaine trat in das Zimmer, ein angespanntes, falsches

Lächeln auf dem Gesicht, das in ihren Augenwinkeln Fältchen entstehen ließ. Er bemerkte zum ersten Mal, dass sie keine Lachfältchen hatte, weder um den Mund noch um die Augen, und er überlegte, woran das liegen mochte.

Sie starrte ihn an. »Ich habe gelogen und berichtet, dass du kein psychologisches Risiko für die Transplantation bist.«

»Toll. Ich werde einfach hier liegen bleiben und hoffen, dass jemand von einem Bus überfahren wird. He, versuch, mir die Pumpe eines Athleten zu besorgen, ja? Ich steh auf wilden hemmungslosen Sex.«

Er sagte das, um zu sehen, ob sich wenigstens für eine Sekunde eine menschliche Regung in diesen Augen zeigte, die ihn einmal angeschaut hatten, als hätte er die Sterne an den Himmel gehängt.

Sie sah ihn voller Enttäuschung an. Gott, er hatte diesen Blick tausendmal in seinem Leben gesehen. Es war nicht die Emotion, die er gewollt hatte, und sie machte ihn sauer. »Schau mich nicht so an.«

»Du wirst eine Weile hier sein, Angel. Francis wird dich besuchen wollen.« Sie reichte ihm ein Stück Papier. »Hier ist die Telefonnummer.«

»Nein.« Das Wort kam einfach heraus und ihn überraschte die Heftigkeit, mit der er es gesagt hatte. Er wusste im gleichen Augenblick, dass er sich geirrt hatte. Er hatte seine Verwundbarkeit auf den Boden zwischen ihnen geworfen. »Ich meine, ich will keine Besucher. Ich bin eine Berühmtheit«, sagte er und bemerkte zu spät, dass er schrie. »Ich will nicht, dass jemand weiß, dass ich hier bin.«

»Er ist dein Bruder, Angel. Kein Reporter.« Sie trat näher zu ihm. »Tu ihm das nicht an, Angel. Er ist nicht wie du. Er ist schnell verletzt.«

Nicht wie du, Angel. Gott, sie kannte ihn überhaupt nicht. Andernfalls würde sie Angel DeMarcos dreckiges kleines Geheimnis kennen, nämlich das, dass er der am leichtesten verwundbare lebende Mensch auf Erden war. »Ganz ehrlich. Was ist? Bist du mit ihm verheiratet oder was?«

Sie seufzte. »Schlaf ein wenig, Angel.«

Dieses unerwartete Ausweichen brachte ihn durcheinander. Sie hatte seine Frage nicht beantwortet und ihr Schweigen erfüllte ihn mit Zweifeln. Was, wenn sie Francis *wirklich* geheiratet hatte? Oder mit ihm zusammenlebte oder seine große und einzige, wahre Liebe war?

Angel hatte dies nie in Erwägung gezogen. In all diesen Jahren hatte er sich Francis als den perfekten Gemeindepfarrer vorgestellt und dass Madelaine wegen des Verlustes ihrer ersten Liebe dahinkümmerte. Aber Madelaine verzehrte sich nicht vor Kummer – sah nicht aus, als ob sie sich je deshalb verzehrt hätte. Vielleicht hatte er sich in Francis ebenso geirrt wie in ihr. Vielleicht hatte sein Bruder das Priesterseminar sausen lassen und war an den Stadtrand gezogen. Vielleicht verkaufte er Cadillacs bei dem Gebrauchtwagenhändler an der Ecke ...

Nicht ein einziges Mal in all diesen Jahren war Angel der Gedanke gekommen, dass er eine weit offene Tür hinter sich zurückgelassen haben könnte und dass Francis – Francis, der Gute und Perfekte – direkt durch diese Tür gegangen sein könnte.

Es sollte ihm egal sein.

Aber es war ihm nicht egal. Plötzlich interessierte ihn das irrationalerweise. Er wollte nicht, dass Madelaine die Frau seines Bruders war, die große Liebe seines Bruders. Er wollte sie so, wie sie immer gewesen war. Ein brillant koloriertes Foto in den sepiafarbenen Erinnerungen seines Lebens. Sein und sein allein.

Sie starrte ihn einen langen Augenblick an, wirkte enttäuscht und sagte dann sehr traurig: »Du kannst so berühmt wie Gott werden, aber das ändert nichts an den Tatsachen.« Sie beugte sich zu ihm, so nahe, dass er ihr Parfüm riechen konnte. »Du wirst immer Francis DeMarcos kleiner Bruder sein.«

»Ich verbiete dir, ihm zu sagen, dass ich hier bin.«

»Oh, Angel.«

In diesem Moment, in dem Tonfall, in dem sie sprach, klang sein Name wie ein Fluch.

Madelaine bewegte sich hölzern auf ihren Schreibtisch zu. Sie setzte sich hin, zunächst mit stocksteifem Rücken, beugte sich dann sehr langsam vor, ließ beide Ellenbogen auf die Schreibtischplatte sinken und schloss die Augen.

Es hatte sie beträchtliche Selbstbeherrschung gekostet, kalt und uninteressiert zu wirken. Natürlich war Disziplin das Einzige, was sie perfekt beherrschte. Darin hatte sie sich geübt, seit sie Zöpfe trug – hatte gelogen, geheuchelt. In diesem großen Haus auf dem Hügel war das äußerliche Erscheinungsbild alles gewesen.

Ja, Vater, natürlich, Vater. Das werde ich selbstverständlich tun.

Sie war eine Meisterin dieser Art Täuschung, aber sie war nie dazu fähig gewesen, mit den unerfreulichen Nebenwirkungen fertig zu werden – dem trockenen Mund, dem klopfenden Herz, den feuchten Handflächen. Jedes Mal, wenn sie sich stark geben musste, war sie anschließend ein Wrack.

Sie hatte erwartet, dass Angel sich mehr geändert hätte. Jetzt, wo er weltberühmt war, reich und gut aussehend und erfolgreich, sollte er von Freunden umgeben sein. Aber weder Blumen noch Karten noch Anrufe waren für ihn gekommen. Auf dem Korridor wartete keine Frau auf ihn. Es gab keine Freunde, die an seinem Bett saßen. Jetzt, wo es um alles ging, war er völlig allein.

Was hatte er jetzt?, überlegte sie. Was bereitet ihm Freude? Drogen, Gratissex, ein oder zwei Schlägereien in einer schäbigen Kneipe, eine Oscar-Nominierung? Sie fragte sich, ob all die Fotos, die sie im Lauf der Jahre von ihm gesehen hatte, Lügen waren – ein unaufrichtiges Lächeln für eine blitzende Kamera.

Früher, in den alten Zeiten, hatte sie gewusst, was in ihm vorging – oder es zumindest geglaubt. Rein äußerlich war er immer aufbrausend und wütend gewesen, innerlich aber ebenso verletzt wie sie selbst. Sie hatte immer gewusst, dass in ihm ein Loch war, eine tiefe, verborgene Stelle, die blutete. Sie wusste es, weil sie das gleiche Loch in ihrer Seele hatte. Das in ihr war aus Einsamkeit geboren und vertieft aus der Erkenntnis, dass ihr Vater sie verachtete. Im Lauf der Jahre hatte sie es mit einer blanken, dünnen Mauer von Glas überdeckt, durch die sie sich zerbrechlich und leicht angreifbar fühlte. Aber immerhin bot die ein wenig Schutz.

Doch wer wusste schon, wie es bei Angel war?

Das Telefon auf ihrem Schreibtisch läutete, unterbrach ihre Gedanken. Sie nahm den Hörer ab und hörte Hildas Stimme. »Es ist Tom, Madelaine. Herzstillstand.«

»Scheiße!« Madelaine warf die Papiere auf ihren Schreibtisch und eilte zur Tür. Während sie über den Korridor rannte, hörte sie das Plärren des Alarms aus den Lautsprechern. *Notfall, Intensivstation ... Notfall, Intensivstation.*

Sie schlitterte förmlich in den Raum. Weiß und blau gekleidete Leute drängten sich um das Bett, schrien einander an, riefen nach Instrumenten. Hilda war bereits da, stand über Tom gebeugt, hatte die Hände aufeinander gelegt und drückte auf seine Brust. Sie sah Madelaine und warf ihr einen panischen Blick zu. »Wir verlieren ihn.«

»Gebt mir den Wagen«, bellte Madelaine, die sich durch die Menge zum Bett drängte. Der Wagen wurde zu ihr geschoben. »Intubieren«, sagte sie.

»Lidocainum läuft«, antwortete die Zweitschwester.

Madelaines Blick flog zum Monitor. »Scheiße«, zischte sie wieder. Es wirkte nicht. »*Scheiße*. Defibrillator.«

Jemand reichte ihr die Elektroden des Defibrillators. Hilda riss Toms Kittel auf und Madelaine presste die Elektroden auf die hässliche rote Narbe, die seine Brust teilte. »Los!«

Strom schoss durch Toms geschundenen Körper. Sein Rücken hob sich vom Tisch, fiel dann wieder zurück. Alle Blicke wanderten zum Monitor. Flache Linie.

»Noch mal«, sagte Madelaine.

Wieder zuckte Tom in einem unmenschlichen Krampf auf dem Tisch. Madelaine hielt den Atem an. Sie starrte auf den schwarzen Kasten. Ein kaum hörbares *Blip-blip-blip* drang aus dem Monitor. Eine pinkfarbene Linie bildete einen Höcker darauf, dann eine Wellenform und rutschte weiter.

»Wir haben einen Puls ... Blutdruck achtzig zu fünfzig und steigend ...«

Madelaine seufzte erleichtert auf. Ein Geräusch, in das die anderen im Raum nach und nach einfielen.

»Fast ein Fall für den Leichenbestatter«, sagte Hilda mit einem müden Lächeln, während sie Tom extubierte.

Madelaine antwortete nicht darauf. Die Mitglieder des Teams verließen einer nach dem anderen den Raum, sprachen miteinander. Der Noteinsatz war bereits vorbei und die übliche Routine ging weiter.

Hilda blieb. Sie legte eine Hand auf Madelaines Schulter. »Bis zu diesem Zeitpunkt war bei ihm alles gut verlaufen. Die Medikamente wirkten gut. Die Biopsie war negativ.«

Madelaine nickte. Sie versuchte ein Lächeln, aber es kostete sie zu viel Anstrengung. »Danke, Hilda. Ich werde noch eine Minute bei ihm bleiben.«

Hilda eilte aus dem Zimmer und schloss die Tür hinter sich.

Madelaine beugte sich über Tom und flüsterte ihm ins Ohr.

»Kämpf weiter, Tom. Kämpf mit aller Kraft. Du wirst es schaffen.« Sie wusste, dass die meisten Mitglieder der medizinischen Gemeinde ihre Auffassung nicht teilten, aber Madelaine glaubte daran, dass die Kraft des Verstandes und des Geistes den Körper heilten. Zumindest wollte sie, dass das wahr war.

Toms Augen öffneten sich mit einem Lidflattern. »He, Doktor«, sagte er mit kratziger Stimme. »Ist ein Gefühl, als ob jemand mit einem monströsen LKW über meine Brust gefahren wäre.«

Sie lächelte ihn an. »Ich bekenne mich schuldig. Ich hab auf einen Mann geschossen, als er schon am Boden lag.«

»Ihr Emanzen ... ihr seid doch alle gleich.«

Sie lachte leise. »Emanzen. Also die Formulierung habe ich wirklich lange nicht gehört. Sie machen sich unnötig älter, als Sie sind, Tom.«

»Glauben Sie mir ...« Er hustete und rieb sich seine Kehle. »In meiner Lage ist man *stolz* darauf, älter zu werden.« Dann berührte er ihre Hand für eine Sekunde, so sanft, dass sie nicht einmal bemerkte, was er getan hatte. »Bleiben Sie noch ein bisschen.«

Sie sah die Furcht in Toms Augen, die Regung, die er so angestrengt hinter einem Schild von Scherzen und lockeren Sprüchen zu verbergen versuchte. »Wann wird Susan hier sein?«

»Nach der Arbeit. Dauert nicht mehr lange.«

Madelaine griff zum Telefon und wählte die Nummer des Pfarrhauses. Die Haushälterin holte Francis ans Telefon.

»Hi, Francis«, sagte sie mit weicher Stimme. »Könntest du Lina von der Schule abholen?«

»Ist doch keine Frage. Möchtest du, dass ich mit ihr essen gehe?«

»Das wäre großartig«, antwortete sie. »Ich werde in ein paar Stunden zu Hause sein.«

Sie legte den Hörer auf, griff dann hinter sich und zog einen Stuhl heran. Sie setzte sich und beugte sich über das Bett. »Gestern Abend haben Sie mir von den Reitstunden Ihrer Tochter erzählt ...«

Francis stand unter der alten Eiche an der Pacific Street. Gedämpftes Sonnenlicht fiel durch die welkenden Blätter und malte ein Gewirr von Gold auf das Gras.

Die Glocke schlug. Binnen weniger Augenblicke kamen Kinder aus dem Ziegelgebäude gerannt, hüpften über die breiten Zementstufen. Auf dem Vorplatz teilten sie sich in Reihen und schwärmten aus, gingen auf die Busse zu, die auf der Zufahrt geparkt waren.

Wie er erwartet hatte, war Lina unter den Letzten, die herauskamen. Sie ging mit ihrer Clique – sie sahen aus wie ein Haufen von Flüchtlingen aus der Notaufnahme einer Station des Roten Kreuzes.

Er löste sich von dem Baum und winkte ihr zu. »Lina! Komm her.«

Er wusste, in welchem Augenblick sie ihn sah – sie lächelte instinktiv, änderte dann ihr Verhalten. Sie murmelte den anderen ein »Tschüs« zu, zog ihre übergroßen Jeans hoch und schlenderte auf ihn zu. Ihr gestutztes Haar wippte bei jedem Schritt. Ihr Rucksack baumelte schlaff an ihrer linken Hand. Der Leinenstoff schleifte über den Zementbürgersteig, während sie in seine Richtung ging.

Er lächelte sie an. »Ich sehe, du treibst dich noch immer mit der Bande herum.«

»Ts, ts – das ist keine sehr christliche Bemerkung.« Sie warf ihm einen koketten Blick zu. »Außerdem sind einige von ihnen total als Katholiken geeignet ... Sie finden die Missionarsstellung stark.«

Francis spürte die Hitze, die in seine Wangen stieg. Er sah

Linas verschmitztes Grinsen und wusste, dass sie sein Erröten sah. »Ich vermisse die Tage, an denen ich dir deinen Mund mit Seife auswaschen konnte.«

»Das hast du niemals getan.«

»Nein, ich habe die Gelegenheit verpasst und jetzt ist es zu spät.«

»Ich werde mit Tequila spülen. Wie ist das?«

Er blieb plötzlich stehen und wandte sich zu ihr. »Das ist nicht komisch.« Er wusste, dass er mehr sagen sollte, aber die Dinge liefen gut – sie schien nicht böse auf ihn zu sein, weil er an ihrem Geburtstag Madelaines Meinung vertreten hatte. Er wollte keinen Ärger machen. *Feigling*, dachte er, während er innerlich zusammenzuckte, aber dennoch sagte er nichts mehr. »Was hältst du davon, wenn wir was essen gehen und uns einen Film ansehen?«

Lina seufzte. »Ist Mom mal wieder mit Arbeiten beschäftigt, die sie irgendwann heilig machen?«

Er legte einen Arm um ihre Schultern und zog sie dicht an sich. »Du benimmst dich wie ein rotznäsiger Teenager.«

»Ich *bin* ein Teenager.«

»Ich weiß, ich weiß, aber gestehe mir meine kleinen Phantasien zu. Ich erinnere mich gerne daran, wie du einmal warst ... als du noch keine Kampfstiefel trugst und dein Lieblingskraftausdruck *Mama* war.« Er lachte und sie lachte auch, während sie gemeinsam über den Bürgersteig gingen.

Neben seinem Wagen blieb Lina stehen und blickte zu ihm auf. »Wie war ich ... du weißt schon, als ich noch ein Kind war? War ich damals so anders als sie?«

Francis hörte den Schmerz in ihrer Stimme, die Ungewissheit. Er führte sie zu einer Holzbank an der Ecke und sie setzten sich darauf. Sie schmiegte sich an ihn und plötzlich sah sie nicht einmal annähernd so anmaßend aus. Sie sah aus wie ein hageres, junges Mädchen in zu großer, hässlicher Kleidung –

wie ein Kind, das sich sehnlichst wünschte, einen Weg zu finden, um zur Frau zu werden.

Er zog sie an sich. Sie lehnten sich zusammen zurück und starrten in den frischen Herbsthimmel hinauf. »Ich erinnere mich an deinen ersten Schultag, als ob es gestern gewesen wäre. Du wohntest mit deiner Mom in diesem großen Apartmenthaus im Universitätsbezirk. Das waren die Tage, an denen sie als Assistenzärztin im UW-Hospital arbeitete, und sie arbeitete rund um die Uhr. Du hast diese Tage auf der Kinderstation verbracht – warst mit den operierten Kindern im Aufenthaltsraum zusammen. Deine Mom schlief nie. Sie arbeitete und studierte, aber in jeder freien Sekunde war sie bei dir, las dir vor, spielte mit dir, liebte dich, wie ich noch nie zuvor jemand habe lieben sehen.«

»Märchen«, murmelte Lina. »Sie hat mir Märchen vorgelesen.«

»Schon damals warst du ein ungestümes, selbständiges kleines Ding. An dem Tag, als du in den Kindergarten kamst, nahm deine Mutter sich von der Arbeit frei. Sie zog dich an und wieder aus und wieder an, bis du mit deinen glänzenden schwarzen Schuhen und rosa Haarbändern und deiner Sesamstraßen-Brotdose wie eine Puppe aussahst. Alles war so arrangiert, dass die Eltern an diesem ersten Tag mit ihren Kindern im Bus fahren konnten – und Maddy war so aufgeregt. Sie war noch nie zuvor mit einem Schulbus gefahren und konnte es kaum erwarten. Aber als du an der Haltestelle warst, drehtest du dich zu ihr um und sagtest, du wollest alleine fahren.«

Lina runzelte die Stirn. »Daran erinnere ich mich nicht.«

»Tja, aber ich. Deine Mom brach fast in Tränen aus, aber sie wollte dir nicht zeigen, wie verletzt sie war. Stattdessen ließ sie deine kleine Hand los und ließ dich ganz allein in diesen großen Bus steigen. Du hast ihr nicht einmal zum Abschied zugewinkt, sondern bist direkt zu einem leeren Sitz marschiert und hast dich hingesetzt. Als sich die Türen geschlossen hatten, rannte Maddy nach Hause, sprang in ihren alten rostigen Wagen und folgte dem Bus zur Schule. Den ganzen Weg dorthin und zurück weinte sie.« Er wandte sich ihr zu und berührte ihre Wange. »Sie war so stolz auf dich ... und so ängstlich.«

»Ich weiß, dass sie mich liebt«, sagte Lina und starrte irgendwohin in die Ferne. »Und ich liebe sie. Es ist nur ... manchmal schwer. Ich fühle mich, als gehörte ich nicht wirklich zu ihr. Es ist, als ob mich ein Außerirdischer zufällig zurückgelassen hätte.«

Er hielt sie fester. »Das gehört zum Erwachsenwerden. Keiner von uns weiß, wo er hingehört. Wir verbringen ein ganzes Leben damit, das herauszufinden.«

»Du hast gut reden. Du liebst Mom und mich, aber du gehörst Gott.«

Es war ihm unmöglich, ihr darauf zu antworten. Doch er wünschte sich – Gott, wie sehr er das wünschte –, dass es so einfach für ihn wäre. »Ja«, sagte er langsam. »Das ist eine recht gute Zusammenfassung meines Lebens.«

»Wusstest du, dass Mom versprochen hat, mit meinem Dad Kontakt aufzunehmen?«

Für eine Sekunde konnte Francis nicht atmen. Schließlich antwortete er. »Nein, das wusste ich nicht.«

Lina grinste ihn an. »Ja. Ich bin irgendwie nervös, aber vor allem bin ich aufgeregt. Ich werde ihn schon bald kennen lernen.«

Francis spürte, dass die Furcht wiederkehrte, und auf sie folgte Scham. Gott mochte ihm verzeihen, aber er wollte nicht, dass Lina ihren Vater kennen lernte. »Tja«, sagte er schließlich. »Was hältst du davon, wenn wir eine Pizza essen gehen?«

»Du willst dem Kind einer Kardiologin eine *Pizza* anbieten?«

Er lachte und es war ein gutes Gefühl, so, als ob für eine Sekunde in seiner Welt alles normal wäre. »Ich werd's nicht verraten, wenn du's auch nicht verrätst.«

Lange nachdem sie ihn allein in seinem Zimmer gelassen hatte, lange nachdem die Krankenschwestern mit ihm fertig waren, lange nachdem Hilda ihre Litanei über die Abfolge des bald erfolgenden Ausnehmens abgefeuert hatte, konnte Angel noch immer nicht schlafen. Er hatte um mehr Medikamente gebeten, um schlafen zu können, doch die waren ihm verweigert worden, und so lag er da und war hellwach.

Denken war das Letzte, was er an diesem gottverlassenen Ort tun wollte. Aber er konnte die Bilder nicht aus seinem Verstand verdrängen. *Francis und Madelaine bumsten heftig in einem Himmelbett und zwölf Kinder schliefen im Schlafzimmer nebenan. Ein weißer Zaun um eine blitzsaubere Turnhalle.*

Er schloss seine Augen und wusste sofort, dass es ein Fehler war. Die Erinnerung überkam ihn, scharf und klar und mit herzzerreißender Deutlichkeit ...

Es war heller Tag gewesen, ein sonniger Sommertag, und Angel war an ein Krankenhausbett gefesselt. Francis saß neben ihm und sprach. Aber Angel war siebzehn und zu wütend, um zuzuhören – wütend darüber, dass er krank war, wütend auf den dämlichen Arzt, der ihm gesagt hatte, er müsse *sein Leben ändern*, dass er sterben würde, wenn er nicht besser auf sich Acht gab. Himmel noch mal – er wusste nicht, was Myokarditis war, und es war ihm auch scheißegal. Er wusste nur, dass er sich zu gut fühlte, um in einem Krankenhaus zu liegen. Er wollte nicht an ein Bett gefesselt sein, das sie sich nicht leisten konnten, wie seine Mutter nicht müde wurde, ihm zu erzählen.

Der Sommer lag vor ihm, lang und langweilig, und die Diagnose – *Viralinfektion, die das Herz angriff* – machte ihn völlig fertig. Die blöden Ärzte erzählten ihm dauernd, dass er sterben könne, wenn er nicht vorsichtig sei, dass er das Rauchen und Trinken sein lassen müsse, aber er fühlte sich völlig gesund. Mit seinem Herzen war alles in Ordnung.

Die Tür des Krankenzimmers öffnete sich, aber Angel machte keine Anstalten, sich zu bewegen. Er war zu sehr damit beschäftigt, sich selbst zu bemitleiden. Francis beugte sich zu ihm und flüsterte ein ehrfürchtiges »Jesus«.

Für eine Sekunde hatte Angel nicht gewusst, was sein Bruder meinte. Dann wandte er seinen Kopf und sah sie. Ein klapperdürres Mädchen – eine freiwillige Helferin in bunt gestreiftem Kleid – stand in der Tür mit großen Augen, die nicht blinzelten, nagte mit ihren Zähnen an ihrer vollen weichen Unterlippe. Sie hatte blasse, elfenbeinweiße Haut und dunkle Augenbrauen, die aussahen, als ob sie mit einem Filzstift gezogen seien. Sie presste einen Stoß von *Heartbeat*- und *Tiger Beat*-Musikmagazinen an ihre Brust.

Angel hatte ihr freundliches Privatschülerinnengehabe ganz nett gefunden, aber dann gesehen, wie sie sich in den klaren blauen Augen seines Bruders widerspiegelte, und plötzlich war sie mehr geworden, so viel mehr. Das erste Mädchen, das Francis jemals zweimal angeschaut hatte.

»Jesus Maria«, flüsterte Francis wieder.

Angel hatte gehandelt, ohne weiter darüber nachzudenken. Er warf der schweigenden Helferin sein typisches Grinsen zu, jenes, das er gnadenlos bei den Mädchen in seiner schäbigen Umgebung einsetzte. Er wusste, dass er gut aussah – ein braun gebrannter, dunkelhaariger italienisch-irischer Junge mit einem rebellischen Ausdruck in seinen grünen Augen.

Sie erwiderte das Lächeln, zaghaft erst und dann breiter. Das Lächeln veränderte ihre Gesichtszüge, neigte die Winkel ihrer Augen und ließ sie exotisch und zigeunerhaft wirken.

Wellen von hellbraunem Haar, an einigen Stellen sandfarben gebleicht, schimmerten in dem künstlichen Licht.

»Gegen etwas Gesellschaft hätte ich nichts«, sagte Angel.

Ihre Augen weiteten sich und er sah zum ersten Mal, dass sie von einem weichen Silbergrün waren. »Wirklich nicht?«

Francis seufzte – es war ein tiefes, müdes Geräusch der Niederlage. Dann schob er seinen Stuhl zurück und stand auf. Ein großer, unbeholfener blonder Junge, der sie ansah wie ein kleiner Hund und sie stumm anbettelte, ihn zu beachten.

Angel empfand einen Stich des Bedauerns, aber es war zu spät, rückgängig zu machen, was er getan hatte, und er wollte das auch gar nicht. Es war das erste Mal in seinem Leben, dass er etwas bekommen hatte, was Francis wollte, und es war ein gutes Gefühl.

Das Mädchen – er hatte später erfahren, dass ihr Name Madelaine Hillyard war – blickte zu Francis auf, als der das Zimmer verließ, schenkte ihm ein freundliches, strahlendes Lächeln und flüsterte »Auf Wiedersehen«. Sie hatte Francis nicht wieder angeschaut, damals nicht und nicht in den zauberhaften Monaten, die darauf folgten. Monate, die ihrer aller Leben veränderten.

Zuerst hatte Angel Madelaine gewollt, weil Francis sie wollte. Aus purem Egoismus, der wegen dem, was folgen sollte, umso niederträchtiger und schmerzlicher war.

Angel verliebte sich ganz einfach in sie. Zum ersten – und vielleicht einzigen – Mal in seinem Leben verliebte er sich mit Kopf und Herz und Körper und Seele. Der ruhige, bescheidene Teenager mit den riesigen, zauberhaften Augen war für einen kurzen, wundervollen Sommer seine Welt geworden. Sie sah etwas in ihm, das niemand je zuvor gesehen hatte – sie *glaubte* an ihn –, und als er sie in seinen Armen hielt, lernte er beinahe, an sich selbst zu glauben. Aber nicht ganz. Er hatte nicht ganz an sich selbst geglaubt ...

Und obwohl er sie verlassen hatte, hatte er sie nie aus seiner Seele vertreiben können. Das war die eigentliche Tragödie bei all dem. Er hatte sie im Stich gelassen, ihrer aller Herzen gebrochen. Und wofür? Für ein Leben, das er damit verbracht hatte, ziellos von einer schäbigen Bar zu einem schäbigeren Hotelzimmer zu ziehen, immer und immer wieder die gleichen müden Geschichten Dutzenden von viel zu grell geschminkten Augen zu erzählen, die gleichen oberflächlichen Sätze an Hunderte von Lippenpaaren zu flüstern. Aber niemals die richtigen Lippen, niemals die richtigen Worte.

Und jetzt war er wieder hier, im Krankenhaus.

Nur dass diesmal vielleicht Francis als Sieger hervorgegangen war. Vielleicht war es Francis, der jetzt mit Madelaine schlief, Francis, der an ihren blassrosa Brustwarzen saugte und ihre vollen Lippen küsste.

Er zuckte zusammen.

Eifersucht durchschoss ihn, drehte ihm den Magen um, machte ihn plötzlich wütend.

Er wollte nicht, dass Francis Madelaine hatte.

»Gott«, flüsterte er, wünschte sich, es wäre ein Gebet, und wusste, dass es dafür zu spät war. Es war immer zu spät gewesen.

Kapitel 8

Madelaine saß auf der Sofakante, die nackten Füße zusammengepresst, die kalten Hände im Schoß verschränkt. Es war Samstagmorgen und sie war früh aufgestanden, um ein gutes, kräftiges Frühstück vorzubereiten. Sie hatte sich sorgfältig mit einer weiten Trainingshose und einem übergroßen T-Shirt bekleidet. Sie sah leger aus, wie sie fand.

Innerlich aber fühlte sie sich nervös und hatte Angst.

Ich verspreche dir, dass ich mit deinem Vater Kontakt aufnehmen werde ...

Sie hörte unten im Korridor die Toilette rauschen und sprang auf. Sie huschte in die Küche, zog das Schneidebrett heraus und begann Karotten zu zerkleinern.

Erst als sie drei geschält und zerschnitten hatte, wurde ihr bewusst, dass sie zum Frühstück keine Karotten brauchte.

Sie schob das Gemüse beiseite und starrte auf die geschlossene Tür. Ihre Ängstlichkeit verstärkte sich noch ein wenig mehr. Was, wenn sie die nicht überwinden konnte – was, wenn sie nicht gut genug lügen konnte, um ihre Tochter zu beschützen?

Der Türknopf des Badezimmers drehte sich, die Tür schwang auf. Lina stand im Türrahmen. Sie trug einen eng anliegenden gerippten Pullover und eine Hose, die nicht einmal ein Footballspieler der Nationalliga hätte ausfüllen können. Der Schritt hing zwischen ihren Knien und der ausgefranste, abgeschnittene Saum fiel bis auf den Boden.

»Hi, Mom«, sagte sie und stieß die Tür mit einem Tritt ihres Fußes zu, der in einem Armeestiefel steckte. Einen Rucksack hinter sich herziehend, ging sie über den Korridor auf das Wohnzimmer zu. »Ich gehe ins Einkaufszentrum.«

Madelaines Kehle wurde trocken. »Warte, bis du was gegessen hast.«

Lina erstarrte. »Du *kochst*?«

»J... ja. Schinken und Käse-Omelett und Toast.«

»Mit Eierersatz und Truthahnschinken zubereitet? Mmh. Köstlich.«

»Du hast sonst immer gerne Truthahnschinken gegessen.«

Lina verdrehte ihre Augen. »Sieh doch mal, wie's wirklich war, Mom. Ich war zu jung, um den Unterschied zu bemerken.«

»Na ja ... aber du kannst den Toast essen.«

Lina warf ihren Rucksack auf die Couch und zuckte mit den Schultern. »Na schön.« Sie machte Anstalten, in ihr Zimmer zurückzukehren.

Madelaine wollte einen Seufzer der Erleichterung ausstoßen und Lina gehen lassen, aber sie weigerte sich, so einfach nachzugeben. Es war genau diese Art von Feigheit, die ihre Beziehung kaputtgemacht hatte – es würde ein wenig Mut kosten, sie wiederherzustellen.

Vorschriften. Sie reagiert gut auf Regeln.

»Ich möchte, dass du den Tisch deckst«, rief sie dem Rücken ihrer Tochter zu.

Lina drehte sich langsam um. »Du willst, dass ich *was* tue?«

Madelaine fuhr sich mit der Zunge über ihre Lippen. »Dass du den Tisch deckst.«

Lina musterte sie. Die Hände in die Taschen ihrer Baggies gesteckt, durchquerte sie den Raum. »Mom?«

Madelaine zwang sich, still dazustehen und die Prüfung über sich ergehen zu lassen. »Ja?«

»Sind wir jetzt feine Pinkel geworden?«

Madelaine lachte laut auf. »Mach schon. Deck den Tisch.«

Lina bewegte sich nicht, sondern stand einfach nur da und starrte sie an. Schließlich konnte Madelaine nicht anders und begann, nervös zu werden. Es war ein Fehler zu versuchen, so zu tun, als ob sie eine Familie seien, zu tun, als ob eine Kleinigkeit wie ein Brunch am Samstag in Ordnung bringen könnte, was zwischen ihr und Lina nicht stimmte.

»Hast du gestern meinen Dad angerufen?«

Madelaine zuckte zusammen. Da war sie, die Frage, die sie vermieden haben wollte, wie ein Fehdehandschuh auf den Tisch geworfen. »*Vater*«, schnappte sie. Sie räusperte sich und versuchte, sachlicher zu klingen. »Er ist dein Vater. Ein Dad ist ... anders.«

»Ja, schön. Hast du ihn angerufen?«

Madelaine senkte ihren Blick. Sie starrte auf die Karotten, kleine orangefarbene Stücke, die auf der jadegrünen Arbeitsfläche lagen.

»Mom?«

Madelaine zwang sich, in die misstrauischen Augen ihrer Tochter zu schauen. Sie versuchte zu lächeln, versuchte es und scheiterte. Ein winziger Kopfschmerz brannte hinter ihren Augen. »Was?«

»Hast du ihn angerufen?«

»Ob ich ihn *angerufen* habe?«

Lina biss sich nervös auf ihre Unterlippe. »Tu mir das nicht an, Mom.« Ihre Stimme brach und für eine Sekunde sah Madelaine die nackte, schmerzliche Verzweiflung ihrer Tochter.

Es war mehr als *wer ist er*? Es war *wer bin ich*?

Sie legte das Messer hin und ging um die Arbeitsfläche herum. Sie sah Lina fest an und zwang sich dazu, einen Arm auszustrecken. Lina starrte auf die Hand ihrer Mutter, hob dann die Augen und ihre Blicke trafen sich.

Madelaine spürte in dieser einen Sekunde eine Welle der Emotion. Es war so lange her, dass sie einander angesehen hatten, sich wirklich angesehen hatten. Sie hatten Monate damit verbracht, wegzuschauen, vorbeizuschauen, durch einander hindurchzuschauen.

Sie schaute Lina flehend an, bettelte um eine Chance. Sie versuchte zu antworten, merkte aber, dass sie es nicht konnte.

»Du hast keine Verbindung mit ihm aufgenommen«, sagte Lina niedergeschlagen. »Warum?«

Madelaine hielt Blickkontakt, so lange sie konnte, bis ihr Schuldgefühl zu einer würgenden Hand wurde, die ihre Kehle umklammerte. »Ich hatte so viel zu tun. Dieser neue Patient ist wirklich ...«

Lina sprang förmlich hoch. Sie begann zu lachen – oder weinte sie? Madelaine vermochte es nicht zu sagen, bis Lina sich umdrehte, und sie sah, dass ihre Tochter durch ihre Tränen lachte. »Toll, Mom. Du hattest zu viel *zu tun*, um meinen Dad anzurufen.« Sie nahm ihren Rucksack und schwang ihn über die Schulter. Heftig schniefend rannte sie zur Haustür und riss sie auf. In der letzten Sekunde blieb sie stehen und drehte sich um, warf Madelaine einen schmerzerfüllten Blick zu. »Ich weiß nicht, warum ich dir geglaubt hatte.«

Dann rannte sie los.

Francis lehnte sich auf seinem Stuhl zurück und schloss die Augen. Später musste er Ilya Fiorelli besuchen, aber daran wollte er noch nicht denken. Und so saß er ruhig da und lauschte dem *Phantom der Oper.*

Musik erfüllte das Besucherzimmer des Pfarrhauses, pulsierte und hämmerte und verstummte dann wieder. Langsam begann das nächste Lied. »Musik der Nacht.«

Er seufzte erwartungsvoll. Die Musik begann gemächlich, sicher und ruhig, umhüllte ihn, zog ihn in die Welt des Phantoms. Ein einsamer Ort, diese Welt, erfüllt von Herzeleid und Sehnen und unerwiderter Liebe.

Er erinnerte sich – so wie immer – an das erste Mal, als er diese Musik gehört hatte. Er und Madelaine waren zusammen ins Theater gegangen. Als er neben ihr saß, ihre Anwesenheit spürte, sah, wie das Funkeln der Scheinwerfer sich in ihren Augen widerspiegelte, hatte er sich dem Himmel nahe gefühlt.

Lass deinen Phantasien freien Lauf in dieser Dunkelheit, von der du weißt, dass du sie nicht bekämpfen kannst ...

Francis sang die Worte laut, tat für eine Sekunde so, als habe er Talent. Als könne er viele Dinge. Die Musik schwoll wieder an, voll wirbelnder, geballter Kraft. Hohe, reine Noten, so zitternd und süß wie der Gesang eines Vogels, der hoch oben sitzt, dann senkten sich die Töne und gerieten in Unordnung und wurden melancholisch.

Und die Traurigkeit kam, wie sie immer kam, eingebunden inmitten der prachtvollen Klänge. Francis fühlte den Schmerz im Lied des Phantoms, die Qual, im Schatten der Frau, die man liebte, leben zu müssen.

Ach, Madelaine, dachte er und stieß einen weiteren Seufzer aus.

»Francis?«

Er richtete sich mit einem Ruck auf, blinzelte in das plötzliche gleißende Sonnenlicht, das sich durch die geöffnete Eingangstür des Pfarrhauses ergoss.

Lina stand im Türrahmen, von hinten vom goldenen Glühen des Morgens beleuchtet. Sie sah unglaublich jung und zerbrechlich aus, winzig in ihrer weiten Hose und der Armeejacke. Aber es waren ihre Augen, die seine Aufmerksamkeit auf sich zogen, ihn veranlassten, in plötzlicher Sorge die Stirn zu runzeln.

Er trat die Fußstütze seines Ruhesessels hinunter und sprang auf. »Lina, Schatz, was ist los?«

Sie antwortete nicht.

»Lina?« Er bewegte sich auf sie zu, und während er ihr näher kam, sah er die kleinen Dinge, die das Sonnenlicht verwischt hatte. Sah, wie sie dastand, zu einer Seite geneigt, halb vor seiner Schwelle, halb dahinter, die geschwollene Röte ihrer Augen, die Wangen blauschwarz von Mascara und Tränen verschmiert.

Und er wusste es. Gott helfe ihm, aber er wusste, warum sie hier war, gebrochen und verloren aussah. Madelaine hatte ihr die Wahrheit gesagt.

O, Gott ... Bei diesem Gedanken drehte es ihm fast den Magen um. Unsicher schaltete er die Stereoanlage aus und ging zu ihr.

Und sie stand noch immer reglos im Türrahmen. Blass, so blass, und ihre blutunterlaufenen Augen von Traurigkeit erfüllt. Er erinnerte sich an Hunderte anderer Besuche. Zeiten, in denen sie zu ihm gekommen war, lachend, durch seine Tür hüpfend, und sich in seine wartenden Arme geworfen hatte.

»Ich wusste nicht, wohin ich sonst gehen sollte«, sagte sie, kaute an ihrem Daumennagel und sah ihn mit diesen unendlich traurigen Augen an.

Er streckte seinen Arm nach ihr aus und sie ergriff seine Hand und drückte sie fest. Er sah ein Glitzern von frischen Tränen in ihren Augen funkeln.

Er schloss die Tür und führte sie zu dem braungoldenen Sofa. Er setzte sich neben sie, schlang einen Arm um ihre Schultern und zog sie an sich. Sie presste ihre Wange an seine Brust. Er spürte, wie sie zitternd einatmete. »Schsch«, murmelte er.

Er wollte alles für sie besser machen, so, wie er es schon tausendmal in ihrem Leben getan hatte.

Plötzlich zog sie sich zurück, atmete heftig ein und blickte zu ihm auf. »Mo... Mom hat meinen Vater nicht angerufen. Sie hatte es ver – versprochen und dann hat sie ihn nicht angerufen.«

Für einen Sekundenbruchteil empfand Francis Erleichterung.

Tränen quollen unter ihren Wimpern hervor, fielen eine nach der anderen auf ihre verschmierten blassen Wangen. »Ich weiß nicht, warum ich geglaubt habe, dass sie das tun würde.«

»Er hat euch einfach sitzen lassen. Vielleicht ist es am besten, wenn du nicht an ihn denkst.«

»Sag mir, wer er ist«, bat sie leise.

Von diesem Augenblick an würde es kein Zurück mehr geben. Das wusste er. Furcht schloss sich um seine Brust wie eine Fessel. Niederlage ließ seine Schultern heruntersacken, kam in einem ächzenden Seufzer aus seinem Mund. Er wischte eine Träne von ihrer Wange. »Oh, Lina-Ballerina ...«

»Komm mir nicht so, Francis. Nicht du auch noch.«

Er spürte die Scham in sich aufsteigen, ihn erfüllen. »Ich kann dir seinen Namen nicht sagen.«

»Du kannst nicht?« Es war nur der Hauch eines Atems. »Oder willst du nicht?«

»Lina ...«

»Sag nichts.« Sie starrte ihn an und er sah in diesem Augenblick, der ihm wie eine Ewigkeit erschien, dass sie ihn hasste. Es schmerzte. Gütiger Gott im Himmel, es schmerzte.

»Als ich noch Kind war, habe ich mir die Wiederholungen von ›Brady Bunch‹ angesehen.« Sie biss sich auf die Lippe und blickte an ihm vorbei. Eine lange, lange Zeit verstrich, bevor sie wieder sprach. »Diese Familie brachte mich zum Weinen. Diese alberne, blöde Sitcom brachte mich immer zum Weinen.«

Francis verstand. Schon als Kind hatte sie dieses Familiengefühl haben wollen, dieses Gefühl, irgendwohin zu gehören. Aber er und Madelaine hatten es ihr nicht gegeben. Sie hatten sie mit ihrem Schweigen schützen wollen, aber das hatte sie nur noch mehr verletzt. »Es tut mir Leid, Lina.«

Sie lachte bitter und schrill. »Ja, mir auch.« Sie stand auf und ergriff ihren Rucksack. Sie warf ihn über ihre Schulter, schob sich an ihm vorbei und ging zur Tür.

Er sprang auf. »Lina, warte ...« Er wusste, dass es nicht das Richtige war, was er jetzt sagte, aber es war nichts Richtiges geblieben, und die Worte hallten in dem Raum und erstarben in einer erschreckenden Stille.

Sie schenkte ihm einen harten, kalten Blick. »Worauf?«

Er ging auf sie zu. Sie bewegte sich nicht, stand einfach nur da und starrte ihn mit diesen verletzten blauen Augen an. Er nahm ihr Gesicht sanft in seine Hände, wischte die Tränen mit seinen Daumen fort. »Ich liebe dich, Lina. Denke immer daran.«

»Ja, sicher tust du das.« Ihre Stimme brach. »Du und Mom, ihr liebt mich beide. Aber keiner von euch will mir die Wahrheit sagen.«

Lina hielt quietschend vor dem Schaufenster von Savemore Drugs. Der Laden starrte sie schweigend an. Seine große, ausgestreckte, hell erleuchtete Front lud sie zum Eintreten ein. Sie ließ ihr Fahrrad ins Gebüsch fallen.

Erregung gewann die Oberhand über Ärger und Kummer. Sie brauchte diese Erregung jetzt, brauchte ein anderes Gefühl, das sie berauschte, sie erfüllte. Sie wischte sich über ihre Augen, versuchte, die letzten Spuren ihrer nutzlosen Tränen auszuradieren. Bei der Berührung wusste sie, dass auf ihren Lidern kein Mascara mehr war, wusste, dass sich alles in einem verklebten, blauschwarzen Geschmiere auf ihren Wangen befand. Wahrscheinlich waren von ihrem »Oregon Cherry«-Rouge nur zwei Streifen von Kriegsbemalung zu beiden Seiten des verwischten Mascara übrig geblieben.

Ja, sie musste heiß aussehen.

Lina hob schniefend ihr Kinn und kniff die Augen zusammen. Sollte bloß jemand etwas sagen. Aber so, wie sie sich fühlte, wünschte sie sich tatsächlich, dass jemand etwas sagte.

Sie war ihr so egal, dass sie ihn nicht einmal anrief. Lausige sieben Zahlen, fünfzehn Minuten von ihrem Tag ...

Und Francis, der fast wie ein Dad für sie gewesen war, verriet sie. *Ich kann dir seinen Namen nicht sagen.*

Lina spürte das entsetzliche Stechen frischer Tränen und wandte sich von dem Laden ab. Seitwärts taumelnd trat sie hinter eine Stechpalme und setzte sich auf einen Stapel Holzpaletten. Sie beugte sich vor, presste ihr feuchtes Gesicht auf ihre Knie und weinte.

Ihre Mutter wusste, wie wichtig dies für sie war. Sie musste es wissen. Und doch war sie *zu beschäftigt*, um einen Anruf zu machen.

Lina hatte immer auf den Terminplan ihrer Mutter Rücksicht genommen. Sie war stolz auf den Beruf ihrer Mutter – er war bei weitem cooler als das, was die Moms anderer machten. Lina hatte die ganzen geplatzten Verabredungen, die einsamen Nächte, die hastigen gemeinsamen Mahlzeiten hingenommen. Aber genug war genug. Sie konnte sich nicht mehr gefallen lassen.

Sie griff in ihre Büchertasche und nahm einen Cover-Girl-Klappspiegel heraus. Sie klappte ihn auf und starrte ihr kleines Spiegelbild an. Elektrisierende blaue Augen, geschwungene schwarze Augenbrauen, kleine, bogenförmige Lippen.

»Wer bist du?«, flüsterte sie dem Mädchen im Glas zu. Und wer war er – dieser Vater, der seinen Stempel in ihrem Gesicht, ihren Gedanken, ihrer Persönlichkeit hinterlassen hatte und dann einfach gegangen war? Er war die Antwort auf alles. Die Aufdringlichkeit, die Unzufriedenheit, der Zorn – dies alles waren Persönlichkeitsmerkmale, die sie von ihm haben musste, sein lebendes Vermächtnis sein mussten.

Sie erinnerte sich ständig an ihre Frage. *Bin ich wie er?*

Und an das traurige Lächeln ihrer Mutter, als sie sich erinnerte, das Lächeln, das Lina von ihrem Geburtsrecht ausschloss, von den Erinnerungen, die ihr hätten gehören sollen. *Du bist genau wie er.*

Ihre Phantasien verselbständigten sich wieder, fingen sie in einem seidenen Netz. Sie waren *gleich*, sie und ihr Daddy – ihre Mom hatte das gesagt. Sie war *wie* ihr Vater. Sie würden mehr sein als nur Vater und Tochter. Sie würden die besten Freunde sein. Ihr Vater würde sie nicht belügen oder maßregeln. Er würde nicht stundenlang arbeiten und völlig ermüdet nach Hause kommen oder sich darum kümmern, ob sie ihre Hausaufgaben pünktlich gemacht hatte.

Sie wusste nicht, wie lange sie dort gesessen und von ihm geträumt hatte. Aber doch so lange, dass ihre Tränen trocknen konnten, so lange, dass aus ihrer tiefen Traurigkeit Ärger wurde. Ihre Mutter hatte kein Recht, ihr diese Information vorzuenthalten. Nicht diese.

Müde und deprimiert stand sie auf und trat aus den Büschen.

Dort war der Laden. Sie wollte sich abwenden, einfach heimgehen und nachdenken, aber der Laden war so nahe.

Sie *brauchte* diesen Adrenalinstoß, der kam, wenn sie alle anderen überlistete. Mit einem schnellen Blick in beide Richtungen schwang sie ihre Tasche wieder über eine Schulter und strebte dem Geschäft zu, ging über den breiten, von Azaleen gesäumten Zementweg.

Die doppelten Glastüren wichen in einer elektronischen Begrüßung beiseite. Sie tauchte in die gleißenden Lichter des Superdrugstores, fand sich herrlich auffällig. Ein Punkkind in schäbigen Klamotten im Yuppiehimmel.

Sie grinste, wusste, dass man sie beobachtete, sie einschätzte, die Hausdetektive auf sie aufmerksam machte. Sie ging wie üblich vor. Zuerst kaufte sie eine Zeitung. Es machte einen guten Eindruck, gleich am Anfang Geld auszugeben. Sie steckte zwei Quarter-Münzen in den Schlitz und öffnete die Klappe des Zeitungskastens, zog die neueste Ausgabe der kleinen Lokalzeitung heraus. Sie klemmte sie unter einen Arm, schlenderte dann den Hauptgang entlang, bog ab und ging in die Make-up-Abteilung. Sie fasste alles an, was sie interessierte, wog es ab, fühlte, ob es in ihre Handfläche passte. Sie suchte.

Sie berührte ein Dutzend Dinge, stellte alle wieder an ihren richtigen Platz zurück.

Dann sah sie es, berührte es, und ihr Herzschlag beschleunigte sich. Erregung löste ein schnelles, verstohlenes Lächeln aus.

Eine kleine Tube Wimperntusche in einer Klarsichtpackung aus Kunststoff.

Lina schaute sich verstohlen um, sah niemand. Ihr Herzschlag beschleunigte sich noch mehr. Ihr Herz begann in ihrer Brust zu donnern. Feuchter, juckender Schweiß nässte ihre Handflächen. Das erste nagende Gefühl von Furcht schlich sich in sie, murmelte, dass sie es nicht tun könne, dass sie nicht gut genug dazu sei.

Dann kamen die anderen Emotionen – das anmaßende Selbstvertrauen, das sie nur in dem hell erleuchteten Gang eines Drugstores finden konnte, der pulsbeschleunigende Adrenalinstoß.

Du kannst es doch tun, oder?

Sie spazierte eine Weile herum, hielt das Mascara wie zufällig. Ihre Finger waren so glatt vom Schweiß, dass sie es dreimal oder viermal von einer Hand in die andere wechseln musste. Ein oder zwei Mal tat sie, als würde sie das Mascara in die Regale zurückstellen – einmal in das mit den Deodorants, einmal in das mit dem Aspirin.

Im Gang, wo die Zahnpasta stand, handelte sie dann.

Sie steckte das Make-up in ihre Tasche und zog die Hand heraus.

Sie hatte es getan.

Schwer atmend und mit klopfendem Herzen zwang sie sich, gemächlich durch das Geschäft zu schlendern. Sie blieb vor den Videos stehen, blätterte ein paar Horrorbücher durch. Die Magazine weckten ihr Interesse und so stand sie da und blätterte in der neuesten Ausgabe des *Rollling Stone*.

Dann spazierte sie sehr ruhig den Gang hinunter, an der Kasse vorbei und auf die Tür zu. Mit einem schnellen Blick zur Seite sah sie, dass sie allein war. Ein Grinsen breitete sich über ihr Gesicht, als die Automatiktüren sich mit einem Zischen öffneten.

In der allerletzten Sekunde packte eine Hand ihre Schulter und drückte sie sehr fest. Eine laute Männerstimme sagte: »Augenblick mal, Miss.«

Kapitel 9

Francis ging langsam über den gesprungenen Steinweg, der zu dem bescheidenen weißen Haus der Fiorellis führte. Das Unkraut und das Gras, die den Weg besetzten und sich hartnäckig zwischen die Herbstblumen geschlichen hatten, waren nicht zu übersehen.

Im vergangenen Sommer war dieser Garten elegant und gepflegt gewesen. Jetzt verwilderte er. Die Rosensträucher hielten ihre toten und sterbenden Blüten fest. Der Boden war mit vielfarbigen Blütenblättern übersät, deren Ränder eingerollt und braun und zerrissen waren.

Er erreichte die Eingangstür und blieb stehen. Ein kleines Vordach hielt die Strahlen der Mittagssonne davon ab, in seine Augen zu fallen, und tauchte ihn in die willkommene Kühle des Schattens. In einer Nische rechts von der Tür stand eine alte, verwitterte Christusstatue. Er hielt seine schimmelbefleckten Hände grüßend ausgestreckt.

Für eine Sekunde empfand Francis Widerwillen, einzutreten. Er spürte den Blick der gemalten Augen der Statue auf sich und verfluchte stumm seine Feigheit. Die Fiorellis waren Freunde gewesen, so lange er denken konnte. Damals, als er und Angel noch Kinder waren, hatten sie auf diesem Hof gespielt, hatten Tausende von Baseballbällen mit den Enkeln der Fiorellis hin und her geschlagen.

Aber diese Tage waren längst vorbei und er war aus einem anderen Grunde gekommen. Er nahm einen langen, letzten Atemzug von der nach Rosen duftenden Luft und klopfte schließlich.

Drinnen gab es ein schlurfendes Geräusch, dann schwang die schlichte weiße Tür weit auf und im Eingang stand ein dünner, alter Mann mit gebeugten Schultern. Sein gefurchtes Gesicht breitete sich zu einem Grinsen, bei dem er seine Zähne entblößte. »Hallo, Vater Francis. Kommen Sie herein, kommen Sie herein.« Der alte Mann trat beiseite.

Francis tauchte in das kühle, dunkle Innere. Das Erste, was er bemerkte, war der Geruch – der kaum merkliche, modrige Geruch eines baufälligen Hauses, eines Hauses, dessen Dach ebenso dringend einer Pflege bedurfte wie der Rosengarten. Der winzige Korridor ging unmittelbar in ein kleines, ovales Vorderzimmer über, das an drei Seiten von früher einmal eleganten Stuckbögen begrenzt war. Dutzende von Familienbildern hingen schief und staubig an absackenden Haken, Schulfotos von Kindern, die jetzt selber Kinder hatten. Ein alter RCA-Fernseher, der ein dumpfes und gedämpftes Rauschen in dem ansonsten stillen Raum von sich gab, stand in einer Ecke.

Im letzten Jahr noch hatten ein wunderschönes viktorianisches Sofa nebst Tisch diesen Raum geschmückt. Sie waren jetzt verschwunden. Ihren Platz nahm nun ein Krankenhausbett ein, wuchtig und bedrohlich in dem winzigen Zimmer. Ein Rollstuhl stand in der Ecke und wartete darauf, benutzt zu werden.

Ach, selbst die Zeit dafür war längst vorbei.

Francis spürte ihn wieder, diesen Widerwillen, in ihren Kummer einzudringen. »Hallo.« Das war alles, was er sagen konnte, weil er diesen Kloß in der Kehle hatte.

Der alte Mann blickte auf. Sein Gesicht wirkte bedrückt und war blass. Für einen Sekundenbruchteil erinnerte sich

Francis an den Mann mit den dunklen Augen, den er einst gekannt hatte. Er pflegte immer zu lachen, hatte sogar Schwierigkeiten, nicht zu lächeln, wenn er das Abendmahl nahm. Und er hatte bei der Beichte immer einen Scherz für Francis bereit, eine »Sünde«, die einen jungen Priester garantiert dazu brachte, hinter der Sicherheit der hölzernen Trennwand zu grinsen. *Vergeben Sie mir, Vater, denn ich habe Thunfisch in den Hühnchensalat getan.*

»Darf ich Ihnen etwas zu trinken anbieten, Vater?«, fragte Mr Fiorelli mit respektvoller Stimme. Diesmal ohne ein Lächeln.

Francis schüttelte seinen Kopf, legte tröstend eine Hand auf die Schulter des Mannes und merkte dabei, wie spindeldürr er geworden war. »Nein, danke, Edward. Wie geht es ihr heute?«

Edward blickte wieder auf und in dem blassen Licht schien sein Gesicht einzufallen, in einem Morast von Falten zu versinken. »Nicht gut.«

Francis trat neben das Bett und setzte sich auf den wackeligen Holzhocker, rückte näher. Seine Knie stießen mit einem dumpfen Geräusch gegen das Metallgestell.

Die Frau in dem Bett, Ilya Fiorelli, blinzelte, als sie langsam erwachte. Bei seinem Anblick lächelte sie. »Vater Francis.«

Edward begab sich auf die andere Seite des Bettes und setzte sich, legte seine altersfleckige, großknöchelige Hand um die seiner Frau.

»Ich wusste, dass Sie heute kommen würden«, flüsterte sie. Sie wollte mehr sagen, aber dann erschütterte ein rasselnder, schleimiger Husten ihre Brust.

Francis starrte auf die blasse, verwelkte alte Frau. Ihr weißes Haar, mit der Perfektion eines Friseurs gebürstet und gekämmt, kräuselte sich auf dem angegrauten Kopfkissen wie Büschel von Gänsedaunen. Er nahm ihre andere Hand, die so schlank und zerbrechlich war, und drückte sie sanft.

Stumpfe, wässerig blaue Augen, deren Winkel in Falten von gerunzeltem Fleisch steckten, blinzelten ihn an. Selbst jetzt, in den letzten, von Schmerz erfüllten Tagen ihres Lebens, strahlte sie eine ruhige Sanftmütigkeit aus, die sein Herz anrührte.

»Segnen Sie mich, Vater, denn ich habe gesündigt.«

Sie sprach so leise, dass er sich vorbeugen musste, um die Worte zu hören.

»Ich habe zum letzten Mal vor zwei Wochen gebeichtet. Ich bekenne mich schuldig ...«

Francis presste seine Augen zu und schluckte den Kloß, der seine Kehle wie alter Staub verschloss. *Wann hast du das letzte Mal wirklich gesündigt, Ilya? Wann?*

Wie konnte ein gütiger Gott eine solche Frau mit so viel Elend beladen? Eine liebende, sorgende Frau, die nie einer Seele etwas zuleide getan hatte. Ihr ganzes Leben lang hatte sie Menschen geholfen und jetzt lag sie hier. Krebs fraß sich durch ihre Knochen, breitete sich hoffnungslos wie ein Virus durch ihr Blut aus.

Und was war mit Edward, ihrem Ehemann, mit dem sie siebenundfünfzig Jahre verheiratet gewesen war? Was würde er nach ihrem Tod tun, wie würde er in diesem Zuhause weiterleben, das sie für ihn geschaffen hatte?

»Edward«, sagte sie leise, »hol Vater Francis eine Tasse Tee.«

Edward ließ die Hand seiner Frau los und verließ das Bett, verschwand in der Küche.

Sie wartete darauf, dass die Küchentür leise ins Schloss fiel, bevor sie sprach. »Vater ...« Sie hielt inne, holte tief und zitternd Atem, wobei sich ihre Hand in seinem Griff zu einer Faust ballte. »Ich habe Angst um ihn, Vater. Der Ausdruck seiner Augen in letzter Zeit ... Er ist noch nicht auf meinen Tod vorbereitet.«

Francis berührte ihr Gesicht, streichelte sanft die samtweichen Falten. »Ich werde ihm helfen, Ilya. Ich werde für ihn da sein.«

»Ich kann nicht mehr lange bleiben. Der Schmerz ...« Tränen rannen über ihre Schläfen. Sie drückte seine Hand. »Passen Sie auf ihn auf, Vater. Bitte ...«

Francis wischte die feuchte Spur von ihrer Haut und versuchte zu lächeln. »Gott wird auf Edward aufpassen und Er ist unendlich fähiger als ich. Gott hat immer einen ...«

Plan.

Er konnte den Satz nicht beenden. Er hatte dies Millionen Mal gesagt, aber jetzt konnte er nicht sprechen. Er musste etwas sagen, das wirklich wichtig war, etwas, das den Schmerz dieser gütigen Frau lindern würde, aber da war nichts. Nichts.

»Natürlich hat Er einen Plan«, flüsterte sie und machte es ihm damit schmerzhaft leicht. »Es ist nur ... mein Edward ...«

Tränen verwischten alles vor Francis' Augen. Er überlegte angestrengt, was er an Bedeutungsvollem sagen könnte, aber ihm fiel nichts ein, und so verfiel er ins Übliche, in die Routine, erteilte ihr Absolution für ihre Sünden – obwohl er wusste, dass es keine gab, jedenfalls keine wirklichen – und segnete zum tausendsten Mal ihre Seele.

»Danke, Vater.«

Er starrte in Ilyas blaue Augen, sah die Schärfe des Lebens in all ihrer wundersamen, schmerzerfüllten Schönheit widergespiegelt in ihrem Blick. Er sah all die Dinge, die er sich selbst verweigert hatte, all die Straßen, die er nicht genommen hatte. Und plötzlich dachte er Dinge, die er nicht denken sollte.

Fünfunddreißig Jahre lang hatte Francis allein geschlafen, war in sein schmales Holzbett auf Laken gekrochen, die nach seinem Aftershave rochen. Einmal nur wollte er auf Kissen schlafen, die nach Parfüm dufteten.

Es hatte ihm genügt, den Lauf der Welt zu verfolgen, die Kinder anderer Menschen zu lieben, mit den Frauen anderer Männer zu sprechen. Aber jetzt, als er hier neben Mrs Fiorelli saß, ihre welke Hand hielt, wusste er, wie viel er aufgegeben hatte. Er könnte eine Million Kinder taufen und keines von ihnen würde ihn jemals Daddy nennen.

Er war ein Zuschauer des Lebens gewesen. Er liebte Gott noch immer, aber manchmal, in der Tiefe einer kalten, dunklen Nacht, *sehnte* er sich nach menschlichem Kontakt. Nach Madelaine. In den letzten Jahren hatte er sich Hunderte Male aus dem Bett geschwungen, sich auf den harten Boden gekniet und um Wegweisung und Kraft gebetet.

Mut. Das war es, was er brauchte, gerade jetzt für Mrs Fiorelli und für sich selbst. Es war das, was er sein ganzes Leben lang gebraucht, aber niemals wirklich gehabt hatte. Angel hatte all den Mut ihrer Familie, und Francis hatte all den Glauben bekommen.

Wenn er Mut gehabt hätte, nur ein klein wenig Mut vor langer Zeit, vielleicht hätte er andere Entscheidungen getroffen, etwas anderes getan.

Aber er war den leichten Weg vor vielen Jahren gegangen. Damals, als Madelaine schwanger und allein war, hatte Francis ihr angeboten, sie zu heiraten. Nur, dass er sie nicht wirklich hatte heiraten wollen, und sie hatte das gewusst, so wie sie immer alles über ihn gewusst hatte. Sie wusste, dass seine Liebe zu Gott die große Leidenschaft seines Lebens war und immer sein würde.

Nein, Francis, hatte sie leise gesagt und geweint. *Sei mein bester Freund, sei der beste Freund meines Babys. Bitte ...*

Und sie hatten nie wieder darüber gesprochen. Es gab so viele Dinge, über die sie niemals gesprochen hatten ...

Er schloss seine Augen und betete laut, ebenso für sich wie für Ilya. »Ich glaube an Gott, den Vater, den Allmächtigen, den

Schöpfer des Himmels und der Erde, und an Jesus Christus, seinen eingeborenen Sohn, unsern Herrn.« Die Worte ergossen sich in seinen Verstand wie Wasser aus einem Eimer, eines nach dem anderen, tröstend, reinigend, und er verlor sich in ihnen.

Ilyas Stimme fiel in seine ein. »Ich glaube an den Heiligen Geist, die heilige katholische Kirche, Gemeinschaft der Heiligen, Vergebung der Sünden, Auferstehung der Toten und das ewige Leben. Amen.«

Vergebung der Sünden.

Die Scham kam wieder und bot Francis keinen Platz zum Verstecken. Er hätte Madelaine dazu ermutigen sollen, Lina die Wahrheit über ihren Vater zu sagen, oder *er* hätte Lina die Wahrheit sagen sollen.

Er wusste, dass es so lange keine wirkliche Vergebung geben konnte, bis er die Dinge in Ordnung gebracht hatte.

»Vater?« Die Stimme von Mrs Fiorelli brachte ihn schlagartig in die Gegenwart zurück.

Er schüttelte die Gedanken ab und lächelte die alte Frau an. »Verzeihen Sie, Mrs Fiorelli.«

»Sie haben für eine Sekunde traurig ausgesehen, Vater«, sagte Ilya. »Worüber kann ein gut aussehender junger Priester wie Sie traurig sein?«

Er sollte sie vielleicht anlügen, sollte den Mantel der Vollkommenheit um sich legen, die von ihm erwartet wurde, aber er hatte nicht den Mut dazu. »Bedauern vielleicht«, antwortete er ruhig.

Sie streckte eine welke, zitternde Hand aus und berührte sein Kinn mit einer flüchtigen Geste von Zuneigung. »Glauben Sie mir dies, Vater. Das Leben ist schnell vorbei und man bedauert nur, was man nicht getan hat.«

»Manchmal ist es zu spät.«

»Niemals«, keuchte sie. »Es ist niemals zu spät.«

Angel lag in seinem unbequemen Krankenhausbett und starrte an die geflieste Decke.

Gott, er fühlte sich schlecht. Schlimmer als schlecht. Er hatte fast überall Schmerzen und die wenigen Stellen, die nicht schmerzten, waren geschwächt. Das Atmen war nur noch schmerzhafte, unbefriedigende Routine. Seine Finger waren kalt geworden. Zuerst hatte er geglaubt, es habe nichts zu bedeuten, aber dann waren seine Zehen blau geworden.

Durchblutungsstörungen.

Das war das Wort, das die Krankenschwestern benutzten, aber Angel konnte die Bedeutung hören, die hinter den Worten steckte. Es war zu Ende. Sein Leben verrann. Gestern noch war er bereit gewesen, dafür zu kämpfen, aber heute war er zu müde dazu.

Er fragte sich, wofür er gelebt hatte, und noch während er diesen Gedanken hatte, kotzte es ihn an. Er hatte ein Leben gelebt, ohne einen Stempel zu hinterlassen, ein Leben, das keine wirkliche Bedeutung hatte. Das sah er jetzt, sah das mit einer Klarheit, die er die ganze Zeit hätte haben sollen.

Gestern hatte ihn der Mann aus dem Zimmer nebenan besucht. Tom Grant.

»Es ist verdammt erschreckend«, hatte Tom gesagt. Einfach so hatte er die Furcht und Unsicherheit auf das Bett zwischen ihnen geworfen, als ob es nichts gäbe, dessen man sich schämen müsste, als ob ein Mann nicht stark sein müsste.

Angel hatte sich zuerst von seiner unsympathischen Seite gezeigt. Er hatte sich nicht selbst in Tom Grant sehen wollen, hatte nicht zugeben wollen, dass er ebenso krank war wie Tom. »Ah«, hatte er auf gemeine Art gesagt, »Sie sind also der Herztransplantationspatient, der zweimal dran war.«

Tom hatte gelacht. Ein schwaches Lachen.

Es war das Lachen, das Angels Ärger entschärfte, und die Ehrlichkeit, die seine Rüstung durchdrang.

»Das Schlimmste«, sagte Tom, »ist das Warten auf einen Spender. Das bringt einen dazu, sich hässlich zu fühlen, krank und entstellt. Und verflucht.«

Angel hatte den Mann schließlich angesehen, sein verschwollenes, von Medikamenten aufgedunsenes Gesicht, sein dünnes Krankenhaushemd, das eine Vielzahl von blutigen, tropfenden, intubierten Scheußlichkeiten verdeckte, seine müden, ach so müden Augen, und er hatte das Gefühl, in die Zukunft zu schauen.

Angel stellte zu seinem Entsetzen fest, dass er zu weinen begann. Er konnte sich nicht erinnern, wann er jemals so beschämt gewesen war. »Gott«, murmelte er und wischte sich sein Gesicht mit dem Ärmel ab.

»Ich habe mehr Tränen vergossen als ein Baby. Machen Sie sich darüber keine Sorgen.« Tom beugte sich näher zu ihm. »Sie müssen sich darauf konzentrieren, wie viel besser Sie sich fühlen werden, wenn es vorbei ist. Ich weiß, es macht einem Angst, daran zu denken, aber wenn es erst vorbei ist, dann ist es wie ... ein Geschenk.«

Angel seufzte, wünschte sich, auch einen so schlichten Glauben haben zu können. »Bei mir wird das nicht passieren, Mann. Gott wird mir keine zweite Chance geben.« Er zwang sich zu einem anmaßenden Lächeln. »Ich kann dem alten Mann nicht mal einen Vorwurf machen. Ich bin ein ziemliches Arschloch gewesen.«

»Tun Sie sich das nicht selbst an«, sagte Tom. »Kommen Sie nicht mit Moral oder Güte oder Erlösung. Es geht allein um Medizin. Schlicht und einfach. Gute Menschen werden ebenso oft ermordet wie schlechte Menschen. Und jeder verdient eine zweite Chance.«

Angel wollte das glauben, aber es war in seinem Leben zu

spät, etwas radikal zu ändern. Er war egoistisch und ignorant. Er hatte das Temperament des Teufels persönlich. Er hatte es immer gehabt. Und seine Berühmtheit hatte das noch schlimmer gemacht.

Er hatte die Wahrheit über sich schon vor langer Zeit akzeptiert – es war so sicher wie das Amen in der Kirche, dass er sich jetzt nicht ändern würde. Wozu auch?

Er starb. Das begriff er jetzt, und nachdem Tom gegangen war, hatte Angel dort gelegen, auf seinen nächsten Atemzug gewartet, und auf den nächsten und den nächsten, hatte auf jeden schwachen Schlag seines Herzens gewartet. Eine Welle von Einsamkeit hatte ihn darauf überkommen, sich tief und schwer in sein krankes Herz gesenkt. Er hatte sich gewünscht, jemand – irgendwer – säße neben ihm, hielte seine Hand und sagte ihm, alles würde gut werden.

Er ist nicht wie du, Angel. Er ist leicht verletzbar.

Ihre Worte waren ihm wieder eingefallen, drangen in sein Bewusstsein. Er hatte in seinem ganzen Leben nur zwei Menschen wirklich geliebt – Francis und Madelaine – und er hatte beide verletzt.

Das Verrückte daran war, dass er das eigentlich niemals beabsichtigt oder zumindest nicht wirklich gewollt hatte. Plötzlich dachte er an die Vergangenheit, an die Zeiten, in denen sein großer Bruder – selbst nicht einmal ganz acht Jahre alt – Angel vor ihrer betrunkenen Mutter versteckt hatte, die Zeiten, in denen Francis vergeblich versucht hatte, ihre Wut auf sich zu lenken anstatt auf ... Zeiten, in denen sie auf diesem alten, von Unkraut überwucherten Gelände neben dem Wohnwagenstellplatz gesessen und gemeinsam ihren Träumen nachgehangen hatten.

Wie hatte er das alles vergessen können? Wie hatte er sich von all dem gelöst?

Er streckte langsam eine Hand aus und griff nach dem Telefon, wählte die Nummer, die Madelaine ihm hinterlassen hatte. Ein Anrufbeantworter schaltete sich beim dritten Läuten ein.

Angel hinterließ eine Nachricht und legte auf.

Angel lag im Halbschlaf, als er hörte, dass seine Tür sich öffnete. Leise Schritte bewegten sich in das Zimmer.

Ah, dachte er erleichtert, Attila, die Krankenschwester, mit seiner Injektion.

Er öffnete seine Augen und sah einen großen Mann an der Tür stehen. Er hatte weizenblondes Haar, blasse Haut und blaue Augen, und er trug ein graues UW-Sweatshirt und ausgebleichte Levi's. Für eine Sekunde wusste Angel nicht, wer das war, dann erkannte er ihn.

»Mein Gott«, flüsterte er. »Bist du es, Francis?«

»Hi, Angel.« Es war dieselbe Stimme nach all diesen Jahren.

Angels erste Emotion war reine freudige Erregung, ein schnelles *Danke, Gott*, dass sich jemand sorgte, dass jemand gekommen war. Dann dachte er an Madelaine, an Francis und Madelaine zusammen, und Eifersucht kam so plötzlich wie ein Pfeil, durchstieß die Freude und riss ein kleines Stück davon weg. Dann war da Schuldgefühl, beißend und bitter, die Erinnerungen an seinen Verrat und Francis' Schmerz. Er zwang sich zu einem anmaßenden Grinsen. »Ist gut, dich zu sehen, Bruder. Schön, dass du Zeit hattest, mal vorbeizuschauen.«

Francis zuckte zusammen. Angel fühlte sich augenblicklich wie ein Blödmann. Aber lief es nicht immer so? Warum konnte er nie das Richtige tun oder sagen, wenn Francis da war?

»Wie lange bist du schon hier?«

»Nicht lange«, sagte Angel schließlich. »Ich hatte wieder einen Herzanfall in Oregon und man hat mich hierher geflogen.«

»Wieder einen?«

Er zuckte die Schultern. »Technisch ist es ›eine Folge eines Herzfehlers‹, aber es *fühlt* sich, verdammt noch mal, wirklich wie ein Anfall an.«

»Wird es dir wieder gut gehen?«

»Mir geht's immer gut – das solltest du wissen.« Er heuchelte ein Lächeln. »Sie werden mich mit Medikamenten voll pumpen und dann nach Hause schicken. Nichts weiter dabei.«

Francis zog einen Stuhl heran und setzte sich. Er sah älter aus als fünfunddreißig und in seinen blauen Augen war eine Traurigkeit, die bei Angel Unbehagen auslöste. Francis war immer Optimist gewesen.

»Wie ist es dir ergangen, Francis?«

Francis lächelte nicht. »Ist eine tolle Frage nach all diesen Jahren. Was soll ich darauf sagen, Angel? ›Mir ging's gut. Wie geht's dir selbst so?‹«

Wieder hatte Angel das Falsche gesagt. Er wollte diesen Augenblick retten, etwas daraus machen, aber er wusste nicht wie. Er und Francis hatten ihr Leben lang miteinander gekämpft – zumindest hatte Angel mit Francis gekämpft und Francis hatte das hingenommen. Er wusste nicht, wie er den Kreislauf anhalten könnte, wie er neue Wege gehen sollte, sagen konnte, *lass uns neu anfangen*.

»Hast du sie gesehen?«, fragte Francis.

Keine Schüchternheit, nicht von Francis. Kein um den heißen Brei herumreden, wer *sie* war. Angel spürte deutlich, dass eine plötzliche Spannung den Raum erfüllte. »Ja, ich habe sie gesehen.«

»Und?«

Angel musterte seinen Bruder, bemerkte, dass er noch immer blond war und noch immer die schlanke Gestalt eines Langstreckenläufers hatte. Ja, er war derselbe alte Francis, fast in jeder Hinsicht perfekt – gut aussehend und anständig und tugendhaft. Die Art von Mann, bei dem eine Frau sich sicher fühlen würde, von dem sie geliebt werden würde. Der ideale Typ, um zu kommen und das gebrochene Herz eines sechzehnjährigen Mädchens zu kitten.

Der Gedanke machte Angel verrückt.

»Nun?«, sagte Francis.

»Was willst du wissen, Francis? Ob ich sie gebumst habe? Nein, habe ich nicht. Ist ein bisschen schwer, wenn man an einem Herzmonitor hängt.«

Er sah die Abscheu in den Augen seines Bruders, die Enttäuschung. Francis seufzte, fuhr sich mit einer Hand durchs Haar. »Ich weiß, dass du nicht ... mit ihr geschlafen hast. Das hatte ich nicht gefragt.«

Angel fühlte sich unter dem durchdringenden Blick seines Bruders wie ein Insekt. Aber das Schlimmste daran war, dass Angel wusste, dass dies alles nur in seiner Phantasie existierte, wusste, dass Francis nichts von dieser Spannung spürte, nichts von dieser kindischen Konkurrenz. Doch Francis förderte wie immer das Schlechteste an Angel zutage.

»*Bumst* du sie?«, fragte Angel, angewidert und beschämt von seiner eigenen Frage, aber unfähig, sie zurückzuhalten.

Francis betrachtete ihn und sagte eine lange Zeit nichts. Jede Sekunde des Schweigens schien eine Stunde zu währen. »Ich bin Priester«, sagte Francis schließlich.

Angel spürte eine Welle der Erleichterung, empfand dann einen überraschenden Stolz. Er erinnerte sich an die vielen Male, als er mit seinem großen Bruder auf der Vordertreppe gesessen und den Träumen des zehnjährigen Francis gelauscht hatte, Priester zu werden. »Du hast es gemacht, ja? Gut für dich.«

»Alles in allem ist es gut gewesen. Das brachte Ma dazu zu glauben, dass Gott immer über sie wacht.«

Angel merkte, dass er lächelte. Für eine Sekunde war es ein Gefühl, als seien sie wieder Kinder. »Wenn sie's in den Himmel geschafft hat, siehst du alt aus.«

Francis lachte. »Das ganz sicher.«

»Wie ist das so, Priester zu sein?«

»Gut. Ein wenig ... einsam manchmal.«

Angel sah die Bekümmerung in den blauen Augen seines Bruders und einen vagen Schatten von Unzufriedenheit. Er wusste plötzlich, so wie er einfach immer Dinge über Francis »gewusst« hatte, dass sein Bruder wieder über Madelaine sprach. »Du liebst sie.«

Francis zuckte zusammen, lachte dann lahm. »Du konntest immer meine Gedanken lesen. Ja, so ist es.«

Sie schmerzte, diese traurige, ruhige sachliche Feststellung. Es ärgerte ihn maßlos, dass es so sehr schmerzte nach all diesen Jahren. »Und sie liebt dich«, schoss Angel zurück. »Wahrscheinlich eine dieser schäbigen, herzergreifenden *Dornenvögel*-Geschichten. Was macht ihr, versenkt ihr eure Blicke über den Abendmahloblaten ineinander?«

»Sie ist keine Katholikin.«

Angel runzelte die Stirn. Das war keine Antwort. Er spürte wieder den Ärger zurückkommen, spürte, wie er von ihm angestachelt wurde. *Ruhig*, dachte er. *Halt den Mund und alles mit dir ist okay.* Aber mit der Welle des Ärgers kamen die Worte, unaufhaltsam, unveränderbar. »Was hast du gemacht, ihr über die schweren Zeiten hinweggeholfen, nachdem ich gegangen war?«

Francis' Gesicht wurde überraschend hart. »Nachdem du gegangen warst, war sie völlig allein. Alex sagte sich von ihr los und warf sie aus dem Haus. Sie brauchte *irgendjemand.*«

»Und du warst da«, sagte Angel mit bitterem, sarkastischem Tonfall.

»Und du warst nicht da.«

Angel zuckte zusammen. »Eins zu null für dich, großer Bruder.«

Francis rückte seinen Stuhl näher. »Was, in Gottes Namen, hast du denn von ihr erwartet? Was hätte sie denn tun sollen?«

Angel schloss seine Augen fest. Er weigerte sich, jetzt Scham zu empfinden, all diese Jahre später. Es war eine sinnlose Zeitvergeudung. Sie war offensichtlich gut alleine zurechtgekommen.

»Sie glaubte an dich, Angel«, sagte Francis ruhig. »Wir beide taten das.«

Sein Magen verkrampfte sich vor Scham. »Ja, gut. So ist das Leben nun mal. Leute lassen einen hängen.«

»Sie ändern sich auch und entschuldigen sich und suchen Erlösung.«

»Komm mir nicht mit diesem frommen Scheiß. Es ist für mich zu spät, mich zu entschuldigen oder mich zu ändern, und Erlösung ist für mich unerreichbar. Ich denke, ich werde einfach weiter so rumstolpern, wie ich's immer getan habe.«

»Dann wirst du Madelaine also nicht mehr sehen?«

»Sie ist meine Ärztin.«

»Das meine ich nicht und du weißt das genau.«

Angel schaute ihn an. »Hör auf, um den heißen Brei rumzureden, Franco. Du willst nicht, dass ich sie bumse – das ist es doch, was du auf deine selbstgerechte Art zu sagen versuchst, nicht wahr?«

»Ich will nicht, dass sie wieder verletzt wird. Madelaine ist ... zart und zerbrechlich.«

Angel dachte an die Furie, die ihm den Vortrag über sein Herz gehalten hatte, und lachte laut auf. »Ja, eine richtige Magnolienblüte.«

»Ich mein's ernst, Angel. Sie hat Jahre gebraucht, um über dich hinwegzukommen. Brich ihr nicht wieder das Herz.«

Angel lachte bitter. »Keine Sorge, Junge. Wenn jemand ein gebrochenes Herz hat, dann ich.«

Francis stand mit einem müden Seufzen auf. »Ich habe für den Rest des Monats Exerzitien für Paare in Oregon. Ich könnte das absagen, falls ...«

»Falls ich morgen sterben sollte? Mach dir keine Gedanken. Mir wird's gut gehen.«

»Ich werde zurückkommen und dich besuchen, wenn ich wieder daheim bin. Es sei denn, du willst wieder verschwinden ...«

Angel seufzte. Der Ärger war bereits verschwunden, zur Bedeutungslosigkeit verblasst durch die Macht seiner Liebe zu seinem Bruder. Wieder wünschte er sich, er hätte sich zurückgehalten, hätte sich nur einmal in seinem Leben beherrscht. »Ich werde hier sein, Franco.«

»Gut.«

Angel zwang sich zu einem kläglichen Lächeln. »Tut mir Leid, dass ich dich angebrüllt habe, Mann. Danke fürs Kommen.«

Francis schaute lange, lange Zeit auf ihn herab. Dann lächelte er langsam. »Es tut dir immer Leid.«

»Ja«, sagte Angel leise, getroffen von der Wahrheit seiner Worte.

Kapitel 10

Ladendiebstahl.

Der Telefonhörer glitt aus Madelaines Hand und fiel scheppernd auf den Boden. Sie wankte und griff haltsuchend nach der Platte des Arbeitstisches in der Küche. Sie atmete tief ein, dann nochmals und nochmals. Ihre Schultern bewegten sich Zentimeter um Zentimeter zurück. Die in langen Jahren erlernte Beherrschung von Gefühlen wirkte. *Hör auf zu schmollen, Mädchen. Tränen machen es auch nicht besser.*

Sie hörte die dröhnende Stimme ihres Vaters, als ob er bei ihr im Zimmer wäre. *Kopf hoch, benimm dich wie eine Hillyard und nicht wie ein ängstliches, dummes Kaninchen. Himmel auch, du bringst mich in Verlegenheit, Mädchen.*

Madelaine schauderte bei der Erinnerung und verdrängte sie.

»Nimm deine Handtasche, Madelaine.« Sie sagte das laut zu dem leeren Raum. Sie bückte sich hölzern und hob den Telefonhörer auf, legte ihn mit übertriebener Ruhe auf die Gabel. Dann nahm sie ihre Handtasche von der Arbeitsplatte, hängte sie über ihre Schulter und begab sich zur Haustür.

In dem Moment, als sie nach dem Türknopf griff, klopfte es. Die Tür schwang auf, während Madelaine stolpernd stehen blieb.

Francis stand in der Tür. »Hi, Maddy.«

Sie bemerkte, dass er nicht lächelte – eigenartig, aber sie hatte keine Zeit, sich darüber Gedanken zu machen, konnte sich darüber keine Gedanken machen. »Hallo, Francis«, antwortete sie automatisch. Sie wartete darauf, dass er sich bewegte oder etwas sagte, aber das tat er nicht. Sie blinzelte ihn verwirrt an. »Waren wir zum Essen verabredet?«

»Nein. Ich fahre heute Abend nach Portland. Ich werde erst in ein paar Wochen zurückkommen. Es ... es gibt da etwas, worüber ich mit dir sprechen wollte ... Ich habe An...«

»Ach ja. Portland. Ich wünsch dir eine gute Reise.« Sie schenkte ihm ein besorgtes Lächeln und wartete darauf, dass er ging. Als er das nicht tat, sagte sie: »Ich muss jetzt gehen ... in die Stadt.«

»Maddy? Ich versuche, dir etwas Wichtiges zu sagen.« Er trat näher zu ihr, schaute besorgt auf sie hinab. »Was ist los, Maddy-Mädchen?«

Seine Sanftheit brachte sie dazu, weinen zu wollen. Es machte sie traurig, dass sie sogar jetzt, sogar bei Francis, so große Schwierigkeiten hatte, über ihre Probleme zu sprechen. »Es geht um Lina. Sie ist ...« Ihre Stimme wurde zu einem Flüstern. »Sie ist wegen Ladendiebstahls verhaftet worden.«

»Oh, mein Gott. Es ist meine Schuld.«

»Was?«

»Komm. Ich fahre dich zur Polizeiwache.« Er legte seinen Arm um ihre Hüfte und führte sie aus dem Haus.

Sie schlug die Tür hinter sich zu und ließ sich von ihm fortziehen, von ihm wieder helfen. Aber als sie die Garage erreicht hatten, wusste sie, dass es falsch war. Sie hatte zu viele Augenblicke wie diese mit Lina weggegeben, hatte Francis zu viele Male die schmerzlichen Momente ihres Lebens tragen lassen. Sie musste das alleine durchstehen und als Mutter so stark sein, wie sie als Ärztin war.

Sie blieb stehen.

Francis wandte sich zu ihr. »Maddy?«

»Ich muss dies allein machen, Francis. Ich bin ihre Mutter.«

Er trat schnell einen Schritt zurück. »Ich habe die Nummer in Portland auf deinen Anrufbeantworter gesprochen.«

Sie trat zu ihm, steckte zärtlich eine Haarlocke hinter sein Ohr. »Ich werde dich heute Abend anrufen und dich wissen lassen, wie es gelaufen ist.«

»Wirst du das?« Er sah sie noch immer nicht an und seine Stimme klang seltsam angespannt.

Sie berührte seine Wange, zwang ihn, sie anzusehen. Als ihre Blicke sich trafen, sah sie den Schimmer von Tränen in seinen Augen, und es verwirrte sie. Er wirkte verletzt. »Francis?«

Er starrte sie einen Herzschlag lang an, kniff dann die Augen zu und schüttelte den Kopf. »Lina war heute bei mir. Ich habe sie hängen lassen.«

»Oh, Francis ...« Sie versuchte zu lächeln. »*Ich* habe sie hängen lassen, Francis. Ich.«

»Nein. Du ziehst dir wie gewöhnlich jeden Schuh an, Maddy. Aber dieses Mal trage ich etwas *Mitschuld*.«

Sie zögerte. »Vielleicht solltest du mich doch begleiten, Francis ...«

»Nein, sie ist deine Tochter und du musst damit fertig werden. Außerdem muss ich mich auf den Weg machen. Vier verheiratete Paare brauchen den Rat, den ihnen nur ihr zölibatärer Priester geben kann.« Er lächelte matt und schüttelte über die Ironie den Kopf.

Sie wollte mehr sagen, wusste aber nicht, welche Worte er brauchte, wusste nicht, wie sie diesen Augenblick zu dem machen könnte, den er wollte. Zum ersten Mal hatte sie das Gefühl, er sei ein Fremder. »Fahr vorsichtig«, sagte sie, da sie nicht wusste, was sie sonst sagen sollte.

»Tu ich das nicht immer?«

Sie warf einen bedeutungsvollen Blick auf die verbeulte Seite seines Käfers.

Er grinste sie an. »Ich gehe, bevor du dich über meine Fahrweise auslässt. Leb wohl.«

Sie schaute zu, wie er in den verbeulten alten Volkswagen stieg, sich dabei zusammenfaltete und losfuhr. Der Wagen stotterte die schmale Straße hinunter, bog dann um die Ecke und verschwand. Und sie war wieder allein.

Sie starrte auf die leere Straße und seufzte. Francis, ihr Francis, der seine Gefühle immer offen zeigte, dessen Seele in seinen Augen zu lesen war, Francis, der sie alle so sehr liebte und nur Teil ihres Lebens sein wollte, er hatte nichts weiter gewollt, als zu helfen. Sie vergaß manchmal, wie leicht er verletzt werden konnte.

Bedauern überkam sie. Wieder einmal hatte sie die falsche Wahl getroffen, zur falschen Zeit das Falsche gesagt.

Aber sie würde das wieder gutmachen.

Wenn Francis von seiner Reise zurückkam, würde sie wieder gutmachen, dass sie ihn heute verletzt hatte.

Im Jugendgericht herrschte Betrieb wie in einem Bienenstock. Gequält wirkende Männer und Frauen liefen wie Ameisen über den Fliesenboden hin und her, sprachen und gestikulierten. Braune Vinylstühle, die meisten davon leer, säumten die Wände. Aber auf einigen saßen Erwachsene, die ebenso nervös wirkten, wie Madelaine sich fühlte. In der Mitte von all dem saß eine weißhaarige Frau an einem riesigen Schreibtisch, bediente das Telefon und dirigierte den Verkehr mit einem Kopfnicken oder einem Schnippen ihres Zeigefingers.

Madelaine fühlte sich von allen Seiten beobachtet, als sie die betriebsame Lobby durchquerte und zu dem Schreibtisch ging.

Die Frau mit dem dicken Doppelkinn blickte zu ihr auf. »Hallo.«

Sie musste ihre Stimme heben, um durch den Lärm verstanden zu werden. »Ich bin hier, um meine Tochter abzuholen. Lina Hillyard.«

Die Empfangsdame blätterte in ihren Papieren. »Oh. Ladendiebin. John Spencer ist der Sozialarbeiter, dem ihr Fall übertragen worden ist. Sie finden ihn in Zimmer hundertacht, den Gang runter, dann die zweite Tür rechts.«

Madelaine bewegte sich durch den bevölkerten Korridor, ohne zu jemand Blickkontakt aufzunehmen. Ihre Handtasche hielt sie fest an ihre Seite gepresst. Als sie schließlich Zimmer 108 erreicht hatte, wütete ein schrecklicher Schmerz in ihrem Magen, und sie hatte das Gefühl, sich übergeben zu müssen.

Sie blieb vor der geöffneten Tür des Zimmers stehen. Drinnen saß ein junger Afroamerikaner an einem wuchtigen Metallschreibtisch in einem Büro mit braunen Wänden. Drei Tassen offensichtlich kalten Kaffees standen in exakter Linie an der oberen rechten Schreibtischkante aufgereiht. Er blickte auf, als sie eintrat. »Was kann ich für Sie tun?«

»Ich bin Doktor Madelaine Hillyard. Linas Mutter.«

Er nickte und suchte in dem Stapel von Akten auf seinem Schreibtisch, zog dann vorsichtig eine heraus. Er wies auf einen Stuhl und schlug die Akte auf. »Nehmen Sie bitte Platz, Doktor Hillyard.«

Madelaine ging zu dem kleinen schwarzen Metallstuhl und hockte sich nervös auf die Vorderkante der Sitzfläche.

Nach einem Moment blickte er von der Akte auf und lächelte sie an. »Ihre Tochter ist eine richtige Giftspritze.«

»Ja.«

»Der Ladendetektiv von Savemore Drugs erwischte sie beim Ladendiebstahl. Make-up. Hat sie auch auf dem Überwachungsvideo festgehalten. Wollen Sie's sehen?«

Madelaine wünschte sich, dass es nötig wäre, aber sie wusste, dass Lina das getan hatte – und sie wusste warum. Es war Linas Art, sich an einer Mutter zu rächen, die einen Anruf nicht tätigen wollte.

»Nein.«

»Gut. Manche Eltern können einfach nicht glauben, dass ihre wundervollen Kinder etwas Falsches tun.« Er schob seinen Sessel vom Schreibtisch zurück und stand auf. »Ich mache Ihnen folgendes Angebot. Es ist ein Erstdelikt und der Laden ist bereit, zu ignorieren, was sie getan hat.«

Madelaine sank vor Erleichterung fast zusammen. Doch bevor sie in dem Gefühl versinken konnte, fuhr Spencer fort: »Aber das nützt Ihrer Tochter einen Scheiß – entschuldigen Sie meine Ausdrucksweise. Sie muss sich über die Konsequenzen dessen, was sie getan hat, im Klaren sein.«

Er sah Madelaine direkt an. »Sie ist verängstigt – das sind sie alle beim ersten Mal –, aber von jetzt an liegt's bei Ihnen.«

Sie wollte fragen, was sie tun sollte, um Hilfe bitten, wusste aber nicht wie. Die Worte blieben ihr im Halse stecken. Sie hatte Dutzende von Büchern über Erziehung gelesen und in allen stand, sie solle vernünftig mit Lina reden, sie solle ihrer Tochter Alternativen anbieten und sie lehren, Entscheidungen zu treffen. Es war ein guter Rat. Das wusste Madelaine. Aber es funktionierte nicht, bei ihr nicht und bei Lina ohnehin nicht. Der einzige andere Weg, den sie kannte, war der Weg, den ihr Vater gewählt hatte.

»Ich arbeite hier schon ziemlich lange, Doktor Hillyard. Ihre Tochter steht kurz vor echten Problemen.« Spencer trat näher und nahm auf dem Stuhl neben ihr Platz. »Dies ist ein Schrei nach Aufmerksamkeit. Der nächste Schrei wird vielleicht nicht so leicht zu lösen sein. Die Selbstmordrate unter Teenagern, die Probleme haben …«

Madelaine keuchte und löste den Blickkontakt, starrte auf

ihre Hände, die sie im Schoß gefaltet hatte. *Selbstmord.* Ein Frösteln erfüllte sie.

»Hat sie das schon mal gemacht?« Das war die Frage, die sie stellte. Die Worte, die sie formulierte. Aber was sie wirklich wissen wollte, wissen musste, war: *Wie viele Schreie habe ich nicht gehört?*

»Sie ist sehr entschlossen vorgegangen. Scheint mir, als hätte sie's schon vorher getan.«

Madelaine schloss ihre Augen. Natürlich hatte Lina es schon vorher getan. Wenn Lina die Tochter von irgendjemand anderem wäre, hätte Madelaine die Alarmzeichen längst schon bemerkt – unzufriedener Teenager, verärgert und rebellisch, suchte nach Aufmerksamkeit.

Das alles passte auf Lina. Alles. Dieses neue Interesse an Heavy-Metal-Musik. Diese Verrücktheit, sich Ohrlöcher stechen zu lassen. Die Schulschwänzerei. Die Kleidung. Das Verhalten. Lina war ein Teenager, der Probleme hatte. Und Ladendiebstahl war – ob sie's wusste oder nicht – ein Hilfeschrei. Madelaine musste stark genug sein, um auf diesen Schrei zu reagieren.

»Doktor Hillyard?«

Sie hob langsam ihr Kinn und sah den Sozialarbeiter an. »Ich will ihr helfen, Mr Spencer, aber ...« Die Worte schienen sie nach unten zu ziehen und es machte sie traurig, dass sie Angst davor hatte. Wie konnte eine so hoch geschätzte Ärztin Fremden gegenüber so stark sein und so schwach bei ihrem eigenen Kind? Sie spürte, dass Tränen der Scham und der Niederlage in ihren Augen brannten.

»Ich habe selbst eine sechzehnjährige Tochter, Doktor Hillyard. Man kann sie mehr als sein eigenes Leben lieben und ihnen alles geben, was man hat. Aber ...« Er zuckte die Schultern. »Dabei kommt Scheiße raus. Passiert eben.«

»Ich ... hätte sie besser erziehen sollen ... hätte öfter da sein müssen ...«

»Es geht nicht um die Schuldfrage, Doktor Hillyard. Sie sind Mutter, sie ist ein Teenager – glauben Sie mir, man kann jede Menge Schuldzuweisungen machen. Aber worauf Sie sich jetzt konzentrieren müssen, ist Veränderung.«

Sie riss sich zusammen. »Wie mache ich das?«

»Das ist die große Preisfrage. Ich mache das mit Ehrlichkeit und Konsequenz.« Er lächelte. Seine Augen zwinkerten. »Und wenn das nicht funktioniert – nehmen Sie ihr den Fernseher weg, geben Sie ihr Stubenarrest *und* verbieten Sie ihr, das Telefon zu benutzen.«

Madelaine blickte überrascht auf. Das war nicht der Ratschlag, den sie erwartet hatte. Sie dachte an ihre eigene Kindheit, an dunkle, erschreckende Bilder der »Disziplin« ihres Vaters, und spürte Übelkeit in ihrem Magen aufsteigen. »Das funktioniert? In allen Büchern steht ...«

Er wies die Expertenmeinungen mit einer Handbewegung weit von sich. »Die Bücher sind in Ordnung, denke ich, aber es gibt Zeiten, in denen Reden überhaupt nicht mehr hilft. Ein Kind braucht ganz klare und einfache Regeln. Ach ja – und ich würde sie auffordern, sich beim Geschäftsführer des Drugstore zu entschuldigen.« Er stand auf. »So, Doktor Hillyard. Wie wär's, wenn wir Ihre Tochter aus der Arrestzelle holen?«

Lina lag zusammengekauert auf der schmalen, stinkenden Pritsche. Sie hatte die Knie an die Brust gezogen. Die Tränen, die sie geweint hatte, waren schon längst auf ihren Wangen getrocknet.

An diesem düsteren Ort gab es überall Geräusche – das Klirren von Gittertüren, die geöffnet und geschlossen wurden, die mürrischen Stimmen und schrillen Schreie von jugendlichen Bandenmitgliedern, das schwere Stapfen von Schritten auf dem Steinboden. Jedes Geräusch bewirkte, dass sie sich auf dem schmutzigen Bett noch mehr zusammenkauerte.

Dieser Ort wird dir wie ein Kinderspiel vorkommen, junge Dame, wenn man dich erst einmal in den Knast geschickt hat.

Die Worte des Sozialarbeiters fielen Lina wieder ein, machten ihr wieder Angst. Sie musste ständig an ihr Bett daheim denken – groß und frisch duftend und mit Laura-Ashley-Bettwäsche bezogen.

»Ich liebe Schinken und Käse-Omeletts«, flüsterte sie, spürte, dass wieder Tränen aufstiegen, ihr die Kehle zuschnürten und in ihren Augen brannten.

Was hatte sie dazu gebracht, sich so gemein gegenüber ihrer Mutter zu verhalten? Lina wusste, wie sehr sich ihre Mutter bemühte, ihr zu gefallen – sie hatte die weite Trainingshose bemerkt, das Fehlen von Make-up, das viel zu breite Lächeln, das die tiefe Verzweiflung in den Augen ihrer Mutter kaschieren sollte.

Ja, sie wusste, dass ihre Mom sie liebte, wusste, dass sie für sie, Lina, nur das Beste wollte. Warum also konnte sie es ihr nicht leichter machen? Warum wachte sie wütend auf und blieb den ganzen Tag über wütend? Manchmal wusste sie, warum sie verrückt war, aber viel häufiger nicht. Sie fand keinen Grund dafür. Sie war einfach nicht glücklich. An manchen Morgen fühlte sie sich dick, am nächsten Tag glaubte sie, dürr zu sein. Und die halbe Zeit hatte sie das Gefühl, völlig grundlos zu weinen.

Sie wollte, dass alles so war, wie es einmal gewesen war. Sie wollte sich nicht die ganze Zeit so hässlich und verloren fühlen. Sie wollte *irgendwohin* gehören.

Sie wusste, dass sie eine Enttäuschung für ihre perfekte Mutter war – Madelaine, das Wunderkind, das ihr Highschool-Diplom gemacht hatte, bevor sie fünfzehn war. Die heilige Madelaine, bei der jedes Haar korrekt saß, die während ihres Medizinstudiums eine Tochter allein großgezogen hatte, die nie die Beherrschung verlor oder weinte oder jemand um Hilfe bat.

»Ich werde nie wieder stehlen, lieber Gott«, flüsterte sie gebrochen und presste die Augen zu, um eine neue Welle von Tränen zu unterdrücken.

Plötzlich rappelte die Tür ihres Schlafraumes. Schlüssel rasselten im Schloss, klickten schnappend, und dann öffnete sich die Tür quietschend.

»Hillyard, aufstehen.«

Lina drehte sich zur Tür und sprang auf. Ihr Herz schlug, weil sie von plötzlicher Angst erfüllt war. »Wohin komme ich?«

Die dicke, polyesterbekleidete Frau verzog keine Miene. »Sehe ich wie eine Reiseführerin aus?« Sie neigte ihren Kopf Richtung Korridor. »Beweg dich.«

Lina riss sich zusammen und ging an der Frau vorbei. Langsam bewegte sie sich über den Gang, hielt den Blick gesenkt.

Schließlich erreichten sie eine weitere verschlossene Tür. Die Frau drückte einen Knopf an der Gegensprechanlage und sagte mit lauter, dröhnender Stimme: »Hillyard!«

Die Tür schwang auf.

Lina zögerte eine Sekunde. Die Frau gab ihr einen Schubs und Lina stolperte vorwärts. Das erste Gesicht, das sie sah, war das von John Spencer. Das zweite das ihrer Mutter.

Sie starrte ihre Mom an, sah die Traurigkeit in den Augen ihrer Mutter, die Enttäuschung, die ihre Lippen kräuselte, und spürte ein schmerzliches Gefühl von Schuld. Sie wollte einen Schritt vorwärts machen, sich in die Arme ihrer Mom werfen und von ihr umarmt, getröstet und gehalten werden, aber sie schien sich nicht bewegen zu können.

»Lina«, sagte Mr Spencer, »deine Mutter ist bereit, dich nach Hause zu bringen – *nachdem* du dich bei dem Geschäftsführer von Savemore Drugs entschuldigt hast.« Er ließ ihren

Rucksack auf den Tisch neben sich fallen. Er schlug dumpf auf.

Lina schluckte schwer. »Okay.« Das Wort kam quiekend heraus.

Spencer trat ganz nahe zu ihr. Sein Schatten fiel auf Linas Gesicht. »Du hast eine Stunde im Arrest verbracht, kleines Mädchen. Glaube mir, du wirst dort nicht mehr Zeit verbringen wollen.«

Sie hatte solche Angst, dass sie nur nicken konnte.

»Ich werde mit deiner Mom in Verbindung bleiben, und wenn du mehr Ärger machst ...« Er ließ die Drohung im Raum stehen. »Hast du mich verstanden?«

»Ja«, flüsterte sie.

»Ja, was?«, fragte er mit dröhnender Stimme.

»J... ja, Sir.«

»Gut.« Er wandte sich an Madelaine. »Ich erlaube Ihnen, das minderjährige Kind jetzt nach Hause zu bringen, Doktor Hillyard. Aber ich werde einmal wöchentlich anrufen. Ich nehme an, dass dies das letzte Vergehen ist, von dem ich höre.«

Madelaine nickte. »Danke, Mr Spencer.«

Darauf verließ Spencer den Raum und Lina war mit ihrer Mom allein. Sie standen eine Minute da und starrten einander an.

Lina überlegte, was sie sagen sollte, wie sie es sagen sollte. »Es ... es tut mir Leid, Mom.«

Eine unerträglich lange Zeit verging, bevor ihre Mutter antwortete. Sie wirkte verwirrt, ebenso erschreckt, wie Lina sich fühlte. »Es tut mir auch Leid.« Sie machte einen zögernden Schritt vorwärts, streckte eine kleine Hand aus.

Es war nicht genug, nur diese Hand auszustrecken. Lina wollte von den Armen ihrer Mutter umschlungen sein, aber sie wusste nicht, wie sie darum bitten sollte, und sie hatte Angst, sich zum Narren zu machen.

Madelaine hielt inne. Ihre Hand fiel langsam herab. »Ich denke, wir gehen besser nach Hause und sprechen mal ernst miteinander.«

Lina starrte ihre Mutter an, fühlte sich ihr ferner denn je, noch einsamer. Die Tränen waren so nahe, dass sie ihren Kopf abwenden musste. Sie starrte mit brennenden Augen auf den Boden. »Ja, sicher. Was du willst.«

Madelaine wusste, dass Lina Angst hatte, aber sie musste endlich einmal Mutter sein, nicht Freundin. Sie musste den Ton angeben, und das entschlossen, und wenn sie scheiterte – wieder einmal –, würde sie ihre Tochter verletzen.

»Nimm deine Sachen«, sagte sie mit belegter Stimme. »Wir fahren heim.«

Seite an Seite, in fast unerträglichem Schweigen, verließen sie das Gebäude. Spätes Nachmittagssonnenlicht, durch die Jahreszeit zu einem kühlen Gold geschwächt, fiel auf ihre Gesichter. Noch immer schweigend, stiegen sie in den Volvo und fuhren zu dem Drugstore. Madelaine schaute von weitem zu, als Lina sich bei dem Geschäftsführer dafür entschuldigte, das Mascara gestohlen zu haben, und als Lina sich schließlich abwandte, sah Madelaine die Tränen, die in den Augen ihres Kindes schwammen.

Gott, wie sehr es schmerzte, die Qual ihrer Tochter zu sehen. In diesem Augenblick wollte Madelaine Lina in ihre Arme nehmen, sie halten und trösten, aber sie bot all ihre Willenskraft auf und rührte sich nicht. Ihre Augen blieben trocken. Dann führte sie Lina wortlos zum Wagen zurück und sie fuhren nach Hause.

Als sie das Haus erreichten, waren Madelaines Nerven zum Zerreißen gespannt. Sie wusste, es war eine Sache zu beschließen, Regeln durchzusetzen – aber es war eine ganz andere, ihre Tochter anzusehen, die sie mehr liebte als ihr eigenes Leben, und nein zu sagen. Und wirklich nein zu *meinen.*

Sie stellte den Motor ab und ergriff ihre Handtasche. Lina sprang aus dem Wagen und eilte auf das Haus zu, verschwand darin.

Als Madelaine in das Haus trat, war Lina bereits am Telefon. Die Stimme ihrer Tochter war laut, ein lebhaftes Geschwätz, unterbrochen von schallendem Gelächter.

»Und *dann* haben sie mich in diesen kleinen Raum eingesperrt ... Ja, war irgendwie cool. Genau wie das, was Brittany Levin passiert ist ...«

Madelaine starrte ihre Tochter ungläubig an. Es war einer dieser Augenblicke im Leben, in denen Gedanken eine kristallklare Form annehmen, winzige Herzschläge von Zeit, nach denen man verändert ist, wenn sie vorbeigegangen sind. Lina hatte diese schreckliche Zeit im Jugendarrest durchgemacht, sie war verängstigt gewesen und ganz kleinlaut, zurückhaltend. Doch jetzt verflogen diese Gefühle, schwanden auf der Welle der Entfernung, die zwischen dem Jetzt und der Arrestzelle lag. Und sie rechnete damit, dass Madelaine die Erinnerung daran verdrängen würde, rechnete damit, dass ihre Mutter eine Phantasiewelt erschaffen würde, in der dieser Ladendiebstahl nie stattgefunden hatte.

Madelaine empfand heftigen Ärger. Er kam so schnell und plötzlich, dass es sie überraschte. Lina war sicher, dass Madelaine die ganze blöde Geschichte unter den Teppich kehren wollte, dass der Diebstahl nur eine von so unendlich vielen anderen Dingen sein würde, über die Madelaine Angst hatte, zu sprechen.

Diesmal nicht.

Madelaine hob ihr Kinn und durchquerte die Küche. Sie nahm wortlos den Telefonhörer aus der Hand ihrer Tochter und knallte ihn auf die Gabel.

»Wa... wie?«, stammelte Lina, stemmte ihre Hände in die Hüften und funkelte ihre Mutter wütend an. »Nett, Mom. Jetzt muss ich Jack zurückrufen.«

Madelaine blieb eisern. »Nein, das wirst du nicht«, sagte sie gleichmütig. »Du wirst nicht mehr telefonieren.« Sie streckte ihre Hand zu Lina aus, die Handfläche nach oben. »Das Fahrradschloss. *Sofort.*«

Lina starrte ihre Mutter schockiert an. »Du machst wohl Witze.«

»Sehe ich so aus?«

Lina runzelte plötzlich die Stirn. Sie trat einen Schritt zurück. »He, Mom, nun hör mal ...«

»Gib mir das Schloss und die Schlüssel.«

Sie angelte sie aus ihrem Rucksack und warf sie Madelaine zu. »Schön. Jett kann mich zur Schule fahren.«

Madelaine schüttelte ihren Kopf. »Ich werde dich jeden Morgen zur Schule bringen und abholen. Ohne meine Erlaubnis wirst du nirgendwohin gehen – *nirgendwohin.*«

Lina stieß ein bellendes Lachen aus. »Ja, in Ordnung. Frau Niemals-daheim wird mein Leben regulieren.«

»Ich kann's einrichten, daheim zu sein, Lina. Ich kann mich von der Arbeit für ein Jahr beurlauben lassen und die ganze Zeit daheim sein. Willst du das?«

»Ich *will* meinen Vater«, schrie sie zurück.

Madelaine hätte es wissen müssen. Es war nur eine Frage der Zeit, bis Lina den unglaublichen, unbekannten Vater benutzte, um ihre Mutter zu verletzen – aber es schmerzte dennoch. »Lass uns über ihn reden, Lina. Das willst du doch, richtig? Du willst alles über deinen Vater wissen. Na schön. Dein Vater war ein rücksichtsloser, zorniger junger Mann, der keine Familie wollte.«

»Dich hat er nicht gewollt.«

Madelaine spürte, wie ihr Ärger jäh verflog, als sie die

schlichte Wahrheit hörte. »Das stimmt«, sagte sie leise. »Mich hat er nicht gewollt. Mich hat er nicht geliebt. Aber er wollte auch nicht ...« Madelaine starrte ihre Tochter an, wusste nicht, was sie sagen sollte, welche Wahrheit sie ihr sagen sollte.

»Mich?«, fragte Lina flüsternd.

»Nein.« Madelaines Stimme war leise, nicht einmal ein Flüstern. »Er wollte nicht erwachsen werden und schwere Entscheidungen treffen und Opfer bringen. Er wollte nur Vergnügen haben, und mit siebzehn Vater zu sein, ist wirklich kein Vergnügen.«

Lina wandte ihren Blick ab und verschränkte die Arme. »Er ist jetzt erwachsen«, sagte sie stur. »Er wird mich haben wollen.«

Madelaine starrte auf das Profil ihrer Tochter, auf den zitternden Mund und die blasse Haut, auf die Tränen, die in ihren Augen glitzerten. Sie trat näher, legte ihre warme Hand auf Linas kalte Wange. »Ich möchte, dass er dich liebt, Lina, ich möchte, dass er dich will, aber ...«

Lina drehte sich zu ihr. »Aber was?«

»Ich habe Angst, Lina. So einfach ist das.«

Sie blinzelte. Eine Träne rollte über ihre Wange. »Ist er gewalttätig?«

»Nein, das nicht.« Madelaine streifte Linas Träne mit ihrem Daumen fort. »Er ist ... egoistisch. Ich habe Angst, dass er dir das Herz brechen wird.«

Lina starrte sie an. »Verstehst du denn nicht, Mom? Er bricht mir jetzt das Herz.«

Madelaine seufzte, dachte plötzlich an all die Versprechungen, die sie im Laufe der Jahre nicht gehalten hatte – kleine Dinge, eine Verabredung zum Essen hier, ein Kinobesuch, der nicht stattfand, da –, und wie sich das alles addiert hatte, sie beide zu diesem Augenblick gebracht hatte. Eine Mutter und eine Tochter, die einander liebten und einander verletzten und nicht wussten, wie sie das ändern sollten. »Ich weiß, dass du mir nicht glaubst, mein Schatz«, flüsterte sie. »Aber ich will ganz einfach das Richtige tun.«

»Ich will dir glauben, Mom«, sagte Lina.

Madelaine hörte die leise gesprochenen Worte und sie gaben ihr einen winzigen, glitzernden Funken Hoffnung. Ein Dutzend Erwiderungen fielen ihr ein, aber am Ende blieben nur leere Worte, Versprechungen, gemacht von einer Frau, die zu viele gebrochen hatte.

Schließlich sagte sie das Einzige, was wirklich zählte. »Ich liebe dich, Lina.«

Linas Augen füllten sich mit Tränen. »Das weiß ich, Mom.«

Das waren nicht die Worte, die Madelaine hören wollte. Überhaupt nicht die richtigen Worte.

Kapitel 11

Tom Grant saß aufrecht in seinem Bett und lachte leise über etwas, das seine Frau gesagt hatte, als Madelaine in sein Zimmer trat.

»Guten Morgen«, sagte sie, zog seine Patientenkarte aus der Hülle und las schnell die neuesten Eintragungen. »Sieht alles gut aus. Wir werden Sie heute von den intravenösen Medikamenten absetzen, Tom. Und diese Katheter – die kommen auch weg. Sie sind praktisch frei.«

Er grinste darauf. »Wann kann ich meine Kinder sehen? Joe ist vom College nach Hause gekommen.«

Sie trat an das Bett und überprüfte die beiden kleinen Drähte, die aus seiner Brust ragten. Sie dienten dazu, den Schlag und den elektrischen Rhythmus des neuen Herzens zu überwachen. Als sie fertig war, schaute sie Tom an. »Tut mir Leid, aber das wird heute nicht möglich sein.«

Toms Lächeln schwand. »Was ist los?«

»Joe hat eine Erkältung und wir wollen im Moment noch nichts riskieren.«

Susan stieß einen tiefen Seufzer aus. »O, Gott. Ich dachte schon, es seien schlechte Neuigkeiten.«

Madelaine verstand – die ersten paar Tage nach einer Operation waren immer erschreckend. »Ich werde selbst mit Joe sprechen. Wir werden ihn in den nächsten Tagen aufmerksam beobachten. Montag vielleicht ...« Sie ließ die Worte im Raum hängen, bevor sie zu einem Versprechen wurden.

»Er hat dieses Schuljahr komplett mit Eins abgeschlossen«, sagte Tom stolz und blickte zu seiner Frau auf.

Madelaine hätte fast etwas Dümmliches gesagt, etwas Profanes, aber sie fasste sich. Sie trat stattdessen näher an das Bett. »Wie haben Sie das geschafft, so ... gesunde, höfliche Kinder aufzuziehen?«

»Glück«, antwortete Tom schnell.

»Und Kein-Scheiß-Wochen«, fügte Susan mit einem Lachen hinzu.

Madelaine wandte sich zu Susan. Es war das erste Mal, dass sie die Frau einen Kraftausdruck benutzen hörte, und es überraschte sie. »Was meinen Sie damit?«

»Als die Kinder aufwuchsen, war Tom oft fort – oder krank. Ich wusste manchmal nicht mehr weiter. Die Kinder waren altersmäßig weit auseinander und sie waren so verschieden. Ich habe lange Zeit gebraucht, um die Oberhand zu gewinnen. Aber am Ende führte ich die ›Kein Scheiß‹-Wochen ein. Ich fing damit montags an und ließ mir von den Kindern absolut *keinen* Scheiß gefallen. Ich brüllte nicht und schrie nicht. Ich hab ihnen ganz ruhig und gelassen zu verstehen gegeben, dass ich der Boss bin. Gewöhnlich war nur eine Woche nötig. Danach waren sie's so leid, gegen die Regeln zu verstoßen, dass sie parierten.« Sie grinste. »Nach einer guten Kein-Scheiß-Woche lief mit ihnen alles für etwa sechs Monate ohne Probleme. Danach ging es von vorne los.«

»Tatsächlich?«, sagte Madelaine.

»Natürlich. Ich habe oft mit den aufsässigen Jungen Probleme gehabt. Aber man muss die großen Schlachten schlagen und die kleinen einfach lassen.«

Madelaine steckte die Patientenkarte in die Hülle zurück

und lächelte die beiden an. »Tja, ich muss weiter meine Visite machen. Wir sehen uns morgen.«

Sie verließ lächelnd das Zimmer.

Kein-Scheiß-Wochen. Das hatte etwas.

Lina saß auf dem Beifahrersitz des bequemen Volvo, die Arme verschränkt, die Wangenmuskeln rebellisch angespannt. Die Dinge liefen *nicht* gut.

Sie warf ihrer Mutter einen verstohlenen Blick zu. Madelaine saß wie immer da, aufrecht, das Kinn erhoben, den Blick auf die Straße gerichtet, ihre Hände in den Zeigerstellungen von zehn und zwei Uhr am Lenkrad.

Lina hatte heute Morgen jeden Trick, den sie kannte, versucht, um ihr Fahrrad zu bekommen und damit zur Schule zu fahren – sie hatte ihre Mutter angeschrien, sie angebettelt, war aus der Küche gestampft und hatte ihre Zimmertür zugeknallt. Sie hatte sich geweigert zu frühstücken und sich geweigert, ein Schulbrot einzupacken. Himmel, sie hatte sogar geweint.

Nichts hatte genützt.

Es war, als hätte ein Außerirdischer Besitz vom Körper ihrer Mutter ergriffen. Madelaine war plötzlich dauernd *Dr. Hillyard*. Kalt, unbeteiligt, selbstsicher. Überhaupt nicht wie ihre Mutter.

Lina wusste nicht, was sie davon halten und wie sie sich verhalten sollte. Sie machte ihr Angst, diese plötzliche Veränderung ihrer Mutter. Jahrelang hatte Lina sich damit gebrüstet, im Haus das Sagen zu haben, war stolz darauf gewesen zu wissen, wie sie ihre schwache Mutter um den Finger wickeln konnte. Sie brauchte nichts weiter zu tun, als zu weinen – Teufel auch, einfach Tränen herauszuquetschen –, und Mom schenkte ihr die Welt. Lina konnte immer bis spät in die Nacht unterwegs sein, nach Hause kommen, wann sie wollte, essen, was sie wollte. Eine Träne im richtigen Augenblick hier oder da und Mom wurde weich.

Bis gestern.

Madelaine lenkte den Wagen an den Bordstein und schaltete die Automatik auf Parkposition. Das leise Brummen des Motors erfüllte das Wageninnere. Sie drehte sich zu ihrer Tochter. »Ich werde dich hier um halb vier abholen.«

Lina ging bei dieser Ankündigung hoch. Das wurde langsam lächerlich und peinlich. Wie sollte sie Jett sagen, dass sie nach der Schule nicht mit ins Einkaufszentrum gehen könnte? Dass ihre Mom sie abholen würde, als ob sie ein Baby sei?

»Mom, Ladendiebstahl ist kein Kapitalverbrechen. Reg dich ab. Jett wird mich nach Hause bringen, wenn wir im Einkaufszentrum waren.«

»Ich werde dich um Punkt halb vier abholen. Wenn du nicht hier bist, werde ich Mr Spencer anrufen.«

»Und ihm was sagen?«, schnaubte Lina verächtlich. »Dass ich ein Kapitalverbrechen begangen habe, weil du mich von der Schule abholen wolltest und ich nicht da war?«

»Ich werde ihm sagen, dass du ausgerissen bist.«

Linas Unterkiefer sackte herunter. »Die würden mich wieder in die Arrestzelle stecken.«

»Ach, wirklich?«

Lina starrte ihre Mom nur an, hatte das Gefühl, als würde sie plötzlich fallen und niemand wäre da, der sie auffing. »Das würdest du tatsächlich zulassen?«

»Ich habe keine andere Wahl, Lina. Wir müssen einige Dinge ändern, du und ich. Du weißt das genau.«

»Du willst Dinge ändern, Mom? Hör auf, mich anzulügen.« Sie sah befriedigt, wie ihre Mutter zusammenzuckte.

»Du entschuldigst alles mit ihm, nicht wahr?«, sagte die ruhig.

»*Alles* geht um ihn. Es ist deine Schuld, dass ich gestohlen habe. Ich hätte das nicht getan, wenn du mir den Namen meines Vaters gesagt hättest.«

»Ich werde um halb vier hier sein, um dich abzuholen.«

Lina spürte eine Welle heißer, blendender Wut. Wie konnte ihre Mutter es *wagen*, so ruhig und sachlich und ... und mütterlich zu sein? Es brachte Lina aus dem Gleichgewicht, verwirrte sie. So hatte das nicht zu laufen. Es hatte so zu laufen, dass sie bekam, was sie wollte, indem sie ihre alten Tricks benutzte.

Sie riss ihren Rucksack an sich und stieß die Tür auf. Sie sprang aus dem Wagen, wirbelte herum und starrte ihre Mutter an. »Ich werde nach Hause kommen, wenn ich Lust dazu habe.«

Madelaine starrte sie an, so kühl und ruhig, dass Lina ihr in ihr perfektes Gesicht schlagen wollte. »Dann grüße Mr Spencer herzlich von mir.«

»Ich hasse dich«, zischte Lina.

»Schade«, sagte ihre Mutter ruhig. »Denn ich liebe dich.« Dann beugte sie sich zur Seite und zog die Tür zu.

Lina stand da, so wütend, dass sie zitterte. Sie wollte kreischen oder schreien oder weinen. Sie wollte gegen irgendetwas treten. Aber alles, was sie tun konnte, war, zuzuschauen, wie ihre Mutter wegfuhr.

Madelaine trat in eines der leeren Krankenzimmer und schaute in den Badezimmerspiegel.

Sie sah aus wie Sylvester Stallone am Ende des ersten *Rocky*-Films.

Sie berührte die dunklen Ringe unter ihren Augen und runzelte die Stirn. Zu schade, dass Maybelline kein Make-up für übermüdete Gesichter herstellte. Sie sah aus, als hätte sie die ganze Nacht nicht geschlafen – was auch der Fall war. Dieses

Erziehen nach dem Prinzip »kein Scheiß« war anstrengender als gedacht.

Sie hatte mit Lina das Richtige getan. Endlich einmal hatte sie als Mutter gehandelt und erzogen.

Und was, wenn Lina ausriss? Was dann, Frau Mutter des Jahres? Es war die Stimme ihres Vaters, dröhnend und autoritär, aber es waren ihre eigenen Worte. Diese Sorge war es, die sie die ganze Nacht wach gehalten hatte. Sie hatte versucht, ihre Schuldgefühle zu besänftigen, indem sie Bücher über zu viel Elternliebe und schwere Entscheidungen gelesen hatte, doch die Worte der Experten hatten kalt und dunkel auf den weißen Seiten gestanden. Sie boten überhaupt keinen Trost.

Sie verließ das Bad und ging über den vertrauten weißen Korridor zur Intensivstation. Als sie Angels Zimmer erreichte, klopfte sie leise an und trat ein.

Sie konnte nicht glauben, was sie sah.

Er lag da, sog an einer Zigarette und blies dann den Rauch in die Luft. Eine geöffnete Flasche Tequila stand auf dem Nachttisch.

Er besaß nicht einmal so viel Anstand, Schuldbewusstsein zu zeigen. Stattdessen schenkte er ihr ein benebeltes, schiefes Grinsen. »Uh – oh, die Saalwärterin.« Er griff nach der Flasche und stieß mit seinen Knöcheln dagegen. Sie schwankte und kippte um. Goldgelbe Flüssigkeit breitete sich überall aus. Der Übelkeit erregende süße Geruch von Tequila stieg auf. Er drückte seine Zigarette auf dem Nachttisch aus.

Sengend heißer Ärger durchfuhr sie. Sie ergriff die Flasche und ging damit ins Badezimmer, schüttete den restlichen Alkohol ins Waschbecken. Die Flasche fiel mit einem befriedigenden Klirren in den Abfalleimer.

Sie wirbelte herum und stürmte zurück in das Zimmer. »Du bist der egoistischste, selbstsüchtigste Mistkerl, der mir je begegnet ist.«

»Auch eine Möglichkeit, eine schöne Party platzen zu lassen, Doc.«

Sie konnte den Zigarettenrauch riechen, der den Raum erfüllte. Er erinnerte sie mit jedem Atemzug daran, dass Angel zu egoistisch war, sich zu ändern, zu schwach, um wirklich die Entscheidung zu treffen, zu leben. Selbst hier, in der kalten, freudlosen Leere der Intensivstation, wo Maschinen ringsum zischten und spuckten, sein angeschlagenes Herz mit einem Dutzend elektrischer Drähte zusammenhielten, selbst hier fand er nicht die Kraft, sich zu ändern. Stattdessen setzte er sein loses, unverantwortliches Leben im Krankenhaus fort.

»Was, zum Teufel, wolltest du tun?«

Er lachte, ein abgehacktes, atemloses Geräusch, nur ein blasser Abklatsch des Lachens, an das sie sich erinnerte. »An Krebs sterben.«

Dann drehte er sehr langsam seinen Kopf auf dem Kissen und blickte mit wässrigen Augen zu ihr. Plötzlich lächelte er nicht mehr. Er sah krank und schwach und gebrochen aus. Sein Haar war fettig und ungekämmt. Die Stoppeln eines zwei Tage alten Bartes ragten aus seinem Kinn und verdunkelten seine Oberlippe. Selbst seine Augen, diese unglaublich grünen Augen, sahen schrecklich müde aus.

Sie hatte dieses Gesicht schon zuvor gesehen, wohl tausendmal in ihrem Beruf. Manchmal waren die Augen blau, manchmal braun, manchmal grün, aber sie waren immer wässrig und traurig und schauten müde.

Er starb.

Der Ärger verschwand so plötzlich, wie er gekommen war. Sie ging zum Bett hinüber und zog einen Stuhl heran. »Oh, Angel«, sagte sie leise, schüttelte den Kopf und stieß einen tiefen Seufzer aus.

»Mach das nicht mit mir«, sagte er mit einer Stimme, die

durch Demerol langsam und undeutlich klang. »Ich ... werde nicht ...«

Das rasselnde Keuchen seines Atems schien seine Worte wegzusaugen. Sie musste näher heranrücken, um ihn zu verstehen. »Was ist?«

Er starrte sie an und die Freudlosigkeit in seinem Blick war fast unerträglich. »Ich weiß nicht, was ich sonst tun soll.«

Madelaine sah seine Furcht, seine Unsicherheit, und obwohl sie von all dem unberührt sein wollte, fühlte sie sich zu ihm hingezogen. Sie berührte sein raues, unrasiertes Kinn. »Es ist in Ordnung, Angst zu haben.«

»Wer sagt denn, ich hätte Angst?«

Sie lächelte sanft. »Du machst mir nichts mehr vor.«

Er bewegte sich ein wenig und zuckte sofort vor Schmerz zusammen. Mit verzerrtem Gesicht zog er die Fernbedienung des Bettes auf seinen Schoß und drückte den Knopf. *Klick*. Mit einem knirschenden Geräusch hob sich das Bett. Er starrte Madelaine schwer atmend an. »Was soll das heißen?«

Sie war über die Vertraulichkeit der Frage überrascht. Für eine Sekunde erinnerte sie sich an so vieles von ihnen, die kleinen Dinge, die winzigen Augenblicke, die Dinge, die sie zueinander gesagt hatten, Versprechen, die sie sich im Dunkel der Nacht gegeben hatten. *Bevor ich dich kennen gelernt habe, Mad, wollte ich sterben ...*

Und ihre Antwort, so naiv und furchtsam. *Sag das nicht, Angel, sag das niemals.*

»Was soll das heißen?«, wollte er wissen.

Sie verdrängte die Erinnerungen und starrte auf ihn hinab. »Als wir Kinder waren, hast du mir oft erzählt, du wollest sterben.«

Eine lange Pause entstand und ihr war erst bewusst, dass sie auf eine Erwiderung wartete, als er antwortete. »Das ist lange her.«

Sie bemerkte plötzlich, wie verschieden sie waren, wie dieselben Worte im Lauf der Zeit so unterschiedliche Bedeutungen haben konnten. Als junges Mädchen war ihr seine Todessehnsucht überaus romantisch vorgekommen, wie ein Fehdehandschuh, den nur sie aufnehmen konnte. Aber jetzt nicht mehr. Jetzt verstand sie die Worte so, wie sie tatsächlich waren – egoistisch und dumm. Und eine Vergeudung. Eine solche Vergeudung. »Du bist ein Feigling, Angel DeMarco. Das warst du immer.«

»Leck mich.«

»Nur zu, fluche auf mich. Es ändert nichts an der Wahrheit, dass du Angst vorm Leben hast.«

Wut blitzte in seinen Augen. Der Herzmonitor piepte warnend. »Hör doch auf, so zu tun, als würdest du mich kennen. Du kennst mich nicht.«

»Ich weiß, wer du einmal warst, Angel, und, offen gesagt, ich sehe keine Veränderung. Du wusstest nie, wann du Kompromisse zu schließen hattest, wann du dir wirklich Mühe geben musstest. Du wusstest nur, wie man wegläuft. Ja, du bist weggelaufen und hast getrunken und dich versteckt. Und du bist hier geendet, genau da, wo du angefangen hast.«

Er starrte sie eine lange, lange Zeit an, bis die Wut aus seinen Augen verschwand und an ihre Stelle unendliche Resignation trat.

Als er schließlich sprach, war seine Stimme nur ein Wispern. »Ich weiß nicht, wie ich mich ändern soll.«

In diesem Augenblick spürte sie etwas, das sie überraschte, eine plötzliche Verbindung mit diesem Mann, gerade so, als ob für einen einzigen Atemzug die Vergangenheit nie gestorben sei und sie nie erlebt hätte, wie er auf einer brandneuen Harley-Davidson aus ihrem Leben gefahren war. In dieser Sekunde erinnerte sie sich an das Warum und Wie ihrer Liebe zu ihm, an diese winzigen schwachen Stellen in seiner Rüstung, die sie gefesselt hatten, diese Verwundbarkeit, die sie immer in seinen Augen gesehen hatte. Sie dachte daran, wie ähnlich sie sich einmal gewesen waren. »Ich weiß, wie schwer es ist, sich wirklich zu ändern. Aber du bist jetzt daheim. Das muss etwas bedeuten. Francis ist hier und ich weiß, wie sehr er dich liebt, wie sehr er bereit wäre, dir zu helfen. Du bist zu Hause, Angel. Du wirst vielleicht einen Grund zum Leben finden, wenn du dich umschaust.«

Er lächelte sie matt an. »Ich glaube, es war Thomas Wolfe, der sagte ›Man kann nie wieder nach Hause zurückkehren‹.«

»Ich weiß nicht«, sagte sie langsam und hielt seinem Blick stand. »Zu Hause sein ist ein Teil von uns. Das steckt in den Narben, die wir an unseren Knien und Ellenbogen haben, in den Erinnerungen, die an die Oberfläche kommen, wenn wir schlafen. Ich glaube nicht, dass man wirklich weggehen kann.«

Er setzte zu einer Antwort an, doch bevor er sprechen konnte, meldete sich Madelaines Pieper. Es war eine Nachricht von Allenford. Sie griff sofort nach dem Telefon neben dem Bett und wählte die vierstellige Nummer.

Chris nahm beim ersten Läuten ab. »Allenford.«

»Hi, Chris«, sagte Madelaine. »Was gibt's?«

»DeMarco. Ich glaube, wir haben ein Herz.«

Angel hatte geglaubt zu wissen, was Angst sei. Er hatte die schwitzenden Handflächen gekannt, den Klumpen in der Magengrube, der bei jedem Atemzug schwerer wurde, den metallischen Geschmack auf der Zunge. Einmal hatte er fast eine Überdosis Drogen genommen, aber selbst das – in der Notaufnahme aufzuwachen, wo ihn ein Dutzend Gesichter anstarrten –, selbst das war nichts im Vergleich zu dem hier.

Angst war ein lebendes, atmendes Ding in ihm, zerrte an

seiner Haut, troff mit faulig riechenden, salzigen Schweißperlen aus seiner Haut.

Er schloss die Augen und wusste sofort, dass dies ein Fehler war. Die Bilder waren da, warteten wie makabre Geister in der Dunkelheit – der Unfall, der ihm Leben bringen würde, der »Spender«, der niemals wieder seine Augen öffnen würde, niemals wieder seine Frau anlächeln oder seine Kinder umarmen würde. Er sah Blut – sein Blut, das des Spenders, und wie sich beides miteinander vermischte ...

Er drehte sich leicht in dem schmalen Bett, krallte seine Hände den Fängen eines Raubvogels gleich um die warmen metallenen Gitterstäbe. Ein Stöhnen stieg in seiner Kehle auf und kam als ein Seufzen heraus. Er öffnete langsam die Augen und starrte blicklos geradeaus, bis die weiße Decke mit dem silbernen Neonlicht verschmolz.

Er wollte beten, *musste* beten, aber es war zu lange her, und er wusste, dass niemand zuhören würde. Oh, er wusste, dass er bei einem Priester um Absolution bitten konnte, tatsächlich ja bei seinem eigenen Bruder, aber das war zu leicht, zu einfach. Er konnte nicht an einen Gott glauben, der so verzeihend war. Er wusste, dass er es verdient hatte zu leiden.

Und er litt. Gott im Himmel, er hatte noch nie in seinem Leben solche Angst gehabt.

»Angel?«

Er hörte Madelaines heisere Stimme und für einen Sekundenbruchteil erinnerte er sich an alles, an jede Sekunde, die sie zusammen gewesen waren, jede Berührung, die sie geteilt hatten. Die Erinnerungen brachten ein schmerzendes, bittersüßes Gefühl von Verlust mit sich. Er überlegte plötzlich, wie es gewesen wäre, wenn er diesen Weg nicht gegangen wäre, das Leben gelebt hätte, vor dem er davongelaufen war.

Langsam und voller Schmerzen drehte er seinen Kopf zu ihr, um sie anzusehen.

Sie stand selbstsicher in der Tür. Eine schmale, blasse Hand schwebte zögernd über dem Türknopf. Wie immer stand sie perfekt aufrecht da, das Kinn ein wenig angehoben, das Haar in honigbraunen Locken sorgfältig gekämmt.

Er wollte sie frech anlächeln, als ob alles dies unwichtig sei, und er versuchte es. »Hallo, Doc.«

»Hallo, Angel. Bist du bereit?«

Er starrte sie so intensiv an, dass es eine Sekunde dauerte, bis er ihre Worte verinnerlicht hatte. Als es so weit war, trafen sie ihn mit der Wucht eines Schlages. »Bereit?«, flüsterte er. Er wusste, wie jämmerlich er klang. Da lag er nun, vom Kinn bis zu den Knöcheln rasiert, die Haut verfärbt durch antiseptische Lösung, die Adern durchsetzt von intravenösen Nadeln, das Haar mit einer Papiermütze bedeckt.

Er würde sterben, hier und jetzt, mit aufgeschnittener Brust, und sein Herz würde seine letzten schwachen Schläge in den behandschuhten Händen eines anderen Mannes machen.

Madelaine ließ die Tür hinter sich ins Schloss fallen und trat leise an sein Bett, setzte sich neben ihn. »Doktor Allenford ist auf dem Weg nach Tacoma, um das Spenderherz zu untersuchen.«

Spenderherz.

Die Worte hallten wider und wider in seinem Schädel, echoten, echoten. *Ein Herz herausgeschnitten, ein anderes eingenäht.*

»Ich weiß nicht, ob ich das kann, Madelaine«, sagte er leise.

Sie beugte sich zu ihm und ihre Berührung seiner feuchten Wange war kühl und tröstend. »Du hast nie genug an dich geglaubt«, sagte sie mit einem Lächeln, das so schnell kam und ging, dass er sich fragte, ob er es sich nur eingebildet hatte.

Er stieß ein Lachen aus, das in einem rasselnden Husten endete. »Wenn man so rumliegt und aufs Sterben wartet, fängt man an, über die Bedeutung des Lebens nachzudenken.«

Wieder ein Lächeln. Weicher. Länger anhaltend. »Erzähl mir bloß nicht, dass du philosophisch wirst.«

Er wollte sie anlächeln, aber jetzt war in ihm kein Lächeln. Da war nur diese gewaltige Angst und die Einsamkeit. »Sieh mich nicht so überrascht an. Ich wäre 1986 fast Kandidat bei ›Jeopardy‹ geworden. Bin in der Kategorie Moral gescheitert.«

»Hat so sein sollen.«

Er wurde wieder ernst. »Mein Leben bedeutet nicht viel, Mad.«

»Leben ist das, was man daraus macht, Angel. Vielleicht ... wirst du nach der Operation ein anderes Leben führen.«

»Leben ist das, was man daraus macht«, wiederholte er wie ein Papagei und empfand plötzlich Bitterkeit ihr gegenüber. Die Bitterkeit verflog und ohne sie fühlte er sich wieder kalt. »Ja, du hast Recht«, gestand er ein, starrte sie an und sah zum ersten Mal die winzigen Linien, die wie Kommas an den Winkeln ihres Mundes hingen. Sie streifte sich unsicher ein nicht vorhandenes Haar aus der Stirn und er bemerkte, dass ein Knopf an ihrem Ärmel fehlte.

Sie wirkte so menschlich durch diesen kleinen Faden, der aus ihrer ansonsten perfekten Seidenbluse ragte.

»Ich hätte nicht so davonlaufen sollen.« Er sagte die Worte, als bedeuteten sie überhaupt nichts, aber sie bedeuteten überraschenderweise sehr wohl etwas. Obwohl die Entschuldigung kläglich und kurz war und Jahre zu spät kam, war es ein gutes Gefühl, seinen Fehler zuzugeben. Er hatte ein ganzes Leben damit verbracht, vor einer falschen Entscheidung davonzulaufen, als ob er sie damit ändern oder ungeschehen machen könnte. Er hatte aus Dutzenden verdreckter Telefonzellen in Städten, an deren Namen er sich nicht erinnern konnte, Madelaine und Francis angerufen, die Nummern gewählt und dem Rufzeichen gelauscht. Aber er hatte immer eingehängt, bevor sie sich meldeten.

Was hätte er ihnen sagen sollen?

Aber dennoch hatte er es versucht, bis die Nummern, die er von ihnen hatte, geändert worden waren.

»Das war vor langer Zeit, Angel.«

»Manchmal scheint's mir, als sei es Äonen her. Und manchmal ist es, als sei's gestern gewesen. Auch egal. Ich weiß, dass es nicht wichtig ist. Aber ich wollte, dass du es weißt. Ich hätte mit dir zu Alex gehen sollen.«

Sie zuckte zusammen. Er sah, wie die Farbe aus ihren Wangen wich, wie ihr Gesicht aschfahl wurde.

Er sah den Schmerz in ihren Augen und er fühlte sich einmal mehr wie ein Arschloch. Natürlich wollte sie nicht daran denken. »Tut mir Leid«, flüsterte er.

Sie rührte sich nicht. Saß nur da und starrte ihn an.

Ihr Pieper ging los, drang in die angespannte Stille. Sie griff abwesend nach ihm, stellte den Ton ab und nahm sein Telefon. Sie wählte die Nummer, bat darum, mit Dr. Allenford verbunden zu werden. Sie sagte leise ein paar Worte und legte dann auf.

Er wusste, dass es schlecht stand, als er ihre Miene sah. »Was ist?«

Sie legte eine Hand vor ihre Augen, nahm sie dann langsam, ganz langsam weg und schaute Angel an. »Es war nicht in Ordnung. Der Zustand des Herzens war nicht gut genug. Tut mir Leid.«

»Keine Operation?« Er versuchte tief einzuatmen, konnte es nicht, hörte, wie er pfiff und keuchte. »Ich ...« Bevor er die Worte herausbringen konnte, spürte er, wie sein Herzschlag stockte. Schmerz tobte in seiner Brust. Er versuchte zu atmen, konnte es aber nicht.

Ich sterbe, dachte er plötzlich und er wusste, dass es die Wahrheit war. Er streckte blind die Hand aus.

Madelaine ergriff sie, drückte sie fest. Irgendwie hörte er, dass sie einen Knopf drückte, hörte sie schreien *Notfall, Herzanfall, Intensivstation, Zimmer 264, Westflügel. Stillstand. Den Wagen her.* Dann spürte er ihre Hände auf seiner Brust, spürte, wie das Baumwollhemd beiseite gestreift wurde.

Stirb ja nicht unter meinen Händen weg, Angel. Verdammt, stirb mir ja nicht weg.

Er hörte ihre Stimme durch den Nebel seiner Gedanken, durch den Schmerz, der seine Brust füllte, seine Muskeln zerfetzte. Er wollte antworten, aber er konnte es nicht.

Der Schmerz wurde heftiger, verwandelte sich in Feuer und explodierte in seinem Herzen.

Kapitel 12

Regen trommelte auf die Straßen der Stadt, spritzte auf das Asphaltdach des Nachbargebäudes und bildete schmutzigtrübe Pfützen in dem losen Kies. Madelaine stand am Fenster und starrte auf die nebelgraue Stadt zwei Etagen unter sich. Da unten war so ein ganz gewöhnlicher Oktobertag. Nichts war anders, nichts neu.

Die Ampel an der Madison Street sprang von Rot auf Grün und Gelb. Bunte Regenschirme bewegten sich über die rutschigen Bürgersteige, verwoben sich mit- und lösten sich voneinander. Autos fuhren an und hielten und bogen um Ecken, verschwanden unter den grünen Baldachinen der Bäume in der Nachbarschaft.

Das Leben ging weiter.

Aber nicht für Madelaine. Selbst jetzt, als sie dort stand, auf all die Dinge blickte, die sie Millionen Mal schon gesehen hatte, sah sie die Dinge, die sie nie zuvor gesehen hatte. Sie bemerkte, wie die Tauben, die auf dem Fenstersims hockten, aneinander klebten, leise miteinander gurrten. Wie die Blätter, die so oft von den Bäumen geweht wurden und am Glas hängen blieben, von Farben durchdrungen waren – rot, gold, grün und braun –, wie das Sonnenlicht mit einem Speer buttergelben Lichtes die Wolken durchbrechen konnte, der aus dem Himmel selbst zu fallen schien.

Sie wandte sich langsam vom Fenster ab und trat an das Bett.

Angel lag still wie der Tod da, die Haut aschfahl, die Lippen kreideweiß. Er atmete – endlich – ohne die Hilfe eines Beatmungsgerätes. Neben ihm klickte der Kardiograph, spuckte Sekunde um Sekunde einen Bericht über das Herz aus, das versagte.

Versagte. Versagt hatte.

Sie riss den schmalen Endlospapierstreifen heraus und betrachtete die grafische Analyse seines Herzschlages, beugte sich dann über ihn und strich ihm das feuchte Haar aus der Stirn. Ihre Finger verweilten auf seiner warmen, verschwitzten Haut. *Komm, Angel. Komm schon.*

Seine Augenlider flatterten, aber er erwachte nicht.

Sie legte eine Hand auf die Seite seines Gesichts und schloss ihre Augen. Leise, wie auf Zehenspitzen, kamen die Erinnerungen. Sie erinnerte sich an den Tag, an dem sie Angel DeMarco kennen gelernt hatte. Die scheue freiwillige Schwesternhelferin und der junge Rebell.

An diesem ersten Tag hatte sie ihm nichts bedeutet. Das hatte sie natürlich gewusst. Sie konnte die Falschheit in seinem Lächeln sehen. So, wie es war, nur eine Spur zu berechnend, um wirklich herzlich zu sein.

Ja, sie hatte von Anfang an gesehen, dass es eine Lüge war, aber es war ihr egal gewesen. Selbst ein falsches Lächeln war so viel mehr als das, was sie gewöhnt war, und wenn sie die Augen schloss und nur seinen Worten lauschte, war das alles so schmerzlich süß ...

Im Lauf der Zeit hatte sie begriffen, was in diesem Augenblick geschehen war, als er sie zum ersten Mal angelächelt hatte. Sie war hoffnungslos einsam gewesen und ihr war nie der Gedanke gekommen, dass jemand sie mit aufrichtiger Zuneigung anlächeln würde. Ihr Vater hatte ihre zerbrechliche

Mädchenselbstachtung so sehr zerstört, dass sie viel zu wenig erwartete.

Angel war zu ihr gekommen, als sie innerlich leer war, war zu ihr gekommen und hatte die Hand ausgestreckt und geflüstert: »Komm mit mir ...«

Selbst jetzt noch, all diese vielen Jahre später, war die Erinnerung wie ein elektrischer Strom. Sie hatte Angst davor gehabt, die Hand auszustrecken, aber noch mehr Angst, es nicht zu tun, und so stand sie da, gelähmt von ihrer eigenen Unfähigkeit, sich zu entscheiden.

Komm mit mir ...

Als er es das zweite Mal gesagt hatte, war es wie ein Geschenk gewesen. Sie hatte gespürt, wie ihr heiß wurde, dann kalt. Worte stiegen in ihrer Kehle auf und kamen heraus, unausgesprochen, in einem kichernden Lachen.

Sie wusste, dass er sich daraufhin angewidert von ihr abwenden würde und mit demselben Wind aus ihrem Leben verschwinden würde, der ihn gebracht hatte, und die Panik dieser Erkenntnis ließ das Herz in ihrer Brust hämmern und ihre Kehle trocken werden. Aber er bewegte sich nicht. Er stand einfach dort und hielt ihr seine Hand ausgestreckt entgegen. Er sah sie an, sah sie diesmal wirklich an, und für einen Sekundenbruchteil verschwand sein falsches Lächeln und ein echtes trat an seine Stelle. Damals wusste sie, in diesem Augenblick, dass sie alles tun würde – alles –, um wieder so von ihm angelächelt zu werden ...

Angel hustete und das Geräusch erweckte Madelaines Aufmerksamkeit. Sie schaute zu ihm.

Er blinzelte, hustete wieder. Sie wartete darauf, dass er erwachte, aber als er das nicht tat, zog sie einen Stuhl heran und setzte sich neben ihn, las ruhig und laut eine Passage aus *Der kleine Hobbit*, in dem sie vor einer Stunde zu lesen begonnen hatte.

Mitten im zweiten Kapitel öffnete er die Augen. Sie wartete, bemerkte nicht einmal, dass sie den Atem anhielt. Sie schloss das Buch und legte es auf den Nachttisch.

»Ich werde sterben, nicht wahr?« Er schenkte ihr ein schiefes, flüchtiges Lächeln, und für eine Sekunde war er wieder der alte Angel und sie war das Mädchen, das ihn mit ganzem Herzen liebte.

»Ich werde nicht aufhören, an ein Wunder zu glauben«, erwiderte sie ruhig. Sie wusste sehr wohl, dass es nicht die Antwort war, die er hören wollte, wusste aber auch, dass sie nichts anderes sagen konnte.

»Erzähl mir von diesem Wunder«, sagte er, »erzähl mir davon, wie es ist, mit dem Herz eines anderen Mannes zu leben. Wie wird das sein?«

Er sagte die Worte leichthin, als würde er um eine Gutenachtgeschichte bitten, aber sie sah die Wahrheit in seinen Augen, die Furcht, die er sie zu mildern bat. Er *wollte* eine Gutenachtgeschichte, etwas, an das er sich in der Dunkelheit seines Schmerzes klammern konnte, einen Grund, um weiter zu glauben.

Sie rückte näher an sein Bett. »Ich hatte einmal einen Patienten, er hieß Robert und er war genauso gebrochen wie du, als er zu uns kam. Er wartete vier Monate auf einen Spender, und als schließlich einer gefunden worden war, hätte er es fast nicht überlebt. Er hätte es wahrscheinlich auch nicht, nur bestand seine Frau darauf.« Sie lächelte sanft. »Danach zog er zurück in seine kleine Stadt in Oregon und ich hörte zwei Jahre lang nichts von ihm. Dann kam er eines Tages vorbei, um mich zu besuchen – und er brachte sein neugeborenes Baby, ein kleines Mädchen, mit. Sie hatten es Madelaine Allenford Hartfort getauft.«

Es dauerte eine Minute, bis Angel sprach, und als er es tat, war seine Stimme abgehackt und heiser. »Wie wird es wirklich sein?«

Die einfache Frage schmerzte. Er hatte gewusst, dass es sich um ein Märchen handelte, dass ein Ende wie dieses etwas für Menschen war, die daran glaubten. »Du wirst für den Rest deines Lebens Medikamente nehmen müssen. Du wirst dich gesund ernähren und Gymnastik treiben müssen. Millionen Kalifornier leben freiwillig so.« Sie versuchte zu lächeln, merkte aber, dass sie das nicht konnte. Sie beugte sich näher zu ihm, strich ihm das feuchte, verschwitzte Haar aus den Augen. »Aber du wirst *leben*, Angel. Du kannst noch immer in Filmen spielen, sogar deine Wutanfälle austoben, noch immer dein überlebensgroßes Ich sein. Alles, was im Leben zählt, wirst du noch immer haben können.«

»Was ist mit Kindern?«

Sie brauchte eine Sekunde, um zu antworten. »Wolltest du Kinder, Angel?«

Er schenkte ihr ein Lächeln, das seine Augen nicht erreichte. »Bitte sprich nicht in der Vergangenheit über mich. Ich bin überaus sensibel.« Er ließ einen Augenblick des Schweigens zwischen sie treten, bevor er schließlich antwortete. »Ja, ich wollte Kinder ... früher einmal. Ich hatte mich zuweilen gefragt ... hatte mich zuweilen gesehen, wie ich an einem Herbstabend mit einem blondhaarigen kleinen Jungen Ball spielte. Jetzt natürlich ...«

Madelaine konnte nicht atmen. Das Schweigen dehnte sich zwischen ihnen aus, wurde länger. Schließlich sagte Madelaine: »Tu dir das nicht an.«

Er drehte leicht den Kopf und starrte auf eine Stelle links neben ihrem Kopf. »Nächstes Mal.« Seine Stimme sank zu einem rauen Flüstern. »Rette mich beim nächsten Mal nicht. Ich will nicht ...« Er kniff seine Augen fest zu, aber erst, als sie das Glitzern von Tränen gesehen hatte. »Nicht so ...«

Und in diesem Augenblick wurden so viele Dinge klar. Sie starrte auf ihn hinab, erinnerte sich und vergaß alles in einem einzigen Atemzug. Dieser Mann, den sie einmal geliebt hatte, litt, und obwohl er es nicht wusste, es nicht zugeben würde, streckte er genau so die Hände nach ihr aus, wie sie es gehofft hatte, worum sie heimlich gebetet hatte. Ein Teil von ihm rechnete damit, dass das Mädchen, das Kranke im Hospital betreut hatte, sich wieder um ihn kümmerte.

Er war der alte Angel, der Junge, der ihre Hand genommen und ihr eine völlig neue Welt gezeigt hatte, der Junge, der geweint hatte, als er ihr sagte, dass er sie liebe.

Diesem Mann mit seinen geheimen Träumen von einem verlorenen Sohn und seinem stillen Eingeständnis der Niederlage, diesem Mann könnte sie vielleicht vertrauen ...

Sie erhob sich und wandte sich vom Bett ab. An ihrem Daumennagel kauend, ging sie zum Fenster hinüber und starrte nach draußen, schaute zu, wie der silberne Regen fiel.

In diesem Moment hatte sie Angst vor ihren eigenen Gefühlen, fürchtete, dass sie *fühlte*, statt zu denken, und jedes Mal, wenn sie das in ihrem Leben getan hatte, hatte sie teuer dafür bezahlt.

»Weißt du, Mad ...«, Seine Stimme drang langsam zu ihr. Fast gegen ihren Willen drehte sie sich zu ihm um.

Er lag dort und sah schwach und gebrochen aus. »Du hast mich verfolgt«, flüsterte er und versuchte, sie anzulächeln.

Sie sah den Schmerz in seinen Augen, das Bedauern und die Sorge, und sie begriff, dass ihre eigene Furcht nichts war im Vergleich zu seiner. Er brauchte sie jetzt, brauchte sie mehr, als er jemals diese sechzehnjährige freiwillige Krankenhaushelferin gebraucht hatte – und sie musste stark sein. Musste sich ihrer Furcht vor Hingabe stellen und das Richtige tun.

»Du kannst nicht sterben, Angel«, sagte sie leise, so leise, dass sie sich fragte, ob er sie überhaupt hören konnte. Sie schluckte schwer, hatte das Gefühl, auf einen schmalen, rutschigen Grat hinauszugehen, aber es gab kein Zurück. Sie konnte Angel nicht sterben lassen, ohne ihm das eine Geschenk zu geben, das ihn vielleicht dazu bringen könnte, an Märchen zu glauben.

Er schenkte ihr einen Abglanz seines berühmten Lächelns. »Sieh mich doch an.«

Sie zog ihre Hand zurück und starrte ihn an. »Wenn du stirbst, wird deine Tochter dir das nie verzeihen.«

Es mussten die Medikamente sein. Er konnte nicht gehört haben, was er gehört zu haben glaubte.

Deine Tochter.

Die Worte drangen tief in ihn, drehten sich. Für einen Sekundenbruchteil empfand er das Aufblitzen reiner, strahlendweißer Hoffnung. »Entschuldige, Mad. Ich habe gerade den Faden verloren. Worüber sprachen wir?«

»Ich sagte, du hast eine Tochter.«

»Ist das ein Witz?« Er keuchte.

Er glaubte, ein Funkeln von Tränen in ihren Augen zu sehen. Dann waren sie verschwunden. Sie schüttelte langsam ihren Kopf. »Glaubst du, ich wäre so grausam?«

»Nein. Aber ...« Er hielt inne, wusste nicht, was er sagen oder fühlen sollte. »Eine Tochter«, sagte er langsam und versuchte, das zu verarbeiten.

Eine Tochter. Er presste seine Augen zu.

Madelaine hatte sie ihm vorenthalten, sein Kind versteckt, als ob er kein Recht gehabt hätte, auch nur von seiner Existenz zu erfahren. Sie wusste, dass er geglaubt hatte, sie hätte abtreiben lassen, und sie hatte ihn in diesem Glauben gelassen, hatte ihn sein Leben leben lassen, ohne dass er *gewusst* hatte, dass er Vater war. »Du Miststück«, zischte er. Wut war ein schwarzer, bitterer Geschmack in seinem Mund und er wollte sie mit Flüchen überschütten, wollte, dass sie sich so betrogen und verletzt fühlte, wie er sich jetzt fühlte.

Er war froh, dass sie zusammenzuckte. Dann griff sie wortlos in ihre Handtasche und zog eine schwarze Lederbrieftasche heraus. Sie klappte sie auf, zog ein Foto heraus und reichte es ihm.

Für eine Sekunde zitterten seine Hände so heftig, dass er das Bild nicht richtig sehen konnte. Er schloss die Augen und konzentrierte sich auf seinen Atem, ignorierte die stotternden Aussetzer seines ermatteten Herzens. Dann öffnete er ganz langsam wieder seine Augen.

Das Mädchen, das ihn anschaute, war ein Spiegelbild.

Seine Tochter.

Sie sah jung aus, hatte stahlblaue Augen und pechschwarzes Haar. Ihr Lächeln wirkte vertraut – breit und strahlend und faszinierend. Sie war schwarz gekleidet, trug eine Herrensmokingweste über einem T-Shirt und an jedem Ohr baumelten mehrere schwarze Ringe. In ihrem Blick war ein anmaßender Trotz, der Angel das Gefühl vermittelte, sie zu kennen.

Er konnte das Bild nicht loslassen. Er hielt es, streichelte die poröse Oberfläche, als ob er durch die Berührung des Fotos das Mädchen irgendwie kennen lernen könnte. Seine Tochter.

Langsam verflog der Ärger in ihm, wurde zu dem kalten harten Fels von Bedauern. Natürlich hatte Madelaine dies vor ihm geheim halten müssen – was hätte sie anderes tun können? Welche Wahl hatte er ihr gelassen?

»Es tut mir Leid«, flüsterte er. »Ich habe kein Recht …«

»Nein«, sagte sie mit stählerner Stimme, »das hast du nicht.«

»Ich glaubte …« Er merkte, dass er die Worte nicht aussprechen konnte.

Sie nickte. »Ich weiß. Du dachtest, ich hätte abgetrieben. Mein Vater konnte es gar nicht erwarten, mir von deiner Reaktion zu berichten.«

»Erzähl mir, was passiert ist.«

Sie wandte den Blick von ihm ab und bedeckte lange Zeit ihren Mund mit einer Hand. Er wusste, wie sehr dieser Augenblick sie schmerzte. Er wünschte, er könnte sie berühren, ihr sagen, dass das okay war, dass er verstand, aber er konnte es nicht tun. Er verstand absolut gar nichts.

»Es ist lange her«, sagte Madelaine schließlich. »Nachdem du gegangen warst, bekam Alex einen Wutanfall.« Sie lachte müde auf. »*Du wirst das Kind dieses schmierigen, kleinen Spaghettifressers nicht haben, verstehst du*?«, sagte sie, Alex' schreiende Stimme perfekt nachahmend. »Er sperrte mich drei Tag lang in meinem Zimmer ein. Ich wartete darauf, dass du ...« Sie schenkte ihm ein versiertes Lächeln. »Als ich die Harley sah, wusste ich, was du getan hattest.«

»Mad ...«

Sie streifte eine nicht vorhandene Haarsträhne aus ihrer Stirn und fuhr fort, ohne ihn anzusehen. »Alex befahl mir, das Kind abtreiben zu lassen und dass *kein Wort mehr über diese Schande verloren werde*.« Sie atmete zitternd ein. »Ich willigte ein. Was hätte ich anderes tun können, wohin hätte ich sonst gehen können?«

Sie schluckte schwer und starrte auf ihre Hände. »Ich stieg in die Limousine und ließ mich von dem Fahrer zu der Praxis des Arztes bringen, mit dem Alex den Termin vereinbart hatte. Ich wollte einfach tun, was er verlangte, ihn entscheiden lassen, was das Beste für mich sei.« Sie schüttelte den Kopf. »Mir war alles völlig egal.«

Er schaute zu, wie sie nach vorne sank und lange Zeit nichts sagte. Dann richtete sie sich langsam auf und hob ihr Kinn. Er wusste, dass sie einen schmerzlichen Kampf austrug und auf die einzige Weise kämpfte, die sie kannte, auf die Art, die Alex sie gelehrt hatte.

Nach ein paar weiteren Sekunden fuhr sie fort und ihre Stimme war ausdruckslos. »Alles änderte sich, als ich in die

Klinik kam.« Sie erschauerte ihr leerer Blick fiel auf die graue Wand. »Dieses kalte Ziegelgebäude ... die gelben Sofas, auf denen Mädchen wie ich saßen. Ich erinnere mich, wie mein Name aufgerufen wurde. Ich zuckte zusammen. Ich folgte der Krankenschwester in das Untersuchungszimmer und zog meine Kleider aus. Ich zog dieses dünne Krankenhaushemd an und stieg auf den mit Papier bedeckten Tisch.«

Sie schauderte wieder. »Ich starrte auf diese Fußhaltebügel und dachte daran, was sie mit mir machen würden, mit meinem Baby ... mit unserem Baby, und ich konnte es nicht tun.«

Ihr Schmerz durchbohrte ihn wie ein Messer, tat ihm fürchterlich weh. »Gott, Mad ...«

»Ich zog mich an und schlich mich hinaus. Die Limousine wartete am Bordstein, aber ich wusste, dass es kein Zurück gab. Alex hatte das sehr klar gesagt. Ich konnte ihn nur erfreuen – ihn, den großen, unfreundlichen Alexander Hillyard –, indem ich abtreiben ließ. So wandte ich mich an die einzige Person, die mir einfiel.«

Angel wusste es, bevor sie es sagte.

»Francis.« Sie lächelte, als sie seinen Namen aussprach. »Du erinnerst dich, wie er damals war. Achtzehn. Scheu, ein Bücherwurm. Er war gerade in das Seminar eingetreten und auf dem Wege, Priester zu werden. Aber er kümmerte sich an diesem Tag um mich, und am nächsten Tag und am Tage darauf. Er rettete uns beide.« Sie stieß ein kaum vernehmliches Lachen aus. »Er stellte keine Fragen, sagte nichts außer *He, Maddy-Mädchen, du bist im falschen Teil der Stadt*. Er brachte mich in einem Heim für schwangere Teenager unter und es gefiel mir. Ich hatte nie andere Kinder meines Alters kennen gelernt, hatte nie Freunde außer dir, und ich lernte eine Menge. Meinen Highschool-Abschluss hatte ich bereits und so ging ich mit sechzehn aufs College. Gott sei Dank hatte mir meine Mutter ein Treuhandvermögen hinterlassen, mit dem ich die Kosten decken konnte. Ich kniete mich in die Arbeit, um das Medizinstudium so schnell wie möglich zu schaffen.«

Angel schloss seine Augen. Er konnte jeden Augenblick ihres Lebens deutlich vor sich sehen, sehen, wie Francis immer da gewesen war, um ihr zu helfen, eine Zuflucht vor jedem Sturm. Anders als Angel, der niemals für etwas oder jemand geblieben war.

»Sie heißt Angelina Francesca Hillyard. Ich nenne sie Lina.«

Ich nenne sie Lina. Plötzlich war sie eine Person, dieses Mädchen auf dem Foto, das sein Gesicht hatte. Nicht ein imaginäres Wort oder Bild, sondern eine reale Person. Eine Tochter, die etwas von ihrem Vater wollen würde. Viele Dinge wollen würde.

Plötzliche Panik erfüllte ihn, so heftig, dass er sich wand. »Weiß sie von mir?«

»Nein.«

Er seufzte erleichtert auf. »Gott sei Dank.«

»Du sagtest, du hättest von einem kleinen Jungen geträumt ...«

»Träume«, sagte er niedergeschlagen und starrte an die Decke. Er spürte deutlich, dass er wieder den falschen Weg ging, dass er das Falsche tat, aber er konnte es wie immer nicht ändern. Wollte es nicht wirklich. Er fühlte sich innerlich leer, durch ihre Enthüllung und seine eigene Furcht seiner Substanz beraubt. »Ich sagte, ich hätte über ein Baby nachgedacht, aber ...« Für eine Sekunde konnte er nicht weitersprechen. Seine Kehle war so zugeschnürt. Schließlich schluckte er schwer und sah sie an. Er konnte den Schmerz in ihren Augen sehen, wusste, was er ihr in genau diesem Moment antat, und obwohl er es bedauerte, gab es absolut nichts, überhaupt nichts, was er daran ändern konnte. »Gerede eines sterbenden Mannes, Mad. Das ist kein wirklicher Traum. Es ist Selbstmitleid, Bedauern. Heuchelei. Es ist, als würde man am Ende, nur für alle Fälle, gläubig werden. Es bedeutet überhaupt nichts.«

Sie war blass. »Was sagst du da?«

Gott, es schmerzte, sie so hängen zu lassen, sich selbst so hängen zu lassen. Aber er war es nicht wert, Vater zu sein. Er hatte ein solches Geschenk nicht verdient. »Warum hast du mir von ihr erzählt, Mad? Warum?«

»Ich dachte, du brauchtest einen Grund, um zu leben. Ich dachte, Lina würde etwas ändern.«

»Nein«, sagte er und merkte mitten im Wort, dass er schrie. »Was soll ich denn tun, Maddy? Auf dem Totenbett den Daddy für ein sechzehnjähriges Mädchen spielen, das ich nie kennen gelernt habe? Dachtest du das? Dass du irgendein fremdes Kind in mein Zimmer führen könntest und ich es umarmen und küssen und als glücklicher Mann sterben würde? Dass sie mir zuschauen kann, wie ich meinen letzten Atemzug mache und sich *besser* fühlt, weil sie mich kennen gelernt hat?«

»Nein.« Das Wort war ein krächzendes Geräusch, klang gebrochen. »Ich dachte ...« Sie schüttelte den Kopf. »Ich weiß nicht, was ich dachte.«

»Du hattest Recht, all die Jahre keine Verbindung mit mir aufzunehmen.« Er seufzte, begriff plötzlich die Wahrheit über sich und hasste sie. »Sie hätte absolut nichts geändert, Mad. Ich hätte sie einfach ebenso sitzen lassen, wie ich dich sitzen gelassen habe. Ich bin so.«

»Aber jetzt ...«

»Ich will sie nicht sehen, Mad.«

Sie atmete scharf ein. »Sag das nicht. Sie braucht dich.«

»Das ist genau der Grund, warum ich sie nicht sehen will.« Sein Blick bettelte sie verständnisheischend an. »Du kennst mich, Mad. Selbst wenn ich lebe – was ich nicht werde –, habe ich dem Kind nichts zu bieten. Ich werde für ein paar Tage in sie vernarrt sein, für einen Monat vielleicht, und dann wird die Begeisterung vorbei sein. Es wird wieder in den Füßen jucken. Ich werde wieder anfangen zu trinken und ich werde anfangen, sie abzulehnen, weil sie mich hier festhält.« Bitterkeit durchdrang seine Stimme. »Und dann, eines Tages, werde ich fort sein.«

»Aber ...«

Er streckte eine Hand aus, berührte sie. Sie neigte sich zu seiner Hand, ließ zu, dass er seine Finger um ihr Kinn schloss. Er gab ihr das einzige Wertvolle, das er wusste, die einzige Wahrheit, die er kannte. »Ich werde ihr das Herz brechen, Mad. Gleich, ob ich lebe oder sterbe, es ist völlig egal – so oder so, ich werde sie sitzen lassen. Wenn du sie liebst, beschütze sie vor mir.«

Sie sah ihn an und in den Tiefen ihrer Augen sah er den Schmerz, den er ausgelöst hatte, und etwas anderes, etwas, für das er keine Worte fand. Sie starrte ihn weiter an, sagte nichts, und als die Zeit zu Minuten wurde, begann er sich unbehaglich zu fühlen. In ihrem Blick war eine Erwartung, die an seinem Selbstvertrauen nagte, ihn verwirrte. »Schau mich nicht so an«, sagte er.

»Wie schaue ich denn?«

»Als ob du wüsstest, dass ich meine Meinung ändere.«

»Das wirst du.« Ihre Stimme zitterte nur ein wenig, stand im Widerspruch zu der Überzeugungskraft ihrer Worte. Dann, weicher: »Das musst du.«

Madelaine saß an ihrem Schreibtisch und starrte auf das Foto von Lina. Die reich verzierte Kristalluhr schlug die Minuten mit einem kaum hörbaren *Klick ... Klick ... Klick*.

Sie schloss ihre Augen und seufzte. Selbst jetzt, fast eine Stunde, nachdem sie bei Angel gewesen war, konnte sie nicht glauben, dass sie ihm die Wahrheit über Lina gesagt hatte.

Oh, Francis, dachte sie, *wo bist du? Ich brauche dich gerade jetzt ...*

Sie drehte sich mit ihrem Sessel um und starrte auf das Fenster. Die dichte Reihe von Pflanzen verwischte zu einem verschwommenen grünen Nebel. Angels leise ausgesprochener Traum von einem jungen Sohn, mit dem er Baseball spielen könnte, hatte sie so sehr überrascht. Etwas in ihr war entsetzt gewesen, welche Wendung das Gespräch genommen hatte, aber ein anderer Teil – ein verborgener, heimlicher Teil, von dessen Existenz sie nichts gewusst hatte – war erregt zu hören, dass er an ihr Baby gedacht hatte, dass er vielleicht sogar von ihr geträumt haben könnte. Und plötzlich hatte sie ihm von Lina erzählen *wollen*, hatte das Geheimnis lüften wollen, das sie so lange gehütet hatte. Sie hatte die Hand ausstrecken wollen nach dem jungen Mann, den sie einmal geliebt hatte, und seine Hand nehmen und mit ihm gehen wollen ..., um mit ihm über die schönen Zeiten zu lachen.

Sie merkte, dass sie das in Gedanken alles wieder miterlebte, zurückging, zurück in die Vergangenheit, die sie sich so sehr zu vergessen bemüht hatte ...

Es war ein schwüler Augustabend gewesen, als sie merkte, dass sie schwanger war. Zuerst war sie glücklich gewesen. Sie und Angel hatten im Mondschein zusammen so viele wundervolle Träume geträumt, Träume, in denen sie verheiratet waren und Kinder hatten, und keiner von ihnen beiden würde je wieder einsam oder verloren sein oder wieder Angst haben.

Aber als sie ihm von dem Baby erzählt hatte, war es anders gewesen, als sie es sich vorgestellt hatte. Sie erinnerte sich daran, wie sie in diesem schrecklichen Wohnmobil gesessen hatte, den Zigarettenrauch seiner Mutter gerochen hatte, als sie ihr Geheimnis flüsterte.

Oh, er hatte die richtigen Dinge gesagt, gesagt, dass er sie liebe und zu ihr stehen würde, aber sie sah den Ausdruck in seinen Augen, die Wildheit, die Furcht. Er wollte das Baby nicht, war nicht bereit dafür, und nach diesem Blick, in dieser

Sekunde, als sie in seine Seele schaute und die Wahrheit sah, glaubte sie den Worten nie wieder.

Sie wusste nicht, was sie danach tun sollte, und er auch nicht. Sie war sechzehn, er war siebzehn und sie hatten geglaubt, sie seien unsterblich, hatten geglaubt, ihre Liebe könne sie vor der Hässlichkeit der Welt schützen.

Aber die Hässlichkeit kam trotzdem.

Als Alexander Hillyard erfuhr, dass seine perfekte Tochter schwanger war, drehte er durch. Er sperrte sie in ihrem Zimmer ein und vergitterte die Fenster mit dicken, schwarzen Eisenstäben. Weder Tränen noch Flehen vermochten ihn umzustimmen. Er bestimmte, dass sie abzutreiben hätte und sie nie wieder über ihren Fehltritt sprechen würden. Er würde nicht zulassen, dass *dies* ihre Zukunft zerstörte.

Sie wartete tagelang in diesem kalten, tadellos eingerichteten Raum, stand an das Fenster gelehnt da, starrte hinaus und wartete darauf, dass Angel zu ihr kommen würde.

Schließlich sah sie ihn, einen schmalen Schatten, der am Rande des Grundstücks stand. Sie stürzte an das Fenster, krallte sich mit ihren Fingern daran und schrie seinen Namen. Aber er hörte sie nicht.

Sie beobachtete, wie er über den geziegelten Bürgersteig ging, dann in dem Haus verschwand. Sie kauerte sich an die verschlossene Tür, lauschte verzweifelt nach Schritten.

Nach Schritten, die niemals kamen.

Fünfzehn Minuten später – es war die längste Viertelstunde ihres Lebens – verließ er das Haus. Sie eilte zurück zum Fenster und presste ihr Gesicht an die Scheibe. Am Tor drehte er sich um. Sein Blick glitt suchend über die Vorderseite des Hauses.

Ihre Blicke trafen sich und langsam, ganz langsam schüttelte er den Kopf, drehte sich dann um und ging davon. Sie hatte geglaubt, Tränen auf seinen Wangen zu sehen, aber es hätte ebenso gut Regen sein können. Sie war sich nie sicher gewesen.

Selbst nachdem er gegangen war, hatte sie sich an einen dünnen Faden von Hoffnung geklammert, daran, dass er wiederkommen würde. Es war ein Faden, der in der folgenden Nacht zerriss.

Sie hörte draußen ein grollendes Geräusch, sie rannte zum Fenster und schob die Alençon-Spitzenvorhänge beiseite. Er war am Straßenrand, starrte zu ihrem Fenster hoch und saß auf einer brandneuen, chromglänzenden Harley-Davidson.

Und da wusste sie es: Er hatte Geld von ihrem Vater genommen.

Dieses Mal war sie sich sicher gewesen, dass er weinte, aber es war ihr egal. Er schenkte ihr ein schwaches, müdes Winken und dann fuhr er davon.

Es war das letzte Mal, dass sie Angel DeMarco gesehen hatte – bis er in der Intensivstation aufgetaucht war, sie brauchte, um sein Leben zu retten.

Sie wusste, dass Angel geglaubt hatte, sie habe abgetrieben. Ihr Vater hatte keine Zeit vergeudet und dem Möchtegern-Daddy klipp und klar gesagt, dass es kein Baby geben würde.

Was also hatte sie dazu gebracht, jetzt alles zu riskieren und die Büchse der Pandora zu öffnen, die so lange geschlossen gewesen war?

Sie kannte den Mann nicht, der da unten, am Ende des Ganges, im Bett lag, wusste überhaupt nichts über ihn. Aber sie kannte seine Herkunft, wusste, woher er kam, und wusste, was für ein Mensch er einmal gewesen war. Einer von denen, die vor der Verantwortung auf einer brandneuen Harley-Davidson davonrasten.

Menschen änderten sich nicht, nicht in ihrem tiefsten Inneren. Sie hatte keinen Zweifel, dass der wilde, ungestüme, rebellische Siebzehnjährige noch immer lebte und in diesem gebrochenen vierunddreißig Jahre alten Körper um sich trat.

Ein Blick. Ein Lächeln. Das war alles, was er Lina zu geben brauchte, und sie würde dahinschmelzen, genauso, wie Madelaine vor so vielen Jahren dahingeschmolzen war.

Sie erschauerte. Sie schloss für einen Sekundenbruchteil die Augen, stellte sich vor, wie Lina vor ihrer kalten perfekten Mutter, die nie etwas richtig machte, davonlief in die sonnenhelle Wärme von Angels Lächeln. Ohne jemals zurückzuschauen, ohne jemals heimzukommen.

Aber die Zeit für solche Angst war vorbei. Madelaine war es müde, zu lügen und sich zu verstecken und zu heucheln, müde, zuzuschauen, wie ihre geliebte Tochter in einen Abgrund rutschte. Madelaine wusste – hatte immer gewusst –, dass sie ein Seil hatte, und sie konnte nicht weiter danebenstehen, Zuschauerin ihres eigenen Lebens sein. Sie war es müde, Angst zu haben.

Angel mochte vielleicht Linas Herz brechen, mochte ihre Tochter verletzen, dass es nicht wieder gutzumachen sein würde, aber vielleicht würde er es auch nicht. Das war die Hoffnung, die sie vor einer Weile erfüllt hatte. *Vielleicht würde er es nicht.*

Vielleicht war die Vergangenheit nicht das, wofür sie sie immer gehalten hatte: ein unveränderliches Blatt mit Fakten und Zahlen und gefundenen und verlorenen Augenblicken. Vielleicht war sie formloser, verzeihender. Vielleicht konnten Lina und Angel das Beste voneinander holen, einander retten in dieser Zeit, in der sie beide sich quälten und sich so verlassen fühlten.

Sie musste das glauben.

Er war zu spät dran – wie gewöhnlich.

Francis presste seinen Fuß auf das Gaspedal und wartete mehrere Sekunden darauf, dass es etwas bewirkte. Der alte Wagen stotterte und ruckte vorwärts. Sein Motor dröhnte laut und schüttelte den Kaffee, den Francis zwischen seine Schenkel geklemmt hatte.

Die gewundene Kiesstraße zog sich nach links, bog dann nach rechts und wieder zurück nach links, schlängelte sich durch einen Wald mit altem Baumbestand.

Er fuhr durch den Wald den Berg hinauf, kurvend und drehend, verließ ihn dann und wann zu einem prachtvollen Ausblick auf das Flusstal unten. Schließlich, mit etwas über einer Stunde Verspätung, entdeckte er das handgeschnitzte Schild, das zu dem Hotel wies. Er bog in die von Bäumen gesäumte Zufahrt ein und nahm den Fuß etwas vom Gaspedal.

Multnomah Lodge lag wie eine aus Holz geschlagene Tiara in einem Hain aufragender Nadelbäume. Die gewundene Zufahrt endete in einem Kreisel vor der Eingangstür, zog Gäste wie in einer freundlichen Umarmung dorthin. Lichter glühten in Fenstern mit Stabwerk, die in das Holz geschnitten waren. Die letzten Herbstblumen, Chrysanthemen, winterfeste Rosen und Shasta-Margeriten, säumten die steinernen Gehwege.

Er lenkte seinen zerbeulten alten Volkswagen an den Bordstein. Der Portier eilte heraus und bezog Position.

Francis stellte den Motor ab und zuckte zusammen, als der spuckte und hustete. Heftig an dem kalten Metallgriff ziehend, stieß er die quietschende Tür auf und stieg aus. Er nahm seine Tasche aus dem Kofferraum und hängte sie über die Schulter, reichte dann dem Portier die Wagenschlüssel und ging hinein.

Das Innere des Hotels bestand nur aus Holz und Glas und Stein. Artefakte aus dem Nordwesten hingen an den nackten Holzwänden und indianische Körbe standen in Trauben auf gehämmerten Kupfertischen. Die Sessel und Sofas waren dick gepolstert und mit einem kühn gemusterten Wollstoff bezogen.

»Vater Francis!«, hörte er eine Frauenstimme rufen, als er durch das geflieste Foyer eilte.

Er blieb stehen und sah sich um.

Seine Gruppe saß in einem kleinen Raum mit gläsernen Wänden, der an die große Halle angrenzte. Er wusste sofort, dass sie bereits seit über einer Stunde dort waren und auf ihren Priester warteten, der immer zu spät kam.

Er machte kehrt und ging zu dem Raum. Sie lächelten ihn an, als er auf sie zukam, und er lächelte zurück, sah sie nacheinander an. Den alten Joseph und Maria Santiago, die seit dreißig Jahren verheiratet waren und glaubten, sie würden das einunddreißigste Jahr nicht schaffen. Sarah und Levi Abramson, deren interkonfessionelle Ehe zu scheitern drohte. Thomas und Hope Fitzgerald, die in ihrer Ehe einen Wendepunkt erreicht hatten, als Hopes biologische Uhr lauter zu ticken begann – unglücklicherweise war es ein Geräusch, das nur sie hören konnte. Und Ted und Janine Canfield, die Probleme damit hatten, Stiefkinder in eine neue Familie zu integrieren.

So gute Menschen, sie alle. Menschen, die sich liebten und Gott und ihre Familien. Menschen, die versuchten, in einer sich auflösenden Welt, die die alten Werte nicht mehr zu würdigen schien, an einer Verpflichtung festzuhalten.

Und sie warteten auf Vater Francis Xavier DeMarco, damit der ihnen den Weg wies.

Er fühlte sich wie ein Betrüger. Was hatte er denn, er, ein Mann, der so wenig erlebt hatte, als Fackel in der Dunkelheit Paaren, die Angst hatten, zu bieten? Er war nie Teil einer liebenden Familie gewesen und hatte niemals eine zusammengehalten. Er hatte nie mit einer Frau geschlafen oder sein eigenes Kind bestraft oder versucht, das Geld aufzutreiben, um Essen auf den Tisch zu bringen. Er hatte niemals einen Job gehabt, in dem er von neun bis fünf arbeiten musste, und mit all diesem Druck gelebt.

So viele Dinge, die er nicht getan hatte.

Er seufzte. Er rückte den breiten Nylongurt seiner Tasche auf der Schulter zurecht und machte die letzten paar Schritte durch das Foyer, die ihn von dem Versammlungsraum trennten. Die vier Paare saßen zurückgelehnt auf den dick gepolsterten Sesseln und Sofas des Raumes. Joe Santiago spielte an einem Tisch in der Ecke mit Janine Canfield Schach. Hope Fitzgerald saß am Kamin, die Arme um ihre angezogenen Beine geschlungen, den Blick traurig auf ihren Mann gerichtet, der steif auf dem Sofa neben Sarah Abramson saß.

Als Francis eintrat, lächelten ihn alle an und sagten hallo, aber er hörte so viel mehr in dem Schweigen, das darauf folgte, als in dem Geräusch, das seine Begrüßung begleitete. Emotionen erfüllten diesen Raum – Traurigkeit, Wut, Kummer, Liebe.

Er krümmte die Finger, fuhr sich mit den Fingerspitzen über die Unterseite des Kinns, während er von Gesicht zu Gesicht schaute, ihre Erwartung sah, spürte, wie deren Gewicht sich auf seine Schultern senkte. Er wollte diesen Menschen helfen.

Doch er wusste, dass er es nicht konnte, das war das Verrückte. Einstmals vielleicht, vor vielen, vielen Jahren, hatte er diesen Raum mit einer Welle von Optimismus betreten können, wobei sein schmaler, weißer Kragen ein schützender Schild gewesen war. Aber damals hatte der Kragen nie an seiner Haut gekratzt, hatte sich nicht so beengend angefühlt, dass er glaubte, nicht atmen zu können. Es war befreiend gewesen, dieses Kratzen von gestärktem weißem Stoff, Beweis dafür, dass er ein getreuer Diener eines Gottes war, den er liebte. Aber mit jedem Jahr, das verging, schien dieses Stück Stoff schmaler und schmaler geworden zu sein, um schließlich zu einer Barriere zwischen ihm und seinen Mitmenschen zu werden.

Und in manchen Augenblicken, so wie jetzt, sehnte er sich danach, den Kragen abzunehmen und stattdessen um Antwort zu bitten. Er wollte sich an Mrs Santiago wenden und sie bitten, ihm zu erzählen, was es für ein Gefühl war, sich jede Nacht dreißig Jahre lang im Bett an denselben Körper zu schmiegen, mit demselben geliebten Gesicht aufzuwachen. Er wollte fragen, ob Liebe ein sicherer Hafen oder eine stürmische See war.

Er wusste, dass er eine Glaubenskrise durchlebte, wusste auch, dass sie sich in nichts von dem unterschied, was Tausende anderer Priester vor ihm erlebt hatten. Aber dieses Wissen tröstete ihn nicht. Er vermisste das heiße Feuer seiner Überzeugungen – die Liebe zu Gott, die ihn einst in jedem wachen Augenblick erfüllt hatte. Ohne sie fühlte er sich verwirrt ... verloren.

Er fühlte sich ungeeignet, ein Diener Gottes zu sein. Die Erinnerung daran, wie er sich entschlossen hatte, Lina zu verletzen, kribbelte in seinem Gewissen wie eine frische Brandwunde.

»Vater Francis?« Levi Abramsons kratzige Stimme drang in seine Gedanken.

Francis zwang sich zu einem Lächeln. »Tut mir Leid. Ich bin heute Abend nur ein wenig müde. Wie wär's, wenn wir diese Einkehr damit beginnen, dass wir eine Liste von Zielen zusammenstellen, die wir gerne erreichen würden?«

Es gab Nicken und zustimmendes Gemurmel – wie immer. Er sah die Hoffnung in ihren Augen blitzen, sah das zaghafte Lächeln, das ihre Gesichter berührte. Und Francis fühlte sich zufrieden damit, dass er ihnen wenigstens das geben konnte, wenn schon nichts Konkreteres.

»Gut«, sagte er und schenkte ihnen sein erstes ehrliches Lächeln an diesem Abend. »Lasst uns mit einem Gebet beginnen.«

Kapitel 13

Angel erwachte plötzlich durch eine eiskalte, erdrückende Fessel von Schmerz, die seine Brust umfing. Feuchte Laken wanden sich um seine Beine, knüllten sich in den Händen, die zu Fäusten geballt neben seinem Körper lagen. Die Kissen waren feuchte, süßlich duftende Kugeln unter seinem Kopf.

Der Kardiograph piepte wild. Er wartete in atemlosem Schweigen darauf, dass der Computeralarm ausgelöst werden würde, aber nichts geschah. Er atmete langsam aus, gleichmäßig, konzentrierte sich auf nichts anderes als auf jedes schmerzerfüllte Ausatmen. *Eins, zwei, drei, zuckersüßes Ei ... zuckersüße Leberwurst ist auch dabei ...* Der Abzählreim aus seiner Kindheit fiel ihm ein und er konzentrierte sich darauf, versuchte, sich an die genauen Worte zu erinnern, versuchte, sich auf irgendetwas anderes als den Schmerz zu konzentrieren.

Sein Herz pochte und hämmerte gefährlich. Erschöpft griff er nach dem Schalter neben seinem Bett und drückte den roten Knopf.

Die Tür zu seinem Zimmer wurde aufgestoßen und Sarah, die Nachtschwester, kam zu seinem Bett gewatschelt. »Sie sollten nicht wach sein«, sagte sie vorwurfsvoll, musterte prüfend die Monitore, die in Trauben um ihn standen, und die Beutel mit Flüssigkeit, die über seinem Kopf hingen.

»Ich brauche mehr Medikamente«, sagte er mit undeutlicher Stimme.

»Sie bekommen Ihre nächste Dosis morgen früh um sechs.« Sie hob das dünne weiße Papierstück, das der Kardiograph ausspuckte, musterte es, und ihre Augen verengten sich. Ein leises »Tsts« kam über ihre wulstigen Lippen.

»Wie geht's Ihrer Tochter?«, fragte er leise.

Sie hielt inne und schaute auf ihn hinab. Sie lächelte langsam. »Es geht ihr besser, danke.«

»Ich ...« Er krümmte sich. *Gott, was schmerzte das Reden.* »Ich habe meinen Manager angerufen. Er wird ihr eine Autogrammkarte schicken.«

Sarah strahlte, streifte dann eine Locke verschwitzten Haares von seiner Stirn. »Danke, Mr DeMarco.«

Er flüsterte: »Keine Ursache.«

Sie prüfte einen letzten Beutel, wandte sich dann ab und verließ das Zimmer. Die Tür schloss sich hinter ihr und Stille senkte sich wieder über den Raum, nur durchdrungen von dem *Blip-blip-blip* des Kardiographen.

Angel seufzte wieder, wünschte sich, seine Augen schließen und einfach einschlafen zu können. Er wusste, dass er es nicht konnte.

Er drehte sich leicht, um durch die Glaswand neben seiner geschlossenen Tür schauen zu können. Die Intensivstation war still und schattenhaft. Die Privatzimmer waren für die Nacht verdunkelt. Geister in Weiß wachten über die Station, zusammengekauert in Taschen von glühendem Licht.

Er starrte so lange darauf, bis sein Gesichtsfeld verschwamm und die Krankenschwestern und Assistenzärzte zu Schatten in den Schatten wurden, die miteinander sprachen, Kaffee tranken, leise lachten.

Ich nenne sie Lina.

Er presste seine Augen zu. Bedauern war eine offene, pochende Wunde in seiner Seele. Er konnte an nichts anderes als an das Mädchen auf dem Foto denken, an ihr Aussehen. Sie war genau wie er. Die sprühenden blauen Augen, das pechschwarze Haar, die winzige kleine Mulde an der blassen Haut ihres Halses.

Er überlegte, wie sie sein mochte, dieses Mädchen, dieser Teenager, der sein Lächeln in dem herzförmigen Gesicht trug, doch bevor er auch nur eine Vision heraufbeschwören konnte, war sie verschwunden.

Er wusste, dass er kein Vater sein könnte. Nicht, wenn er gesund war, und ganz gewiss nicht jetzt, wo er im Sterben lag. Diese herzergreifende Erkenntnis seiner eigenen Unzulänglichkeit machte ihn traurig. Kein Mensch sollte sich selbst so deutlich sehen, seine eigene freudlose Seele so gründlich kennen, aber Angel war nie jemand gewesen, der sich selbst etwas vorgemacht hatte – nur anderen. Er hatte immer seine Schwächen gesehen und gewusst, dass er sie nicht ändern konnte. Veränderung war zu anstrengend und das Ergebnis war zu ungewiss. Stattdessen akzeptierte er sich, akzeptierte sich und machte so weiter wie bisher.

Es war das, was er immer getan hatte. Er erkannte die Wahrheit und stopfte seine Fehler so tief in die Tasche seiner Seele, dass er nach einer Weile vergessen hatte, dass sie überhaupt existierten. Bis zu einem Tag wie diesem, als seine Unzulänglichkeiten freigelegt wurden.

Seine Gedanken flogen wie die Schnur eines Anglers durch die gähnende Dunkelheit des Zimmers. Die Jahre wichen vor ihm und nahmen ihn mit zurück, immer weiter zurück.

Es war ein atemberaubend schöner Sommerabend gewesen, eine Woche, bevor er Madelaine verraten hatte. Er erinnerte sich deutlich daran – ein Mitternachtshimmel mit dem bläulichen Weiß eines Vollmondes, dem Rauschen von Ahornblättern über ihnen und den fernen Geräuschen eines Jahrmarktes.

Komm, Angel, geh mit mir auf das Riesenrad. Ich bin noch nie auf einem gewesen ...

Er hörte deutlich, wie zärtlich ihre Worte waren, an seinem Ohr geflüstert, erinnerte sich an das sanfte Zupfen ihrer Hand, als sie ihn mit sich zog.

Es war ein Riesenrad wie kein anderes gewesen. Er spürte den Sitz unter sich erbeben, schwanken, hörte das Quietschen, als es sie hoch und höher brachte, immer höher, hinein in den sternübersäten Himmel.

Als er nach unten schaute, sah er eine völlig neue Welt. Verschwunden war der Flitter des Jahrmarktes, der Schmutz unter den gleißenden Lichtern und die schäbige Billigkeit der Gewinne aus den Losbuden. Stattdessen sah er es so, wie sie es sah. Lichter, Bewegung. *Magie*.

Er hielt sie in dieser schwankenden Gondel fest, klammerte sich an sie, begehrte sie mit all der angestauten Verzweiflung eines siebzehnjährigen Jungen, der zum ersten Mal in seinem Leben verliebt ist. Seine Hand war über ihren Arm geglitten, hatte die Weichheit ihrer Haut gespürt und die plötzliche Gänsehaut, die seine Berührung auslöste.

Daraufhin wandte sie sich zu ihm und dieser Augenblick war in das ermattete Organ eingeprägt, das sein Herz war – ihr vom Wind zerzaustes Haar, ihre vor Liebe leuchtenden Augen, ihr Gesicht, von hinten erleuchtet von einer Decke aus Sternen und Mondschein. *Ich liebe dich, Angel DeMarco*.

Er erwiderte die stumme Erklärung, spürte das demütigende Brennen von Tränen, die er nicht fortwischte. In dieser Sekunde fühlte er sich bei ihr sicher, sicher genug, um zu weinen, und sie beide wussten es.

Danach spazierten sie Hand in Hand die breite Gasse entlang und Angel war wieder von dem Zauber all dessen hingerissen. Er erinnerte sich, was für ein Gefühl es gewesen war, in dieses Phantasieland gespült zu werden. Eine berauschende, benommen machende Zeit für einen Jungen, der in einem baufälligen Wohnwagen der falschen Seite der Stadt aufgewachsen war mit einer Mutter, die Alkoholikerin war.

Er gab sein Geld an einer Bude nach der anderen aus, gewann Stofftiere und ein Weinglas und ein billiges Pfeil-und-Bogen-Set. Aber es war der letzte Gewinn, an den er sich am deutlichsten erinnerte.

Die Ohrringe, flüsterte sie ihm zu und deutete auf ein Paar grellroter Metallreifen. Er wusste sofort, warum sie sie wollte – sie waren so knallig und billig, dass Alex entsetzt sein würde, wenn er sie in ihrem Besitz fand. Bei ihr, mit ihren Perlen und Diamanten und Smaragden, das arme kleine reiche Mädchen, das nie ein Schmuckstück vom Jahrmarkt besessen hatte.

Es kostete ihn acht Dollar in Fünfundzwanzigcentstücken, um ihr die Ohrringe endlich in die Hand legen zu können. Aber der Blick, den sie ihm schenkte, war jeden Cent wert.

Danach spazierten sie zum Carrington Park und streckten sich unter einer hundertjährigen Eiche aus, eng umschlungen, in inniger Umarmung, während sie zum Nachthimmel hinaufstarrten. Sie sprachen von immer und ewig, vertrauten sich Geheimnisse an und machten einander Versprechungen, träumten laut von ihrer Zukunft.

Er hielt sie, küsste sie und schwor, immer für sie da zu sein.

Die Morgendämmerung spülte ihre Nacht in rosa und purpurnen Farbtönen davon. Als sie sich zum Gehen erhoben, nahm Madelaine die Ringe von ihren Ohren ab und starrte darauf. »Ich kann sie nicht mit nach Hause nehmen. Mein Vater ... er kontrolliert meine Sachen.«

Er griff nach ihnen. »Ich werde sie aufbewahren.«

»Komm, wir lassen sie hier. Auf diese Weise wird ein Teil von uns immer unter diesem alten Baum existieren. Wenn wir alt sind, können wir mit unseren Enkeln hierher zurückkommen.«

Ach, er konnte sich noch daran erinnern, an die überwältigende Liebe, die er in diesem Augenblick für sie empfunden hatte.

Sie wickelten die billigen roten Ohrringe in eines von Madelaines teuren, mit Monogramm bestickten Taschentüchern und vergruben ihren Schatz am Fuße des Baumes.

Danach schaute sie ihn an und ihre Augen waren feucht von Tränen. »Ich muss jetzt heimgehen«, flüsterte sie.

Als er sie das nächste Mal sah, saß sie auf der wackeligen alten Couch seiner Mutter und erzählte ihm von dem Baby.

Er wusste, dass er damals die falschen Dinge gesagt hatte, aber er hatte nicht gewusst, was er sagen sollte. Er war so verdammt verängstigt. Eine Woche später rief er bei ihr zu Hause an und legte auf, als ihr Vater sich meldete. Schließlich fuhr er zu ihrem Haus und sah die eisernen Gitterstäbe, die vor ihrem Schlafzimmerfenster angebracht worden waren. Und er wusste, was geschehen war: Alex hatte herausgefunden, dass sie ein Baby erwartete.

Er hatte kehrtmachen und davonlaufen wollen, einfach nur weg, weg. Er hätte es fast getan, doch dann sah er etwas – einen Schatten, der durch das helle Licht in ihrem Schlafzimmer ging – und dachte an diesen Augenblick auf dem Riesenrad. *Ich liebe dich, Angel.*

Die Erinnerung daran gab ihm den Mut, sein Fahrrad abzustellen. Er schlug den Kragen gegen den strömenden Regen hoch, ging über den Weg zu der breiten Haustür und klopfte laut.

Ein Schlurfen von Schritten war zu hören, ein Klicken von Metall auf Metall. Dann öffnete sich die Tür.

Und Gott stand im Türrahmen, trug einen Anzug von Brooks Brothers und hielt ein Martiniglas in der Hand. Angel hatte noch nie zuvor einen Mann gesehen, der so groß und überwältigend war, so beängstigend. Er hatte eine Stimme, die wie ein Nebelhorn in der Dunkelheit dröhnte. *So, du bist also der kleine Spaghettifresser, der meine Tochter gevögelt hat.*

Der Rest der Begegnung war so verschwommen wie immer, in einem Nebel von Scham und Bedauern. Statt an die tatsächliche Abfolge der Ereignisse, erinnerte er sich nur an Bruchstücke ihrer Unterhaltung, an Worte, die wie Rasierklingen durch sein Herz und seine Seele schnitten.

Wer glaubst du eigentlich, wer du bist, dass du hier einfach an meine Tür klopfst, als ob du hierher gehörtest? Du bist nichts. Nichts.

Mit jedem Wort, das wie ein Schlag ausgeteilt wurde, fühlte Angel, dass er immer kleiner und kleiner wurde, bis am Ende überhaupt nichts mehr von ihm übrig geblieben war.

Was kostet es, Junge, dich aus ihrem Leben verschwinden zu lassen? Eintausend Dollar, fünftausend, zehntausend? Wie wär's, wenn ich deine betrunkene Mutter rausschmeiße? Glaubtest du, ich wüsste nicht, dass sie in meiner Fabrik arbeitet? Die Welt ist voller Überraschungen, nicht wahr?

Es dauerte eine Minute, bis Angel die Bedeutung der Worte verstand. Alex bot ihm einen Ausweg ...

Zehntausend Dollar, Junge. Denk doch mal nach ...

Er wollte nicht darüber nachdenken, versuchte, es nicht zu tun, aber das Angebot brachte ihn in Versuchung.

Du bist kein Held, Junge. Nimm das Geld.

Angel schloss seine Augen, hörte, sah, fühlte dies alles wieder, diesen Augenblick, der ihn für immer geprägt hatte. Er hätte Alex nicht in das Haus folgen sollen, aber er hatte es getan. Er hätte nicht in dieses dunkle, in Schatten getauchte Büro gehen sollen, aber er hatte es getan. Er erinnerte sich plötzlich an dies alles – an das Geräusch der Schreibtischschublade, die sich öffnete, an das Ratschen des Schecks, als Alex ihn aus seinem Heft riss.

Angel dachte jetzt an die Augenblicke, die Sekunden, in denen er hätte nein sagen können. Bis zum letzten Herzschlag, als er den Scheck in seiner Hand hielt und all diese Nullen gesehen hatte.

Alex hatte Angels Unsicherheit gespürt, sie gerochen und mit dem untrüglichen Instinkt des Jägers zum Todesstoß angesetzt.

Was wirst du Madelaine denn bieten können? Ein Leben in einem schäbigen Wohnwagen, ein Bier zu deinem Abendessen vorm Fernseher nach der Arbeit? Und was wird aus dir? Willst du den Rest deines Lebens damit verbringen, wie deine Mutter Toilettenpapierrollen vom Band zu reißen? Oder wirst du nehmen, was ich dir anbiete, und aus dieser Stadt verschwinden?

Angel hatte an seine Eltern gedacht – dreißig Jahre, die sie am Fließband gestanden hatten, nur um nach Hause zu kommen und sich zu besaufen und ihren Sohn zu verprügeln, dass ihm Hören und Sehen verging. Sein Vater war vor seinem vierzigsten Geburtstag an Alkoholvergiftung gestorben.

Alex fuhr unerbittlich fort, wedelte mit dem Scheck vor Angel. *Ich habe eine Million Burschen wie dich in meinem Leben gesehen. Du bist nichts, bringst es zu nichts. Du bist nicht gut genug, um ihre scheißeverschmierten Schuhe abzulecken.*

Angel versuchte es. Gott helfe ihm, er hatte seinen ganzen verbliebenen Mut zusammengenommen und es versucht. *Ich könnte ein guter Vater sein.* Aber er wusste, noch während er es sagte, dass es eine Lüge war, und Alex wusste es auch.

Der alte Mann lachte. *Wovon? Sie wird morgen abtreiben. Du glaubtest doch nicht etwa, sie würde wirklich ein Kind von dir haben, oder? Sie ist eine* Hillyard, *verdammt noch mal.*

Angel war erleichtert. Selbst jetzt wurde ihm übel bei dem Gedanken daran, wie erleichtert er bei diesen Worten gewesen war.

Nimm das Geld, Junge. Es gehört dir allein.

Und Angel nahm es. Er drehte sich um und rannte, den Scheck zerknüllt zwischen seinen verschwitzten Fingern. Auf dem ganzen Weg nach draußen sagte er sich, es mache überhaupt nichts, sagte sich, dass er den Scheck einlösen und das Geld ausgeben und dennoch zu Madelaine zurückkommen könnte.

Als er schließlich sein Fahrrad erreicht hatte, war ihm die Wahrheit bewusst, und sie zerriss ihn, drehte alles in seinem Inneren, bis er glaubte, sich auf der Straße übergeben zu müssen. Er verließ sie, weil er sie verlassen *wollte*, weil er nicht stark genug war, um zu bleiben und einen Job in irgendeiner miesen Fabrik anzunehmen und der Vater seines ungeborenen Kindes zu werden.

Es wird kein Baby geben. Er versuchte, sich mit diesem Wissen zu trösten, aber irgendwie schmerzte das nur noch mehr.

Er hatte Angst. Gott, er hatte so schreckliche Angst. Er wollte nicht auf seine ganze Zukunft verzichten, noch nicht.

Er drehte sich langsam um. Er sah sie dort oben, ihr blasses, ovales Gesicht gefangen zwischen den Eisenstäben, die ihr Fenster versperrten, gefangen in dem vom Regen verschmierten Glas.

Dann sprang er auf das Fahrrad seines Bruders und fuhr davon, den Scheck so schwer wie Silberstücke in seiner Jackentasche.

Angel atmete mit einem schweren Seufzer aus. Ja, er war davongelaufen, weggefahren, war mühsam und schnell und lange gefahren und genau dort geendet, wo er angefangen hatte.

Ich nenne sie Lina.

Die Worte rissen ihn jäh in die Gegenwart zurück.

Und er spürte den ersten drohenden Schlag in seiner Brust.

Er schloss seine Augen und lag still da, atmete flach und langsam. Der Schweiß auf seiner Stirn wurde kalt, rann in Bächen seitlich an seinem Gesicht herunter.

Er versuchte, nach der Notglocke zu greifen, aber er war zu schwach. Er konnte seinen Arm nicht heben.

Der Kardiograph klapperte und summte, schrie dann entsetzt auf.

Herzversagen.

Angel versuchte weiter zu atmen. Sein Körper schien ihn zu umhüllen, größer und größer zu werden, eine heransickernde Dunkelheit, die alles erfüllte. Und in der Mitte von all dem war der Schmerz.

In irgendeinem fernen Teil seines Hirns hörte er den Tumult, die aufschlagende Tür, das hereinfallende Licht, die vor Entsetzen erhobenen Stimmen. Er hörte sie seinen Namen rufen, aber er konnte nicht antworten. Da waren Schichten über Schichten von Dunkelheit zwischen ihm und dem Licht und er war müde, so entsetzlich müde. Stunden schienen zu vergehen.

Dann spürte er ihre Berührung, hörte ihre Stimme durch die kreischende Kakophonie. »Angel?«

Er versuchte, eine Hand nach ihr auszustrecken, doch sein Körper wehrte sich gegen ihn. Ein schlaffes, totes Ding ohne Willen oder Fähigkeit. Er blinzelte angestrengt, zwang seine Augen, sich zu öffnen.

Madelaine stand über ihn gebeugt, ihr Haar wurde von dem gleißenden Deckenlicht in eine Strahlenkrone verwandelt. Für eine Sekunde war er wieder auf dem Riesenrad, sah sie vom Sternenlicht umhüllt. »Mad«, krächzte er.

»Stirb ja nicht, Angel DeMarco. Wage das bloß nicht.« Sie drehte ihren Kopf und erteilte mit einer gefassten, beherrschten Stimme, die ihn beruhigte, Anweisungen. Dann wandte sie sich wieder zu ihm und strich über seine feuchte Stirn. »Du wirst das überstehen, Angel. Wir werden ein Herz für dich finden. Gib nur nicht auf.«

Ihr Gesicht wurde scharf, dann wieder unscharf.

»Angel? Bleib wach.«

Seine Augenlider waren bleiern. Er glaubte, da sei etwas, was er ihr unbedingt sagen müsste, aber dann war der Gedanke einfach verschwunden.

»Lungenödem«, sagte Madelaine mit gedämpfter Stimme. Dann lauter: »Holt den Wagen. Gott*verdammt*, Leute, bewegt euch doch ...«

Er wusste, dass die Worte ihm eigentlich Angst machen müssten, aber er konnte überhaupt nichts mehr fühlen.

Kapitel 14

Der kühle Herbstabendhimmel hatte begonnen, weicher zu werden, verwischte am Horizont in Farbabstufungen von Rosa und Lavendel und Blau.

Francis saß im Indianersitz auf dem Holzboden des Quilcene-Raumes, den Blick hinaus in die Nacht gerichtet, die sich jenseits des deckenhohen Fensters zu senken begann. Krähen krächzten sich an, schwangen sich von ihren Sitzen in den Zedern und jagten kleinere, schwächere Vögel in Verstecke längs dem Dachgesims. Er konnte das Scharren von Krallenfüßen draußen auf den Brettern hören. Es war kurz nach Einbruch der Dämmerung, jene Abendstunde, in der die Pferde und Rinder auf den nahe gelegenen Farmen wieherten und muhten, auf ihr abendliches Heu warteten, in der Rehe vorsichtig die Landstraßen auf der Suche nach dem letzten süßen Gras vor dem Winter überquerten.

Dicke graue Wolken zogen sich langsam zusammen und schickten einige wenige spritzende Regentropfen nach unten. Eine Brise pochte ans Fenster und wirbelte einen Haufen vergilbender Blätter auf. Piniennadeln rieselten zu Boden, sammelten sich hier und da auf den weiß gestrichenen Fensterbänken.

»Vater Francis?«

Francis wandte seinen Blick vom Fenster ab und schaute sich in dem Raum um, in dem die Männer nahe dem Kamin zusammensaßen. Flackerndes Licht sprang aus dem prasselnden Feuer, huschte über die ernsten Gesichter, die ihn anstarrten.

Es war ihr sechster gemeinsamer Abend, der letzte vor einer achtundvierzigstündigen Pause, in der jedes der Paare etwas Zeit allein miteinander verbringen würde. Francis sah die Männer an und lächelte.

Wie immer hatte er seinen Glauben an die Menschen und Gott wiedergefunden, während er seine priesterlichen Aufgaben verrichtete. Ja, er fühlte sich noch ein wenig wie ein Betrüger, weil er Rat erteilte, obwohl er so wenig Erfahrung besaß, doch im Laufe der Tage und Nächte, die er mit diesen Menschen verbracht hatte, hatte er die Auswirkungen seiner Bemühungen gesehen ... etwa darin, dass Joe Santiago begonnen hatte, seine Frau bei der Hand zu nehmen, wenn sie in den Speiseraum gingen. Oder in dem flüchtigen Lächeln, das Levi Abramson seiner Braut zuwarf, wenn sie von ihren Kindern sprach. In diesem sich langsam entwickelnden Gefühl von Hoffnung, das als ein Klümpchen von Versprechen begonnen hatte und zu etwas mehr gewachsen war.

Das hatte Francis' Glauben wieder gestärkt.

»Vater?« Es war wieder Thomas Fitzgerald, der Francis auf ruhige Art in das Gespräch zurückholte.

Francis grinste. »Tut mir Leid, Leute. Ich hatte gerade nachgedacht.«

»Hat Ihnen der Regen irgendeine göttliche Eingebung vermittelt?«, fragte Levi mit einem Lachen.

Francis setzte zu einer Antwort an, hielt dann aber inne. Etwas – ein Hauch von Erkenntnis – schwebte zitternd in der Luft um ihn, sammelte sich wie winzige Fünkchen von Blitzen auf einem dünnen Metallstab. Er konnte es hören, fühlen, es mit einer leise flüsternden Stimme nach ihm rufen hören.

Konnte es so einfach sein?

»Wissen Sie, Levi«, sagte er langsam und tastete sich wie ein

Blinder durch die Gasse seiner Gedanken, »vielleicht war es so. Vielleicht ist göttliche Eingebung ganz anders, als wir sie uns vorstellen.«

Thomas rückte näher. »Was meinen Sie damit?«

Francis starrte in das Feuer, spürte seine Hitze, nahm seine tanzende Farbe wahr, hörte das knisternde Krachen eines Holzscheites. Gott schien ihm auf einmal ungeheuer nahe zu sein, näher als Er ihm seit Jahren gewesen war. »Vielleicht ist es göttliches Eingreifen, das uns überhaupt hierher gebracht hat. Vielleicht ist das alles, was Gott zu tun gedenkt, uns einen Weg zu weisen und zu warten. Der Weg ist da, er ist immer da, führt durch den Wind und den Regen und den Schnee.«

Stille senkte sich in den Raum, wurde verstärkt durch den angehaltenen Atem der Männer. Francis schaute sich um und spürte ihren Glauben an ihn, an Gott, an sich selbst und an andere.

Güte. Hoffnung. Glaube.

Er sah all das in diesem Raum. »Wie Sie, Joseph«, sagte er ruhig und sah dabei den älteren Mann an. »Sie lieben Maria und sie liebt Sie, aber irgendwie haben Sie im Laufe der Jahre den Weg aus den Augen verloren. Und doch sind Sie da, greifen nach ihrer Hand und wissen, dass sie es ist, mit der Sie gehen wollen. Vielleicht müssen Sie einfach aufhören, so angestrengt nach dem Weg zu suchen, den Sie gehen wollen, sondern stattdessen einfach nur ihre Hand nehmen und zu laufen beginnen und *glauben*, dass das Pflaster unter Ihnen fest genug ist. Gott hat jedem von Ihnen das unglaubliche Geschenk der Liebe gegeben.«

»So leicht kann es nicht sein«, sagte Thomas. Er stieß einen tiefen Seufzer aus und Francis konnte den Zweifel sehen, als der junge Mann sein Gesicht verzog. »Ich liebe meine Frau aus tiefstem Herzen, aber sie will etwas, das ich nicht will.«

»Sind Sie sich dessen so sicher?«, fragte Francis.

Thomas schloss für eine Sekunde seine Augen, bevor er antwortete. »Ich bin siebenundzwanzig Jahre alt. Ich bin noch nicht dazu bereit, Vater zu sein.«

»Haben Sie ihr das gesagt?«, fragte Levi.

Thomas seufzte wieder. »Nur ein paar Millionen Mal. Ich habe ihr gesagt, dass ich kein Kind will.«

Francis schenkte Thomas ein kleines, ermutigendes Lächeln. »Das ist etwas anderes, Thomas.«

Thomas schaute überrascht drein. »Was meinen Sie damit?«

»›Ich bin nicht bereit‹ ist nicht das Gleiche wie ›Ich will kein Kind.‹«

»Aber ich habe ihr Millionen Mal gesagt, dass ich nicht bereit bin.«

»Haben Sie das?«, fragte Francis weich. »Oder waren diese Worte mit anderen Worten verbunden, mit harscheren Worten, vielleicht mit Ärger oder Groll darüber, dass sie fragte?«

Thomas wandte sich ab und starrte in das Feuer. »Vielleicht«, sagte er schließlich. Dann, weicher: »Vielleicht.«

»Ich erinnere mich daran, wie es war, als ich in Ihrem Alter war«, sagte Joseph. »Ich hatte schreckliche Angst davor, Vater zu sein. Wir hatten kein Geld. Ich hatte keine Arbeit. Dann, eines Tages, begrüßte Maria mich an der Tür, hielt ein Glas Wein in der Hand und erzählte mir, dass wir ein Baby bekämen. Ich lachte und umarmte sie und trank mit ihr – und dann ging ich ins Bad und weinte.« Ein feiner Schleier breitete sich über seine wässrigen grauen Augen und ein winziges Lächeln zuckte in seinem Gesicht. »Und dann kam unsere Maggie. Als ich sie das erste Mal hielt, veränderte ich mich. Wurde irgendwie erwachsen. Jetzt ist es, als sei das gerade eine Sekunde her, aber meine Maggie ist längst Zahnärztin in New Jersey. Und manchmal vermisse ich sie so sehr, dass es schmerzt.«

»Kein Mann ist jemals bereit, Vater zu sein«, pflichtete Ted Canfield bei. »Es ist wie dieser Weg, von dem Vater Francis spricht. Sie wird schwanger, man macht einen Schritt und betet wie verrückt darum, dass man festen Boden unter den Füßen hat.«

Thomas sah Francis an. »Wie ist es mit Ihnen, Vater? Haben Sie je Kinder gewollt?«

Die Frage traf Francis unvorbereitet. Er sah die Männer ringsum an. Sein Blick wanderte von einem Gesicht zum anderen. Er wusste, dass er dem Gespräch eine andere Wendung geben sollte – er war ihr Priester, ihr Berater, und die Probleme, die er hatte, gingen nur ihn an –, aber er wollte es nicht. Nur einmal wollte er ein Mann sein, nur ein Mann in einem Raum, gemeinsam mit anderen Männern, über Dinge reden, die wichtig waren. Er begann zu sprechen, langsam erst, fühlte sich unbehaglich wegen seiner Ehrlichkeit. »Ich wusste immer, dass ich Priester werden wollte. Meine Mutter sagte, es sei eine Berufung, aber ich wusste nur, dass die Kirche Sicherheit bot. Ich trat in das Seminar ein, als ich noch feucht hinter den Ohren war, und es gefiel mir sehr.«

Er starrte auf seine Hände, die er jetzt im Schoß verschränkt hielt, und dachte an all die Gebete, die er gesprochen, all die Träume, die er gehabt hatte. In den freudlosen Tagen seiner Kindheit war die Kirche seine Zuflucht gewesen, sein Sanktuarium. Dort trank oder schrie oder schlug niemand. Es war ruhig und friedlich und er hatte gewusst – hatte immer gewusst –, dass er dort hingehörte.

Und auch später, als er gelernt hatte, wie schwer es war, Priester zu werden, selbst dann noch, als er gelernt hatte, welche Dinge er für seinen Gott zu opfern hatte, hatte er es noch immer inbrünstig gewollt. Er wusste jetzt, mit dem Abstand, den die Reife und die Jahre geschaffen hatten, dass er damals, als er Madelaine gebeten hatte, ihn zu heiraten, das nicht wirklich gewollt hatte. Damals nicht. Er war so sehr vom Feuer seines Glaubens erfüllt gewesen und sie hatte das gewusst.

»Haben Sie das jemals bedauert?«, fragte Joseph. »Sie wissen schon, all die Dinge, auf die Sie verzichtet haben?«

Bedauern. So ein gewaltiges Wort, durchdrungen von Traurigkeit und Schmerz. »Nein«, sagte Francis ruhig und erkannte, dass es wahr war, als er das sagte. Er hatte es nie bedauert, Priester zu werden. Es hatte ihm Erfüllung gegeben, seinen Glauben, ihm Kraft gegeben und Mitgefühl und eine Mission. Erst viele Jahre später, sehr viele Jahre später, hatte er angefangen zu ... bedauern, nein, nicht direkt, sondern zu ...

Wünschen. Ja, das war das Wort. Ihm war vieles entgangen und manchmal war er wie Joseph in sein dunkles Schlafzimmer gegangen, allein, und hatte um das geweint, was ihm entgangen war. Dieses Verlangen, das nicht gestillt werden konnte, all diese Augenblicke, die nie wirklich seine gewesen waren. Wie damals, als er zum ersten Mal die winzige, schreiende Lina gehalten und gewusst hatte, dass sie nicht seine Tochter war, niemals seine Tochter sein könnte. Oder wenn er in Madelaines Augen geschaut und darunter gelitten hatte, wie sie ihn sah, die Keuschheit ihrer Liebe gesehen hatte.

»Manchmal«, sagte er schließlich und ihm war die Wahrheit seiner Worte bewusst. »Ich glaube, ich habe all dies gewollt – Kinder, eine Frau, eine Familie –, aber ich wollte auch meinen Glauben. Wir können nicht alles haben, was wir wollen. Es gibt immer Opfer ...«

»Ich glaube, wir *können* bekommen, was wir im Leben wollen«, sagte Levi. »Es ist nur so, dass wir uns verteufelt schwer damit tun, herauszufinden, was es eigentlich ist.«

»Ja«, fügte Joseph hinzu, »manchmal muss man die Welt auf den Kopf stellen, um alles richtig zu sehen.«

»Aber der Vater hat Recht«, sagte Thomas. »Liebe ist ein Geschenk Gottes – was wir daraus machen, liegt allein bei uns.«

Francis wollte nicht darüber nachdenken, nicht darüber,

was er haben *könnte*, wenn er den Mut gefunden hätte, sein Leben zu ändern. Er warf einen Blick auf die Uhr und sah, dass es neunzehn Uhr war. »Okay, Leute, uns bleiben noch dreißig Minuten.« Er griff in seine Reisetasche und zog einen Stoß gelber Notizblöcke und eine Hand voll Stifte heraus. »Ich möchte, dass jeder von Ihnen einen Brief an seine Frau schreibt, ihr so viel wie möglich von seinen Gefühlen, seinen Ängsten, seinen Hoffnungen und seinen Träumen schreibt.«

Thomas hob seine schwarzen Augenbrauen. »Und Sie haben ausgerechnet gelbe Notizblöcke für unsere Liebesbriefe ausgesucht?« Er lachte. »Sie haben offensichtlich nie einen Liebesbrief geschrieben, Vater.«

Die Männer lachten, während sie nach den Blöcken und Stiften griffen. Augenblicke später hatte sich jeder von ihnen in eine ruhige Ecke zurückgezogen und zu schreiben begonnen. Stifte kratzten leise über Papier.

Haben Sie je Kinder gewollt, Vater?

Wollenwollenwollen. Das Wort wiederholte sich von selbst, verschmolz und traf tief ... Ah, er wollte so viel, so viele Dinge, die er nicht haben konnte ...

Er hatte Bilder von Madelaine und Lina vor Augen, flüsternd, Bilder, die ihren Weg in sein Herz fanden, sich in der Luft um ihn verdichteten. Er beugte sich vor, wollte seine Hände ausstrecken, sie fassen und sie dicht an sich ziehen.

Sie liebte ihn. Er wusste das, hatte es immer gewusst.

Liebe ist ein Geschenk Gottes ...

Francis atmete mit einem leisen Seufzer des Staunens aus. Es war, als ob die Worte sich irgendwie einfach selbst für ihn geformt hatten. Die gleichen Worte, die er schon eine Million Mal in seinem Leben gesagt hatte, aber dieses Mal verstand er sie.

Liebe ist ein Geschenk Gottes.

Er wusste, dass die Doktrin seines Glaubens seine Liebe zu Madelaine Sünde nennen würde, aber Francis hatte das nie glauben können. Gelübde zu brechen, ja, das war eine Sünde. Aber das einfache, einzigartige Gefühl zu lieben? Er hatte nie geglaubt, dass sein geliebter Gott es als das erachten würde. Es war Sein Geschenk an die Menschen. Sein ultimativer Segen.

Madelaine war nicht seine Geliebte. Er hatte sie niemals so gesehen. Sie war seine Liebe. Ebenso wie Lina – seine kostbare, kostbare Lina – und Angel.

Angel. Er dachte an seinen Bruder, und während er das tat, kamen ihm Tausende von Erinnerungen in den Sinn. Zuerst waren es die üblichen Erinnerungen – diejenigen, die damals geschmerzt hatten und noch immer schmerzten, diejenigen, von denen Francis sich nie ganz hatte lösen können. Ihre Mutter, die den neunjährigen Angel betrunken machte und ihn verprügelte, ihn in diesen dunklen Schrank einsperrte, bis er versprochen hatte, so gut wie sein Bruder zu werden. Und die Worte, immer die Worte, zu Angel mit dieser heiseren, undeutlichen Stimme gesprochen: *Ich hätte abtreiben sollen.*

Francis hatte immer versucht zu ändern, was nicht geändert werden konnte. So viele Nächte hatte er seinen geschlagenen kleinen Bruder in den Armen gehalten und zu seinem Gott geschrien, hatte mit zitternder Stimme um Hilfe gebetet. Und dann, eines Tages, hatte Angel sich nicht mehr an seinen großen Bruder gewandt und das war das Schmerzlichste überhaupt gewesen. Francis hatte dieses dämmernde Misstrauen in Angels Augen gesehen, diese Frage, die dort lauerte. *Warum?*, hatten diese grünen Augen gefragt. *Warum bin ich so anders?*

Aber Angel hatte die Frage nie laut gestellt und Francis hatte niemals eine Antwort gefunden. Und so lebten sie weiter, Seite an Seite in diesem beschissenen kleinen Wohnmobil, taten, als seien sie Brüder, obwohl sie sich mit jedem Tag, der verging, immer mehr entfremdeten. Und Angel. Angel war das geworden, was seine Mutter vorausgesagt hatte – ein rebellisches, rücksichtsloses Kind, das sich um nichts scherte, dem vor allem nichts an sich selbst lag.

Es hatte nur zwei Menschen gegeben, an die Angel je geglaubt hatte – Francis und Madelaine –, und Francis hatte ihn im Stich gelassen. All diese Jahre hatte er zugelassen, dass ihre Mutter Angel terrorisierte, und er hatte zugeschaut, war unfähig gewesen, etwas zu tun. Er hatte zugeschaut, während alles Gute langsam und systematisch aus der Seele seines Bruders gerissen wurde.

Und er hatte es wieder getan, letzte Woche erst. Er war ins Krankenhaus gegangen, hatte seinen kleinen Bruder in diesem schmalen Bett liegen sehen und nichts getan. Er hatte sich von der Vergangenheit einholen lassen, hatte diese verdammte Tür geöffnet und den hässlichen Geist ihrer Mutter eindringen lassen. Francis war kein Kind mehr und er war nicht unfähig. Dieses Mal hätte er der Beschützer sein können, der er früher hätte sein sollen. Vielleicht konnte er seinem kleinen Bruder sogar einen Grund geben, zu bleiben.

Glauben an den Weg.

Angel kam zurück, nach all diesen Jahren ... Lina stellte die Frage, die so lange ungestellt geblieben war ... Es hatte etwas zu bedeuten.

Francis konnte dazu beitragen, dass es etwas bedeutete. Er konnte vor den Augen Gottes Gnade finden, konnte vor sich selbst Gnade finden. Er konnte die Fehler wieder gutmachen, die er und Madelaine gemacht hatten, und die diejenigen, die allein seine waren.

Er erhob sich und trat an das Fenster. Er stellte sich vor, wie er inmitten dieser regnerischen Dunkelheit stand, wollte an den Weg glauben, auf dem er stand. Sein Herz schlug so schnell, dass er das Pochen in seinen Ohren hören konnte. *Bitte, Gott, zeig mir den Weg.*

Plötzlich fand er ihn, diesen Mut, nach dem er sein Leben

lang gesucht hatte. Er war da, in seinem Herzen, erhitzte ihn wie diese letzte brennende Kohle in der Mitte eines erloschenen, toten Feuers.

Er wusste, wohin er gehörte und was er zu tun hatte. Zum ersten Mal in seinem Leben wusste er es. Wie hatte ihm das vorher entgehen können? Wie kam es, dass er das nicht vorher in all diesen Jahren gesehen hatte, dass alles, was für ihn wichtig war, daheim war – Madelaine, Lina, Angel? Er konnte sie zusammenbringen und jetzt, all diese Jahre später, könnten sie die Familie sein, die sie die ganze Zeit hätten sein sollen.

Glauben an den Weg ...

Mit diesem Gedanken kam es wieder, das Gefühl, endlich von der Hand Gottes berührt zu sein, zu dem er gebetet und an den er sein Leben lang geglaubt hatte. Der Glaube, von dem er gemeint hatte, ihn verloren zu haben, erfüllte ihn, brachte die dunklen, kalten Winkel seiner Seele mit strahlendem hellem Licht zum Überlaufen und erfüllte sie mit Wärme.

Lächelnd warf er wieder einen Blick auf die Uhr. Es war halb acht. Er konnte um halb zwölf in Seattle und am Montagmorgen wieder pünktlich zum Frühstück hier sein.

Perfekt.

Er sah aus wie tot.

Madelaines Blick flog zum Kardiographen. Die unterbrochene grüne Linie hob und senkte sich in scharfen, unregelmäßigen Schlägen über den Bildschirm, klickte laut zu seinem ungleichmäßigen Rhythmus. Die rosa Linie glitt parallel darunter.

Sie stieß einen tiefen Seufzer aus und fuhr sich wieder mit einer Hand durch das Haar, beugte sich näher zum Bett. Ihr Stuhl scharrte auf dem Linoleumboden. Neben ihr ein Tablett mit kaltem Kartoffelbrei und Bratensoße, die um weißes püriertes Truthahnfleisch eingedickt war.

Sie wusste, dass das Essen aus Versehen gebracht worden war, dieses viel zu fette, Übelkeit erregende Essen, aber bisher war niemand gekommen, um es zu holen. Sie vermutete, dass es daran lag, dass niemand glaubte, es habe Eile. Angel DeMarco, das war bestens bekannt, hatte seit fast einer Woche überhaupt nichts bemerkt.

Er war kurz zu Bewusstsein gekommen, wieder bewusstlos geworden, dann und wann. Manchmal waren seine Augen kurz geöffnet, seine Finger zitterten und sie wusste, dass er sprechen wollte. Aber bis sie den Schlauch aus seiner Kehle entfernt hatte, hatte er gewöhnlich das Bewusstsein wieder verloren, war abwesend, hatte geplappert, gelacht und geweint.

Wie immer war sie zu ihm gegangen und hatte sich für eine Stunde zu ihm gesetzt, nachdem ihre Schicht vorbei war. Sie kam immer wieder, drängte ihn, sich mehr anzustrengen, entschlossener zu kämpfen, an eine Chirurgie zu glauben, an die sie – wie sie feststellte – selbst nicht mehr so recht glauben konnte.

Sie strich das feuchte Haar von seiner heißen Stirn. »Lina und ich haben gestern Abend zusammen einen von deinen Filmen gesehen. Es war ... interessant. Na ja, da du bewusstlos bist, kann ich ja ehrlich sein, denke ich. Tatsächlich war das schrecklich – zu viel Blut und Gewalt und Sex. Aber Lina gefiel es und du hast wirklich toll gespielt. Sie fand dich total cool – aber das hat sie natürlich nicht zu mir gesagt. Sie hat seit Tagen nicht mit mir gesprochen.«

Madelaine streichelte abwesend seine Wange und starrte aus dem kleinen Fenster des Zimmers. Der Wind trieb Regenböen gegen das Glas. Regen verwischte alles da draußen zu einem zitternden Gemisch aus Grau und Schwarz. Es war der Beginn eines gewaltigen Unwetters, das wusste sie.

Madelaine sprach weiter zu ihm, hoffte wider besseres Wissen, dass er sie trotz seines fiebrigen Schlafes irgendwie hören könnte. Vielleicht, dass ihre Stimme sogar so etwas wie eine Rettungsleine sein könnte, der er folgen könnte, um wieder zu Bewusstsein zu kommen. »Ich weiß nicht, was ich mit ihr machen soll, Angel. Den einen Augenblick ist sie ganz still und im nächsten wütend. Nichts, was ich tue, ist richtig. Sie hat Probleme. Ich ... ich brauche deine Hilfe.«

Sie merkte plötzlich, dass sie ihm die Wahrheit erzählte, nicht einfach irgendwelche Dinge, die ihr einfielen, um ihn zu beschwichtigen oder mit ihm zu kommunizieren, sondern die Wahrheit. Ihre Wahrheit.

Sie zog ihre Hand zurück und starrte sie an, sah das kaum merkliche Zittern der Finger. *Oh, Gott ...*

Wann hatte sie damit angefangen, wann hatte sie begonnen, wieder an ihn zu glauben?

Sie versuchte darüber nachzudenken, es zu erklären, aber irgendwann in der letzten Woche – sie wusste nicht genau wann oder wie – hatte sie begonnen, Angel als Linas Vater zu sehen. Nicht auf irgendeine biologisch-genetische Art, die rein sachlich begründet war, sondern auf eine irgendwie heimtückische Weise. Ein Dad. Jemand, der helfen konnte, da war, die Last mittragen konnte. Jemand, dessen Präsenz bedeutete, dass sie, Madelaine, nicht immer allein sein würde, sondern der die Last der Elternschaft mittrug.

Es war lächerlich, das von ihm zu erwarten. Lächerlich und erschreckend.

Sie konnte sich auf Angel DeMarco nicht verlassen – hatte sie diese Lektion beim ersten Mal nicht gelernt?

»Vielleicht liege *ich* im Koma«, sagte sie und lachte dabei selbstverachtend.

Bevor sie noch etwas sagen konnte, hörte sie ihren Namen über die Rufanlage des Krankenhauses. Sie nahm den Hörer des Telefons neben dem Bett ab, wählte die Vermittlung und ließ sich das Gespräch in das Zimmer durchstellen.

Madelaine meldete sich beim ersten Klingeln. »Hallo?«

»Maddy?« Die Stimme wurde von einem statischen Rauschen unterbrochen, aber sie hätte sie überall erkannt.

»Francis! Wo bist du?«

»Ich fahre jetzt in Portland weg. Kann ich zu dir nach Hause kommen?«

Sie schaute in die Dunkelheit draußen, warf dann einen Blick auf die Wanduhr. »Es ist Viertel vor acht. Warum wartest du nicht ...«

»Heute Abend.«

»In Ordnung, Francis. Ich werde auf sein. Wir sehen uns dann, so gegen halb zwölf?«

»Vielleicht ein bisschen früher. Okay?«

Sie lachte. »Francis, du bist noch nie früh in deinem Leben dran gewesen.«

»Du wirst schon sehen.«

Sie lachte wieder und spürte, dass ihre Ängstlichkeit verflog. Heute Abend würde sie wieder gutmachen, dass sie Francis' Gefühle verletzt hatte, und die Dinge würden für kurze Zeit – vielleicht nur für einen Abend – so sein, wie sie immer gewesen waren. Francis, ihr Francis, würde ihr in dieser schweren Zeit helfen und ihr den richtigen Weg zeigen. »Okay, Francis. Tschüs.«

Sie legte auf.

Donner grollte über den schwarzen Nachthimmel. Blitze zuckten aus den aufgedunsenen Wolken. Pechschwarze immergrüne Bäume hoben sich rechts von der Straße an einem steil aufragenden Granithang. Eine Schlucht fiel an der linken Seite jäh ab, ihr Rand war von einer silbernen Leitplanke markiert. Der schwarze Asphalt der Straße zog sich durch das Bergland, fiel ab, immer tiefer ab, drehte und wand sich.

Francis beugte sich vor und wischte über die beschlagene

Innenseite der Windschutzscheibe, starrte durch die schmierigen Streifen auf die Straße vor sich. Er hatte das Fenster auf der Fahrerseite ein Stück heruntergekurbelt, und obwohl es kalt in dem kleinen Wagen war, war es die einzige Möglichkeit zu verhindern, dass die Windschutzscheibe durch seinen Atem völlig beschlug. Das Gebläse war ausgefallen. Wieder einmal.

Paul McCartneys Stimme drang knackend aus den alten Lautsprechern, eine Mischung von Statik und Rhythmus, wurde deutlich und verlor sich wieder, während die gezackte Baumlinie zur Straße vordrang und wieder zurückwich.

Regen klatschte auf das Auto, strömte in Bächen über die Ränder der Windschutzscheibe herunter und spritzte durch das halb offene Fenster seitlich auf sein Gesicht. Er konnte es nicht riskieren, eine Hand vom Lenkrad zu nehmen, um die Feuchtigkeit wegzuwischen, und so ließ er sie an seinem Hals herunterrinnen, in seinen Pullover dringen, sich zu einer kalten, juckenden Schlinge in seinem Kragen sammeln.

Er beugte sich vor, spähte angestrengt durch das beschlagene Glas, umklammerte das von Leder überzogene Lenkrad. Die Scheibenwischerblätter stotterten mit einem metronomischen *Wick, Wack, Wick* über das feuchte Glas.

Er bog um eine Ecke und sah mit Erleichterung, dass die Straße geradeaus verlief. Seine Scheinwerfer wanderten längs der durchbrochenen gelben Mittellinie der Straße. Ein Hauch von grauem Licht drang durch die lichter werdenden Bäume, ein Hinweis darauf, dass er fast den Fuß des Berges erreicht hatte. Er würde bald auf der Autobahn sein und der Sturm würde seine Geschwindigkeit nur um wenige Stundenkilometer verringern.

Er warf einen Blick auf den Tacho, sah, dass er gemächliche siebzig fuhr, und trat auf das Gaspedal. Die rote Nadel ruckte kurz, kletterte dann auf achtzig, fünfundachtzig. Der Radioempfang wurde plötzlich normal und Patsy Clines hell klingende Stimme drang triefend aus den Lautsprechern. *Craaazy ... crazy for feelin' so blue ...*

Die Straße machte einen weiten Bogen nach rechts. Die silberne Leitplanke schimmerte im Scheinwerferlicht, grenzte die Straße von dem steilen Hang dahinter ab.

Er bog um die Kurve und sang laut mit der Musik aus dem Radio mit.

Er spürte die Gefahr, bevor er sie sah. Instinktiv nahm Francis die Geschwindigkeit zurück, aber es war zu spät.

Im schwachen Schimmer der Scheinwerfer sah er eine blitzende Knospe von Rot, hörte das schrille Jaulen einer Sirene. Blitze zuckten in farbigen Fetzen durch die Dunkelheit. Er löste eine Hand vom Lenkrad und fuhr mit der Handfläche über die verschmierte Windschutzscheibe.

Es war ein Polizeiwagen, der da am Straßenrand geparkt war. Daneben stand ein gelber Kombi quer über beide Fahrbahnen. Schatten – Menschen, wie er mit einem aufdämmernden Gefühl von Entsetzen erkannte – standen neben dem Streifenwagen.

Er versuchte zu schreien, *o, Gott, nein,* aber der Schrei blieb ihm in der Kehle stecken. Seine Hände umklammerten das Lenkrad, griffen fest zu. Sein Fuß sprang vom Gaspedal herunter und trat voll auf das Bremspedal.

Er wusste sofort, dass das ein Fehler war. Die Räder blockierten und Gummi kreischte auf dem glatten Asphalt. Neue Reifen, dachte er völlig irrational, ich brauche neue Reifen. Die hier waren alt und ohne Profil und ...

Das Heck des Wagens schleuderte herum. Francis schaute entsetzt zu, wie die Scheinwerfer sich in das Dickicht der Bäume fraßen.

Er nahm seinen Fuß von der Bremse und trat leicht auf das Gaspedal, versuchte, die Kontrolle über den Wagen wiederzuerlangen. Aber der Wagen reagierte nicht, wirbelte in einem entsetzlichen Tanz über den regennassen Asphalt, in einem Tanz, der ihn benommen machte und Übelkeit in seinem Magen aufsteigen ließ. Der Geruch von verbranntem Gummi war überall.

Die Leitplanke kam ihm entgegengeflogen. Dahinter ragte ein riesiger Baum in der Dunkelheit auf. Ihm fiel plötzlich ein, dass er den Sicherheitsgurt nicht angelegt hatte.

O Gott, dachte er, *hilf mir, hilf m...*

Der Wagen prallte gegen die Leitplanke und explodierte in einem malmenden, knirschenden Geräusch von Metall. Francis spürte, wie er nach vorn geschleudert wurde, nach vorn. *Ich glaube an Gott, den Vater...* Sein Kopf schlug schmetternd durch etwas. Der Geschmack von Blut. Zerspringendes Glas, Glas überall ...

Und dann Stille.

Er hörte das dumpfe, winselnde Jaulen der Hupe seines Wagens, das durch die Dunkelheit plärrte, hörte das Trommeln des Regens auf dem geschwungenen Metalldach des Volkswagens. Da waren Stimmen, die von weitem zu ihm drangen, von weit, weit weg. *Jesus Christus, Sammy, ruf einen Krankenwagen ...*

Er kroch aus dem Wrack, durch all dieses zerbrochene Glas. Seltsamerweise spürte er keinen Schmerz, überhaupt keinen Schmerz, und der metallische Geschmack von Blut war verschwunden.

Langsam richtete er sich auf.

Regen prasselte ringsum nieder, trommelte auf die Straße, rann in Bächen über die Betonabflussrinne neben ihm. Aber er war nicht mehr nass.

Es dauerte eine Minute, bis er das begriff. Als er es begriff, erfasste ihn Furcht.

Er schaute auf das Wrack, auf den Volkswagen, der verbogen und geborsten war. Ein Scheinwerfer strahlte, einem einzelnen, blicklosen Auge gleich, in den Himmel. Die Hupe plärrte noch immer. Er konnte sie durch das Stöhnen des Windes und das Hämmern des Regens kaum hören.

Dann sah er seinen Körper über der Fronthaube seines Wagens liegen, einen Arm in einem seltsamen Winkel gekrümmt, der andere baumelte rechts herunter. Selbst von hier aus konnte er das Blut sehen, das sich unter seinem scharfen, weißen Profil in einer Lache sammelte und von der Fronthaube heruntertropfte. Feiner Glasstaub breitete sich über seine zerfetzte, blutdurchtränkte Strickjacke. Seine Augen waren offen.

Menschen eilten über die Straße, sammelten sich um die Trümmer des Wagens. Einer der Polizisten griff nach seinem schlaffen Handgelenk. *Ich spüre einen Puls.*

In dem Streifenwagen sprach ein anderer Beamter eindringlich in das Funkgerät, sprudelte Worte heraus, die Francis nicht recht verstehen konnte.

Francis wollte rufen, *ich bin hier, hier drüben*, aber er schien nicht sprechen und sich auch nicht bewegen zu können. Er stand einfach dort und fühlte sich mitten in diesem strömenden Regen warm und trocken, beobachtete, wie die Fremden sich um seinen Körper bewegten, gafften, schauten.

Ein unheimliches Gefühl breitete sich in seiner Magengrube aus und erfasste ihn immer mehr. Die Welt kippte langsam weg und er spürte, wie er von der Straße fortgezogen wurde. Oder die Straße verschwand einfach unter ihm. Er war sich dessen nicht sicher. Er spürte, wie die Dunkelheit sich senkte, näher kam, immer näher, wie der Himmel sich um ihn schloss, ihn einhüllte.

Sein letzter Gedanke war *Madelaine.*

Und dann war da nichts mehr.

Kapitel 15

Gegen Mitternacht streckte Madelaine ihre Beine und erhob sich von der Couch. Der Nachspann lief über den schwarzen Bildschirm ihres Fernsehgerätes, begleitet von sentimentaler, romantischer Musik. Sie betupfte ihre Augen, verlegen selbst in der Privatsphäre ihres eigenen Wohnzimmers, weil sie bei einem so schlechten Film geweint hatte. Dagegen hatte sie nie etwas tun können. Es war äußerst eigenartig – sie hatte nicht geweint, als ihre Mutter gestorben war, ebenso wenig bei der Beerdigung ihres Vaters, aber sie brauchte nur einen guten Hallmark-Werbespot zu sehen, um wie ein Kind zu weinen.

Sie warf einen Blick auf die Uhr, die auf dem Kaminsims stand: Viertel nach zwölf.

Francis kam spät.

Das war natürlich nichts Neues. Er kam immer zu spät. Sie griff nach ihrer Tasse mit dem koffeinfreien Tee und nahm den letzten lauwarmen, zuckersüßen Schluck. Sie durchquerte das Zimmer, ging zur Haustür, öffnete sie und trat auf die Veranda. Sie schaltete die Deckenleuchte ein und stand dort in einer Pfütze von Licht.

Der Sturm tobte noch immer. Regen prasselte auf das welke Gras, sammelte sich in schmutzig braunen Pfützen in ihrem Blumenbeet, spritzte auf den Zugang zum Haus. Die Schaukel auf der Veranda quietschte und schwang völlig schief. Ein fernes Grollen von Donner hallte, gefolgt von einem Zucken weißen Blitzes.

Sie runzelte die Stirn und starrte durch das Dunkel auf die windgepeitschte Straße. Über ihr ächzte ein schwerer Ast. Pinienzapfen fielen in einem Wirbel geschwärzter Nadeln herab und hüpften auf dem Pflaster darunter.

Die Straßenlaternen flackerten und erloschen.

Madelaine seufzte. Es war der dritte Stromausfall in diesem Herbst. Sie drehte sich um, kehrte ins Haus zurück und schloss die Tür. Sie tastete sich durch die Dunkelheit, ging in die Küche und öffnete die Schublade, in der sich das Werkzeug befand. Sie kramte darin, bis sie die Taschenlampe zu fassen bekam. Sie schaltete sie ein und richtete den kräftigen weißen Lichtstrahl auf das Wohnzimmer. Sie nahm eine Schachtel Streichhölzer, stellte Kerzen als Notbeleuchtung auf den Kaffeetisch und die Beistelltische und entzündete sie.

Als sie damit fertig war, war es Viertel vor eins.

Sie spürte das erste prickelnde Gefühl von Ängstlichkeit, als sie auf ihre Armbanduhr schaute. Eine Kerze ergreifend, ging sie zum Fenster hinüber und starrte hinaus, suchte in der pechschwarzen Nacht nach einem Zwillingsscheinwerferpaar.

Komm schon, Francis.

Um halb zwei war ihre Furcht so groß geworden, dass sie körperlich spürbar war. Sie überlegte, ob sie in dem Hotel in Oregon anrufen solle, wusste aber, dass das nichts nützen würde. Alles, was man ihr sagen würde, war, dass Francis gegen acht Uhr abgereist sei – genau das, was er ihr selbst gesagt hatte.

Er sollte inzwischen längst hier sein.

Beruhige dich. Sie atmete tief ein und ging zum Bücherschrank, nahm ihren Straßenatlas heraus und schlug in dem schweren Band die Karten von Oregon und Washington auf. Sie fand die winzige Stadt am Fuße des Mount Hood und vermutete das Hotel in dessen unmittelbarer Umgebung. Dann zählte sie sehr methodisch die roten Entfernungsangaben bis Portland.

Wahrscheinlich eine Stunde und fünfzehn Minuten Fahrzeit. Vielleicht sogar anderthalb Stunden.

Und von Portland bis Seattle könnte man bei diesem Wetter dreieinhalb Stunden brauchen. Insgesamt also fünf Stunden.

Sie lächelte fast. Ihrer Berechnung nach müsste Francis jede Minute in die Auffahrt einbiegen – vorausgesetzt, dass er pünktlich losgefahren war. Was er, wie sie sehr wohl wusste, nicht getan hatte. Wie gewöhnlich würde er willkürlich die Dauer der Fahrzeit ausgerechnet und ihr einfach eine Uhrzeit genannt haben.

Sie fühlte sich besser, kroch zurück auf die Couch und zog die Decke über sich, kuschelte sich in sie. Ihr Kopf sank auf das Kissen und sie schloss die Augen.

Sie erwachte dadurch, dass es wieder Strom gab. Geräusche plärrten aus dem Fernseher. Licht drang in ihre verschlafenen Augen. Sie blinzelte heftig und richtete sich auf, starrte verdutzt auf den Fernseher. Ein Fernsehmissionar bat mit einer dröhnenden, autoritären Stimme um Spenden. *Gott will, dass Sie tief in die Tasche greifen ...*

Sie griff nach der Fernbedienung, um den Ton abzustellen. Stattdessen drückte sie auf die Lautstärketaste mit dem Ergebnis, dass die Stimme des Fernsehpredigers sie mit *gebt, gebt dem Herrn* anschrie. Sie zuckte zusammen, drückte einen anderen Knopf und ließ die Fernbedienung auf die Couch fallen. Dann warf sie einen Blick auf ihre Armbanduhr.

Viertel vor drei.

»Francis«, flüsterte sie und sprang auf.

Sie rannte zur Haustür und riss sie auf. Der Sturm war einem sanft fallenden Regen gewichen. Mehrere Zedernäste lagen auf ihrem Rasen verstreut. Abfallende Blätter wehten am Zaun entlang. Die Auffahrt war leer.

»Mom?«

Sie wirbelte herum. Ihr Herz schlug so laut, dass sie es in ihren Ohren hören konnte. Sie sah Lina im Wohnzimmer stehen, eine Decke um ihre Schultern gelegt. »Hallo, Süße«, sagte sie mit bebender Stimme und schloss widerwillig die Tür. »Bist du durch den Fernseher geweckt worden? Tut mir Leid.«

Lina schüttelte den Kopf.

Madelaine bemerkte zum ersten Mal, wie blass Lina war. Sie ging durch den Raum zu ihr. »Baby, ist alles in Ordnung mit dir?«

»Sprich nicht so mit mir.« Lina schlang die Decke fester um ihren Körper. »Ich hatte einen Alptraum ... I... ist Francis schon da?«

Madelaine verbarg ihre Furcht hinter einem raschen, strahlenden Lächeln. »Nein, noch nicht, aber du kennst ja Francis ...«

Das Telefon klingelte.

Madelaine und Lina schauten gleichzeitig zum Telefon, sahen sich dann an. Sie teilten einen einzigen verzweifelten Gedanken: *O Gott, kein Anruf mitten in der Nacht.*

Lina machte einen Schritt zurück und schüttelte den Kopf. »Geh nicht ran, Mom.«

Madelaine stand da, war unfähig, sich zu bewegen. Ihr Magen verkrampfte sich. Das Telefon schrillte wieder. Sie sprang zu dem Apparat, nahm den Hörer mit zitternden Händen ab und hob ihn an das Ohr. »H... hallo?«

»Könnte ich bitte Madelaine Hillyard sprechen?«

Sie erkannte die Stimme sofort – aus ihr sprach kalte, unpersönliche Autorität. »Am Apparat.«

»Ma'am, hier spricht Officer Jim Braxton von der Oregon Highway Patrol.«

Sie presste ihre Augen zu. »Ja.« Ihre Stimme war ein dünnes, zitterndes Flüstern.

»Kennen Sie einen Francis Xavier DeMarco?«

Sie atmete heftig ein. »Ja.«

»Ihr Name und Ihre Telefonnummer waren in seiner Brieftasche. Sie sind als die Person aufgeführt, die bei einem Notfall zu verständigen ist.«

Eine Erinnerung an das letzte Weihnachtsfest durchzuckte ihr Gehirn – als Francis die Brieftasche geöffnet hatte, die sie ihm geschenkt hatte, und ihren Namen auf das gelbe kleine Stück Papier geschrieben hatte, das in dem Schlitz für eine Kreditkarte steckte. »Ja«, war alles, was sie sagte. Ihr Herz schlug so laut, dass sie kaum etwas verstehen konnte.

»Ich bedaure, Ihnen mitteilen zu müssen, dass es einen Unfall gegeben hat.«

Sie wankte und sank langsam auf die Couch. »Lebt er?«

»Oh, mein Gott«, sagte Lina.

»Er ist ins Claremont Hospital nach Portland gebracht worden. Ich kann Ihnen die Nummer geben.«

Sie spürte ein wenig Hoffnung. »Man hat ihn ins Krankenhaus gebracht? Das bedeutet, er lebt.«

Am anderen Ende der Leitung entstand eine Pause. »Er lebte, als der Krankenwagen am Unfallort eintraf, Ma'am. Das ist alles, was ich weiß.«

Sie konnte sich nicht einmal bedanken. Er gab ihr die Nummer des Krankenhauses und sie schrieb sie benommen auf. Dann wählte sie die Nummer und ließ sich mit der Notaufnahme verbinden.

Ja, sie hatten einen Francis DeMarco. Ja, er lebte noch, aber sein Zustand war ausgesprochen kritisch. Es hatte einen Unfall gegeben ... Ob sie eine Verwandte sei? Nein?

Dann könne man ihr leider keine weiteren Informationen geben. Mr DeMarco sei im Augenblick im Operationssaal und ob der behandelnde Arzt sie anrufen könne, wenn er fertig sei?

Madelaine murmelte etwas von »sie würde da sein« und knallte den Hörer auf die Gabel.

Sie wandte sich an Lina, die noch immer an derselben Stelle stand. Ihr Gesicht war jetzt blass, ihre Augen mit Tränen gefüllt. »Er ist tot«, sagte sie dumpf.

»Nein. Er lebt. Er ist im OP.«

Lina begann zu weinen. »Oh, Mom ...«

Madelaine stand auf und blieb stehen. Sie zitterte. Sie atmete tief und gleichmäßig ein. Jetzt war keine Zeit für diese Panik, diese Furcht. Die Fassung verlieren konnte sie später, aber jetzt brauchte Francis sie. Lina brauchte sie.

Sie ging damit auf die einzige Art um, die sie kannte – mit nüchterner Sachlichkeit. Sie zog den unsichtbaren weißen Mantel an und wurde Dr. Hillyard, die mit diesen Krisen tagtäglich fertig zu werden hatte.

Sie ging zu Lina und nahm ihre Tochter in die Arme, hielt sie ganz fest. Sie spürte, dass Lina endlich ihre Arme um sie schlang, spürte das Zittern von Linas Körper an ihrem, spürte die Feuchtigkeit von Linas Tränen an ihrem Hals. »Schh«, flüsterte sie und streichelte Linas feuchte Wange.

»Wir müssen jetzt stark sein, um Francis' willen. Für das, was wir fühlen, ist jetzt keine Zeit. Zieh dich an und pack das Notwendigste zusammen. Ich werde die Fluggesellschaft anrufen.«

Lina schüttelte den Kopf. »Ich kann nicht.«

Madelaine fasste ihre Tochter bei den Schultern. »Du *kannst*. Du musst.« Ihre Stimme wurde ein wenig weicher. So viel gestattete sie sich. »Er ist im Operationssaal, Lina. Das bedeutet, dass er noch lebt. Er braucht uns.«

Lina blickte zu ihr auf. Ihr Mund zitterte. »Wir brauchen ihn auch, Mom.«

Die wenigen kurzen Worte schmerzten so sehr, dass Madelaine spürte, wie ihr die Tränen kamen. »Ja.« Sie sagte das Wort nicht mit ihrer normalen Stimme. Sie flüsterte es. Aber es dröhnte in der Stille wie ein Schrei.

Die Fahrt zum Flughafen und der Flug nach Portland schienen eine Ewigkeit zu dauern.

Madelaine starrte aus dem kleinen, ovalen Fenster des Flugzeugs und sah ihre eigenen aschgrauen Gesichtszüge in dem Plexiglas. Ihre Augen schienen schwarze Löcher zu sein, eingebrannt in fleischfarbenen Kunststoff. Ihr Mund war ein farbloses Geschmiere.

Schließlich begann das Flugzeug mit dem Sinkflug, der ihre Ohren verschloss. Madelaine wandte sich an Lina und sah die Blässe auf der Wange ihrer Tochter, das hilflose Zittern ihrer Unterlippe.

Es drängte sie zu sagen, dass mit Francis alles in Ordnung sei, aber sie konnte ein solches Versprechen nicht geben. Die Ärztin in ihr war zu dominant und siegte über die Mutter, die bedingungslose Hoffnung anbieten wollte.

»Starr mich nicht an, Mom.« Lina blinzelte nicht und drehte sich auch nicht zu ihr, sondern starrte einfach stur geradeaus auf den burgunderrot gepolsterten Sitz vor sich. Eine Träne quoll zwischen ihren Lidern hervor und rollte über eine farblose Wange, fiel auf den Sicherheitsgurt aus Nylon.

Madelaine streckte zaghaft eine Hand aus und bedeckte Linas kalte Hand mit ihrer eigenen.

Lina sagte leise: »Ich glaube, er ist tot.«

»Nein.« Madelaine antwortete schnell. »Er ist im Operationssaal. Wenn er tot wäre ...« Sie konnte nicht weiterreden, konnte nicht daran denken. Ihre Kehle war wie zugeschnürt. »Wenn er tot wäre, würde ich es fühlen.«

Daraufhin wandte Lina sich zu ihr, die Augen vor Hoffnung geweitet. »Was meinst du damit?«

Madelaine verschränkte ihre Finger mit denen Linas und hielt ihre Hand fest, bis das Fleisch wieder warm wurde. Sie drehte sich leicht in ihrem Sitz, so dass sie den Kopf anlehnen konnte. »Ich war sechzehn, als ich Francis kennen lernte.« Sie schloss die Augen und dachte an Dutzende Augenblicke auf einmal. Sie sah ihn an jenem Tag, als er zur Praxis des Arztes gekommen war, um sie zu retten – die Kavallerie in Gestalt eines Bücher verschlingenden, blauäugigen Achtzehnjährigen mit einem Herzen so groß wie die ganze freie Natur. Sie hatte neben dem öffentlichen Telefon gekauert, war jedes Mal nervös zusammengezuckt, wenn die Tür sich öffnete, sicher, dass Alex jede Sekunde hereingedonnert käme. Aber es war nur Francis gewesen, der zu ihr gekommen war, seine Arme nach ihr ausgestreckt und ihre Hand genommen hatte. *Maddy-Mädchen, du bist auf der falschen Seite der Stadt.*

Hilf mir, hatte sie geflüstert und Tränen waren ihr über die Wangen gelaufen. Und dann seine Antwort, ein Wort nur, so einfach, so schnell. *Immer.*

Madelaine versuchte, die richtigen Worte zu finden. »Ich *wüsste* es, wenn er tot wäre. Ich würde es fühlen ...«

»Was?«, wollte Lina wissen.

»Nichts.« Sie bedeckte ihr Herz mit einer Hand, spürte den pochenden Puls ihres eigenen Lebens. »Hier drin, da wäre ich leer.« Ihre Stimme krächzte, als die Bilder zurückkehrten – Francis lächelnd, lachend, ihre Hand haltend, ihre Tränen trocknend, sie sein Maddy-Mädchen nennend. »Ich glaube nicht, dass ich ohne ihn atmen könnte ... und ich atme.«

Madelaine schwieg, verloren in der Welt ihrer Erinnerungen. Es dauerte einen Augenblick, bis sie bemerkte, dass Lina ebenfalls schwieg, dass Tränen, eine nach der anderen, über ihre Wangen rollten.

Madelaine berührte das Kinn ihrer Tochter. »Oh, Baby ...«

Lina schluckte schwer, starrte aus dem Fenster hinter Madelaine. »Ich habe ihn angeschrien«, sagte sie mit leiser, gequälter Stimme. »Als ich ihn das letzte Mal sah ...«

»Tu das nicht«, sagte Madelaine eilig.

Lina schloss fest die Augen. »Ich habe ihn verletzt.«

»Er sagte mir, er habe *dich* hängen lassen. Er wollte zum Jugendgericht kommen, um dich abzuholen ...« Kummer schloss sich so schmerzhaft um ihre Brust, dass sie kaum atmen konnte. »Er ... er hatte Angst, dass du *ihm* nicht verzeihen würdest.«

»Das habe ich«, flüsterte Lina. »Das habe ich.«

Madelaine schob das Gewicht ihrer Schuld fort und versuchte angestrengt, ihrer Tochter ein Lächeln zu schenken. »Sag ihm das selbst, wenn du ihn siehst.«

Madelaine war im Laufe ihres Berufslebens tausendmal in Wartezimmern von Krankenhäusern gewesen, hatte aber nie wirklich zur Kenntnis genommen, wie diese waren. Wie die unverbindlichen Wände sich um einen schlossen, dass die Plastikstühle Rückenschmerzen auslösten. Wie nutzlos Illustrierte waren. Ja, sogar beleidigend. Was wurde von ihr jetzt erwartet – dass sie etwas über den heldenhaften Kampf einer berühmten Persönlichkeit gegen seine Kokainsucht las?

Sie ging vor dem kleinen Fenster auf und ab, von dem aus man auf den Parkplatz schauen konnte.

Lina saß steif auf einem Stuhl neben dem Münztelefon. Keine von ihnen hatte in den dreißig Minuten, die sie jetzt hier waren, gesprochen. Man hatte ihnen gesagt, dass Francis noch immer im Operationssaal sei und dass ein Dr. Nusbaum mit ihnen sprechen würde, wenn die Operation vorbei wäre.

Madelaine hatte in den OP eilen wollen, wusste aber, dass sie nichts tun konnte. Die beste Hilfe, die sie anzubieten hatte, war, seine Hand zu halten, wenn es vorbei war.

Sie drehte sich um und warf wieder einen Blick auf die große schwarze Bahnhofsuhr an der Wand. Weitere sechzig Sekunden einer Ewigkeit tickten vorbei.

Schließlich trat ein großer, weißhaariger Mann in grünem Operationskittel in den winzigen Raum. Seine Gesichtsmaske hing lose um seinen Hals. Auf seiner Kleidung waren schwarzrote Blutspritzer. Sie schloss die Augen und versuchte nicht daran zu denken, dass es das Blut von Francis war.

Der Mann fuhr sich mit einer Hand durch das lichte Haar und seufzte schwer. Er schaute von Madelaine zu Lina und wieder zurück zu Madelaine. »Sie sind Mrs DeMarco?«

Es war seltsam, wie sehr die Frage schmerzte. Sie schüttelte den Kopf, rang die Hände und bewegte sich auf ihn zu, ihren Blick starr auf sein Gesicht gerichtet, nach Antworten suchend und stumm um Hoffnung bittend. »Nein, ich bin Dr. Madelaine Hillyard – Herzspezialistin, St. Joe's«, fügte sie überflüssigerweise hinzu und überlegte, warum sie das gesagt hatte. »Dies ist meine Tochter, Lina. Wir sind Franciss ... Familie.«

»Es tut mir Leid, Dr. Hillyard ...«

Sie hörte sonst nichts mehr. Blut dröhnte in ihren Ohren und sie konnte nicht atmen. Für eine entsetzliche Sekunde glaubte sie, sich übergeben zu müssen, direkt hier, auf den Boden des Wartezimmers.

»Die Verletzung war zu schwer ...«

Sie atmete lange und zitternd ein, ballte die Hände zu Fäusten. Sie spürte, wie ihre Nägel sich in das Fleisch gruben, die Haut zerfetzten, als sie um Fassung rang. Der Schmerz war ihr willkommen – er gab ihr etwas, worüber sie nachdenken konnte, wenngleich nur kurz. Was dann schließlich aus dem

Durcheinander ihres Verstandes kam, was sie artikulierte, waren Fragen, sachliche, präzise, logische Fragen, die sich wie eine Schutzhülle um ihren weißen Kittel schlossen. »Ich muss seine Akte einsehen. Was ist passiert?«

»Hirnstammverletzung«, sagte er sanft, gerade so, als ob eine weichere Stimme einen Unterschied machte, wenn die Worte so kalt und hässlich waren. »Er ist durch die Windschutzscheibe seines Autos geschleudert worden und dann mit dem Kopf gegen einen Baum geprallt. Massive intrakranielle hämorrhagische Diathese. Wir haben ihn gerade auf die Intensivstation gebracht, aber ...«

»*Was?*«, schrie Lina. »Heißt das, er lebt?« Sie sah Madelaine offensichtlich verwirrt an, schaute dann wieder zu dem Chirugen. »Sie sagten, es würde Ihnen Leid tun ...«

Nusbaum ließ sich bei der Wahl seiner Worte einen Augenblick Zeit. »Rein physisch lebt er – vermittels maximaler Intervention.«

»Maximale Intervention?«, sagte Lina. Ihre Stimme war schrill. »Was zum Teufel ist das?«

Nusbaum schaute betont Madelaine an. »Ich habe drei EEGs gemacht. Sie sind völlig flach ...« Er beendete den Satz nicht, aber Madelaine wusste, was das bedeutete. Drei flache EEGs und ein Patient wurde gesetzlich für hirntot erklärt.

»Es tut mir Leid«, sagte er wieder.

Sie starrte ihn ausdruckslos an, dachte an all die vielen Male, als sie den gleichen sinnlosen Satz zu Menschen gesagt hatte – *Es tut mir Leid, Herr Soundso ... alles versucht ... Verletzungen waren zu schwer.* Ihr war nie bewusst geworden, wie spröde und untröstlich die Worte waren, wie sie einem ins Innerste drangen und alles darin umdrehten, an den Eingeweiden zerrten, bis man keine Kraft mehr hatte.

Ein entsetzlich vertrautes Bild ging ihr durch den Kopf. Sie sah Francis, ihren Francis, irgendwo in diesem höhlenartigen Gebäude in einem Bett liegen, seinen Körper verbunden mit einem Dutzend Maschinen, seine Augen – seine warmen, liebevollen Augen – leer an die Decke starrend. Sie spürte tief in ihrem Inneren einen Schrei aufsteigen, immer gewaltiger werdend, von einer solchen Gewalt, dass er sie zu ersticken drohte.

»Was sagt er, Mom?«, fragte Lina.

Madelaine schaute ihre Tochter an und sah dort ein sechsjähriges Mädchen stehen, ein Mädchen mit zerzausten Zöpfen, über deren hellrosa Wangen Tränen rannen. Für einen Sekundenbruchteil schwand ihr eigenes Leid und sie konnte nur an ihr kleines Mädchen denken und daran, was diese Neuigkeiten bei ihr anrichteten, was jede Sekunde dieses Augenblicks für den Rest ihres Lebens bei ihr anrichten würde. Mit dieser Situation wollte sie richtig umgehen, wollte den Unterschied zwischen einem Koma und einem Hirntod erklären. Wollte, dass Lina wirklich *verstand*, dass die Maschinen Francis' Körper zwar am Leben erhielten, aber dass seine Seele gegangen war und dass der Körper sich bald selbst abschalten würde, gleich, ob mit oder ohne die Maschinen. Der Körper wusste, wann sein Gehirn tot war ...

Aber sie konnte die richtigen Worte nicht finden oder überhaupt Worte.

Das Gefühl von Versagen drängte sich durch ihren Schmerz und zog sie hinab, erdrückte sie. Sie durchquerte langsam das Zimmer und schlang einen Arm um Linas schmale Schultern. »Er sagt, dass Francis von uns gegangen ist, Baby.«

Lina wich vor ihr zurück und wirbelte herum, starrte blicklos aus dem Fenster. Dann ließ sie sich langsam auf den nächsten Stuhl sinken und vergrub ihr Gesicht in ihren Händen.

Tränen traten in Madelaines Augen. Sie wollte ihnen freien Lauf lassen, so wie Lina es getan hatte, wollte die Erleichterung, die das Weinen brachte, aber sie konnte es nicht. Sie blickte zu Dr. Nusbaum auf. »Können wir ihn sehen?«

»Natürlich«, sagte er weich. »Bitte, folgen Sie mir.«

Der Krankenhauskorridor war unheimlich still. Krankenschwestern gingen auf Schuhen mit Kreppsohlen vorbei, bewegten mit ihrer Anwesenheit kaum die Luft. Zimmer um Zimmer war dunkel, die Vorhänge zugezogen. Leere Stühle säumten die weißen Wände. Magazine lagen auf Formica-Tischen gestapelt.

Lina war in Krankenhäusern aufgewachsen. Als Kind hatte sie in solchen Korridoren gespielt, war lächelnden Krankenschwestern hinterhergelaufen, hatte auf Wartezimmerstühlen Dr.-Seuss-Bücher gelesen. Krankenhäuser waren für sie immer der Arbeitsplatz ihrer Mutter gewesen. Es gab keinen Unterschied zu einem Anwaltsbüro oder einem Schönheitssalon.

Aber jetzt sah sie sie als das, was sie waren – schattenhafte Lagerhäuser, wo die Toten und Sterbenden in stillen, mit Vorhängen verhüllten Räumen untergebracht waren, wo Maschinen saugten und piepten und Leben durch dicke elektrische Kabel erhielten.

Sie spürte ihre Mutter neben sich, hörte ihre Pfennigabsätze auf dem Linoleumboden klappern. Sie wollte ihre Hand in die Hand ihrer Mom schieben und sie drücken, aber sie konnte sich nicht überwinden, das zu tun. Ihre Arme schienen schlaff zu sein, hingen schwer an ihren Seiten. Und ihre Beine waren so weich wie Wackelpudding. Tränen waren ein stechender, brennender Schleier, der alles in ein weißes Geschmiere verwandelte.

Schließlich blieb Dr. Nusbaum vor einem Zimmer stehen. Die Tür war geschlossen. Daneben gab ein großes Beobachtungsfenster den Blick in das Zimmer frei. Ein gelber Vorhang war um das Bett zugezogen, verbarg Francis vor ihren Blicken.

Der Arzt wandte sich zu ihnen. »Er sieht ...« Er warf einen schnellen Blick zu Lina und sprach dann leise zu Madelaine. »Die Verletzung an der linken Seite war schwer. Er ist natürlich verbunden, aber ...«

Lina dachte augenblicklich an Francis' Lächeln, an dieses breite Lächeln, das sich über sein ganzes Gesicht zu ziehen schien, Fältchen um seine Augen bildete und ein Dutzend kleiner Falten auf seinen Wangen schuf.

Sie atmete scharf ein.

»Danke, Dr. Nusbaum«, sagte ihre Mutter mit steifer, hölzerner Stimme. »Ich werde mit Ihnen sprechen, nachdem ich ihn gesehen habe.«

Lina starrte ihre Mutter schockiert an und fragte sich, wie sie in diesem Augenblick so sachlich sein konnte.

Dr. Nusbaum nickte und ließ sie allein.

»Ich verstehe nicht, Mom«, flüsterte sie und versuchte angestrengt, nicht zu weinen. »Vielleicht liegt er im Koma ... Menschen erwachen doch aus einem Koma, oder? Vielleicht, wenn wir mit ihm reden ...«

Mom schluckte schwer. »Das hier ist anders, Baby.«

Lina wünschte sich, nicht zu verstehen. Aber sie verstand. Sie war das Kind einer Ärztin und wusste, was Hirntod bedeutete. In einem Koma funktionierte das Gehirn und deshalb gab es Hoffnung. Wenn das Gehirn aber starb, gab es keine Hoffnung. Francis, ihr Francis, war tot und er kam nicht zurück.

Eine lange Zeit – Lina konnte das leise Ticken der Uhr über ihren Köpfen hören – standen sie dort, starrten einander an und sagten nichts.

»Ich muss ihn sehen«, sagte ihre Mutter schließlich.

Lina wandte sich dem Fenster zu, trat näher. Sie streckte die

Hände aus, berührte die Glasscheibe und dachte – völlig verrückt –, dass es so sei, als berühre sie Francis zum letzten Mal. Aber die Scheibe fühlte sich nur kalt und platt an.

Hinter dem dünnen Schleier des absurd gelben Vorhangs konnte sie die schattenhafte Kontur eines Körpers in einem Bett sehen, das Heben und Senken eines schwarzen Zylinders daneben. Sie versuchte, durch den Vorhang hindurchzusehen, sich einfach nur für eine Sekunde vorzustellen, wie es sein müsste, in diesen Raum zu treten und ihren Francis in einem Krankenhausbett liegen zu sehen, seine Wangen weiß, das Gesicht eingefallen, die Augen – o Gott, seine Augen, seine blauen, blauen Augen ...

»Ich kann es nicht, Mom«, flüsterte sie und schüttelte den Kopf. Die Worte blieben ihr im Halse stecken. Sie fühlte sich so gemein. Aber sie konnte es nicht tun, konnte es nicht, konnte ihn nicht ansehen und danach schlafen. Nicht, wenn diese Augen leer waren, nicht, wenn er sie nicht anlächeln und seine Hand ausstrecken konnte. »Ich kann ihn so nicht ansehen ...«

Ihre Mutter trat näher zu ihr, strich ihr mit einer kalten Hand beruhigend über die Wange. Lina wartete darauf, dass ihre Mutter sie ansah, aber das tat sie nicht, sondern starrte nur auf dieses Fenster und den Vorhang.

»Ich sah meine Mutter, nachdem sie gestorben war«, sagte sie schließlich mit einer Stimme, die so verzerrt war, dass Lina sie kaum erkannte. »Mein Vater führte mich in ihr dunkles Schlafzimmer und sagte mir, ich solle sie ansehen, ihre Wange berühren ... Sie war so kalt.« Sie erschauerte leicht und zog ihre Hand zurück, verschränkte ihre Arme. »So viele Jahre danach, immer dann, wenn ich an meine Mutter dachte, dachte ich an ... das falsche Bild, hatte die falsche Erinnerung.«

Endlich wandte sie sich an Lina. »Ich möchte nicht, dass es dir auch so geht, Baby. Ich möchte, dass du Francis so in Erinnerung behältst, wie er war.« Ihre Stimme brach.

War.

»Du hättest es mir sagen sollen, Mom.«

Madelaine runzelte leicht die Stirn. »Was meinst du damit?«

Lina starrte auf das Fenster, auf die schattenhafte Kontur des Mannes, dessen Anwesenheit sie so viele Male als ganz selbstverständlich hingenommen hatte. Der Mann, der ihre Tränen getrocknet hatte, als sie ein kleines Mädchen war, der ihre Hand gehalten hatte, wenn sie sich fürchtete. Bis zu diesem Augenblick war ihr überhaupt nicht bewusst gewesen, wie viel von ihrer Welt sich ausschließlich um ihn drehte. Wie sehr sie ihn liebte. »Als ich meine Wutanfälle bekam und nach meinem Vater suchte ...« Sie begann zu weinen. Es waren heiße, brennende Tränen, die über ihre Wangen rollten und auf ihr T-Shirt fielen. »Du hättest mir sagen sollen, dass er die ganze Zeit da war.«

Kapitel 16

Madelaine griff nach dem Türknopf. Sie schaute Lina, die ihrem Blick auswich, noch ein letztes Mal von der Seite an und stieß dann die Tür auf.

Geräusche empfingen sie, Geräusche, die sie schon Millionen Mal in ihrem Leben gehört hatte – das Zischen und Schnaufen des Beatmungsgerätes, das gleichmäßige elektronische Summen des Kardiographen. Eigentlich sollten sie überhaupt nichts bedeuten, diese Geräusche, die ihr so vertraut waren wie ihr eigenes Atmen, doch plötzlich, hier in der Enge dieses kleinen, dunklen Raumes, wirkten sie geradezu obszön laut.

Sie holte tief Atem, schloss die Tür und ging hinein, begab sich in weitem Bogen an die andere Seite des Bettes, um den Vorhang nicht aufziehen zu müssen.

Er lag in dem schmalen, metallvergitterten Bett, die Decken bis zu seinem schlaffen Kinn hochgezogen, die Arme schützend an seine Seiten gepresst. Durchsichtige Plastikschläuche führten in seinen Mund und seine Nase. Der eine führte in seine Lunge, um ihn zu beatmen, der andere versorgte ihn mit einem ständigen Tropfen von Flüssigkeiten. Flaschen und Beutel hingen an Metallständern neben dem Bett. Ein Gewirr von Plastikschläuchen führte zu seinen Handgelenken, seiner Kehle und seiner Brust. Eine riesige, farblose Gazelage verbarg die eine Hälfte seines Gesichts.

Bis auf das Dreieck von mattem Licht, das von der Straßenlaterne draußen hereinfiel, war das Zimmer dunkel. Er sah völlig ruhig und gelassen aus, so, als sei es ihm völlig egal, dass Plastikschläuche in seinem Körper steckten und Luft durch seine Lunge pumpten.

Sie war so unsicher, dass sie sich an den Gitterstäben festhalten musste, um nicht umzufallen. Schließlich streckte sie eine Hand aus, strich eine Locke von seinen Augen weg und steckte sie unter die weiße Kante des Verbandes. Neben ihr schmatzte und pumpte das Beatmungsgerät. Seine Brust hob und senkte sich, hob und senkte sich.

Sie wollte jetzt, in diesem Augenblick, an ein Wunder glauben, wollte glauben, dass sie seine Hände nehmen und sich dicht an sein Ohr beugen könnte, um ihm zu helfen, seinen Weg zurück zu ihr zu finden, ihn von dem Licht wegzuführen, von dem so viele Patienten gesprochen hatten.

Aber sie war schon zu lange Ärztin. Sein EEG war absolut flach. Er hatte auf die Schmerzempfindlichkeitstests keine Reaktion gezeigt. Nichts. In ihm war einfach kein Leben mehr.

Er würde sie nie wieder anlächeln, sie nie wieder sein Maddy-Mädchen nennen.

Bei diesem Gedanken stieg der Kummer, den sie zu unterdrücken versucht hatte, heftig in ihr auf, erfüllte sie ganz und ergoss sich in heißen, feuchten Tränen über ihre Wangen.

Sie erinnerte sich an all die vielen Male, als sie sich auf ihrer Couch aneinander geschmiegt hatten, um sich gemeinsam einen Film im Fernsehen anzusehen, an all die vielen Male, als sie seine Hand in ihren Händen gehalten hatte. Sie beugte sich vor und drückte einen Kuss auf seine warme Wange.

Und wartete atemlos darauf, dass er seine Augen öffnete und sie anlächelte und sagte: *Maddy-Mädchen, du hast doch wohl nicht ernsthaft geglaubt, dass dies wirklich ist, oder?*

Aber er antwortete nicht, bewegte sich nicht, sondern lag einfach nur da und atmete durch eine Maschine.

Ohne zu merken, was sie eigentlich zu tun gedachte, klappte sie das Bettgitter herunter und legte sich neben ihn in das Bett, schlang behutsam einen Arm um seine Brust und starrte die unversehrte Seite seines Gesichts an.

Aus diesem Winkel sah er friedlich aus und sie betete, dass er Frieden hatte, musste und wollte glauben, dass er ihn hatte. Sie klammerte sich an ihn und presste weinend ihr Gesicht an seinen Hals. Sie wollte ihn bitten, sie nicht zu verlassen, nicht tot zu sein, aber sie weinte zu heftig, um sprechen zu können, zu heftig, um überhaupt denken zu können.

Sie wusste nicht, wie lange sie dort gelegen, ihn eng umschlungen hatte, den letzten feinen Hauch seines Rasierwassers einatmend – des Rasierwassers, das sie ihm zu Weihnachten geschenkt hatte. Sie dachte an all die Augenblicke, die sie nie wieder haben würden, all die vielen Male, in denen sie instinktiv nach dem Telefon greifen würde, um ihn anzurufen, nur um endlich zu begreifen, dass er nicht mehr zu Hause war.

Ein Pochen an der Tür schreckte sie schließlich auf. Sie schniefte und wischte sich die Augen, entschlossen, aus dem Bett zu steigen und als Ärztin neben ihm zu stehen, als die Frau, die sie immer gewesen war. Um den *Kopf hoch zu nehmen und stark zu sein.* Aber sie konnte sich nicht bewegen, konnte ihn nicht verlassen. Und so blieb sie dort liegen, hielt ihn und sagte mit harscher und heiserer Stimme: »Herein!«

Die Tür öffnete sich und Dr. Nusbaum trat neben sie. »Es tut mir Leid ...«

»Sagen Sie das nicht!«, schnappte sie. Sie war in dem Augenblick, als die Worte über ihre Lippen kamen, entsetzt, dass sie die Beherrschung verloren hatte. Sie versuchte angestrengt, ihren zitternden Mund zu einem Lächeln zu verziehen, aber das misslang ihr. »Es tut mir Leid. Es ist nur so …« Sie konnte nicht weitersprechen. Die Tränen kamen wieder, rannen unaufhaltsam über ihre Wangen. Sie ballte die Hände zu Fäusten und richtete sich mühsam auf. Ohne Nusbaums Blick zu erwidern, stieg sie aus dem Bett.

»Es ist in Ordnung«, sagte er mit leiser Stimme. Nach einem langen Augenblick des Schweigens fügte er hinzu: »Ich habe mit Dr. Allenford vom St. Joseph's gesprochen.«

Zuerst war Madelaine verwirrt – was hatte Chris damit zu tun? –, dann überspülte sie die Erkenntnis, einer Welle gleich und eisig kalt. Sie holte so heftig Luft, dass ihr das Atmen Schmerzen bereitete. Die Tatsachen waren glasklar: Francis war hirntot, aber seine Organe funktionierten. Die Leute von der Organbeschaffung hatten mit UNOS gesprochen, die sie an Dr. Allenford verwiesen hatte.

»Was hat er gesagt?«, fragte sie ruhig.

»Er sagt, er habe einen perfekten Spender für das Herz Ihres … Freundes. Ein Patient in Seattle.«

Madelaine hatte das Gefühl, in freiem Fall in ein tiefes, dunkles Loch zu stürzen. Sie konnte sich nicht bewegen, konnte nicht nach Luft schnappen. Ihr eigenes Herz begann in ihrer Brust zu hämmern. Sie hätte es sofort sehen müssen, es *wissen* müssen. Wieso war ihr das Naheliegende entgangen?

Nusbaum wirkte ein wenig verlegen. »Ich habe niemals ein solches Gespräch mit jemand geführt, der mehr über Transplantationen wusste als ich … Sind Sie die gesetzlich nächste Verwandte des Patienten?«

»Er ist Priester, wussten Sie das? Ein Priester. Er hat nie in seinem Leben etwas Böses getan. Und jetzt, und jetzt …« Die Worte versagten ihr.

Dr. Nusbaum schenkte ihr ein sanftes Lächeln. »Möchten

Sie, dass ich den Organtransplantationskoordinator hierher kommen lasse? Der Trauerfallberater geht mit diesen Dingen erheblich besser um als ich.«

»Nein. Ja. Lassen Sie mich nachdenken.« Sie streifte mit einer zitternden Hand das Haar aus Francis' Gesicht.

Er trat zu ihr, legte eine Hand auf ihre Schulter. »Es ist kein Koma, Dr. Hillyard, und ich weiß, dass Sie den Unterschied kennen. Mr DeMarco ist dem Gesetz nach hirntot. Jetzt muss sein nächster Angehöriger entscheiden, was geschehen soll. Sie wissen, dass für eine Entscheidung zu einer Spende nicht viel Zeit bleibt. Dr. Allenford sagte ...«

Sie wandte sich zu ihm, zerknüllte den Bericht in ihrer Faust. »Glauben Sie, ich wüsste das nicht?« Ihre Stimme brach. »Lassen Sie uns jetzt allein.«

»Natürlich. Dr. Allenford sagt, der Learjet könne hier in fünfundvierzig Minuten landen.«

»Ja«, sagte sie niedergeschlagen und streichelte Francis' weiche, so weiche Wange. »Ich kenne das Verfahren.«

Er ging so schnell, wie er gekommen war, und als er fort war, wünschte sie sich, er sei nicht gegangen. Es war zu still hier drin. Die elektronischen Geräusche waren so seelenlos, so unmenschlich.

»Oh, Francis«, flüsterte sie. Tränen rannen über ihre Wangen.

Sie konnte eine solche Entscheidung nicht alleine treffen und doch gab es da niemand, der ihr die Last von den Schultern nehmen könnte. Angel war Francis' einziger lebender Verwandter und Gott wusste, dass *er* ihr nicht helfen konnte. Es wäre unmenschlich, ihn um Hilfe zu bitten.

Die Minuten verstrichen, eine nach der anderen, verwoben sich zu einer endlosen Decke von Zeit. Minuten kamen, verflogen, vergingen, verstrichen.

Zeit. Sie war so kostbar. Warum begriff man das eigentlich

erst immer dann, wenn sie einem durch die Finger glitt und vergessen zu den Füßen lag?

»Warum muss das so sein, Francis?«, fragte sie und streichelte sein Haar. Sie hoffte wider besseres Wissen weiter, dass er sie hören würde, blinzeln würde, einen Finger bewegen, irgendetwas tun würde. Aber außer dem summenden Zischen der Maschinen und dem leisen Hauch ihres eigenen Atems war da nichts.

»O Gott«, flüsterte sie und fühlte sich, als würde ihre Seele in Teile gerissen.

Endlich verstand sie, was so viele Familien ihrer Patienten in diesem Augenblick empfunden haben mussten. Sie wollte sich über die Ungerechtigkeit all dessen empören, darüber schimpfen, aber sie hatte vor langer Zeit schon gelernt, dass das Leben unfair und unberechenbar war, dass der Tod eine Familie sogar beim Abendessen aufsuchte, ohne vorher auch nur einen Ton von sich zu geben – sie wusste all dies, hatte es gewusst, seit sie sechs Jahre alt war.

Sie wusste auch, was Francis von ihr in diesem Augenblick erwarten würde. Er würde wollen, dass sein Tod etwas bewirkte. Und wenn er Angels Leben retten könnte, würde Francis es sofort tun, ohne auch nur eine Sekunde zu zögern. Sie wusste, dass Francis' Herz – sein wundervolles, so liebevolles Herz – das Leben seines Bruders retten *könnte*.

Aber konnte sie das tun? Hatte sie das Recht zu entscheiden, dass die Maschinen, die Francis am Leben erhielten, abgeschaltet wurden? Würde sie damit leben können, wenn sie das tat? Wenn sie das nicht tat?

Sie kniete sich langsam auf den Linoleumboden und faltete ihre Hände zum Gebet. »Bitte, Gott, hilf mir, die richtige Entscheidung zu treffen.«

Sie hielt den Atem an, wartete, wartete auf irgendein Zeichen.

Aber da war nichts außer dem Klicken des Kardiographen und dem Saugen und Schmatzen des Atemgerätes. Sie presste ihre Augen fest zu. »Was soll ich nur tun?«, flüsterte sie. »Hilf mir, Gott, bitte ...«

Du weißt es doch, Maddy-Mädchen. Du weißt es doch.

Sie sprang auf und starrte auf ihn hinab, musterte ihn eindringlich, suchte nach ... irgendetwas, das darauf hindeutete, dass er gesprochen hatte.

Aber sie wusste natürlich, dass er das nicht getan hatte. Seine Stimme war nur in ihrem Gedächtnis gewesen. Nach einer langen Minute reckte sie ihre Schultern und verließ das Zimmer.

Draußen saß Lina zusammengesunken auf diesen unbequemen Stühlen, die Krankenhäuser für Familienangehörige bereitzustellen pflegen. Als Madelaine zu ihr trat, sprang sie auf.

Ihre Augen waren geschwollen und rot, die Wangen mit getrockneten Tränen verschmiert.

Madelaine berührte Linas Wange mit einer sanften, liebevollen Geste, die nicht genug war, nicht einmal annähernd genug. »Ich muss mit dir über etwas sprechen ...«

Lina presste die Augen zu und schüttelte den Kopf. »Meinst du etwa, ich wüsste nicht, was das ist, Mom? Ich habe jetzt fast eine Stunde hier draußen gesessen. Ich habe die Diagnose gehört und die Prognose.« Sie stieß ein Lachen aus, das bitter klang. »*Ich* bin die Tochter einer Herzspezialistin, weißt du?«

Madelaine sah ihre Tochter erstaunt an und nahm an ihr zum ersten Mal einen Anflug von der Frau wahr, die Lina eines Tages werden würde – stark, mit wachem Verstand und unabhängig. »Ja«, sagte sie weich, wollte mehr sagen, war aber unfähig, die richtigen Worte zu finden.

Lina biss sich auf ihre Unterlippe und starrte zu dem Fenster mit dem Vorhang. »Du weißt, was er wollen würde.«

»Ja.« Zu ihrem Entsetzen merkte sie, dass sie zu weinen begann, unmittelbar hier, vor ihrer Tochter, ausgerechnet vor dem einzigen Menschen auf Erden, vor dem sie immer stark zu wirken hatte. Aber die Tränen kamen dennoch, flossen und brannten.

Lina machte zögernd einen Schritt auf sie zu. »Weine nicht, Mom. Er ... er würde nicht wollen, dass du weinst.«

Madelaine streckte beide Arme nach ihrer Tochter aus und zog sie an sich, umarmte sie verzweifelt. So standen sie da, Stunden wie es schien, hielten einander, schwankten in ihrem Leid, weinten und hörten auf und weinten wieder. Schließlich löste Madelaine die Umarmung, schaute in die schönen, von Tränen erfüllten Augen ihrer Tochter und schenkte ihr ein unsicheres Lächeln. »Ich liebe dich, mein Schatz, und gerade jetzt bin ich so, so stolz auf dich. Du bist stärker, als ich es jemals war.«

»Und was geschieht jetzt?«

Madelaine seufzte und fühlte sich alt. »Sie müssen hier noch ein paar Tests machen und ich muss dann Chris anrufen.«

Madelaine ging in Francis' Zimmer zurück, nahm den Telefonhörer ab und wählte Chris' Privatnummer.

Er nahm beim ersten Läuten ab. »Allenford hier.«

»Hi, Chris, hier ist Madelaine.«

Für einen kurzen Moment eine Pause. »Madelaine?«

»Ich bin im Claremont Hospital in Portland.«

»O Gott, Madelaine ... was ist passiert?«

Ihre Stimme zitterte. »Es ist Francis.« Sie versuchte, mehr zu sagen, weiterzureden, aber sie konnte es nicht.

»Der Spender ist Ihr Priester? Angels Bruder?«

»Ja«, flüsterte sie, versuchte verzweifelt, die Fassung zu bewahren. »Das dritte EEG war flach. Keine Spontanreaktion auf das Beatmungsgerät, keine Reaktion auf Schmerztests. Er ist ... er ist gegangen. Ich bin seine Nachlassverwalterin, Chris. Ich will die ... Spende autorisieren.«

»Okay, Madelaine«, sagte er ruhig. »Ich werde mich von hier aus darum kümmern. Sie sollten vielleicht nach Hause kommen, sich etwas Schlaf gönnen.«

»Nein«, sagte sie. Es klang schärfer, als sie beabsichtigt hatte. »Ich werde ihn nicht verlassen. Ich will nicht, dass irgendein anderer in seine Nähe kommt.« Ihr war bewusst, wie dumm und kindisch das klang – sie kannte die Teams, die binnen einer Stunde in dieses Krankenhaus kommen würden. Chirurgen aus allen Teilen des Landes, die Francis' Körper Teile und Stücke entnehmen würden, um andere Leben zu retten. Sie versuchte, sich an dieses Körnchen Hoffnung zu klammern – daran, dass Francis' wunderschöne blaue Augen weiter die Welt sahen, dass seine Nieren das Leben eines Kindes retteten, sein gutes, liebevolles Herz weiterschlug ...

Sie presste die Augen zu und versuchte daran zu denken, dass dies ein Wunder war. Und doch empfand sie nur Leblosigkeit und Leere und Schmerz. »Ich habe seine Verfügungsermächtigung, Chris. Ich werde eine Verzichtserklärung unterzeichnen, um Francis' Augen, sein Herz, seine Nieren, seine Bauchspeicheldrüse, alles zu spenden. Das hätte er so gewollt.«

»NOPA und UNOS haben mir den Zustand gefaxt – die Funktionen von Nieren und Leber sind gut, der Dopaminwert ist akzeptabel, seine Hydration in Ordnung. Ich wusste, dass er für Angel perfekt sein würde.« Seine Stimme sank zu einem Flüstern. »Jetzt weiß ich, warum.«

»Ja.« Mehr konnte sie nicht sagen.

»Madelaine.« Er sprach ihren Namen weich aus, mit einem ungewöhnlichen Beiklang von Vertrautheit. »Er wird das Leben seines Bruders retten.«

Sie unterdrückte ein Schluchzen. »Ich weiß.«

»Wird Angel akzeptieren, dass ...«

»Ich will nicht, dass Angel es erfährt. Was, wenn ...« Sie zögerte. »Was, wenn er glaubt, ich hätte die falsche Entscheidung getroffen? Was, wenn ...«

»Es ist eine Frage der Vertraulichkeit, Madelaine. Ich überlasse es Ihnen, anzurufen. Sie können es Angel sagen oder nicht – es liegt ganz bei Ihnen.«

Die Worte waren wie winzige Schnitte mit einer Rasierklinge und sie zuckte bei jedem zusammen. »Danke.«

»Nusbaum weiß, wie sehr wir den Körper brauchen ...« Er brach sofort ab, als er ihr Keuchen hörte. »Weiß er, wie er den Körper von Mr DeMarco zu behandeln hat?«

»Von Francis«, korrigierte sie ihn leise. Dann: »Ich werde dafür sorgen, dass sie es richtig machen, Chris. Wie lange wird's dauern, bis Sie hier sind?«

»Bin schon unterwegs. Ich werde Kontakt mit UNOS aufnehmen. Die können dann die restlichen Teams überall im Land benachrichtigen.«

Weder er noch sie verabschiedeten sich. Sie wussten beide, dass es in einer solchen Zeit keine Worte gab, nichts als kalte Sachlichkeit und Schmerz, der nie vergehen würde.

Angel fühlte sich, als sei er mitten bei Safeway – in dem Gang mit den Waren, beleuchtet von strahlenden Lichtern, dazu silberglänzende Einkaufswagen und eine freundliche weiße Decke. Hier, im Operationssaal 9, waren die Wände farblos. Tische aus rostfreiem Stahl waren mit grünem Chirurgenstoff bedeckt, auf ihren flachen Oberflächen metallische Instrumente exakt platziert. Ein Fernsehmonitor, dessen Bildschirm ein klaffendes, schwarzes Rechteck war, hing an der Decke. Computer und Maschinen waren überall, tickend, summend und schmatzend. Rings um ihn standen Menschen, die er aber natürlich nicht erkennen konnte, weil sie Masken trugen und Kittel und Handschuhe.

Nicht, dass einer von ihnen sich um ihn zu kümmern schien

– er war eben einfach *der Patient*. Der gute alte Mark Jones. Es scherte sie nicht, dass er hier war, in diesem sterilen Raum, ausgestreckt auf einem stählernen Tisch lag, nackt, mit Nadeln und Schläuchen in seinem Körper, sein Blut von Medikamenten durchsetzt. In der Stunde, die er jetzt schon hier lag, hatte niemand mit ihm auch nur gesprochen. Stattdessen unterhielten sie sich ringsum, prüften ihre Messgeräte, beobachteten seine Lebenszeichen und schauten auf die Uhr. Alle paar Minuten kam eine neue maskierte Person mit Fluginformationen hereingeeilt, worauf eine Krankenschwester die chirurgischen Instrumente auf dem Tisch neben ihm wieder überprüfte. Und die ganze Zeit tickte die große Uhr an der Wand weiter.

Er war – wieder – von Kopf bis Fuß rasiert und in einer beißenden rotbraunen Flüssigkeit gebadet worden, so dass er aussah, als habe man ihn in Karamellsoße getaucht. Weiter blaugrüner Stoff bedeckte seinen nackten Leib.

Das ist es. So ist es, wenn einem das Herz herausgeschnitten wird.

Er schloss fest die Augen, kämpfte gegen die Panik an, die ihn überkam. Er versuchte, nicht an den ersten Schnitt des Chirurgen zu denken oder an den zweiten oder an die Instrumente, die seine Brust aufbrechen würden, oder an die behandschuhten Hände, die mit der Schere ein paar Mal schnipp, schnapp machen und dann tief, ganz tief in seine Brust greifen würden.

Er riss die Augen auf und lag schwer atmend da. »Oh, Gott«, flüsterte er, wünschte sich, es wäre ein Gebet, wünschte sich zu wissen, was er sagen sollte, worum er in diesem Augenblick bitten sollte. Aber sein ganzes Leben war ein Sturz kopfüber dem Tod entgegen gewesen und er hatte keine Hoffnung, keine wirkliche Hoffnung, dass er jemals wieder erwachen würde, dass das Herz dieses Fremden seine Rettung sein würde.

Eine maskierte Frau beugte sich über ihn, schaute ihn mit Augen an, um deren Winkel sich Fältchen zogen. Es war erbärmlich, wie sehr er sich darüber freute, sie neben sich zu haben, obwohl es nur für eine Sekunde war, selbst wenn sie nicht einmal wusste, wer er war oder sich um ihn sorgte. Zumindest war er nicht so allein.

»Das Herz ist gerade in SeaTac gelandet, Mr Jones«, sagte sie mit gedämpfter Stimme. »Wir werden bald anfangen können.«

Er stellte sich ein riesiges, pulsierendes Herz vor, das auf Landebahn zwölf platschte und überall Blut verspritzte. Er zuckte zusammen und schluckte schwer.

Er streckte eine Hand aus, griff nach der behandschuhten Hand der Krankenschwester. *Verlass mich nicht.* Die demütigende Bitte verlangte danach, ausgesprochen zu werden. Stattdessen atmete er scharf und zitternd ein und flüsterte: »Wo ist Mad?«

Er sah ihr Stirnrunzeln über der Maske. »Wie bitte?«

Er zog ungeduldig an ihrer Hand. »Dr. Hillyard. Wo ist sie?«

Ihre Stirn glättete sich. »Sie begleitet den Transport Ihres neuen Herzens, es kam mit der Lifeflight One. Sie sind jetzt in einem Hubschrauber und müssten jede Sekunde hier sein.«

»Geben Sie mir keine Narkose, bevor sie hier ist, in Ordnung?«

Sie warf einen raschen Blick auf die Uhr. »Das habe ich nicht zu entscheiden, Mr Jones.«

Er umklammerte ihre Hand. »Bitte.« Er hörte das erbärmliche Zittern in seiner Stimme, aber er konnte es nicht ändern und irgendwie war es ihm jetzt auch egal. »Lassen Sie mich von niemand anfassen, bevor Madelaine hier ist.«

Er hatte ihr noch so viel zu sagen, bevor sie diese entsetzliche Sache mit seinem Körper anstellten ...

Und Francis.

Francis. Gott, er hatte seinem großen Bruder so viele Dinge zu sagen. So viele Dinge ... und doch nur eines. *Ich liebe dich, Bruder.*

Er zuckte bei der Erinnerung an ihre letzte Begegnung zusammen und schloss die Augen. Er würde bei Franco alles wieder gutmachen, wenn Gott ihm nur eine zweite Chance geben würde. Nur eine Sekunde – einen Augenblick des Bewusstseins vor dem Tode, in dem Angel sagen konnte, dass es ihm Leid täte. So verdammt Leid.

Um genau Viertel nach drei kam ein Mann zu Angel herüber, sah sich nacheinander die Maschinen an und sagte schließlich: »Hallo, Mr Jones. Ich bin Dr. Arche.« Er langte nach einem der transparenten Plastikbeutel, die über Angels Kopf hingen. »Das lässt sich leicht merken – Dr. A. für Anästhesie.«

»Oh, gut. Eselsbrücke.« Angel seufzte. »Schläfern Sie mich bloß nicht ein, bevor Madelaine hier ist.«

»Keine Sorge, sie wird gleich neben Ihnen sein.« Dr. Arche huschte als blaugrüner Schatten davon und setzte sich auf einen Hocker, der jaulend quietschte. Die Räder knirschten auf dem Linoleum und der Anästhesist rollte an seinen Platz.

Angel versuchte, seinen Kopf von dem harten Tisch zu heben, konnte das aber nicht. Stattdessen drehte er den Kopf beiseite und starrte auf die geschlossene Tür. Eine Gestalt schimmerte vor dem farblosen Stahl.

Francis, wurde ihm plötzlich bewusst. Sein Bruder war gekommen, um seine Hand zu halten.

»Hallo, Angel.«

Angel wollte etwas sagen und merkte, dass er nicht wusste, was es war. Benommenheit erfüllte ihn. Er blinzelte angestrengt, und als er die Augen öffnete, war Francis verschwunden.

Angels Wange schien mit einem lauten *Bumms* auf den Tisch zu fallen.

Sie hatten es tatsächlich getan. Diese Arschlöcher hatten mit der Anästhesie begonnen.

Er spürte, wie die Medikamente in seine Venen drangen, in einem schwankenden, vergiftenden Rhythmus durch seinen Körper krochen. Er versuchte, sich zu konzentrieren ... auf den Beutel, der über seinem Kopf hing ... auf den stechenden Schmerz der Nadel in seinem Handgelenk ... Es tropfte, tropfte in sein Blut, sickerte hinein und sickerte hinein ...

Er schluckte schwer. Es machte ihm Mühe. Es war, als stecke Baumwolle in seinem Mund und seiner Kehle.

Dr. Arche rollte zu ihm zurück. »Entspannen Sie sich einfach, Mr Jones. Gehen Sie mit dem Strom ... dem Strom ... dem Strom ...«

Angel versuchte, sein Kinn zu heben, konnte es aber nicht. »Ver... verfluchter ... Huren ... sohn ...«

Dr. Arche lachte leise und rollte zu seinem Platz zurück.

Angel wollte die intravenöse Nadel aus seinem Arm reißen, konnte aber seine Hand nicht heben. Die Lichter über ihm verliefen ineinander und wurden zur Sonne.

Panik überkam ihn, erdrückte ihn, beschleunigte seinen ungleichmäßigen Herzschlag.

»Ganz ruhig, Mr Jones«, sagte Dr. Arche in sein Ohr, »ganz ruhig bleiben, Mann, ganz ruhig. Gehen Sie mit dem Strom.«

Angels Lider zitterten. Seine Augen fielen zu. Er zwang sie wieder auf, versuchte, sich auf die heiße, heiße Sonne zu konzentrieren.

Etwas war anders. Ein Geräusch, wie er benommen bemerkte.

Und dann war sie da, stand über ihn gebeugt, schaute ihn an, füllte seine Welt wie eine Madonna. »Angel? Kannst du mich hören?«

»Mad ...« Er seufzte vor Erleichterung, wollte – sehnte sich danach – ihre Hand in seiner *fühlen*. Es war nicht genug zu wissen, dass sie ihn berührte. Er wollte es fühlen. Ein letztes Mal. Er wollte diese verdammte Maske von ihrem Gesicht reißen und wieder ihr Lächeln sehen. Es gab noch so viel zu sagen, so viel, und die Medikamente nahmen ihm alles weg. »Liebte ... dich ...«

Sie streichelte seine Wange und es fühlte sich gut an, so gut. Er spürte Tränen in seinen Augen brennen. Er kämpfte sich seinen Weg durch die Schichten von Nebel, die sie trennten.

Sie schenkte ihm ein Lächeln – er konnte das über der Maske sehen, daran, wie ihre Augenwinkel sich in Fältchen legten. Er erinnerte sich an dieses Lächeln, hatte sich immer daran erinnert. Gott, so wundervoll ...

»Francis«, keuchte er. »Tut mir Leid ... sag ihm ... liebte ihn ... auch.«

Plötzlich sah er Francis neben ihr stehen. Er lächelte dieses schiefe Lächeln, das für ihn so typisch war, flüsterte, dass alles in Ordnung sei, dass es immer in Ordnung gewesen war ...

Aber Angel wusste, dass dies nicht real war.

Tränen glänzten in Madelaines Augen und er wollte sagen: *Weine nicht um mich*, aber er konnte nicht sprechen.

Seine Augenlider senkten sich wieder, fielen einfach zu. Er hörte Dr. Arches singende Stimme, die redete und redete und redete ...

Dann verlor er das Bewusstsein.

Madelaine trat beiseite und verfolgte die Operation.

Chirurgen und Assistenzärzte und Krankenschwestern hatten sich um den Tisch versammelt, arbeiteten an Angel, stießen, stachen, führten Schläuche ein, verfolgten jeden seiner Atemzüge, jeden Puls seines Blutes durch sein Herz und seine Adern. Er war intubiert und katheterisiert und sein Körper war wieder mit Jod abgewaschen worden. Dann hatte man ihn in frische sterile Laken gehüllt. Sein Haar war mit einer blauen Papiermütze bedeckt und winzige Streifen weißen Klebebandes hielten seine Augenlider geschlossen. Der einzige freiliegende Teil seines nackten Körpers war ein schmaler Streifen von Brust und Oberbauch, ein orangefarbener Gürtel von Haut, bedeckt mit straffer, klarer Folie und umgeben von blaugrünen Laken. Ein entmenschlichter Flecken von Farbe, der Lichtjahre entfernt von Angels freundlichem Lächeln oder seiner schwadronierenden Persönlichkeit oder seinem überbordenden Temperament war.

Der Patient.

Madelaine versuchte, ihn so zu sehen, versuchte kühl und distanziert zu sein, Ärztin zu sein. Aber als Chris nach dem Skalpell griff, seine rasiermesserscharfe Spitze an Angels Halsansatz setzte, zuckte sie zusammen.

Sie schloss instinktiv ihre Augen, und als sie das tat, merkte sie, dass sie in der Zeit an einen anderen Ort zurückreiste. Ein Riesenrad auf einem billigen kleinen Jahrmarkt, eine stürmische Fahrt mit dem Jungen ihrer Träume. Sie spürte, wie er seinen Arm um sie legte, wie er über die nackte Haut ihres Armes fuhr. *Ich liebe dich, Mad.*

Sie hörte das winselnde Summen einer elektrischen Säge und hielt ihre Augen geschlossen. Sie wollte nicht sehen, wie sie ihm seine Brust aufschnitten, nicht sehen, wie sein Blut über den sterilen kleinen Flecken von Grün rann, auf den Linoleumboden spritzte.

»Brustspreizer«, bellte Allenford.

Madelaine zuckte zusammen und versuchte weiter, an den Jahrmarkt zu denken. Das war ihr letztes Zusammensein als Liebespaar gewesen. Und was für eine zauberhafte Zeit das gewesen war. Sterne überall, der Duft von Popcorn, das ferne Kreischen von Menschen unten auf dem Wege. Sie erinnerte sich an die Ohrringe, die er für sie gewonnen hatte, an die feierliche Art, wie sie den billigen Schmuck als Erinnerung an ihre Liebe vergraben hatten.

Sie dachte an Francis, den sanften, liebenden Francis, und an das Geschenk, das er seinem Bruder gab, das Wunder, das nur wenige Meter von ihr entfernt stattfand.

»Bypass bereithalten.«

Madelaine öffnete ihre Augen. Sie wollte sich nicht bewegen und sah sich doch außer Stande zu bleiben, wo sie war, machte ein paar Schritte auf den Tisch zu. Sie sah augenblicklich, wie weit sie mit der Operation waren – Angels Brust war ein rotes, klaffendes Loch in dem chirurgischen Gewebe. Kanülen waren eingeführt und in das Herz genäht worden, sie waren eifrig damit beschäftigt, Angel mit der Herz-Lungen-Bypass-Maschine zu verbinden.

Alle atmeten scharf und hörbar ein, als die Bypass-Maschine eingeschaltet wurde. Der flache Apparat begann zu surren und zu pochen und zu pumpen. Ein Techniker überwachte die Funktion des Gerätes und sagte: »Sieht alles gut aus, Dr. Allenford.«

»Okay«, sagte Chris und griff nach seinen Instrumenten, »machen wir weiter.«

Madelaine trat näher an den Tisch, ihren Blick auf die Operation gerichtet. Sie bewegte sich zentimeterweise vorwärts, beobachtete, wie Chris' blutige, behandschuhte Hände arbeiteten. Er entfernte Angels lädiertes Herz und reichte es, noch immer schlagend, dem Pathologen, der es in eine Metallschale legte und damit verschwand.

Dann griff Chris über den Tisch und nahm Francis' Herz in seine Hände. Es sieht so gewöhnlich aus, dachte sie, ein blassrosa Klumpen, in dem einmal Francis' Seele gesteckt hat.

Chris betrachtete das schlaffe Organ, senkte es dann tief in Angels Brust.

Es dauerte fast anderhalb Stunden, um das neue Herz an seinem Platz zu fixieren. Schließlich schaute Chris zu dem Perfusionisten hinüber, der die Bypass-Maschine überwachte. »Okay, wärmen wir ihn auf.«

Chris setzte die letzten Nähte in die Lungenarterie und dunkelrotes, warmes Blut begann in das Herz zu dringen, es zu nähren, es zu wärmen.

Er schaute plötzlich auf, hatte Blickkontakt mit Madelaine. Ein einziger Gedanke war zwischen ihnen. *Das ist es.*

Alle im Raum Anwesenden schienen plötzlich erwartungsvoll einzuatmen. Madelaine trat noch näher, bis sie fast den Tisch berührte. Sie schaute an den blaugrün gekleideten Leibern vorbei, die zu beiden Seiten von ihr standen, starrte auf das Loch in Angels Brust, auf die Masse von rosa Gewebe, das dort bewegungslos lag.

Schlag, flehte sie stumm. *Lass das alles nicht umsonst gewesen sein ...*

Die große alte Wanduhr tickte eine Minute lang, dann eine weitere.

»Isuprel verstärken«, sagte Allenford gelassen. »Auf vier Einheiten gehen.«

»Komm schon«, flüsterte Madelaine und ballte ihre Hände zu Fäusten. *Komm schon, Francis.*

»Wollen Sie den Defibrillator?«, sagte jemand.

»Psst«, sagte Chris.

Äußerste Stille senkte sich auf den Raum. Alle Blicke waren auf das neue Herz gerichtet. Es begann zu zittern, nachdem Stunden vergangen zu sein schienen.

Madelaine spürte, dass ihr eigenes Herz erwartungsvoll einen Satz machte.

»Nun komm schon«, drängte Chris das Organ. »Mach schon.«

Francis' Herz begann in der Brust von Angel zu zucken.

Einmal, zweimal, dreimal, dann begann es langsam und gleichmäßig zu schlagen.

»Houston, wir haben einen Herzschlag«, sagte Chris.

»Herzschlag beschleunigt sich«, sagte jemand. »Vierundfünfzig. Dreiundsechzig …«

Ein Jubel ging durch den Raum. Madelaine versuchte darin einzufallen, aber sie konnte sich nicht bewegen, konnte nicht sprechen, konnte nicht einmal lächeln. Sie zitterte am ganzen Leib und ihre Augen brannten. Sie fühlte sich, als ob der Geist Gottes in ihr sei, sie so erfüllte, dass sie schier überfloss, sie wissen ließ – *wirklich wissen ließ* –, dass das, was gerade in diesem Raum geschehen war, ein Wunder war.

Gott hatte ein Leben genommen und dann hatte Er eines zurückgegeben.

Sie schaute wie hypnotisiert zu, wie das gesunde Herz seinen langsamen, rhythmischen Tanz aufnahm. Grinsend und weinend zugleich, bedeckte sie ihren verhüllten Mund mit den Händen und blickte zur Decke auf, gerade so, als ob sie in diesem magischen Augenblick Gott *sehen* könnte.

Liebe ihn, Maddy-Mädchen. Sie zuckte beim Klang dieser Stimme zusammen und wirbelte herum, erwartete fast, Francis neben sich stehen zu sehen.

Aber da war niemand.

Kapitel 17

Lina konnte es nicht ertragen, im Haus zu sein. Wohin sie auch blickte, entdeckte sie Erinnerungen an Francis.

Sie stand auf der Veranda und starrte auf die ersten rosa Streifen der Dämmerung, die über die schon dunkle Straße krochen. Ihre Lunge schmerzte von der Zigarette, die sie geraucht hatte, und ihre Augen brannten vom Weinen. Sie fühlte sich wackelig und leer und traurig ... O Gott, wie konnte man nur so traurig sein?

Sie biss sich auf die Unterlippe und spürte wieder das Brennen in den Augen. Sie wandte sich ab und sah die Hollywoodschaukel – die er ihnen letztes Jahr zu Weihnachten geschenkt hatte – und plötzlich begann sie wieder zu weinen.

Komm zurück, Francis. Es tut mir so Leid. O Gott, es tut mir so Leid ...

In irgendeinem düsteren Teil ihres Verstandes hörte sie das Winseln eines Automotors. Sie blickte benommen auf und sah den Wagen ihrer Mutter die Auffahrt hochkommen. Sie trat an den Rand des Geländers und blieb dort stehen.

Mom stellte den Motor ab und stieg aus dem Wagen. Das *Bumms* der zuschlagenden Tür des Volvo wirkte in der frühabendlichen Stille geradezu unanständig laut. Sie hatte die Hälfte des Weges, der zur Haustür führte, zurückgelegt, als sie Lina auf der düsteren Veranda erblickte.

Mom stieg die knarrenden Stufen hoch und blieb stehen, lehnte sich an das von Glyzinien umrankte weiße Geländer. Ihr Blick fiel kurz auf den Aschenbecher auf dem Boden, auf die Zigarettenkippen, die überall verstreut lagen. Aber als sie Lina ansah, sagte sie kein Wort.

Tränen stiegen in die Augen ihrer Mutter, und sie trat vor und breitete ihre Arme aus.

Lina begab sich hölzern in die Umarmung ihrer Mutter, spürte, wie die warmen Arme sie liebevoll umfingen, und plötzlich war sie wieder ein Kind, sechs Jahre alt, und sie wollte glauben, dass ihre Mutter einfach alles besser machen konnte.

Sie wartete darauf, dass ihre Mutter etwas sagte, Lina irgendwelche magischen, wunderbaren Worte nennen würde, die die Uhr zurückdrehen würden.

Aber ihre Mutter sagte nichts, sondern hielt sie nur.

Und da wusste Lina es. Es würde nie wieder in Ordnung sein.

Er sitzt auf der Verandaschaukel und versucht, sie zum Schwingen zu bringen, aber die Holzleisten bleiben völlig bewegungslos. Die Luft ist dick und schwer und riecht nach nichts. Vorher hatte er nicht wissen können, was das ist, dieses Nichts, aber jetzt weiß er es. Er versucht, sich an die Millionen Düfte zu erinnern, die sonst vorne um ihre Veranda schwebten. Rosen und frisch geschnittenes Gras, die fruchtbare Feuchtigkeit von lehmiger Erde, wenn der Regen kam, der Geruch des Windes selbst, wenn er Blätter über den Bürgersteig wehte. Selbst die toten braunen Glyzinienranken, die sich um ihr weißes Geländer schlangen, hatten ihren eigenen winterlichen Geruch.

Jetzt ist dort nichts. Der Wind geht an ihm vorbei. Er kann sehen, wie er die gefallenen Blätter berührt, sie in winzigen

Wirbeln auf dem braunen Gras zusammentreibt, aber keines davon berührt ihn dort, wo er auf der Verandaschaukel sitzt, die er nicht in Bewegung versetzen kann.

Er wartet darauf, dass etwas geschieht. Das ist alles, was er weiß. Da drüben ist eine Bewegung, die sich außerhalb seiner Reichweite vollzieht. Er spürt dies so, wie er einst den Regen auf seinen Wangen oder den Wind in seinem Rücken spürte. Etwas bleibt ihm noch zu tun.

Er hat gelernt, dass er sich, wenn er sich sehr, sehr angestrengt konzentriert, in ihrem Hause orientieren kann, zwischen ihren Dingen umhergehen kann, nach Kleinigkeiten greifen kann – Erinnerungsstücke an eine Vergangenheit, die er immer schneller vergisst. Aber es macht ihn müde, all dieses Denken, bringt ihn dazu, Dinge zu spüren, die ihn schmerzen, und wenn er fertig damit ist, wünschte er sich, sich nicht bewegt zu haben, einfach auf dieser Schaukel sitzen geblieben zu sein, auf der er sich so zu Hause fühlt.

Gestern Abend war Lina neben ihm, und als sie sich setzte, spürte er, wie die Schaukel knackte und sich unter ihm bewegte. So sehr, dass er die Bewegung des Windes fast *spüren*, das Knarren der Holzlatten fast hören konnte. Aber am Ende glaubt er, dass es einfach nur eine Erinnerung war, dass er all diese Dinge überhaupt nicht hören könne.

Sie hatte geweint, sein kostbares Baby, und in irgendeinem Winkel seiner Seele hatte er gewusst, dass sie um ihn geweint hatte. Er hatte sich danach gesehnt, sie zu berühren, sie zu trösten, aber er konnte sich bei ihrem heftigen Schluchzen, das ihn überschwemmte, nicht konzentrieren. So hatte er getan, was er tun konnte, die Kraft genutzt, die zusammengerollt in der Leere seines Bauches lag. Er hatte die Augen fest geschlossen und in Gedanken zu ihr gesprochen. Worte, klägliche Reste von Worten, derer er sich kaum erinnern konnte.

Ich bin hier, Lina, ich bin hier...

Er hatte diese Worte wieder und wieder und immer wieder gedacht, aber dennoch waren ihre Tränen weiter geflossen, hatten ihn durchdrungen, ihm Schmerzen bereitet.

Schließlich war sie ins Haus gegangen und er war ihr gefolgt, war von Zimmer zu Zimmer gewandert, hatte verzweifelt gehofft zu fühlen, dass er in dieses Haus gehöre, das einzige wirkliche Heim, das er je gekannt hatte. Aber mit dem Vergehen der Zeit hatte er gespürt, wie er schwächer und schwächer wurde. Einmal, als er nach unten blickte, konnte er seine Füße nicht sehen und in der nächsten Sekunde begannen seine Beine zu verschwinden. Schließlich hatte er sich am Fußende ihres Bettes wie eine Katze zusammengerollt und die Augen geschlossen.

Das Nächste, was er weiß, ist, dass er wieder hier ist, auf der Verandaschaukel sitzt. Sonnenschein ist rings um ihn, fällt aus flauschigen Wolken, die hoch an einem klaren, blauen Himmel hängen. Ein letztes gelbbraunes Blatt fällt raschelnd von einer Glyzinienranke und sinkt auf den Rasen.

Er blickt nach unten und seine Füße sind noch immer verschwunden, seine Beine ein unbeständiges Schimmern von Schatten vor der weißen Farbe der Dielen der Veranda. Er fragt sich, wie lange das so weitergehen wird, dieses langsame Verschwinden, und was aus ihm werden wird, wenn es vorbei ist.

Und so wartet er.

Angel lag sehr still da. Alles war dunkel. Er konnte Geräusche hören, Geräusche, die ein verwirrendes, erschreckendes Getöse waren. Er blinzelte, versuchte, die Augen zu öffnen. Es gelang ihm nicht.

»Angel?«

Er hörte ihre Stimme, die von irgendwo aus der Dunkelheit

zu ihm drang. Er brauchte sie plötzlich, brauchte sie so sehr ... Er versuchte wieder, die Augen zu öffnen. Seine Lider zuckten. Es kostete so viel Energie ...

Er hörte wieder ihre Stimme, die ihm gut zuredete, seinen Namen flüsterte. Er kämpfte, um die Schichten von Baumwolle und Nebel, die sich um ihn ballten, beiseite zu schieben. Schließlich öffnete sich ein Auge langsam und Licht traf ihn, ließ ihn wieder enteilen, den tröstenden Schatten zu.

»Komm schon, Angel, öffne deine Augen.«

Langsam, zögernd versuchte er es wieder. Und fand sie neben sich sitzend, ihr maskiertes Gesicht nur Zentimeter von seinem entfernt. Für einen Sekundenbruchteil war er wieder siebzehn und sie war seine Madelaine, wartete auf ihn.

Er versuchte sich zu erinnern, wo er war, warum sie hier war.

Dann bemerkte er seinen Herzschlag, kräftig und gleichmäßig. *Ta-dum, ta-dum, ta-dum.*

Er presste seine Augen fest zu, und alles, was er hören konnte, war das Hämmern seines – oder das von jemand anderem – Herzens in seiner Brust, sein Pochen unter seiner Haut. Er wollte nach den Nadeln und Schläuchen greifen und alles herausreißen, aber seine Hände waren schwach und zitterten.

Nie zuvor hatte er solch ein vernichtendes Gefühl von Vergewaltigung erlebt, von Verlust. Er fühlte sich überfallen. Das Herz des Fremden gehörte ihm nicht. Er spürte es bei jedem Atemzug, zu laut pochend, schmerzend in seiner geschundenen Brust. Wo war sein eigenes Herz? Es war zwar schwach und nutzlos gewesen, hatte aber *ihm* gehört, und jetzt war es weg. Lag irgendwo im Abfall ...

Sein Herz, das Lagerhaus seiner Seele, seiner Träume, seiner Ideen ...

»O Gott ...«, flüsterte er mit einer krächzenden, brüchigen Stimme, die er nicht wiedererkannte. Panik überkam ihn.

Gott, es war nicht einmal mehr seine Stimme. Nichts von ihm war übrig geblieben, nichts ...

Dann bremste ein Wort seinen Sturz, ließ ihn atemlos und zitternd und noch verängstigter, als er je zuvor in seinem Leben gewesen war, zurück. SPENDER.

Er zwang seine Augen wieder auf und starrte zu Madelaine auf. Er wusste, dass er weinte, konnte spüren, wie die Tränen über seine Wangen rannen. Aber es war ihm egal. »Wer?«

Sie zuckte zusammen, als sei sie von einem Schlag getroffen. »Angel«, sagte sie mit einer Stimme, die für eine Sekunde so ruhig war, dass er schwankte. Er wollte nichts weiter, als in diese Stimme fallen, in diesen Blick ihrer Augen. »Denk jetzt nicht über diese Dinge nach. Entspann dich einfach. Die Operation ist gut verlaufen. Du machst gute Fortschritte. Dein Zustand ist gut. Gut.«

Die Operation. Er dachte wieder an sein Herz, sein eigenes, wertloses Herz, und die Tränen flossen weiter und weiter. Er hatte das Gefühl, zu trauern, aber er wusste nicht, für wen, für was. Er wusste nur, dass dieses Herz nicht seins war, aber es war in ihm, klopfte zu laut, pumpte zu effizient. Seine Hände und seine Füße waren unangenehm warm und plötzlich zog er die kalte Taubheit, die er zuvor gespürt hatte, diesem ... Ding vor, das in ihm schlug.

Die Frage kam wieder, lastete auf seinem klopfenden Herz. *Wessen Herz war das?* Er wollte die Frage wieder stellen, eine Antwort verlangen, konnte es aber nicht, konnte entweder die Worte nicht bilden oder sie nicht durch seine wunde, brennende Kehle zwingen. Er fragte sich plötzlich, ob er es wirklich wissen wollte. Lieber Gott – will ich wirklich wissen, wer in mir ist, mich am Leben erhält, meine Hände und Zehen wärmt?

Madelaine streichelte die eine Seite seines Gesichts und es fühlte sich so gut an, so gut. Er schloss wieder die Augen und schüttelte den Kopf. Er wollte etwas zu ihr sagen, aber was? Was?

Die Dunkelheit kehrte wieder zu ihm zurück, streckte ihre stummen Finger aus, zog ihn zurück in diesen dunklen Kokon, in dem er sich an nichts erinnerte, ihm alles egal war.

»Angel, du wirst gesund werden, alles wird gut werden«, kam ihre Stimme wieder, tröstend, beruhigend. »Du wirst dich besser fühlen, wenn die Narkosenachwirkungen vorbei sind. Vertrau mir. Du erlebst im Augenblick eine Desorientierung. Das ist normal. Das war zu erwarten. Mach dir keine Sorgen.«

Er drehte den Kopf ein wenig, spürte, wie das Kissen unter seiner Wange nachgab. Das EKG-Gerät neben ihm spuckte Unmengen von Papier aus, zeigte seine hellrosa Herzlinie auf dem schwarzen Bildschirm. Für eine Sekunde konnte er nicht deutlich sehen, konnte nicht klar erkennen, was er sah. Dann begriff er plötzlich. Auf dem Computerbildschirm liefen zwei verschwommene Linien nebeneinander, wo zuvor nur eine gewesen war.

Furcht stieg in ihm auf, durchdrang ihn mit einer Welle nach der anderen. Er begann zu zittern, spürte, wie sich in seinem Inneren alles verkrampfte.

Dann schaute er wieder auf den Monitor. Er zeigte nur einen Herzschlag. Die Erkenntnis, dass es nur eine Halluzination gewesen war, hätte ihn beruhigen sollen. Doch das geschah nicht.

Er spürte, wie die Medikamente durch seinen Blutkreislauf wirbelten, seine Bewegung lähmten, sein Sehvermögen beeinträchtigten, aber es war egal. Das Herz des Fremden schlug weiter und weiter und weiter ...

»O Gott«, wimmerte er. Er hatte sich noch nie in seinem Leben so elend gefühlt oder solche Angst gehabt. »Du hättest mich sterben lassen sollen.«

»Entspann dich doch einfach, Angel. Entspann dich. Wir reden später.«

Er spürte, dass sie seine Hand drückte, spürte, dass sie seine tränennasse Wange streichelte, und er wollte von ihr getröstet werden, sehnte sich geradezu danach.

Aber er konnte es nicht. Es war egal, was sie später sagen würde, was normal sei oder zu erwarten gewesen war, wie sie erzählt hatte. Er kannte die Wahrheit, kannte sie mit jedem Schlag des Herzens des Fremden.

Jemand lebte in ihm.

Es war kalt an dem düsteren Flussbett, an dem Lina allein stand, auf ihre Freunde wartete, um am Ufer entlangzulaufen. Sie würden wie immer auf dem Hang auftauchen, einer nach dem anderen, ihre Körper silhouettenhaft gegen das kalte Blau eines Herbsthimmels gezeichnet, ihre Hände tief in die Taschen gesteckt, Zigaretten aus den Mundwinkeln baumelnd. Sie hatte sie reden gehört, bevor sie den Gipfel des Hügels erreichten, und ihre Stimmen waren hoch und ausgelassen.

Es löste immer einen kurzen stechenden Schmerz von Sehnsucht in ihr aus, dieser erste Klang ihrer lachend geführten Unterhaltungen. Sie stand dann auf, reckte den Hals, um das erste vertraute Gesicht zu sehen, das erste »He, Lina! Halt den Platz für mich frei!«, gerufen zu hören.

Wann immer sie den Hohlweg hinab auf sie zugeschwankt kamen, ihre Tennisschuhe durch das feuchte Herbstlaub rutschten und schlitterten, ihre Rucksäcke auf ihren Rücken tanzten, hatte sie – für einige kurze, schöne Augenblicke – das Gefühl, zu ihnen zu gehören.

Die Bande traf sich hier jeden Morgen vor der Schule, sammelte sich wie verlorene Seelen, zueinander hingezogen, um Zigaretten, Schnaps, Hasch und eine Art Zusammengehörigkeitsgefühl zu teilen.

Sie waren die »missratenen« Kinder, die Problemkinder. Jeder wusste das, von den Lehrern über die Studienberater bis hin zum Direktor. Einmal in jedem Schulhalbjahr kam einer der neuen Lehrer diesen bröckelnden Erdwall heruntergeeilt, richtete anklagend einen Finger auf sie und schalt sie alle. Doch am Ende des Jahres würde dieser Lehrer müde sein und es würde viele weitere Tage geben, an denen sie hier allein standen, miteinander sprachen, über ihren eigenen Mut lachten, sich für unbesiegbar hielten.

Aber Lina fühlte sich nicht mehr unbesiegbar und nichts, was so leicht erhältlich war wie ein paar Zigaretten, würde den Schmerz lindern, der auf ihre Lunge drückte, so stark, dass sie manchmal glaubte, nicht atmen zu können, ohne dabei anzufangen zu weinen.

Sie steckte die Hände in ihre weiten, verschlissenen Jeans und setzte sich auf einen bemoosten Fels. Zwei hoch aufragende Kiefern standen gelassen zu beiden Seiten von ihr, ihre anmutigen Äste nach unten gesenkt, einem Schirm gleich, der nach einem Regen halb offen gelassen worden war.

»He, Lina!« Es war Jett, der auf dem Kamm des Hügels stand, ganz in Schwarz gekleidet, sein kurz geschnittenes Haar dazu passend gefärbt. Er sprang wie ein Skiläufer über den Rand, die Knie angezogen, die Arme weit ausgestreckt. Seine Schuhe trafen hart auf den Boden und rutschten unter ihm weg. Mit einem juchzenden Schrei rannte er den ganzen Weg hinunter, sprang über den Bach und kam neben ihr atemlos zum Halt.

Sie starrte ihn an, diesen Jungen, in den sie seit fast zwei Jahren verknallt war, und hatte plötzlich das Gefühl, ihn vorher nie gesehen zu haben. Das löste in ihrem Bauch leichte Übelkeit aus und sie fühlte sich unsicher, als sie sich erhob.

Er grinste sie an, ließ seine weißen Zähne blitzen. »Kann ich mir 'ne Zigarette schnorren?«

Es war immer das Erste, was er zu ihr sagte. »Sicher«, murmelte sie, griff in ihre Ledertasche und zog ein Päckchen heraus. In der Sekunde, als sie es berührte, wusste sie, dass es leer war. Sie verzog überrascht das Gesicht. Wann hatte sie all diese Zigaretten geraucht?

Dann erinnerte sie sich an die letzte Nacht, als sie auf dem SeaTac-Flughafen gelandet waren. Mom hatte Lina in ein Taxi gesetzt und sie nach Hause geschickt.

In dieses leere Haus, wo überall Bilder von Francis hingen. Wohin sie auch schaute, es war, als ob sie ihn überall sah, spürte, hörte. Schließlich war sie aus ihrem Zimmer gerannt, hatte sich auf die Verandaschaukel gehockt – auf die, die er ihnen letztes Jahr zu Weihnachten gekauft hatte – und hatte geweint und geraucht, bis ihre Mutter heimgekommen war.

»Tut mir Leid«, sagte sie und blickte zu Jett auf. »Ich glaube, ich hab keine mehr.«

Seine Enttäuschung war offensichtlich. »Kein Problem.«

So standen sie noch einen weiteren Moment da, warteten darauf, dass die anderen kamen. Gestern hätte sie versucht, mit ihm zu sprechen, hätte versucht, irgendein Thema aus der frostigen Luft ringsum zu greifen und sich an jedes Wort geklammert, das er ihr gab, aber heute war sie zu müde, um auch nur diese Mühe aufzuwenden.

Sie hörte das Geplapper ferner Gespräche und blickte in dem Moment auf, als fünf oder sechs Jugendliche über die Hügelkuppe sprangen und nach unten schlitterten. Binnen weniger Sekunden standen alle am Fluss mit brennenden Zigaretten, laut redend und lachend.

Lina sah sie an, schaute von einem Gesicht zum anderen und spürte ein sich verstärkendes Gefühl von Verwirrung. Warum fühlte sie sich hier, wo sie doch bei ihren Freunden war, so einsam, dass ihr nach Weinen zumute war?

Es dauerte eine Sekunde, um zu begreifen, dass niemand mit

ihr sprach, eine weitere Sekunde, um zu erkennen, dass es ihr egal war.

Jett zog eine Thermosflasche aus seinem Rucksack und schraubte den Deckel ab. Mit einem Grinsen sagte er: »Kahlúa und Cola. Möchte jemand?«

Alle jubelten und griffen nach der Thermosflasche. Aber bevor Jeff den ersten Schluck nehmen konnte, tauchte eine weitere Silhouette auf dem Hügel auf.

»Ihr geht sofort zurück zur Schule. Vor fünf Minuten hat es zum ersten Mal geläutet.«

Alle blickten gleichzeitig auf und sahen Vicki Owen, die neue Beratungslehrerin, hoch über ihnen stehen. Direktor Smithson, der neben ihr stand, wirkte erschöpft und müde und Lina war von seinem Gesichtsausdruck nicht überrascht. Smithson hatte diesen Hohlweg ein paar tausendmal zu oft kontrolliert, um zu glauben, dass es irgendetwas ändern würde.

Die Jugendlichen lachten darüber, dass sie erwischt worden waren, und warfen ihre noch brennenden Zigaretten in den Fluss. Lina beobachtete, wie die weißen Kippen wirbelten, sich mit den gefallenen Blättern vermischten und flussabwärts trieben. Ihr kam der Gedanke, dass ein Vogel diesen kleinen weißen Zylinder sehen und sich darauf stürzen könnte, das tödliche, von Menschen geschaffene Ding verschluckte, bevor er verstand, was geschehen war.

»Du, Lina Hillyard, ich möchte mit dir reden.«

Es war Miss Owens Stimme. Lina blickte auf und merkte, dass sie die Einzige war, die noch am Fluss stand. Die anderen und Direktor Smithson waren gegangen. Der einzige Beweis dafür, dass sie hier gewesen waren, war eine Rutschspur in dem weichen Lehm, die durch das Laub und den Farn schnitt.

Lina sprang mit einem Seufzer über den Fluss und erklomm das Ufer. Oben blieb sie neben Miss Owen stehen und sah dann ihre Mutter, nur wenige Meter entfernt.

Lina verdrehte die Augen. »Toll.«

Miss Owen trat beiseite, zog sich dann wortlos zurück. Lina schaute zu, wie die Beratungslehrerin über das Footballfeld ging und in der Schule verschwand.

Schließlich drehte sie sich um und sah ihre Mutter an. Sie stand etwa drei Meter entfernt. Ihr Haar war wirr und ungekämmt, die Augen geschwollen und rot. So hatten sie beide in diesen zwei Tagen seit Francis' Tod ausgesehen. Die Leichtverwundeten.

»Was willst du?«, sagte sie barsch, obwohl sie wusste, was ihre Mutter wollte – wusste, dass es das war, was sie beide wollten. Trost, Erleichterung von dem heftigen Schmerz. Aber es gab keinen Trost. Lina hatte das schmerzlich erfahren müssen. Es kam einfach wieder, schlängelte sich wie eine Schlange durch die Gedanken, schlug in dem Augenblick zu, wenn man es am wenigsten erwartete. Jedes Mal, wenn das Telefon läutete, dachte Lina, es sei Francis – und dann *wusch*!, der Schlangenbiss.

Ihre Mutter schwieg lange, bevor sie sprach. Eine Stille entstand, in der Lina das Krächzen der Krähen hörte und das ferne Winseln eines Laubsaugers. »Vicki Owen rief mich heute Morgen an und sagte mir, wo du bist. Ich dachte ... ich dachte, wir sollten miteinander reden.«

Lina schluckte schwer. »Bringt ihn das zurück, Mom?«

Sie schüttelte den Kopf. »Komm, Schatz. Lauf ein Stück mit mir.«

Sie starrte ihre Mutter an, sah, wie Madelaine sich abwandte und langsam zu den leeren Tribünen hinüberging. Lina wollte ihr nicht folgen, dachte daran, einfach wegzugehen – irgendwohin. Aber sie wollte nicht allein sein und ihre Mutter war der einzige Mensch, der wirklich verstand, was Lina fühlte.

Sie folgte ihrer Mutter über das Footballfeld und hoch zu

den Tribünen. Sie saßen Seite an Seite, weit genug auseinander, dass sie sich nicht berührten und doch irgendwie zusammen zwischen all diesen leeren Sitzen.

Lina sah sich um, schaute auf die schwarze Anzeigetafel, die weder für *Heimmannschaft* noch *Gäste* Einträge zeigte. Eine schwarze Katze schlich heran und kroch über den Holzzaun, den Schwanz durch das Zeichen gesteckt, das stolz verkündete, dass dieser Ort das Heim der Panthers war.

Natürlich war Lina schon hier gewesen, aber niemals zu einem Spiel. Sie hatte nie das Zusammenprallen der Helme gehört oder das Gebrüll der Menge, war niemals mit einer Gruppe von Freunden hier gewesen, um zuzuschauen, wie ihr Team gegen ein anderes kämpfte.

Vor Jahren hatte sie das tun wollen, damals, als sie in der siebten Klasse und Cara Milston ihre beste Freundin war. Sie hatte versucht, ihre Mutter zu überreden, mit ihr zu einem Spiel zu gehen, aber das war der Anfang von Madelaines »geschäftigen Tagen« gewesen. Tage und Nächte und weitere Tage, die zu nie endenden Schichten im Krankenhaus verschmolzen. In diesem Jahr hatte es nur wenige Heimspiele gegeben, aber Madelaine hatte zu keinem davon gehen können. Im darauf folgenden Jahr hatte Lina eine Gruppe von Freunden gefunden, die sich nicht bei einem Footballspiel langweilen wollten. Stattdessen verbrachten sie ihre Freitagabende unten am Fluss, schluckten alles an Alkohol, was sie irgendwie besorgen konnten, und rauchten Kette.

Es wäre vielleicht anders gewesen, wenn Lina einen Bruder gehabt hätte oder einen Freund, oder wenn sie und Cara die besten Freundinnen geblieben wären. Oder vielleicht hätte es einen Unterschied gemacht, wenn ihre Mom zur Highschool gegangen wäre.

»Du hast nie mehr gefragt, ob du zu einem Footballspiel gehen kannst«, sagte Mom leise.

»Na ja, ich hatte bessere Dinge zu tun.«

»Wie rauchen, unten am Fluss?«

Lina zuckte die Achseln und schaute sich auf der Tribüne um, sah die Schicht von Einwickelpapier und altem Popcorn und verschütteter Cola, die haufenweise auf dem Metallboden klebte. »Ich dachte, du wolltest reden.«

Eine lange Pause entstand. Dann begann ihre Mutter zu sprechen, langsam und ruhig. »Ich war sechs Jahre alt, als meine Mom starb. Eines Abends gab ich ihr einen Gutenachtkuss und ging ins Bett ... Als ich aufwachte, war sie tot. Niemand hatte mir sagen wollen, wie krank sie war – mein Dad hielt es, glaube ich, für unwichtig, ein kleines Mädchen auf den Verlust seiner Mutter vorzubereiten. Aber da waren so viele Dinge, die ich nie sagen konnte.« In der Stimme ihrer Mutter klang eine überraschende Bitterkeit mit, eine Härte, die sie nie zuvor gehört hatte. Sie runzelte ein wenig die Stirn. »Danach sah ich die Welt anders. Ich wusste, dass sie kein sicherer Ort war.«

Lina spürte, dass die Tränen wiederkamen, stechend, brennend. Sie überlegte, ob sie sie wegwischen sollte, kümmerte sich dann aber nicht darum. »Er – er war immer für mich da.«

»Das ist er noch, mein Schatz.«

Lina schniefte und fuhr sich mit einer Hand über die Augen. »Komm mir nicht mit diesem Kram von Gott. Das hilft nicht.«

»Du kannst es Gott nennen oder Jesus oder Allah oder Hokuspokus. Das ist egal. Was allein zählt, ist, dass du in dich schaust und entdeckst, was *du* glaubst. Tust du das nicht, hast du nichts, an dem du dich festhalten kannst, nichts, an das du glauben kannst, und alles wird anfangen zu zerfallen. Glaube mir, ich weiß das.«

»Ich will jetzt nicht über diesen Kram nachdenken«, sagte sie mit einer winzigen, gebrochenen Stimme. »Wenn ich das tue, endet das damit, dass ich daran denke, dass er weg ist, dass er niemals zurückkommen wird und wie sehr ich ihn vermisse.«

»Wenn Francis hier wäre, jetzt, in diesem Augenblick, was würde er dann zu dir sagen?«

Für einen Sekundenbruchteil konnte sie ihn fast neben sich *spüren*, ihn in ihr Ohr flüstern hören. Ein trauriges kleines Lächeln zupfte an ihren Lippen. »Er würde mir sagen, dass ich diese Bande von Verlierern, die meine Freunde sind, sausen lassen und nach Hause gehen soll.«

»Verstehst du jetzt? Er ist da, in dir. Das wird er immer sein.«

Lina wollte lächeln, wollte es so sehr, aber sie konnte es nicht. »Er hasste meine Freunde. Er meinte, mit ihnen sei es nicht weit her.«

Madelaine antwortete darauf nicht, aber ihr Schweigen schien alles zu sagen.

»Ich weiß, dass er Recht hat«, sagte Lina zitternd, »aber ich weiß nicht, was ich dagegen tun soll. Habe ich nie gewusst.«

»Die längste Reise fängt mit einem einzigen Schritt an. Vielleicht solltest du zum Weihnachtsball gehen. Da wirst du völlig andere Menschen sehen. Ein so hübsches Mädchen wie du wird sofort einen Partner finden.«

Lina verdrehte ihre Augen. »Ach, Mom. Jett Rodham würde nie auf so was Doofes wie einen Schulball gehen.«

»Und was ist mit dir, Lina? Möchtest *du* hingehen?«

Es war genau das, womit Francis gekommen wäre. Lina dachte darüber nach und wünschte sich sofort, es nicht getan zu haben. Der Gedanke, bei einem Schulball dabei zu sein, war, oh, so verlockend. Sie dachte daran, was sie anziehen würde, wie sie sich frisieren würde, wie sie die Treppe herunterkam und das Foto von ihr mit einem Jungen gemacht werden würde, der scheu in die Kamera lächelte. Sie dachte an ihre Mutter, die über beide Ohren grinste, einen Arm um Francis' Hüfte gelegt …

Nein. Francis würde nicht dort sein. Er würde nie wieder da sein …

Lina sprang auf. »Komm mir ja nicht mit solchen Sachen«, zischte sie. Es schmerzte so sehr, ihn zu vermissen. Sie hätte nie geglaubt, dass etwas so wehtun könnte. »So lebe ich nun mal nicht, verdammt. Es ist zu spät für mich, eine idiotische Ballkönigin zu werden, so schicklich und sittsam. Ich komme ganz gut allein zurecht.«

»Oh, Schätzchen …«, sagte Madelaine mit einem Seufzer und streckte die Arme nach ihr aus.

Lina konnte die Liebe ihrer Mutter *spüren* – eine Hitze, die nur Zentimeter außerhalb ihrer Reichweite lag. Aber sie konnte das Bild nicht verdrängen, wie sie zum Schulball ging, von Francis und ihrer Mutter, die auf sie warteten.

Der Gedanke an ihn verdrehte ihr Inneres zu einem festen, hämmernden Knoten. Wortlos wandte sie sich von dem traurigen Gesicht ihrer Mutter ab und rannte über das Footballfeld. Sie wusste nicht, wohin sie lief. Es war auch völlig egal.

Sie wusste nur, dass sie laufen musste.

Kapitel 18

Madelaine streifte ihre Maske über, zog die Überschuhe an und begab sich zu Angels Isolationsraum. Als sie einen Blick durch die Fenster der Beobachtungstüren warf, sah sie die Krankenschwester, die jeden seiner Herzschläge verfolgte, neben seinem Bett stehen.

Sie schritt schnell durch die Tür und trat neben die Krankenschwester. Er lag völlig still da, das Gesicht blass und ein wenig grau, der Körper verbunden mit einem Dutzend Maschinen und intravenösen Schläuchen, durch die Lösungen tropften. Zwei riesige Brustschläuche lagen parallel zu seinem neuen Herzen, ragten aus den Wunden am Ende des Brustkorbes heraus. Blut blubberte durch das durchsichtige Kunststoffrohr und sammelte sich in einem großen Behälter am Fuße des Bettes.

Er sah jetzt friedlich aus, aber sie wusste, dass es eine Illusion war. Alle dreißig Minuten drehte die Krankenschwester seinen geschwächten Körper von einer Seite zur anderen und klopfte den Rücken ab, damit die Lunge und die geschwollene, geöffnete Brust sauber blieben. Sie zwangen ihn, mit einem Schlauch zu atmen, damit die Lunge arbeitete. Die großen Dosen immunsuppressiver Medikamente, die sie ihm in den ersten vierundzwanzig Stunden verabreicht hatten, waren an diesem zweiten Tag nach der Operation ein wenig reduziert worden, aber die Dosis der Antibiotika war verstärkt worden.

Sie griff nach seiner Patientenakte und studierte sie, schaute, ob etwas darin stand, was auf irgendwelche Probleme deutete. »Wie geht es unserem Patienten?«

Die maskierte Krankenschwester sah sie schief an. »Er ist über all dies nicht sehr glücklich. Rein physisch ist sein neues Herz erstklassig. Sein Körper reagiert so gut, wie man es nur erwarten kann.«

»Ich werde mich eine Weile zu ihm setzen. Sie können inzwischen eine Pause machen.«

Nachdem die Krankenschwester gegangen war, zog Madelaine einen Stuhl heran und setzte sich neben sein Bett. Sie griff nach seiner Hand und nahm sie sanft. »So, Angel, du spielst also nicht ordentlich mit.«

Er lag da, ohne zu antworten. Sein Atem ging langsam und gleichmäßig, ohne die Hilfe einer Maschine.

Sie musste unwillkürlich an vorgestern denken, als er nach der Operation aus dem Gleichgewicht geraten war. Sie hatte die Furcht in seinen Augen gesehen, das dämmernde Entsetzen, als er den rhythmischen Schlag seines neuen Herzens gespürt hatte. Die Erkenntnis, dass jemand gestorben war, um ihm eine neue Chance zum Leben zu geben.

Nicht jemand, dachte sie. *Francis*.

Was würde Angel sagen, wenn er die Wahrheit wüsste?

Sie runzelte die Stirn. Sie kannte Angel seit Jahren nicht mehr – hatte ihn vielleicht niemals richtig gekannt –, aber sie kannte ihn gut genug, um zu wissen, dass er vor Wut einen Tobsuchtsanfall bekommen würde, wenn er erfuhr, was sie getan hatte. Was sie genehmigt hatte.

Er würde nicht wissen, wie man sich über so etwas grämte. Fairerweise musste sie zugeben, dass das niemand konnte. Er würde von Bedauern und Hass auf sich selbst geplagt sein. Er würde sich fragen, ob Francis vor der Operation wirklich tot gewesen war oder ob Madelaine und ihr Team das Unverzeihliche getan hatten.

Sie wusste, dass sie jeden davon überzeugen konnte, dass Angel die Wahrheit nicht erfahren dürfte – dass es für seine Genesung hinderlich wäre, dass die Identität des Spenders nur nach eingehender Diskussion mit dem Berater der trauernden Hinterbliebenen preisgegeben werden dürfe, dass es unterm Strich am besten sei, Angel im Dunkeln zu lassen. Es war üblich, die Identität des Spenders geheim zu halten.

Aber hier ging es um weit mehr als um die übliche Verfahrensweise des Krankenhauses in solchen Fällen.

Sie hatte Angst davor, ihm die Wahrheit zu sagen, fürchtete sich vor dem Blick, der in seine Augen treten würde, fürchtete sich vor den Worten, die er zu ihr sagen würde. Worte, die einmal gesagt, niemals zurückgenommen werden konnten.

Denn sie kannte auch eine andere Wahrheit. Sie wusste nicht, wann sie es entdeckt hatte, wann es Teil von ihr geworden war, doch irgendwann in den vergangenen Wochen war Angel ihr wieder unter die Haut gegangen. Es war sein Elan – dieser gewaltige, übergroße Elan, der die Welt dazu herausforderte, es mit ihm aufzunehmen. Als junges Mädchen hatte sie sich darin verliebt, aber sie stellte sogar jetzt, als Erwachsene, fest, dass da etwas fast Magisches in der Stärke seiner Persönlichkeit war, seinem trotzigen Willen, sich seinen eigenen Weg zu bahnen.

So ganz anders als ihr eigener verwässerter, nachgiebiger Wille.

Als sie auf ihn blickte, sah sie sogar jetzt, wo er an der Schwelle des Todes lag, eine Sternschnuppe von Mann.

Die Tür hinter ihr öffnete sich. Sie drehte sich in dem Moment um, als Chris in den Raum trat. Seine Augen verengten sich oberhalb der Maske zu einem Lächeln. »Wie geht es unserem Patienten?«

Madelaine lächelte. »Besser als den meisten. Er reagiert gut auf die Medikamente.«

Chris zog einen Stuhl heran und setzte sich. Er nahm sich eine Sekunde, um die Akte durchzublättern, schob sie dann zurück in die Hülle, die am Fußende des Bettes angebracht war. Er schaute Madelaine an. »Was werden Sie tun?«

Sie wusste genau, was er meinte, und wich ihm nicht aus. »Ich werde ihn nicht weiter als Kardiologin betreuen. Nach der ... Entscheidung zu spenden, habe ich keine andere Wahl.«

»Sie könnten die Angelegenheit der Ethikkommission vortragen – es ist eine Art Grauzone.«

Sie schüttelte den Kopf. »Ich werde Marcus Sarandon um Übernahme bitten. Er wird tolle Arbeit leisten.«

Chris warf einen Blick auf Angel. »Was werden Sie ihm sagen?«

Sie seufzte. »Ich weiß es nicht.«

Sie war unerträglich, wie alle Beerdigungen.

Die Leichenhalle war ein palastartiges weißes Ziegelgebäude mit Säulen und sorgfältig gepflegtem Rasen und jungen Bäumen, die eines Tages zu hundertjährigen Eichen altern würden und dem Neubau einen Hauch altmodischer Eleganz geben würden. Es war wie so viele andere seiner Art ein Gebäude, mit Bedacht ersonnen, um eine weit verbreitete amerikanische Fiktion zu beschwören – das perfekte Familienheim, ein weitläufiges Südstaatenherrenhaus, das in eine andere Zeit zurücklauschte, als noch eine Generation zur nächsten wurde und wieder zur nächsten, als der Kreislauf des Lebens akzeptiert und verstanden wurde. Man konnte sich sogar einen kleinen, sehr gepflegten Familienfriedhof an seiner Rückseite vorstellen, der von einem weiß gestrichenen Holzzaun umgeben war.

Dies war natürlich der größte Irrglaube überhaupt. Hinter dem Gebäude dehnten sich hektarweit grüner Rasen, Rasen, der sich einem Golfplatz gleich senkte und hob und an manchen Stellen flach war. Ahorn und Erlen standen an den Hängen der Hügel, streuten ihre vielfarbigen Blätter über den Grasteppich.

Madelaine und Lina standen Seite an Seite in der Menge der trauernden Fremden. Ein Wagen nach dem anderen kam, parkte in einer endlosen Reihe längs der Zufahrt und weiter hinunter am Straßenrand. In ernstes Schwarz gekleidete Menschen stiegen aus den Wagen, sammelten sich und wisperten miteinander. Frauen betupften ihre Augen und erzählten Geschichten über Vater Francis. Männer schüttelten die Köpfe und blickten zu Boden, klopften ihren Frauen und Müttern auf die Schultern.

Die Trauergäste spazierten in einer steten schwarzen Reihe über den Weg hin zum Grab, wo der Trauergottesdienst stattfand. Sie erkannte mehrere Gesichter – Freunde von Francis aus dem Pflegeheim.

Sie sah, wie sie an ihr vorbeidefilierten, sah ihren eigenen Schmerz in vielen der Augen widergespiegelt. Jedes Gesicht erinnerte sie an Francis, ließ sie begreifen, auf wie viele Leben er eingewirkt hatte, wie anders die Welt mit ihm gewesen war. Seit zwei Tagen erst war er tot und doch schien es, als sei es bereits ein ganzes Leben her.

Sie schaute zum Himmel hoch, umklammerte das dünne, weiße Erinnerungsalbum mit ihren kalten Händen. *Wusstest du das, Francis, hatten wir dir das gesagt?*

»Ich will dort nicht hingehen«, sagte Lina leise neben ihr.

Madelaine sah ihre Tochter an, bemerkte die Blässe auf ihren Wangen, den gequälten dunklen Ausdruck in den blauen

Augen. Sie überlegte plötzlich, was sie diesem Mädchen sagen sollte, das kein Mädchen mehr war, aber auch noch keine Frau. Sie wusste nicht, ob sie sich zu einem Lächeln zwingen und so tun sollte, als ob alles wieder gut werden würde, oder ob sie ehrlich sein und ihren eigenen Schmerz zeigen sollte. Sie wusste nicht, was Lina jetzt, gerade jetzt, helfen würde. Wenn überhaupt etwas helfen könnte.

Zögernd streckte sie eine Hand aus und streichelte die feuchte Wange ihrer Tochter. »Da ist dieser Ort, zu dem ich manchmal gehe ...«

Lina schniefte schwer und blickte zu ihr auf. »Ja?«

»Vielleicht sollten wir dorthin gehen und irgendwie ... auf unsere eigene Art Francis auf Wiedersehen sagen.«

Linas Unterlippe begann zu zittern. Tränen füllten ihre Augen. »Das ist es ja gerade«, sagte sie leise. »Ich will nicht auf Wiedersehen sagen.«

Madelaine wusste nicht, was sie darauf erwidern sollte, und so legte sie, statt zu sprechen, ihren Arm um die Hüfte ihrer Tochter und zog sie ganz nahe an sich. Lina widersetzte sich dem für einen Herzschlag, vielleicht nicht einmal so lange, glitt dann nahe an Madelaines Seite. Schweigend gingen sie gemeinsam die lange, schwarze Zufahrt hinunter, ignorierten die Autos, die an ihnen in Wolken von stinkendem Qualm vorbeikrochen, und die Scheinwerfer, deren Licht ihnen in die Augen fiel.

Sie stiegen in den Volvo und schlugen die Türen zu, und für einen Sekundenbruchteil hatte Madelaine das Gefühl, als sperrten sie damit die Beerdigung aus. Aber auf der langen Fahrt zurück zu ihrem alten Viertel spürte sie, wie es wiederkam, Bruchstücke, die durch ihr Hirn zuckten – das schniefende Geräusch, das die Kirche erfüllte, der Duft von Treibhauslilien und der Rauch Tausender geweihter Kerzen. Die leise, summende Stimme des Erzbischofs, die über einen Mann sprach, den Madelaine kaum kannte – Vater Francis. Fromm, ernst, immer bereit zu helfen, sagte der Erzbischof.

Die ganze Zeit hatte sie nur an diesen achtzehnjährigen Jungen denken können, der zu ihrer Rettung gekommen war. Der ihr dünnes, mitleiderregendes *Hilf mir* gehört hatte und leise geantwortet hatte: *Immer, Maddy-Mädchen, immer*.

Sie stellte den Motor ab, saß dort eine Minute und schaute zu, wie die ersten Regentropfen platschend auf die Windschutzscheibe fielen. Durch das verschwommen werdende Glas sah sie das Haus ihres Vaters, das da vor den grauen Wolken geduckt lag, zwischen den kahlen Bäumen, seine Fenster so dunkel, wie sie in den langen Jahren seit seinem Tod immer gewesen waren. Der Rasen war zu hoch und braun und mit welkenden Blättern bedeckt.

Schließlich seufzte sie. »Lass uns gehen.«

Madelaine ging voran auf dem Weg zu dem leeren Haus ihres Vaters – es war jetzt ihr Haus, obwohl sie es nie so sehen konnte. Zu seinen Lebzeiten hatte ihr Vater sie enterbt und ihr nach seinem Tode alles hinterlassen. Die letzte besitzergreifende Geste eines kranken Mannes. Er hatte sie mit dem Haus und dem Geld belastet, das alles repräsentierte, was sie an ihrer Kindheit verachtet hatte.

Sie schritt die Ziegelstufen hoch, ging den Weg hinunter, um den toten Rosengarten herum, der einst der Stolz und die ganze Freude ihrer Mutter gewesen war, trat dann auf den braunen Teppich des Hinterhofs.

Der Rasen führte zu einem niedrigen Ufer am Meer, wo die See sanfte Spritzer über die grauen Felsen spuckte. Madelaines hohe Absätze versanken in dem abgestorbenen Gras, als sie zum Ende des knarrenden alten Kais ging und sich niederließ.

Lina setzte sich neben sie, die nackten Beine baumelten über den Rand.

So blieben sie eine Ewigkeit sitzen, starrten beide auf die Wolken, die sich über der Baumreihe am gegenüberliegenden Ufer ballten. Der Regen wurde stärker und prasselte auf die Oberfläche des Wassers nieder.

»Hierher ist mein Dad mit mir gegangen, nachdem meine Mom gestorben war«, sagte Madelaine schließlich.

»Das ist dein Haus, nicht wahr? Das Haus, in dem du aufgewachsen bist?«

Madelaine erschauerte und zog ihren Mantel enger um sich. »Ja, das ist es.«

»An dem Fenster da oben sind Gitter.«

Der Zwang zu lügen, zu vertuschen, kam schnell. Sie verdrängte ihn und nickte. »Das war mein Schlafzimmer.«

»Er hat dich eingesperrt?«

Madelaine lachte kurz auf. »Siehst du? Du hast nicht die schlechteste Mutter in der Weltgeschichte.«

Lina schwieg und wandte sich ab, um auf die Meerenge zu starren. Nach einer Weile sagte sie leise: »Ich greife ... immer wieder nach dem Telefon, um ihn anzurufen, und dann muss ich mich daran hindern.«

Madelaine schlang einen Arm um Linas Schultern und zog sie an sich. Regen fiel um sie herab, peitschte über ihre Gesichter und prasselte auf ihre Kleidung. »Ich rede jeden Tag mit ihm, gerade so, als sei er noch bei mir. Manchmal glaube ich, er will mir antworten ...«

Lina nickte. »Ich will, dass es etwas bedeutet, aber ...« Sie zuckte die Schultern. »Ich weiß nicht. Er fehlt mir einfach so sehr.«

Madelaine starrte das Profil ihrer Tochter an, das so blass und zerbrechlich wirkte. Sie litt mit Lina und wollte ihr über den Schmerz hinweghelfen, ihr etwas geben, an das sie glauben konnte, etwas, das ihren Schmerz ein wenig erträglicher machen würde.

Angel.

Das Wort kam ihr so plötzlich in den Sinn, dass sie sich aufrichtete und sich umschaute. Sie glaubte verrückterweise, Francis' Stimme gehört zu haben. Dann wurde ihr klar, dass es nur ihr Unterbewusstsein gewesen war, und sie ließ wieder die Schultern hängen und starrte auf die See, die unter ihnen schäumte.

Der Gedanke kam wieder. *Gib ihr einen Vater.* Das war es, was Francis gesagt haben würde.

Sie wandte sich Lina zu, starrte sie so lange und eindringlich an, bis Lina sich schließlich zu ihr drehte.

»Was ist, Mom?«

Madelaine befeuchtete die Lippen und schmeckte Regenwasser. Sie spürte ein Flattern in der Brust und wusste, dass es Angst war. Das Einfachste wäre jetzt, sich abzuwenden, zu lachen und zu sagen, es sei nichts. Aber seit Francis' Tod hatte sie begriffen, wie zerbrechlich Leben war, dass falsche Entscheidungen zuweilen dauerhafte Folgen haben konnten. Dass man die Worte bedauerte, die man nicht gesagt hatte ...

Es war an der Zeit für sie, nicht mehr der Fußabtreter zu sein, zu dem ihr Vater sie erzogen hatte. Sie musste endlich kämpfen, für sich, für Lina, für sie alle. Vielleicht würde Lina mit Angel davonlaufen, vielleicht würde Angel ihrer Tochter das Herz brechen ... Es gab unendlich viele Möglichkeiten und alles konnte falsch laufen.

Aber sie hatte jahrelang nichts unternommen und die Dinge waren trotzdem verkehrt gelaufen.

Sie versuchte zu überlegen, wie sie es am besten sagen sollte, doch am Ende fand sie keine vorsichtige Formulierung, keine Umschreibung, keine Einleitung für etwas wie dies. Es gab nur die Wahrheit und sie wusste, dass diese Lina wie ein Schlag treffen würde. »Ich habe mit deinem Vater gesprochen.«

»Ja, richtig.«

Madelaine schluckte schwer. »Das habe ich.«

Lina hob sehr langsam den Kopf und schaute ihre Mutter benommen an.

Madelaine wartete darauf, dass Lina etwas sagte, aber das Schweigen zwischen ihnen vertiefte sich. Schließlich sagte Madelaine: »Er ist im Augenblick sehr krank und kann dich nicht sehen, aber bald ...«

»Du meinst, er *will* mich nicht sehen.« Lina wich zurück und sprang auf. »Ja, ich wette, ihm geht's hundeelend, seit er erfahren hat, dass er eine Tochter hat. Ich glaube dir nicht«, zischte sie und schüttelte den Kopf.

Madelaine rappelte sich auf und griff nach ihrer Tochter. »Lina ...«

Lina schlug ihre Hand beiseite. »Fass mich nicht an. Ich kann dir nicht glauben, Mom. Ich sitze hier draußen im Regen, nach Francis' Beerdigung, und du erzählst mir – endlich –, dass du mit meinem Vater gesprochen hast ...« Sie lachte, aber das Lachen war schrill und hysterisch. »Heute also – *heute* – erfahre ich, dass ich einen Vater habe, dem ich aber völlig egal bin und der mich nicht sehen will. Perfekter Zeitpunkt, Mom.«

»Baby, bitte ...«

Linas Augen füllten sich mit Tränen. »Ich kann nicht glauben, dass du dachtest, dass ich mich dadurch *besser* fühlen würde.«

»Lina, bitte ...«

»Tu mir nur einen Gefallen, Mom. Versuche nicht mehr, mich aufzuheitern, ja?« Sie warf Madelaine einen letzten, verletzten Blick zu, wirbelte herum und rannte über die Planken des Docks davon.

Madelaine stand da und schaute ihr hilflos nach. Niedergeschlagen bückte sie sich und ergriff ihre Handtasche, ging dann langsam über den Kai, den Hügel hoch und zu dem Wagen.

Als sie einstieg, sah sie Lina an, die an das Fenster gepresst saß, die Arme rebellisch verschränkt, die Augen fest zugekniffen. Sie dachte über ein Dutzend Dinge nach, die sie gerade jetzt vielleicht sagen könnte, aber sie alle erschienen ihr banal und dumm angesichts ihrer offensichtlichen Fehleinschätzung. Schließlich sagte sie das Einzige, was Sinn machte. »Es tut mir Leid, Lina. Ich denke, ich hätte dir das nicht sagen sollen. Ich habe nicht klar denken können ...« Ihre Worte schwanden in dem Schweigen und blieben unbeantwortet. Ihr fiel nichts ein, was sie hätte hinzufügen können, und so ließ sie den Motor an.

Schweigend fuhren sie heim.

Es tut mir Leid, hatte sie gesagt.

Nach diesem Wochenende hätte sie wissen sollen, wie bedeutungslos diese wenigen Worte waren, wie sie in einen Ozean von Schmerz fielen und nicht einmal ein Kräuseln im Wasser hinterließen.

Angel erwachte langsam, lauschte dem Klang ihrer Stimme. Es dauerte eine Sekunde, bis er klar sehen konnte. Sie las ihm vor – Anne Rice' *Geschichte des Körperdiebes*, wenn er sich nicht irrte.

Er öffnete weit seine Augen. »Eine ziemlich makabre Wahl«, sagte er und grinste schwach. »Ich hoffe, du willst mir nicht auf diese Art beibringen, dass ich künftig Blut trinken muss.«

Er wusste, dass sie unter der Maske lächelte. »Tut mir Leid, aber das ist das, was ich im Augenblick lese. Ich dachte, du würdest gerne etwas hören ...« Sie zuckte die Achseln und stieß ein kleines, schrilles Lachen aus. »Ich hatte nicht über das Thema nachgedacht. Ist ziemlich krank. Da hast du

Recht. Ich dachte nur, dass du dich vielleicht weniger einsam fühlst, wenn du die Stimme von jemand hörst.«

»Du plapperst, Mad.«

Sie lachte wieder und schloss das Buch. »Das tue ich.«

»Gewöhnlich plapperst du nur, wenn du nervös bist. Was ist passiert – hat das Herz dieser erstaunlichen toten Person aufgehört zu schlagen, während ich schlief?«

»Nein«, sagte sie ruhig und er konnte sehen, dass jeder Funke von Humor aus ihren Augen verschwunden war. Sie schaute ihn nun mit einer aufkommenden Traurigkeit an. »Es ist jetzt dein Herz, Angel.«

Er spürte eine Welle von Bitterkeit in sich. Er dachte an sein Herz, das Herz des *Spenders*, und er spürte es dort schlagen, in seiner Brust, schlagen und schlagen und schlagen. Er überlegte, und dabei wurde ihm seltsam zumute, ob es weiterschlagen würde, wenn sein Körper gestorben war. Er hatte kurz das verrückte Bild vor Augen, dass er in einem Sarg lag, sein Körper mausetot und leichenblass, aber das Herz klopfte munter weiter. Dieses *Ding* war jetzt seit drei Tagen in ihm, aber es fühlte sich mit jeder Sekunde fremdartiger an. »Ja, sag das dem toten Burschen. Er glaubte, es sei seins.«

Er hob den Kopf vom Kissen, und das kostete ihn unglaubliche Anstrengung. »Wie konntest du zulassen, dass man das mit mir macht, Mad?«

»Wir haben dein Leben gerettet«, sagte sie leise.

»Sieh mich nicht so an«, zischte er und hasste sie in diesem Augenblick, hasste alles und jeden, von Gott angefangen. »Du hast nicht mein Leben gerettet, du hast mein Sterben verlängert. Sieh mich doch an, um Himmels willen. Ich sehe wie ein verdammter Kürbiskopf auf einer Stange aus – oder hast du nicht bemerkt, dass ich zehn Pfund abgenommen habe und mein Kopf die Größe einer Wassermelone hat? Und was ist mit dem armen Kerl, der mir sein Herz *gespendet* hat? Gespendet.« Er lachte bissig über die Ironie. »Bei dir klingt das so, als habe er den Hungernden einen Teller Suppe gegeben. Aber es war sein Herz, verdammt, sein *Herz*. Glaubst du, es hätte ihm Freude gemacht, eure schmutzigen Hände in seiner Brust zu haben, sie aufzuschneiden, sein Herz herauszureißen, wie ihr meins rausgerissen habt?«

Sie saß sehr still da, als beherrschte sie ihre eigene Wut mit großer Willenskraft. »Du hast eine zweite Lebenschance bekommen. Darauf solltest du dich jetzt konzentrieren.«

»Und wenn ich das nicht will?«

»Wie kannst du es wagen? Jemand *starb*, um dir diese Chance zu geben. Wenn du sie vertust, Angel DeMarco, dann schwöre ich bei Gott ...« Sie schwieg plötzlich, als ob sie zu viel gesagt hätte. Schwer atmend, wandte sie den Blick von seinem Gesicht ab und starrte an die Wand.

Er fühlte sich plötzlich müde, so müde. Alle Streitlust blutete aus seinem Körper und sammelte sich in diesem verdammten Behälter am Fußende des Bettes. Er strich sich das Haar aus den Augen und spürte wieder, wie geschwollen seine Wangen waren. Er war verdammt froh, dass er keinen Spiegel hatte. »Gott, ihr habt mich zu einem Modell für ein Schlankheitsmittel gemacht – vor Beginn der Kur.«

»Es ist das Prednison. Die Schwellung wird abklingen.«

Er sah sie an. »Es tut mir Leid, Mad.« Er dachte krampfhaft darüber nach, was er sagen könnte. »Ich habe letzte Nacht von Francis geträumt.«

Sie ließ sich langsam wieder auf den Stuhl zurücksinken. Er bemerkte, dass ihre Hände zitterten, bevor sie sie in den Schoß legte. »Wirklich?«, flüsterte sie. »Was geschah?«

»In dem Traum?« Er versuchte sich zu erinnern. »Ich träumte, mir sei kalt. Es war einer dieser Träume, in denen man glaubt, man sei wach. Ich dachte, ich erwachte und sah, dass alle Decken um meine Knöchel lagen. Ich beugte mich vor, um sie hochzuziehen, und als ich sie zurückgezogen hatte, warf ich einen Blick hinüber zu der Beobachtungstür, und da war Francis. Er stand einfach dort und lächelte.«

»Wie sah er aus?«

»Das war das Verrückte. Er war völlig nass, als ob er in einem Platzregen gestanden hätte. Er berührte das Glas, als ob er hindurchgehen wollte, konnte es aber nicht. Ich hörte seine Stimme in meinem Kopf. ›Hallo, Angel‹, sagte er. Dann lächelte er – du weißt, welches Lächeln ich meine. Dieses Lächeln, bei dem sein ganzes Gesicht nur noch aus Fältchen besteht und seine Augen fast zu Schlitzen werden.« Er zuckte die Achseln. »Dann war er verschwunden.«

Madelaines Augen füllten sich mit Tränen.

»Was ist, Mad?«

Sie starrte auf ihre Hände, die sie fest verschlungen im Schoß hielt. Sie sah unglaublich zerbrechlich und blass aus. »Francis fuhr letzte Woche nach Portland.«

»Ja, ich weiß.«

Sie riss den Kopf mit einem Ruck hoch. »Das weißt du?«

»Er kam hier vorbei, bevor er aufbrach.«

Madelaine warf ihm einen eigenartigen Blick zu. »Er hat mir nicht gesagt, dass er dich besucht hat.« Sie hielt inne und er hatte den Eindruck, als ob sie unter der Maske die Stirn runzelte.

»Ich bin sicher, dass er dir nicht alles erzählt.«

Sie schluckte schwer. »Ich wollte dir das noch nicht erzählen, wegen deines Herzens ...« Ihre Augen füllten sich wieder mit Tränen. »Deines kostbaren Herzens.«

Er hatte plötzlich ein kaltes, unheimliches Gefühl in seinem Bauch. »Was ist?«

»Francis hatte in der Nähe von Portland einen Autounfall.«

Die Kälte breitete sich aus, erfüllte ihn immer mehr. »Ja?«

Sie hielt seinem Blick stand und er sah die Antwort in ihren

Augen. »Es tut mir Leid, Angel. Er hat es nicht geschafft. Er war nicht angeschnallt.« Sie sah aus, als ob sie mehr sagen wollte, tat es aber nicht. Sie saß einfach nur da und starrte ihn an. Langsam rollten Tränen über ihre Wangen und sammelten sich auf dem blassen Grün ihrer Maske.

Nein.

Francis konnte nicht tot sein, nicht Francis mit den lachenden Augen und dem schrecklichen Glauben, der nie im Leben jemand etwas zu Leide getan hatte.

»Du lügst«, zischte er und schüttelte den Kopf. »Es ist nicht wahr.«

Aber er sah in ihren Augen, dass es wahr war.

»O Gott«, flüsterte er und wartete darauf, dass sein gebrauchtes Herz aufhörte zu schlagen. Das Leid war ein großer, zermalmender Schmerz in seiner Brust, erfüllte seine Kehle, brannte in seinen Augen. »Verdammt, wer trägt denn in den neunziger Jahren keinen Sicherheitsgurt?« Er widmete sich dem Ärger statt dem Schmerz, der mit jedem Atemzug, den er einsog, wuchs. »Und was, zum Teufel, hat er überhaupt in Portland gemacht? Er ist ein Priester, kein Reisevertreter. Er konnte nie richtig Auto fahren. Ich erinnere mich noch, als wir Kinder waren ...«

Nein, dachte er verzweifelt, *denk jetzt nicht daran. O Gott, denk an überhaupt nichts.* Aber er konnte nicht anders. Er erinnerte sich mit plötzlicher Klarheit an alles, an den Tag, als Francis ihm das Autofahren beigebracht hatte. Wie sie auf dem Parkplatz der Schule wieder und wieder im Kreis gefahren waren, dass der alte Impala ihrer Mutter geruckt und gestottert und der Motor jedes Mal abgewürgt worden war, wenn sie geschaltet hatten ... wie sie gelacht und geflucht und dann wieder gelacht hatten ...

»Nicht Franco«, flüsterte er und sah Mad an. »Ich hätte es sein müssen.«

Die Traurigkeit in ihren Augen bewirkte, dass er selbst zu weinen begann. »Ich wünschte, ich könnte es ändern, Angel.«

»Hat er ... hat er gelitten?« Er hasste die Frage im selben Augenblick, als er sie stellte – sie war so gewöhnlich und sinnlos –, aber er brauchte eine Antwort.

Ihr Blick wich ihm aus. »Die Ärzte am Unfallort sagten, er sei auf der Stelle tot gewesen. Sie konnten nichts mehr tun.«

Sie saßen da, weinten Seite an Seite über Stunden, wie es schien. Angel weinte um so viele Dinge – über all die Male, die er Francis nicht angerufen hatte, all die Weihnachtskarten, die er nie abgeschickt hatte. Was hatte er geglaubt – dass sie alle ewig leben würden?

»Gott, Mad«, sagte er mit brüchiger Stimme, »ich habe ihm nicht gesagt ...« Seine Worte verloren sich. Es gab so vieles, das er nicht gesagt hatte. So viele Fehler und ungenutzte Chancen und Egoismus. Gott, so viel Egoismus.

»Er wusste, dass du ihn liebtest, Angel. Das hat er immer gewusst.«

Das Wissen drang in ihn ein, drückte ihn nieder. Er wollte, dass es half – wünschte, dass es half –, aber es half nicht. Es trug nur dazu bei, dass es noch mehr schmerzte, dieses Wissen, dass Francis ihn immer geliebt hatte. »Er starb auf dem Weg nach Portland.« Er versuchte, das zu begreifen. »Das muss nur wenige Stunden, nachdem ich ihn gesehen hatte, gewesen sein. Gott, wie konnte ich nicht *gewusst* haben, dass er schon die ganze Zeit tot war?«

Madelaine blickte wieder beiseite, starrte auf die Uhr an der Wand, sah ihn dann langsam an. »Auf dem *Weg* nach Portland«, sagte sie langsam. »Ja. Ja.«

»Warum hast du die ganze Zeit gewartet, mir das nicht gesagt?«

»Dein Herz war zu schwach.«

Er wollte darauf etwas Gemeines und Bitteres sagen, etwas

über des toten Mannes Herz in seiner Brust, aber er konnte es nicht. »Gott, er ist über eine Woche tot und ich weiß nichts davon. Hast du ihn auch beerdigt, ohne es mir zu sagen?«

»Seine Gemeinde wollte eine große katholische Beerdigung. Ich habe es dir nicht erzählt, weil du aus der Quarantäne nicht hinaus konntest, und sie konnten nicht länger warten. Wir können einen stillen Gedächtnisgottesdienst im Familienkreis feiern, wenn du dich besser fühlst.«

Er schloss seine Augen und stellte sich irgendeine Kirche vor, gefüllt mit Blumen, und einen langen, hölzernen Gang, der zu dem glänzenden Sarg auf dem Altar führte. Genau wie Pops Beerdigung, nur dass dieses Mal nicht der Leichnam eines alten Mannes auf dem bauschigen weißen Satin lag. Es wäre Francis – Francis, der tot in einer Holzkiste lag ...

Mit Blumen drapiert – die Särge wurden immer mit Blumen drapiert, als ob die Schönheit draußen ändern könnte, was darinnen lag. Die Kirche würde von dem schweren süßen Duft der Lilien erfüllt sein und sie würden diese verdammt schreckliche Musik spielen, dazu komponiert, einen zum Weinen zu bringen.

»Nein«, sagte er und spürte, dass die Tränen in seiner Kehle versiegten. »So will ich Francis nicht in Erinnerung behalten. Ich werde ihm auf meine Art Lebewohl sagen, wenn ich hier rauskomme.«

Sie schwiegen wieder und starrten einander an. Angel versuchte, nicht an Francis zu denken, konnte aber nicht damit aufhören. »Es ist komisch, Mad ...« Er war überrascht, dass er laut sprach. Er hatte das nicht gewollt. Aber sie war der einzige Mensch auf der Welt, mit dem er sprechen konnte, der einzige Mensch, der Angel und Francis und die alten Zeiten kannte. »Selbst in all diesen Jahren, die ich fort war, wusste ich immer, dass Francis da draußen war. Jedes Mal, wenn ich mein Bild auf einer Illustrierten oder einem Filmplakat sah, habe ich an Francis gedacht. Ich wusste, dass er mich sehen und lächeln und den Kopf schütteln würde. Ich wusste, dass er auf meinen Anruf wartete, und ich habe so oft den Hörer abgenommen, aber aus irgendwelchen Gründen nie gewählt. Und als er an jenem Tag kam und mich besuchte, da gab es so viele Dinge, die ich ihm sagen wollte, aber es war wieder das Übliche, hier der heilige Francis und da der verrückte Angel, und die Worte wurden nie gesagt.« Er sah sie an und wünschte sich, sie könnte ihm Absolution für seine Sünden erteilen. Aber es war sein Bruder, den er darum hätte bitten sollen, und jetzt war es zu spät. »Ich denke, ich glaubte, dass wir beide unsterblich seien.«

Das Lächeln, das ihre Augen erreichte, war traurig. »Ich weiß, was du meinst. Ich ... habe Francis' Gefühle verletzt, bevor er fuhr. Ich tat das so leichthin, so gedankenlos, und als mir bewusst wurde, was ich getan hatte, dachte ich, ich könnte das mit der gleichen Leichtigkeit wieder gutmachen ...«

Er sah ihren Schmerz und das gab ihm unerwartete Kraft. »Er liebte dich, Mad. Er liebte dich von dem ersten Augenblick an, als er dich in dem Krankenhauszimmer sah.«

»Du erinnerst dich an den Tag?«

Er antwortete nicht, wusste nicht, was er sagen sollte. Sie hatte allen Grund anzunehmen, dass er das vergessen hatte. Einst hatte er geglaubt, es sei so, aber jetzt wusste er, dass die Erinnerungen an sie noch in ihm waren, beschützt und behütet in all diesen Jahren. Er schaute sie so lange an, dass er spürte, wie seine Tränen wiederkamen. Er wollte seine Arme öffnen, sie so dicht an sich ziehen, dass sie voneinander nehmen, einander geben konnten, so dass sich keiner von ihnen allein fühlte.

Aber er hatte Angst, dass er verloren sein würde, wenn er sie jetzt berührte, wenn er jetzt seine Arme um sie schlang und ihre Tränen auf seinen Hals tropfen spürte.

»Was sollen wir tun, Mad?«, flüsterte er.

Sie verschränkte ihre Arme und starrte ihn an. Tränen glitzerten auf ihren Wangen. »Wir werden versuchen, ohne ihn zu leben.«

Madelaine stand vor dem Pfarrhaus. Sie trug eine große, leere Schachtel. Links von ihr funkelte die große Ziegelkirche, reflektierte Licht, aber das kleine, nussbraune Haus war dunkel und sah verlassen aus. Helle orangefarbene und goldene Erntedankdekorationen – zweifellos von der Klasse der Sonntagsschule angefertigt – schmückten die Fenster. Die Heiligen Drei Könige und Füllhörner und Truthähne.

Sie dachte an die Dutzende von Kindern, die über winzige Tische gebeugt ausgeschnitten und geklebt und gemalt hatten. Francis war so stolz gewesen, als er ihre Kreationen an sein Schlafzimmerfenster geklebt hatte ...

Kummer überkam sie wieder, eine Welle folgte auf die andere und die nächste, so dass sie zitterte und fröstelte. Sie schien sich nicht bewegen zu können. Sie stand einfach da, sah Hunderte von Momenten vor ihren Augen vorbeiziehen, Dutzende Male, die sie diesen Weg hochgegangen war, die Arme voll Pizza oder Blumen oder Champagner. Wie damals, als sie ihr erstes Examen in Biochemie gemacht hatte ... oder an dem Tag, als Francis zum ersten Mal die Beichte abgenommen hatte ... Linas Taufe ... Madelaines letzter Geburtstag ...

Sie erschauerte und zwang sich, an andere Dinge zu denken – an Lina und Angel und die Tage, die vor ihr lagen.

Madelaine konnte nicht so weitermachen wie bisher. Eine Woche war seit Francis' Tod vergangen und seitdem war sie durch einen Nebel gewankt, hatte nur gesprochen, wenn sie angesprochen wurde, und selbst dann nicht immer. Sie wusste, dass Lina sie brauchte, sie verzweifelt brauchte, aber Madelaine fühlte sich, als habe sie nichts in sich, nur ein klaffendes Loch, wo Francis einmal gewesen war. Er war ihr Fels gewesen, ihre Rettungsleine – über die Hälfte ihres Lebens. Ohne ihn fühlte sie sich verloren.

Sie atmete tief ein und hob das Kinn. Sie wusste, dass es keinen Sinn machte, dies zu verdrängen, so zu tun, als müsse sie diesen Weg nicht hochgehen, diese Tür öffnen und seine Sachen zusammenpacken. Seine Haushälterin hatte sich um die Einrichtung gekümmert, aber Madelaine war gebeten worden, sich um seine persönliche Habe zu kümmern. Am liebsten hätte sie das auf ewig hinausgezögert, aber bald würde ein neuer Priester einziehen.

Sie ging zur Tür und öffnete sie weit, ließ einen Schwall von Sonnenlicht das Zwielicht durchschneiden. Die leere Schachtel fest umfassend, bewegte sie sich hölzern durch den Gemeinschaftsraum zu seinem Schlafzimmer.

Als sie seine Tür öffnete und das Licht einschaltete, überkamen die Erinnerungen sie so heftig, dass sie rückwärts schwankte. Die Schachtel entglitt ihren Fingern und fiel mit einem dumpfen Dröhnen auf den Boden.

Tränen nahmen ihr die Sicht. Mit einem winzigen, schluckenden Geräusch des Kummers bewegte sie sich wie betäubt in dem kleinen Schlafzimmer, berührte Dinge – Fotos, Bücher, die Lieblingsbaseballmütze, die er samstags trug. Der Rosenkranz lag ordentlich auf seiner Bibel.

Sie sah ein Bild auf der Kommode und ergriff es, ließ ihre Finger über die kalte Oberfläche des Glases gleiten. Es zeigte sie und Francis an dem Tag, an dem sie Lina aus dem Krankenhaus heimgebracht hatten. Sie lächelten, aber in ihren Augen war solche Sorge, solche erwachsenen Ängste in diesen Gesichtern Heranwachsender ...

He, Maddy-Mädchen, du bist auf der falschen Seite der Stadt.

»Oh, Francis ...« Sie zog sein Kissen vom Bett und glättete

die zerknitterte Baumwolle mit den Händen. Die *Star Wars*-Laken, die sie ihm letzte Weihnacht aus Jux geschenkt hatte.

Sie hatte Angel gesagt, dass sie lernen müssten, ohne Francis zu leben – aber wie sollte sie das tun? Wie konnte man ohne den Sonnenschein auf dem Gesicht leben?

Die Tränen kamen wieder, brennend und heiß, und sie ergab sich ihnen. Sie sank langsam auf ihre Knie und schluchzte in das Kissen, das nach ihrem besten Freund auf der Welt roch.

Kapitel 19

Lina starrte auf die glasige Oberfläche des Lake Union. Ein riesiger schwarzer Schatten glitt über das flache Wasser. Er erinnerte sie an das Monster, das hinter den Jalousientüren ihres Schrankes gelebt hatte, als sie ein kleines Mädchen war. Francis und ihre Mom hatten ihr erzählt, dass das Monster nur in ihrer Phantasie existiere, und sie hatte ihnen meistens geglaubt. Aber in manchen Nächten, wenn es draußen besonders dunkel war und Regen wie Salz in den Lichtkreis der Straßenlaterne vor ihrem Schlafzimmerfenster rieselte, hatte sie gewusst, dass das Monster nicht nur in ihrem Gehirn existierte. Sie hatte gehört, wie es sich bewegte, raschelte, an ihren Metallkleiderbügeln kratzte.

Als sie zwölf war, fing sic an zu begreifen, dass, was immer in dem Schrank leben mochte, ein Teil von ihr war. Sie spürte es in sich, wenn es sich dann und wann bewegte, seinen hässlichen Kopf mit einer Art formloser, wortloser Unzufriedenheit zurückwarf, die ihre Wahrnehmungen, ihre Träume und ihre Alpträume durchdrang. Es war eine Einsamkeit, die weder unzählige Monopolyspiele im Familienkreis oder Ferien in Disneyland ausfüllen konnten.

In ihrem dreizehnten Lebensjahr hatte es mit einigen wenigen schlimmen Nächten angefangen und sich zu schlimmen Wochen weiterentwickelt, als sie fünfzehn war. Sie erinnerte sich allzu gut an den Anfang – er war mit ihrer ersten Periode zusammengefallen, und gleich, wie viele Bücher ihre Mutter ihr gezeigt hatte, egal, wie viele Fotos von Gebärmüttern und Eierstöcken Lina gesehen hatte, sie kannte die Wahrheit. Das Gute blutete aus ihr heraus, hinterließ seine bräunlichen Flecken in ihrer Unterwäsche. Nachdem sie zu bluten begonnen hatte, hatten die schlaflosen Nächte angefangen. Mal weinte sie ohne ersichtlichen Grund, bekam dann wieder Wutausbrüche von so plötzlicher Heftigkeit, dass sie anschließend zitterte. Wenn sie in dieser schlechten Stimmung war, regte sie alles auf. Besonders ihre Mutter.

Aber so schlimm war es nie zuvor gewesen. Die Unzufriedenheit und Unglücklichkeit war immer gekommen und gegangen, Augenblicke, die sie auf irgendeinen Weg gebracht hatten und dann irgendwo stehen ließen, wo sie nicht wirklich sein wollte.

Jetzt wollte es einfach nicht von ihr lassen. Die Schwärze saß auf ihrer Brust und erfüllte ihren Mund mit einem bitteren Geschmack. Sie hüllte sich um Worte, die zu sagen sie nie eine Chance gehabt hatte – lebe wohl, ich liebe dich, es tut mir Leid.

Ohne Francis fühlte Lina sich verloren und allein. So allein, dass sie manchmal mitten in der Nacht aufwachte, unfähig zu atmen, unfähig sogar zu weinen. Sie wollte mit ihrem Fahrrad zum Pfarrhaus fahren, bis ihr dann einfiel, dass er nicht dort war.

Sie zerbrach förmlich. Nichts befriedigte sie oder machte sie glücklich und sie schien sich nicht einmal auf die einfachsten Dinge konzentrieren zu können. Alles, was sie fühlte, war Schuld und noch mehr Schuld, wie sie Francis behandelt hatte. Sie wollte mit ihrer Mutter darüber reden, konnte aber die Worte nicht finden. Und was nützte das überhaupt? Mom war ebenso eine wandelnde Leidende wie Lina. Sie trieben dahin, Seite an Seite in diesem großen, alten Haus, das überhaupt nicht wie ein Heim war, sagten nichts und lächelten nie.

Und jetzt, in all diesem Schmerz, hatte ihre Mutter *den Vater* hervorgezaubert.

Lina zuckte zusammen und zog die Beine an die Brust, starrte blicklos auf die glatte, silberne Oberfläche des Lake Union. Die großen, verrosteten Rohre, die Gasworks Park seinen Namen gegeben hatten, waren ein riesiger, ungeschlachter Schatten links von ihr.

Ein leichter Regen begann zu fallen, prasselte auf den See und spritzte klingend von der Metallkonstruktion ab.

Der bloße Gedanke an den Tag der Beerdigung brachte ihr Blut zum Kochen. Sie konnte nicht glauben, dass ihre Mutter ausgerechnet diesen Augenblick ausgewählt hatte, um ihr die große Neuigkeit über ihren mysteriösen Vater mitzuteilen.

Sie kauerte sich zu einer festen, kleinen Kugel zusammen und rollte auf die Seite. Winzige Spitzen von totem Gras stachen ihr in die Wange und Regen peitschte auf die andere Gesichtshälfte, rann in eisigen Bächen in ihren Kragen.

Sie wollte ihre Mutter dafür hassen, dass sie das Thema angesprochen hatte, und ein Teil von ihr tat das auch, aber in diesem Augenblick war in ihr so viel mehr. Hass und Ärger und, am schlimmsten von allem, diese nagende Hoffnung, die nicht wachsen wollte und doch nicht ganz ersterben konnte.

Sie lag dort, bis ihre Kleidung völlig durchnässt war und ihr Haar am Gesicht klebte. Sie brauchte Francis, damit alles in Ordnung kam.

Aber Francis war gegangen und er würde nicht zurückkommen.

Wer würde ihr jetzt helfen, wo er fort war? Wer würde ihr Fels sein, auf den sie sich stützen konnte, wenn die düsteren

Stimmungen kamen, wer würde seine Tür öffnen und grinsen und sagen: *Komm herein, Lina-Ballerina ...?*

Daddy.

Sie dachte an das Phantom, das ihr Vater war, an den Mann, von dem sie seit Jahren geträumt hatte, auf den sie gewartet, um den sie gebetet und an den sie geglaubt hatte. Sie brauchte ihn jetzt mehr, als sie ihn je zuvor gebraucht hatte.

Ich möchte, dass er dich liebt, Lina. Ich möchte, dass er dich will, aber ich habe Angst ... ich habe Angst, dass er dir das Herz brechen wird.

Als sie die Worte gehört hatte, hatte Lina gewusst, dass es die Wahrheit war. Ihre Mutter *hatte* Angst, dass er ihr das Herz brechen würde. Und vielleicht würde er das auch. Es war unmöglich, sich weiter an all ihre Kleinmädchenphantasien von einem perfekten Vater zu klammern. Seit Francis' Tod begriff sie, wie dunkel und erschreckend die Welt sein konnte.

Lina schniefte und wischte sich mit dem Ärmel ihrer Flanelljacke über die tropfende Nase. Der Mann, der ihr Vater war, konnte ihr wehtun. Das verstand sie jetzt und wusste, dass die Angst ihrer Mutter echt war.

Aber vielleicht konnte er sie auch retten.

Sie wollte, dass dies wahr werden würde, wollte es so sehr, dass sie sich von ihrem Sehnen völlig zerschlagen fühlte. Sie war so entsetzlich einsam und die Liebe ihrer Mutter schien nicht zu helfen. Sie brauchte ihren Vater, der sie in seine Arme und sie in sein Haus nahm, um nach ihrem Leben zu fragen und zuzuhören. O Gott, einfach nur zuzuhören ...

Sie hatte Francis verloren, und alles, was ihr blieb, war ihr Daddy.

Sie würde ihn dazu *bringen*, dass er sie liebte. Sie würde ihn nicht als gegeben hinnehmen, wie sie es bei Francis getan hatte. Bei ihrem Daddy würde sie perfekt und geistreich und liebenswert sein. So liebenswert, dass er um die Jahre weinen würde, die er verloren hatte.

Es musste möglich sein.

Denn wenn es nicht so war – wenn er sie wirklich nicht wollte –, dann glaubte sie, das nicht überleben zu können.

Angel träumte, er ginge wieder über die Wiese. Diesmal war es Winter. Eine dicke glitzernde Schneedecke lag über allem und der Himmel war von einem strahlenden Blau.

Wie Francis' Augen ...

Und plötzlich befand er sich in einer leeren Kirche. Er blinzelte und blickte um sich. Sonnenlicht fiel durch ein riesiges Bleiglasfenster, streute Scherben von vielfarbigem Licht über den Holzboden. Eine riesige Statue der Jungfrau Maria, aus weißem Marmor gehauen, starrte auf ihn herab, die Arme schützend um ein in Windeln gewickeltes Bündel gefaltet.

Angel drehte sich langsam um und sah eine Gruppe von Kindern in der offenen Tür stehen. Als er sich wieder umdrehte, war die Kirche voller Menschen – Eltern, die Kameras hielten und ihre Hälse reckten, um die Kinder zu sehen.

Nacheinander traten die Kinder in die Kirche ein. Sie waren alle ähnlich gekleidet – Mädchen in weißen, rüschenbesetzten Kleidern, Jungen in gebügelten schwarzen Hosen und gestärkten weißen Hemden, das Haar unnatürlich streng zurückgekämmt. Angel spürte, dass er zu lächeln begann. Es war ein Tag, an den er sich so deutlich erinnerte ...

Francis erschien zuerst, ein schlaksiger Neunjähriger mit übermäßig gestärkter schwarzer Hose, die ein winziges, kaum hörbares Geräusch von sich gab, als er ging. Angel folgte seinem großen Bruder so dicht, dass er gegen ihn stieß, als Francis plötzlich stehen blieb. Angel hörte sein Lachen durch die stille Kirche trillern, bevor er es unterdrücken konnte.

»Psst«, zischte Francis und drehte sich zu ihm um.

Angel grinste seinen Bruder breit an. »Tut mir Leid«, flüsterte er und versuchte, seine Kleidung in Ordnung zu bringen. Er zupfte an dem abgetragenen weißen Hemd und steckte es wieder in seine kleine schwarze Hose.

Dann bewegte die Reihe sich wieder. Sie marschierten an den Bankreihen vorbei und bezogen neben der Orgel ihre Plätze. Es gab einen Augenblick gedämpfter Stille, bevor das Lied begann. Eltern grinsten und beugten sich vor. Kameras klickten.

Angel rückte langsam näher zu seinem Bruder. Francis stand in der Mitte der Reihe – der größte Junge im Kirchenchor –, sein Rücken war steif und er hatte die Augen starr geradeaus gerichtet. Er sang das Lied mit der klaren, reinen Stimme eines wahren Gläubigen.

Angel griff langsam in seine Tasche. Seine Finger schlossen sich um den kleinen Laubfrosch, ertasteten die glatte, runde Oberfläche seines Rückens. Zentimeter um Zentimeter zog er den Frosch aus seiner Tasche heraus und setzte ihn dann behutsam, ganz behutsam auf Francis' Schulter.

Mitten in Francis' Solo stieß der Frosch ein lautes *Ribbit* aus und sprang auf Mary Ann McCallisters Kopf. Und danach brach die Hölle aus.

Mädchen kreischten und schlugen um sich und stoben auseinander. Die Jungen hüpften und sprangen hinter dem Frosch her. Und der Priester starrte Angel nur an und schüttelte seinen Kopf.

Angel lachte, bis ihm die Tränen über die Wangen liefen. Nach einer langen Minute fiel Francis ein und die beiden standen dort und lachten inmitten des Infernos. Und schließlich wischte Francis sich die Tränen aus dem Gesicht und reichte Angel seinen ersten Kommunionsrosenkranz. »Hier, Angel«, sagte er grinsend. »Du wirst garantiert zwei brauchen.«

Francis' Worte hallten nach, während das Bild der Kirche sich verschob und zu verschwinden begann.

Plötzlich fand Angel sich auf der Wiese wieder, stand knietief in gefrierendem Schnee. Der Himmel über ihm war so schwarz wie ein Krähenflügel und Schnee fiel mit einer Heftigkeit, die ihn blendete, landete in winzigen brennenden Flecken auf seinen Wangen. Er stand allein dort, wusste nicht, was er sagen sollte, und sein Herz hämmerte in seiner Brust.

Dann kam Francis auf ihn zu, schwebte heran, streckte die Arme nach ihm aus.

Angel nahm die Hand seines Bruders und klammerte sich an sie. »Es tut mir Leid, Franco«, flüsterte er und merkte, dass er zu weinen begann. »Es tut mir Leid, Jesus Christus, es tut mir Leid ...«

»Psst«, sagte Francis mit einem Lächeln, einem ruhigen, breiten Lächeln, bei dem seine Augen zu Schlitzen wurden. »Ich weiß.« Er drückte Angels Hand. »Halt dich fest, Bruder. Ich bin bei dir.«

Und Angel erwachte weinend.

Madelaine stand in der offenen Tür des Operationssaals 8 und überlegte, was sie mit Angel machen sollte. Allenford und seine OP-Schwester standen an dem Bett und bereiteten Angel auf seine erste Biopsie nach der Operation vor. Selbst von hier aus hörte Madelaine Angels wütende Stimme.

Seine Stimmungsschwankungen waren unberechenbar. In der einen Minute war er noch folgsam und charmant und in der nächsten – *bumm*! Er bekam jene Art von Wutanfällen, die fast zur Legende wurden, bevor sie vorbei waren. Krankenschwestern hatten damit begonnen, Strohhalme zu ziehen, um zu sehen, wer seine Lebensfunktionen zu überprüfen und ihn mit Medikamenten zu versorgen hatte. Er war auf der Intensivstation zu einem gefürchteten Monster geworden.

Rein körperlich verlief alles gut. Alle intravenösen Medikamente waren abgesetzt worden, einschließlich Dopamin und Isuprel. Er machte sprunghaft Fortschritte und hatte die Intensivstation früher als die meisten Patienten verlassen können. Der Physiotherapeut hatte ihn bereits zweimal besucht und berichtet, dass er auf sei und täglich mindestens vierzig Minuten liefe. Die Blutkulturen waren negativ.

Ja, körperlich machte er prächtige Fortschritte. Seelisch war er eine Katastrophe. Er schien unfähig zu sein, sich mit der neuen Lebensweise abzufinden. Jede Pille oder Spritze und jeder Bluttest machten ihn verrückt. Er konnte die Schwellung seiner Wangen nicht ertragen und auch nicht den Gewichtsverlust, den er durch seine Krankheit erlitten hatte.

Kurz gesagt, er war meistens ungenießbar.

Aber lange würde dieser Zustand nicht mehr währen.

Bald würde Angel aus dem Krankenhaus entlassen werden und auf sich allein gestellt sein. Außer ihm selbst kümmerte sich dann niemand um ihn.

Und wenn sich nicht schnell etwas änderte, fürchtete sie, dass er das Ganze nicht ernst genug nehmen würde. War das nicht immer Angels Problem gewesen – dass er nichts ernst nahm?

Seine Medikation war etwas, das er nicht ignorieren konnte. Er *musste* sich an die Regeln halten, einmal in seinem Leben wenigstens. Wenn er das nicht tat ...

Sie verdrängte den Gedanken, weigerte sich, ihn weiterzuverfolgen. Angel hatte Francis' Herz – alles das, was von ihrem lachenden, blauäugigen Priester geblieben war – und sie wollte verdammt sein, wenn sie zuließ, dass er dieses Wunder einfach wegwarf.

Im Augenblick war er verloren. Sie konnte das in seinen Augen sehen, in der flüchtigen Weichheit seiner Berührung spüren. Und wann immer Angel Angst hatte, wurde er wütend. Das wusste sie, hatte es immer gewusst.

Die Frage war, was sie dagegen tun sollte.

Sie ging zu seinem Bett hinüber, nahm seine Hände in ihre.

»He, Mad«, sagte er mit schläfriger Stimme, »ich nehme an, du willst sehen, wie der alte Allenford wieder in mich reinsticht.«

Chris tauchte etwas Watte in die Jodlösung und betupfte damit eine Stelle an Angels Hals.

Angel zuckte bei der Berührung zusammen und kniff die Augen zu.

Madelaine konnte sehen, welche Angst er hatte, und sie hielt seine Hand fester. Sie wollte ihm sagen, dass alles gut sein würde, aber sie war Ärztin und wusste – ebenso wie er –, dass diese Prozedur zu wichtig war, um sich über Allgemeinplätze zu ergehen. Sie würde sie warnen, falls sein Körper Francis' Herz abstieß.

»Ich brauche mehr Valium«, murmelte er und öffnete die Augen, um sie anzusehen.

Sie versuchte zu lächeln. »Wir haben dir bereits mehr gegeben, als dir zusteht.«

Er verzog eine Hälfte des Mundes zu einem lässigen Grinsen. »Ich war noch nie gut beim Teilen meiner Drogen. Ich vertrage eine Menge – ich brauche mehr.«

Sie hörte die Gereiztheit in seiner Stimme und wünschte, sie könnte ihn beruhigen.

Er lag dort, den Kopf stark zur Seite verdreht. In dem Teil des Halses, der orangerot bemalt war, pulsierte eine dicke blaue Ader. Allenford injizierte direkt unter Angels Adamsapfel ein Lokalanästhetikum. Als das Betäubungsmittel wirkte, führte er eine Nadel in die Drosselader ein und führte das Bioptom weiter, immer weiter auf Angels Herz zu.

Alle vier Köpfe drehten sich zu dem Monitor am Fußende des Bettes. Angels Herz tauchte als ein pumpender, sich windender Schatten auf dem Bildschirm auf. Allenford knipste ein winziges Stück des Herzmuskels ab – nicht größer als ein Stecknadelkopf – und zog das Bioptom heraus.

»Das ist alles, Leute«, sagte er und lächelte, während er die Probe in einen Behälter legte und den kleinen Einschnitt verband. Er streifte die weißen Gummihandschuhe ab, warf sie in den Mülleimer und stand dann auf. »Die Ergebnisse sollten wir in ein paar Stunden haben.«

Die Operationsschwester packte alles ein und verließ das Zimmer.

Allenford nahm seine Akte und studierte die Notizen. »Beschäftigt Sie irgendwas, Angel?«

Angel drehte sich dem Chirurgen zu und starrte ihn an. »Da Sie schon fragen, ja. Mad will mir nichts über meinen *Spender* sagen.« Er sprach das Wort Spender aus, als schmecke es bitter auf seiner Zunge.

Chris' Blick wanderte für eine Sekunde zu ihrem Gesicht und Madelaine spürte, dass ihre Wangen heiß wurden. Dann sah er wieder Angel an. »Bei diesen Dingen gibt es strenge Vorschriften, Angel. Wir haben in den Jahren unserer Praxis festgestellt, dass das Übergangsstadium besser verläuft, wenn Vertraulichkeit gewahrt bleibt.«

Angel verdrehte die Augen und richtete sich mühsam auf. Das gepunktete Krankenhaushemd war an seiner verbundenen Brust geöffnet. Das orangefarbene Jod leuchtete wie ein wütendes Brennen an seinem blassen Hals. »Ihr Ärsche von Ärzten haltet euch für Gott, aber das seid ihr nicht. Ihr seid nichts weiter als Leute, die die Universität ein paar Jahre länger als eine Zahnarzthelferin besucht haben. Ihr habt kein Recht, mit meinem Leben zu spielen.«

Allenford schaute ihn mitfühlend an. »Es ist der Schmerz und es sind die Medikamente, die Sie so reagieren lassen, Angel. Machen Sie sich deshalb keine Sorgen. Das ist völlig normal. Natürlich wollen Sie wissen, wer Ihr Spender ist – das wollen alle Empfänger –, aber die Wahrheit ist, dass eine Kurzschlussreaktion keine gute Idee ist. Die Familie des Spenders hat ebenso ein Recht auf Geheimhaltung wie Sie.« Er beugte sich zu dem Bett vor, lehnte die Arme auf das Gitter und sah Angel eindringlich an. »Also denken Sie nicht über etwas nach, was Sie nicht ändern können. Denken Sie daran, dass bald alles allein bei Ihnen liegt. Sie können weiter über die Ungerechtigkeit all dessen fluchen oder mit dem weitermachen, was von Ihrem Leben übrig geblieben ist.«

»Ja, was macht's schon, wenn ich sterbe – das ist nur ein kleiner Patzer in Ihrer Laufbahn als Chirurg. *Sie* werden darüber hinwegkommen.«

Allenford runzelte die Stirn. Seine Stimme wurde zu einem Flüstern. »Glauben Sie das, Angel?«

Angel schien vor ihren Augen zu schrumpfen. Er sank auf das Kissen und seufzte schwer. »Das ist das Problem, Doc. Ich scheine überhaupt nichts mehr zu glauben. Sie wollen, dass ich aufhöre, ›über die Ungerechtigkeit all dessen zu fluchen‹, und mit meinem Leben weitermache. Wie, zum Teufel, soll ich das denn tun? Wenn das Ergebnis der Biopsie negativ ausfällt, könnten mir vielleicht noch zehn Minuten bleiben. Es ist verdammt schwer, für ein solches Leben zu planen.«

»Das stimmt nicht unbedingt, Angel, und das wissen Sie. Sie könnten noch lange leben. Es gibt einen Mann in Kalifornien, der jetzt schon achtzehn Jahre ...«

»Kommen Sie mir doch nicht wieder mit Statistiken, denn sonst wird Schwester Ratchet aufwischen müssen, was ich auf den Boden gekotzt habe. Glauben Sie mir, nichts erfüllt mein *Herz* so sehr mit Freude wie das Wissen, dass ich ein langes, erfülltes Leben leben kann, wenn ich Karottensaft trinke und Gymnastik mache.« Er lachte bitter. »Ich habe eine zweite Lebenschance bekommen – yippie. Ich brauche mich nur wie Richard Simmons zu verhalten.«

Allenford lachte leise und richtete sich auf. »Den mit Richard Simmons kannte ich noch nicht. Ich komme wieder zu Ihnen, wenn ich die Ergebnisse der Biopsie habe. Denken Sie positiv.«

Angel schnaufte. »Hand aufs Herz und freu dich aufs Sterben.«

Allenford warf Madelaine einen bedeutungsvollen Blick zu und verließ dann den Operationssaal. Angel öffnete den Mund, um etwas zu Madelaine zu sagen, doch bevor er sprechen konnte, trat Dr. Marcus Sarandon in den Raum.

Angel verdrehte die Augen. »Oh, prächtig, noch ein Arzt. Und der sieht aus wie Malibu Ken.«

Marcus lachte laut auf. Sein Blick fiel auf Madelaine. Er verstand ihr kurzes Nicken und wandte sich wieder an Angel. »Nun, ich denke, wenn's jemand gibt, der Show durchschauen kann, dann ganz bestimmt ein Filmstar.«

Angel schenkte dem Mann ein widerwilliges Lächeln. »Die Runde geht an Sie, Doc.«

Marcus hielt ihm seine Hand hin. »Ich bin Marcus Sarandon. Ich werde ... Madelaine in Ihrem Fall vertreten.«

Angel runzelte die Stirn. »Kommt nicht in Frage.«

Madelaine trat schnell an das Bett. »Ich werde es später erklären. Hör ihm einfach zu. Er ist ein guter Kerl.«

»Ist Clint Eastwood auch. Das bedeutet nicht, dass ich ihn als Arzt haben will.«

Marcus zog ein blaues Notizbuch aus seinem Ärmel hervor. »Dies ist Ihr täglicher Kalender – Dosierungen von Medikamenten und Zeiten. Sehen Sie sich das an. Wir reden morgen darüber.«

»Ich will morgen nicht reden.«

Marcus grinste. »Der perfekte Patient. Gut. Dann werde ich reden und Sie hören zu.« Er schenkte Angel noch ein schnelles, blitzendes Lächeln und verließ dann den Raum.

Angel nahm den Medikationskalender und warf ihn durch den Raum. Er traf die nackte Wand und fiel zu Boden.

Madelaine hob ihn mit einem Seufzer auf und legte ihn vorsichtig auf das Fußende des Bettes. Dann zog sie einen Stuhl heran. »Du benimmst dich wie ein unartiges Kind.«

»Halt den Mund.«

Sie lächelte. »Eine schlagfertige Antwort, Angel. Was tust du als Nächstes – wirst du mir die Zunge rausstrecken?«

»Überspann es nicht.«

»Du machst das Leben für jeden auf dieser Etage zur Hölle.«

Er schaute sie freudlos an. »Was glaubst du, wie das für mich ist? Ich liege hier jeden Tag, werde durchstochen und abgeklopft und kontrolliert, als sei ich ein Stück Fleisch auf einem Förderband. Und ich träume weiter ...« Seine Stimme wurde leiser und er wandte sich von ihr ab. »Geh weg, Mad.«

Sie rückte näher. »Was ist denn, Angel?«

Er wartete ein paar Augenblicke, bevor er antwortete. »Ich träume immer wieder von Francis. Die Träume fangen alle verschieden an, aber sie enden gleich. Wir reden kurze Zeit und dann beugt er sich über mich. Ich kann fühlen, wie mein Herz in meiner Brust schlägt, wie ein gefangener Vogel, der gegen ein Fenster stößt. Er flüstert etwas – ich kann mich nie erinnern, was es ist – und dann nimmt er meine Hand und verschwindet. Aber das ist nicht alles. Es ist, als ... sei er in mir. Gestern bat ich die dicke Oberschwester, Betty Boop oder wie sie heißt, einen anderen Radiosender einzustellen. Ich *bat* sie, etwas von den Beatles einzustellen.« Er seufzte. »Die *Beatles*, um Himmels willen. Vor der Operation habe ich nichts außer Hard Rock gehört – du weißt schon, diese Art von Musik, bei der man sich nur die Klamotten ausziehen und sich ganze Busladungen Kokain reinziehen will. Und jetzt will ich ›Yesterday‹ hören.« Er blickte zu ihr auf und diese Augen, dic immer so voller Leben gewesen zu sein schienen, wirkten trüb und farblos. »Ich hab das Gefühl, ich verliere meinen verdammten Verstand, Mad.«

Sie saß sehr still da. Ihr eigener Herzschlag flatterte in ihrer Brust. Es war durchaus üblich, dass Transplantationspatienten glaubten, von der Persönlichkeit des Spenders vereinnahmt zu sein, aber Angel wusste nicht, dass er Francis' Herz hatte. Er sollte diese Dinge nicht fühlen. Es war medizinisch nicht möglich. »Wir haben eine wundervolle Psychiaterin im Team, Angel. Sie weiß, was du durchmachst – es ist ganz normal –, und sie würde sich freuen, mit dir zu reden.«

»Das hat mir gerade noch gefehlt, noch eine Ärztin. Ach ja, das Beste hast du noch gar nicht gehört. Letzte Nacht habe ich um ein Glas *Milch* gebeten.«

Sie wusste nicht, was sie sagen sollte. »Fettarme Milch ist gut für dich.«

»Wenn du mich hier mit ärztlichem Geschwätz voll sülzen willst wie irgendein medizinischer Kommunist, dann kannst du dich zum Teufel scheren. Ich versuche, mit dir zu reden, Mad. Ich versuche, dir zu erzählen ...« Er stieß einen schweren Seufzer aus und fuhr sich mit einer Hand durch das wirre Haar. »Ist ja auch egal.«

Sie rückte näher. »Was?«

Er schaute zu ihr auf und die Traurigkeit in seinen Augen brach ihr fast das Herz. »Ihr Ärzte bietet mir ständig ›Leben‹ an, als ob das eine Bombenrolle in einem Streifen von Spielberg sei, aber es ist nicht *mein* Leben, Mad. Dieses Herz ist wie ein Schuh, der nicht richtig passt. Es lässt mich nie vergessen, dass ich nicht mit ihm geboren wurde. Vielleicht, wenn Francis lebte oder ich jemand hätte, mit dem ich reden könnte, jemand, der meine Hand nehmen könnte und mir helfen würde, mich irgendwohin führte ... ich weiß nicht. Ich fühle mich wie ein Monster.«

Sie streckte eine Hand nach ihm aus, ergriff seine und drückte sie sanft. »Ich bin für dich da, Angel.«

Er versuchte zu lächeln. »Ich will dich nicht kränken, Mad, aber du bist wie eine Fata Morgana, die ich sehen, aber nicht berühren kann. Manchmal denke ich, ich hätte unsere gemeinsame Zeit nur geträumt. Dieser verrückte, verknallte Junge könnte ich nicht gewesen sein. Nein, der Junge, der auf einer brandneuen Harley aus der Stadt gedröhnt ist, *dieser* Junge war ich.«

Sie starrte auf ihn hinab, sah den Schmerz und die Einsamkeit, die in seinen grünen Augen spukten. In diesem Moment sorgte sie sich so sehr um ihn, dass das Gefühl fast wie ein Schmerz in ihrer Brust war. Er litt jetzt, trauerte um sich und seinen Bruder, den er verloren hatte. Sie wusste, was für ein Gefühl es war, plötzlich jemand zu verlieren. Alles, was einem blieb, war Glaube, und wenn man den nicht hatte, konnte einen die Leere völlig verschlingen.

Und Angel hatte nie wirklich an etwas geglaubt, am allerwenigsten an sich selbst.

»Ein Traum, den du im Lauf der Zeit vergessen hast.« Sie beugte sich zu ihm. »Hast du mich vergessen, Angel?«

In der Sekunde, in der sie die schicksalhafte Frage stellte, sah sie die Antwort in seinen Augen, das Aufblitzen von Sehnen, die Furcht vor Ablehnung. »Nein«, erwiderte er leise.

»Ich weiß, dass ich nicht Francis bin. Ich weiß, dass ich nicht zur Familie gehöre, aber ich bin für dich da und ich werde nirgendwo hingehen.«

»Versprochen?«, fragte er mit heiserer Stimme.

Madelaine nickte. »Darum kann ich nicht länger deine Kardiologin sein. Von jetzt an werde ich Marcus Sarandon diese Aufgabe überlassen. Er ist ein ausgezeichneter Arzt. Ich werde dennoch für dich da sein, wann immer du willst ... als deine Freundin.«

Er runzelte die Stirn. »Ich verstehe nicht ...«

»Ich bin emotional zu vorbelastet.« Sie schluckte schwer und sagte leise: »Ich sorge mich zu sehr um dich.«

Er schwieg für eine lange Minute, musterte sie und sagte dann: »Ich habe dich nicht verdient, Mad.«

Sie schenkte ihm ein schnelles, zögerndes Lächeln. »Das hast du nie.«

»Ja, frag nur Fr...«

»Francis«, schloss sie und ihr Lächeln schwand. Schweigen senkte sich schwer zwischen sie.

»Er liebte dich«, erzählte Angel ihr und schaute sie ruhig an, während er sprach.

Für einen Augenblick war der Kummer so stark, dass sie nicht sprechen konnte. Schließlich nickte sie. »Er liebte dich auch.«

»Ich vermisse ihn. Es ist seltsam ... in all diesen Jahren der Trennung wusste ich immer, dass er nur einen Anruf entfernt war. Ich habe selten an ihn gedacht, und wenn ich's tat, lachte ich und genehmigte mir noch einen Drink und nahm mir vor, ihn am nächsten Morgen anzurufen. Natürlich tat ich das nie. Und jetzt ist er fort, manchmal vermisse ich ihn so sehr ...«

Madelaine konnte nicht dagegen an. Sie trat zu ihm. Sie legte die Hände auf seine Wangen, starrte in sein schönes Gesicht, schaute tief, tief in seine Augen.

Francis, dachte sie. *Bist du da? Du solltest jetzt besser da sein ...*

Sie musste ihm eine Chance geben – ihnen allen. Es war an der Zeit.

»Er ist nicht die einzige Familie, die du hast, weißt du«, sagte sie ruhig.

Angel schaute sie stirnrunzelnd an. Sie wusste genau, in welchem Augenblick er verstand, was sie da sagte – sein Stirnrunzeln verflog und eine kalte, tiefe Furcht weitete seine Augen. Er schüttelte den Kopf. »Tu das nicht, Mad«, sagte er, noch immer den Kopf schüttelnd. »Tu mir das nicht an.«

Madelaine wandte ihren Blick nicht ab. Zum ersten Mal in ihrem Leben fühlte sie sich stark und als Herrin der Lage, und Gott, es war ein gutes Gefühl. Sie schenkte ihm ein tiefes, ruhiges Lächeln. »Ihr Name ist Lina.«

Kapitel 20

Angel drehte sich unbehaglich um und stieß sein Kissen zu einer kleinen Kugel zusammen. Dann schob er sie sich hinter den Kopf. Der Fernseher über ihm spuckte Werbespots aus.

Er griff nach der Fernbedienung und zappte durch die Kanäle. Eines dieser Boulevard-Pseudonachrichtenmagazine zeigte sein Bild auf der Mattscheibe. Das Bild wich sofort dem von Angels Putzfrau aus Las Vegas – die mehr Make-up trug als Robin Williams in *Mrs Doubtfire*. Sie tratschte und schwätzte, erzählte, dass Angel nie hinter seinem Bett Staub wischen und manchmal vergessen würde, ihr einen Scheck für ihre Arbeit hinzulegen. Dann war die blondierte Reporterin wieder auf dem Bildschirm zu sehen und produzierte ein Plastiklächeln. »Es wird vermutet, dass Angel DeMarco sich derzeit in einem Krankenhaus im Nordwesten an der Pazifikküste befindet. Eine Bestätigung über die Art seiner Erkrankung gibt es nicht, aber in den letzten Tagen wurde auf mehr als nur einer Hollywoodparty das Wort Aids geflüstert. Wie aus dem engeren Bekanntenkreis des Stars zu erfahren ist, soll ...«

In einem Anflug von Verärgerung drückte er auf die Aus-Taste und warf die Fernbedienung durch das Zimmer. Sie traf mit einem befriedigenden Klappern die Wand und zerschellte auf dem Linoleumboden.

Er verschränkte die Arme und seufzte tief.

Er musste ständig an gestern denken. Egal, wie sehr er sich bemühte, Madelaines Worte zu verdrängen – sie kamen immer wieder, tauchten fortwährend aufs Neue auf, während er allein in seinem Zimmer lag.

Ihr Name ist Lina.

Schließlich gab er es auf und legte sich zurück. Er verschränkte die Arme hinter dem Kopf und starrte an die weiß getünchte Decke.

Eine Tochter.

Er versuchte sich vorzustellen, wie es sei, ein Kind zu haben. Er hatte nie viel Zeit damit verbracht, über solche Dinge nachzudenken. Tatsächlich dachte er überhaupt nur dann über Kinder nach, bevor er Sex hatte – das war der Gedanke, der ihn veranlasste, nach den Kondomen in seiner Tasche zu greifen.

Er wollte die ganze Diskussion als unwichtig und lächerlich verdrängen. Und er war sicher, dass er das vor der Operation einfach hätte tun können. Er hätte Madelaine bei einem Konzert oder einer Filmpremiere begegnen können, hätte von dem so wundervollen Kind gehört, das sie vor sechzehn Jahren geboren hatte und nichts dabei empfunden. Weniger als nichts.

Er hätte ihr einen großen Tequila angeboten und auf das Kind angestoßen, das er gezeugt hatte. Aber das wäre auch schon alles gewesen. Nach dem Tequila hätte er die Bühne sofort verlassen.

Langsam dämmerte ihm, dass Wegrennen nichts brachte, dass man manchmal genau an dem Punkt anlangte, von dem aus man gestartet war.

Jetzt hielt er sich nicht mehr für unsterblich. Wie könnte er das auch – mit dem Herz des Fremden, das in seiner Brust schlug, und der hellroten Frankensteinnarbe in seinem Fleisch? Jedes Mal, wenn er eine Spritze bekam oder eine Pille einnahm, wurde er daran erinnert, dass er allein durch die Gnade Gottes noch lebte – und durch das Geschenk eines Fremden. Es war die Art von Dingen, die einen Menschen dazu brachten, über sein Leben nachzudenken – selbst wenn er das nicht wollte.

Noch vor der Operation war er es leid gewesen, ständig zu rennen und nirgendwohin zu gelangen, war der Partys müde mit all diesen Frauen, an die er sich nicht erinnern konnte, und der Freunde, die verschwanden, sobald die Kameras sich abwandten. Aber er wusste nicht, was er sonst machen sollte.

Er hatte sich selbst nie ein eigenes Leben geschaffen, kein wirkliches gottgefälliges *Leben*. Er hatte eine Existenz – eine Eigentumswohnung in einem Hochhaus in Las Vegas, Freunde, die ebenso schnell kamen und gingen wie Filmrollen, Autos, die er ein Jahr lang fuhr und dann wechselte, eine Arbeit, die ihn in Geld schwimmen ließ. Er musste allenfalls vier Monate im Jahr arbeiten.

Was hatte er die restliche Zeit getan? Daran konnte er sich jetzt kaum erinnern. Wenn er über sein Leben nachdachte, fielen ihm nur zufällige Bilder von Partys und Katerstimmungen ein.

Er wollte sich an seine Anfangszeit erinnern, als er ein ernsthafter Schauspieler gewesen war, der von einem mörderischen Vorsprechen zum nächsten gegangen war und Shakespeare im Park gespielt hatte. Aber das war eine erfundene Geschichte – die Fiktion, die er der Presse vorgesetzt hatte, als die Person des Angel DeMarco erschaffen wurde, zusammengesetzt aus Schnipseln von Realität und Unmengen von Phantasie.

Die traurige Wahrheit war, dass er überhaupt nicht schauspielern konnte. Beim ersten Vorsprechen war er wegen seines Aussehens genommen worden – einem Vorsprechen, zu dem er einfach hingegangen war. Vals Mutter hatte einem Produzenten erzählt, dass ihr Sohn Agent sei und – voilà! Val war

Agent. Und als Val Agent wurde, dauerte es nur Sekunden, bis Angel ein Schauspieler wurde.

Vielleicht wäre diese erste Rolle gar nicht so schlecht gewesen, wenn er nur ein bisschen Schauspieler gewesen wäre und darin eine Berufung gefunden hätte, aber er war der Star und der Film spielte über 150 Millionen Dollar ein. Danach hätte man ihn Othello spielen lassen, wenn er es gewollt hätte. Ein *Star* war geboren.

Er runzelte die Stirn, überlegte, warum er nicht härter gearbeitet hatte, um sein Handwerk zu lernen. Warum hatte er den Funken Talent, den die Kritiker in ihm sahen, nicht genutzt und daraus etwas Besonderes gemacht?

An die Gründe konnte er sich nicht erinnern. Selbst die Umstände und Chancen begannen zu verschwimmen. Sein Leben vor dem Herzanfall erschien ihm allmählich wie eine flüchtige Erinnerung, die einem anderen gehörte.

Und doch erinnerte er sich glasklar an Dinge wie den Jahrmarkt.

Ein Traum, den du vergessen hast, Angel. Hast du mich vergessen?

Das hatte er. Bis er in diesem verdammten Krankenhaus in Oregon aufgewacht war, hatte er Madelaine praktisch vergessen. Ihre gemeinsame Zeit war zu einer verschwommenen Erinnerung an die erste Liebe geworden, wie alle Jugenderinnerungen in das zerfetzte Sammelalbum der Seele geheftet worden. Jetzt aber fühlte sich das, was sie verband, real an, so wirklich, dass er es berühren konnte. Vielleicht das einzig Wirkliche in seinem ganzen Leben.

Sie wollte, dass er für ihre Tochter ein Vater war. Es war das Einzige, worum sie ihn je gebeten hatte.

Sie braucht dich, hatte Madelaine gesagt.

Gott helfe ihm, aber er wusste nicht, was er tun sollte. In irgendeinem Winkel seiner Seele war der Wunsch, seine Hand nach dieser Tochter auszustrecken, die ihm so sehr ähnelte. Er wollte sie festhalten und in sein Leben bringen und wissen, dass er etwas auf dieser Welt richtig gemacht hatte, bevor er starb.

Aber er hatte Angst. Was für ein Vater konnte er denn sein? Er war Alkoholiker, der gerade mit dem Trinken aufgehört hatte, ein Drogensüchtiger, der Schluss gemacht hatte. Er konnte jede Sekunde tot umfallen, durch das Versagen des Herzens eines anderen Mannes.

Wohl schwerlich das beste Vorbild für ein verwirrtes sechzehnjähriges Mädchen.

Es gab keinen Zweifel daran, dass er sie hängen lassen würde. Überhaupt keinen Zweifel.

Deprimiert von seiner eigenen Unzulänglichkeit, griff er nach dem Nachttisch und schaltete das Radio ein, das Madelaine ihm gegeben hatte. Heavy-Metal-Musik plärrte ihm entgegen und er zuckte zusammen. Ohne zu überlegen, drehte er den Tuner weiter, bis die klangvolle Melodie des »Phantoms der Oper« aus den winzigen Lautsprechern drang.

Er spürte, dass ein friedlicher Schauer ihn erfüllte. Die Wut und die Furcht, die seinen Magen seit gestern verkrampft hatten, begannen zu weichen. Er legte sich auf die Kissen zurück, ließ die Musik den Raum erfüllen und sein wundes Herz beruhigen.

Sei ihr Freund, Angel.

Es war die Stimme seines Bruders, die durch die Musik zu ihm sprach.

Angel richtete sich müde auf, stemmte sich auf den Ellenbogen hoch. Sei ihr Freund.

Es war genau das, was Francis gesagt haben würde, wenn er noch lebte. Francis wusste immer, wie man im Leben das Richtige tat, und er hatte es immer getan. Ganz ruhig, ohne

Aufhebens davon zu machen, ohne Gewissenskonflikte oder irgendwelche Fragen.

Ob Angel so sein könnte? Es auch nur versuchen könnte?

Damals – vor der Operation – wäre die Antwort darauf mit blendender Schnelligkeit gekommen, hätte jede Neigung, gut zu sein, zermalmt. Er hätte gewusst, dass er sich einer solchen Verpflichtung nicht stellen konnte. Er hätte gelacht über den bloßen Gedanken, es auch nur zu versuchen.

Aber jetzt, wo er hier lag und der Musik lauschte, überlegte er. Vielleicht hatte sein Herz jemandem gehört, der gut gewesen war. Vielleicht gab ihm das neue Herz eine Chance, die sein altes Herz ihm nicht zugestanden hätte.

Er sollte über die Absurdität dieses Gedankens lachen. Er wusste, dass das Herz nur ein Organ war, nicht das Lagerhaus der Seele oder irgend so ein Unsinn. Und doch, egal, wie oft er sich das sagte, konnte er es nicht ganz glauben. Seit der Operation hatte er begonnen, anders zu *fühlen*. Er hatte einen anderen Musikgeschmack, bevorzugte anderes Essen. In der einen Minute noch war er so wütend wie früher und dann geschah etwas – er brauchte nur ein trauriges Lied zu hören oder in den Regen hinauszuschauen – und er wusste, dass da etwas Neues in ihm war. Ein winziges Fädchen von Gutem, das zusammengerollt bei dem Schlechten lag. Es beängstigte ihn, dieses Gefühl, dass er in seinem Körper nicht mehr allein war, aber es faszinierte ihn auch. Mit jedem Schlag des Herzens des Fremden spürte er ein winziges Aufflackern von Fähigkeiten, das, verdammt, fast an Zauberei grenzte.

Er wollte, dass all sein Schmerz und sein Leiden einen *Sinn* hatten. Madelaine und Chris und Hilda und Tom Grant, sie alle hatten ihm gesagt, dass er eine zweite Lebenschance bekommen hatte. Vielleicht konnte er endlich etwas ändern.

Er wollte das plötzlich, wollte es so sehr, wie er noch nie etwas gewollt hatte.

Es war ein gutes Gefühl, etwas zu wollen, ein Ziel zu haben. Davon hatte er, wenn er ehrlich war, nicht allzu viele in seinem Leben gehabt. Er hatte nie mehr gewollt als die nächste Filmrolle oder die nächste Frau oder den nächsten Drink.

Er hatte erstaunlicherweise das Gefühl, als werde er endlich erwachsen.

Er war so sehr in Gedanken versunken, dass er eine Sekunde brauchte, um zu merken, dass jemand an seine Tür klopfte.

»Herein«, sagte er.

Madelaine kam durch die Tür. Für einen Sekundenbruchteil hätte er sie fast nicht erkannt. Sie trug ausgebeulte Levi's und eine übergroße grüne Strickjacke, die schon bessere Tage gesehen hatte. Ihr Haar hing schlaff um ihr Gesicht, kein Make-up verdeckte die Blässe ihrer Wangen.

»Hi, Angel«, sagte sie leise und trat neben sein Bett.

Er blickte zu ihr auf und spürte ein Ziehen in der Brust. Sie wirkte traurig und verloren, ganz anders als sonst. Früher hätte er diese Zeichen von Kummer nicht bemerkt, doch sein neues Herz wusste Dinge, die sein altes Herz nicht gekannt hatte.

Er schenkte ihr ein breites, falsches Lächeln. »Hi, Doc. Wie geht's denn so?«

Sie zog die Patientenkarte aus der Hülle am Fußende des Bettes, überflog sie rasch und legte sie dann beiseite. »Ich bin sicher, Sarandon hat dir gesagt, dass die Biopsie keine Abwehrreaktion gezeigt hat. Du machst gute Fortschritte.«

»Zumindest ein Teil von mir.«

Sie verzog verdutzt das blasse Gesicht. »Was meinst du damit?«

»Setz dich.«

Sie zog einen Stuhl heran und nahm neben dem Bett Platz. Als sie bemerkte, wie er sie anstarrte, fuhr sie sich mit einer Hand durch das Haar. »Heute ist mein freier Tag.«

Er wollte auf das Thema eingehen und sie fragen, wie sie sich fühle, aber diese Art von intimer Offenheit löste in ihm ein Gefühl von Unsicherheit und Verlegenheit aus. So nickte er stattdessen zu dem Fernseher, der an der Wand hing. »Ich habe gerade mein Bild in einer Klatschshow gesehen. Scheint, als hätte ich Aids. Du hättest mir das sagen sollen.«

Ein Lächeln spielte um eine Seite ihres Mundes. »Ich wollte dich nicht deprimieren.«

»Was sagen sie sonst, meine geliebten Schakale von den Medien?«

»Ein Sensationsblatt berichtete vor ein paar Tagen, dir sei ein Herz transplantiert worden – von einem Pavian, glaube ich, aber vielleicht war es auch von einem Außerirdischen. In einer anderen Sendung war man sicher, dass eine Stripteasetänzerin aus Boca Raton dich mit Aids infiziert hat.« Sie sah ihn an. »Es scheint, als hättest du ein ziemlich wildes Sexleben geführt.«

Ihm war etwas mulmig zumute. »Ja, hatte ich«, sagte er mit einem Seufzer.

»Das kannst du wieder haben, weißt du. Einige Kardiologen empfehlen, mit sexuellen Beziehungen sechs Wochen zu warten, aber ich bin da etwas weniger streng. Wann immer dir danach ist ...« Ihr wurde die Doppeldeutigkeit der Worte bewusst und eine hübsche rosa Röte breitete sich von ihrem Hals aus. »Ich meine, Sex ist okay, wenn du dich gut genug fühlst.«

Er sah sie direkt an und schenkte ihr sein strahlendstes Böser-Junge-Lächeln. »Ist das ein unsittlicher Antrag?«

Er meinte, sie bei seinen Worten leicht erschauern zu sehen. »Ich denke, ich werde dich diese Diskussion besser mit deinem neuen Kardiologen führen lassen.« Sie stand auf. »Ich muss mich sputen.«

Er streckte eine Hand nach ihr aus und hielt sie fest. »Geh nicht.«

Sie starrte lange und eindringlich auf ihn hinab und sagte dann ruhig: »Behandle mich nicht so, Angel. Ich bin keines dieser Hollywoodsternchen, die einen Mord begehen würden, um eine Nacht in deinem Bett zu verbringen.«

Er merkte, dass er sie verletzt hatte. »Es tut mir Leid. Altes Leben. Alte Sprüche.« Er zuckte die Achseln, ließ ihre Hand aber nicht los. »Du wirst Geduld mit mir haben müssen. Sich über Nacht zu ändern, ist ein wenig schwer.«

Sie entzog ihm langsam ihre Hand und setzte sich.

Er wartete darauf, dass sie etwas sagte, aber als sie das nicht tat, wusste er, dass es an ihm war zu sprechen. »Ich ... ich habe viel über Franco nachgedacht«, sagte er, brachte die Worte stockend wie ein Narr heraus.

Sie kniff die Augen fest zu und er wusste, dass sie um Beherrschung rang.

»Ist das sein Pullover?«, fragte Angel ruhig.

Sie berührte augenblicklich den Ärmel und ihre Finger streichelten die abgenutzte Wolle. Sie nickte wortlos.

»Wann ...« Seine Stimme wurde zu einem heiseren Flüstern. »Wann beginnt die Heilung? Wann werden wir uns besser fühlen?«

Sie schluckte schwer und blickte zu ihm auf. »Ich weiß nicht, ob es eine Heilung gibt. Es gibt nur ein ... Weitermachen.«

Er sah sie an und erkannte in diesem Augenblick, wie sehr ihm an ihr lag, wie sehr er wollte, dass ihr an ihm lag. »Ich denke, das ist es, worum es im Leben geht. Weiterzumachen.«

Sie schenkte ihm ein sanftes Lächeln, das ihr Gesicht für eine Sekunde verwandelte. »Denke ich auch.«

Er hatte sie dazu gebracht, so zu lächeln – mit ein paar ehrlichen Worten und damit, dass er sie flüchtig in sein Herz hatte schauen lassen. Diese Erkenntnis überkam ihn und brachte ihn dazu, wie ein Idiot zu grinsen. »Dieses neue Herz, das ich habe ... es kommt von jemand, der gut war.«

Sie atmete scharf ein. »Ja«, erwiderte sie.

Und zum ersten Mal *fühlte* er sich wie ein neuer Mann.

Als das Telefon klingelte, wusste Madelaine, dass es etwas Schlechtes zu bedeuten hatte. Ihr Magen verkrampfte sich. Langsam legte sie den Roman beiseite, den sie las, ging in die Küche und nahm das Telefon ab. Als sie Vicky Owens Stimme hörte, schloss sie die Augen und seufzte müde. »Hallo, Vicki.«

»Tut mir Leid, Sie zu Hause zu stören, Madelaine, aber ich wollte Ihnen sagen, dass Lina heute nicht in der Schule war.«

Madelaines Blick fiel auf die geschlossene Tür des Zimmers ihrer Tochter. »Ich hatte sie um sieben Uhr abgesetzt. Sie winkte mir zu und ging dann in das Gebäude.« Sie seufzte erneut, war plötzlich zu müde, um mit dem weiter umgehen zu können. »Ich denke, ich hätte sie bis zum Klassenzimmer bringen sollen.«

»Ich sah, dass Sie sie um drei abholten – darum rufe ich an. Ich fürchte, dass sie ernste Probleme bekommt, wenn nicht jemand einen Weg findet, an sie heranzukommen.«

Madelaine hätte das fast instinktiv geleugnet, doch stattdessen ging sie mit dem Telefon ins Wohnzimmer und setzte sich auf das schwer gepolsterte Sofa. Seit Francis' Tod hatte sie das Gefühl, nicht mehr sie selbst zu sein. Jeden Augenblick lebte sie in dem Bewusstsein, wie zerbrechlich das Leben war, wie unsicher, und sie hatte nicht mehr die Kraft, so zu tun, als sei sie perfekt. Sie fühlte sich, als würde sie Wasser im tiefen Teil des Schwimmbeckens treten.

»Ich bin ... völlig durcheinander, Vicki«, gestand sie und in dem Augenblick, als die Worte über ihre Lippen kamen, fühlte sie sich, als ob eine Last von ihren Schultern gefallen sei. »Francis war mehr als ein Freund. Er gehörte zur Familie.

Wann immer ich versuche, über ihn zu reden, endet es damit, dass wir beide weinen und sich keiner von uns besser fühlt. Ich weiß, dass sie Hilfe sucht, aber ich habe keine Kraft, ihr etwas zu geben, und wenn ich es versuche, wartet sie nicht einmal, bis ich die richtigen Worte gefunden habe.«

»Ich weiß, was Sie fühlen. Mein Bruder und seine Frau sind im vergangenen Jahr gestorben und ich habe meinen Neffen zu mir genommen. Wir sind wochenlang danach wie Löwen miteinander umgegangen, die um ein Revier kämpfen. Es ist eine unerträgliche Zeit.«

»Was soll ich also tun?«

»Geben Sie nicht auf. Versuchen Sie, zu ihr durchzudringen. Und schauen Sie, ob es Anzeichen für wirkliche Probleme gibt. Ich werde versuchen, sie mit meinem Neffen bekannt zu machen, aber das wird nicht leicht sein.« Sie lachte. »Ihre Tochter wird ihn für einen totalen Deppen halten.«

Madelaine lächelte müde. »Damit wollen Sie wohl sagen, dass er ein großes Kind ist.«

»Im Augenblick ... ja. Versuchen Sie, für Lina jemand zu finden, mit dem sie sprechen kann. Ich werde das auch weiter versuchen, aber sie wird auf niemand hören, der Autorität verkörpert.«

»Ja«, antwortete Madelaine. »Das werde ich. Vielen Dank, Vicki.«

Als sie aufgelegt hatte, erhob Madelaine sich und ging den Korridor hinunter. Sie erreichte Linas Zimmer, noch bevor sie sich einen Plan zurechtgelegt hatte. Aber in der Minute, als sie auf die geschlossene Tür schaute, wusste sie, was sie zu tun hatte.

Jemanden, mit dem sie reden konnte.

Sie klopfte an die Tür.

Keine Reaktion.

Madelaine sammelte sich und öffnete dennoch die Tür.

Lina saß auf ihrem Bett, hörte mit großen, schwarzen Kopfhörern Musik und rauchte eine Zigarette. Sie trug ein Sweatshirt mit dem Aufdruck: *Wenn du meine Musik nicht magst, bist du einfach zu alt.* Tränen rannen über ihre Wangen.

Der Anblick ihres Kindes, das allein in seinem Zimmer saß, sich hin und her wiegte und weinte, war fast mehr, als Madelaine ertragen konnte. Sie ging zu der Stereoanlage hinüber und schaltete sie ab.

»Verdammt, Mom!« Lina riss sich die Kopfhörer vom Kopf und warf sie auf das ungemachte Bett. »Du hast kein Recht, hier hereinzuplatzen und meine Musik abzustellen.«

Madelaine nahm Lina wortlos die Zigarette aus dem Mund und drückte sie in dem überquellenden Aschenbecher auf dem Boden aus. Dann setzte sie sich neben ihre Tochter.

Für eine Sekunde sahen sie sich einfach nur an und der argwöhnische Groll, der in Linas Augen zu sehen war, schmerzte. Gott, wie er schmerzte.

Madelaine streckte die Hand aus und strich das struppige Haar aus den Augen ihrer Tochter.

Lina zuckte zusammen und wich zurück, lachte unsicher. »Ich werde mir das Haar nicht anders schneiden lassen.«

Madelaine seufzte. So viele Missverständnisse. »Ich dachte nicht daran, dass du einen anderen Haarschnitt brauchst. Ich dachte, dass du einen Vater brauchst.«

Lina erblasste. »Du hast gesagt, er will mich nicht sehen.«

»Er glaubt, dass er das nicht will, aber manchmal kann ein Mensch nicht sehen, was unmittelbar vor seinen Augen ist.« Sie lächelte ihre Tochter zaghaft an. »Genau wie du. Ich bin hier. Ich war immer hier und doch siehst du mich nicht.«

»Mom ...«

»Unterbrich mich nicht. Ich war keine gute Mutter für dich, Lina. Das weiß ich. Glaubst du vielleicht, ich wüsste das nicht? Aber das hat nie daran gelegen, dass ich dich nicht liebe.« Sie lächelte weich. »Ich erinnere mich an deine Geburt, daran, wie sie dich auf meinen Bauch gelegt haben. Du warst so klein, so perfekt in jeder Hinsicht, und ich begann zu weinen. Alle glaubten, ich weinte, weil du so schön warst.« Sie streichelte Linas feuchte Wange. »Aber ich weinte, weil ich siebzehn Jahre alt war und solche Angst hatte. Ich wusste, dass ich nie gut genug für dich sein würde.«

»Mom, sag doch nicht ...«

»Weil ich Angst hatte, bin ich egoistisch gewesen. Ich habe versucht, dich immer bei mir zu haben, hoffte, dass ich es eines Tages richtig machen würde. Aber ich habe es nicht richtig gemacht. Hätte ich das, würdest du nicht die Schule schwänzen und stehlen und allein in deinem Zimmer hocken und weinen. Du brauchst etwas, das ich dir gerade jetzt nicht geben kann.«

»Ich brauche Francis«, sagte sie mit dünner, zitternder Stimme.

»Wir brauchen ihn beide, Liebes. Und wir werden ihn für den Rest unseres Lebens jeden Tag brauchen. Vielleicht wird der Schmerz eines Tages nachlassen – alle sagen, dass es so sein wird – und ich bete darum, dass es so sein wird. Aber im Augenblick müssen wir unser Leben weiterleben, alles an Glück nehmen, was wir finden können. Wenn es etwas gibt, das ich aus Francis' Tod gelernt habe, dann das, wie schnell alles vorbei sein kann. Ein Anruf mitten in der Nacht und das Leben verändert sich.«

»Ich will mein altes Leben wiederhaben.« Lina lächelte sie mit feuchten Augen an und zuckte die Schultern. »Ich weiß, ich weiß, ich hab's gehasst, als ich es hatte.«

Madelaine wollte Lina in diesem Augenblick in die Arme schließen und sie an sich ziehen, aber sie hatte Angst, dass das die Unterhaltung beenden würde, und sie hatte noch einen so langen Weg vor sich. Meilen, so viele Meilen. Stattdessen fasste sie Lina beim Kinn und lächelte. »Ich möchte ändern, was ich falsch gemacht habe.« Sie atmete lang und tief ein und sammelte sich für ihre nächsten Worte. »Ich möchte dich deinem Vater vorstellen.«

Linas Augen weiteten sich und sie begann, den Kopf zu schütteln. »Noch nicht ...«

»Doch. Jetzt.«

»Was wird er tun?«

Da war die Frage, die stechende kleine Furcht, die in ihr nagte und die sie nicht verdrängen konnte. Doch die neue Ehrlichkeit war ein gutes Gefühl, viel besser als all dieses Verstecken und Heucheln, furchtlos und perfekt zu sein. »Ich weiß es nicht.«

»Und wenn er mich nicht sehen will?«

»Dann versuchen wir es morgen wieder und übermorgen und überübermorgen.«

Lina schwieg eine lange Zeit. Dann sagte sie: »Ich weiß nicht, ob ich das schaffe.«

»Du bist stärker, als du denkst.«

»Nein.«

Madelaine schaute ihre Tochter an, liebte sie so sehr, dass es schmerzte. Sie wusste, dass Lina das Recht hatte, Angst zu haben, wusste aber auch, dass die Furcht kein Grund war, auszuweichen. Wenn jemand diese Lektion gelernt hatte, dann Madelaine. Sie hatte ihr Leben lang Angst gehabt und was hatte ihr das gebracht? Ein Bett, in dem sie allein schlief, und eine Tochter, die sich ungeliebt fühlte.

»Wenn er dich verletzt, werde ich da sein, Lina.«

»Ich habe Angst.«

»Ich weiß. Die habe ich auch.«

Lina wandte sich ab, starrte auf das riesige Poster von Johnny Depp, das über ihrem Bett hing. Schließlich seufzte sie und sah Madelaine wieder an. »Ich muss es versuchen, nicht wahr?«

Madelaine war plötzlich sehr stolz auf ihre Tochter. »Das tun wir alle. Mehr bleibt uns nicht.«

Angel träumte, er sei wieder auf der Wiese.

Er stand dort, sah sich um, fühlte sich friedlich und zufrieden. Vögel kreisten hoch über ihm, zwitscherten und zirpten und schossen auf das süße grüne Gras hinab. Er konnte seinen Herzschlag hören, dieses gleichmäßige Pochen, dieses Pulsieren und Klopfen in der Brust.

Er wusste, dass Francis kommen würde, bevor er eintraf.

Angel drehte sich ganz langsam um und sah seinen Bruder bei den Bäumen stehen. Francis trug sein ernstes, schwarzes Priestergewand und für einen Sekundenbruchteil erkannte Angel ihn fast nicht. Dann ging Francis auf ihn zu, schwebte über dem von Blumen durchsetzten Gras.

Er konnte das Lachen seines Bruders in der leichten Brise hören, das sich mit dem Zwitschern der Vögel vereinte, dem Flüstern der Blätter, und Angel merkte, dass er selbst auch lachte.

Plötzlich wurde die Welt still. Die Vögel verschwanden und der Wind legte sich. Alles, was er hören konnte, waren ihre beiden Herzen, die wie Schnellfeuergewehre klangen.

Ohne nachzudenken, streckte er eine Hand aus. Er spürte, dass Francis seine Hand nahm, spürte die warme Kraft des Griffes seines Bruders und fühlte sich geborgen und sicher. Ihre Herzen schlugen synchron, wurden zu einem einzigen Schlag auf dieser stillen Wiese.

Ich habe nicht viel Zeit.

Angel hörte die Worte seines Bruders, obwohl Francis' Lippen sich nicht bewegt hatten.

»Bleib«, flüsterte Angel verzweifelt. »Ich habe dir so viel zu sagen.«

Die Worte sind unwichtig.

»Und ob, das weiß ich jetzt. Bleib.«

Doch Francis schwand bereits. Sein Bild schimmerte und er löste sich von ihm.

Er lief Francis nach, streckte wieder die Hände aus, versuchte, das Bild zu halten, aber es bewegte sich schneller als er, verschwand in den dunklen Schatten der Bäume.

Und Angel war allein. Der Himmel über ihm wurde dunkel und hässlich, warf ein düsteres Leichentuch auf das Feld, begrub die Blumen und das Gras.

»Angel?«

Er hob sein Gesicht zum Himmel und starrte auf die Wolken, die sich zusammenballten. *Komm zurück, Francis, komm zurück ...*

»Angel?«

Er erwachte jäh und sah, dass Madelaine neben seinem Bett stand. Er starrte zu ihr auf. Sein Atem kam in tiefen, heftigen Stößen. »H... hi, Mad.«

Sie zog einen Stuhl heran. »Alles in Ordnung mit dir?«

»Nein«, erwiderte er, ohne nachzudenken, und warf seine Verwundbarkeit auf die Decken zwischen ihnen. Fast hätte er das zurückgenommen und gesagt: *Ja, Teufel, ja.* Aber dann sah er in ihre graugrünen Augen und er begriff, dass er das Lügen satt hatte, es leid war, die Wahrheit zu verheimlichen. Gestern hatte er das Gefühl gehabt, ganz kurz das gelobte Land gesehen zu haben, heute aber fühlte er sich wieder verloren. Einsam und vergessen und krank. Die Träume von Francis brachten ihn um.

»Nein«, sagte er wieder, leiser dieses Mal. »Es geht mir nicht gut. Ich träume ständig von Francis. Es ist nicht normal. Es ist, als ob ... als ob er in mir sei. Ich fühle ihn die ganze Zeit. Ich höre, wie er zu mir spricht. Manchmal *denke* ich sogar so, wie er gedacht hat.«

»Du könntest niemand Besseren in dir haben, Angel.«

»Ich weiß.« Er seufzte. »Gestern sagte er in meinem Traum zu mir ›lebe für mich‹.« Er schluckte schwer. »Wie könnte *ich* das tun – leben für einen Mann wie ihn? Er war so viel besser, als ich je sein werde.«

Sie beugte sich näher zu seinem Bett. »Du hast die zweite Chance bekommen, die er nie hatte, Angel. Nur du kannst entscheiden, was du damit anfangen wirst.«

»Oh, großartig. Jetzt lade mir noch ein bisschen Schuld auf.«

»Nicht Schuld. Hoffnung.«

Er griff nach der Patientenkarte, die neben seinem Bett lag. »Wie viel Hoffnung kann ich haben, wenn dies mein Leben ist?«

»Hör endlich auf, so melodramatisch zu sein. Diese Karte ist nicht dein Leben – darin steht nur, was du tun musst. Die *Regel* für dein neues Leben. Die Medikamente, die du einnehmen musst – täglich, wie ich hinzufügen möchte, wenn du den nächsten Sonnenaufgang erleben willst –, und die Lebensmittel, die du essen sollst. Die Übungen, mit denen du beginnen musst. Die Termine der Untersuchungen und Tests in den nächsten sechs Monaten. Ein ganz einfacher Terminplan. Normale Menschen folgen dem täglich.«

»Oh, ich kann's gar nicht erwarten.«

»Zu schade, dass du heute in so schlechter Stimmung bist. Ich habe nämlich eine Überraschung für dich. Da ist jemand, den ich dir vorstellen möchte.«

»Wenn du mich wieder mit diesem verdammten Seelenklempner zusammenbringst, werde ich deine Terminpläne aus dem Fenster werfen.«

»Keine Psychiater, keine Physiotherapeuten, keine Krankenschwestern. Nur ein sechzehnjähriges Mädchen.«

Angel erstarrte. Er hörte das Dröhnen seines Herzschlages

in den Ohren und dieses Geräusch löste Panik in ihm aus. Dann folgten Francis' Worte. *Sei ihr Freund.*

Er wollte es. Gott, er wollte es, aber er hatte Angst. Er war jemand, der alles versaute, aber dies war wichtig. Das war keine Sache, die man mal eben so einfach angehen konnte, bereit, beim ersten Anzeichen von Problemen davonzulaufen. »Ich kann das nicht, Mad. Ich bin nicht dazu geschaffen, Vater zu sein.«

Sie wollte etwas sagen, tat dann aber stattdessen etwas Seltsames. Sie streckte eine Hand aus und legte sie auf seine Brust. Er spürte die Wärme ihrer Berührung durch den dünnen Stoff seines Krankenhaushemdes, durch die Gazeschichten, die seine Narbe bedeckten. »Oh, Angel«, sagte sie und beugte sich näher, so nahe, dass er die silbernen Lichter in ihren grünen Augen sehen konnte, so nahe, dass er den feinen Duft ihres Haarsprays riechen konnte. »Du hast das in dir. Glaube mir.«

Er war von ihren Augen hypnotisiert. Er dachte verrückterweise, dass ihm ihr Blick irgendwie vertraut vorkam, aber das musste Jahre her sein. Er konnte sich einfach nicht erinnern ...

»Ich werd's versauen«, sagte er, versuchte, den Zauber zu brechen.

»Dann werde ich Hackfleisch aus dir machen.«

Er wusste, dass sie es diesmal ernst meinte, und er begriff plötzlich, welches Risiko sie einging. Sie liebte Lina und sie hatte Angst, dass Angel alles verderben und ihre Tochter verletzen würde. Er wusste auch, dass er das, wenn er das tat, niemals wieder gutmachen könnte. Niemals würde es eine zweite Chance geben.

»Ich will nicht, dass sie etwas von der Transplantation weiß – sie wird mich wie ein Monster behandeln.«

»Nein, das wird sie nicht. Aber es ist deine Entscheidung, wann – und ob – du ihr von der Operation erzählen willst.«

»Wie soll ich mich verhalten? Was soll ich tun?«

»Sie liebte Francis wie einen Vater und sie leidet, weil er tot ist. Sie braucht jemanden, der ihr zuhört, dem wichtig ist, was sie denkt und fühlt. Das wäre schon einmal ein Anfang. Sei ihr Freund.«

Er lächelte sie nervös an. »Das ist das, was Franco ... gesagt haben würde.«

»Ja«, sagte sie und ihre Stimme war kaum mehr als ein Flüstern. Sie blickte ihn erwartungsvoll an und ihre Augen strahlten.

Sei ihr Freund.

Kapitel 21

Lina ging auf dem stillen Korridor der Intensivstation auf und ab. Dann und wann sagten eine Krankenschwester oder ein Arzt hallo, und sie war gezwungen, aufzuschauen und etwas als Antwort zu murmeln, doch davon abgesehen bewegte sie sich einfach ständig.

Hilda kam über den Korridor geeilt und tippte ihr auf die Schulter. »Du läufst ja wie eine gefangene Katze herum, Süße. Was ist los?«

Lina sah sie kaum an. Es kostete sie ihre ganze Selbstbeherrschung, still zu stehen. Sie kannte Hilda fast ein Leben lang und liebte sie, aber im Augenblick war sie zu nervös, um auch nur zu plaudern. Sie erinnerte sich ein wenig spät daran, dass Hilda ihr eine Frage gestellt hatte, aber ihr fiel nicht mehr ein, was sie gefragt hatte.

Hilda musterte Lina mit ihrem typischen Blick von Kopf bis Fuß und lachte dann in missbilligendem Tonfall. »Meine Tochter ist Kosmetikerin, wie du weißt. Sie könnte mit deinem Haar wahre Wunder vollbringen.«

Die OP-Schwester hatte ihr schon seit sehr vielen Jahren Kosmetiktipps aufgetischt. Jedes Mal, wenn sie Lina sah, kam sie schnell zu ihr, zwickte sie in die Wange, schüttelte den Kopf und murmelte etwas darüber, wie hübsch Lina doch mit ein bisschen weniger Make-up sein könnte.

Normalerweise lachte Lina über Hildas nicht ganz ernst gemeinten Rat.

Heute nicht.

Ihr *Vater* würde sie in wenigen Sekunden zu Gesicht bekommen. Was, wenn er sie hässlich fand?

Sie stöhnte auf, steckte die Hände in die Hosentaschen, drehte sich schnell um und lief los, ließ Hilda einfach mit offenem Mund stehen. Sie rannte zum Büro ihrer Mom und schlich sich hinein, schlug die Tür hinter sich zu. Sie eilte zu dem antiken viktorianischen Spiegel neben dem Bücherschrank und schaute in das Glas.

Das Mädchen, das sie anstarrte, sah blass aus und hatte verquollene Augen, die Folge von zu wenig Schlaf. Ihr Haar stand in Tausenden ungleichmäßiger Stacheln ab. Durch den schwarzen Lidstrich, den sie unter den unteren Wimpern gezogen hatte, sah sie aus, als hätte sie einen Schlag ins Gesicht bekommen.

Wieso hatte sie das vorher nie gesehen?

O Gott, dachte sie in einem plötzlichen Anflug von Panik. *Mein Daddy wird mich für abgrundtief hässlich halten.*

Sie durchwühlte die Schublade des Schreibtisches ihrer Mutter und zog einen Kamm heraus, versuchte, ihre Frisur in Ordnung zu bringen. Aber das nützte nichts.

Als sie wieder vor den Spiegel trat, spürte sie, wie die Furcht sich verstärkte. Sie sah noch immer wie eine dieser Ausreißerinnen aus, die man zuweilen nach Einbruch der Dunkelheit durch die Straßen der Innenstadt geistern sah.

Die Tür öffnete sich mit einem Klicken und Lina wirbelte wieder herum. Sie war so nervös, dass sie den Kamm fallen ließ. Er fiel klappernd auf den Linoleumboden.

Mom trat in den Raum und Lina fühlte sich so elend, dass sie fast einen Brechreiz bekam. Ihre Mutter sah wie immer so aus, als sei sie gerade aus einer Seite für Kosmetikwerbung getreten – goldbraunes Haar, das in sorgfältig frisierten Locken um ihr Gesicht fiel, wunderschöne haselnussbraune Augen, betont durch ein klein wenig brauner Mascara. Sie trug einen cremefarbenen Kaschmirpullover und einen schwarze Hose, war das Bild von kühler Kultiviertheit und Klasse.

Das war das, was ihr Vater für hübsch hielt.

Lina musterte sich wieder im Spiegel und zuckte zusammen. »Ich kann es nicht, Mom. Ich muss morgen wiederkommen. Ich glaube, ich habe heute Morgen durch das Müsli beim Frühstück eine Lebensmittelvergiftung bekommen.«

»Er wartet auf dich«, erwiderte sie ruhig, während sie hinter sich die Tür schloss.

Lina spürte, dass ihr Herzschlag sich beschleunigte. »Er – er sagt, dass er mich sehen möchte?«

Mom runzelte die Stirn und bewegte sich auf sie zu. »Ist alles in Ordnung mit dir?«

Lina nickte, schüttelte dann den Kopf, versuchte darauf, wieder zu nicken. Doch die Tränen kamen, stiegen ihr in die Augen. »Nein«, flüsterte sie.

Mom streichelte ihre Wange. »Es ist ganz normal, nervös zu sein.«

»Ich bin hässlich.«

»Du siehst toll aus.«

»Ich hätte mir nie von Jeff das Haar schneiden lassen dürfen.« Sie schaute schnell zu ihrer Mutter auf, wartete auf deren *Ich hab's dir ja gesagt*, doch zum Glück kam das nicht. Schließlich sagte sie: »Meinst du ... du könntest mich so zurechtmachen, dass ich wie du aussehe?«

Mom musterte sie. Ein Lächeln spielte um ihre Mundwinkel. »Oh, nein ... du bist viel hübscher als ich.«

»Ja, natürlich«, greinte sie. »Und Bosnien ist ein tolles Urlaubsziel.«

Mom nahm sie bei der Hand und führte sie zu dem Sessel hinter ihrem Schreibtisch.

Lina setzte sich.

»Heb dein Gesicht hoch«, sagte Mom. Lina gehorchte. Ihre Mutter entfernte mit einer Creme und einem Papiertuch Linas Make-up und legte dann ein neues auf. Etwas Mascara, Rouge und einen Hauch von hellrosa Lippenstift. Anschließend kämmte sie Linas Haar aus dem Gesicht und besprühte es mit irgendetwas.

Lina wollte aufstehen.

»Bleib sitzen«, befahl Mom, während sie zu dem antiken Armoire in der Ecke ihres Büros ging. Sie öffnete die reich verzierte Tür, kramte in den Kleidern, die darin hingen, und nahm einen eisblauen Angorapullover heraus. Sie kehrte zum Schreibtisch zurück und lächelte. »Eigentlich sollte das ein Weihnachtsgeschenk sein.«

Lina starrte den weichen Pullover an und fühlte sich beschämt. Sie wusste, dass sie beim bevorstehenden Weihnachtsfest einen kurzen Blick auf etwas so Feminines geworfen und es dann beiseite gelegt, ihre Mutter für hoffnungslos bescheuert gehalten hätte. Sie schaute ihre Mutter an. »Ist irgendwie cool, Mom. Danke.«

Mom lachte. »Genau das hättest du bei der Bescherung auch gesagt.«

Lina zog lächelnd ihr T-Shirt mit der Bierwerbung von Coors über den Kopf und warf es in eine Ecke. Dann streifte sie den unglaublich weichen Pullover über. Als ihre Mutter mit ihr wieder vor den Spiegel trat, konnte Lina ihre Veränderung fast nicht glauben.

Dieses Mal starrte eine wunderschöne junge Frau sie an. Durch den Pullover wirkten ihre Augen unglaublich blau. Statt wie sonst gespenstisch weiß auszusehen, wirkte sie jetzt blass und irgendwie zerbrechlich, genau wie diese Mädchen in den Calvin-Klein-Anzeigen. Impulsiv drehte sie sich um und schlang ihre Arme um ihre Mutter, hielt sie fest.

Dann wurde ihr bewusst, was sie getan hatte, und sie wich verlegen zurück.

Mom lächelte. »Du solltest wissen, dass er sehr krank ist, dein Vater. Er hat gerade eine Herzoperation hinter sich gebracht und muss sehr vorsichtig sein. In etwa einer Stunde wird er entlassen werden, aber schnell bewegen darf er sich nicht. Ich habe Vorbereitungen getroffen – für den Fall, dass alles gut verläuft –, ihm heute zu helfen, ein Haus zu finden. Das machen wir drei gemeinsam.«

»Klingt irgendwie nach Familie«, sagte Lina. Sie war überrascht von der Sehnsucht, die in ihrer Stimme mitklang.

Mom schaute betroffen drein, dann ein wenig traurig. »Mehr wie neue Freunde.«

Lina nickte. Sie atmete tief ein, reckte die Schultern und hob das Kinn. »Ich bin bereit, Mom.«

»Gut. Er ist in Zimmer 264-W.«

»Du kommst nicht mit mir?«

Mom schüttelte den Kopf. »Ich denke, ihr zwei solltet eine Weile alleine sein.«

Lina unterdrückte einen Anflug von Furcht. Sie dachte daran, wie hübsch sie aussah, daran, wie der blassblaue Pullover ihre Augen so blau wie die von Francis wirken ließ, daran, dass ihr schwarzes Haar adrett aussah und nicht struppig.

Ich werde ihn dazu bringen, mich zu lieben. Das feierliche Gelöbnis klang in ihr nach und sie hielt es fest, presste es an ihre Brust und betete, dass sie es wahr werden lassen konnte. Sie blickte zu ihrer Mutter auf und wollte etwas sagen, aber nichts erschien ihr passend. Sie konnte die Furcht in den Augen ihrer Mutter sehen und sie wusste, dass sie ihnen beiden galt.

Sie lächelte ihrer Mom kurz zu und ging. Sie eilte über den

langen Korridor, vorbei an dem Bereitschaftsraum der Krankenschwestern, vorbei am Wartezimmer.

Als sie schließlich sein Zimmer erreicht hatte, schlug ihr Herz wild und sie spürte einen feinen Schweißfilm auf den Innenflächen ihrer Hände.

Sie schaute durch das Beobachtungsfenster und sah vor dem Fenster an der gegenüberliegenden Wand einen Mann stehen, der ihr den Rücken zugewandt hatte. Er trug ein Jeanshemd und Levi's, und sein Haar war lang und dunkelbraun. Ein gutes Zeichen, dachte sie – langes Haar.

Sie atmete tief ein und klopfte an die Tür. Auf sein leises »Herein« stieß sie die Tür auf und ging hinein.

»Hallo, Lina«, sagte er mit weicher, ruhiger Stimme, bei deren Klang ein Schauer des Erkennens über ihren Rücken lief. Es war eine Stimme, die sie kannte, die sie aber nicht zuordnen konnte.

Sie wartete nervös darauf, dass er sich zu ihr umdrehte.

Er drehte sich langsam um. Ihr Atem stockte, als sie ihn erkannte. Ihre Knie wurden weich. Am liebsten hätte sie die Hände nach irgendetwas ausgestreckt, um sich festzuhalten, aber da war nichts.

Es war Angel DeMarco.

»Oh, mein Gott«, flüsterte sie, fühlte sich völlig verunsichert und verwirrt.

Er lächelte sie mit diesem Megawattgrinsen an, das sie schon eine Million Mal auf der Leinwand gesehen hatte. »Ich sehe, dass deine Mom dir nicht gesagt hat, wer ich bin.«

Sie versuchte, nein zu sagen. Das Wort kam wie ein hohes Quietschen heraus.

»Komm her zu mir.«

Sie bewegte sich wie eine Maschine, während ihre Gedanken sich überschlugen. Ihr Vater war Angel DeMarco. Ihr *Vater* war Angel DeMarco. Ihr Vater war *Angel DeMarco*. Die anderen Kinder würden das nicht glauben. Brittany Levin würde ausrasten.

Dann traf sie die Erkenntnis mit voller Wucht, traf sie so hart, dass alles andere aus ihrem Verstand verschwand. »DeMarco«, sagte sie.

Er nickte, schenkte ihr ein sanfteres Lächeln, persönlicher als alles, was sie je im Film gesehen hatte. »Ich bin Francis' Bruder.«

Für eine Sekunde konnte sie nicht atmen. »Das hat man mir nie gesagt.«

Irgendetwas veränderte sich daraufhin an seinem Blick. Die Augen wurden dunkel, gaben ihr das Gefühl, ihn verletzt zu haben.

»Ich habe nie gelesen, dass du aus Seattle bist oder dass du einen Bruder hast. Ich ... ich glaub, ich habe irgendwo gelesen, dass du aus dem Mittleren Westen kommst.«

Ein Lächeln spielte um einen Mundwinkel. »Taktische Manöver, um die Spur zu verwischen. Ich wollte nicht, dass jemand weiß, wo ich aufgewachsen bin. Tut mir Leid.« Er kam auf sie zu, bewegte sich in diesem schlurfenden Gang, den alle Patienten nach einer Operation hatten. Instinktiv streckte sie die Hände nach ihm aus und er ergriff sie beide.

Lina blickte in seine legendären grünen Augen und einen Herzschlag lang konnte sie nicht atmen. Er hatte die Augen von Francis – obwohl die grün waren und nicht blau, aber es waren Francis' Augen. Und er schaute sie genauso intensiv an, wie Francis sie angesehen hatte, so, wie es nur wenige Menschen taten.

»Du bist viel schöner, als ich gedacht hatte«, sagte er mit belegter Stimme und in seinen Augen war das gleiche Staunen, das sie empfand.

In ihren Augen brannten Tränen, aber das war ihr egal. »Danke.«

»Ich ... ich habe absolut keine Ahnung, wie es ist, Vater zu sein, weißt du.«

»Schon in Ordnung.«

»Vielleicht sollten wir langsam anfangen, zuerst einfach nur Freunde sein.«

Freunde sein. Diese Worte lösten eine verwirrende Welle von Erregung aus. Es war das, was sie immer gewollt hatte – ein Vater, der ihr bester Freund war. Sie biss sich auf die Unterlippe, um nicht laut aufzulachen. Er würde alles sein, was sie sich je von einem Dad gewünscht hatte. Das wusste sie genau. Er würde all den Schmerz und das Leid und die Furcht aus ihrem Leben nehmen, dafür sorgen, dass sie verschwanden. Von jetzt an würde sie immer einen sicheren Platz haben.

Er ließ ihre Hand los und berührte ihr Gesicht, blickte ihr tief in die Augen. »Sieh mich nicht so an, Angelina.«

Sie atmete plötzlich und überrascht ein. Für einen Sekundenbruchteil hatte sie geglaubt, er habe sie Angelina-Ballerina genannt. Aber das hatte er nicht. Das hatte er natürlich nicht.

»Was ist?«, fragte er, während er sie musterte.

»Nichts ... es ist nur, dass Francis mich immer Angelina nannte ... Das macht sonst niemand.«

»Es ist dein Name«, sagte er. Dann sank seine Stimme zu einem Flüstern. »Ich mein's ernst, Lina. Halte mich nicht für einen Gott oder sonst was. Ich würde dich nur hängen lassen ...«

Was er da sagte, war so lächerlich, dass sie es ignorierte. Stattdessen starrte sie ihn weiter an, prägte sich alles in seinem Gesicht ein, über diesen Augenblick, was sie fühlte, während er ihre Hand hielt. »Keine Sorge. Ich werde dich lieben ...«

Er legte plötzlich einen Finger auf ihre Lippen, um sie zum Schweigen zu bringen.

Sie blinzelte ihn verwirrt an. Als er seine Hand zurückzog, sagte sie: »Aber ...«

»Ich möchte mir das verdienen«, sagte er harsch und starrte

mit einer Ernsthaftigkeit in ihre Augen, die sie erschreckte. Plötzlich waren es überhaupt nicht mehr Francis' Augen. »Es ist die einzige Chance, die wir haben.«

Angel schaute auf das Blatt Papier, das sich auf dem Klemmbrett befand. Er brauchte nur zu unterschreiben und würde danach frei wie ein Vogel sein.

Er empfand einen seltsamen Widerwillen, es zu unterschreiben.

Er sah sich in dem käseweißen kleinen Krankenhauszimmer um, in dem er die letzten Wochen gelebt hatte, und plötzlich war es wie ein Zuhause. Er kannte die Vögel, die über seine Fensterbank huschten, wusste genau, wie die Sonne bei Sonnenuntergang durch seinen gelben Vorhang fiel. Er hatte angefangen, den Geruch von Desinfektionsmitteln und Kartoffelpüree und Soße zu mögen. Sogar Sarah, die Deutsche, war eine Freundin geworden.

»Alles okay?«, fragte Madelaine.

Er wusste nicht, was er sagen sollte. Er fühlte sich wie ein Idiot und hatte doch plötzlich Angst, dass er es draußen nicht schaffen könnte, dass das Herz, das sich in seiner Brust so stark und neu anfühlte, da draußen schwach werden, ihn im Stich lassen würde. Oder dass er seinen alten, verantwortungslosen, von Alkohol beherrschten Lebenswandel wieder aufnehmen und wieder verloren sein würde.

»Ich weiß nicht. Ich glaubte, ich sei bereit, aber ...«

»Lina und ich werden für dich da sein, Angel. Du wirst da draußen nicht allein sein.«

»Danke, Mad.« Er berührte ihr Gesicht. Ein flüchtiges, zärtliches Streicheln, das ihn beruhigte. »Ich weiß nicht, was ich ohne dich all die Zeit über getan hätte.«

Sie lächelte. »Du wärst gut zurechtgekommen.«

Er zuckte die Schultern und sah sich wieder um. »Ich denke

immer wieder, dass ich Gepäck haben sollte ... etwas, das mich an die Zeit erinnert, die ich hier verbracht habe.«

Sie legte ihre Hand auf seine Brust, direkt auf sein Herz. »Das hast du.«

Hinter ihnen öffnete sich die Tür und sie drehten sich beide um, erwarteten, Sarandon und Allenford für die anstehende Verabschiedung zu sehen.

Eine Frau mittleren Alters stand im Zimmer. Sie trug einen verschlissenen Wollmantel und schmutzbespritzte Gummistiefel. »Ich suche nach ...« Sie sah Angel und ihr Unterkiefer fiel herunter. »Oh, mein Gott, Sie sind das ...« Sie sah Madelaine an. »Es ist Angel DeMarco.«

Madelaine stand für eine Sekunde wie angewurzelt da, stürmte dann vor, nahm die Frau beim Arm und führte sie hinaus. Sie schlug die Tür hinter sich zu.

Eine Minute später war Madelaine wieder da. Sie schaute grimmig und wütend drein. »Der Wachdienst hat sie durchgelassen. Ihr Vater liegt auf Zimmer 246-E.«

»*Scheiße*«, fluchte Angel. »Wir müssen schleunigst von hier verschwinden. Sobald die Frau an ein Telefon kommt, wird sie glauben, sie hätte in der Lotterie gewonnen. Man wird sie bezahlen *und* ihr fünfzehn Minuten Ruhm geben.«

Madelaine sah ihn an. »Es tut mir Leid.«

»Braucht dir nicht Leid zu tun – das musste passieren.« Er nahm eine Gesichtsmaske von dem Nachttisch und band sie am Nacken zu. Bevor er sie über sein Gesicht streifte, sagte er: »Hier ist die Story: Ich war über einen längeren Zeitraum, der geheim bleibt, hier und habe mich erfolgreich einer Herzoperation unterzogen. Darüber hinaus gibt es keinen Kommentar. Lass Allenford so bald wie möglich eine Pressekonferenz anberaumen. Und lass mich irgendwie hier rauskommen. Sofort.«

Madelaine nickte. »Gehen wir.«

Lange bevor die ersten Reporter auftauchten, hatte Madelaine Angel in ihrem Wagen, und sie fuhren in Windeseile vom Krankenhaus fort.

Lina und Angel waren in ihrem Element. Sie schaute in den Rückspiegel und beobachtete sie. Sie saßen nebeneinander, hatten die Köpfe zusammengesteckt und redeten angeregt miteinander. Lina sagte, dass sie es absolut cool fände, wie sie Angel aus dem Krankenhaus geschleust hätten. Angel erzählte ihr, wie er sich einmal auf der Ladefläche eines Kleintransporters versteckt hatte, während seine Fans eine Bühne stürmten.

Madelaine steuerte den Wagen über die Magnolia Street und hielt vor dem ersten Haus, das sie für ihn zur Besichtigung ausgewählt hatte.

»Was hältst du davon?«, fragte sie, während sie den Wagen parkte.

Lina und Angel sahen aus dem Fenster, schauten sich dann an und schüttelten gleichzeitig die Köpfe.

Mit einem Seufzer fuhr sie wieder an. Es ärgerte Madelaine, dass sie es sich nicht einmal ansehen wollten. Doch mehr als das – sie fühlte sich ausgeschlossen. Sie hatte die Häuser keineswegs zufällig ausgewählt. Sie hatte sehr viel Zeit aufgewendet. Sie hatte mit mehreren Immobilienmaklern eingehend über zu vermietende Häuser gesprochen, die allenfalls zehn Minuten vom Krankenhaus entfernt liegen sollten. Daraufhin hatte sie sich die sieben besten flüchtig angesehen und für heute Besichtigungstermine für alle vereinbart.

Sie waren bereits bei Haus Nummer vier, aber Angel war noch nicht einmal aus dem Wagen gestiegen. Die ersten drei Häuser hatte er auf Anhieb nicht gemocht, als er sie sah.

Schließlich hielt sie vor dem Haus, das ihr von den ausgewählten am besten gefiel.

Sie stellte den Motor ab und warf einen schnellen Blick auf das Haus. Sie wusste, dass Angel es nicht mögen würde, nicht der Angel mit dem Apartment in einem Hochhaus in Las Vegas und mit den Limousinen. Dennoch musste sie es ihm einfach zeigen. Es war die Art von Haus, die Francis gemocht hätte.

Es war ein kleines Holzhaus mit Stabwerkfenstern und einer großen, ganz um das Haus herumführenden Veranda. Um die Jahrhundertwende erbaut, war es der Sommersitz für einen der Gründerväter der Stadt gewesen, aber die nachfolgenden Generationen hatten andere, modernere Häuser gebaut. So stand es auf einem lang gezogenen Ufergrundstück des Lake Washington, ungepflegt und leer. Die meisten Leute würden die überhöhte Miete, die die Familie dafür wollte, nicht zu zahlen bereit sein – für dieses Geld konnten sie erstklassige Häuser in Broadmoor bekommen.

Riesige alte Ahornbäume säumten den geziegelten Zufahrtsweg, der von der gewundenen Asphaltstraße zum Haus führte. Hartnäckige Shasta-Margariten wuchsen in zwanglosen Gruppen mitten im Gras.

»Nächstes Haus«, sagte Madelaine, während sie einen Sekundenbruchteil auf die zweistimmige Aufforderung *Fahr weiter* wartete.

Stille.

Sie drehte sich um und schaute zum Rücksitz. Angel und Lina starrten auf das Haus.

»Francis hätte dieses Haus geliebt«, sagte Lina. Sie öffnete die Tür, stieg aus dem Wagen und ging den Weg hoch.

Madelaine sah Angel an.

»Ich hätte mir nie vorgestellt, dass ich in einem Holzhaus leben würde«, sagte er nach einer Minute.

Sie lächelte entschuldigend. »Ich weiß, dass es nicht dein Stil ist.«

Er schenkte ihr ein schnelles, strahlendes Grinsen, das sie fast umwarf. »War es nicht. Aber Nachmittagsspazierfahrten mit einem Volvo auch nicht.« Er erschauerte dramatisch.

Sie musste einfach lachen. »Gehen wir rein.«

Sie stiegen aus und traten gemeinsam auf die Zufahrt. Angel wankte. Madelaine schlang instinktiv einen Arm um seine Hüfte und ließ ihn sich an sie lehnen.

Eine Sekunde später merkte sie, dass sie ihn hielt. Ihr stockte der Atem. Sie drehte sich langsam um, begegnete seinem fragenden Blick. So standen sie eine Ewigkeit, ohne dass einer von ihnen etwas sagte.

»Ich habe dir nie gedankt«, sagte er schließlich.

Ein Gefühl flüchtiger Enttäuschung überkam sie, ohne dass sie wusste, warum. »Dafür gibt's keinen Grund«, erwiderte sie.

»Stimmt nicht«, sagte er und blickte so intensiv in ihre Augen, dass sie überlegte, was er darin sehen mochte. »Ich habe gelernt, dass es immer einen Grund gibt.«

Sie streckte impulsiv eine Hand aus und streifte ihm eine Haarlocke aus den Augen. Einen Sekundenbruchteil später wurde ihr bewusst, dass sie das getan hatte, weil er so wie sein Bruder geklungen hatte. Es war genau das, was Francis in einem solchen Augenblick gesagt hätte. Dieser Gedanke versetzte ihr einen Stich von Verlassenheit. »Im Augenblick wäre er stolz auf dich.«

Es gab keine Frage, wer *er* war. Angel grinste und schaute sie an. »Weil ich sein liebstes Mädchen halte?«

Sie bemerkte eine Verwandlung in seinen Augen – dieses Mal war darin keine Spur von Francis und seiner zärtlichen, liebevollen Seele. Dieses Mal war darin nur Angel, hitzköpfig und auf brutale Weise ernst, und er sah sie an, als ob sie ihm wichtig sei. Ihr Herzschlag beschleunigte sich. Plötzlich fühlte sie sich, als sei sie wieder sechzehn, sei in den Armen des Jungen, der sie liebte.

Sie sagte sich, dass ihr das egal sein müsse, dass sie nichts von diesem Mann wollte, der ihr das Herz gebrochen hatte, aber sie wusste, noch während sie diesen Gedanken hatte, dass es zu spät war, und diese Erkenntnis machte ihr schreckliche Angst. »Nein. Weil du dich veränderst, Angel. Und wir beide wissen, wie schwer so etwas ist.«

Er lachte und löste sich von ihr. Sie wandten sich dem Holzhaus zu und machten sich dann gemeinsam auf den Weg dorthin. Auf halbem Wege ergriff Angel Madelaines Hand.

Als sie am nächsten Morgen zur Arbeit kam, war der Parkplatz voll von Übertragungswagen. Reporter waren wie ein Rudel gefräßiger Hyänen über das Krankenhaus hergefallen, machten Fotos von jedem, der zur Eingangstür ging, überschütteten jeden, den sie sahen, mit Fragen.

Madelaine war außer Atem und verärgert, als sie sich durch die Menge drängte und wohl ein Dutzend Mal »Kein Kommentar« murmelte. Als sie ihr Büro erreichte, warteten Sarandon und Allenford bereits auf sie.

Madelaine seufzte und warf den Wildledermantel über die Rückenlehne ihres Sofas. »Angel wusste, dass das kommen würde. Man hat ihn gestern kurz vor seiner Entlassung gesehen.«

»Muss diese nette Frau gewesen sein, die ich in dem Sensationsblatt ›Hard Copy‹ gesehen habe«, sagte Sarandon ruhig und nahm einen Schluck von seinem Kaffee.

»Was erwartet Angel von uns?«, fragte Allenford.

»Wir sollen der Presse bestätigen, dass er eine Herzoperation hatte. Sagen, dass die Operation erfolgreich war und er entlassen wurde. Darüber hinaus will er keinen Kommentar.«

»Das wird nicht lange helfen.«

Madelaine hörte den Anflug von Eifer in Chris' Stimme und sie glaubte, den Grund dafür zu kennen. Der Chirurg wollte, dass alle Welt erfuhr, was für eine großartige Arbeit er geleistet hatte. »Nein«, sagte sie. »Das wird's nicht. Aber er gewinnt dadurch ein wenig Luft.«

»Okay.« Chris erhob sich. Sarandon sprang ebenfalls auf. »Gehen wir ... alle drei.«

Sie verließen das Büro und bogen um die Ecke, liefen den Korridor der Intensivstation hinunter wie die Astronauten aus dem Film *Der Stoff, aus dem die Helden sind*. Chris war in der Mitte, Sarandon links von ihm und Madelaine rechts.

Sie traten im Gleichschritt aus der Eingangstür und marschierten zum Parkplatz hinunter.

»Ich möchte eine Erklärung zu Angel DeMarco abgeben«, sagte Chris.

»Augenblick«, schrie jemand.

Reporter und Kameramänner richteten ihre Aufmerksamkeit auf die drei Ärzte und bildeten einen engen Kreis um sie. Mikrofone wurden Chris vors Gesicht gehalten.

Er sah ruhig und völlig unbeeindruckt aus. »Mr Angelo DeMarco war unlängst Patient in diesem Krankenhaus. Nach seinem Zusammenbruch in Oregon, über den ausführlich berichtet worden ist, wurde er wegen einer Herzoperation hierher verlegt. Die Operation ist erfolgreich verlaufen und Mr DeMarco ist entlassen worden.«

»Hat er Aids?«, schrie jemand.

»Nein, hat er nicht.«

»Wann war die Operation?«, wollte ein anderer wissen.

»Bedaure, aber das Datum habe ich nicht dabei«, sagte Chris ruhig.

»Warum verheimlichen Sie das Datum?«

Chris nickte kurz. »Danke für Ihr Interesse.«

Blitzlichter zuckten, Kameras klickten, Fragen wurden laut.

Aber die Pressekonferenz war vorbei.

Es war still hier in diesen frühen Morgenstunden vor Schulbeginn. Dünne gelbe Wolken zogen sich über die Baumwipfel und die ersten schimmernden Sonnenstrahlen blitzten auf den

Metalltribünen. Lina spürte, wie ihre Füße in dem matschigen, von Regen durchtränkten Gras versanken, und es vermittelte ihr ein seltsam erhebendes Gefühl, eine Reihe von Fußabdrücken auf dem Footballfeld zu hinterlassen. Es war, als sei sie endlich einmal tatsächlich hier.

Sie hörte die anderen Jugendlichen reden, lange bevor sie den Rand des Abhangs erreichte. Ihre plappernden Stimmen trieben von dem dunklen Wäldchen hoch, begleitet vom süßen Duft von Marihuana.

Sie konnte es nicht erwarten, bei ihnen zu sein. Sie steckte die Hände in die Taschen und rannte zum Rand des Hanges, starrte auf die Menge hinunter, zu der sie so verzweifelt versucht hatte, dazuzugehören.

Sie waren dort unten, standen beisammen, reichten eine Thermosflasche in einer Richtung herum, einen Joint in der anderen. Die wenigen, die keinen Stoff rauchten, pafften ihre Zigaretten.

Lina runzelte die Stirn, war plötzlich enttäuscht. Gestern Abend hatte Angel – ihr *Dad*! – mit ihr über Drogen und Schnaps und Zigaretten gesprochen.

Sie hatte all das eine Million Mal vorher gehört, aber letzte Nacht war das anders gewesen. Zum einen war Angel ihr Dad und sie wollte, dass er sie liebte. Aber er schien sie auch auf eine Weise zu verstehen, wie es niemand zuvor getan hatte. Letzte Nacht, als sie zusammen auf der Verandaschaukel gesessen hatten, dem metallischen Klirren aus der Küche gelauscht hatten, das nach draußen drang, hatte Lina in die Augen ihres Vaters geblickt und das Gefühl gehabt, in einen Spiegel zu schauen. Er war der erste Erwachsene, den sie je kennen gelernt hatte, der sich daran erinnerte, wie es war, ein Kind zu sein.

Als sie ihm das gesagt hatte, hatte er gelacht und geantwortet, es läge daran, dass er nie erwachsen geworden sei. Aber dann, während sie herumalberten, war er plötzlich ernst geworden. Als sie eine Zigarette aus dem Päckchen zog und sie anzünden wollte, nahm er ihre Hand und starrte sie so lange an, dass sie sich fürchtete.

»Zuerst einmal«, sagte er, »darfst du wegen der Operation in meiner Anwesenheit nicht rauchen. Aber was noch wichtiger ist – nur Idioten rauchen und ich halte dich für ein kluges Mädchen.«

Bei seinen Worten fühlte sie sich klein und dumm und murmelte etwas. Sie legte die Zigarette weg. Danach schwiegen sie. Die Nacht senkte sich langsam, breitete sich über den ungepflegten Hof, verwischte die Konturen der Bäume. Ein Nachtfalter kam aus seinem Versteck und flatterte um das Verandalicht.

Schließlich sprach ihr Dad wieder und dieses Mal wusste sie, dass er vor jedem Wort, das er sagte, lange und intensiv nachgedacht hatte. »Ich bin Alkoholiker, Angelina, drogensüchtig und ... noch Schlimmeres. Ich weiß, was einen Menschen ins Dunkel bringt, dazu, nach ein bisschen Licht zu suchen – selbst, wenn dieses Licht einen verdammt hohen Preis hat und nur für die Dauer eines Abends brennt.« Darauf wandte er sich zu ihr und sie sah die Enttäuschung in seinen Augen. »Ich habe mein Leben ruiniert – und zwar mit Drogen und Alkohol. Bitte, sei du nicht wie ich. Es würde mir das Herz brechen.«

»He, Lina!« Jeffs Stimme verscheuchte ihre Gedanken.

Lina schaute beunruhigt in die Schlucht und sah Jett an seiner üblichen Stelle stehen. Er hielt die Thermosflasche in der einen Hand, einen Joint in der anderen. »Bringst du was zu trinken mit?«

Lina runzelte die Stirn. Zum ersten Mal störte es sie, dass Jett immer etwas von ihr wollte. »Nee«, schrie sie nach unten.

Er wandte den Blick von ihr ab, noch bevor sie das Wort

ganz ausgesprochen hatte. »Blöde Nuss!«, schrie er und alle lachten. Dann reichte er den Joint weiter in der Runde.

Lina blieb eine weitere Minute stehen, wo sie war, wartete darauf, dass jemand ihr etwas zurief oder sie aufforderte, nach unten zu kommen. Aber die Jugendlichen schienen vergessen zu haben, dass sie überhaupt existierte. Die Hände tief in die Taschen versenkt, ging sie vorsichtig über den losen Uferhang nach unten, zertrat mit ihren schmutzigen Tennisschuhen den Efeu und die Pilze auf dem Wege.

Sie trat neben Jett und blieb dort stehen, sagte nichts. In der Ferne läutete die Schulglocke zum zweiten Male und alle lachten.

Jemand reichte Lina den Joint. Sie starrte ihn an, schaute blinzelnd in den Rauch, der in ihren Augen brannte. Dann reichte sie den Joint weiter.

Jeff schaute sie verwundert an. »Willst du nicht high werden?«

Sie zuckte die Schultern. »Mir ist nicht danach.«

»Warum nicht?«

Alle warteten atemlos auf ihre Antwort.

»Ich hab gestern Abend meinen Dad kennen gelernt.« Sie spürte einen Adrenalinstoß, während sie die Worte sagte.

Jett nahm einen tiefen Zug und hielt den Atem an. Dann blies er ihr den Rauch ins Gesicht. »Ach ja?«

»Ja«, sagte sie und grinste ihn an. »Es ist Angel De-Marco.«

Für einen Augenblick herrschte gelähmte Überraschung, dann brachen alle in Gelächter aus.

»Aber natürlich ist er das, Lina«, lachte Brittany. »Und mein Vater ist Jack Nicholson.«

Jett sah sie stirnrunzelnd an. »Also, wer ist er wirklich?«

Lina starrte sie an. Ganz plötzlich fühlte sie sich hier unwillkommen und fragte sich, ob sie jemals wirklich dazugehört hatte. »Das habe ich doch schon gesagt, es ist Angel DeMarco.«

Jett blickte sie erstaunt an, hob langsam eine schwarze Augenbraue. »Ich hab' gelesen, er hat Aids.«

»Nein«, erwiderte sie. »Er hat nur einen Bypass bekommen. Keine große Sache.«

»Aber sicher«, sagte Britany mit einem verächtlichen Lachen, »als ob *du* das wüsstest.«

Sie drehte sich zu der Menge. »Ich *weiß* es. Ich habe das ganze Wochenende mit ihm verbracht und er hat mir gesagt, dass er eine Bypass-Operation hatte.«

»Du bist eine Lügnerin«, sagte Jett leise und sie wusste in der Sekunde, als er sprach, dass die ganze Gruppe ihm folgen würde. Dann grinste er sie an. »He, gib mir 'ne Kippe, ja?«

»Kauf dir selbst welche«, schnappte sie.

Jett wandte sich ihr wieder zu. »Was hast du gesagt?«

Sie starrte zu ihm auf, sah seine von Drogen bleiche Haut und die blutunterlaufenen Augen und das viel zu schwarze Haar, das ihm in die Stirn fiel. Sie fragte sich, was sie in ihm eigentlich gesehen hatte. Angewidert schüttelte sie den Kopf. »Mein Onkel Francis hatte Recht. Ihr seid ein Haufen Verlierer, sonst nichts.«

Der Ausdruck in Jetts Augen wurde hässlich. »Ach, wirklich?«, flüsterte er.

Sie wich zurück. »Ja, wirklich.«

Jett folgte ihr. Sie stolperte über einen Stein, stürzte und landete auf dem Hinterteil. Er trat dicht vor sie, grinste auf sie hinab. »Und wohin willst du jetzt?«

Sie stützte ihre Hände auf den lehmigen Boden und sprang auf. »Ich werde sehen, dass ich von euch wegkomme, und das schnellstens.«

Er lachte, aber sein Lachen war ein kaltes, wütendes Geräusch, das ihr Angst machte – genau so, wie es gedacht war.

»Und was willst du tun, dich mit den Cheerleaders anfreunden? Die wollen mit einem hässlichen Mädchen wie dir nichts zu tun haben, Hillyard.« Er lachte wieder. »Und diese schlappe Geschichte, dass Angel DeMarco dein Vater ist, wird dir auch niemand glauben. Sieh doch mal klar. Wir sind die einzigen Freunde, die du hast. Und jetzt hör auf, hier einen auf Schau zu machen, und gib mir was zu rauchen.«

Lina schlug ihm ins Gesicht. Die Ohrfeige hallte in der dichten, feuchten Luft wider. Ihr wurde eine Sekunde zu spät bewusst, was sie getan hatte – sie sah den Ärger in seinen Augen dämmern und dann rannte sie davon, schleppte sich am Ufer hoch und lief über das Footballfeld. Er griff nach ihr, verfehlte sie und fluchte, aber jetzt hatte sie einen erheblichen Vorsprung gewonnen.

Lina sah sich nicht um. Sie rannte den ganzen Weg zur Schule und rutschte in den stillen Korridor. Schwer atmend eilte sie zu der Tür von Vicki Owens Büro und klopfte heftig. Als die Beratungslehrerin »Herein« sagte, stürmte Lina in das Zimmer und schlug die Tür laut hinter sich zu. Sie sank auf den Stuhl, atmete ein paar Mal tief und schwer ein und sah dann Miss Owen an. »Ich brauche Hilfe.«

Eine halbe Stunde später saß Lina allein in der Turnhalle der Schule und wartete auf einen Jungen, den sie nicht kannte. Miss Owens Neffe oder Cousin oder etwas in der Art.

Miss Owen hatte zugehört, als Lina ihre Geschichte über Jett und die Bande erzählte, und dann ganz einfach gesagt: »Du brauchst neue Freunde, Lina.«

Lina hatte gelacht. »Oh, ja. Ich werde mir morgen früh ein paar aus der Cornflakesschachtel nehmen. Dann brauche ich nur noch eine Kassenquittung.«

Miss Owen hatte lediglich gelächelt und Lina gesagt, sie solle in die Turnhalle gehen und warten. Und jetzt war sie hier, saß auf dem kalten Boden des Basketballspielfeldes und hatte die Arme verschränkt. Und wartete.

Nach etwa zehn Minuten öffnete sich die Tür quietschend. Ein Junge blieb im Türrahmen stehen und kam dann langsam auf sie zu. Seine Schritte hallten in dem riesigen Raum von den Wänden wider.

Lina starrte ihn an, sah seine Gesichtszüge mit jedem Schritt, den er näher kam, deutlicher. Er war groß – viel größer als sie – und hatte kurzes blondes Haar. Seine Haut war hell und auf seinen Wangen leuchteten zwei große rote Flecken. Er trug ein riesiges, weites Sweatshirt und übergroße Jeans.

Schließlich erkannte sie ihn. Er war der stellvertretende Sprecher der Schülervertretung – Zach Owen. »Hi«, sagte er und sah sie mit einer Direktheit an, bei der sie sich unbehaglich fühlte.

Sie nickte, sagte aber nichts.

Er hockte sich vor ihr auf den Boden. »Meine Tante sagte mir, dass du Probleme hast.«

»Nichts, womit ich nicht fertig werden könnte.« Sie musterte ihn. »Außerdem, was weißt du schon von Problemen?«

Er lachte und für eine Sekunde erinnerte er sie mit seinem Lachanfall an Francis. »Ist nur Schau«, sagte er, als ob er ihre Gedanken lesen könnte. »Letztes Jahr sind meine Eltern gestorben und ich hatte einen ziemlichen Hänger, bin abgesackt – hab getrunken, Drogen genommen und all das.«

Sie musterte ihn misstrauisch. »Ja, sicher, und ich bin das uneheliche Kind von Michael Jackson.«

Er grinste sie an. »Du siehst ihm aber gar nicht ähnlich.«

»Sehr komisch. Hör zu, ich muss los ...« Sie wollte aufstehen und gehen, aber er griff nach ihr und hielt sie fest.

»Lauf nicht weg.« Das war alles, was er sagte. Nur diese drei schlichten Worte. Aber in seiner Stimme hörte sie Verstehen. Und plötzlich schienen diese drei Worte überhaupt nicht so schlicht zu sein. Sie setzte sich langsam wieder hin und sah ihn an, sah ihn wirklich an. »Wie bist du davon losgekommen?«

»Tante Vicki hat mich in den Entzug gebracht. Als ich trocken war, bin ich auf diese Schule gewechselt. Zuerst war es schwer ... Ich kannte niemand. Aber dann habe ich mich als stellvertretender Schülersprecher beworben, um Freunde zu bekommen, und wurde gewählt.« Er grinste verlegen. »Natürlich ist niemand gegen mich angetreten.«

»Ich hab an diesem Wochenende erfahren, dass Angel DeMarco mein Vater ist.« Sie hatte das eigentlich nicht sagen wollen, aber sie platzte einfach damit heraus. Sie wartete darauf, dass er reagierte, hatte ihre Schultern verspannt. Sie wartete darauf, dass er sich über sie lustig machte.

Er musterte sie. »Ja, du siehst ihm irgendwie ähnlich.«

»Wirklich?« Sie hörte die absolut sonderbare Ehrfurcht in ihrer Stimme und zuckte verlegen zusammen.

»Aber du bist erheblich hübscher.«

Das Kompliment schmeichelte ihr. Ein Lächeln spielte kurz um ihre Mundwinkel. »Danke.«

Sie schaute ihn wieder an und zum ersten Mal bemerkte sie, dass er wie ein junger Hugh Grant aussah. Überhaupt nicht wie ein Blödmann.

Kapitel 22

Das Ärztezimmer war in den letzten wenigen Minuten vor Ende der Tagesschicht ungewöhnlich ruhig. Die Tische waren leer, ihre billigen, braunen Oberflächen übersät mit Pappbechern und Plastikgabeln. Eine Reihe von Getränke- und Süßwarenautomaten wartete darauf, dass die nächste Schicht, bewaffnet mit Münzen, heranstürmte.

Madelaine saß an dem wackeligen Tisch, der dem Fenster am nächsten stand. Ihre Finger umschlangen die wärmende Hitze eines dicken Porzellanbechers, aus dem der Geruch von zu lange warm gehaltenem Kaffee aufstieg.

Um exakt 17.01 Uhr schlenderten Allenford und Sarandon durch die Türen und streiften gleichzeitig ihre Chirurgenmasken ab. Beide Männer nickten ihr zu und begaben sich zum Kaffeeautomaten, warfen nacheinander ihr Geld ein und warteten schweigend darauf, dass die Pappbecher sich mit Kaffee füllten. Dann trugen sie ihre Getränke zum Tisch.

Chris hatte einen Stoß Boulevardzeitungen unter den Arm geklemmt, die er auf den Tisch warf. Madelaine las die Schlagzeilen. *Angel DeMarco im St. Joseph's Hospital ... Aids ... Krebs ... Herzoperation ... Herztransplantation.*

Die beiden Männer nahmen ihr gegenüber Platz. Chris griff instinktiv nach den Zigaretten in seiner Brusttasche. Er zog eine aus der Schachtel, starrte darauf und strich sie geistesabwesend glatt.

Madelaine war an sein kleines Ritual gewöhnt. Er hatte das Rauchen vor drei Jahren aufgegeben – Folge des ungeheuren Drucks, den das Team und die Patienten auf ihn ausübten –, aber er griff noch immer nach einer Zigarette und hielt sie fest, wenn er einen schweren Tag gehabt hatte und nachdenken musste.

Schließlich blickte er auf und sah sie an. »Die DeMarco-Situation wird langsam problematisch.«

Madelaine nickte. »Ich hörte, dass ihn gestern ein Fotograf eines Magazins bei der Physiotherapie überrascht hat.«

Sarandon lächelte müde. »Er war nicht gerade glücklich – und er hat dafür gesorgt, dass jeder auf der Etage das mitbekam.«

Madelaine lachte leise. »Daran zweifle ich nicht.«

»Der Punkt ist«, sagte Allenford, »dass wir das nicht viel länger durchstehen können. Unser Sicherheitsdienst wird täglich durchlässiger. Offensichtlich haben wir die Presse täuschen können, als wir erklärten, er habe sich einer einfachen Herzoperation unterzogen, aber das wird nicht viel länger anhalten.«

Allenford nahm einen großen Schluck Kaffee und musterte dabei Madelaine. »Sie wissen, dass die Sicherheit nicht das einzige Problem ist.«

Madelaine wusste genau, was er sagen würde, bevor er die Worte aussprach. Sie hatte versucht, die Auswirkungen seiner Berühmtheit zu verdrängen, aber die Gedanken kamen ständig wieder, zehrten an ihrer Freude über Angels fortschreitende Genesung. »Sie meinen Francis«, sagte sie dumpf.

Allenford starrte sie mitfühlend an. »Irgendein Reporter wird den Zusammenhang herausbekommen. Der einzige

Grund, warum das bisher nicht der Fall war, ist, dass es keine offizielle Bestätigung für die Transplantation gegeben hat – sie sind zu sehr damit beschäftigt, die Frau ausfindig zu machen, die ihn angeblich mit Aids infiziert hat. Das Durcheinander in seinem Sexualleben hat sie mehr interessiert als sein Herzschlag, aber das wird nicht so bleiben. Wenn sie erst einmal von der Transplantation erfahren, wird irgendein cleverer Reporter der Abfolge der Ereignisse nachgehen ... und herausfinden, dass es einen Patienten in Oregon gab, der seine Organe in derselben Nacht spendete, als Angel sein Herz bekam. Wenn sie auf den Namen des Patienten stoßen, wird das wie eine Rakete durch die Schlagzeilen gehen. Wenn er darauf nicht vorbereitet ist ...« Er sagte nichts weiter, sondern ließ die Andeutung im Raum stehen.

Madelaines Blick fiel auf den Tisch. Sie musterte die winzigen schwarzen Linien in dem Wurzelholzimitat. Sie wusste, dass Chris Recht hatte – sie hatte es seit Tagen gewusst, aber dem Ganzen einfach nicht ins Auge sehen wollen. »Ich werde es ihm sagen«, erklärte sie ruhig.

Sarandon erhob sich und ließ seinen halb vollen Kaffeebecher auf dem Tisch stehen. »Lassen Sie mich wissen, wenn Sie's tun.« Er grinste. »Ich werde dem Team dann empfehlen, sich kugelsichere Westen anzuziehen.« Dann schob er seinen Stuhl beiseite und verließ den Raum.

Madelaine blickte ihm nach, sagte aber nichts. Sie versuchte sich vorzustellen, wie es sein würde, Angel die Wahrheit zu sagen, aber die Bilder in ihrem Kopf lösten bei ihr ein Gefühl von Übelkeit aus. Sie wollte das nicht tun, wollte nicht zu ihm gehen und erzählen, was sie getan hatte – was sie alle getan hatten. Sie fürchtete sich vor seiner Reaktion, und das nicht nur aus dem nahe liegenden Grund.

Die Träume quälten sie.

Ihr wurde bewusst, dass sie lange Zeit geschwiegen hatte.

Sie spürte Chris' Blick auf sich gerichtet und schaute ihn an. »Was?«

Er lächelte. »Sie waren noch nie eine gute Heuchlerin, Madelaine. Sagen Sie, was Ihnen durch den Kopf geht.«

Sie wusste, dass es klug wäre, nichts zu sagen, aber in den vergangenen Wochen hatte sie gelernt, dass man sich zuweilen sehr einsam und verwirrt fühlte, wenn man klug war. »Es ist Angel«, sagte sie bedächtig. »Er ... er verändert sich.«

»Das tun die Guten.«

»Ich denke, es ist ... überraschender als das. Er wird ...« Sie konnte es nicht sagen. Die Worte blieben ihr im Halse stecken.

Allenford starrte sie eine Sekunde an. Sie merkte genau, in welchem Augenblick er begriff, was sie ausgelassen hatte. Seine Augen wurden schmal und er runzelte die Stirn.

»Er hört Francis' Musik, isst, was Francis gegessen hat. Vor der Operation war er allergisch gegen Milch, wie er sagt – jetzt liebt er sie. Er ist ... fürsorglich auf eine Art, wie er es vorher wirklich noch nie gewesen ist.«

»Sie sagten, Sie hätten ihn seit Ihrer Jugendzeit nicht mehr gesehen. Menschen verändern sich, Madelaine. Außerdem sind sie Brüder.«

»Mag sein.« Sie beugte sich vor, verschränkte die Arme auf dem Tisch und richtete den Blick fest auf ihren alten Freund. »Könnte das Herz ein Gedächtnis auf zellularer Basis haben? So wie eine Zelle die Fähigkeit besitzt, sich selbst zu regenerieren oder sich zu reproduzieren oder ...«

»Hören Sie auf«, sagte Allenford sanft und berührte ihre Hand. »Sie trauern, Madelaine. Lassen Sie los. Akzeptieren Sie Angel so, wie er ist, und seien Sie dankbar dafür, dass er noch da ist. Alles andere ... lösen Sie sich davon.«

»Ich hab's versucht, aber manchmal, wenn er mich ansieht ...«

»Glauben Sie nicht, dass Sie Francis in Angels Augen sehen *wollen*?«

Sie konnte nicht leugnen, dass er damit Recht hatte. Sie vermisste Francis so sehr, dass sie ihn überall sah – er saß auf ihrer Couch, auf der Verandaschaukel oder fuhr mit seinem alten, verbeulten Auto vor. Manchmal drehte sie sich sogar um, um mit ihm zu sprechen, und augenblicklich wurde ihr bewusst, dass er nicht da war, dass sie sich nur vorgestellt hatte, seine Schritte auf dem Zufahrtsweg zu hören. »Ja«, flüsterte sie.

»Was, wenn Sie nichts von der Transplantation wüssten – würden Sie nicht glauben, dass all diese Veränderungen Zeichen einer ganz normalen Genesung sind? Denken Sie darüber nach. Wenn ein Patient unsere Behandlung durchläuft, neigt er dazu, sein Leben zu ändern. Sie sind fast immer fürsorglicher und bescheidener. Sie haben gelernt, dass jeder Tag, jeder Augenblick eines jeden Tages, ein Wunder ist. Das muss das Verhalten eines Menschen einfach verändern.«

Die Sachlichkeit in Chris' Worten tröstete sie. Es war möglich, dass sie Francis in Angel sah, weil sie so verzweifelt glauben wollte, dass ein Teil ihres besten Freundes noch lebte. »Wahrscheinlich haben Sie Recht.«

Er sah sie sehr lange an. »Ich glaube nicht an diesen Kram, aber wir alle haben bereits Beweise für das gesehen, wovon Sie sprechen. Empfänger, die Dinge über ihre Spender zu wissen scheinen, die sie unmöglich wissen können. Ich bin nicht egoistisch genug, um zu glauben, dass etwas auf dieser Welt unmöglich ist.« Er berührte ihre Hand. »Ich bin Francis einmal begegnet – wenn auch nur kurz – und eines weiß ich.«

»Und das ist?«

»Wenn es ein Gedächtnis auf zellularer Ebene gibt, könnte Ihr Angel kein freundlicheres Herz bekommen haben.«

Müde seufzend ging Angel in das Wohnzimmer, das Madelaine und Lina für ihn eingerichtet hatten. Er schaltete den Fernseher ein – und hörte einen Reporter sagen: »Personen aus der unmittelbaren Umgebung des Superstars bestätigen, dass er bei einer erfolgreichen Transplantation ein Pavianherz erhalten hat. Die Herzspezialisten des St.-Joseph's-Krankenhauses hingegen erklärten nur ...«

Er stöhnte, stellte den Fernseher ab und knipste das Licht an.

Es war behaglich und bequem, dieses Wohnzimmer, das das seine war und es doch nicht war. Große, schwer gepolsterte Sofas und Sessel, bezogen mit Stoffen in Navajomustern, standen um den riesigen, aus Flusssteinen errichteten Kamin, der den Raum beherrschte. Sie hatten sogar einige gerahmte Bilder auf den Kaminsims gestellt – Linas Schulfoto, eine Aufnahme von Francis und Lina beim Skilaufen und ein altes, verknicktes Foto von Angel und Francis vor dem Impala ihrer Mutter.

Bilder von allen, nur nicht von Madelaine.

Sie hatte ihm ein familiäres Ambiente geschaffen – komfortable Möbel, Fotos, Milch (natürlich fettarme) im Kühlschrank –, aber es war einfach zu perfekt, um real zu sein. Es gab keine Fingerabdrücke auf dem Glas der Bilder, keinen Staub, der sich unter den Möbeln ansammelte.

Das Einzige, was in diesem tadellosen, kleinen Holzhaus fehl am Platze war, war er. Diese Erkenntnis deprimierte ihn. Wieder einmal ging er einfach durch das Leben, betrachtete es, als würde er durch ein Fenster schauen. Für den größten Teil seines Lebens war das völlig okay gewesen. Teufel auch, es war besser als okay gewesen, war das, was er gewollt hatte. Er hatte nie *real* sein wollen, nicht wie die meisten Menschen. Er hatte Peter Pan sein wollen, mit den Traumkindern spielen wollen, spielen und trinken und die Regeln der Erwachsenen ignorieren. Darum war er berühmt geworden. Er lebte auf einer Insel der Glückseligen.

Und wenn er sich nicht änderte, sich nicht wirklich änderte, dann würde er bald wieder abrutschen. Das wusste er. Er würde wieder das Leben führen, das er geliebt hatte. Er würde die falschen Freunde anrufen oder finden, dass ein anständiger Tequila – nur einer – nicht schaden könnte. Aber aus dem einen würden zwei werden, dann drei, und aus seinem Leben eine Achterbahn.

Er gehörte dort nicht hin, gehörte nicht in sein altes Leben. Aber er passte auch nicht in diese neue Welt. Er war wie ein Geist, bewegte sich schattengleich durch eine Ebene, in der er niemals etwas wirklich berühren konnte, nie wirklich berührt werden konnte. Er konnte nicht zurück und wusste einfach nicht, wie zum Teufel er vorwärts gehen sollte.

Es klopfte an der Tür und er spürte eine Welle von Erleichterung. Er durchquerte das winzige Wohnzimmer und riss die Tür auf.

Val stand dort, rauchte eine Zigarette und hielt eine Flasche Tequila in der Hand. »Ich kann einfach nicht glauben, dass du am *Stadtrand* wohnst.« Er erschauerte. »Was wirst du als Nächstes tun? Den Rasen mähen oder grillen?«

Angel starrte auf die Flasche, auf die schwappenden goldenen Perlen an den Innenseiten des Glases. Der süße, vertraute Geruch des Rauchs wehte zu ihm, löste ein starkes Verlangen tief in ihm aus.

Sein altes Leben. Hier war es, stand vor ihm, trug Designerjeans und langes Haar und ein Lächeln, in dem nichts außer blankem Zynismus war. Und plötzlich wollte er es wieder, wollte wieder dieser alte störrische Rebell sein, der, der er einmal gewesen war. Er wollte dieses Leben, das nach Zigarettenrauch und billigem Parfüm roch.

Er trat grinsend beiseite. »Valentine. Wo, zum Teufel, hast du gesteckt?«

»Hab versucht, Schnaps in einer Stadt zu finden, die bei

Anbruch der Dämmerung die Bürgersteige hochklappt – *und* Alkohol nur in Spirituosenhandlungen verkauft.« Er erschauerte dramatisch. »Gott, was für ein archaischer Brauch.«

Angel führte ihn in das dunkle Holzhaus, schaltete auf dem Wege ein paar Lichter ein. Val folgte ihm, seine Stiefelabsätze klapperten auf dem Holzboden.

Val setzte die Flasche mit einem Bumm's auf dem Tisch ab. »Cuervo Gold. Deine Lieblingsmarke.«

Angel sah die Flasche verlangend an. Konnte ein Drink wirklich schaden?

Der Rauch lockte ihn, wirbelte unsichtbar unter seiner Nase, hinterließ seinen Stempel in der Luft.

Val ließ sich auf das dick gepolsterte Sofa sinken, legte einen Arm auf die Rückenlehne. Er strich eine lange Haarsträhne hinter sein Ohr. »Schöne Einrichtung – was hast du gemacht? Bist du in den Familienclub von Ikea eingetreten?«

Angel dachte an sein Hochhaus in Las Vegas – an die strahlend weißen Wände und die schwarzen Ledermöbel, an die Tische aus Glas und Chrom, an die Bar, die in Dutzenden goldender Farbtöne glitzerte, wenn die Lichter eingeschaltet waren. »Madelaine hat das Zeug ausgewählt.«

Eine Augenbraue hob sich ruckartig. »Ah ...«

Angel sah den Zynismus in den Augen seines Freundes, die Unfähigkeit, ein Heim wie dieses zu verstehen oder zu schätzen, oder eine Frau wie Madelaine, und wieder fühlte er sich preisgegeben und verloren. Ein Mann, der nirgendwo hingehörte. Er dachte plötzlich an Lina, daran, wie sie ihn angesehen hatte – als ob er den Mond aufgehängt hätte –, und an die Dinge, die sie ihn gefragt hatte, ohne auch nur ihren Mund aufzumachen.

Sei mein Daddy ... ich liebe dich ... sei da ... sei da ... sei da ...

Er würde sie nur enttäuschen, wenn er versuchte, ein richtiger Vater zu sein. Was, zum Teufel, wusste er überhaupt darüber, wie es war, ein Vater zu sein? Und doch würde er ihr das Herz brechen, wenn er versagte.

»Nimm einen Drink«, sagte Val leise und hielt ihm die Flasche hin.

Angel machte einen Schritt auf den Tisch zu, die Augen auf den Tequila gerichtet. Vals leise, gemessene Stimme hallte in seinem Hirn und er wusste, dass sie so war, wie die Stimme des Teufels sein würde, leise und tröstend und vernünftig klingend. Und sie würde sagen, was man hören wollte ...

Er ging so weit, dass er die Hand ausstreckte und die Finger um das warme Glas schlang. Er hob die Dreiviertelliterflasche hoch, drehte den Verschluss auf und roch den kräftigen, süßen Duft des Alkohols. Er wollte alles mit einem großen Schluck trinken, den Tequila seine Kehle hinunterrinnen lassen und ihn einem Feuer gleich in den Eingeweiden spüren, wollte diese Flüssigkeit alles fortspülen lassen – und wenn auch nur für einen einzigen Abend.

Aber er wusste, dass er, wenn er auch nur einen Drink nahm – nur einen einzigen –, in diese Flasche kriechen und wieder da sein würde, wo er angefangen hatte.

Er schloss die Augen. Zitternd, weil er den Drink so nötig brauchte, dass er sich mulmig fühlte, setzte er die Flasche wieder auf dem Tisch ab. »Ich kann's nicht, Val.«

Val runzelte die Stirn. Irgendetwas blitzte in den Augen seines Freundes auf – war es Eifersucht oder Furcht? Angel war sich nicht sicher. »Das machst du doch immer. Die anderen Herzanfälle ...«

»Es ist nicht mehr so wie früher. Es darf nicht sein. Ich ... ich habe ein Kind.« Er lächelte. Es war das erste Mal, dass er die Worte laut gesagt hatte, und er hatte ein überraschend gutes Gefühl dabei. »Madelaine ... du erinnerst dich an das Mädchen, von dem ich früher erzählt habe?« Als Val darauf rasch nickte, fuhr er fort. »Scheint, als hätte sie – hätten wir – vor all diesen Jahren ein Baby gehabt. Ihr Name ist Lina und sie ist inzwischen sechzehn Jahre alt. Ich hab ihr gesagt, dass ich mit der Feierei aufhören würde, wenn sie es auch tut.«

»Klingt, als sei sie deine Tochter. Okay.«

Angel lachte unbehaglich auf. »Ist sie.«

Val stieß einen Seufzer aus. Stille breitete sich zwischen ihnen aus und es dauerte eine Zeit, bis er endlich sprach. »Ich bin stolz auf dich, Angel. Ich hab dir immer gesagt, dass du stärker bist, als du glaubst. Gott weiß, dass du stärker bist als ich.«

»Ich bin nicht stark.« Er sagte die Worte leise, überlegte, ob Val sie überhaupt gehört hatte.

»Eigentlich wollte ich nach New York fliegen – jemand suchen, jemand, der die Grüne Hornisse spielt. Ich dachte, du könntest daran interessiert sein, aber ... ich glaube nicht.«

Angel starrte seinen Freund an und wusste, dass dies Vals Art war, für lange Zeit Lebewohl zu sagen, sich aus einer Freundschaft zurückzuziehen, die nie wieder sein könnte, was sie einmal war. Es schmerzte zu wissen, was geschah, aber Angel verstand.

»Ist schon okay, Val.« Er sagte die Worte leichthin, diese erwarteten Worte, obwohl er wusste, dass Val die Wahrheit in seinen Augen sah, die Enttäuschung und das Bedauern. »Wir bleiben in Verbindung.«

Val erhob sich langsam. »Du wirst es schon schaffen, Angel.«

Angel nickte, obwohl er sich nicht so sicher war. »Ja. Sicher werde ich das.«

Angel erwachte dadurch, dass er den Namen seines Bruders schrie. Er lag in der Dunkelheit, versuchte, seinen stoßartigen Atem unter Kontrolle zu bringen. Das Herz schlug weiter in seiner Brust, völlig unbeeinflusst von dem Adrenalin, das durch seinen Körper gepumpt wurde. Er hatte das Gefühl, als sei Francis ihm so nahe, dass er ihn berühren könnte.

Er warf die Decke beiseite und wankte in die Küche. Er riss den Kühlschrank auf, stand in dem hellgelben Lichtkegel und schaute blicklos auf die Anhäufung von Gefäßen, die Madelaine und Lina für ihn hineingestellt hatten. Ohne nachzudenken, griff er nach dem Behälter mit der entrahmten Milch. Als seine Finger sich um den kalten Kunststoff schlossen, zuckte er zusammen. Er wollte *Milch* trinken, um Gottes willen. Was kam als Nächstes – dass er Musicalmelodien summte?

Er warf den Kopf zurück und starrte auf das Holzgebälk der Decke. »Verschwinde aus meinem Kopf, Franco.« Die Worte lösten ein heftiges Schuldgefühl in ihm aus. Er schlug die Kühlschranktür zu und schloss fest die Augen. »Ich muss mein Leben weiterleben. *Mein* Leben ...«

Aber was war sein Leben – und wie sollte er es finden?

Er ging in das Wohnzimmer und ließ sich in den Sessel mit dem Navajomuster fallen. »Was soll ich tun, Franco? Wie ändere ich mich?«

Er wartete und wartete, bekam aber keine Antwort. Nach ein paar Minuten begann er, sich wie ein Idiot zu fühlen. *Ich bin einfach überfordert, Bruder. Jetzt bitte ich schon jüngst Verstorbene um Hilfe.*

Sein Lächeln verflog. Das war nicht komisch.

Unruhig und nervös erhob er sich aus dem Sessel, ging zur Hintertür und riss sie auf. Draußen begann sich gerade die Morgendämmerung über das Wasser zu heben, warf rosa Speere über den sich kräuselnden, silbernen See. Wind fuhr flüsternd durch die Bäume und für einen unheimlichen Augenblick klang es wie Francis' Lachen. »Wie ändere ich mich, Franco? Wie?«

Du hast es bereits.

Die Worte kamen von sehr fern zu Angel, drängten sich durch den Wind. Zuerst verstand er nicht, erinnerte sich nicht an seine Frage. Dann begriff er.

Er lächelte. »Sicher, Franco, das ist leicht gesagt.«

Er lachte unbehaglich, ging ins Haus zurück und schloss die Tür. Jetzt sprach er schon mit Geistern. Ob darauf bald das Channeling folgen würde?

Angel wusste, dass er sich veränderte, aber er hatte nicht das Gefühl, als bedeutete das sonderlich viel. Kleine Veränderungen – Musikgeschmack, andere Essgewohnheiten, ein neues Bedürfnis, mit Menschen zusammen zu sein. Es war nicht gerade umwerfend. Er hatte nichts anderes *getan*, aber er war ein Mann, der sich immer nach seinem Handeln beurteilte, nicht nach seinen Worten oder seinen Gefühlen. Sich einen Drink oder eine Zigarette zu verweigern, war nicht genug. Er musste etwas *tun*.

Er war seit fast einer Woche in diesem Blockhaus und hatte es nicht einmal verlassen. Madelaine brachte ihm Lebensmittel und deponierte sie auf der Veranda, als ob er auf Schlankheitskur sei. In der Auffahrt stand ein nagelneuer Mercedes – es war das erste Mal, dass er einen Wagen besaß, der mehr als zwei Sicherheitsgurte und ein Metalldach hatte – und daneben eine nagelneue Harley-Davidson Sportster. Er musste mit beiden erst einmal fahren.

Er versteckte sich hier draußen, schützte sich vor dem, was geschehen würde, wenn die Öffentlichkeit von seiner Transplantation erfuhr. Im Augenblick herrschte Verwirrung über die Diagnose, aber das würde nicht ewig währen.

Die Öffentlichkeit würde es erfahren, das wusste er. Jeden Tag boten die Gazetten mehr Geld für die wahre Geschichte. Bald würde jemand reden.

Du solltest derjenige sein, Angel.

Er konnte die Stimme seines Bruders fast hören. Es war genau das, was Francis gesagt haben würde.

Francis würde Angel raten, aus seinem Versteck herauszukommen und die Wahrheit über das zu erzählen, was er durchgemacht hatte. Würde ihn daran erinnern, dass er ein Vorbild für andere sein könnte, irgendeinen armen Burschen, der in einem einsamen Krankenhausbett lag und auf ein Herz wartete.

Er lachte fast laut auf bei dem Gedanken, dass er – ausgerechnet *er*! – für jemand ein Vorbild sein könnte. Er stand eindeutig unter dem Einfluss von zu vielen Medikamenten.

Und doch kannte er die Wahrheit, wusste, was er zu tun hatte.

Bevor er Zeit hatte, darüber nachzudenken, handelte er. Er griff nach dem Telefon und rief die Auskunft an. Er ließ sich die Nummer des St.-Joe's-Krankenhauses geben und wählte. Eine versierte, höfliche Stimme meldete sich und verband ihn mit Allenfords Anrufbeantworter. Angel hinterließ eine einfache und klare Nachricht – setzen Sie bitte am Donnerstagmorgen für zehn Uhr eine Pressekonferenz an.

Nachdem er das getan hatte, fühlte er sich besser, aber er wusste, dass dies nicht alles war, was er zu tun hatte. Da gab es noch mehr ...

Er hatte keine Ahnung, was das war.

Etwas, das mit dem Herz zu tun hatte.

Zum ersten Mal dachte er über die Familie seines Spenders nach, daran, was sie durchgemacht haben musste. Statt sich Gedanken um seinen Spender zu machen oder darüber, wie er gestorben war, dachte Angel über die Familie des Mannes nach (er konnte sich einfach nicht vorstellen, dass der Spender eine Frau war), über die Menschen, die entschieden hatten, Angel eine zweite Chance zum Leben zu geben.

Alles, was ihn vorher interessiert hatte, war der Name des

Spenders gewesen. Er hatte immer wieder versucht, Madelaine dazu zu bringen, ihre verdammte Verschwiegenheit aufzugeben. Er hatte über den mysteriösen Mann phantasiert, überlegt, von wo er gekommen sei und wie er gestorben war und woran er geglaubt hatte. Aber war das wirklich wichtig? Zählte es wirklich, wessen Herz er hatte, oder zählte nur, dass er das Beste aus dem Geschenk machte, das ihm gegeben worden war? Das Wunder.

Er schuldete ihnen etwas.

Ein Dankeschön.

Es überkam ihn plötzlich von allein, ohne Glocken oder Posaunen oder göttliche Erscheinungen. Nur die einfache Erkenntnis, dass er jemandem sein Leben verdankte. Er beugte sich vor und nahm einen Stift und einen gelben Schreibblock von dem schweren eisernen Kaffeetisch. Er starrte auf die dünnen blauen Linien und kritzelte ein kleines Herz in die Ecke.

Bevor ihm auch nur bewusst wurde, was er zu tun beabsichtigte, begann er zu schreiben.

Liebe Spenderfamilie:

Dies ist vielleicht das Schwerste, was ich je getan habe, nämlich diesen Brief an Fremde zu schreiben, die für mich wie eine Familie sind. Es gibt keine Worte, um meine Dankbarkeit auszudrücken, oder wenn es sie gibt, muss es klügeren Köpfen als mir überlassen bleiben, sie zu finden.

Ich lag im Koma und schwebte in Lebensgefahr, als Ihr geliebtes Familienmitglied auf tragische Weise umkam. Bis vor kurzem konnte ich mir nicht vorstellen, wie dieser Augenblick für Sie gewesen sein muss. Dann verlor ich meinen Bruder bei einem Autounfall. Der Schmerz war mit nichts vergleichbar, was ich vorher erlebt habe – es ist eine Wunde, die immer wieder von selbst aufreißt.

Wie ist es möglich, dass Ihre Familie in einer solchen Zeit den Blick nach außen richten konnte? Selbst in Ihrem unvergleichlichen Kummer haben Sie an mich und andere wie mich im ganzen Land gedacht. Sie taten dies, ohne meinen Namen oder mein Leben zu kennen oder überhaupt irgendetwas über mich zu wissen. Der Mut und das Mitgefühl Ihrer Handlungsweise lässt mich, zum ersten Mal seit Jahren wieder, an die Welt und an meine Mitmenschen glauben. Und, was noch überraschender ist, ich beginne, an mich selbst zu glauben.

Sie haben mir das kostbarste aller Geschenke gegeben – das Wunder des Lebens –, und obwohl ich Ihnen wahrscheinlich nie begegnen werde, möchte ich, dass Sie wissen, dass ich ein Stück von Ihnen und Ihrer ganzen Familie in meinem Herzen trage. Ich werde alles, was in meiner Macht steht, tun, um die zweite Chance, die Sie mir gegeben haben, zu verdienen.

Möge Gott Sie und Ihre Familie segnen.

Als Angel den letzten Satz schrieb, spürte er, wie er sich veränderte. Es war, als ob reines, glühendes Sonnenlicht seinen Körper durchflutete, Stellen in ihm erhellte, die seit Jahren kalt und dunkel gewesen waren. Zum ersten Mal in seinem Leben wusste er – unwiderruflich und absolut –, dass er das Richtige getan hatte.

Madelaine griff in ihren Kleiderschrank, um etwas zum Umziehen herauszuholen. Ihre Fingerspitzen streiften weichen, abgetragenen Flanell. Sehr langsam schob sie die Kleidungsstücke aus Seide und Baumwolle beiseite und entdeckte ein blaugraues Flanellhemd, das Francis gehört hatte.

Sie erinnerte sich an den Tag, an dem er das Hemd hier gelassen hatte – einen Frühlingstag, der kalt und regnerisch begonnen hatte, am Mittag aber fast sommerlich heiß gewesen war. Er hatte das alte Flanellhemd ausgezogen und eines dieser übergroßen T-Shirts übergestreift, die sie immer von den Arzneimittelvertretern bekam.

Für einen Augenblick war der Schmerz fast unerträglich. Von brennenden Tränen geblendet, griff sie nach dem Hemd und nahm es vom Bügel. Sie führte es an die Nase und atmete tief ein.

Sie konnte ihn riechen. Ein Hauch von Rasierwasser erfüllte ihre Sinne und rief ihr ein Dutzend kostbarer Erinnerungen ins Gedächtnis. Francis, wie er die kleine, rotgrün karierte Schachtel auspackte und lachte, wie er immer lachte, wenn er das Rasierwasser sah. *Oh, Gott sei Dank, ich hatte fast keins mehr.*

Ihr wurde jäh bewusst, dass er dieses Jahr zu Weihnachten nicht hier sein würde, auch nicht zum Erntedankfest. Sie und Lina würden diese Tage allein verleben müssen. Wie würden sie das tun? All ihre Traditionen waren mit ihnen dreien verbunden. Wer würde den Truthahn tranchieren, wer die Kerzen an den Weihnachtsbaum stecken, wer würde die Plätzchen essen, die sie auf dem guten Porzellan von Spode für den Weihnachtsmann hinlegten?

Sie presste das Hemd an ihr Gesicht und atmete tief ein, als ob sie ihn damit irgendwie durch ihre reine Willenskraft wieder zum Leben erwecken könnte.

Gott, wie sehr sie sich danach sehnte, sich umzudrehen und ihn hinter sich zu finden, ihren Priester mit den blauen Augen und dem ansteckenden Lachen. Sie wollte in seine ausgestreckten Arme fliegen und ihn sagen hören, dass er sein Maddy-Mädchen liebe. Sie schloss fest die Augen. *Nur noch einmal, Gott ... nur noch ein einziges Mal.*

Verlassenheit umfing sie. Sie hörte das leise Ticken der Schlafzimmeruhr, das sanfte Pochen des Windes an der Fensterscheibe.

Sie stand in ihrem eigenen Schlafzimmer, in ihrem eigenen Haus, aber sie hatte sich noch nie so allein gefühlt.

Plötzlich konnte sie es keine Sekunde mehr länger ertragen. Sie steckte die Arme in Francis' Hemd und knöpfte es zu, stürmte dann durch das Haus. Sie riss die Tür auf und spürte, wie ihr die kalte Luft ins Gesicht schlug.

Als sie die Augen öffnete, sah sie Angel. Er lehnte am Kühler seines grauen Mercedes – dem Wagen, den sie für ihn mit einer American-Express-Platin-Kreditkarte gekauft hatte. Er stand dort und sah mit seinen eng anliegenden blauen Levi's-Jeans und dem verblichenen Aerosmith-T-Shirt aus, als sei ihm alles auf der Welt völlig egal.

Er löste sich von dem Wagen und schritt langsam auf das Haus zu. Wind peitschte eine lange Strähne braunen Haares über sein Gesicht.

Kaum einen Meter von ihr entfernt blieb Angel stehen. Diesmal lächelte er nicht. »Ich möchte Francis' Grab sehen.«

Sie runzelte die Stirn. Sie hatte nicht erwartet, dass er das sagen würde. »Es ist in Forest Lawn ... in Magnolia Heights.«

»Ich dachte, dass du mich vielleicht begleiten würdest.« Er zeigte kurz dieses strahlende Lächeln, das in Hunderten von Filmzeitschriften abgebildet worden war, aber sie bemerkte zum ersten Mal, dass es irgendwie ein wenig traurig war und seine Augen nicht erreichte.

»Was ist los, Angel?«

Sein falsches Lächeln schwand und er sah sie mit einer solchen Eindringlichkeit an, dass sie den Atem anhielt. »Er verfolgt mich, Mad. Das liegt daran, weil ich so viele Dinge nicht gesagt habe. Ich dachte ... wenn ich sie vielleicht jetzt sage, dass er mich dann mein Leben leben lässt.« Er kam einen Schritt näher auf sie zu. »Ich fange an, einige Dinge zu planen, Mad. Zum ersten Mal seit Jahren kann ich ein künftiges Leben sehen, aber ...«

Sie wurde von den Worten, die er nicht sagte, angezogen. Es war, als fiele sie in die Vergangenheit zurück, aber das war ihr gleich. Sie wusste nur, dass sie einsam war, sehr lange Zeit einsam gewesen war, und dass er die Hand nach ihr ausstreckte. Sie ergriff sie, spürte, wie die starken Finger sich um ihre schlossen, und ihr Herzschlag wurde schneller. »Ich bringe dich hin«, sagte sie leise. Sie wusste, dass sie, wenn sie mit ihm zu Francis' Grab ging, ihm die Wahrheit über sein Herz erzählen und dass er ihr seine Hand vielleicht nie wieder reichen würde. Sie drückte sie fest, klammerte sich an ihn.

Er führte sie über den Weg zwischen ihren welken Blumenbeeten zu dem Bürgersteig, der ihr Haus flankierte. Der Himmel verfärbte sich mit einem ersten Hinweis auf die kommende Dämmerung zu einem tiefen, intensiven Lavendelblau. Wortlos nahm sie auf dem weichen, wohlriechenden Ledersitz Platz und dirigierte ihn zur Autobahn.

Als sie den Friedhof erreichten, war es fast vier Uhr. Sanfte rosarote Strahlen durchzogen den Himmel in der Dämmerung.

Sie gingen über den Granitweg zu der grasbewachsenen Anhöhe, die sie für Francis ausgewählt hatte. Die Kirche hatte einen exquisiten Grabstein aus weißem Marmor aufstellen lassen. Daneben stand die gusseiserne Bank, die Madelaine ausgesucht hatte.

Sie führte Angel zu der Bank und setzte sich neben ihn. Sie starrten lange Zeit auf den Grabstein und hingen beide ihren Erinnerungen nach. Schließlich zog sie das Flanellhemd ein wenig fester um sich und stand auf. »Ich werde dich ein bisschen allein lassen«, sagte sie und wandte sich zum Gehen.

Er griff nach ihrer Hand. »Geh nicht.«

Sie blickte auf ihn hinab, sah den Schmerz in seinen Augen, die Furcht und die Enttäuschung und die Einsamkeit, und das warf sie zurück in eine andere Zeit, die lange zurücklag, als er sie ebenso angesehen und genau dieselben Worte gesagt hatte. Langsam, noch immer seine Hand haltend, setzte sie sich.

Leise sagte er: »Ich würde alles ändern, wenn ich es könnte.«

Sie wusste nicht, ob er zu ihr oder zu Francis sprach, aber das war auch unwichtig. Das Geständnis umfing sie, verband sie miteinander. »Ich weiß, was du meinst.«

Er lachte, aber es war ein hohles Geräusch. »Wie könntest du das? Du bist niemals in deinem Leben vor etwas davongelaufen.«

Sie seufzte. »Das zeigt nur, wie wenig du mich kennst, Angel. Ich habe bei unserer Tochter eine Menge Fehler gemacht und ich glaube, ich habe Francis als selbstverständlich hingenommen. Ich dachte, er würde immer für mich da sein.« Sie neigte das Kinn und starrte auf die endlose Grasfläche, beobachtete, wie die winzigen Messerklingen der Nacht sich über die Grabsteine schoben. »Ich hatte solche Angst um Francis und Lina. Sie taten sich beide so leicht damit, Liebe zu geben. Anders als ich. Ich schien das nie richtig machen zu können, vor allem bei Lina. Ich befürchtete immer, ich würde das Falsche tun oder das Falsche sagen und sie würde mich verlassen ... einfach eines Tages verschwinden und niemals wiederkommen.«

Er schwieg eine Minute lang, berührte dann ihr Kinn und zwang sie, ihn anzusehen. »Wie ich es tat.«

Sie konnte nicht so tun, als habe sein Verrat ihr nichts bedeutet. »Ich habe darauf gewartet, dass du zurückkommst.«

»Es lag nicht an dir, Mad.«

Sie versuchte zu lachen. »Ich habe sonst niemand vor meinem Schlafzimmerfenster stehen sehen.«

Sein Lächeln war traurig. »Das war *ich*. Ich hatte Angst vor dir und vor mir und dem Baby. Hatte Angst vor dem, was ich für dich fühlte. Wie hätte ich wissen sollen ...?« Sein Blick war unverwandt auf sie gerichtet. Sie wartete, atemlos und ein wenig ängstlich vor dem, was er als Nächstes sagen würde. Er schaute weg, starrte in den Abendhimmel, und als er schließlich sprach, war seine Stimme belegt. »Wie hätte ich wissen sollen, dass ich nie wieder so fühlen würde?«

Die Worte waren magisch. Sie spürte, wie sie sie umfingen, ihr Herz drückten. Antworten kamen zu ihr, umkreisten sie nacheinander, verwoben sich zu einem Ganzen, das sie erschreckte. Er sprach über die Vergangenheit, das wusste sie, und doch fühlte es sich an, als meine er die Zukunft.

Am Ende sagte sie nichts und Stille senkte sich zwischen sie.

»Sag etwas, Mad.«

Sie wandte sich zu ihm, wusste, dass ihre Augen von den Gefühlen erfüllt waren, die zu offenbaren sie sich fürchtete. »Was kann ich sagen, Angel? Du willst wissen, ob ich je wieder so gefühlt habe? Die Antwort ist nein.«

»Glaubst du, du könntest es?«

Sie wusste, dass die Antwort, war sie einmal gegeben, nie zurückgenommen werden konnte. Sie würde sich ihm wieder mit ihrer Verwundbarkeit aussetzen, würde ihm wieder die Macht geben, ihr Herz zu brechen. Sie dachte daran, nichts zu sagen oder zu lügen, wusste aber, dass es sinnlos war. Irgendwie hatte sie ihm diese Macht schon gegeben. »Ja«, flüsterte sie.

Ein kurzes Lächeln spielte um einen seiner Mundwinkel. Dann wandte er sich rasch ab und starrte wieder auf den Grabstein. »Ich muss einen langen Weg gehen, Mad. Ich bin nicht der Mann, der ich vorher war ... aber ich bin noch kein anderer. Ich kann keine Versprechungen machen.«

Überraschenderweise gaben die Worte, die sie hätten verletzen sollen, ihr Hoffnung. Der alte Angel wäre nie so ehrlich gewesen. »Wir sind keine Kinder mehr, Angel.«

»Was meinst du damit?«

»Ich meine damit, dass nicht alles über Nacht geschehen muss. Es bedeutet, dass man Vertrauen nicht so ganz nebenher schenkt oder ebenso einfach nimmt. Es ist schon viel Wasser den Rhein hinuntergelaufen.«

»Ja.« Angel schwieg wieder. Schließlich zog er ein Blatt Papier aus der Brusttasche. »Ich möchte, dass du dies liest«, sagte er, während er es ihr reichte.

Sie runzelte, verwirrt über den plötzlichen Themenwechsel, die Stirn. »Was ist das?«

»Lies es einfach«, sagte er.

Sie nahm das Papier und entfaltete es, glättete es auf ihren Oberschenkeln. Die ersten beiden Worte trafen sie hart. *Liebe Spenderfamilie.*

Sie blickte zu ihm auf.

»Es ist ein Brief an meine Spenderfamilie. Ich habe sechs Stunden daran gesessen, aber er ist noch immer nicht richtig formuliert. Ich dachte, du könntest mir vielleicht dabei helfen ...«

Madelaine sah die Unsicherheit in seinen Augen, das dringende Bedürfnis, und es berührte sie stark. Sie zwang sich, den Blick abzuwenden, und las den Brief. Als sie fertig war, weinte sie. Sie faltete ihn ganz sorgfältig zusammen und sah Angel an. Sie wollte sagen, dass der Brief perfekt sei, aber sie konnte nicht sprechen.

Sie wusste, dass die Zeit gekommen war.

»Man sagt, dass die Wahrheit einen befreit«, sagte sie leise.

»Der Brief ... ist meine Art, zu versuchen, etwas zu ändern, mein Leben in Ordnung zu bringen. Ich möchte für Lina ein guter Vater sein, weiß aber nicht, wie. Manchmal sehe ich sie an und frage mich, wo all diese Jahre geblieben sind und wie mein Leben gewesen wäre, wenn ich sie zum Kindergarten gebracht und sie beim Krippenspiel in der Schule gesehen hätte. Ich weiß, dass ich einen langen Weg vor mir habe, aber ich muss irgendwo anfangen – und das Herz ist wie ein Anfang.«

Madelaine legte den Brief vorsichtig auf die Bank und drehte sich zu ihm, um ihm voll ins Gesicht zu sehen. In diesem Augenblick wurde ihr bewusst, dass sie nie aufgehört hatte, ihn zu lieben, und diese Erkenntnis machte ihr das Atmen schwer. »Als ich von der Wahrheit sprach, die einen frei macht, meinte ich nicht dich. Ich habe von mir gesprochen.«

Er schenkte ihr ein blendendes Grinsen. »Ein weiteres dunkles Geheimnis, das du mir vorenthältst?« Er sah ihre Ernsthaftigkeit und sein Lächeln verflog. »Lina *ist* doch meine Tochter?«

»Natürlich ist sie das.« Madelaine beugte sich näher zu ihm. Fast gegen ihren Willen berührte sie seine Brust, spürte das Herz schlagen, in perfektem Rhythmus pochen. Sie suchte nach Worten, nur nach den richtigen Worten.

»Du machst mir Angst, Mad.«

»Ich fürchte, du wirst mir nicht verzeihen«, flüsterte sie. Sie wollte ihn mit Erklärungen und Entschuldigungen überschütten, damit er das Wunder verstand, das sie ihm gegeben hatte, aber er schaute sie so aufmerksam an, dass sie nicht klar denken konnte. »Es machte ein Wunder aus einer Tragödie, denke daran. Es gab keine Zeit für Entscheidungen, keine Zeit, um mit jemand zu sprechen. Du warst im Koma. Du lagst im Sterben und ich musste dich retten.«

»Madelaine.« Er berührte ihr Kinn, hob ihr Gesicht und zwang sie, ihn anzusehen. »Das weiß ich. Warum ...«

»Es war Francis' Herz«, sagte sie, spürte Tränen aufsteigen und dann in brennenden Bächen über ihr Gesicht rinnen. »Wir haben dir Francis' Herz gegeben.«

Er erstarrte, zog seine Hand zurück. Er wurde so still, dass es erschreckend war.

»Sag etwas«, bat sie.

Er starrte sie an. Sein Gesicht war blass. »Du hast zugelassen, dass sie Franco das Herz herausschneiden?«

Sie zuckte zusammen. »Er war hirntot, Angel. Er konnte nicht mehr leben. Du musst verstehen ...«

»Himmel noch mal. *Du hast zugelassen, dass sie ihm das Herz herausschneiden?*«

»Angel ...«

»Du hast mich belogen.«

Sie schüttelte den Kopf. »Keine Lüge ... Ich habe dich nur in dem Glauben gelassen ...« Sie wandte beschämt den Blick von ihm ab. »Ich habe gelogen«, gab sie leise zu. »Ich habe gelogen.«

Er sprang auf und lief von ihr fort, rannte wankend über den dunklen Friedhof.

Sie lief ihm hinterher. »Angel, bitte ...«

Er wirbelte zu ihr herum, ohrfeigte sie mit der Kälte seines Blickes. »Bitte, was? Bitte, versteh, dass es *richtig* war, Francis' Herz in meinen Körper zu setzen?«

Sie weinte so heftig, dass sie ihn kaum sehen konnte. »Es ist das, was er gewollt hätte ...«

»Und du glaubst, das *hilft?*«

Er rannte von ihr fort, verschwand in den Schatten.

Sie stand eine Ewigkeit dort, atmete schwer. Dann drehte sie sich hölzern um und kehrte zu der Bank zurück, ließ sich auf das Metall fallen. Sie beugte sich vor und vergrub das Gesicht in den Händen. Sie weinte um sie alle.

Sie wusste nicht, wie lange sie dort gesessen hatte, doch als sie aufblickte, war es dunkel. Ein paar Lichter waren um den Friedhof aufgetaucht, schufen Flecken von schimmerndem Licht.

Schritte bewegten sich langsam auf sie zu.

Sie richtete sich auf, versuchte, seine Gestalt in den Schatten auszumachen. »Angel?«

Er trat, nur etwa drei Meter von ihr entfernt, in einen Lichtstrahl. Er stand groß und aufrecht da, die Hände tief in seinen Hosentaschen vergraben. Sie konnte sein Gesicht nicht sehen. »Darum träume ich ständig von ihm«, sagte er mit dumpfer, leiser Stimme.

Sie wusste nicht, was sie darauf erwidern sollte. Die Ärztin in ihr wollte es leugnen, wollte ihm sagen, dass das Herz nichts weiter als ein Organ war, so wie die Nieren oder die Leber. Aber die Frau in ihr, die Frau, die Francis und seinen Bruder geliebt hatte, war sich dessen nicht so sicher. »Vielleicht«, sagte sie. Dann wurde ihr bewusst, dass es nur eine halbe Antwort war, diese Art von Sicherheit, die ihr Leben zerstört hatte, und sie sagte: »Ja. Ich glaube, dass du deshalb von ihm träumst.«

Er bewegte sich auf sie zu. Seine Stiefel knirschten auf dem kalten Gras. Als er näher kam, konnte sie die Tränenspuren auf seinen Wangen sehen, und es schmerzte, zu wissen, wie sehr sie ihn verletzt hatte. Sie hatte das nie tun wollen, nicht einmal vor so vielen Jahren. Sie wollte ihm sagen, dass es ihr Leid täte, aber die Worte waren so unbedeutend und sinnlos. So blieb sie einfach sitzen, starrte ihn an und wartete.

Er trat zu der Bank und setzte sich neben sie. »Ich möchte dich dafür hassen«, sagte er schließlich.

»Ich weiß.«

»Aber du bist die Person, an die ich diesen Brief geschrieben habe.«

»Ja.«

Er sah sie nicht an. »Es muss dich fast umgebracht haben.«

Sie wollte sein Gesicht in ihre Hände nehmen und ihn zwingen, sie anzusehen, aber sie hatte nicht den Mut, ihn zu berühren. »Weißt du, was mir dabei geholfen hat?«

»Erzähl es mir.«

Sie konnte die Heiserkeit in seiner Stimme hören, das Verlangen, zu verstehen. »Es war Francis. Er war eine sanfte, liebende Seele, der sein Leben gegeben hätte, um einen Fremden zu retten, von seinem Bruder ganz abgesehen. Er liebte dich, Angel, und es gibt überhaupt keine Frage darüber, was er gewollt hätte.«

»Er war so verdammt gut«, flüsterte er. »Schon als wir Kinder waren und ich ein solches Arschloch war – hat er immer an das Beste in mir geglaubt.«

»Er hat sein Leben nicht für dich gegeben. Es ist wichtig, dass du das begreifst. Er starb. Punkt. Und was danach kam, war ein Geschenk des Gottes, den er liebte. Aus seinem Tod hat sich etwas Gutes ergeben, aber es hat seinen Tod nicht verursacht. *Du* hast keine Schuld an seinem Tod.«

»Du verstehst nicht, Mad ...«

Dieses Mal musste sie ihn einfach berühren. Der Schmerz in seiner Stimme war wie ein Messer. Sie beugte sich vor, berührte seine Wange mit sanfter, flüchtiger Zärtlichkeit. »Dann hilf mir, dich zu verstehen.«

Er erstarrte und sie merkte, dass er um Selbstbeherrschung rang. »Ich verdiene sein Herz nicht. Ich kann nicht ... wie er sein.«

»Oh, Angel«, keuchte sie. »Es würde ihn schmerzen, könnte er hören, dass du das sagst. Das weißt du auch.«

Er wich zurück. »Ich kann nicht für ihn leben. So viel Edelmut habe ich nicht in mir.«

Sie berührte seine Brust, spürte seinen Herzschlag, und mit diesem pochenden Rhythmus kam bei ihr ein Gefühl von Hoffnung auf. »Du hast Francis' Herz, aber deine Seele, Angel. Du hast es in dir, alles zu sein.«

Tränen füllten seine Augen, als er sie ansah. Sie schlang die Arme um ihn und zog ihn an sich. Er vergrub das Gesicht in ihrer Nackenbeuge. Sie streichelte sein Haar und wiegte ihn sanft, sagte ihm wieder und wieder, dass alles gut sei.

Schließlich löste er sich von ihr. »Ich habe Angst, Maddy ...«

»Ich weiß.«

»Ich weiß nicht, wohin ich von hier aus gehen soll, wohin Francis mich gern gehen sehen würde.«

»Geh das ganz langsam an. Schritt für Schritt.«

Er lachte. »Du klingst wie mein Berater in der Entzugsklinik.«

Sie lächelte. »Wohin willst du von hier aus gehen, Angel? Warum fängst du nicht damit an?«

Er blickte auf sie herab und sie hätte schwören können, dass Liebe in seinen Augen war. »Nach Hause«, sagte er einfach. »Ich will nach Hause gehen.«

Kapitel 23

Er weiß, dass die Nacht jetzt kälter wird. Er kann Beweise für den Frost sehen, auch wenn er ihn nicht spüren kann. Der Himmel hat sich zu einem dichten Schwarz verwandelt, so wie er es oft in diesen schwindenden Novembertagen tut. Bäume schmiegen sich längs der Straße aneinander, und wenn er sehr aufmerksam lauscht, kann er sie miteinander flüstern hören, erschauern vor dem Frost. Er fragt sich, warum er sie nie zuvor reden gehört hat.

Aber jetzt hört er so viele verschiedene Dinge – das prasselnde Trommeln von Regentropfen, wenn sie auf den Zaun fallen, den sanften Aufprall eines abgefallenen Blattes. Selbst das Sternenlicht macht ein Geräusch, ein leises, brummendes Surren, das ihn an die Bienen erinnert, die sich an den ersten Tagen des Hochsommers in ihrem Rosengarten versammeln. Alles macht ein Geräusch, wie es scheint, bis auf die Schaukel auf der Veranda, die schwer und still unter ihm hängt. Und bis auf ihn. Er ist das stillste Ding von allen.

Die Tiere in der Umgebung wissen, dass er hier ist. In Nächten wie diesen, wenn es kalt und dunkel ist, schleichen sie an dem Haus vorbei, haben ihre goldenen Augen auf ihn gerichtet, ihr Fell gesträubt. Wenn er sie sieht, glaubt er etwas zu fühlen, ein Kitzeln in seinen Fingerspitzen, das sich wie eine Erinnerung anfühlt, als ob er sich erinnern könnte, wie weich sie gewesen sind, wie tröstend es einmal gewesen war, eine Hauskatze zu streicheln. Aber das Kitzeln ist Einbildung. Er weiß, dass er keinen richtigen Tastsinn mehr hat. Er erinnert sich nur, weil es ein schönes Gefühl ist, sich zu erinnern, und er sonst nichts zu tun hat.

In der Ferne biegt ein Auto in Richtung Haus ab. Die Scheinwerfer spähen in hellgelben Lichtkegeln voraus. Die Bäume schweigen, wenn das Licht sie berührt. Der Wagen wendet und parkt am Bordstein. Die Lichter gehen aus.

Er hört das Geräusch einer Tür, die geöffnet wird, dann den leichten Rhythmus von Schritten, während Angel um den Wagen herumgeht und die andere Tür öffnet. Im Licht der schwachen Innenbeleuchtung sieht er Madelaine auf dem Beifahrersitz.

Sie steigt aus dem Wagen aus. Die Straßenlaterne wirft ein Netz von goldenem Licht um sie und das Bild erinnert ihn an Ikonen, die er gesehen hat. Sie lächelt zum ersten Mal seit Tagen. Er weiß instinktiv, dass es Angel ist, der ihr ihr Lächeln zurückgegeben hat.

Es sollte schmerzen, zu sehen, wie sie einen anderen Mann mit liebevollen Augen ansieht, und so wartet er darauf, dass der Schmerz kommt, aber es passiert einfach nicht, und das Ausbleiben überrascht ihn.

Er weiß, dass er noch Schmerz empfinden kann. Er hatte ihn früher an diesem Tage gespürt, als Madelaine vor das Haus trat. Ihre Augen waren vom Weinen geschwollen und rot und er wusste, dass sie um ihn geweint hatte. Es hatte ihn geschmerzt, als er sie dort auf der Veranda stehen sah, bekleidet mit seinem alten Hemd. Tief, tief in ihm, an der Stelle, wo einmal sein Herz gewesen war.

Aber jetzt lächelt sie und ist so strahlend schön, dass es ihm sehr schwer fällt, gleichmäßig zu atmen. Sie scheint über die Auffahrt zu ihm zu schweben, ihr Kopf ist zu Angel geneigt und ihr wunderschönes Gesicht in goldenes Licht getaucht.

Ihm wird ganz plötzlich bewusst, dass sie beide jung und glücklich aussehen. Genau so hatten sie sich immer angesehen, auf eine Art, wie sie ihn nie angesehen hatte.

Seltsamerweise erfüllt ihn dieses Wissen mit Wärme, gibt ihm das Gefühl, so leicht zu sein, dass er von der Verandaschaukel fortschweben kann. Ein prickelndes Gefühl durchströmt ihn – diesmal glaubt er fast, dass es wirklich ist. Es beginnt in seinen Zehen und fließt langsam nach oben. Es ist ein Gefühl, als ströme reines, glühendes Sonnenlicht durch seine Adern, illuminiere ihn von innen. Er bekommt ein fast trunkenes Gefühl von Schwerelosigkeit.

Er erwartet, fortzutreiben, und als das nicht geschieht, blickt er nach unten und sieht, dass mehr von ihm verschwunden ist. Von der Hüfte abwärts ist er nichts als ein Schatten, der aus Schatten dringt.

Es überrascht und verwirrt ihn, dieses langsame Verschwinden seines Körpers, aber es macht ihm keine Angst. Es scheint ... richtig so.

Als er wieder aufschaut, sieht er, dass Madelaine neben ihm auf der Veranda ist. Er kann den gedämpften Klang ihrer Stimme hören, während sie mit seinem Bruder spricht, obwohl er ihre Worte nicht versteht. Angels Antwort kommt mit einem summenden Geräusch, das dem Flüstern der Bäume nicht unähnlich ist.

Er möchte nahe bei ihnen sein, mit einer Hand winken und sagen: *Ich bin hier, seht mich doch*.

Sie öffnet die Tür und schaltet die Verandabeleuchtung ein und dort, in dem goldenen Schimmer, sieht er einen Schatten neben ihnen stehen.

Irgendwie weiß er, dass dies der Schatten des Mannes ist, der er einmal war. Hypnotisiert beobachtet er, wie er selbst in den Schatten seines Bruders schlüpft und dort bleibt, so nah, dass er sie berühren kann.

Es ist ein gutes Gefühl, scheint richtig zu sein, hier, im Schatten seines Bruders zu sein, ein Teil von Angel und doch getrennt. Er spürt, wie er sich entspannt, sich auf der Verandaschaukel zurücklehnt. Ein erleichterter Seufzer kommt über seine Lippen und bei diesem Geräusch schlägt ein Vogel mit seinen Flügeln und stürzt sich von dem Apfelbaum in den Vorgarten.

Er weiß endlich, worauf er gewartet hat, und das Warten ist fast vorüber.

Lina blickte zum Himmel auf und hatte das Gefühl, als ob sich ihr eine ganz neue Welt eröffnet habe. Warum das so war, wusste sie nicht genau. Es war derselbe alte Nachthimmel, den sie gesehen hatte, seit sie ein Kind war, dieselben alten Sterne. Aber an diesem Abend nahm sie sie auf eine Art wahr wie nie zuvor. Die Milchstraße war ein verschmierter Strich von grauweißem Licht, betupft mit glitzernden Sternen. Während sie dort lag, nach oben starrte, schoss ein Stern über den Himmel und hinterließ eine funkelnde Spur von Licht, bevor er verschwand.

»Wünsch dir was«, sagte Zach.

Lina lächelte. Jett hätte so etwas Altmodisches niemals gesagt. Doch während sie die Unsinnigkeit dieser Feststellung bemerkte, erwärmte sie etwas daran. Je mehr sie darüber nachdachte, desto ulkiger und komischer wurde es, fast ein Spiel.

Sie rollte sich auf die Seite und musterte ihn. Er lag ausgestreckt neben ihr, die Arme hinter den Kopf verschränkt. Sandblondes Haar umrahmte sein Gesicht. Sie sah das Sternenlicht, das von seinen Augen reflektiert wurde, und dachte verträumt, dass das passend sei – denn er war es, der ihr den Zauber eines Nachthimmels gezeigt hatte.

Er wandte sich zu ihr und schenkte ihr ein breites, schläfriges Lächeln. »Hast du dir etwas gewünscht?«

Daraufhin hätte sie ihn fast berührt, aber er hatte ihr gegenüber nie eine Andeutung gemacht, dass er das wollte. Sie hatten die letzten beiden Wochen zusammen verbracht – gemeinsam Mittag gegessen, auf dem Pausengang herumgehangen, auf den Bus gewartet. Sie sprachen über alles. Darüber, wie einsam man sich manchmal fühlte, wenn man sechzehn war, und darüber, dass Erwachsene einen kaum verstanden. Es war Zach, der Lina zuerst dazu brachte, über ihre Gefühle für ihre Mutter nachzudenken. Er hatte das ganz locker gesagt, an einem Abend genau wie diesem, als sie auf der Tribüne an der 20-Yard-Linie gesessen hatten. Sie hatte nicht geglaubt, dass er ihre Ansichten ändern wollte. Er hatte nur geredet und sie hatte einfach zugehört ...

»Ich erinnere mich, wie's war, als das Krankenhaus anrief«, hatte er gesagt und sich an einen der Sitze hinter ihnen angelehnt. »In der einen Minute waren meine Eltern noch da, stauchten mich zusammen wegen meiner Frisur und meiner Kleidung und meiner Zensuren, und in der nächsten Minute waren sie weg. Es macht einfach *puff!*, und du bist allein.«

Sie beugte sich näher zu ihm, wusste nicht, was sie sagen sollte.

»Ich hätte alles dafür gegeben, Lina – alles –, nur um noch einmal meine Mom mit mir schimpfen zu hören.«

Lina erinnerte sich an die letzten verletzenden Dinge, die sie zu Francis gesagt hatte, und dass sie nie eine Chance bekommen hatte, sich zu entschuldigen, ihm zu sagen, dass er der Vater sei, nach dem sie gesucht habe. Jetzt wusste sie, dass das Leben einem manchmal keine zweite Chance gibt, sich zu entschuldigen. Manchmal zerstörte ein schrecklicher, tragischer Anruf einfach alles.

Sie liebte ihre Mutter. Das wurde ihr in diesem Augenblick

bewusst, durchfuhr sie mit einer plötzlichen, schmerzlichen Heftigkeit. Wenn ihrer Mutter etwas zustieß, würde Lina sich nur noch zusammenrollen und sterben wollen. Und doch verletzte sie ihre Mutter immer wieder, sagte bissige, hasserfüllte Worte zu ihr, als hätte sie ewig Zeit, sich dafür zu entschuldigen.

»Du hast solches Glück«, hatte Zach in die Dunkelheit geflüstert. Seine Stimme war leise gewesen.

Sie hatte ihm sagen wollen, dass sie sich glücklich fühlte, aber sie fühlte sich durch ihre neue Reife so angeschlagen, war beschämt über die Erkenntnis, wie egoistisch sie gewesen war. Doch sie spürte auch etwas anderes. Hoffnung. Sie hatte das letzte Jahr damit verbracht, auf das Leben zu reagieren – ein rebellisches Gör zu sein, um ihre Mutter zu ärgern, oder eine stinkende Raucherin, um Jett zu gefallen. Jetzt wollte sie nur sie selbst sein – wer immer sie sein mochte. Es war plötzlich, als ob die Welt sich ihr öffnete, glitzernd und voller Möglichkeiten.

Und Zach hatte ihr das gegeben, mit nicht mehr als einigen wenigen ehrlichen Worten. Sie hatte überlegt, ob sie seine Hand nehmen und sie halten sollte, sie drücken sollte, um ihn wissen zu lassen, dass sie verstand, aber das hatte sie nicht gewagt.

Doch jetzt rückte sie ein wenig näher zu ihm, bis sie dicht genug war, um die winzigen Sommersprossen auf seinem Nasenrücken zu sehen. Sie wartete darauf, dass er sie ansah, aber das tat er nicht. Er blickte einfach weiter zum Himmel auf. Sie kniff fest die Augen zu und dachte so intensiv, wie sie konnte, *küss mich*.

Er rührte sich nicht.

Schließlich stieß sie einen verärgerten Seufzer aus. Kein Wunder, dass sie noch Jungfrau war. Sie konnte nicht einmal einen Jungen dazu ermuntern, sie zu küssen. Sie hatte zwei

Jahre versucht, Jett dazu zu bringen, ihr einen zweiten Blick zu schenken, aber er hatte das nie getan. Und jetzt behandelte Zach sie, als ob sie die beste Freundin seiner kleinen Schwester sei.

»Irgendwas stimmt mit mir nicht«, murmelte sie und war entsetzt, als sie hörte, wie die Worte in die Stille zwischen ihnen drangen.

Er drehte sich zu ihr. Er stützte einen Ellenbogen auf, lehnte die Wange auf seine Hand und lächelte auf sie hinab.

Sie bemerkte, dass seine blauen Augen nachts fast schwarz wirkten und dass seine Nasenflügel sich ein wenig blähten, wenn er atmete. Er hatte ein Gesicht wie ihr Onkel Francis – von dieser Art, die einladend war und einem das Gefühl vermittelte, ein Freund zu sein. Sie wollte ihn fragen, ob er sie hübsch fand oder dick oder sonst was, aber sie traute sich nicht und so sagte sie nichts.

Er lächelte und sie hatte das unangenehme Gefühl, dass er genau wusste, was sie dachte. Es demütigte sie, dieser Gedanke, dass ihr Mangel an Selbstsicherheit so offensichtlich war. Sie zupfte nervös an dem Haar hinter ihrem Ohr. »Was ist?«

»Du bist das schönste Mädchen, das ich je gesehen habe«, sagte er.

Bei diesen Worten hätte sie am liebsten geweint und sie überlegte, ob man so empfand, wenn man verliebt war. Sie hätte zu gerne gewusst, was sie sagen sollte – die richtigen erwachsenen Worte –, aber sie konnte sie nicht finden.

»Weißt du, der Winterball steht ja bevor…«, sagte er schließlich. »Was … was hältst du davon, wenn wir zusammen dahin gehen?«

Furcht erfüllte sie schlagartig. Vielleicht machte er sich lustig über sie. »Wir würden ganz schön komisch aussehen.«

Er lachte und es war ein so wundervolles Geräusch, dass sie mit ihm lachte. »Also?«

Sie starrte ihn voller Ehrfurcht an. Ihre Gefühle waren ein einziges Durcheinander und ihr Herz schlug einen völlig verrückten Rhythmus in ihrer Brust. »Okay.«

Er schenkte ihr ein breites und ruhiges Lächeln, bei dem ihre Kehle trocken wurde. Und dann küsste er sie.

Lina schwebte eine Stunde später, als Zach sie heimfuhr, noch immer auf Wolken. Er hielt den Minivan vor der Auffahrt an und stellte den Motor ab. Dann kam er zu ihrer Seite herum und öffnete die Tür.

Sie nahm seine Hand und stieg aus dem Wagen. Sie wünschte sich, den Mut zu haben, um einen weiteren Kuss zu bitten, aber das wagte sie nicht. Sie hatte Angst, auf der Stelle neben dem Rosengarten ihrer Mutter zu einer kleinen Pfütze zu zerschmelzen.

Er bewegte sich näher zu ihr und blickte mit einer Intensität auf sie hinab, die ihr das Atmen schwer machte. »Beim Ball ... trag etwas Blaues – so wie deine Augen.«

Sie konnte nicht einmal antworten, nickte nur.

Lächelnd führte er sie über den Weg zu ihrem Haus. Auf halbem Wege merkte sie, dass ihr Dad auf den Verandastufen saß. Er saß dort in der Dunkelheit, völlig allein.

Lina und Zach blieben vor ihm stehen.

Angel erhob sich langsam, klopfte seine Jeans ab und hielt Zach eine Hand hin. »Ich bin Angel«, sagte er unnötigerweise – als ob er kein Superstar aus Hollywood sei. »Angelinas Vater.«

Zach schüttelte seine Hand. »Ich bin Zachary Owen, Mr DeMarco. Ich möchte mit Lina zum Winterschulball gehen, wenn Sie einverstanden sind.«

Angel lachte. »So eine Art Vater bin ich nicht. Alle Rendezvous müssen mit ihrer Mutter abgesprochen werden.«

Die Art, wie er die Verantwortung von sich wies, traf. Lina runzelte die Stirn.

Zach drehte sich zu ihr. »Gute Nacht, Lina. Bis morgen dann.«

Sie nickte fast besorgt und blickte ihm nach, als er ging. Dann wandte sie sich an Angel. »Was machst du hier draußen?«

»Auf dich warten.«

Ein warmes Gefühl erfüllte sie. Sie grinste ihn an. »Cool.«

»Vielleicht, vielleicht nicht. Komm her.« Er führte sie zu der obersten Stufe und sie setzten sich Seite an Seite hin. Der dunkle Vorgarten streckte sich vor ihnen aus.

»Ich muss dir etwas erzählen«, sagte er mit einer leisen, zögernden Stimme, die in ihrem Magen ein flaues Gefühl von Besorgnis auslöste. »Es wird dich vielleicht betroffen machen.«

Sie wandte sich zu ihm. »Und das ist?«

Er schaute weg von ihr, als könne er ihrem Blick nicht standhalten, und ihre Ängstlichkeit wuchs zu Furcht. *Er geht weg, genauso, wie Mom es gesagt hat. Er will mir sagen, dass er kein Dad mehr sein möchte.*

»Es geht um meine Operation«, sagte er.

Für einen Sekundenbruchteil empfand sie Erleichterung, gefolgt von einer neuen Welle von Angst. »Ist mit dir alles in Ordnung?«

Er lächelte sanft. »Mir geht's gut. Sehr gut übrigens für ...« Seine Stimme wurde zu einem Flüstern und er starrte sie mit einer Intensität an, die beunruhigend war. »Sehr gut für einen Mann, der eine Herztransplantation hinter sich hat.«

Er sah so ernst und verängstigt aus, dass sie fast gelacht hätte. »Ist das dein großes ›Ich muss dir was erzählen‹? Gott, ich dachte, du wirst sterben.«

»Du findest es nicht abstoßend?«

»Meine Güte, Dad. Ich bin das Kind einer Kardiologin. Ich bin auf der Intensivstation aufgewachsen – ich wette, ich weiß mehr über Herzempfänger als du.«

Er schenkte ihr ein plötzliches Lächeln, das dann langsam verschwand. »Das ist noch nicht alles.«

Sie grinste. »Ich weiß, die Sensationspresse hatte Recht. Du hast das Herz eines Außerirdischen.«

Er lachte. »Ist das die neueste Meldung?«

Sie schwiegen. Lina stützte sich auf die Ellenbogen und starrte auf die dornigen schwarzen Rosensträucher längs des Palisadenzauns.

Angel streckte sich neben ihr aus. »Die Sache ist die, Lina. Ich habe ... ich meine, ich bekam ...« Er atmete zitternd ein und sagte nichts mehr.

Lina wandte sich zu ihm. Die schwache Verandabeleuchtung gab seinem Gesicht, seiner blassen Haut, einen gesunden, goldenen Schein. Dunkelbraunes Haar, das die Farbe von Kaffee hatte, umrahmte sein Gesicht, lockte sich auf dem hellblauen Kragenstoff. Er starrte zu dem mit Sternen übersäten Novemberhimmel hoch und seufzte schwer.

Lina konnte spüren, dass er Probleme hatte. Es war eigenartig, aber vor einer Woche noch hätte sie so etwas nicht einmal bemerkt – dass ein Erwachsener Probleme damit hatte, etwas zu sagen. Sie wäre gereizt und ungeduldig geworden und hätte ihm gesagt, er solle es ausspucken, weil sie nicht den ganzen Tag Zeit hätte.

Aber alles in den letzten Wochen hatte ihre Perspektive verändert. Und wenn es eines gab, das sie verstand, so war es die Schwierigkeit, das auszusprechen, was man dachte. Deshalb wartete sie geduldig und sagte gar nichts.

Schließlich versuchte er es wieder. »Ich habe Angst, dir dies zu sagen, Lina. Ich möchte dir nicht wehtun ...«

Sie sah ihn nicht an. Das war auch nicht nötig. Sein Gesicht war in ihr Gedächtnis eingebrannt. Sie trug es wie ein Medaillon in ihrem Herzen. »Onkel Francis pflegte zu sagen: ›Liebe schmerzt, Angelina-Ballerina, aber sie heilt auch.‹« Sie seufzte wehmütig, erinnerte sich an all die Abende, an denen sie genau an diesem Platz mit Onkel Francis gesessen und mit ihm über alles gesprochen hatte, was sie beschäftigte. Sie hatte sich immer vorgestellt, dass er für ewig hier sitzen würde, wenn sie ihn darum bat.

»Du hast Franco geliebt, nicht wahr?«

»Ja«, flüsterte sie. »Ich liebte ihn.«

»Was, wenn er irgendwie ... noch da wäre?«

»Das ist er«, sagte sie leise, »er ist in meinem Herzen. Und in Moms.«

»Und in meinem.«

Er brachte die Worte in einem anderen Tonfall hervor, als sie es erwartet hatte – fast leichtfertig. Es überraschte sie, wie er es sagte, veranlasste sie plötzlich zu überlegen, was Angel für seinen Bruder empfinden mochte. Sie hatten sich seit Jahren nicht gesehen und Francis hatte kein einziges Mal erwähnt, dass sein Bruder der berüchtigte Angel DeMarco sei. »Du machst dich über mich lustig«, sagte sie anklagend.

»Nein. Ich versuche nur, einen Weg zu finden, dir etwas zu sagen, aber das gelingt mir irgendwie nicht.«

»Dann sag's einfach. Ich bin kein Säugling mehr, der beschützt werden muss.«

Er drehte sich zu ihr und sah sie an. Dann ergriff er ihre Hand und legte sie auf seine Brust. Sie konnte den pochenden Rhythmus unter dem weichen Flanell seines Hemdes spüren. »Fühl meinen Herzschlag«, sagte er.

Sie nickte.

»Der ist von ...« Er schluckte schwer und sah ein wenig krank aus. »Das ist Francis' Herzschlag.«

Es dauerte eine Sekunde, bis sie die Bedeutung der Worte begriff. Und als sie begriff, zog sie die Hand fort und blinzelte ihn an. »W... willst du damit sagen ...«

»Ich habe das Herz deines Onkels Francis in mir.«

Sie wusste nicht, was sie darauf erwidern sollte.

»Lina?«

Sie hörte die Angst in seiner Stimme und das verwirrte sie. Sie wandte sich zu ihm. Für einen Lidschlag starrte sie in seine besorgten Augen und hatte das Gefühl, als fiele sie durch eine endlose Dunkelheit. Sie dachte verrückterweise: *Ich kenne diesen Mann überhaupt nicht. Er ist mein Vater und ich kenne ihn überhaupt nicht ...*

Dann wurde ihr bewusst, dass er Angst hatte, weil sie ihm wichtig war. Er hatte Angst, dass sie glauben würde, er hätte etwas Böses getan. *Er* hatte Angst vor *ihr*. Ein weiteres winziges Stück des Puzzles passte – Liebe bedeutete immer, ein wenig Angst zu haben.

Sie lächelte ihn an und fühlte in diesem Augenblick etwas, das so groß war, so atemberaubend cool, dass sie am liebsten vor lauter Freude darüber geschrien hätte. »Du hast Francis' Herz«, sagte sie leise.

Er wurde so still, als ob er nicht mehr zu atmen schien. »Ja.«

Da wusste sie, dass sie alles Weitere in der Hand hatte. Was immer sie sagte, würde für immer über ihre Beziehung entscheiden. Tränen verwischten ihr Blickfeld und sie wischte sie beiseite. »Ich wusste, dass er mich nicht verlassen würde«, flüsterte sie.

Erleichterung breitete sich über sein Gesicht aus. »Du bist wirklich was Besonderes, Lina.«

Ganz langsam breitete er die Arme aus und sie schmiegte sich an ihn. Es war das erste Mal, dass er sie in die Arme nahm, und sie wusste, dass sie es nie vergessen würde, niemals. Es fühlte sich an wie Francis ... und es fühlte sich an wie Angel, fühlte sich an, als ob sie beide sie hielten, beide Männer, die sie so sehr liebte.

Sie hatte keine Ahnung, wie lange sie eng umschlugen dort

auf der obersten Stufe saßen, über alles und jedes sprachen, das ihnen in den Sinn kam. Aber irgendwann gegen zehn Uhr, etwa um die Zeit, als die alte Mrs Hendicott zum letzten Mal ihre Hintertür öffnete und ihren Tigerkater nach draußen schob, begann es zu regnen. Langsame, schwere Tropfen, die mit dem Hauch eines für die Jahreszeit ungewöhnlich warmen Windes kamen. Seltsamerweise war keine Wolke am Himmel.

Hinter ihnen knarrte die Verandaschaukel und verschob sich seitwärts, als ob eine unsichtbare Hand ihr einen kräftigen Stoß versetzt hätte. Sie machte ein winselndes, quietschendes Geräusch. Der Wind wurde heftiger und pfiff durch das Dachgesims und es klang – verrückterweise – wie Onkel Francis' Lachen.

Kapitel 24

Die Medien fielen in St. Joe's ein wie ein Zirkus, der in die Stadt kommt. Reporter, Techniker, Kameramänner und Moderatoren aus dem ganzen Land strömten aus Transportern und Mietwagen, scharten sich auf dem Krankenhausparkplatz und rannten hin und her, während sie ihre Ausrüstung immer wieder überprüften. Sie schleppten ihre schweren schwarzen Kisten und die riesigen tragbaren Scheinwerfer die Eingangstreppe hoch und über den großen Korridor.

Die Cafeteria war für Angels Pressekonferenz, die um zehn Uhr beginnen sollte, geschlossen worden. Sie füllte sich schnell mit Menschen.

Schwarze Kabelstränge schlängelten sich über den gesprenkelten Linoleumboden und suchten nach Steckern. Klobige Scheinwerfer richteten ihre gleißenden Strahlen auf das Podium, das Dr. Allenford neben der Kasse hatte aufbauen lassen. Dutzende von Reportern hatten sich in kleinen Gruppen zusammengefunden. Jeder Fernsehsender und jedes Redaktionsteam hockte in einer Ecke zusammen und testete die Mikrofone. Alle, bis auf die Zeitungsreporter – die saßen verstreut auf unbequemen Stühlen, ihre Schreibblocks in den Händen, und musterten angewidert ihre Konkurrenten.

Angel stand in der Küche hinter der Cafeteria und beobachtete die Vorgänge durch ein kleines rundes Fenster in der Tür.

Direkt neben ihm war ein riesiger begehbarer Kühlschrank, aber er wusste, dass dies nicht der Grund war, warum er fröstelte.

Es waren die Nerven.

Jemand berührte seine Schulter und er zuckte zusammen und wirbelte herum. Madelaine und Chris und Sarandon, sein neuer Kardiologe, starrten ihn an. Madelaine zog langsam die Hand von seiner Schulter zurück.

Angel versuchte zu grinsen. »Ich kann das einfach nicht glauben ... ich bin nervös. Teufel auch, ich habe das schon eine Million Mal getan.«

Sie warf ihm einen schiefen Blick zu. »Nüchtern?«

Er dachte darüber nach. »Gute Feststellung.«

Allenford schaute auf seine Armbanduhr. »Es ist zehn Uhr.«

Angel fasste Madelaine bei der Hand. »Ich weiß nicht, ob ich das schaffe.«

»Du kannst alles schaffen, Angel DeMarco. Wann wirst du das endlich begreifen?«

Sie sagte das auf so ruhige Art, so sachlich, als sei es eine gegebene Tatsache, dass Angel alles tun könnte, alles *sein* könnte. Ihr schlichter Glaube an ihn machte ihn betroffen. Er versuchte, ihr Lächeln zu erwidern. »Was würde ich ohne dich tun?«

Sie lachte, aber es war ein ängstliches, nervöses Geräusch. »Bist du bereit?«

»Sag Lina nicht, dass ich mich so verhalten habe. Sie hält mich für cool.«

Allenford drückte Angels Schulter und ging zur Tür voraus. Sarandon folgte ihm. Die beiden Ärzte schoben sich durch die Schwingtüren wie Doc Holliday und Wyatt Earp beim Betreten eines Saloons.

In dem Augenblick, als die Ärzte ins Blickfeld der Reporter traten, begannen Blitze zu zucken und Kameras klickten.

Allenford ging zum Podium, klopfte auf sein Mikrofon, um es zu testen, und begann, seine vorbereitete Presseerklärung vorzulesen.

Hinter den Türen hörte Angel Bruchstücke von Allenfords Statement.

»... Angel DeMarco wurde nach seinem dritten und schwersten Herzanfall in das St. Joseph's Hospital eingeliefert ... Nur eine Herztransplantation konnte sein Leben retten ... Mr DeMarco wurde als möglicher Empfänger auf die Liste des UNOS – des United Network for Organ Sharing – gesetzt.«

Jemand stellte eine Frage, die Angel nicht ganz verstand.

»Nein«, erwiderte Allenford, dessen Stimme schriller als gewöhnlich klang. »Mr DeMarco wurde wegen seiner Berühmtheit oder seines finanziellen Status *nicht* bevorzugt behandelt. Er wurde in der Transplantationsliste wegen seines kritischen Zustandes nach oben gesetzt.« Allenford faltete seine vorbereitete Rede zusammen und steckte sie in die Tasche seines weißen Arztkittels. »Er wartete wie jeder andere auf sein Herz. Länger als manche, nicht ganz so lange wie andere. Ich habe die Operation ausgeführt, die sehr gut verlief. Mr DeMarco blieb für eine gewisse Zeit im Krankenhaus und wurde dann entlassen. Er beginnt jetzt mit diesem neuen Abschnitt seines Lebens. Ich danke Ihnen.«

Fragen kamen wie Geschosse aus der Menge. Reporter sprangen auf, schwenkten wild die Hände, streckten Mikrofone vor. Angel konnte die Fragen nicht verstehen – sie waren nur ein summendes Gewirr von Statik und Verwirrung –, aber er wusste, dass sie unwichtig waren. Allenford konnte sagen, was er wollte. Das zunehmende Durcheinander würde erst enden, wenn Angel vortrat.

Madelaine drückte seine Hand. »Du weißt, dass du nicht rausgehen musst.«

»Es ist ein bisschen beängstigend«, gab er zu. »Ich höre in meinem Kopf die Titelmusik des Films *Der weiße Hai*. Entweder singt Francis oder ich bin in Gefahr.«

Sie lachte. »Du bist ein kranker Mann, Angel DeMarco.«

Durch das Milchglas sah er, wie Allenford links neben das Podium trat – ihr Signal für Angel, herauszukommen, wenn er es wollte.

Er wandte sich an Madelaine. »Komm mit mir.«

»Natürlich.«

Er spürte das plötzliche Verlangen, sie zu küssen. Stattdessen lächelte er. Das bloße Wissen darum, dass sie neben ihm sein würde, dass sie ihn ermutigte, an ihn glaubte, gab ihm die Kraft, alles zu tun. Es überraschte ihn – was für ein gutes Gefühl es war, jemanden zu haben, an den man sich anlehnen konnte. All die vielen Male in seinem Leben, wo er Angst gehabt hatte, war er allein gewesen. Jetzt fragte er sich, ob er Angst gehabt hatte, *weil* er allein gewesen war. »Du solltest lieber vorgehen. Wenn sie uns zusammen sehen, wird die Hölle los sein. Morgen werden die Sensationsblätter in deinem Müll wühlen und nach meiner Unterwäsche suchen. Irgendeine Stripteasetänzerin in Deadwood wird sie beschreiben.«

Er wartete darauf, dass sie lachte, aber das tat sie nicht. Sie stand nur da und sah ihn an. »Du wirst es toll machen.« Sie drückte zum letzten Mal seine Hand und verließ dann vor ihm die Küche. Sie huschte um das Podium herum und nahm im hinteren Teil des Raumes Platz.

Nun war es so weit. Er holte tief Luft und bereitete sich vor, genau so, wie er es für eine Filmrolle getan hätte. Mit einer routinierten Leichtigkeit verwandelte er sich in den berühmten Angel DeMarco.

Lächelnd schlenderte er aus der Küche. Er wusste, dass er wirkte, als sei er völlig unbekümmert. Er trat auf das Podium und blieb stehen.

»Er ist es!«

Kameras zuckten wie Blitze durch die Menge, knallten und zischten. Mit einem Mal wurde er mit Fragen bombardiert, so viele, dass er in dem ganzen Durcheinander keine einzige richtig verstand.

Jemand begann zu klatschen und dann, bevor er sich's versah, hatten die Fragen aufgehört und sie alle klatschten.

Zum ersten Mal seit zwei Monaten war er wieder Angel DeMarco – nicht der anonyme Mark Jones, nicht der Herztransplantationspatient auf 264-W, kein verdorbener jüngerer Bruder, kein Instantvater. Er war Angel DeMarco, Schauspieler, der böse Junge aus Hollywood, und er liebte es.

Die alten Gefühle kamen wieder, erfüllten ihn. Das Geräusch und die Heftigkeit des Applauses pumpten Luft in sein Ego, bis er glaubte, er würde dadurch platzen. Wie hatte er diese Woge vergessen können, diesen hypnotisierenden Augenblick, wenn er sich von der Welt geliebt und angebetet fühlte?

Grinsend hob er eine Hand. »Aber, aber. Ich habe die Operation nicht durchgeführt, ich habe sie nur überlebt.«

Kurzes Gelächter perlte durch den Raum. Der Applaus erstarb langsam, und als er geendet hatte, bemerkte Angel die plötzliche Stille, die Art, wie sie ihn mit unverhohlener Neugier beobachteten.

So sahen sie ihn normalerweise nicht an. Die lange rote Narbe, die seine Brust teilte, begann zu jucken.

Die Luft schwand aus seinem Ego, hinterließ in ihm das Gefühl, hohl und gewöhnlich zu sein. Er überlegte plötzlich, ob er auf diese Weise überleben könnte, einfach ein ganz durchschnittlicher Kerl zu sein.

Er hatte das nie gedacht. In den alten Zeiten pflegte er Männer mit Frauen und Familien und Jobs von neun bis fünf anzusehen und über sie zu lachen.

Er hatte immer geglaubt, das Leben sei eine Party – entweder man war eingeladen oder nicht. Und wenn man nicht eingeladen war, dann gehörte man zu der großen Putzkolonne, die nie irgendwelchen Spaß hatte.

Aber er fing an zu verstehen, dass Spaß nur ein Teil dessen war, was das Leben sein konnte. Er dachte an die letzte Nacht, die Zeit, die er mit Lina auf der Veranda verbracht hatte, die Art, wie sie ihn umarmt hatte. Und an Madelaine an Francis' Grab, die zärtlichen Worte und das Lächeln, das sie ihm schenkte, um ihm durch den nagenden Kummer zu helfen. Er hatte mehr Gefühle in diesen wenigen Minuten mit diesen beiden empfunden als in den ganzen vierunddreißig Jahren davor.

»Zunächst einmal«, sagte er ruhig, »möchte ich St. Joe's für die außergewöhnlich gute Pflege danken. Meine Ärzte – Chris Allenford, Marcus Sarandon und Madelaine Hillyard – kämpften selbst dann um die Rettung meines Lebens, wenn ich es ihnen schwer gemacht habe. Und die Krankenschwestern und Therapeuten ...«

»Angel, zeigen Sie uns Ihre Narbe!«

Die quiekende Frage riss Angel aus seinen Gedanken und erinnerte ihn daran, wo er war. Er wusste sofort, dass er zu lange geschwiegen hatte. Jetzt fragten sie sich wirklich, was mit ihm los sei.

Er lachte unbekümmert. »Nun hören Sie aber auf, Jeff, das können Sie besser. Glauben Sie wirklich, dass Amerika meine *Narbe* sehen will?«

»Wie fühlen Sie sich, Angel?«

»Prächtig, danke. St. Joe's hat bei mir hervorragende Arbeit geleistet.«

Jemand kicherte. »Bei uns haben sie auch hervorragende Arbeit geleistet. Es gab überhaupt keinen Knüller über Sie.«

Angel nickte. »Das geschah auf meine Bitte hin. Teufel, es

hat mich einige Zeit gekostet, zuzugeben, dass ich so krank war. Ich war nicht bereit, das aller Welt zu erzählen.«

»Und jetzt sind Sie's?«

Angel verstand den Wink auf Anhieb. Er griff in die Tasche nach der Verlautbarung, die er vorbreitet hatte, fand aber plötzlich, dass sie zu förmlich sei. Er stützte die Ellenbogen auf das Podium und blickte auf die Menge. »Hier ist die Geschichte. Ich bin noch immer krank – es wird mir zwar besser gehen und ich werde eine lange Zeit leben und all das, aber ich erhole mich von einem verdammt schweren Schnitt. Ich brauche einige Zeit – und ich würde es wirklich schätzen, wenn Sie mir die gäben.«

Im Raum herrschte für einen Augenblick Stille. Dann sagte jemand: »Das klingt nicht wie Angel DeMarco.«

Angel warf einen Blick zu der Reporterin vom *People*-Magazin, die gesprochen hatte – es war die Frau, die ihn im letzten Jahr interviewt hatte. »Ich bin es, Bobbie. Aber ein Mensch neigt dazu, sich nach so etwas zu verändern – ich denke, entweder ändert man sich oder man stirbt.« Er lachte. »Sehen wir's doch, wie's ist. Ich bin am Ende der Straße gegen die Mauer gerast und ich hatte verdammtes Glück, dass ich in St. Joe's dagegen gerast bin. Diese Geschichte sollten Sie schreiben, Bobbie. Ich bin einer derer, die Glück gehabt haben. Über vierzigtausend Menschen, die auf Organe *warten*, sterben jedes Jahr.«

»Wer war Ihr Spender?«, fragte sie mit scharfer Stimme.

Ein erwartungsvolles Raunen füllte den Raum.

Angel wappnete sich. »Das ist vertraulich.«

»Männlich oder weiblich?«, fragte ein anderer aus der Ecke.

Angel zwang sich zu einem Lächeln. »Ja.«

»Wann *genau* wurden Sie operiert?«, fragte Bobbie, ihren Stift bereithaltend, um das Datum niederzuschreiben, das eine umfangreiche Recherche auslösen würde.

»Das ist ganz allein meine Sache.« Angel schenkte ihnen ein freundliches Lächeln, um seinen Worten die Schärfe zu nehmen.

»Was werden Sie jetzt tun? Wir haben gehört, dass Sie bereits für einen neuen Actionfilm verpflichtet worden sind.«

Es war eigenartig, wie unwichtig das klang. Vor einem Jahr hatte er Val in Marsch gesetzt, um diese Rolle zu bekommen. Er hatte ihm Anweisung gegeben, alles zu tun, um den Vertrag abzuschließen. Jetzt war Angel das völlig egal. Der Gedanke, Hollywood für immer zu verlassen, löste bei ihm weniger als einen Anflug von Bedauern aus. Sein altes Leben hatte langsam die schimmernde, undeutliche Gestalt eines Traumes angenommen, dessen er sich kaum erinnern konnte.

Er überlegte, ob er ihnen von seinem wirklichen Vorhaben erzählen sollte – von der Francis-Xavier -DeMarco-Stiftung für Transplantationsforschung. Doch wenn er Francis' Namen nannte, würde irgendein Reporter versuchen, den mysteriösen Bruder zu interviewen, und wenn dabei herausgefunden wurde, dass er tot war – wenn festgestellt wurde, wie und wann er gestorben war –, würde alles vorbei sein. Irgendein übereifriger Reporter würde graben, bis die wahre Story ans Licht kam.

Nein, er würde ihnen später von Francis erzählen, wenn die Wunde nicht mehr ganz so frisch und schmerzhaft war. Eines Tages, falls und wenn ihm danach war, würde er die Welt wissen lassen, was tatsächlich hinter seinem Wunder stand.

Eines Tages, aber nicht heute.

Er ließ sein berühmtes Lächeln blitzen. »Ich werde versuchen, sesshaft zu werden und ein normales Leben zu führen.«

»*Sie?*«, sagte jemand lachend.

Bobbie sah ihn eindringlich an. »Das haben Sie nach dieser Entziehungskur auch gesagt.«

Angel wich ihrem Blick nicht aus. Sie hatte Recht. Sie beide wussten das – er hatte es zu ihr gesagt. »Das ist wahr, Bobbie«, sagte er ruhig. »Der Unterschied ist, dass ich damals wusste, dass ich log. Ich konnte mir mein Leben nicht anders als eine ständige Party vorstellen.« Dabei musste er einfach Madelaine ansehen. »Jetzt sehe ich eine ganze Welt neuer Möglichkeiten.«

»Wie lange werden Sie leben?«, fragte jemand.

Er sah den Reporter an. »Wie lange werden Sie leben?«

»Haben Sie die Absicht, sesshaft zu werden und zu heiraten?«

Angel hörte den Spott in der Frage und er wusste, dass er ihn verdient hatte. Prominente, die Probleme hatten, gaben solche Reden immer von sich. Das *People*-Magazin brachte die Schlagzeilen über die Hochzeiten – und die folgenden über die Scheidungen –, die das bewiesen. Die Medien und die Öffentlichkeit hatten gelernt, Berühmtheiten, die schwören, sein oder ihr Leben zu ändern, nicht mehr zu glauben.

Er hatte keine Möglichkeit, sie oder sich zu überzeugen. Alles, was er tun konnte, war, es zu versuchen, und wenn er scheiterte, es wieder zu versuchen.

»Sie haben die Frage nicht beantwortet.«

Angel blickte den Reporter in der letzten Reihe an. Der Mann sah zerknittert und müde aus. Sein Gesicht zeigte keinerlei Emotionen – nur einen gelangweilten Ausdruck, der so viel bedeutete wie: *Spuck es aus, DeMarco, ich hab nicht den ganzen Tag Zeit.*

»Okay, Jungs und Mädels, hier ist das Zitat des Tages. Angel DeMarco tritt ab.«

Ein allgemeines Kichern kam aus der Menge. Sie alle hatten das schon vorher gehört und sie glaubten es nicht. Niemand hatte jemals wirklich auf Ruhm verzichtet.

»He, Angel«, rief jemand aus dem hinteren Teil des Raumes. »Ist dies alles nur ein Vorwand, um zu vertuschen, dass Sie Aids haben? Diese Prostituierte in Florida ...«

Angel lachte über die Absurdität der Frage laut auf. Ganz plötzlich fühlte er sich jung und sorgenfrei, fast voller Elan. *Ich bin gerade noch davongekommen*, dachte er. Er hatte es nicht geplant, hatte es nicht sagen wollen, aber es war irgendwie herausgekommen, und jetzt, da er es getan hatte, fühlte er sich freier, als er es in den letzten Jahren gewesen war. Diese Leute würden ihn für ein paar Tage oder Wochen weiter im Auge behalten, doch eines Tages würde er aufwachen und sie würden weg sein. Es würde sie nicht mehr interessieren. Er konnte sein Leben so leben, wie er es wollte, und brauchte sich keine Sorgen darum zu machen, dass alles, was er tat, unter die Lupe genommen wurde. Er konnte ein ganz gewöhnlicher Mann sein – und dieses Mal faszinierte ihn der Gedanke.

»Ich habe definitiv kein Aids«, sagte er. »Die einzige ansteckende Krankheit, die ich je hatte, war Ruhm.« Er spürte, dass er zu lächeln begann, ein breites, natürliches Lächeln, das aus irgendeinem Winkel seines neuen Herzens zu kommen schien. »Und die ist jetzt vorbei.«

Er winkte ihnen kurz zu und merkte, dass er hoffte, nie wieder vor sie treten zu müssen. »Wiedersehen.«

Angels Lächeln erschien auf dem Fernsehschirm. Die kahlen Wände der Cafeteria umrahmten ihn. Dadurch wirkte er ungeheuer kraftvoll und vital. Selbst die mangelhaften Farben des kleinen tragbaren Fernsehers zeigten den unglaublichen, hypnotisierenden Grünton seiner Augen.

Madelaine griff nach der Fernbedienung und zappte durch die Programme – er war auf jedem Kanal, sagte dieselben Worte wieder und wieder. *Okay, Jungs und Mädels, hier ist das Zitat des Tages. Angel DeMarco tritt ab ... tritt ab ... tritt ab ...*

Selbst jetzt noch, Stunden nach der Pressekonferenz, überraschte diese Erklärung sie. Er hatte kein einziges Mal eine Andeutung gemacht, dass er die Absicht habe, aus dem Showbusiness auszusteigen.

Was würde er jetzt tun?

Sie empfand ein wenig Furcht. Sie gab es ungern zu, aber sie hatte während der letzten Wochen bei Angel Halt gesucht. Seit seiner Operation war er der Mann geworden, den sie immer in ihm gesehen hatte. Sie wusste, dass er glaubte, das läge an Francis' Herz, und vielleicht stimmte das zum Teil auch, aber keinesfalls ganz. In mancherlei Hinsicht glaubte sie, ihn besser zu kennen, als er sich selbst kannte. Das lag daran, weil sie mehr als nur sein hitziges Temperament und sein unbeständiges Wesen sah. Sie glaubte an ihn – das hatte sie immer getan, selbst dann, als sie es nicht gewollt hatte. Er hatte immer einen guten Kern in sich gehabt, Mitgefühl. Er brauchte nur daran zu glauben und danach zu greifen.

Sein Gesicht tauchte wieder auf dem Bildschirm auf – CNN. Bei seinem Anblick machte ihr Herz einen schnellen, kleinen Satz. Er sah so verdammt gut aus. Und obwohl er so gut im Fernsehen aussah, war er in Wirklichkeit noch gut aussehender. Das Fernsehen zeigte keine der Falten, die sich in seinen Augenwinkeln bildeten, wenn er lächelte, erfasste nicht die rasierklingendünne Narbe, die seine linke Augenbraue teilte. Die Kamera fing seine ganze Perfektion ein, aber nichts von seiner Seele.

Die gehörte ihr und Lina.

Das Telefon klingelte, unterbrach ihre Gedanken. Sie legte die Fernbedienung beiseite, begab sich in die Küche und nahm den Hörer beim zweiten Läuten ab. »Hallo?«

»Hi, Mom«, kam Linas begeisterte Stimme durch die Leitung.

Madelaine musste unwillkürlich lächeln. Lina klang in letzter Zeit so glücklich – Angel und Zachary hatten das bewirkt. Obwohl Madelaine ein wenig Eifersucht empfand, war sie so froh darüber, dass Lina begonnen hatte, ihren Weg zu finden, dass es sie nicht weiter kümmerte, wer diese Veränderung ausgelöst hatte.

»Ich bin drüben bei Vicki Owen. Wir haben *Trivial Pursuit* gespielt. Jetzt hat Zach gefragt, ob ich mit ihm ins Kino gehe. Bist du einverstanden?«

Madelaine wollte sie bitten, Vicki ans Telefon zu holen, um mit ihr zu sprechen, wusste aber, dass Lina durch diesen offensichtlichen Vertrauensmangel verletzt sein würde. Sie bauten eine zarte, neue Beziehung zueinander auf und dieses Mal wollte sie es richtig machen. »Du wirst um elf zu Hause sein?«

»Jesus, Mom. Ich bin doch kein Baby.«

Madelaine lachte bei dieser vertrauten Klage. »Du wirst immer mein Baby sein.«

»Ja, ja. He, Mom, hast du Dads Pressekonferenz gesehen?«

»Ja. Ich habe sie für dich aufgezeichnet.«

Eine Pause entstand. Dann sagte Lina sehr leise: »Er hat mich nicht erwähnt.«

Madelaine hörte die Enttäuschung in der Stimme ihrer Tochter und überlegte, was sie tun sollte. Sie wusste, dass Lina ihren neu gefundenen Vater anbetete und dass es gefährlich war, so für jemand zu fühlen. Wenn Lina nicht erwachsen wurde und Angel als einen Menschen sah – mit all seinen Fehlern –, konnte sie verletzt werden. Jeden Tag würde Lina Kerben in der Rüstung ihres perfekten Vaters sehen und jede kleine Delle würde schmerzen, ihr das Gefühl geben, als habe er sie im Stich gelassen.

Was würde Lina tun, wenn ihr bewusst wurde, dass ihr Vater nicht Angel DeMarco, der rebellische Schauspieler, war, sondern einfach der alte Angel – ein Mann, der allzu menschlich war?

Sie wählte ihre Worte sorgfältig. »Angel hat mit mir darüber gesprochen. Er wollte nicht, dass die Presse sich auf dich stürzt. Aber er ist sehr stolz auf dich.«

»Dich hat er erwähnt«, sagte sie.

»Ich bin einer seiner Ärzte.«

Eine Pause entstand. Dann: »Hat er wirklich gesagt, er sei stolz auf mich?« Die Frage klang sehnsüchtig.

»Ja, das hat er.«

Lina lachte. Es war ein kurzes, scharfes Geräusch, das schnell endete. »Ja, gut, ich habe meinen Schlüssel dabei. Falls du schon schläfst, komme ich rein und gehe dann zu Bett.«

»Ach, Lina. Als ob ich schlafen könnte, wenn du aus bist. Ich werde auf dich warten.«

Lina lachte. »Das will ich hoffen. Wir sehen uns um halb zwölf, Mom.«

»Um elf. Sei vorsichtig und amüsier dich gut. Schnall dich an.«

»Mom ...« Sie seufzte dramatisch. »Jetzt hör aber ...«

Madelaine grinste über ihre eigenen Neurosen. »Du kannst von Glück sagen, dass ich von dir nicht verlange, einen Sturzhelm zu tragen. Grüß Vicki und Zach von mir. Und, Lina ...«

»Ja?«

»Ich liebe dich.«

Ein weiterer Moment der Stille entstand und Madelaine konnte ihre Tochter am anderen Ende der Leitung atmen hören. »Ja, Mom. Ich liebe dich auch.«

Madelaine hängte den Hörer ein und sah sich um. Das Haus wirkte ohne Lina leer. Es war erstaunlich, wie sehr selbst ein stiller, störrischer Teenager Leben in einen Raum bringen konnte. Sie nahm eine Tasse und bereitete sich eine Kanne Earl-Grey-Tee zu. Dann ging sie mit der Tasse ins Wohnzimmer und schaltete auf dem Weg dorthin Lampen an.

Sie war gerade dabei, sich ein Bad einlaufen zu lassen, als es an der Tür klingelte. Sie stellte den Tee auf den rosa Marmorrand der Badewanne und eilte zur Haustür.

Angel stand dort und sah aus, als sei er Bestandteil ihrer Veranda. »Hallo, Mad«, sagte er und schenkte ihr ein strahlendes, jungenhaftes Lächeln, das ihren Herzschlag beschleunigte. Dann zog er einen Strauß Treibhausmargeriten hinter seinem Rücken hervor.

Sie starrte völlig überrascht darauf, versuchte sich – idiotischerweise – an das letzte Mal zu erinnern, als ein Mann ihr Blumen geschenkt hatte. »Sie sind wunderschön«, sagte sie – ebenso idiotisch, dachte sie. Aber sie konnte nicht klar denken. Er sah so stattlich aus, wie er da stand, von hinten durch eine riesige Decke von sternübersätem Nachthimmel beleuchtet.

Er schaute auf den welken Strauß, blickte dann wieder sie an. »Ich wollte dir ein Dutzend rote Rosen kaufen – bin sogar in den Blumenladen gegangen –, aber es fühlte sich an wie mein altes Leben. So wie ich Dinge für Frauen getan habe, die unwichtig waren.« Er zuckte die Schultern. »Jedenfalls sah ich diese Margeriten und dachte an die wilden, die vor meinem Haus wachsen ... und ich dachte, sie seien richtig für dich.«

Dieses Feingefühl berührte sie innerlich, dass sie für eine Sekunde keine Worte fand. Sie fühlte sich albern und unreif ... und wundervoll. Sie wollte etwas Geistreiches sagen und überlegte, aber ihr fiel nichts ein. Nervös deutete sie mit dem Daumen in Richtung Küche. »Ich werde sie ins Wasser stellen.«

Er grinste. »Tu das.«

Sie nahm die Blumen und hob sie an des Gesicht, atmete tief ihren frischen, wässrigen Duft ein. Sie drehte sich um und führte ihn in die Küche. Sie holte eine angeschlagene Porzellanvase heraus – die einzige, die sie hatte. Als sie seinen Blick sah, zuckte sie die Schultern. »Ich habe nicht sehr oft Blumen im Haus.«

Er starrte sie an. »Solltest du aber«, sagte er mit weicher Stimme. »Komm, stell sie jetzt ins Wasser, damit wir gehen können.«

Sie gab sie in die Vase und wünschte sich kurz, das Talent zu haben, Blumen arrangieren zu können. »Gehen?«, fragte sie verwirrt und rückte eine große Blüte in der Vase nach vorn. Sie brach unter ihren Fingern ab und sie zuckte zusammen.

»Ich habe große Pläne für uns heute Abend.«

Sie balancierte die abgebrochene Blüte auf dem gesprungenen goldenen Rand aus. »Ich kann nicht ausgehen ... Lina ...«

»Lina hat mich angerufen, bevor ich aus dem Haus ging. Sie sagte mir, sie würde mit Zach ins Kino gehen.«

Sie drehte sich zu ihm um. »Willst du mir damit sagen, wir haben ein *Rendezvous*?«

Er lachte. »Ich sehe, dass die fünf Jahre auf dem College keine völlige Zeitvergeudung waren.«

Sie musste einfach lachen. Der Gedanke, ein Rendezvous mit Angel zu haben, machte sie fast benommen. »Wohin gehen wir?«

Sein Lächeln schwand und für eine Sekunde sah er so ernst aus, dass sie glaubte, all dies müsse eine Lüge sein. Doch dann lächelte er wieder. »Du wirst schon sehen.«

Bevor sie reagieren konnte, zog er ein schwarzweißes Halstuch aus seiner Hosentasche und ließ es vor ihr baumeln.

Sie musterte den schwarzweißen Baumwollstreifen. »Was ist das?«

»Ich verbinde dir die Augen.«

Ein überraschtes Lachen kam über ihre Lippen. »Dann hat diese Stripperin in Florida *also doch* die Wahrheit gesagt.«

»Komm nicht auf schlechte Gedanken, Doktor. Ich habe nur eine kleine Überraschung für dich.«

»Die schließt aber hoffentlich keine Handschellen oder Hundehalsbänder ein.«

Er kam auf sie zu. »Dreh dich um.«

Sie wandte sich langsam von ihm ab. Er trat dicht hinter sie, so nahe, dass sie spüren konnte, wie sein warmer Atem ihren Nacken streifte.

»Schließ deine Augen.«

Sie tat, was er verlangte. Er verknotete das Halstuch hinter ihrem Kopf und in der absoluten Dunkelheit erwachten all ihre anderen Sinne zum Leben. Sie hörte das leise Ticken der Kaminuhr, den gleichmäßigen Rhythmus ihrer Atemzüge, roch den frischen Duft der Margeriten und den Moschusduft seines Rasierwassers. Seine Hände glitten langsam an ihren Armen hinunter und drehten sie langsam zu ihm um.

Sie konnte ihn fühlen. Er stand unmittelbar vor ihr. Die Hitze seines Körpers berührte sie an Dutzenden von Stellen. Sie wollte seine Augen sehen, um zu wissen, wie er sie in diesem Augenblick ansah.

Sehr sanft fuhren seine Finger über ihre Oberlippe und sie erschauerte. Dann nahm er sie bei der Hand und führte sie durch den Raum. Sie hörte, wie die Eingangstür sich knarrend wieder öffnete, spürte den Hauch des kalten Abendwindes auf ihrem Gesicht.

Sie griff nach dem Halstuch. »Das ist aber ein wirklich unheimliches Gefühl.«

»Vertraue mir«, flüsterte er.

Sie wollte eine schnodderige Bemerkung machen, aber plötzlich schien dies wichtig zu sein. Sie wollte ihm vertrauen, wollte das aus ganzem Herzen. »Okay.«

»Bleib hier stehen. Ich werde dir Wanderschuhe holen und alle Lichter ausschalten.«

»Mein Zimmer ist die erste Tür links. Die Schuhe sind in meinem Kleiderschrank.«

»Danke, dass du's mir gesagt hast. Ich wollte schon im Kühlschrank danach suchen.«

Sie hörte, wie seine Schritte sich über den Korridor entfernten. Vorsichtig ertastete sie sich ihren Weg aus der Haustür und blieb auf der Veranda stehen.

Die Nacht war voller Geräusche. Sie konnte hören, wie irgendwo auf der Straße eine Tür geöffnet und wieder geschlossen wurde. Ein leichter Windstoß brachte das letzte Blatt ihres Apfelbaums zum Rascheln. Kalte Luft strich über ihre Wangen und zauste an ihrem Haar. Neben ihr quietschte die Verandaschaukel. Die Metallketten klirrten. Sie glaubte, ein Seufzen zu hören – aber es musste der Wind sein –, dann meinte sie, den markanten Duft von Francis' Eau de Cologne zu riechen.

»Francis?«, flüsterte sie und fühlte sich dabei wie ein Narr.

Angel schloss die Tür hinter sich und führte sie zu der Verandaschaukel, ließ sie vorsichtig darauf Platz nehmen. Seine Knie knackten, als er sich vor sie kniete, behutsam ihre Slipper auszog und ihre Füße in die Schuhe steckte.

Sie fühlte sich wie Cinderella.

Dann nahm er ihre Hand und führte sie die Treppe hinunter, über den Hof, und half ihr auf den Beifahrersitz seines Mercedes. Schweigend startete er den Motor und fuhr los.

Madelaine versuchte zu verfolgen, wohin sie fuhren, und es gelang ihr auch bei den ersten Blocks. Doch dann gerieten all die Abbiegungen und Kurven durcheinander und sie lehnte sich zurück und genoss die Fahrt.

Schließlich hielt er an und stellte den Motor ab. Sie saß da, wartete darauf, dass er die Beifahrertür öffnete. Erwartung schmerzte süß in ihrer Brust, zitterte in ihrem Atem.

Er half ihr aus dem Wagen. Sie spürte seine Hände an dem Knoten des Halstuchs. Als er ihn gelöst hatte, hielt er es fest und beugte sich näher zu ihr, flüsterte ihr ins Ohr: »Willkommen im Jahre 1978.«

Er nahm ihr die Augenbinde ab und sie mochte nicht glauben, was sie sah. Sie waren im Carrington Park, doch der war zu einem Jahrmarkt verwandelt, in ein grelles, dramatisches Lichtermeer in der samtenen Dunkelheit der Nacht. Sterne waren überall, sprühten herab, wurden in den blitzenden gelben und rosa und roten Lichtern des Mittelwegs gefangen. Ein gewaltiges Riesenrad stand, einem mechanischen König gleich, in der Mitte von all dem und drehte sich langsam auf seinem wohl beleuchteten Weg.

Sie konnte *spüren*, wie der Zauber des Jahrmarktes sie umfing, sie in die Vergangenheit zurückzog, bis sie wieder ein junges Mädchen war, mit dem Jungen ihrer Träume am Rand der Ewigkeit stand. Es war so sehr wie damals. Es roch nach Popcorn und Schmiere und Möglichkeiten. Die Geräusche von lärmenden Marktschreiern und mechanischer Musik schwebten in der stillen Nachtluft.

Sie wandte sich scheu zu ihm. »Woher wusstest du, dass das hier sein würde?«

Er lächelte und steckte eine widerspenstige Haarsträhne hinter ihr Ohr. »Ich habe es *hergebracht*. Für dich ... für mich.«

Sie schüttelte den Kopf. »Heißt das, du ...«

»Meine frühere Ärztin ist eine Tyrannin. Ich wusste, dass sie mich nicht in die Öffentlichkeit gehen lassen würde. Also habe ich diese Jungs engagiert. Ich verspreche, dass ich in Gegenwart Fremder meine Maske tragen und sie nur für dich abnehmen werde.«

»Du brauchst jetzt wirklich keine Maske mehr. Du weißt ...«

»Willst du jetzt hier stehen bleiben und eine Analyse unseres Rendezvous machen oder willst du es genießen?«

Sie blickte auf den bunt erleuchteten Hauptweg. Sie schloss die Augen und sog alles in sich ein. Vergangenheit und Gegenwart verschmolzen in ihren Gedanken miteinander, bis es kein Damals und kein Heute mehr gab, nur noch sie und Angel und den Zauber des Jahrmarktes. »Ich will es genießen.«

»Gott sei Dank.« Er nahm ihre Hand und zog sie mit sich, auf die Lichter zu. Lachend folgte sie ihm, umklammerte fest seine Hand, während er sie zu dem Ort zurückführte, wo alles begann.

Kapitel 25

Madelaine und Angel spazierten Hand in Hand über den Hauptweg. Das surrealistische Gemisch von Geräusch, Farbe und Licht explodierte um sie herum. Marktschreier riefen laut, lachten, drängten Angel, sein Glück beim Ringwerfen zu versuchen oder einen Schokoriegel zu kaufen oder ein Foto von sich und Heloise, der fetten Frau in Bude Nummer sechs, machen zu lassen.

Madelaine war von all dem fasziniert. Mit jedem Schritt spürte sie, wie die Jahre von ihr abfielen. Angels Verrat schwand zu Bedeutungslosigkeit und all die Tage und Nächte, die sie auf seine Rückkehr gewartet hatte, waren endlich vergessen. Sie konnte diese Last nicht mehr tragen, jetzt nicht, wo sie sich leichter als Luft fühlte und sehr jung ... so jung.

»Sieh doch!« Angel deutete auf eine Bude am Hauptweg und zog sie dorthin. Sie stolperte ihm nach, lachend, seine Hand festhaltend.

An der Bude setzte er seine Maske auf und beugte sich über den Holztisch. Der Budenbesitzer, ein alter Mann mit runzeligem Gesicht, grinste ihn an. »Möchten Sie Schmuck für Ihr Mädchen gewinnen, Mister?«

Madelaine sah, worauf Angel schaute, und hielt den Atem an. Es war ein Paar protziger roter Plastikohrringe, die an einem Kleiderhaken baumelten, der an der Rückwand der Bude befestigt war.

Sie wusste, dass sie ihn in genau diesem Augenblick nicht ansehen sollte. Wenn sie das tat, würde er alles in ihren Augen sehen. Er würde wissen, was dieser Moment ihr bedeutete, was es bei ihr auslöste, dass er sich erinnerte. Aber sie konnte nicht wegschauen.

Als ihre Blicke sich trafen, war sie wie elektrisiert. »Die Ohrringe«, flüsterte sie.

Er lächelte und berührte zärtlich ihre Wange.

»Okay, ihr Turteltauben«, rief der Budenbesitzer mit dröhnender Stimme und klimperte mit dem Beutel mit dem Wechselgeld, der er um die Hüfte trug. »Wollt ihr spielen oder was?«

Angel grinste. »Oder was.«

Bevor Madelaine fragen konnte, was er meinte, hatte er ihre Hand ergriffen und zog sie weiter über den Hauptweg. Lachend klammerte sie sich an ihn, ließ sich von ihm mitreißen. Erst als sie den Rand des Jahrmarkts erreicht hatten, begriff sie, wohin er sie führte. Sie hielt den Atem an und spürte plötzlich einen winzigen stechenden Schmerz in ihrem Herzen.

Er führte sie zu dem Baum, ihrem Baum.

Die Erinnerungen stürmten auf sie ein, drückten auf ihre Brust, bis sie kaum mehr atmen konnte.

Er kniete sich auf das welke Gras und zog sie neben sich hinunter. Wortlos ließ er ihre Hand los und begann, in der Erde zu wühlen, grub, bis ein Haufen Schmutz auf seinem Knie war. »Hab sie«, sagte er schließlich, wobei er die schmutzigen roten Ohrringe aus dem feuchten schwarzen Boden zog. Er streifte die Maske von seinem Gesicht, so dass sie ihm lose am Hals hing, wandte sich dann zu ihr, um sie anzusehen.

Madelaine starrte auf den billigen Plastikschmuck und erinnerte sich an ihren letzten gemeinsamen Abend – als sie unter dieser alten Eiche gelegen und einander versprochen hatten, sich immer zu lieben.

Die Erinnerung daran sollte eigentlich schmerzen. Früher hatte sie immer geschmerzt. An diesem Abend aber, wo er die Ohrringe in seinen Händen hielt und die Luft vom Duft von Popcorn und Zauber erfüllt war, hatte nichts die Macht, ihr wehzutun.

»Du hast dich erinnert«, flüsterte sie und biss sich auf die Unterlippe. Als sie ihn ansah, kamen die Tränen, quollen hervor, rannen über ihre Wangen. Sie konnte sie nicht unterdrücken und wollte es auch nicht.

Er wischte ihr mit einem seiner schmutzigen Finger eine Haarsträhne aus den Augen. »Was hatten wir damals gesagt? Verrückte Worte von Teenagern darüber, dass unsere Liebe nie enden würde, dass diese Ohrringe auf ewig eine Erinnerung an unsere Liebe sein sollen ...«

Sie zwang sich zum Lachen und wollte etwas sagen, etwas Oberflächliches oder Unbekümmertes, aber nichts kam heraus, außer einem heiseren, leisen »Alberne Worte«.

Um seine Lippen spielte kein Lächeln. »Nicht albern. Du sagtest: ›Wir werden sie hier lassen. Auf diese Weise wird ein Teil von uns immer unter diesem alten Baum existieren. Wenn wir alt sind, können wir mit unseren Enkelkindern hierher zurückkehren.‹«

»Oh, mein Gott«, flüsterte sie. »Das ist genau das, was ich gesagt habe.«

»Ich hab versucht, es zu vergessen, Mad. Ich rannte und rannte, bis es keinen Ort mehr gab, zu dem ich hätte laufen können. Vieles aus der Zeit *habe* ich vergessen, aber die Worte waren immer wieder da, tief in mir vergraben.« Er nahm ihre Hand und legte den billigen, schmutzigen Schmuck hinein.

»Ich habe dich niemals vergessen. Ich weiß, dass das nichts von all dem wieder gutmacht, aber ich habe dich nie vergessen ...«

Sie wollte darauf *Ich liebe dich* sagen, wollte es so sehr, weil die Worte in ihrer Kehle brannten. »Ich habe dich auch nie vergessen.«

Es war nicht das, was sie sagen wollte, aber es war alles, wozu sie den Mut hatte. Dieser Augenblick bedeutete zu viel. Sie konnte ihn nicht mit Worten in Gefahr bringen, die er noch nicht zu hören bereit war.

»Lass uns aufs Riesenrad gehen«, sagte er.

Sie lächelte ihn an und nickte. Er half ihr auf und zog sie eng an sich. Fest umschlungen, wie verliebte Teenager, schlenderten sie den Hauptgang hinunter. Auf halbem Wege kaufte sie eine riesige Portion Zuckerwatte und zog einen langen, klebrigen Streifen ab.

Er blieb vor dem Riesenrad stehen und schaute sie kopfschüttelnd an. »Ich kann nicht glauben, dass du dieses Zeug vor einem Herzpatienten isst.«

»Du hast es nie gemocht.«

Überraschung zeigte sich in seinen Augen. Dann lächelte er. »Ich vergaß, wie gut du mich kanntest.«

Sie zog ein weiteres Stück ab und steckte es sich in den Mund.

Er nahm das Halstuch heraus und wischte das klebrige Zeug von ihrer Nase. »So was hättest du als Kind haben sollen«, sagte er.

Sie versuchte zu lachen, aber es war nicht komisch, und sie beide wussten es.

»Komm.« Er nahm ihre Hand und führte sie auf das Riesenrad. Das Mädchen, das es bediente – jung, mit blondiertem Haar und einem gepiercten Nasenflügel –, starrte Angel ehrfürchtig an.

»M... Mr DeMarco«, sagte sie, »haben Sie uns für diesen Abend engagiert?«

Er nickte. »Lass uns lange fahren, ja, Kleine?« Er zog Madelaine auf den breiten, mit schwarzem Kunststoff bezogenen Sitz und legte den Sicherheitsbügel vor. Dann hielt er dem Mädchen seinen erhobenen Daumen hin. Die Fahrt begann mit einem winselnden, mechanischen Stöhnen und sie wurden von der Rampe hochgehoben.

Madelaine lehnte sich zurück und blickte zum Nachthimmel auf. Die Gondel schwankte und wippte und hob sie höher und höher in die Dunkelheit, bis rings um sie nur noch Sterne waren, so nahe, dass man sie berühren konnte, und der Hauptweg zu einem fernen Nebel von gelbem und weißem Licht schwand.

Angel legte einen Arm um ihre Schultern und zog sie dicht an sich. In der Ferne konnten sie übermütiges Juchzen vom Karussell hören und das mechanische Rauschen der Achterbahn.

Hier oben aber, umhüllt von der Decke der Sterne und berührt vom Licht eines Halbmondes, schien der Jahrmarkt eine Million Meilen entfernt zu sein.

Angel drehte sich zu ihr, um sie anzusehen. »Mad ...«

Etwas war in seinem Tonfall, das sie erschreckte – er klang so ernst. Sie hatte plötzlich Angst, dass es das war, dass er all dies nur getan hatte, um ihr Lebewohl zu sagen. Vielleicht wollte er es dieses Mal richtig machen. Jetzt hatte er eine Tochter, an die er denken musste – er wollte nicht auf einer Harley dröhnend aus der Stadt fahren.

»Sag nichts«, flüsterte sie, während sie in seine Augen schaute. In diesem Moment wusste sie, dass sie ihn dieses Mal niemals mehr vergessen, es nie verwinden könnte. Wenn er gehen wollte, wäre es ihr lieber, wenn er es einfach tat, seine Sachen nahm und ging. Ein Lebewohl würde sie nicht ertragen können.

»Ich möchte dir dafür danken, dass du mein Leben gerettet hast.«

Sie atmete erleichtert aus. Sie war so dankbar für das, was er nicht gesagt hatte, dass es eine Sekunde dauerte, bis sie begriff, *was* er gesagt hatte. »Dafür danken, dass ich dein Leben gerettet habe?« Sie schluckte schwer. »Geht es darum, Angel? Du willst dich bei deiner Kardiologin bedanken?« Die Worte schmeckten bitter.

Er lächelte weich. »Nein. Ich will dir nicht dafür danken, dass du meinen Körper gerettet hast – wenngleich ich das zu schätzen weiß.« Er beugte sich zu ihr, berührte ihre Wange und schenkte ihr ein zärtliches Lächeln. »Ich meine, ich möchte dir dafür danken, dass du mein *Leben* gerettet hast. Wärst du in diesen vergangenen Wochen nicht gewesen, hätte ich nicht die Kraft gefunden, weiterzuleben. Ich glaube, ich hätte mich krank getrunken und wäre davongelaufen. Aber du ... und Lina, ihr habt mir einen anderen Weg gezeigt.«

Sie wusste nicht, was sie sagen sollte.

»Das ist meine Mad«, sagte er lachend und zupfte eine Haarsträhne von ihrer Lippe. »Ich werde dich jetzt küssen, Mad. Wenn du ein Problem damit hast ...« Er beugte sich lächelnd zu ihr.

Sie starrte ihn an, hypnotisiert von dem Sehnen, das sie in seinen Augen sah. Der Wunsch, zu küssen und von ihm geküsst zu werden, war unwiderstehlich, und bevor sie sich's versah, beugte sie sich zu ihm.

Er nahm ihr Gesicht in die Hände und fuhr mit den Fingern durch ihr zerzaustes Haar, hob ihr Gesicht zu sich. Langsam küsste er sie.

Sein Mund passte perfekt auf ihren, genau, wie es vor so vielen Jahren gewesen war. Er begann sanft und zärtlich, dieser erste Kuss nach so vielen verlorenen und einsamen Jahren.

Sie klammerte sich an ihn, küsste ihn mit allem, was in ihr war, als ob sie diesen entscheidenden Funken aus ihm in ihre Seele ziehen könnte, als ob sie ein Stück von ihm nach dieser verzaubernden Fahrt mit sich nehmen könnte.

Der Kuss vertiefte sich, wurde kämpferisch und gefährlich. Seine Zunge drang in ihren Mund, kostend, forschend, sich einprägend, und noch immer klammerte sie sich an ihn, stöhnte antwortend, verschmolz mit seinem Körper.

Das Riesenrad ruckte und trug sie wieder zu den Sternen hoch, aber Madelaine bemerkte es kaum. Sie spürte nur ein überwältigendes Bedürfnis, von diesem Mann berührt und gehalten und gestreichelt zu werden.

Die Fahrt endete abrupt.

»War das lange genug, Angel?«

Madelaine löste sich aus seinen Armen und starrte das junge Mädchen an. Das Mädchen grinste.

»Ich denke, wir sind fertig«, sagte Angel, während er wieder seine Maske vors Gesicht zog. »Komm, Mad.«

Madelaine fühlte sich so leicht, als würde sie nach dieser Fahrt schweben. Er nahm ihre Hand und führte sie wankend den Hauptweg hinunter.

Sie spazierten stundenlang miteinander, redend, lachend, sich der guten Zeiten erinnernd und die schlechten auslassend. Angel war sein übliches überlebensgroßes Ich, warf den Leuten vom Jahrmarkt im Vorbeigehen Dollarscheine zu, gab Autogramme und blieb geduldig stehen, um sich fotografieren zu lassen.

Schließlich kehrten sie zum Eingang zurück. Dort hielt er, um mit einem älteren Herrn, der einen verschlissenen Wollmantel trug, zu sprechen. »Der erste Schwung Kinder wird morgen um zehn Uhr hier sein. Sorgen Sie dafür, dass die sich prächtig amüsieren, und Sie werden ein großes Trinkgeld bekommen.«

Madelaine schaute Angel stirnrunzelnd an, während sie weitergingen. »Wer war das? Welche Kinder?«

Er zuckte die Schultern. »Ich habe für morgen vereinbart, dass ein Haufen Kinder von der Wünsch-dir-was-Stiftung den Jahrmarkt für sich allein haben. Sie und die behinderten Kinder. Keine große Geschichte.«

Madelaine starrte ihn an. »Du hast dich wirklich verändert.«

Er nahm seine Maske ab und grinste sie an. »Du bist aus dem Riesenrad ausgestiegen und hattest noch deine Kleider an. *Das* ist eine Veränderung.«

Sie blinzelte nicht. »Was bringt dich auf die Idee, dass ich sie anbehalten will?«

Er schluckte schwer. Sein Lächeln schwand. »Steig ein.«

»Wohin ...«

Er schloss ihre Tür auf und öffnete sie. »Lass uns fahren.«

Angel hatte sich noch nie so sehr danach gesehnt, mit einer Frau zu schlafen, wie jetzt. Jedes Mal, wenn er Madelaine ansah, spürte er das Verlangen wachsen und wachsen. Es hatte ihn all seine Selbstbeherrschung – und wahrscheinlich auch etwas von der Francis' – gekostet, aus dem Riesenrad zu steigen, ohne ihr die Kleider vom Leibe zu reißen.

Nur daran hatte er auf dem Jahrmarkt gedacht, sie gewollt, sie begehrt. Aber jetzt, wo er sie so dicht neben sich hatte, stand er Todesängste aus. Er fuhr langsam durch die verlassenen Straßen und seine Hände schwitzten am Lenkrad. Er versuchte, nicht daran zu denken, Sex mit ihr zu haben, aber der Gedanke kam ständig wieder und peinigte ihn. Er hatte einen Plan dafür entworfen, es sich in seiner Phantasie ausgemalt, aber ...

Konnte er es tun? Das war die Frage, die ihn lähmte, die Schweiß auf seine Stirn treten ließ. Er wusste nicht, ob er diese Strecke durchhalten konnte, ob er das Rennen überhaupt starten konnte. Vor der Operation? Kein Problem, aber das war, verdammt noch mal, vorher.

Als sie schließlich ihr Ziel erreicht hatten, war er kaum in der Lage, einen zusammenhängenden Satz herauszubringen. Er lenkte den Mercedes an den Straßenrand und stellte den Motor ab.

Sie keuchte leise und wandte sich ihm zu. Er brauchte nicht erst die Innenbeleuchtung einzuschalten, um ihren Gesichtsausdruck zu sehen. Ihre Augen mussten groß sein, blinzelten nicht, und ihre Zähne nagten nervös an ihrer Unterlippe. »Warum sind wir hier?«, sagte sie leise.

Er öffnete seine Tür und ließ das Licht auf ihr Gesicht fallen. »Du wirst schon sehen. Komm.« Er spürte ihren Widerwillen und zwang sich, ihn zu ignorieren. Er hatte lange über diese Sache nachgedacht und sie musste getan werden. Manche Dämonen konnte man unter den Teppich kehren, aber anderen musste man sich einfach stellen.

Er zog die Taschenlampe unter seinem Sitz hervor, stieg dann aus dem Wagen aus und wartete geduldig am Bordstein.

Nach einer langen Minute öffnete sie die Tür. Sie stieg aus, schlug die Tür heftig zu und blickte zu dem Haus auf, vor dem er gehalten hatte. Das Haus ihres Vaters.

Es stand wie eine Burg auf dem Hügel, eine spitz aufragende schwarze Silhouette vor einem sternübersäten Himmel. Mondlicht spielte auf den Scheiben der Sprossenfenster und wand sich um die Stangen vor ihrem Schlafzimmerfenster. Der weiße Säulengang beschützte die Vordertreppe vor Regen und tauchte die Veranda in Schatten. Vier Ziegelschornsteine hoben sich aus dem hohen Dach. Ein spitzenbewehrtes schwarzes Eisentor schützte das Anwesen auf dem Hügel, hinderte das Gesindel daran, einzudringen.

Es wirkte düster und drohend, dieses dunkle Haus, in dem sie aufgewachsen war. Skelettartige Bäume ragten längs dem

Zaun auf. Die letzten Blätter des Herbstes klammerten sich an ihre Äste.

»Das Einzige, was fehlt, ist ein Schild mit der Aufschrift ›Bates Motel‹«, sagte Angel sarkastisch.

Madelaine erwiderte sein Lächeln nicht.

»Komm, Mad«, sagte er leise und hielt ihr die Hand hin.

Sie kam langsam zu ihm, nahm seine Hand, steckte ihre kleine, kalte in seine. Wortlos führte er sie zur Haustür, suchte dann nach einem Stein. Nachdem er einen gefunden hatte, holte er aus, bereit, ihn in die große Scheibe des Wohnzimmerfensters zu werfen.

Sie hielt seine Hand fest. »Was willst du tun?«

»Uns Einlass verschaffen.«

Sie warf ihm einen eigenartigen Blick zu. »Versuch's mit dem Schlüssel. Er liegt unter dem losen Ziegelstein der obersten Stufe.«

Er schaute nach unten, sah den losen Ziegel. »Das macht aber nicht so viel Spaß ...«

Sie lächelte nicht. »Nimm den Schlüssel.«

Er fand den Schlüssel in dem zerfallenden Mörtel seines Verstecks und steckte ihn in das Schloss. Die Tür öffnete sich mit einem winselnden Knarren. Er richtete seine Taschenlampe in das Dunkel und trat in die düstere Eingangshalle, hielt dabei fest ihre Hand. Er schlug die Tür hinter ihnen zu und führte sie durch die Halle, vorbei an der großen Küche, in den dunklen Raum, der einst das Büro ihres Vaters gewesen war. Selbst jetzt noch, all die Jahre später, roch er nach Zigarrenrauch und Macht.

Er angelte ein Streichholzheft aus seiner Tasche und kniete sich vor dem riesigen weißen Marmorkamin hin. Er nahm Brennholz aus dem Kupferkorb, der vor dem Kamin stand, und entzündete ein Feuer. Flammen leckten und züngelten um das trockene Holz. Wärme drang in das kalte Zimmer.

Und sie stand noch immer da, zitternd, reglos.

Er ging zu ihr und nahm ihre Hände in seine. Als ihre Blicke sich trafen, sah er ihre Angst, und die Worte, die er geübt hatte, blieben ihm in der Kehle stecken.

»Warum sind wir hier? Du weißt, wie ich mich in diesem Haus fühle.«

Er hörte die Angst in ihrer Stimme und er litt mit ihr, wie er es so viele Male in der Vergangenheit getan hatte. Er wusste nichts Genaueres darüber, was ihr in diesem Haus widerfahren war durch diesen verrückten, gemeinen alten Mann, der ihr Vater war, aber er wusste, dass sie verletzt worden war. »Hier ist es geschehen und ich fand, es sei richtig, dass es hier endet ... und vielleicht beginnt.«

»Ich verstehe nicht.«

Er sah sich in dem Zimmer um. Es war genau so, wie er es in Erinnerung hatte, abgesehen von der feinen Staubschicht, die jetzt auf den Möbeln lag, und dem schwachen Geruch von Moder. Noch immer steckten dicke, weiße Kerzen in silbernen Leuchtern, die schwarz angelaufen waren. Zwei riesige burgunderrote Ledersessel standen in der Ecke dicht beieinander, ihre Rückenlehnen zu der getäfelten Wand gerichtet. Hohe, schmutzige Fenster flankierten den offenen Kamin. Ihre Scheiben waren halb von staubigen Vorhängen bedeckt. Noch immer bedeckte das dicke Bärenfell die schweren Dielen. »Hier habe ich meine Seele für zehntausend Dollar verkauft.«

»Darüber müssen wir nicht reden«, sagte sie und er wusste, dass es ihr ernst damit war. Aber zwischen ihnen war zu viel, stand zu viel auf dem Spiel, um so zu tun, als hätte er nicht getan, was er getan hatte. Wenn sie irgendeine Chance für die Zukunft haben wollten, musste er für die Vergangenheit sühnen.

»Ich weiß, dass wir nicht darüber reden müssen, aber ich muss mich entschuldigen für das, was ich getan habe. Ich weiß, dass eine Entschuldigung nicht viel bedeutet – nur ein paar Worte, die überstrapaziert sind –, aber es tut mir Leid, Mad.« Seine Kehle wurde eng. »Wenn ich gewusst hätte ...«

Sie wurde so still, als habe sie aufgehört zu atmen. Eine feine Ader pochte heftig an ihrem Halsansatz. Sie sah wie ein verängstigtes Reh aus, bereit wegzulaufen. »Was gewusst hättest?«

»Ich war siebzehn Jahre alt. Was wusste ich vom Leben? Du warst das erste Mädchen, in das ich mich verliebte, und durch dich schien alles so verdammt einfach und leicht zu sein – so, als ob man ein tolles Spielzeug in einer Wundertüte findet.« Er berührte ihre Wange, spürte ihre samtene Weichheit und er lächelte. »Ich wusste nicht, dass ich nie wieder so fühlen würde oder dass du mich verfolgen würdest. Ich wusste nicht, dass ich den Rest meines Lebens damit verbringen würde, von einem Mädchen zu träumen, dem ich davongelaufen war.«

Ihre Blicke trafen sich. Der Ausdruck ihrer Augen war offen und unerschrocken – gänzlich anders als der des jungen Mädchens, in das er sich verliebt hatte. »Ich habe immer verstanden, was du getan hast, weißt du. Ich habe dir sogar ein bisschen vergeben – das dachte ich zumindest, bis du wieder auftauchtest. Mein Vater war ein mächtiger Mann, dem man sich nur schwer widersetzen konnte.« Sie stieß ein heiseres Lachen aus. »Ich weiß das besser als irgendjemand sonst.«

Sie bot ihm einen leichten Ausweg und er wollte ihn nicht nutzen. Vor der Operation hätte er das getan, aber diesmal konnte er es nicht. Es war zu wichtig, dass er ehrlich war – um ihrer beider willen. »Es war nicht dein Vater. Ich hätte mich gegen dieses Arschloch stellen sollen. *Ich* war es. Ich hatte Angst davor zu schwören, dass ich dich für den Rest meines Lebens lieben würde.« Er schüttelte seinen Kopf. »Ob schwanger oder nicht, ich hätte zu dir stehen müssen. Das wusste ich. Und ich wusste, dass du dein Wort gehalten hättest, wenn du gelobt hättest, mich immer zu lieben. Du *hättest* mich geliebt ...«

In ihren Augen standen Tränen. »Ja.«

»Es hat mir Angst gemacht, Mad. Ich konnte mit deiner Liebe nicht umgehen – nicht mit siebzehn, Teufel auch, nicht einmal im vergangenen Jahr. Ich wusste, dass ich wieder damit anfangen würde, auszurasten, dich betrügen würde, zu viel trinken würde – all die Dinge täte, die ich immer getan habe.« Er trat näher zu ihr und nahm sanft ihr Gesicht in die Hände. »Ich bin nicht mehr dieses verängstigte Kind. Ich weiß jetzt, was ich will.«

»Sag nichts mehr, Angel, bitte ...«

Er wusste, was sie tat. Sie hatte Angst, dass er ihr sagen würde, er liebe sie, und ihr dann wieder das Herz brechen würde. Er wünschte sich, ihr dafür einen Vorwurf machen zu können, aber sie hatte allen Grund, ihr Herz vor ihm zu schützen. Alles, was er tun konnte, war, es immer und immer wieder zu versuchen, bis sie ihm eines Tages wieder glaubte.

Er dachte an all die Dinge, die er ihr in diesem Augenblick sagen könnte, all die Worte, die er aussprechen könnte, um ihr zu vermitteln, dass er sie liebte, aber am Ende waren es nur Worte und die hatte sie schon einmal von ihm gehört. Stattdessen neigte er sich ganz nah zu ihr, nahm ihr feines, schönes Gesicht in die Hände und küsste sie langsam und innig, auf eine Art, die er sich nicht einmal hatte vorstellen können, als sie noch Jungendliche waren. Er hatte nichts von Liebe gewusst. Er hatte damals nicht gewusst, wie sie einem das Innerste verdrehte und einem das Gefühl gab, aus Glas zu sein. Dass man sich manchmal – wie jetzt – so zerbrechlich fühlte, dass ein kräftiger Windstoß einem die Seele zerschlagen konnte.

»Sag etwas«, sagte er leise.

Sie schloss die Faust um die Ohrringe, ließ sie dann geräuschlos zu Boden fallen. »Ich will nicht sprechen. Ich will nur ...«

»Was?«, fragte er. »Was willst du? Sag es mir einfach und ich werde Himmel und Hölle in Bewegung setzen, damit du es bekommst.«

»Dich«, flüsterte sie. Ein langsames, verführerisches Lächeln breitete sich über ihr Gesicht. Sie streifte einen Schuh ab – er prallte gegen den Spucknapf in der Ecke. Der andere traf das klauenfüßige Schreibtischbein. »Ich will dich, Angel DeMarco.«

Sein Atem ging in keuchenden, kurzen Zügen. Wäre sein Herz mit dem zentralen Nervensystem verbunden gewesen, wäre es außer Kontrolle geraten. Stattdessen behielt es seinen gleichmäßigen, unerschütterlichen Rhythmus bei. Er schluckte und bemerkte, dass seine Kehle trocken war.

Sie begann, ihren Sweater aufzuknöpfen, und er ergriff ihre Hand. Augenblicklich fühlte er sich wie ein Narr. Er versuchte, das mit einem Lächeln abzutun, aber sie hatte in seinen Augen gesehen, was ihn bewegte. »Ich weiß nicht, ob ich es kann, Mad«, flüsterte er. Das Gefühl von Erniedrigung war ein kalter Fleck in seinem Bauch.

Sie lächelte nicht, tat aber auch nicht so, als würde sie nicht verstehen. »Deine Ärztin hat dir gesagt, dass du sexuellen Verkehr haben kannst, wann immer dir danach ist ... du kannst das.«

Ein Lächeln verzog einen seiner Mundwinkel. »Ich muss zugeben, dass es mich angemacht hat, als sie das sagte.«

»Und wie ist es jetzt?«, fragte sie leise, während sie sein Hemd aufknöpfte.

Er schüttelte den Kopf. »Ich weiß es nicht. Vielleicht sollten wir warten ...«

Sie lächelte und öffnete den nächsten Knopf. Sie spreizte die Hand auf seiner Brust. Jeder ihrer Finger war sengend heiß. »Sollten wir das?«

Er konnte sich nicht konzentrieren, als sie das tat. Er spürte ihre Finger, die geschickt an dem Hemd arbeiteten, ihre Fingernägel, die das zarte Fleisch seiner Brust kratzten. Sie streifte das Hemd beiseite, enthüllte die hellrote Narbe.

Er zögerte einen Augenblick, spürte Unsicherheit. Es bedeutete so viel, sie zu lieben, mit ihr zu schlafen, und er hatte Angst, er könnte es nicht tun. Hatte Angst, dass sein gebrauchtes Herz einfach aufgeben würde.

Sie stellte sich auf die Zehenspitzen und küsste ihn auf seine Narbe. Ihre Lippen waren warm und nachgiebig auf dem neuen Fleisch und er erschauerte. Er konnte sich nicht zurückhalten. Er wollte sie an sich ziehen, sich tief, tief in ihr vergraben, so tief, dass er nicht mehr wusste, wo sie anfing und er endete.

Mit einem Stöhnen zog er sie in die Arme und küsste sie mit einer Leidenschaft, die er nie zuvor empfunden hatte. Er küsste sie, bis er vor Verlangen nach ihr kaum mehr atmen konnte. Langsam ließ er sich auf den Bärenfellteppich sinken und sie folgte ihm, während ihre Finger noch immer die Knöpfe öffneten. Als sie auf dem Teppich lagen, streifte sie das Hemd ganz ab und warf es beiseite.

Er zog ihr den weichen, grünen Sweater aus und warf ihn über seinen Kopf, öffnete dann den BH und ließ ihn durch seine zitternden Finger auf das Fell gleiten.

Sie kniete auf dem Bärenfellteppich vor ihm, die Brüste im Feuerschein glänzend und perfekt. Sie hob die Hände, um sie zu bedecken.

»Das Baby ...«

Er schob ihre Hände beiseite und musterte die winzigen, silbrigen Fältchen, die sie zu verbergen versuchte. Als er sie ansah, wusste er, dass sie glaubte, sie sei irgendwie unvollkommen, dass ihr Frauenkörper mit dem des Mädchens, das er einst geliebt hatte, nicht zu vergleichen sei.

Ganz langsam beugte er sich vor und umfing ihre kleinen, runden Brüste mit den Händen. »Du bist so schön«, flüsterte er, während er sich vorbeugte, um den weichen Hügel einer Brust zu küssen.

Sie erschauerte und stöhnte leise auf, bog sich ihm dann entgegen. Er nahm eine Brustwarze in den Mund, während er ihre Jeans aufknöpfte und sie auf den Fellteppich niederzog.

Er streifte ihr die Hose ab, dann den Slip, bis sie dort lag, im Feuerschein leuchtend, ihr nackter Leib ausgestreckt vor ihm, nur mit einem Paar fusseliger Socken bekleidet. Er griff tief in seine Tasche, suchte nach einem Kondom und zog es heraus, warf das kleine Folienpäckchen auf den Boden. Er wich zurück, streifte sich den Rest seiner Kleidung vom Leibe und warf ihn zur Tür. Dann legte er sich neben sie, küsste sie wieder, streichelte ihren Körper, bis sie sich ihm entgegenhob und bittend in sein Ohr flüsterte. Leise, gehauchte Worte, die seine Selbstbeherrschung überforderten.

Er wich schwer atmend zurück. Sein Herz pumpte in einem beunruhigend ruhigen Rhythmus, erinnerte ihn daran, dass nichts an dem normal war.

»Ich weiß nicht, Mad«, flüsterte er mit gebrochener Stimme.

»Hab keine Angst.« Sie nahm das Päckchen mit dem Kondom, riss es auf und ließ die Folienstücke auf den Boden fallen. Lächelnd griff sie nach unten. Ihre Finger schlossen sich um ihn, drückend, streichelnd. »Du scheinst so weit in Ordnung zu sein.«

Ihre Hand bewirkte Wunder. Er stöhnte, schloss seine Augen.

»Sollen wir weitermachen?«, hauchte sie ihm ins Ohr, während sie das empfindliche Fleisch seines Ohrläppchens leckte.

Er fühlte sich benommen. Er konnte nur nicken. Seine Kehle war zu trocken, um Worte herauszubringen. Er spürte, wie sie ihm das Kondom überstreifte und es über seinen Schaft zog.

Mit einem Stöhnen aus tiefer Kehle drehte er sich um und küsste sie. Lange, elektrisierende Küsse, die ihn wie von Sinnen machten. Er spürte, dass sie ihn wieder ergriff, ihn zu ihr führte, in sich führte.

Er wäre fast sofort gekommen, hielt sich aber zurück, biss sich heftig auf die Unterlippe. Sie umklammerte ihn, flüsterte seinen Namen, während ihre Hüften sich mahlend bewegten, gegen seine stießen. Sie fielen in einen Rhythmus, der so alt wie die Zeit ist, aber für Angel fühlte er sich neu an, so neu. Mit unglaublicher Anstrengung hielt er sich zurück, brachte sie näher und näher an die Schwelle ...

Er spürte, wie sie zum Höhepunkt kam, und war verloren. Seine Erlösung war eine zuckende Explosion. Danach fiel er neben ihr auf den Fellteppich und sein Atem kam in kurzen Stößen.

»So war es nie, als wir Teenager waren«, sagte er.

Sie lächelte und schmiegte sich enger an ihn. »Nicht ganz. Es war damals mehr wie ›schneller, schneller‹.«

Sie lachten zusammen und lagen da, umschlungen von den Armen des anderen, erinnerten sich an so viele Dinge. Er legte die Wange auf ihre Brust und musterte ihren nackten Körper in dem zuckenden, goldenen Feuerschein, strich mit einem Finger über ihren flachen Bauch. Sie war so schön ...

Er wollte sie niemals verlassen. Er wollte, dass dieser Augenblick, diese Intimität immer währte, wollte seine Seele in der Wärme ihrer Berührung, ihres Lächelns wiegen.

Aber wie sagte ein Mann wie er so etwas einer Frau wie ihr? Wie lauteten die magischen Worte, die sie dazu bringen würden, zu glauben, dass das, was sie gerade getan hatten, etwas

Besonderes war und dass er endlich erwachsen genug geworden war, um das zu begreifen?

Ihm fielen keine Worte ein und so benutzte er seinen Körper, um ihr zu sagen, dass er sie liebte, dass er nicht genug von ihr bekommen konnte. Seine Hände, seine Lippen, seine Zunge – er benutzte sie alle, um ihren Körper wieder zu verehren, bis sie vor Lust aufschrie und dann gegen ihn sank.

So lagen sie umschlungen eine Ewigkeit da. Dann versuchte sie sich mit einem zitternden Lachen von ihm zu lösen. »Wir sollten besser gehen ...«

»Kommt nicht in Frage.« Er zog sie näher an sich, bis ihre Körper ein verschwitztes, nahtloses Ganzes waren. »Es ist wahrscheinlich noch nicht einmal Mitternacht.«

Sie drehte sich um und lächelte auf ihn hinab. Das Haar fiel in einem Durcheinander von Honigbraun herab, liebkost vom Feuerschein, und die Lippen waren von seinen Küssen gerötet und geschwollen. Ihre Brustwarzen streichelten über seinen nackten Oberkörper. »Willkommen im Club der Liebhaber alleinstehender Mütter.«

Die Worte waren wie der winzige Stich eines Messers. Er zuckte zusammen. »Bin ich das für dich? Ein Liebhaber?«

Ihr Gesicht verdunkelte sich. Nervös steckte sie sich eine Haarlocke hinter ihr Ohr. »Nun ja ... wie würdest du das nennen?«

Er führte eine Hand zu ihrem Gesicht, berührte die Wange, strich über die rosa Kontur der Oberlippe. Er überlegte plötzlich, wie ein Mann überleben könnte, wenn er eine Frau so sehr liebte. Wenn sie wollte, könnte sie seine Seele herausreißen und sie unter den Füßen zertreten. So, wie er es mit ihr getan hatte.

Zum ersten Mal verstand er – verstand er wirklich –, was er diesem wunderschönen, vertrauensvollen sechzehnjährigen Mädchen angetan hatte, und das Schamgefühl war fast überwältigend. Und über dieses Schamgefühl hinaus war da Bedauern, tief und schmerzend und unauslöschbar.

Er sah sie an, liebte sie so sehr, dass es wehtat. »Ich würde es ›ein Verliebter‹ nennen.«

Kapitel 26

Ich würde es ›ein Verliebter‹ nennen.

Für eine Sekunde konnte Madelaine sich nicht bewegen, konnte nicht einmal atmen. Sie lag neben ihm, noch immer nackt, und der Bärenfellteppich unter ihrem Körper war feucht. Sie biss sich auf die Lippe, fürchtete plötzlich, dass sie Dinge sagen würde, die sie nicht sagen sollte, Worte, die, einmal ausgesprochen, nicht zurückgenommen werden konnten, niemals ungesagt sein konnten.

Sie wollte jetzt nicht an die Vergangenheit denken, aber sie kehrte wieder zu ihr zurück, schlich auf winzigen, flüsternden Füßen in ihren Verstand. All die Dinge, die sie jemals einander gesagt hatten, blähten sich zwischen ihnen auf, hingen über ihnen in der Luft. So viele ihrer Träume waren mit diesem Mann verknüpft gewesen und sie hatte Angst – solche Angst –, ihn wieder diese Macht über sich haben zu lassen. Und doch hatte er sie, hatte sie bereits.

Sie drehte sich zu ihm, um ihn anzusehen. Ihre Lippen geöffnet zu einer stummen Bitte, einer Einladung.

Er richtete sich vom Boden auf und streckte die Hände nach ihr aus. Sie sah, dass er sich langsam bewegte, als fürchte er, sie würde sich abwenden.

Sie blieb bewegungslos. Seine Hand streifte über ihren nackten Arm und löste eine Gänsehaut aus. »Angel …« Sein

Name kam ihr in einem atemlosen Flüstern des Sehnens über die Lippen.

Sie starrte in seine grünen Augen, hypnotisiert von den Möglichkeiten, die sie darin sah. Sie wusste mit solcher Gewissheit, wie sie noch nie in ihrem Leben etwas gewusst hatte, dass er nicht mehr der Junge war, der er mit siebzehn gewesen war. In seinen Augen war ein tiefer Schmerz, der neu war, eine Furcht und ein Bedauern, das sie verstand. Er war auf seine Art in diesem Augenblick ebenso verängstigt wie sie. Und dies zu sehen, seine Furcht und seine Unsicherheit, war wie das Streicheln eines warmen, tröstenden Windes ihrer eigenen Unsicherheit.

Dann küsste er sie, eine leichte, wehende Berührung von Lippen, die irgendwie tiefer in ihre Seele drang, als es jedes Liebesspiel vermochte. Sie schlang die Arme um ihn und hielt ihn fest. Nacheinander schienen die Jahre von Einsamkeit und Verlust von ihr zu fallen. Als er sich zurückzog, sah sie das gleiche dämmernde Gefühl von Staunen in seinen Augen, das ihr eigenes Herz erfüllte.

»Ach, Madelaine«, sagte er. Nur das und sonst nichts, und doch schien es alles zu sein.

Um zwanzig vor eins schaltete Lina den Fernseher aus und stand auf. Zum zehnten Mal in ebenso vielen Minuten warf sie einen Blick auf die Uhr, die auf dem Kaminsims stand. Der rotbraune Truthahn aus Pappmaché, den sie im Kindergarten gebastelt hatte, stand dicht daneben, eine jährliche Erinnerung daran, dass das Erntedankfest bevorstand.

Wo, zum Teufel, war Mom?

Sie verschränkte die Arme und ging in dem Zimmer auf und ab. Sie hatte alle Lichter in dem Raum eingeschaltet, aber noch immer schien es dunkel hier zu sein, ein wenig einsam. Es war das erste Mal, dass sie jemals so spät allein in ihrem

Haus war. Wann immer Mom zum Noteinsatz im Krankenhaus gerufen wurde, kam Francis sofort herübergefahren, um Lina Gesellschaft zu leisten.

Der Gedanke erinnerte sie wieder daran, wie sehr sie Francis vermisste, und sie seufzte schwer. Sie ließ sich in den großen, schwer gepolsterten Sessel neben der Haustür fallen und blieb dort sitzen, wartete und klopfte mit dem Fuß ungeduldig auf den Holzboden.

Ihre Mutter hatte kein Recht, so spät noch aus zu sein – wusste sie nicht, dass Lina krank vor Sorge sein würde? Als Lina vorher mit Angel gesprochen hatte, sagte er, er wolle abends mit ihrer Mutter reden. *Reden.* Und wo waren sie?

Sie warf einen Blick auf das Telefon und überlegte, ob sie die Krankenhäuser anrufen sollte. Sie war schon im Begriff aufzustehen, besann sich dann aber anders. Es war lächerlich, sich solche Sorgen zu machen. Ihre Mutter war dreiunddreißig Jahre alt. Wenn sie wollte, konnte sie die ganze Nacht fortbleiben.

Aber das war untypisch für ihre Mom. Madelaine war viel zu verantwortungsbewusst, um so etwas zu tun.

Es war Angels Schuld.

Plötzlich dachte sie über Angel nach. Schließlich, was wussten sie denn schon wirklich über ihn? Er war wie ein Wirbelwind in ihr Leben gekommen, mit Lächeln und Versprechungen und Spaß. Aber er stand in einem schlechten Ruf – was, wenn er ihn verdient hatte, was, wenn er mit jeder Frau schlief und ihre Namen am nächsten Morgen vergessen hatte, was, wenn er in Wirklichkeit ein Massenmörder war und die Polizei wegschaute, weil er Angel DeMarco war, was, wenn ...

»Reiß dich zusammen, Lina«, sagte sie laut und versuchte, die Besorgnis zu verdrängen. »Mom geht's gut. Wahrscheinlich hat sie ihn dazu gebracht, mit fünfzig zu fahren und einen Sturzhelm zu tragen.«

Aber sie konnte selbst nicht glauben, was sie sich einzureden versuchte. Tief in ihrem Inneren wusste sie, dass etwas nicht stimmte. Sie erinnerte sich an den Anruf, den sie mitten in der Nacht wegen Francis bekommen hatten, und ihr Herz fing an zu rasen. Sie schaute nervös zum Telefon. Ein solcher Anruf konnte jederzeit kommen, konnte wie ein Blitz ins Wohnzimmer einschlagen und einen brennend zurücklassen ...

Gerade jetzt brauchte sie Zach, jemand, mit dem sie reden konnte ...

Aus dem Augenwinkel sah sie draußen Scheinwerfer. »Gott sei Dank.«

Der Mercedes kam die Auffahrt hoch und hielt an. Die Scheinwerfer erloschen.

Sie saß da, die Arme verschränkt, starrte aus dem Fenster und wartete darauf, dass sie hereinkamen. Das taten sie nicht.

Schließlich stiegen sie aus dem Wagen aus und schlenderten gemächlich den Weg hoch. Das Schloss klickte und die Tür schwang auf. Mom und Angel traten in das Zimmer, hielten sich bei den Händen, schauten einander an, einen strahlenden, abwesenden Ausdruck in ihren Augen.

Lina fühlte sich plötzlich ausgeschlossen. Sie wollte, dass Angel sie so anschaute, nur *sie*. Sie wusste, dass sie dumm und egoistisch und kindisch war, aber es schmerzte. Gott, wie es schmerzte. Sie wollte einen Daddy, der ihr gehörte und nur ihr allein. Der ihr bester Freund auf der ganzen Welt war. Die Art, wie sie sich ansahen – als ob sie verliebt seien –, machte Lina wütend und sie fühlte sich innerlich leer. »Mom?«, flüsterte sie.

Sie wirkten überrascht – als ob sie nicht einmal bemerkt hätten, dass sie im Zimmer war – und ihre Missachtung machte sie noch wütender. Mom blinzelte und entzog Angel ihre Hand. »Hi, Baby«, sagte sie mit schläfriger Stimme. »Wir dachten, du seist schon im Bett. Du hättest nicht aufbleiben müssen.«

Die Worte waren wie Pfeile. Sie trafen tief. Sie hatten nicht einmal an Lina gedacht. Sie hatten sie völlig vergessen. Sie lachte bitter. »Ja, richtig. Als ob ich schlafen könnte, wenn du nicht da bist.« Sie schleuderte ihrer Mutter die Worte entgegen und spürte eine winzige Erregung, als sie zusammenzuckte.

Mom machte einen Schritt auf sie zu. Das Verstehen in ihren Augen machte den Schmerz nur schlimmer. »Es gibt nichts, wovor du Angst haben müsstest, Liebes. Nichts kann unsere Gefühle für dich ändern.«

Lina wusste, dass es eine Lüge war. Wenn ihre Mutter Angel liebte, würde das alles ändern, und plötzlich wollte sie nicht, dass sich etwas änderte. Sie wollte ihr altes Leben wiederhaben, wollte Francis draußen auf dieser alten Verandaschaukel haben, wollte, dass Mom im Rosengarten werkelte. Sie wollte nicht, dass dieser dunkelhaarige Fremde zwischen ihnen stand.

Sie hatte das Gefühl, explodieren zu müssen, wusste aber nicht, warum. Es war, als ob all ihre Kleinmädchenträume zerbrechen würden. Sie starrte Angel an. »Du sagtest, du seist *mein* Freund.« Schmerz durchfuhr sie bei diesen Worten, erschütterte sie und machte sie wütend. Plötzlich wollte sie ihn verletzen, wollte sie beide ebenso verletzen, wie sie sie verletzten. »Du bist nicht mein Vater«, sagte sie mit kalter Stimme. »Du hast sein Herz, aber du bist nicht er.« Ihre Stimme brach und es machte sie wütend, dass sie diese Schwäche zeigte. »Du hast sein Herz nicht verdient.«

»Lina!«, sagte Mom barsch.

»Halt den Mund!«, zischte Lina.

Angel schaute plötzlich finster drein und die Art, wie sein Gesicht sich veränderte, war erschreckend. Er warf seinen

Mantel auf das Sofa und traf dabei den Lampenschirm. Die Kristalllampe zerschellte auf dem Boden. »Wag es ja nicht, so mit deiner Mutter zu reden, junge Dame.«

Es brachte sie zum Lachen, dass er plötzlich versuchte, wie ihr Vater mit ihr zu reden. Aber er war nicht ihr Vater. *Er* war jetzt oben im Himmel und er hatte Lina nie so angesehen, hatte Lina niemals das Gefühl gegeben, in ihrem eigenen Haus eine Fremde zu sein. »Du bist nicht mein Vater.«

»Lina«, sagte Mom, »das kann nicht dein Ernst sein.«

»Du weißt nicht, was mein Ernst ist. Du kennst mich gar nicht. Ich hasse dich ... ich *hasse* euch.« Sie hörte, dass sie sie anschrie, und sie wusste, dass es ein Fehler war, aber sie schien nicht aufhören zu können. Ärger und Schmerz zerrissen sie innerlich.

»Geh auf dein Zimmer«, sagte Angel mit einer Stimme, die so gelassen und ruhig war, dass es Lina Schauer über das Rückgrat jagte. »Geh raus. *Auf der Stelle.*«

Tränen erstickten sie, brannten in ihren Augen. Sie wirbelte herum, wandte sich ab von dieser Liebesszene, wie man sie auf Weihnachtskarten fand, und wankte blindlings über den Korridor, rannte zu der Geborgenheit ihres Zimmers. Aber als sie dort war, hatte sie überhaupt nicht mehr das Gefühl, dass es ihr Zimmer war. Es wirkte fremd und beengend. Sie öffnete das Fenster und kletterte hinaus.

Sie riss ihr Fahrrad auf der Veranda an sich, schwang sich auf den harten Plastiksitz und fuhr schnell die Auffahrt hinunter, über den Bordstein und auf das Pflaster. Ärger trieb sie an, ließ sie in die Pedale treten, bis sie von dem Haus fortraste.

Als sie die Ecke erreicht hatte, hatte es zu regnen begonnen. Spärlicher, tröpfelnder Regen fiel auf sie und in glitzernden Tropfen auf ihren Lenker. Wind zerrte an ihrem Haar und stach ihr in die Augen.

Mit jedem Kilometer spürte sie, wie die Träume über ihren Vater, die sie sich ausgemalt hatte, von ihr glitten. Sie war eine Idiotin gewesen, an ihn zu glauben, zu glauben, dass irgendein Fremder in ihr Leben treten könne und ihr *Daddy* sei. Sie hätte es besser wissen müssen ...

Ich fürchte, er wird dir das Herz brechen.

Wieder hörte sie die Warnung ihrer Mutter und es gab ihr noch mehr das Gefühl, dumm und naiv zu sein. Lina wusste es besser – sie wusste, dass Träume nicht immer Wirklichkeit wurden. Hatte sie das nicht immer gewusst? Warum war sie nur so dumm gewesen?

An der Laurel Street erinnerte sie sich an die Samstagnacht-Partys, die eine Institution im Quilcene Park waren. Sie bog nach links ab und raste den Hügel hinunter. Zehn Minuten später bog sie um die letzte Ecke und sauste auf die Zufahrtsstraße des alten Parks. Ihre dünnen Reifen holperten über die Furchen in der Straße. Die Finger klammerten sich erstarrt um die Gummigriffe des Lenkers.

Sie hielt ihr Fahrrad am Rand des asphaltierten Parkplatzes an und sah sich um. Sie wartete atemlos darauf, dass jemand ihren Namen rief, ihr auf den Rücken klopfte und sie zu der Party willkommen hieß.

Aber niemand kam. Jugendliche drängten sich am Fluss und um das Feuer. Sie konnte das Gegacker und Gelächter und das leise Gesumme Dutzender Gespräche hören. Aber je näher sie zum Feuer kam, desto älter sahen die Jugendlichen aus. Sie hatte geglaubt, dies sei eine Party der Highschool, doch eine Gruppe von Jungen, die um das Feuer hingen, sah aus, als seien sie auf dem College – oder sollten es zumindest sein.

»Zach«, flüsterte sie und wollte, dass er in diesem Augenblick bei ihr wäre. Aber es war zu spät, bei ihm zu Hause anzurufen, und er würde auf einer solchen Party nicht sein.

Sie steckte die Hände tief in die Taschen, versuchte cool zu wirken, als ob sie dazugehörte, während sie an einer Gruppe Jugendlicher nach der anderen vorbeischlenderte, nach jemandem suchte, mit dem sie reden könnte.

Schließlich erreichte sie das Flussufer und stand da, schaute auf die wirbelnde Strömung. Der Ärger, den sie vorher empfunden hatte, verflog und ohne seine Hitze fühlte sie sich kalt. Ringsum lachten die Jugendlichen und sprachen und amüsierten sich, aber mit ihr hatte überhaupt niemand gesprochen. Es war, als sei sie ein Geist, unsichtbar und isoliert.

Sie hörte ein leises, trillerndes Lachen und es klang vertraut. Sie riss den Kopf in dem Augenblick hoch, als ein Mädchen und ein Junge an ihr vorbeispazierten. Linas Blick begegnete dem des Mädchens – Cara Milston. Es gab einen Moment betroffenen Wiedererkennens auf beiden Seiten. Vor langer Zeit – in den sieben ersten Schulklassen – waren sie die besten Freundinnen gewesen, aber jetzt trennten sie Welten. Gewöhnlich schauten sie sich nicht einmal an – der Cheerleader und das böse Mädchen.

Lina fühlte einen plötzlichen Schmerz von Verlust für das Mädchen, das sie einmal gewesen war. Sie überlegte, wie es hätte sein können, wenn sie in der achten Klasse nicht die Freunde gewechselt hätte, wenn sie nicht damit angefangen hätte, vor der Schule unten am Fluss zu rauchen, wenn sie niemals diesen ersten brennenden Schluck Whiskey getrunken hätte, als sie vierzehn war.

Sie wollte das jetzt alles rückgängig machen, wollte Cara wiederhaben. Eine beste Freundin, mit der sie sprechen konnte.

Cara schenkte Lina ein kurzes, schnelles Lächeln und ging an ihr vorbei.

Lina seufzte schwer und ließ sich am Flussufer auf die Knie sinken. Sie spürte den kalten, weichen matschigen Lehm um sich, der sie bis auf die Knochen frösteln ließ, aber es war ihr egal.

Sie konnte sich nicht erinnern, wann sie sich je so einsam gefühlt hatte. Alles an ihrem Leben war ein Witz. Niemand war jemals da, wenn es wirklich wichtig war. Selbst jetzt, mitten auf der besten Schulparty des Jahres, war sie allein. Vergessen.

Plötzlich wünschte sie sich, dass die Dinge anders wären. Sie wollte nicht wütend auf ihre Mutter sein, wollte nicht diese heftigen Wutausbrüche haben, die ihr so natürlich wie das Atmen erschienen. Sie wollte sich mit ihrer Mom und ihrem Daddy hinsetzen und ihnen sagen können, dass sie sie liebte.

Aber sie hatte sich ausgeschlossen gefühlt, als sie heimkamen, beiseite geschoben. Und so hatte sie natürlich, statt wie eine Erwachsene mit ihnen zu reden, einen Wutanfall bekommen und war fortgelaufen.

Der Traum von dem, was sie gewollt hatte – einen *Daddy* –, schien so weit weg, der Gutenachtwunsch eines kleinen Mädchens. Alles, was sie jetzt wollte, war, ihn zu lieben und umgekehrt geliebt zu werden – geliebt so, wie sie war. Und das bedeutete, dass sie Angel so lieben musste, wie er war ...

Er war nicht Francis und würde es niemals sein. Francis hatte Lina auf seine ruhige, zärtliche Art geliebt. Angels Art würde anders sein. Er war wie sie – laut und rebellisch und hitzköpfig. Die Dinge würden mit Angel anders sein als das, was sie gewollt hatte ... aber hatte sie wirklich gewusst, was sie wollte?

»Nein«, flüsterte sie in die Nacht. Bis jetzt, bis zu dieser Minute hatte sie das nicht gewusst. Sie wollte, dass sie eine Familie waren – sie alle zusammen. Und eine Familie gab es nun einmal nicht über Nacht. Eine Familie konnte es ohne Wutausbrüche und verletzte Gefühle und Entschuldigungen nicht geben.

Heiße Tränen drangen unter ihren Lidern hervor und rollten ihr über die Wangen, vermischten sich mit den kalten Regentropfen und fielen auf ihre lehmverschmierte Hose. Sie war es leid, wegzulaufen und ständig wütend zu sein, müde, das Gefühl zu haben, nirgendwohin zu gehören. Sie dachte an zu Hause – an den perfekten Hof, der wie aus dem Bilderbuch war, an den Rosengarten ihrer Mutter und an die Verandaschaukel, die Francis ihnen zu Weihnachten geschenkt hatte – und ein Sehnen erfüllte ihr Herz.

Eine Familie, das wusste sie, bedeutete heimzugehen.

Angel schlug die Schlafzimmertür zu. »Da ist sie nicht.«

Er drehte sich um, starrte Madelaine an. Sein Mund öffnete sich zu Worten, die nicht kommen wollten.

Sie stand im Wohnzimmer, lächelte nicht, reglos. Die Farbe, die ihre Wangen vorher gerötet hatte, war einer kalkigen Blässe gewichen. Sie kaute auf der Unterlippe und blickte besorgt auf die Haustür.

»Hast du gehört? Sie ist nicht da. Wir müssen die Polizei anrufen oder sonst was.« Er wusste, dass er schrie, aber er konnte sich nicht beherrschen. Panik erfüllte mit Eiseskälte sein Blut. Er rannte zur Haustür und riss sie auf.

Alles, was er draußen sah, war Dunkelheit. Ein sanfter Regen hatte zu fallen begonnen, schlug auf den Zufahrtsweg, klopfte auf das Dach über seinem Kopf. Sie war irgendwo da draußen, allein inmitten all dieser Schwärze, allein und wütend und verletzt.

Was, zum Teufel, war passiert? Was hatte er denn so falsch gemacht?

Madelaine trat neben ihn. Er konnte durch seine heftigen, kurzen Atemzüge das leise Tappen ihrer Schritte hören. Sie berührte sanft seinen Arm und er spürte, dass sie versuchte, ihn zu trösten, aber er wollte keinen Trost.

»Ich wusste es nicht«, flüsterte er. Bedauern war ein bitterer Geschmack in seinem Mund. Er begriff plötzlich, wie leicht er alles genommen hatte, wie unbekümmert er die Bürden einer Vaterschaft akzeptiert hatte.

»Was wusstest du nicht?«

Er hörte die Zärtlichkeit in ihrer Frage und dadurch fühlte er sich noch schlimmer. Er wandte sich zu ihr und für eine Sekunde, als er in ihre besorgten Augen schaute, konnte er nicht atmen. Er konnte nicht Linas Vater oder Madelaines Geliebter sein ... Vor allem aber konnte er nicht sein, was Francis für sie gewesen war.

Francis.

Sein Bruder hätte gewusst, was jetzt das Richtige war, was zu tun war, zu sagen war, wie man alles in Ordnung brachte. Er warf den Kopf zurück und schloss die Augen zum Gebet. *Was mache ich jetzt, Francis?*

Die Frage brannte ihn aus. Langsam wandte er sich wieder Madelaine zu, und was er in ihren Augen sah, beschämte ihn bis auf den Grund der Seele. Sie sorgte sich um ihn, sogar jetzt. Er konnte es sehen, es fühlen, und obwohl er sie in die Arme nehmen und ihre Wärme spüren wollte, verdiente er es nicht. »Ich wusste nicht, was es bedeutet, ein Vater zu sein. Ich dachte, ich könnte einfach mit ihr zusammen sein und ihr Freund sein. Ich dachte, sie würde mich bedingungslos lieben und niemals um etwas bitten, was ich nicht geben kann.« In dem Augenblick, als er die Worte sagte, hörte er, wie hohl und egoistisch sie waren. Er schloss die Augen und schwieg, angewidert von sich selbst. »Ich wusste nicht, dass es so *schwer* sein würde. Wie hast du das all diese Jahre allein schaffen können?«

Sie berührte ihn, legte ihre warme Hand auf seine kalte, feuchte Wange. »Ich hätte dir sagen sollen, was Elternschaft bedeutet.«

Er riss die Augen auf und Ärger erfüllte ihn wieder. »Es geht nicht um dich, Madelaine. Zieh dir diesen Schuh nicht an, dass du etwas hättest tun sollen. Ich hab's versaut. *Ich*. Ich hätte nicht sagen sollen, dass ich ihr Daddy sein würde – ich bin diese Verpflichtung eingegangen, als ob es so unwichtig sei wie die Entscheidung, welchen Mantel man anzieht. Ich hatte nicht *nachgedacht*.«

Sie zog ihre Hand zurück. »Und was willst du nun tun? Du hast dein ganzes Leben damit verbracht, vor Dingen wie diesen davonzulaufen, Angel. Willst du nun wieder davonlaufen – wieder deine Furcht mit einer Flasche Tequila bekämpfen, bis du vergessen hast, wie sehr es schmerzt?«

Die Worte trafen ihn wie Schläge. Er zuckte zusammen. »Ich weiß es nicht.«

»Das ist nicht genug. Sie wird wiederkommen – wenn sie sich wie üblich verhält, wird sie in etwa einer Stunde zurück sein und dann wird sie so wütend wie eine Hornisse sein. Was willst du ihr dann sagen? Hallo oder Lebewohl?«

Er schüttelte seinen Kopf. »Tu mir das nicht an, Mad. Ich bin nicht stark genug ...«

Sie packte ihn bei den Schultern und schüttelte ihn heftig. »Wage es ja nicht, mir das zu sagen. Dieses Mal nicht. Niemand ist stark genug, Vater oder Mutter zu sein. Wir tun es einfach blindlings, kommen mit Glaube und Liebe und Hoffnung weiter. Das ist alles, Angel. Angst zu haben, Angst zu haben bis tief ins Mark und weiterzumachen.«

Er beruhigte sich. Ein Fünkchen Hoffnung glomm in seinem Herzen auf. »Du hast Angst um sie?«

Sie gab ein schnaufendes Geräusch von sich, das fast ein Lachen war. »Ich habe Angst seit dem Augenblick, als man sie mir in die Arme legte. Jedes Mal, wenn sie zur Schule oder zum Haus einer Freundin oder zu einer Verabredung geht. Ich habe Angst. Ich habe Angst davor, was die Welt meinem wunderschönen kleinen Mädchen antun wird, Angst davor, was *ich* ihr antun werde. Es geht nie vorbei, niemals. Man lebt einfach damit und liebt sie und ist für sie da.«

Er stieß seinen Atem mit einem langen, zitternden Seufzer aus. »Ich weiß nicht, ob ich das kann.«

Sie löste sich von ihm. »Das kannst nur du allein entscheiden, Angel. Nur du allein.«

Kapitel 27

Lina hielt ihr Fahrrad am Ende des Zufahrtsweges an. Die Lichter im Haus brannten. Sie konnte Schatten sehen, die sich hinter dem Wohnzimmerfenster bewegten. Ein sich verstärkendes Gefühl von Scham erfüllte sie, aber sie verdrängte es.

Sie schob das Fahrrad die Auffahrt hoch und lehnte es an die Mauer. Langsam stieg sie die knarrende Verandatreppe hoch und blieb vor der Haustür stehen. Sie wappnete sich, drehte den Türknopf und öffnete die Tür.

Ihre Mutter und ihr Vater standen an gegenüberliegenden Enden des Raumes. Sie drehten sich gleichzeitig zur Türe um und erstarrten.

Ihre Mutter lächelte sie an mit einem zärtlichen, verstehenden Lächeln, bei dem Lina am liebsten wieder zu weinen begonnen hätte. »Hallo, mein Schatz.«

Lina sah ihren Vater an – aber der schaute rasch beiseite. Die Panik, die sie unterdrückt hatte, erfasste sie, erfüllte sie ganz. Sie hatte es verdorben, mit ihrem dummen Kleinmädchen-Wutausbruch hatte sie alles verdorben. Sie rannte zu ihrem Zimmer und schlug die Tür hinter sich zu. Sie schaltete die Stereoanlage ein und drehte die Musik ohrenbetäubend laut auf.

Sie ließ sich auf das Bett sinken und versuchte zu weinen, aber die Tränen, die so heftig brannten, wollten nicht kommen. Sie beugte die Schultern vor und ließ den Kopf hängen, starrte auf ihre Füße.

»O Gott«, flüsterte sie.

Sie dachte daran, wie ihre Mutter vorher ausgesehen hatte – das Haar war völlig durcheinander und der Sweater nur halb zugeknöpft. Die Augen waren verschleiert und weich gewesen und sie schien nicht aufhören können zu lächeln.

Glücklich. Ihre Mutter hatte glücklich ausgesehen.

Und Lina hatte ihr das weggenommen, sie hatte es ihnen allen weggenommen.

Jemand klopfte an die Tür.

»Geh weg«, flüsterte sie, wartete auf das Geräusch von Schritten. Ihre Mutter blieb immer ein paar Sekunden stehen und ging dann. Morgen würden sie beide so tun, als sei nichts vorgefallen.

Aber das Pochen kam wieder, lauter, hartnäckiger. Lina ignorierte es und die Tür wurde so heftig geöffnet, dass sie gegen die Wand knallte. Ein gerahmtes großes Brad-Pitt-Poster fiel zu Boden, Glassplitter lagen überall auf dem blauen Teppich.

Angel stand im Türrahmen und füllte ihn aus. Seine dunklen Augenbrauen waren eng zusammengezogen und das allgegenwärtige Lächeln war verflogen. Er wirkte unsicher und verlegen. Ohne direkt in ihre Richtung zu schauen, betrat er das Zimmer und schloss die Tür leise hinter sich.

Er durchquerte den Raum und schaltete die Stereoanlage ab. Dann drehte er sich langsam zu ihr um.

»Geh weg«, sagte sie. In dem Moment, als die Worte herauskamen, wünschte sie sich, sie nicht gesagt zu haben. Sie wollte sagen *Geh nicht weg*, aber sie konnte nicht sprechen.

Er stand da, die Hände tief in die Taschen seiner Levi's versenkt. »Sieh mal, ich glaube, ich bin mit dieser Sache blöde umgegangen. Ich hab absolut keine Ahnung, wie's ist, Vater zu sein.« Er stieß einen kleinen Seufzer aus und setzte sich neben sie. Die Matratze quietschte in der Stille. »Aber eines weiß ich – die Frau da drin liebt dich und du hast heute Nacht ihre Gefühle verletzt. Du weißt, dass du das getan hast.«

Sie spürte eine Welle von Bedauern und schaute weg, unfähig, seinem Blick standzuhalten.

Er fasste ihr Kinn und zwang sie sanft, aber bestimmt, ihm in die Augen zu sehen. »Du hast dich da draußen wie ein egoistisches Kind verhalten und ich habe mich für dich geschämt. *Du* solltest dich schämen.«

Sie wusste, dass er die Wahrheit sagte, und es traf. Sie spürte, dass die Tränen wiederkamen, und sie versuchte, sie mit dem Ärmel fortzuwischen, aber sie kamen wieder. »Ich ... ich weiß«, flüsterte sie.

Sie wartete darauf, dass er sie tröstete, dass er ihr sagte, es sei nicht ihre Schuld oder dass es in Ordnung sei, manchmal gemein zu sein, oder dass er verstehe – all die Dinge, die ihre Mutter gesagt hätte. Aber er saß einfach da und ließ sie die Last ihrer eigenen Scham spüren.

Schließlich lächelte er und strich ihr eine Haarsträhne aus dem Gesicht. »Erwachsen werden ist schwer – aber du hast dir zumindest nicht das Herz rausschneiden lassen müssen.«

Es erinnerte sie an das, was sie zu ihm gesagt hatte. »Ich ... es tut mir Leid, was ich gesagt habe ... ich hab's nicht so gemeint ... du weißt, das mit dem Herz.«

Er seufzte leise. »Es macht mir auch Angst, Angelina. Francis war der beste Mensch, den ich je gekannt habe, und ich kann nicht er sein. Ich kann nicht mal versuchen, er zu sein. Aber ...« Er schwieg darauf und sah sie an.

Sie hatte das Gefühl, als hinge alles, schwebe zwischen ihnen. Sie konnte nicht einmal richtig atmen. »Aber was?«

»Es war falsch, dass ich dein Freund sein wollte. Es war die

Antwort eines Kindes auf die Frage eines Mannes. Ich weiß jetzt, was ich wirklich will.«

»Und was ist das?«

»Ich will dein Dad sein. Und wenn du's mich versuchen lässt, werde ich alles geben, was ich habe.«

Sie spürte, dass die Tränen wieder kamen, stechend und brennend. »Das will ich auch«, sagte sie und hickste dabei ein wenig.

»Es wird nicht leicht sein. Ich mache Dinge nicht immer richtig – wie heute Abend. Da hätte ich dir sagen sollen, dass ich mit deiner Mutter ausgehen wollte. Ich hätte dir sagen sollen, dass ich sie liebe und dass ich will, dass wir eine Familie sind. Aber egal, was zwischen deiner Mom und mir geschieht, es wird nichts dran ändern, wie ich für dich fühle. Du bist meine Tochter und ich liebe dich.«

Sie warf sich an ihn und hielt ihn fest. »Ich liebe dich auch, Daddy.«

Er streichelte ihr Haar und seine Berührung war weich und zärtlich, sie gab ihr zum ersten Mal in ihrem Leben das Gefühl, geborgen zu sein.

Nach einer langen Zeit löste er sich von ihr. »Ich glaube, dass du jetzt mit noch jemand sprechen solltest, nicht wahr?«

Sie starrte in seine grünen Augen und sah Anerkennung. Er gab ihr Kraft, dieser Ausdruck in seinen Augen. Sie nickte und stand langsam auf. An der Tür blieb sie stehen und schaute zu ihm zurück.

Er lächelte. »Du kannst es.«

Und sie konnte es. Das wusste sie jetzt. Sie wandte sich von ihm ab und verließ ihr Zimmer, ging über den langen Korridor zum Wohnzimmer.

Ihre Mutter stand neben dem Kamin. Sie biss sich auf die Unterlippe – so, wie sie es immer tat, wenn sie nervös war –

und Lina verstand endlich, wie sehr und wie oft sie ihre Mutter verletzt hatte.

Ihre Mutter, die sie liebte und immer lieben würde, egal, was passierte ...

»Es tut mir Leid, Mom«, sagte sie leise und wünschte sich, all das zurücknehmen zu können. Alles, all die kleinen Kränkungen und die unfreundlichen Worte und die Grausamkeiten.

Madelaine schenkte ihr ein langsames, verständnisvolles Lächeln. »Ich liebe dich, mein Schatz.«

Lina warf sich in die wartenden Arme ihrer Mutter und klammerte sich an sie. »Ich liebe dich auch, Mommy.«

Die bloße Menge von Nippes war erstaunlich. Wohin Angel auch schaute, sah er Truthähne und Pilger und Füllhörner – Kerzenleuchter, Zuckerwerk und Tafelaufsätze. Während er vor dem Kamin stand und die Wärme der Flammen an den Knöcheln spürte, starrte er auf die Reihe von Zierstücken, die auf dem Kaminsims standen. Ein rostfarbener, halb bemalter Truthahn aus Pappmaché hockte in der Mitte von all dem. Linas unleserlich gekritzelter Name stand auf einem Flügel.

Er bewegte sich von Stück zu Stück und betrachtete jedes einzelne. Er fühlte sich, als bewege er sich in der Zeit zurück. Die einzigen fertig gekauften Dekorationsstücke waren Kerzen – alles andere hatte Lina in der Schule gebastelt. Aus der Kindergartenzeit stammte der Truthahn. Die erste Klasse wurde durch einen Pilgerhut repräsentiert, der aus einer Einkaufstüte gefertigt war. Die zweite Klasse war ein Topf aus glasiertem Ton in Form und Farbe eines Kürbis.

Bei diesem Stück verweilte er und strich mit den Fingern über die glatte Oberfläche. Mit jedem Jahr konnte er sehen, welche Fortschritte sie beim Schreiben und mit ihren künstlerischen Fähigkeiten gemacht hatte. Er versuchte, sie sich als Fünfjährige mit langen, schwarzen Zöpfen und einem Zahnlücke-Lächeln vorzustellen, wie sie mit ihrem neuesten Schatz durch die Haustür stürmte, aber es gelang ihm nicht recht und dieses Unvermögen machte ihn traurig. Er hatte so viel von ihrem Leben verpasst ... so viel ... und es gab kein Zurück. Keine Rückforderung der verlorenen Jahre.

Erntedankfest.

Er zwang sich, nicht an die Vergangenheit zu denken, sondern stattdessen in die Zukunft zu blicken. Es stimmte, er war nicht da gewesen, um sie an ihrem ersten Lebenstag zu halten oder ihre Hand an ihrem ersten Schultag zu fassen, aber jetzt war er hier und er würde nirgendwo mehr hingehen. Er würde an ihrem Hochzeitstag da sein und er würde sein erstes Enkelkind zur Schule begleiten.

Er wandte sich ab, dachte, dass das schmerzliche Aufwallen von Gefühlen in seiner Brust sich irgendwie in perfekt passende Worte von Liebe übersetzen lassen müsste, aber nichts kam heraus.

Stattdessen schaute er ihnen zu, den Frauen in seinem Leben. Madelaine war damit beschäftigt, nach Rezept eine fettarme Soße zuzubereiten – doch nach ihrem zerknirschten Gesichtsausdruck zu urteilen, ging das nicht so gut. Lina deckte den Tisch.

Solche Vorbereitungen für ein Essen hatte er nie gesehen. Ma hatte sich am Erntedankfest nie Mühe gegeben, das wusste er gewiss. Plötzlich kam ihm eine Erinnerung an diesen Feiertag aus seiner Kindheit.

»Wer möchte weißes Fleisch?« Er konnte die heisere Stimme seiner Mutter durch die schmuddelige Dunkelheit des Wohnwagens bellen hören. Niemand antwortete. Eine Minute später kam sie aus der Küche gewankt, zwei dampfende Portionen Truthahn vom Schnellimbiss balancierend, und stellte sie auf dem braunen Kunststofftisch ab. »Deins steht auf dem Bord, Angel. Drei konnte ich nicht tragen.«

Sie hatte nicht einmal die ersten Bissen geschafft, als der Schnaps zu wirken begann. Mitten im Satz fiel sie, das Gesicht voran, in das Kartoffelpüree und die Soße. Er und Francis hatten gelacht, bis ihnen Tränen die Wangen hinunterliefen, dann ihre Blechtabletts ins Wohnzimmer getragen. Gemeinsam hatten sie sich auf das durchgesessene Sofa gesetzt, gegessen, ferngesehen und geredet.

Brüder ...

»Das Essen ist fertig.« Madelaines Stimme brachte Angel in die Gegenwart zurück. Die dunklen Erinnerungen an die Vergangenheit schwanden.

Er blinzelte und schaute auf den Tisch. Er war lang und oval, mit einem weißen Leinentischtuch bedeckt. Darauf standen flackernde Kerzen und Anrichteplatten mit Essen. Er löste sich vom Kamin und begab sich zu der Essecke.

Auf halbem Wege blieb er stehen. Farbspritzer störten das perfekte Weiß des Tischtuchs und er brauchte eine Sekunde, um zu erkennen, was er sah. Auf dem Tuch waren drei Paar farbiger Handabdrücke. An einem Ende des Tisches, zu beiden Seiten des weiß und burgunderrot gemusterten Porzellans, waren zwei marineblaue Handabdrücke und daneben waren sorgfältig der Name und das Datum geschrieben. *Madelaine, 1985*, stand neben dem einen. Neben zwei winzigen roten, links davon, war *Lina* zu lesen.

Am Kopfende des Tisches zwei gelbe Handabdrücke, kräftig und allein. *Francis*.

Über den Tisch hinweg traf sein Blick Linas. »Wir ... wir haben die vor langer Zeit gemacht. Ich dachte nicht daran ...«

Angel sah, dass für ihn neben Madelaine gedeckt war. Da gab es natürlich keinen Handabdruck, nur das reine, weiße Leinen zu beiden Seiten seines Tellers. Es vermittelte ihm albernerweise das Gefühl, fehl am Platze zu sein.

Schließlich kam Madelaine aus der Küche. Sie trug einen Topf mit grüner Farbe. Sie sah seinen Blick und blieb stehen. Die Blässe auf ihren Wangen und das leichte Zittern der Unterlippe entging ihm nicht. »Es ist eine Familientradition«, sagte sie leise. Sie lächelte ihn zärtlich an. »Ist ein bisschen schmutzig.«

Er nahm ihr die Farbe und den Pinsel aus den Händen und strich sich wortlos die Handflächen ein, drückte dann sorgfältig zu beiden Seiten seines Tellers die Hände auf das Tuch. Als er fertig war, starrte er auf sein Werk, auf den ganzen Tisch und fühlte sich, als sei er endlich heimgekommen.

»Ich werde nach dem Essen 1996 über deine Hände schreiben«, sagte Lina.

Angel ging, um die Hände zu waschen. Als er zurückkam, hatten Madelaine und Lina Platz genommen. Sie schauten beide auf Francis' Handabdrücke am Kopfende des Tisches, auf seinen leeren Platz.

Angel hatte nicht daran gedacht, wie schwer dies für sie sein würde – der erste Feiertag ohne Francis. Er hätte daran denken müssen, hatte es aber nicht. Er setzte sich leise.

Stille breitete sich um sie, durchdrang die Düfte, die den Mund wässrig machten. »Ihr beide seid glücklich«, begann er leise. »Ihr habt so viele Erinnerungen an ihn und die werdet ihr nie verlieren. Eure Tradition hat ihn an diesen Tisch gebracht und er wird für immer hier sein, sein Geist wird für immer in diesen verrückten gelben Fingerabdrücken sein.«

Er hörte Lina schniefen und sah, dass sie sich die Augen wischte.

»Es gibt so viele Dinge, die ich ihm und euch sagen möchte, aber das müssen wir nach und nach tun, immer an einem Feiertag. Seien wir im Augenblick dankbar dafür, dass wir hier sind, gemeinsam. Das ist es, was Francis gewollt hätte.«

Madelaine schaute ihn an, lächelte über den Tisch hinweg

und griff nach seiner Hand. »Es ist wohl deine Aufgabe, den Truthahn aufzuschneiden, denke ich.«

Er spürte, dass der Geist seines Bruders sich über ihn neigte, ihm ins Ohr hauchte, während er nach dem Messer griff. Tausend Dinge gingen ihm durch den Kopf, Dinge, die er sagen wollte, sagen musste, aber alles, was an die Oberfläche kam, war: »Komm schon, Bruder, zeig mir, wie man diesen Vogel aufschneidet.«

Er wollte gerade aufstehen, als er eine vertraute Stimme in seinem Kopf hörte: *Fang bei der Brust an, Angel. Bei Gott, du solltest wissen, wie man das macht.*

Angel spürte, dass er zu lachen begann. Als er aufblickte, lächelten Madelaine und Lina ihn an. Ihre Tränen waren fort.

Und er machte sich daran, den Vogel aufzuschneiden.

Der Dezember senkte sich mit einer knarrenden, klagenden Schicht von Grau und Weiß auf Seattle. Dicke Wolken hingen tief am Himmel und verdeckten selbst die kühnsten Strahlen der schwachen Sonne. Kahle, zitternde Bäume duckten sich an den Straßenrändern. Der Wind winselte jammernd in den kahlen Ästen. Der Abend hatte gerade begonnen, den Horizont zu verdunkeln.

Angel war nervös, als er zu Madelaines Haus hochfuhr. Seit er zum ersten Mal mit ihr geschlafen hatte, war er ein Dutzend Nächte und Tage hier gewesen, aber heute sah das Haus anders aus. Eis glänzte auf den Ziegeln des Fußweges, funkelte auf den alten braunen Schindeln des Daches. Die Kälte ließ alles gläsern und zerbrechlich erscheinen.

Er ließ den Motor laufen und stieg aus dem Wagen. Rauchwolken strömten aus dem Auspuff und verschwanden in der eisigen Luft.

Er schritt zur Haustür und blieb stehen, richtete den Sitz seines dunkelblauen Anzuges und klopfte dann.

Lina öffnete ihm die Tür. Sie trug ein grünes Samtkleid mit einem weißen Spitzenkragen und eine breite, weiße Schärpe. Sie sah so wunderschön aus. Er empfand unbändige Freude darüber, dass er nach all diesen verlorenen Jahren und diesen entgangenen Augenblicken hier war. Er streckte die Hand nach dieser schönen jungen Frau aus, die seine Tochter war.

»Wie geht's meinem Mädchen?«, sagte er.

Sie lächelte. »Gut. Ist alles bereit?«

Er zuckte die Schultern, spürte, dass seine Nervosität wiederkam. »Ich hoffe es. Ich habe gestern eine Million Mal mit Vater MacLaren gesprochen. Er sagte, meine Musikwahl sei etwas ... ungewöhnlich, aber er ließ mich tun, was ich wollte.«

Dieses Mal war ihr Lächeln ein wenig unsicher. »Gut.«

Er nahm ihre Hand und sah ihr in die Augen. »Bist du darauf vorbereitet?«

Sie nickte. Bevor sie antworten konnte, kam Madelaine in das Wohnzimmer hinter ihnen. Lina trat beiseite und Angel ging in das Haus.

Er konnte nicht glauben, wie atemberaubend schön Madelaine aussah. Sie trug ein elegantes marineblaues Kleid und eine schlichte einreihige Perlenkette. Sie strich über ihr faltenloses Kleid. »Warum schaust du mich so an?«

»Ist nichts. Komm, lass uns gehen«, antwortete er.

Für eine Sekunde wirkte sie verängstigt und er verstand. Er griff nach ihrer Hand und lächelte, als er sie nahm. »Hab keine Angst«, flüsterte er.

Die drei verließen das Haus und stiegen in den warmen Mercedes. Wortlos hing jeder seinen oder ihren eigenen Gedanken und Erinnerungen nach, während sie zur Kirche fuhren.

Angel hielt am Bordstein und stellte den Motor ab. Die riesige, aus Ziegelsteinen errichtete Kirche glitzerte in den letzten

Strahlen der untergehenden Sonne. Eis glänzte auf den Gitterfenstern und funkelte auf dem Schieferdach.

Gemeinsam, Hand in Hand, gingen sie den Weg zu der riesigen geöffneten Doppeltür der Kirche hoch. Das Erste, was Angel bemerkte, waren die Kerzen – sie standen überall, Dutzende und Aberdutzende weißer Kerzen in messingnen und silbernen Kandelabern, deren tanzendes goldenes Licht auf die Wände fiel. Zweige von Immergrün zierten die Kirchenbänke, zusammengehalten von riesigen weißen Schleifen. Edeltannen säumten die Westwand, ihre grünen Zweige drapiert mit glitzernden goldenen Bändern und winzigen weißen Lichtern.

Und auf dem Altar war ein riesiges herzförmiges Gebinde, gefertigt aus weißen Rosen und Immergrün, zusammengehalten von goldenen Bändern. In der Mitte des Gebindes war ein Bild von Francis, sein Gesicht zu einem breiten Lächeln verzogen, seine Hand gehoben, der Daumen aufgerichtet.

Er sah so jung und naiv und voller Leben aus ...

»Ach, Jesus«, flüsterte Angel, als der Schmerz kam.

»Ich habe das Bild seit Jahren nicht gesehen«, sagte Madelaine leise neben ihm. »Wir haben es am Lake Crescent vor drei Sommern aufgenommen ...«

Er hörte den belegten Klang ihrer Stimme und es brachte ihn fast um. Es kostete ihn all seine Willenskraft, den Schmerz zu unterdrücken. Er wandte sich ihr zu und sah die Traurigkeit tief in ihren Augen, er versuchte zu lächeln. Er wollte ihr wieder sagen, wie viel sie ihm bedeutete, aber er schien seine Stimme nicht finden zu können. Nicht hier, nicht jetzt, wo Francis so nahe zu sein schien und der Schmerz um seinen Tod so erschreckend wirklich war ...

Sie berührte seine Wange und er zuckte zusammen, merkte, wie lange er dort gestanden hatte, ohne etwas zu sagen, ihr einfach nur in die Augen gesehen hatte. »Ich weiß nicht, ob ich das kann.« Er warf einen Blick auf die Menschen, die sich hinter ihnen versammelten.

Das Lächeln, das sie ihm schenkte, war voller Zuversicht. »Natürlich kannst du das. Es ist keine Beerdigung – es ist eine Messe, um sein Leben zu feiern.«

Er nickte und schloss für eine Sekunde die Augen, versuchte die Sorge zu bannen, die ihm die Kehle zuschnürte. Er wollte so sehr, dass dies eine Feier für Francis' Leben war, aber, bei Gott, es war schwer. Wie konnte man feiern, wenn man nichts weiter wollte, als in ein Loch kriechen und nie wieder herauskommen?

Er folgte Madelaine und Lina in die erste Stuhlreihe, war von sich selbst überrascht, als er den Kniefall machte. Er dachte sofort an Francis – wie hätte sein großer Bruder gelacht, hätte er Angel im Hause des Herrn knien sehen ...

Angel klammerte sich an diese Erinnerung. *Dies* war der Francis, an den er sich erinnern wollte. Nicht an den Priester, sondern an den großen Bruder, der Angel zu beschützen versuchte ... an den Mann, der sich in all den Jahren um Madelaine und Lina gekümmert hatte und niemals irgendjemand um irgendetwas gebeten hatte, außer, dass man ihm erlaubte, sie zu lieben ...

Nachdem Stunden vergangen zu sein schienen, schritt Vater MacLaren zu dem Altar. Sein weißer Talar strahlte im Kerzenschein.

»Wir sind an diesem Festtage zusammengekommen, um einem von uns zu gedenken. Vater Francis Xavier DeMarco, der eines der leuchtenden Lichter dieser Gemeinde war. Sie alle erinnern sich seiner als einen liebevollen, fürsorglichen, sanften Mann, der immer für Sie da war, wenn Sie ihn brauchten, der mit freundlichem Lächeln und bereitem Herzen neben Ihnen stand. Wir haben sein Hinscheiden betrauert und werden dies weiter tun, obwohl wir nun feiern, dass er jetzt bei dem Gott ist, den er so innig liebte.« Er drehte sich beiseite und richtete eine Hand auf Angel. »Bei uns ist der Bruder von Vater Francis, der der Beisetzung nicht beiwohnen konnte, jetzt aber ein paar Worte über seinen Bruder sagen möchte.«

Madelaine drückte seine Hand.

Angel schluckte. Überhaupt aufzustehen war das Schwerste, was er jemals getan hatte. Mit unsicherem Schritt ging er zu dem Altar und nahm seinen Platz neben Vater MacLaren ein.

Er schaute auf die Menge ovaler Gesichter und fühlte sich plötzlich fehl am Platze. All diese Menschen – Fremde – kannten Francis besser als er. Jeder von ihnen konnte wahrscheinlich bessere, wahrere Worte sagen.

Die Traurigkeit, die in ihm aufstieg, war fast überwältigend. Angel senkte den Kopf. Nachdem Stunden vergangen zu sein schienen, fand er endlich seine Stimme. »Sie alle kennen einen anderen Francis als ich«, begann er leise, während er sich seinen Weg Wort für Wort durch die Dunkelheit suchte. »Sie sprechen von einem sorgenden, stillen Priester, aber den kannte ich überhaupt nicht. Ich kannte einen großen Bruder, der immer darauf wartete, mich nach dem Footballtraining nach Hause zu bringen, obwohl er Wichtigeres zu tun hatte. Ich kannte einen schlaksigen Jungen mit einem schiefen Grinsen, der immer an das Beste in mir glaubte, selbst wenn ich ihm bewies, dass er sich irrte. Ich kannte einen Jungen, der mit mir einmal Kekse stahl und mich dann zwang, sie alle zu essen, weil Lebensmittel zu vergeuden eine größere Sünde als Stehlen war. Ich kannte einen jungen Mann, der mich umarmte und festhielt, als ich weinte, und versprach, dass er eines Tages alles in Ordnung bringen würde ...

Aber ich habe ihm diese Chance nie gegeben. Ich glaubte immer, ich hätte Angst davor, an ihn zu glauben. Tatsächlich aber hatte ich Angst davor, an mich selbst zu glauben. Hätte ich das ...« Er seufzte. »Hätte ich das, würde ich hier nicht stehen und zu Ihnen über einen Mann sprechen, den ich liebte, aber nicht kannte ...«

Er drehte sich um und blickte auf das Bild von Francis in dem Gebinde. Und plötzlich spürte er ein tiefes Sehnen nach seinem Bruder. Er schien keine seiner Erinnerungen aufgreifen zu können, konnte nicht eine finden, über die er reden konnte. Er wollte etwas finden, was sie alle zum Lachen bringen würde, diesen schmerzlichen Augenblick nehmen und daraus etwas anderes machen, was nicht so schrecklich wehtat.

Aber er wusste nicht, was er tun oder sagen sollte, außer *Ich vermisse dich, Francis, es tut mir so Leid ...*

Er sah, dass Madelaine inmitten der Menge aufstand. Sie wandte sich an den Chorleiter und nickte ihm rasch zu. Er suchte einen Augenblick unter den Kassetten und dann setzte die Musik ein: »That Old Time Rock 'n' Roll« von Bob Seger und der Silver Bullet Band.

Der Text kam wie ein alter Freund zu ihm ... *diese Art Musik tröstet einfach deine Seele ...*

Musik erfüllte die Kirche. Sie war völlig unpassend, versetzte ihn aber in seine Kindheit zurück, zurück in diese verrückten Tage, als er und Francis immer zusammen waren, als sie beide alles waren, was sie hatten. Sie hatten zu Songs wie diesem getanzt und dazu gelacht und sie wieder und wieder auf dem alten Plattenspieler im Wohnzimmer gespielt.

Er schaute zu Madelaine und sah, dass sie durch ihre Tränen lachte. Er sah den glasigen, abwesenden Ausdruck in ihren Augen und wusste, dass sie an Francis dachte. An ihren Francis. Nicht an den stillen, ernsten Priester, sondern an den schlaksigen blonden Jungen mit den blauen, ach so blauen Augen und dem Lächeln, das einen Raum zu erleuchten schien, und einem unermesslich großen Herzen.

Einen Augenblick lang erinnerte er sich an all das, an die

guten Zeiten und die schlechten, an die Nächte, in denen sie gelacht, und die Morgen, an denen sie geweint hatten.

Und er konnte nicht begreifen, warum er all dies jemals verlassen hatte oder warum er nie heimgekommen war. Bei diesem Gedanken spürte er Tränen in den Augen brennen und wenige Sekunden später konnte er nicht mehr klar sehen. Die glitzernde Kirche verschwamm vor ihm, bis sie nichts weiter als ein Fleck von weißen Blumen und flackerndem Kerzenschein war. Er wusste, dass er sich an den Duft dieser Kirche immer erinnern würde – dass er von jetzt an, wenn er Immergrün und Rosen roch, an seinen großen Bruder denken würde.

Ich bin daheim, Franco ... Er kniff die Augen zu, fest zu, und schämte sich nicht der Tränen, die ihm über die Wangen rannen. *Ich bin wieder daheim, großer Bruder, und dieses Mal werde ich nirgendwo hingehen.*

Gedanken drängten sich in seinem Kopf und er versuchte, sie zu sortieren, versuchte die Worte zu finden, die er dem Mann sagen sollte, den er so innig liebte, doch am Ende wurde ihm bewusst, dass es unwichtig war. Es ging nicht um Worte oder Entschuldigungen oder Erinnerungen – es ging ganz einfach um Liebe.

Nur darum. Um Liebe. Die Liebe eines Bruders, die Liebe eines Vaters, die Liebe einer Familie. Und Liebe war nicht wie Körper – sie ging nicht fort, niemals. Sie blieb in einem, war da, eingebunden in Augenblicke und Erinnerungen.

Er öffnete langsam die Augen und sah durch den brennenden Schimmer seiner Tränen Madelaine und Lina. *Ich werde bis zum Ende bei ihnen bleiben, Franco. Ich schwöre bei Gott, dass ich das werde.*

Die Musik endete plötzlich und Stille kehrte wieder ein, erfüllte die Kirche. Angel schaute auf die Menge und ihm wurde bewusst, dass sie überhaupt keine Fremden waren. Er sah die alte Mrs Costanza von dem Blumenladen an der Ecke und Mr

Tubbs von der Tankstelle an der Tenth Street und Mr Fiorelli, den Drogisten ...

Er richtete seinen Blick auf Madelaine und Lina und schenkte ihnen ein unsicheres, aus tiefstem Herzen kommendes Lächeln. »Ich kann Ihnen allen gar nicht genug danken. Wenn ich mich umsehe, sehe ich meinen Bruder, sehe überall etwas von dem Mann, der er geworden ist. Ich kann sehen, wie er Ihrer aller Leben berührt hat, und ich weiß, wie wichtig Sie alle ihm gewesen sein müssen. Vor allem aber danke ich Ihnen dafür, dass Sie ihn geliebt haben, sich um ihn gekümmert haben, ihm erlaubt haben, Sie zu lieben. Die Welt wird ohne ihn ein wenig dunkler sein, aber ich weiß jetzt, dass er nie wirklich fort sein wird ... weil er in uns allen ist.«

Kapitel 28

Lina betrachtete sich im Spiegel und hätte am liebsten geschrien. Ihr Haar sah schrecklich aus. Sie warf einen Blick auf das Kleid, das ihre Mutter ihr gekauft hatte. Es lag auf dem ungemachten Bett, ein großartiges, elegantes Gewand aus mitternachtsblauem Samt.

Sehnsucht schnürte ihr die Brust zu. Es war egal, ob sie dieses wundervolle Kleid trug oder nicht – es passte einfach nicht zu ihr. All diese hochnäsigen Cheerleadertypen würden sich kranklachen, wenn die rebellische Lina Hillyard in einem trägerlosen Kleid durch die Türen der Turnhalle trat. Sie konnte ihr Gekicher praktisch schon jetzt hören. *Seht euch nur mal Owens Begleiterin an. Aus welchem Grab hat er die ausgebuddelt?*

Sie würde nicht gehen. Konnte nicht gehen.

Ein Klopfen erschütterte die Tür. »Herein«, sagte Lina und drehte sich um.

Ihre Mutter stand im Türrahmen. Sie trug einen großen Korb. Sie trug eine schwarze Wollhose, durch die ihre Taille allenfalls zehn Zentimeter breit wirkte, und einen flaumigen smaragdgrünen Sweater, der ihre silbergrünen Augen betonte. Kein Haar saß falsch und ihr Make-up war makellos. Sie war so wunderschön, dass Lina sich am liebsten übergeben hätte.

Mom schenkte ihr ein zaghaftes, flüchtiges Lächeln. »Ich dachte, ich könnte dir vielleicht beim Frisieren helfen.«

Lina wurde instinktiv wütend. Sie hörte die leise Kritik in der Stimme ihrer Mutter und hätte fast um sich geschlagen. Dann sah sie ihre Mom an – sah sie richtig an – und sah, dass in deren Gesicht keine Missbilligung war, nur die ehrliche Bereitschaft, ihr zu helfen. Und vielleicht ein wenig Angst, dass Lina einen Wutanfall bekommen und nein sagen würde.

»Lina?«, sagte sie, während sie vortrat und die Tür behutsam hinter sich schloss. »Ist alles okay mit dir?«

Auf diese Frage hin, die so leise gestellt und voller Sorge war, zerbrach Lina fast. »Ich weiß nicht, Mom. Ich wollte eigentlich die ganze Sache schmeißen. Wen interessiert schon so ein dämlicher Schulball?«

Ihre Mom setzte den Korb auf der Kommode ab und zog einen Stuhl heran. »Ich erinnere mich, dass ich, als ich fast in deinem Alter war – nur ein paar Monate jünger –, in der Zeitung über den Homecoming-Ball las.« Ein Lächeln spielte um ihren Mund. »Ich wollte dorthin gehen, aber es stand natürlich nicht zur Diskussion. Mein Vater hätte die Möglichkeit nicht einmal in Betracht gezogen – und ich hatte ohnehin niemand, der mich begleitet hätte.«

Lina starrte ihre Mutter überrascht an. Sie klang so ... menschlich – überhaupt nicht wie Miss Perfect und Kardiologin, die alles unter Kontrolle hatte. Lina schob den Saum des Kleides beiseite und setzte sich auf das Bett. »Rede weiter.«

Mom lächelte sie verschwörerisch an. »Ich erzählte meinem Vater, ich müsste zur medizinischen Bibliothek der Universität, um für eine Arbeit meines Tutors zu recherchieren. Er setzte mich dort ab und ich wartete am Fenster darauf, dass er wegfuhr. Nachdem ich sicher war, dass er weg war, schlich ich mich aus der Bibliothek und lief im strömenden Regen die sechzehn Blocks zur Ridgecrest High School.«

Lina beugte sich vor. »Wie war es?«

Mom seufzte sehnsüchtig. »Es war ... zauberhaft. Sie hatten ganz gewöhnliche Dinge genommen – Glitter, Seidenpapier, Folie – und die riesige Turnhalle in ein verschneites Schloss verwandelt, wie das in *Dr. Schiwago*. Das Thema war *Nächte in weißer Seide*.« Sie lachte, offensichtlich überrascht darüber, dass sie sich an etwas so Unbedeutendes erinnerte. »Egal, ich kauerte wie eine Kirchenmaus am Eingang und schaute zu, wie all diese Aschenputtel tanzten.« Das Lächeln verflog und ihre Stimme senkte sich zu einem Flüstern. »Da wurde mir bewusst, wie einsam ich eigentlich war, wie anders als die anderen Mädchen. Meine Mom hätte mich gehen lassen – oder ich möchte zumindest glauben, dass sie das hätte.«

Lina begann, ihre Mutter als ein junges Mädchen zu sehen, verängstigt und allein in diesem großen Haus auf dem Hügel. Sie erinnerte sich an die Gitterstäbe, die sie am alten Schlafzimmerfenster ihrer Mutter gesehen hatte, und an ihre Worte: *Siehst du? Du hast nicht die schlimmste Mutter der Welt.* Ganz plötzlich fühlte sie sich ... mit ihrer Mutter verbunden. Als ob sie schließlich doch etwas gemeinsam hätten. Als ob ihre Mutter sie wirklich verstehen könnte. »Aber vielleicht hättest du nicht dazu gepasst – niemand kannte dich. Sie hätten sich vielleicht über dich lustig gemacht.«

»Ja«, sagte Mom und schaute Lina ruhig an. »Es gibt immer Zeiten im Leben, in denen man nicht dazu passt. Aber man muss weitergehen und einen Platz für sich selbst schaffen. Darum geht es beim Erwachsenwerden. Stark sein und an sich selbst glauben – selbst wenn man große Angst hat.«

Lina biss sich auf die Lippe. »Zachs Freunde werden mich nicht mögen. Ich habe einen ... schlechten Ruf und er hat eine so blütenweiße Weste.«

Mom sah aus, als verstände sie tatsächlich. »Ich wünschte, ich könnte dir eine Zauberpille geben, die alles in Ordnung bringt, aber ich glaube, ich habe bei dir dadurch einiges verdorben, dass ich immer so tat, als sei das Leben leicht. Manchmal ist es hart und unfair, und manchmal sind Menschen grausam und egoistisch.« Sie streckte eine Hand aus und nahm Linas Hand in ihre. »Aber ich weiß dies: Du bist ein kluges, wunderschönes Mädchen und du hast einen wundervollen jungen Mann, der mit dir auf einen Ball gehen möchte. Wenn du nicht gehst, weil du Angst hast, dann wirst du dich auf eine lange, einsame Straße begeben. Glaube mir, ich weiß, wie Furcht einen lähmen kann, und wenn sie erst einmal in einem ist, kann sie alles ruinieren. Sieh zu, dass das nicht mit dir geschieht, Liebes.«

Lina wusste, dass ihre Mutter Recht hatte. Sie hatte nie zuvor ihr Leben von Furcht bestimmen lassen und dies war nicht die Zeit, um damit anzufangen. Sie warf ihrer Mutter ein schnelles Lächeln zu. »Könntest du mich wieder hübsch machen?«

Madelaine grinste. »Oh, Baby, nichts leichter als das.«

Die Türglocke läutete um Punkt Viertel vor acht. Madelaine zuckte bei dem Geräusch zusammen und stellte den Teekessel auf die Herdplatte. Er schlug mit einem Klirren auf und rutschte seitlich weg. Wasser spritzte über die schwarze stählerne Oberfläche. Sie lachte über ihre eigene Nervosität und wischte die Hände an einem Geschirrtuch ab. Sie griff nach ihrer Kamera, eilte zur Tür und riss sie auf in der Erwartung, Zachary in seinem geliehenen Smoking zu sehen.

Aber es war Angel, der auf ihrer Veranda stand. Er trug einen weiten, blauen Mechanikeroverall, dessen Reißverschluss bis zum Hals zugezogen war.

Sie lächelte ihn an. »Du bist gekommen, um die Rohre in meinem Badezimmer zu reparieren, nicht wahr?«

Das Grinsen, das er ihr schenkte, war so sexy, dass es ihr

den Atem verschlug. Er zauberte einen riesigen Strauß von rosa Rosen hinter seinem Rücken hervor.

Sie unterdrückte ein plötzliches Lächeln. »Für mich?«

Er schüttelte den Kopf. »Du bist nicht die einzige Dame in meinem Leben, weißt du.«

Madelaine liebte ihn in diesem Augenblick mehr, als sie es je für möglich gehalten hätte. Lächelnd trat sie zurück, um ihn einzulassen.

Er legte die Blumen auf den Tisch. »Ist sie fertig?«

Madelaine sah die Nervosität in seinen Augen, während er zu Linas Zimmer blickte, und sie musste ein Lächeln unterdrücken. »Fast. Bist du's?«

Er wirkte durch die Frage verblüfft, als ob er glaubte, seine Ängstlichkeit versteckt zu haben. Dann sah er ihren Blick und lächelte. »Ich glaube das nicht, Mad. Bist du sicher, dass sie alt genug für ein Rendezvous ist?«

»Ich war in ihrem Alter, als ich dich kennen lernte, und wir ...«

»Erinnere mich nicht daran.« Er versuchte, wieder zu lächeln, aber das Lächeln, das herauskam, war matt und ein wenig bekümmert. Er wandte sich abrupt von dem Tisch ab und durchschritt den Raum. Er schaute immer wieder zu Linas Zimmer, dann zur Haustür, und bei jedem Blick wurden seine Lippen schmaler.

Sie setzte sich auf das Sofa und klopfte auf das Kissen neben ihr. »Komm her.«

Er ging zu ihr und ließ sich auf den Platz neben ihr fallen. Er legte einen Arm um ihre Schultern und zog sie dicht an sich. »Gott, ich bin so nervös wie eine Katze auf einem heißen Blechdach. Ich habe keine Ahnung von all diesem Vaterschaftskram. Ich glaube nicht, dass ich gut darin sein werde.«

Sie lehnte sich an ihn, schwelgte in dem Gefühl seiner körperlichen Nähe, genoss es, seinen Arm um sich zu spüren.

»Willkommen im Elterngeschäft. Das ist kein Job. Es ist ein Abenteuer.«

Das Feuer im Kamin knisterte in dem Schweigen, das sich zwischen sie senkte. Sie schmiegte sich enger an ihn. Sie fühlte sich wegen des Balls noch immer aufgeregt und nervös, doch etwas an dem Umstand, dass Angel hier bei ihr war, ihre Ängstlichkeit teilte, gab ihr das Gefühl, mit dem fertig werden zu können, es vielleicht sogar ein wenig lustig zu finden. »Ich glaube, dass das alle Eltern fühlen, wenn ihre Tochter zum ersten Schulball geht.«

Daraufhin wandte er sich zu ihr und sein Gesicht war ernst. »Dieser Vaterscheiß macht mir Angst.«

Sie berührte sein Gesicht und schaute zu ihm auf. »Er macht dir Angst, weil das für immer ist, und du bist der Typ Mann, der mit Beständigkeit so seine Schwierigkeiten hat.« Noch während sie die Worte sagte und die Wahrheit hörte, die in ihnen steckte, spürte sie, wie Traurigkeit sie erfüllte. »Aber du hast tolle Arbeit geleistet, wirklich.«

Bevor Angel antworten konnte, läutete die Türglocke wieder.

Instinktiv lösten sie sich erschreckt voneinander wie ein Paar von Teenagern, die von ihren Eltern erwischt werden. Dann sahen sie sich an und brachen in schallendes Gelächter aus.

Angel stand mit einem Seufzer auf und ging zur Tür, bat Zach herein.

»Zachary Owen«, sagte Angel und musterte den Jungen mit schmalen, missbilligenden Augen.

»H... Hallo, Mr DeMarco.«

Angel lächelte nicht. Er wandte sich an Madelaine. »Gib mir diese Kamera. Ich möchte ein Foto von ihm machen – zu Identifikationszwecken.«

»I... ich ...«

»Angel!«, sagte Madelaine und lachte schallend, während sie aufstand.

Angel lachte verlegen und schlug Zach auf den Rücken. »Nur ein bisschen Elternhumor.«

Zach atmete langsam auf und lächelte zaghaft. »Oh.«

»Du bringst sie um Mitternacht heim?«, sagte Angel scharf.

Zach nickte und zeigte ihnen seine Uhr. »Das werde ich tun.«

»Und du hast da Batterien drin? Falls nicht ...« Angel wollte die Rolex von seinem Handgelenk nehmen.

Madelaine packte Angels Arm und drückte ihn so fest, dass er einen kleinen Ton ausstieß. »Hab keine Angst, Zach«, sagte sie, während sie Angel intensiv ansah. »Wir vertrauen dir.«

Angel wandte sich zu ihr, aber in seinem Gesicht war kein Iota von Vertrauen zu sehen. Er hatte seine buschigen schwarzen Augenbrauen drohend zusammengezogen und seine Lippen waren zu einer schmalen Linie zusammengepresst. Als er den Mund öffnete, um zu sprechen, schüttelte sie entschlossen den Kopf.

Sein Blick wanderte zu Zach, dann zurück zu Madelaine. »Ich werde Lina holen«, sagte er.

Madelaine lachte über die Widerspenstigkeit in seiner Stimme fast laut auf. »Tu das.«

Angel nahm den Rosenstrauß und schlenderte über den Korridor zu Linas Zimmer. Er wahrte das Gesicht, indem er sich nicht einmal umdrehte.

Madelaine lächelte Zach an. »Er lernt gerade, wie es ist, Vater zu sein.«

Zach zupfte verlegen an seinem Kragen. »Er macht seine Sache gut.«

Danach schwiegen sie beide. Madelaine musterte den jungen Mann verstohlen. In seinem geliehenen, marineblauen Abendanzug sah er schlaksig und unbeholfen aus. Sein blondes Haar fiel frisch geschnitten in seine Stirn. Seine Wangen sahen aus, als seien sie mit feinkörnigem Sandpapier geschrubbt worden.

Bevor sie ihn fragen konnte, wie es bei ihm in der Schule lief, hörte sie, wie die Tür von Linas Zimmer geöffnet wurde, und sie schaute gerade rechtzeitig zum Korridor, um zu sehen, wie sie aus ihrem Zimmer trat.

Madelaine hielt den Atem an. Lina stand im Korridor und sah ihren Vater an. Der trägerlose blaue Samt umfing ihren Körper in Wellen, die an einigen Stellen stahlblau aussahen, an anderen Stellen schwarz. Ihr pechschwarzes Haar war aus der Stirn zurückgekämmt und wurde von einem glitzernden silbernen Stirnband gehalten, das zu ihren Schuhen und zu ihrer Handtasche passte.

Sie sah so erwachsen aus. Madelaine spürte eine Welle von Gefühlen – Bedauern, Furcht, Stolz. Plötzlich wurde ihr bewusst, dass ihr kleines Mädchen bald eine Frau sein würde, und dann würde sie fort sein. Diese Erkenntnis trieb ihr brennende Tränen in die Augen.

Sie tupfte die Tränen fort und schaute auf Lina und Angel, sah atemlos zu, wie Angel seiner Tochter das Dutzend Rosen gab. Selbst aus dieser Entfernung konnte Madelaine die Tränen sehen, die in Linas Augen traten.

O Gott, dachte Madelaine. Sie wollte diesen Augenblick wie eine kostbare Fotografie in ihrem Herzen bewahren. Wenn sie alt und grau war, würde sie es hervorholen, es streicheln, sich erinnern ...

Instinktiv drehte sie sich um, um nach Francis zu schauen.

Aber er war nicht da.

Sie wischte sich die Feuchtigkeit aus den Augen, blickte zur Decke auf und versuchte sich die Sterne vorzustellen, die am schwarzen Himmel dahinter funkelten. *Ich hoffe, du siehst dies, Francis ... ihren ersten Ball ...*

Lina kam um die Ecke und blieb neben dem Kamin stehen.

Zach keuchte bei ihrem Anblick. »Oh, mein Gott.«

Lina erblasste. Ihre Hände fuhren zu ihrem Haar, strichen es zurück. »Stimmt was nicht?«

»Du siehst riesig aus«, sagte Zach und grinste über beide Ohren.

Ein Lächeln glitt über Linas Gesicht, erhellte die Augen, bis sie wie blaue Flammen aussahen, die zwischen den dichten schwarzen Wimpern tanzten. Ihre Wangen färbten sich rosa. »Danke.«

Zach trat zu ihr, wobei er eine kleine Plastikschachtel aus der Tasche zog. »Das ist ein Ansteckbukett fürs Handgelenk. Der Florist sagte, das seien die besten.«

»Gott«, seufzte Lina und starrte auf die zarte, weiße Blüte. »Sie ist wunderschön.« Sie streifte sich das elastische Band über das Handgelenk und hob es hoch, damit es alle sehen konnten.

»Na schön, Leute«, sagte Madelaine und griff nach ihrer Kamera. »Stellt euch vor den Weihnachtsbaum. Ich möchte ein paar Fotos machen.«

Lina verdrehte die Augen. »Ach, Mom ...«

Madelaine machte eine eindeutige Handbewegung und lachte. »Macht schon.«

Lina und Zach stellten sich verlegen nebeneinander. Er legte einen Arm um ihre schlanke Taille und sie hob das Ansteckbukett für das Foto hoch. Hinter ihnen funkelte der Weihnachtsbaum mit Hunderten bunter Lichter.

Madelaine machte grinsend ein paar Aufnahmen. »Okay, jetzt eins mit deinem Dad.«

Zach verschwand nach links und Angel nahm seinen Platz ein. Er legte einen Arm um Lina und zog sie dicht an sich, lächelte in die Kamera.

Madelaine sah sie durch den Sucher und runzelte die Stirn. Sie senkte die Kamera. »Nun komm mir nicht mit diesem Posterknabenlächeln, Angel. Ich möchte ihren *Vater* sehen, keinen Hollywoodstar.«

Angel wirkte für eine Sekunde verdutzt, dann breitete sich ein langsames, bewunderndes Grinsen über sein Gesicht. »Gott, ist das eine anspruchsvolle Frau«, sagte er, ohne jemand direkt anzusprechen.

»Kardiologin«, war Linas lachende Antwort. »So sind sie alle.«

Madelaine lachte und betätigte den Auslöser. Gott, wie sie diesen Augenblick liebte, dieses Gefühl. Es war der Gegensatz zu jeder Erinnerung an ihre Kindheit, die Verwirklichung aller Träume, die sie je gehabt hatte.

Sie überlegte, wie lange es diesmal währen würde, wie lange einem Menschen so viel Glück im Leben erlaubt war.

In diesem Moment wollte sie zu ihm gehen, die Arme um ihn legen und wissen, dass er immer dort sein würde, in ihrem Wohnzimmer stand, als ob er dort hingehörte, sie mit dieser Unbekümmertheit in seinen grünen Augen anlächelte.

»Mrs Hillyard«, sagte Zach und unterbrach ihre Gedanken. »Lassen Sie mich ein Foto von der ganzen Familie machen.«

Ganze Familie.

Sie übergab die Kamera und eilte zu dem Kamin. Sie sah die drei Strümpfe an dem mit Immergrün geschmückten Kaminsims hängen und musste unwillkürlich lächeln. Sie postierte sich neben Angel und spürte, dass er eine Hand besitzergreifend auf ihre Hüfte legte.

Es schien so unglaublich *richtig* zu sein, hier zu stehen, dass sie alle drei hier standen, verbunden mit so viel mehr als mit den Armen, die sie miteinander verbanden. *Wenn das doch nur so bleiben könnte*. Sie wusste, dass sie traurig und mehr als nur ein wenig sehnsüchtig in die Kamera lächelte.

»Lächeln, Dr. Hillyard«, befahl Zach.

Sie verdrängte ihre Melancholie und konzentrierte sich auf

die Freude des Augenblicks. Bei dem kaum hörbaren Klicken der Kamera und dem blendenden Blitz wusste Madelaine, dass sie diesen Moment für immer eingefangen hatten.

Und sie sagte sich, dass es für jetzt genug sei.

Die Highschool lag auf einem großen Eckgrundstück. Ihre Ziegelmauern waren hier und da von Scheinwerfern erleuchtet, die in das winterbraune Gras gesteckt worden waren. Ein riesiges dunkles Schild wies sie als Heim der Panthers aus. Als Lina es sah, wurde ihre Nervosität noch ein wenig größer und ihr Mund trocken.

Zach steuerte den Wagen auf den Schülerparkplatz und stellte ihn dort ab. Er eilte auf ihre Seite des Wagens und öffnete die Tür. Sie stieg hinaus in die kühle Nachtluft und faltete die Hände, damit sie nicht weiter zitterten.

Ringsum stiegen Jugendliche aus den Autos und scharten sich zu kichernden, plaudernden Gruppen. Die Jungen begrüßten sich mit kräftigen Handschlägen, während die Mädchen über die Kleider in Ooohs und Aahs ausbrachen.

Lina erkannte ein Dutzend Gesichter, als sie und Zach zu einer Gruppe Jugendlicher kamen. Ein Augenblick völliger Überraschung entstand, als alle sich umdrehten, um sie anzuschauen. Doch nur einem Gesicht schenkte sie ihre Aufmerksamkeit, einem Augenpaar, von dem sie den Blick nicht abwenden konnte.

Cara Milston stand in der Mitte der Menge. Sie schaute Lina an.

Zach legte einen Arm um sic und drückte sie sanft. »Ihr kennt Lina?«

Cara ließ langsam die Hand ihres Freundes los und bewegte sich auf Lina in einer Wolke glitzernden weißen Satins zu. »Ein Wahnsinnskleid, Lina.« Ihre Stimme war leise, ein wenig unsicher.

Lina wurde erst bewusst, dass sie den Atem angehalten hatte, als er mit einem Seufzer herauskam. Ein verlegenes Lächeln spielte um einen Winkel ihres Mundes. Ganz plötzlich erinnerte sie sich an Millionen Dinge von ihr und Cara – an Zeiten, in denen sie auf dem Spielplatz gemeinsam Mittag gegessen und die Nacht in den Häusern von ihr oder sich verbracht hatten. Mit einer plötzlichen Eindringlichkeit wurde ihr bewusst, dass sie das wieder wollte. »Danke.« Sie überlegte, was sie Cara sagen könnte, aber ihr fiel nichts ein.

Cara lächelte. »Ich habe dich vermisst, Lina.«

Da begriff Lina, wie einfach es war. Sie brauchte nur zu sagen, was in ihrem Herzen war. Das war der Anfang. »Ich habe dich auch vermisst, Cara.« Sie lächelte.

Danach erschien Lina die Nacht magisch und überlebensgroß. Der Himmel wirkte größer und dunkler, ein Samtvorhang, der von Sternen durchsetzt war. Abgefallene Blätter lagen auf der Straße verstreut, die zur Schule führte, fingen sich an den hohen Absätzen der Schuhe der Mädchen und klebten an ihren schimmernden Strümpfen.

Sie alle gingen redend und lachend in die Turnhalle. Lina war das einzige Mädchen in der Menge, das nicht im Dekorationskomitee gewesen war, und als sie sah, was die anderen Mädchen getan hatten, blieb sie auf der Stelle stehen. »Gott, das sieht ja *irre* aus.«

Gaze hing in Falten drapiert vor den vanilleweißen Wänden. Weißes Metzgerpapier, dessen Oberfläche mit goldenem und weißem Glitter bestreut war, klebte auf dem Boden des Basketballfeldes. Ein riesiger Weihnachtsbaum, an dessen Ästen weiße Lichter und Foliensterne hingen, dominierte den Raum. In der Ecke stand die Winterwunderland-Kulisse eines Fotografen, vor der sich jedes Paar zur Erinnerung fotografieren lassen konnte. Die Band auf der achteckigen Bühne am Ende der Turnhalle spielte wilde Musik.

Cara trat neben sie. »Wir könnten beim Dekorieren für den Sadie-Hawkins-Ball im Frühling noch Hilfe brauchen.«

Lina war sich unsicher. »I... ich bin nicht besonders begabt.«

Cara lachte, ein hohes, klares Geräusch, wie das Klingeln von Silberglöckchen. »Kannst du mit Klebeband umgehen?«

Lina fühlte sich augenblicklich albern. Heiße Röte breitete sich über ihre Wangen und sie wollte wütend antworten. Aber sie schluckte die bösen Worte, als ihr bewusst wurde, dass Cara sich nicht über sie lustig machte – dass sie Lina einlud. Und Lina stand – dumm, wie sie war – mit offenem Munde da. »Ich kann mit Klebeband umgehen.«

Bevor Cara antworten konnte, nahm Zach Linas Hand und zog sie auf die Tanzfläche. Eine bearbeitete Version eines Songs von Hootie and the Blowfish dröhnte aus den riesigen Lautsprechern in der Ecke.

Lina musste einfach lachen, als er sie in die Menge wirbelte und zu tanzen anfing.

Es war der Beginn der schönsten Nacht ihres Lebens.

Madelaine ging im Wohnzimmer auf und ab, nahm Nippes auf und bewegte die Gegenstände von Tisch zu Tisch, betrachtete die Manufakturzeichen ihres Porzellans, als ob sie sie nie zuvor gesehen hätte. Jedes Stück der Weihnachtsdekoration fand ihre Aufmerksamkeit. Zum fünfzehnten Mal in ebenso vielen Minuten schaute sie zu der Kaminuhr. Der Weihnachtsbaum funkelte in der Ecke.

»Dreißig Minuten«, sagte sie, mehr zu sich als zu Angel. »Sie müssten jetzt tanzen.«

Angel wandte sich von dem Fenster ab, vor dem er ebenso viele Minuten reglos und schweigend gestanden hatte. »Okay, genug ist genug.«

Madelaine blieb stehen und sah ihn an. »Was meinst du damit?«

»Sie ist auf dem Ball. Sie amüsiert sich prächtig. Sie ist nicht von Terroristen entführt worden. Ich gebe mir Mühe und versuche, meine negativen Phantasien zu vergessen – darunter unter anderem, dies nebenbei, dass sie mit diesem rotgesichtigen Knaben in ein Auto steigt und immer weiter fährt, nur so lange anhält, um schwanger zu werden und einen Schnapsladen auszurauben.«

Madelaine lachte und es war ein gutes Gefühl, dies alles locker zu sehen. »Du hast Recht. Wir sollten uns entspannen.«

Er zog die Vorhänge des Wohnzimmerfensters zu, drehte sich zu ihr um und schenkte ihr ein glühendes Lächeln. »Jetzt habe ich dich für mich ganz allein.«

Ein erwartungsvoller Schauer überkam sie. »Das hast du.«

»Gut, lass uns reden.«

Sie wusste, dass sie geradezu lächerlich enttäuscht wirkte, aber sie konnte es nicht ändern. »Wir sind endlich einmal allein und du willst *reden*?«

Er nahm ihre Hand und führte sie zum Sofa. Sie nahmen nebeneinander Platz und er wandte sich zu ihr. »Du sagtest vorhin, dass ich ein unbeständiger Typ sei.«

Ihr Herz schien für einen Augenblick stillzustehen, beschleunigte dann seinen Schlag. Sie versuchte, es locker zu überspielen. »Vergiss es. Ich meinte damit nicht ...«

»Was *hast* du gemeint?«

In seinen Augen war kein Lachen, nur eine Eindringlichkeit, die ihr den Atem raubte. Sie wusste, dass für ihn wichtig war, was sie sagte, und sie wusste nicht, was das Richtige war. Sie wollte damit herausplatzen, dass sie Angst hatte – Angst vor so vielen Dingen, ihn liebte, nicht liebte, alles. »Ich meinte damit, dass ich dich kenne, Angel. Ich weiß, was für ein Mann du bist.« Sie blickte zu ihm auf und versuchte zu lächeln. »Ich bin keine sechzehn mehr und du kannst mein Herz nicht mehr brechen, wie du es einmal getan hast. Wir können ... dieses

Mal ... nur sein. Keine Versprechungen, keine Garantien. Das genügt mir.«

Er sah sie traurig an. »Mir genügt es nicht, Mad.«

»Was meinst du damit?«

Er wandte den Blick von ihrem Gesicht ab, ließ ihn durch den Raum wandern, als suche er etwas. Nachdem Stunden vergangen zu sein schienen, ergriff er ihre Hand und drückte sie auf seine Brust. Sie spürte den pochenden Rhythmus des Herzens unter dem dicken Baumwollstoff des Overalls. »Ich möchte so viel für uns, Mad. Ich möchte für dich hier sein, für immer. Ich möchte unsere Kinder und unsere Enkel auf meinem Knie hüpfen lassen. Ich möchte für den Rest meines Lebens jeden Abend mit dir ins Bett gehen und jeden Morgen mit dir aufwachen ... aber ich weiß nicht, wie lange das sein wird.«

Die Worte drangen tief in sie, wanden sich um ihr Herz und brachten Tränen in ihre Augen. »Niemand weiß solche Dinge, Angel.«

»Ich habe so viel von Linas Leben verpasst ...« Er schaute wieder beiseite. »Ich wünschte, ich könnte diese Jahre nachholen. Ich habe sie so leichtfertig weggeworfen ... Ich werde das niemals wieder tun. Ich liebe dich, Madelaine Hillyard. Und ich weiß, dass ich das schon einmal gesagt habe, aber du musst mir einfach eine zweite Chance geben.«

Es war alles da in den Worten, die er ihr sagte, in dem Ausdruck seiner Augen, alles, was sie je gewollt hatte. Die Liebe, die Familie, die Verpflichtung – alles. Sie wollte *ihn*, neben sich auf dieser Couch und in ihrem Bett, so lange, wie ewig sein konnte.

Sie wollte antworten, doch die Worte blieben ihr im Halse stecken und wollten nicht herauskommen. Und dann hielt er sie, küsste sie so leidenschaftlich, dass die Welt sich zu drehen begann. Sie klammerte sich an ihn, liebte ihn so sehr, dass dieses Gefühl ein stechender Schmerz in ihrer Brust wurde.

Er löste sich ein wenig von ihr. Sein Atem ging schnell und flach, während er die Lippen auf ihre Wange presste. »Sag es, Mad, sag es oder ich reiße dieses Haus nieder.«

Sie wich lachend zurück. Ihr wurde bewusst, dass es mit ihm immer so sein würde. Er würde ihre Sinne immer durchschütteln und sie durcheinander bringen können, und er würde immer Dinge auf diese arrogante, egoistische Art verlangen, die ihm zu Eigen war, als ob die Welt ihm alles schuldig sei. Und er würde immer der einzige Mensch auf der Welt sein, mit dem sie auf diesem Sofa sitzen wollte. »Ich liebe dich, Angel DeMarco. Und wenn du das wieder so leicht nimmst, werde ich ...«

Er schloss ihren Mund mit seinem und flüsterte: »Niemals.«

Er küsste sie, bis sie atemlos war. Dann sprang er mit einer Plötzlichkeit, die sie hätte überraschen sollen, es aber nicht tat, auf und zog sie in die Mitte des Wohnzimmers.

»Bleib hier stehen«, befahl er.

Sie protestierte, aber er ignorierte sie. Stattdessen ging er herum und schaltete alle Lichter aus, bis der Raum völlig im Dunkeln lag, abgesehen von dem glühenden Rot des Kaminfeuers und dem golden und weiß funkelnden Weihnachtsbaum. »Schließ deine Augen.«

Sie musste einfach lachen. »Das ist ein wenig sinnlos, findest du nicht? Das Zimmer ist dunkel.«

»Ärzte«, sagte er mit gespielter Abscheu. »Schließ einfach deine Augen.«

Sie gehorchte grinsend. »Ich habe langsam das Gefühl, dass du den Umgang mit Karrierefrauen nicht gewohnt bist.«

Sie hörte ihn kichern. »Die meisten meiner Frauen hatten den Intelligenzquotienten von Feldmäusen. Nun halte deine Augen geschlossen.«

»Und die Körper von Playboy-Häschen«, murmelte Madelaine verhalten.

Sie stand da mit geschlossenen Augen, die Arme verschränkt, und überlegte, was er tun mochte. Sie hörte, dass die Eingangstür geöffnet wurde, sich dann schloss. Sie lauschte und wusste, dass er nicht mehr im Haus war. Sie wollte die Augen öffnen und sich vergewissern, fand dann aber, dass das witzlos wäre.

In der Ferne hörte sie, wie eine Autotür geöffnet und wieder geschlossen wurde. Ein paar Sekunden später wurde ihre Haustür wieder geschlossen. Er zog irgendetwas – einen Stuhl – über den Dielenboden. Holz knarrte und stöhnte und dann glaubte sie, dass er auf den Stuhl stieg. Dann schob er ihn über den Boden.

»Das ist okay, aber schau noch nicht«, sagte er wieder und sie hörte, dass er auf sie zuging.

Sie spürte, dass er ganz nah zu ihr kam, so nah, dass sie den Moschusduft des Rasierwassers riechen und die feuchte Hitze seines Atems auf ihrer Stirn spüren konnte. Er begann ihren Sweater aufzuknöpfen.

Mit reiner Willenskraft hielt sie die Augen geschlossen. Er sagte nichts, berührte sie nirgendwo, sondern nur ihren Sweater, während er jeden Knopf löste. Dann streifte er ihr den Sweater ab, wobei seine Handflächen sinnlich über ihre nackten Schultern glitten.

Kalte Luft streifte ihr Fleisch, löste eine Gänsehaut aus, die ihr an den Armen herunterlief.

Sie hörte das Knacken seiner Knochen, als er sich vor sie kniete. Er öffnete ihren Ledergürtel und ließ ihn herunterbaumeln, knöpfte dann ihren Hosenbund auf und öffnete langsam, ganz langsam den Reißverschluss. Sie spürte, wie seine Fingerspitzen ihren Bauch streiften.

Ihre Hose sank zu Boden. Seine Hände umfingen ihre Schenkel, brandmarkten sie mit ihrer Hitze, bewegten sich dann aufwärts, an den Beinen hoch, verweilten an der Taille und glitten dann zu ihren Brüsten. Im letzten Augenblick verlagerte sich seine Berührung zu ihrem Rücken und er öffnete den BH, ließ ihn zu der Hose auf den Boden fallen.

Sie versuchte sich vorzustellen, wie er sie jetzt sah, wie sie in der Mitte des Raumes stand, nur vom weichen goldenen Licht des Kaminfeuers beleuchtet, nichts tragend außer weißer Unterwäsche und schwarzen Kniestrümpfen. Es war erstaunlich erotisch, sich vorzustellen, wie sie jetzt aussehen mochte, wie er sie sah.

Sie wartete atemlos darauf, dass er sie berührte. Ihre Haut schien sich erwartungsvoll zu spannen. Ihr Herzschlag beschleunigte sich. Aber er berührte sie nicht. Stattdessen streifte er ihr etwas Seidiges und Glattes über den Kopf. Sie wusste, dass es ein Kleid war – ein Nachthemd vielleicht –, das sich an jede Wölbung ihres Körpers schmiegte und bis zum Boden reichte. Die Seide fühlte sich auf ihrer nackten Haut federleicht und köstlich an.

Er bewegte sich von ihr weg und sie spürte einen Hauch von Enttäuschung. »Angel«, sagte sie. Sie wollte ihn wieder bei sich haben, verlangte nach seiner Berührung.

Es gab ein elektronisches Klicken und Musik setzte ein. Die langsame, romantische Stimme von Dan Vogelberg trieb durch den Raum. »Longer«. Sie erkannte den Song augenblicklich wieder und lächelte über die reine Romantik, die darin steckte.

»Öffne deine Augen«, sagte Angel und sie bemerkte, dass er unmittelbar vor ihr stand. Lächelnd öffnete sie die Augen.

Er trug einen prächtigen schwarzen Smoking – und er sah umwerfend gut aus. Er hatte ihr ein elegantes schwarzes, seidenes hautenges Kleid angezogen, das so sexy und gewagt war, dass sie es selbst nie gekauft hätte. Sie streckte die Hände nach ihm aus, wollte die Arme um ihn legen, ihn küssen, als sie bemerkte, was er sonst noch getan hatte, und sie hielt den Atem an.

Eine riesige verspiegelte Kugel hing an dem Kronleuchter über dem Esszimmertisch. Jedes der winzigen Glasstücke fing das Kerzenlicht auf und warf Perlen von Licht auf die Wände, die Decke und den Boden.

Er hatte ihr Wohnzimmer wie für einen Highschool-Ball dekoriert.

»Mein Gott«, war alles, was ihr dazu einfiel. Es war so verrückt und wild und romantisch – so absolut Angel.

Er streckte die Hand aus und auf seiner Handfläche lag eine schwarze Samtschachtel. »Öffne sie«, sagte er leise.

Sie sah ihn an. Langsam, mit zitternden Händen, griff sie nach der Schachtel und öffnete sie. Ein funkelnder Diamant blinzelte sie an. »Oh, Angel ...«

Er nahm den Ring aus der Schachtel und streifte ihn ihr über den Finger. »Heirate mich, Madelaine.«

Sie starrte auf den Ring und lachte und weinte zugleich. Es war ein aberwitzig großer Diamant – auffällig und strahlend und protzig – genau wie der Mann, der ihn gekauft hatte. Sie wusste plötzlich, dass ihr Leben mit Angel anders sein würde, ganz anders, als sie sich überhaupt vorstellen konnte. Er würde Dinge niemals so tun, wie andere Männer es taten – er war wie eine Flamme, heiß und tanzend und dazu imstande, alles zu zerstören. Aber sie wusste – Gott, sie hatte es gewusst, seit sie sechzehn Jahre alt war –, dass es niemand anderen für sie gab. »Er ist so groß ... Du hättest nicht ... Oh, Angel ...«

Er grinste. »Ich bin aus Hollywood – dem Land des prächtigen Schmucks. Ich möchte, dass die Welt weiß, dass du mein bist.« Er trat näher zu ihr und das Lächeln schwand. Er sah sie mit einer Ernsthaftigkeit an, die ihr fast wehtat und ihr Herz überfließen ließ. »Du bist mein, nicht wahr, Mad?«

»Immer.«

Er grinste wieder, strahlender als der Diamant. »Gut. Und jetzt tanzen Sie mit mir, Mrs DeMarco.«

Das Lachen stieg in ihr auf und ergoss sich in einem herrlichen Gefühl reiner Freude. »Aber gern, Mr DeMarco. Ich dachte schon, Sie würden nie darum bitten.«

Epilog

Er sitzt auf der Verandaschaukel und versucht, sie zum Schwingen zu bringen. Er kann das hohe, klare Geräusch von Linas Gelächter in der Luft treiben hören. Auf dem Hof, unmittelbar vor ihm, entwirren Madelaine und Angel eine Kette von Weihnachtsbaumkerzen. An der Ecke dahinter steht ein junger Mann im Schatten einer hundertjährigen Eiche, die Hände tief in den Taschen seiner Levi's vergraben. Noch hat niemand auf dem Hof den Jungen gesehen, aber er weiß, dass sie ihn sehen werden. Bald wird Lina den Jungen erblicken und den Zufahrtsweg hinunter auf ihn zurennen.

Er spürt, dass er zu lächeln beginnt. Es fühlt sich so gut an, dieses langsame, leichte Verziehen der Lippen, und ihm wird bewusst, dass er sich selbst lächeln *fühlen* kann. Er bemerkt, dass der Wind seine Wange streift, sein Haar zerzaust und dass er die dicken, schweren Schneeflocken, die das Wintergras bedecken, riechen kann. Er bemerkt auch, dass die Vögel zurückgekommen sind, und er kann ihr Elsterngeschnatter hören.

Er blickt an sich hinab und kann sich zum ersten Mal wieder sehen. Er stellt die Füße fest auf den Boden und macht einen kleinen Tritt. Die Schaukel fängt an, sehr langsam zu schwingen, sich unter ihm zu wiegen. Er hört das leise, knarrende Winseln ihrer Bewegung.

Auf dem Hof hält Madelaine inne. Ihre Arme sind voller dunkler Kerzen, ihre Augen – ihre wundervollen verschleierten grünen Augen – sind auf die Verandaschaukel gerichtet. Er spürt die Wärme ihres Blickes auf sich, sie wird stärker und stärker, bis sie so heiß ist, dass er das Gefühl hat, dahinschmelzen zu müssen. Sonnenlicht umgibt ihn von allen Seiten, funkelt auf dem frisch gefallenen Schnee, hüpft von den weißen Zaunpfosten, fällt aus einer blauen Lücke in den Wolken. Es ist, als ziele die Sonne auf ihn. Und sie wärmt ihn. Oh, wie sie ihn wärmt.

»Sieh doch«, sagt Angel leise, legt seinen Arm um Madelaines Hüfte und zieht sie dicht an sich.

»Die Verandaschaukel«, sagt Lina und tritt zu ihren Eltern. Gemeinsam gehen sie auf ihn zu. Er kann ihre Blicke auf sich spüren und er möchte triumphierend singen. Er konzentriert sich sehr und erhebt sich und erhebt sich weiter.

Er spürt, wie das Lachen in ihm aufsteigt und sich dann überallhin verstreut, während er über dem Boden schwebt, schwerelos und frei. Er hört sein Gelächter in Dutzenden von Geräuschen – dem Geschnatter der Vögel, dem Knarren der Schaukel, dem Fallen des Schnees von überladenen Ästen. In der Ferne erwacht ein Schneepflug zum Leben und auch darin hört er sein Lachen.

Und durch all dies kann er sein altes Herz in Angels Brust schlagen hören und schlagen und schlagen wie das gleichmäßige Säuseln des Windes, wenn er durch die Blätter weht.

Zum ersten Mal in seinem Leben hat er nicht das Gefühl, als sei ein Loch in ihm. Stattdessen fühlt er sich leichter als Luft, schwindelig durch ein Gefühl von Versprechen und Entdeckungen. Er blickt zum Himmel auf, sieht die fernen Blau- und Grau- und Weißtöne in einem unglaublichen Leuchten umherwirbeln.

Er schaut zu Madelaine, seinem Maddy-Mädchen, und in

einem Sekundenbruchteil sieht er ihr ganzes Leben. Es breitet sich vor ihm aus wie die holpernden Szenen eines alten Schwarzweißfilms. Ihr Haar wird niemals grau werden, sondern es wird sich in ein strahlendes Schneeweiß verwandeln, und sie wird in diesem Hause wohnen und auf seiner Verandaschaukel Limonade trinken bis zu dem Tag, an dem sie stirbt. Sie wird ihre weiten Sweatshirts noch als alte Frau tragen und nie eine Brille benötigen, sie und Angel werden ihren Sohn Francis taufen und sie werden ihn Frank rufen.

Weil es bereits einen Francis gegeben hat.

Er weiß, dass sie ihn vermissen wird, immer vermissen wird, und das für den Rest ihres Lebens, so wie er sie vermissen wird. Aber sie wird Angel haben, einen Angel, den er eigentlich nie wirklich gekannt hat, aber an den er immer geglaubt hat, und sie wird Lina haben. Seine kostbare Lina.

Und er weiß plötzlich, was ihn auf der Verandaschaukel gehalten hat, was ihn dazu brachte zuzuschauen, wie die Tage ineinander übergingen und sich zu schattigen Nächten verwandelten. Er ist noch immer Teil dieser Familie auf dem schneebedeckten Rasen, seiner Familie, und er wird es immer sein. Er hat das alles falsch verstanden und er erkennt, dass das vielleicht die Essenz des Lebens ist, etwas falsch verstanden zu haben und dennoch weiterzumachen und weiter zu glauben, immer zu glauben.

Er spürt, wie er höher und höher steigt, bis sie nur noch drei dunkle Flecken in einer weißen, weißen Welt sind. Nach ein paar Augenblicken ist die Verandaschaukel wieder still und die Familie unten macht sich wieder daran, die Weihnachtsbaumlichter anzustecken.

Er starrt auf sie hinab, auf die drei, die er so liebte, und weiß, dass sie über diesen Augenblick in kommenden Jahren sprechen werden.

Sie werden von dem Nachmittag sprechen, an dem die Verandaschaukel von selbst zu schwingen begann und das Wintersonnenlicht heiß genug schien, um Eier zu kochen. Sie werden vereint sein im Trost ihres Glaubens, in der Verheißung des Übersinnlichen, und sie werden ihr Leben lang auf diese alte Verandaschaukel schauen und an einen Mann denken, den sie liebten.

Francis lächelt bei diesem Gedanken. Und im Flüstern des Windes hört er ihr Lachen zum letzten Mal.